STEPHANIE MERRITT

BEVOR ES DUNKEL WIRD

Autorin

Stephanie Merritt arbeitet als Journalistin und Literaturkritikerin für angesehene Zeitungen wie *The Times*, *Die Welt* und *The Guardian* und veröffentlichte unter anderem Namen bereits sehr erfolgreich mehrere historische Kriminalromane. Sie lebt mit ihrem Sohn in Südengland und schreibt derzeit an ihrem nächsten Roman.

STEPHANIE MERRITT

BEVOR ES DUNKEL WIRD

ROMAN

DEUTSCH VON VERONIKA DÜNNINGER

blanvalet

Die Originalausgabe erschien 2018 unter dem Titel
»While you sleep« bei Harper Collins, London.

MIX
Papier aus verantwortungsvollen Quellen
FSC® C014496

Verlagsgruppe Random House FSC® N001967

1. Auflage

Neumarkterstr. 28, 81673 München
Redaktion: Ulrike Nikel
Umschlaggestaltung: www.buerosued.de
Umschlagmotiv: David Lichtneker/Arcangel Images; www.buerosued.de
JF · Herstellung: wag
Satz: Buch-Werkstatt GmbH, Bad Aibling
Druck und Bindung: GGP Media GmbH, Pößneck
Printed in Germany
ISBN 978-3-7341-0649-1

www.blanvalet.de

Wenn das genau die Dinge sind, denen man durch Stille zu entfliehen hofft, dann ist es alles andere als verwunderlich, dass man die eigenen Sehnsüchte als »Werke des Teufels« zu sehen beginnt und dieses Gefühl des Dämonischen durch die Stille verstärkt wird.

Sara Maitland, *Das Buch der Stille*

Wenn ein Geist gesehen wird, dann interessiert mich nicht so sehr, was er *ist,* sondern vielmehr wieso man ihn *sieht.* Besitzen wir Fähigkeiten, unter außergewöhnlichen Reizen über die normale Bandbreite des Sehens, Hörens und Fühlens hinaus Dinge wahrzuzunehmen? Dass solche Fähigkeiten im Menschen existieren und sich hin und wieder offenbaren könnten, war immer mein Interesse.

Algernon Blackwood, *Collected Ghost Stories*

PROLOG

Es beginnt, sagen sie, mit einer schreienden Frau.

Anfangs kann man nicht unterscheiden, ob es Lust oder Schmerz ist oder jener heikle Bereich, an dem die beiden zusammentreffen.

Man schämt sich fast, es zu hören, aber horcht man genauer hin, klingt es eher wie eine aus dem Herzen gerissene Wehklage: wie ein animalischer Schrei von Verlust oder Trotz oder Wut, vom salzigen Wind von Klippe zu Klippe über die Bucht getragen.

Wenn man abends am Strand steht mit dem Rücken zum Meer, werden sie sagen, und zum McBride-Haus hochsieht, wird man vielleicht hinter den hohen Fenstern im ersten Stock die fast unmerkliche Bewegung eines Schattens wahrnehmen. Alle Zimmer hinter den Scheiben sind dunkel; nicht einmal das Flackern einer Kerze ist zu sehen. Nur die unheimliche Gestalt, die stets an demselben Fenster steht und plötzlich schnell wie ein Atemzug im diffusen Widerschein des Mondes, der die Wolken durchbricht, verschwindet.

Sie werden sagen, dass das Wimmern der Frau lauter wird, sobald der Sturm ihm schutzlos preisgegebene Winkel des

Hauses heimsucht, um die spitzen Giebel fegt, an der Wetterfahne auf dem Turm zerrt und an den Rahmen der Dachbodenfenster rüttelt. Lässt er jedoch nach, ist nichts mehr zu hören außer dem wilden Meer und dem lang gezogenen Heulen der Seehunde hinter der Landspitze.

Lediglich in bestimmten Nächten, erzählen die Inselbewohner den Neuankömmlingen, wenn der Mond hoch am Himmel steht und die Luft ebenso aufgepeitscht wird wie die schaumgekrönten Wellen in der Bucht, dann werden sie es vielleicht hören, sofern sie geduldig sind. Viele schwören darauf.

Die beiden Jungen kauern neben einem Felskamm am Fuß der Klippe und beobachten das Haus. Es ist beinahe eine Ruine, nackte Balken ragen aus dem Dach wie die Rippen eines riesigen, geschundenen Tieres. Zögernd warten sie darauf, dass der andere sich zuerst bewegt. Sie sind eigens gekommen, um den alten Geschichten auf den Grund zu gehen, können jetzt nicht das Gesicht verlieren. Die Sommernacht ist mild und klar, zu lau für Geister. Trotzdem wappnen sie sich innerlich. Als das Schreien beginnt, sehen sie sich erstaunt an und kichern ängstlich.

»Gehen wir«, flüstert der drahtige Rothaarige. Er hält sein Handy in der Hand, bereit, das Geschehen auf Film zu bannen.

Sein kräftiger Gefährte hingegen rührt sich nicht von der Stelle, ist starr vor Schreck, die Augen weit aufgerissen und aufs Haus geheftet.

»Komm schon, sonst verpassen wir es noch«, drängt ihn der Freund, aber er weicht ein paar Schritte zurück, schüttelt den Kopf.

Der Rotschopf zögert, kräuselt verächtlich die Lippen. »Angsthase.«

Er geht los über den Sand und durch das Dünengras auf die halb offen stehende Tür zu, hält das Handy mit ausgestrecktem Arm. Am Strand zurückgelassen, sieht sein Freund, wie er in den Schatten verschwindet.

Die Wellen brechen und weichen zurück, immer und immer wieder, spülen Schichten von Kies in das rastlose Wasser. Ein neuer Schrei hallt über den Strand, diesmal ist es der eines Kindes. Die letzten Spuren des Lichtes verschwinden vom Himmel, und hinter den Fenstern des McBride-Hauses bleibt nichts als tiefe Finsternis zurück.

1

Die Insel tauchte als tintenschwarzer Klecks am Horizont auf, gesprenkelt mit winzigen Lichtpunkten vor dem grauen Himmel. Allmählich dann, während die Fähre durchs Wasser pflügte und sich einen Weg durch die Wellen bahnte, nahm sie allmählich Gestalt an und schien aus dem Meer aufzusteigen wie der Buckel eines gewaltigen Geschöpfes. Am Fuß der Klippen tanzten gebündelte helle Punkte, Reflexionen des Lichtstrahls, den der Leuchtturm am äußersten Ende der Hafenmauer über die Bucht gleiten ließ.

Eine einsame Person stand an Deck der Fähre.

Sie beugte sich hinaus, umklammerte die Reling so fest, dass ihre Hände beinahe in der glatten Maserung des Holzes verankert schienen, und stemmte ihre Beine in den Boden. Um nicht umgerissen zu werden, folgten ihre Bewegungen denen des schlingernden Schiffes, das sich trotzig hob und senkte und jedes Mal eine Kaskade aus Gischt aufwarf, wenn eine Welle seinen Bug erklomm und wieder hinabstürzte. Der Wind verwandelte die Haare der Frau zu verklebten Strähnen, peitschte ihr salzige Feuchtigkeit ins Gesicht, die auf ihren Lippen brannte.

Trotzdem blieb sie, den Kragen ihrer abgewetzten Fliegerjacke zum Schutz gegen Kälte und Nässe hochgeschlagen. Sie war entschlossen, bis zum Anlegen auszuharren, alles von hier oben in sich aufzunehmen statt durch das verschmierte Fenster des Passagierraums im Bauch der Fähre, wo es muffig nach nassen Jacken und abgestandenem Tee roch. Da war ihr der Geruch nach Salzwasser und Benzin lieber. Aufgeregt strich sie sich den nassen Pony aus dem Gesicht, als das Geräusch der Motoren verebbte und Männer in orangefarbenen Regenjacken Taurollen auswarfen, während das Schiff das ölige Wasser des Hafens durchschnitt, um längsseits des Piers anzulegen.

Zwei Tage unterwegs, und sie hatte es fast geschafft. Sie versuchte nicht an die alte Redensart zu denken, dass der Weg wichtiger sei als das Ziel. Auch nicht an das, was sie zurückgelassen hatte, Tausende von Meilen entfernt.

Der Anlegeplatz hatte die hochtrabende Bezeichnung »Fährhafen« nicht wirklich verdient – es gab einen Parkplatz und ein einziges flaches, rau verputztes Gebäude mit einem Schild mit der Aufschrift *Café* über der Tür, von dem die Farbe abzublättern begann.

Langsam schob sie sich die schäbige kleine Gangway hinunter, rollte ihren Trolley mit der einen Hand vor sich her und zog den großen Koffer mit der anderen hinter sich her, als wären es zwei störrische Kleinkinder. Zusätzlich hatte sie sich eine zusammengeklappte Staffelei unter den Arm geklemmt. Jedes Mal, wenn sie damit gegen das Geländer stieß, war sie froh, dass die Fähre jetzt, Mitte Oktober, nicht überfüllt war wie vermutlich im Sommer. Da hätte sie mit dem sperrigen Teil ständig ihre Mitreisenden angerempelt.

Am Ende des Anlegers sah sie einen Mann in einer Lederjacke, die sich straff über einem beachtlichen Bauch spannte. Er hielt ein Pappschild hoch, auf dem *Zoe Adams* geschrieben stand. Als sie zielstrebig auf ihn zukam, breitete sich ein Lächeln auf seinem Gesicht aus, und er winkte ihr überschwänglich zu wie einer lieben Freundin. Er war etwa in ihrem Alter, schätzte sie, Anfang vierzig, mit schütterem blondem Haar und einem rundlichen, offenen Gesicht, die Wangen gerötet von Wind und Wetter oder von zu vielen Kneipenbesuchen, vielleicht auch von beidem.

»Mrs Adams?«

Sie zögerte. Überlegte, ob sie es so stehen lassen sollte, aber dann würde es später nur unnötige Fragen geben.

»Äh, Miss, um genau zu sein.«

»Oh, entschuldigen Sie.« Sein Irrtum schien ihm peinlich zu sein. »Mein Fehler. Dann sind Sie also nicht verheiratet?«

Sie gab ein undefinierbares Geräusch von sich, das alles und nichts bedeuten konnte, stellte ihre Koffer ab und streckte eine Hand aus.

»Sie müssen Mr Drummond sein?«

»Mick, bitte.« Er strahlte jetzt wieder, umklammerte ihre Finger und schüttelte sie mit einer Ausdauer, als wollte er zum Ausdruck bringen, wie sehr er sich freue. »Ich bin der, der die ganzen E-Mails geschrieben hat«, sagte er, ließ ihre Hand los und deutete mit einem verlegenen Grinsen auf das Schild, das der Wind ihm fast aus der Hand riss. »Die Idee meiner Frau. Ich fand das eigentlich überflüssig, denn es ist ja nicht so, als ob um diese Jahreszeit die Leute zu Hunderten von der Fähre strömen. Sie meinte trotzdem, Sie würden sich weniger verloren fühlen – schließlich sind Sie zum ersten Mal auf der Insel.«

Zoe lächelte, dachte bei sich, wenn das ihr einziges Problem wäre, erwiderte jedoch, was er bestimmt zu hören wünschte.

»Das war sehr aufmerksam von ihr.«

»O ja, das ist sie. Kaye. Sie werden sie kennenlernen. Kommen Sie und geben Sie mir Ihr Gepäck. Dahinten steht mein Wagen.«

Er klemmte sich das Schild unter den Arm, packte ihre Koffer und wies mit einem Nicken über den Parkplatz auf einen alten, schlammverkrusteten Landrover.

Während er ihr Gepäck im Kofferraum verstaute, warf Zoe einen Blick zurück zum Hafen, wo die Fähre sich leuchtend weiß von dem dunkler werdenden Himmel abhob. Und hinter den hell erleuchteten Fenstern sah sie die Umrisse der Putzkolonne, die alles säuberte, Plastiksäcke mit den Hinterlassenschaften der Fahrgäste wuchtete und das Schiff für die Rückfahrt herrichtete. Möwen kreisten über den Decks, suchten nach Abfällen und stießen ihre schrillen Warnrufe aus.

Zoe kam es vor, als ob hier das Wogen der Wellen lauter und beharrlicher, irgendwie unheimlicher klang als zu Hause.

Als wollte das Meer sicherstellen, dass man seine Gegenwart nicht vergaß. Ob sie sich daran gewöhnen würde, fragte sie sich und sah versonnen hinüber zu der verschwommenen rötlichen Linie am Horizont. Ein Bilderbuchsonnenuntergang war es nicht und dennoch eine Ahnung davon. Außerdem würde sie noch genug Gelegenheit haben, die Sonne im Meer versinken zu sehen.

»Na dann, steigen Sie ein«, forderte Mick sie auf und öffnete ihr die Beifahrertür.

Einen panischen Moment lang glaubte sie, dass sie fahren sollte, weil er auf der falschen Seite des Wagens stand. Dann begriff sie. Sie gewöhnte sich einfach nicht an die perverse Sitte des Linksverkehrs im Vereinigten Königreich.

»Ist es weit bis zum Haus?«

»Fünf Meilen, über den Daumen gepeilt.« Verlegen scharrte er mit den Füßen. »Hören Sie, ich weiß, dass Sie eine lange Reise hinter sich haben und vermutlich müde sind, aber Kaye und ich, wir haben uns gefragt, ob Sie vielleicht auf einen kleinen Schluck bei uns im Pub reinschauen wollen, bevor ich Sie zum Haus bringe?«

Bevor sie höflich ablehnen konnte, kam er ihr zuvor.

»Die Sache ist die, wir haben dort heute Abend Musik, eine einheimische Band wie jeden Donnerstag, daher werden viele Leute da sein, und wir dachten – na ja, eigentlich war es Kayes Idee –, es wäre nett für Sie, Hallo zu sagen, wenn alle beisammen sind. Immerhin werden Sie eine Weile bleiben, was meinen Sie. Nur ein kleines Glas.« Er knetete die Hände und sah sie an, als würde er sie um ein Date bitten. »Kaye ist bereits ganz wild darauf, Sie kennenzulernen«, fügte er hinzu. »Alle sind das.«

Unschlüssig sog Zoe die Wangen ein.

Gott, sie brannte absolut nicht darauf, als Erstes diesen Leute zu begegnen, wer immer sie sein mochten. Ganz im Gegenteil. Zum einen fühlte sie sich schmuddelig und ungepflegt nach der langen Reise, und vermutlich roch sie entsprechend. Zum anderen war es ihre Absicht, hier so anonym wie möglich zu leben, still und leise in ihr Küstenhaus zu schlüpfen und dort für den Rest ihres Aufenthalts in Ruhe gelassen zu werden.

Allerdings, das begriff sie in diesem Moment, war es naiv gewesen zu glauben, das würde in einer kleinen Gemeinde wie dieser funktionieren. Hier wurde jeder Neuankömmling zwangsläufig zum Gegenstand von Gerüchten und Spekulationen, vor allem außerhalb der Saison. Da war es besser, die Einheimischen nicht gleich am ersten Tag vor den Kopf zu stoßen.

»Ich bin nicht unbedingt ausgehmäßig angezogen«, wandte sie dennoch halbherzig ein.

»Sie sehen toll aus«, beruhigte Mick sie. »Ist ja nicht so, dass dort jemand in Dinnerkleidung aufkreuzt.« Er schnallte sich an und startete den Motor. »Bloß einen kleinen Schluck, danach fahre ich Sie zum Haus hoch, versprochen. Das Gepäck lassen wir gleich im Wagen.«

Zoe lehnte die Stirn gegen die Scheibe und betrachtete ihr erschöpftes Gesicht, das sich im kalten Glas spiegelte. Der Jetlag und die schlaflosen Nächte der letzten Monate hatten sich auf ihren Zügen eingegraben und Spuren hinterlassen. Mit ein Grund, weshalb es ihr so widerstrebte, in den Pub zu gehen, bevor sie sich nicht wenigstens ein bisschen zurechtgemacht und geschminkt hatte. Es war schlicht Eitelkeit, gestand sie sich ein.

Und wenn die Einladung ein mieser Trick war?

Sie würde ahnungslos auf einen Drink mit hineingehen, und wenn sie herauskam, wären Mick, der Wagen und ihr Gepäck verschwunden. Nein, wenn sie so dachte, dann könnte die ganze Geschichte ein Schwindel sein, wie Dan immer wieder zu warnen pflegte. Tatsächlich war sie hergekommen aufgrund einer amateurhaft gestalteten Website und ein paar E-Mails. Sonst hatte sie nichts in der Hand. Vielleicht existierte das Haus ja nicht einmal. In dem Fall wäre das Geld verloren, und sie stünde ohne Bleibe da.

»Okay«, willigte sie schließlich ein. »Warum nicht?«

»Wunderbar. Kaye würde mir sonst ewig in den Ohren liegen, dass wir Sie nicht anständig willkommen geheißen hätten.« Zoe konnte die Erleichterung in seiner Stimme hören. »Es wird Ihnen gefallen – es ist ein bunt gemischter Haufen. Wenngleich es nicht unbedingt das New Yorker Nachtleben ist«, fügte er hinzu, als würde er befürchten, falsche Erwartungen geweckt zu haben. »Doch ich nehme mal an, Sie sind sowieso eher hergekommen, um alldem zu entfliehen.«

»Ich bin nicht aus New York«, erwiderte sie, während er losfuhr, und fügte hinzu. »Aus Connecticut, Hartford. Sie liegen also mit Ihrer Vermutung nicht weit daneben.«

»Ach ja?« Mick bog auf die Hauptstraße ein. »War selbst noch nie da. In Amerika, meine ich. Würde ich gern mal. Wenn die Kinder älter sind vielleicht. Kaye will nach Nashville. Sie steht auf diese Countrymusik und so, wissen Sie? Ganz im Gegensatz zu mir. Ich hab's lieber ein bisschen ländlicher. Wandern, angeln, dieses Zeug. Hab immer davon geträumt, nach Kanada zu ziehen.«

»Das tut im Moment die Hälfte meines Landes«, murmelte sie.

»Ach ja, die großartige, unberührte Natur«, fuhr Mick fort, ohne ihre Anspielung zu verstehen. »Da fühle ich mich zu Hause. Leider kann ich meine Mädels bislang nicht dafür begeistern, obwohl sie sich für Tiere und das alles interessieren. Wir haben hier oben Otter – vielleicht sehen Sie in der Bucht welche.«

Den Kopf gegen das Autofenster gelehnt, ließ Zoe Micks Träume von der Wildnis an ihren Ohren vorbeirauschen. Solange er von sich selbst oder von Ottern redete, stellte er ihr keine Fragen. Draußen zog die Hauptstraße des Ortes vorbei:

ein Gemischtwarenladen, ein Geschäft, das Haushaltswaren, Elektrogeräte und Angelbedarf verkaufte, eine Teestube; eine Buchhandlung, ein paar Ladenfronten, deren Fenster milchig weiß getüncht waren, als wollte man ihren Leerstand vor den Augen der Öffentlichkeit verschleiern.

Nach einem kurzen Stück mündete die Straße auf einen dreieckigen Dorfanger mit einem Kriegerdenkmal in der Mitte, einem Schulgebäude mit Pausenhof auf einer Seite und einer kleinen, schlichten Kirche auf der anderen. Mick lenkte den Landrover nach rechts, vorbei am Friedhof, in eine schmale Gasse, gesäumt von schiefen, aneinandergereihten Cottages, die sie an schlechte Zähne erinnerten und dennoch gemütlich aussahen mit dem warmen Licht hinter den zugezogenen Vorhängen.

»Haben Sie immer hier gelebt?«, erkundigte sie sich, als sein Redestrom versiegte.

Er sah sie von der Seite an, eine Mischung aus Erstaunen und Misstrauen, dass sie freiwillig den Mund aufgemacht hatte.

»Geboren und aufgewachsen«, erwiderte er, wobei der Tonfall seiner Stimme gleichermaßen Stolz wie Resignation verraten konnte. »Bin zwischendurch mal weg von hier, abgehauen, sobald ich alt genug war. Wie alle jungen Leute. Dann ist meine Mutter vor fünf Jahren gestorben, und mein Dad konnte den Pub aus Altersgründen nicht allein führen, wissen Sie, und da bin ich nach Hause zurückgekehrt. Samt Frau und Töchtern.« Er seufzte tief auf. »Manchmal steckt dir ein Ort einfach in den Knochen, lässt dich nicht wirklich los. Und du bist machtlos dagegen.«

»O ja, das verstehe ich.« Zoe nickte. »Ich kenne das von meiner Großmutter, sie stammte aus dieser Ecke hier.«

»Tatsächlich?« Er beäugte sie mit wachsendem Wohlwollen. »Dann sind Sie hergekommen, um nach Ihren Wurzeln zu suchen?«

»So ähnlich. Ich schätze allerdings, dass mein schottisches Blut inzwischen ziemlich stark verdünnt ist. Grandma hat einen Engländer geheiratet. Meine Mutter ist in Kent aufgewachsen, und ich wurde dort noch geboren.«

»Das würde ich lieber für mich behalten, wenn ich Sie wäre.« Er zwinkerte ihr zu. »Außerdem klingen Sie nicht, als ob Sie aus Kent kämen.«

»Wir sind während meiner Kindheit in die Staaten gezogen, mein Dad stammte aus Boston.« Sie schlang die Arme um den Oberkörper, der Gedanke an ihren Vater versetzte ihr einen Stich, doch sie verdrängte ihn und wechselte das Thema. »Und das Haus hat immer Ihrer Familie gehört? Das, in dem ich wohnen werde?«

Wieder ein leichtes Zögern, ein Aufflackern seiner Augen, als hätte er sie im Verdacht, ihm Fangfragen zu stellen.

»Ja.«

Es schien, als wäre seine Antwort damit erschöpft, denn eine Weile herrschte Schweigen. Erst als sie sich einer Abzweigung mit einem Schild näherten, das einen weißen Hirschen auf der Kuppe eines Hügels zeigte, offenbar das Wahrzeichen des Pubs, räusperte er sich und setzte erneut zum Sprechen an.

»Das Haus ist an mich gefallen, als mein Vater letztes Jahr starb.«

»Oh, das tut mir leid«, antwortete Zoe automatisch. »Das mit Ihrem Vater.«

»Ach, er war siebenundachtzig und hat bis zum Schluss gearbeitet, mehr oder weniger – das ist kein schlechtes Leben.«

Mick schniefte. »Leider hat er das Haus im Laufe der Jahre verkommen lassen. Passiert hier oft mit so alten Gemäuern. War ne Menge Arbeit nötig, um es wieder bewohnbar zu machen. Verstehen Sie mich nicht falsch …« Er wandte sich mit besorgter Miene zu ihr um. »Jetzt ist alles so gut wie neu, besser sogar. Das meiste selbst gemacht – hab früher unten in Glasgow Häuser renoviert, wissen Sie. Jetzt ist es wunderschön, wenn ich das sagen darf. Na ja, Sie haben ja die Fotos auf der Website gesehen. Sie sind nicht mit Photoshop bearbeitet oder so«, versicherte er fast ein wenig defensiv.

»Es ist entzückend. Wollten Sie es denn nicht selbst nutzen?«

Abrupt fuhr er mit dem Kopf herum, seine Augen verengten sich für eine Sekunde, bevor sich seine Miene wieder entspannte.

»Zu weit draußen für uns. Wir wohnen gleich über dem Pub. Da sind wir immer zur Stelle, wenn es irgendwelche Probleme gibt. Und die Mädchen sind in fünf Minuten in der Schule. Das ist der einzige Grund«, fügte er hinzu, als hätte sie etwas anderes unterstellt. »Macht keinen Sinn, sich das Leben unnötig schwer zu machen.«

Er lenkte den Wagen auf den Parkplatz vor einem dreistöckigen, weiß getünchten Gebäude mit Giebelfenstern, in dessen Erdgeschoss sich der Pub befand. Es schien viel los zu sein, denn als Mick den Motor abstellte, drang Musik und Gelächter zu ihnen heraus. Bevor sie ausstiegen, kam er noch einmal auf das Haus zu sprechen.

»Wenn Ruhe und Frieden das sind, was Sie suchen, dann ist das Haus perfekt für Sie.«

Irgendwie wirkte er zu bemüht, dachte Zoe. Vielleicht

stimmte mit dem Haus tatsächlich etwas nicht. Auf der Website sah es total idyllisch aus – mit einem Hauch von Exzentrik, als hätte der Architekt alle Spielarten der viktorianischen Gotik an dem Haus ausprobiert und auf das Beste gehofft. Nach den Bildern zu urteilen, die sie gesehen hatte, war das Innere hingegen durchaus geschmackvoll renoviert und eingerichtet, aber was sie wirklich gefesselt hatte, war das Licht.

Die Fotos waren im Sommer aufgenommen worden, und über der kargen Insel, die eine ganz eigene Schönheit entfaltete, wölbte sich ein faszinierender Himmel, dem bizarre Wolkenfetzen Struktur und Tiefe und eben ein spezielles Licht verliehen. Eine Veranda verlief an der West- und Südseite des Hauses, mit freiem Blick auf eine kleine Bucht, die sich auf die silbrige Weite des Atlantiks öffnete. Das Haus selbst war oberhalb des einsamen Strandes an der flachsten Stelle der Klippe in den Hang gebaut – dahinter erhob sich ein Felskamm, der es vor neugierigen Blicken von der Landseite schützte.

Sie hatte die Bilder mit dem Auge eines Malers betrachtet und instinktiv sofort gewusst, dass sie unter diesem Himmel aufwachen wollte, geweckt vom Rauschen der Wellen und dem Gekreisch der Seevögel. Ob es das Blut ihrer Vorfahren war, das sie wie magisch an diesen gottverlassenen Ort gezogen hatte? Zumindest war da eine absolute Gewissheit gewesen, dass dort ihre Bestimmung lag. Ein Gefühl, das sie lange nicht mehr verspürt hatte.

»Ruhe und Frieden sind genau das, was ich will«, bestätigte sie nach längerem Nachdenken. »Ja, deshalb bin ich hier.«

Mick öffnete die Fahrertür. »Die Sache ist die, Mrs, Entschuldigung, Miss Adams, Zoe …« Er kaute auf seiner Lippe, war nicht sicher, wie er fortfahren sollte. »Um dieses Haus ranken sich viele Geschichten. Alle Familien, die seit Generationen hier leben, haben einen eigenen Schatz an Legenden, auch Aberglauben ist verbreitet, verstehen Sie? Viele Bewohner haben die Insel praktisch noch nie verlassen.«

Zoe nickte. »Ich vermute, das macht einen Teil ihres Charmes aus.«

»Schon …« Er sah sie unbehaglich an. »Es ist nur Folgendes … Falls die Leute Ihnen komische Geschichten erzählen, wie sie es gerne tun, wenn sie einen Tropfen Whisky intus haben – achten Sie nicht darauf. Seemannsgarn, Altweibergeschwätz, das ist alles.«

»Oh, ich liebe solche alten Volksmärchen. Meine Großmutter hat sie uns erzählt, als wir Kinder waren. Selkies und Riesen und was sonst alles.«

Kaum waren ihr die Worte über die Lippen gekommen, bereute sie sie bereits und stellte sich voller Schaudern vor, wie sie im Pub von irgendeinem alten Seemann mit allerlei Gruselgeschichten überschüttet wurde.

»Nichts dagegen, solange Sie wissen, dass es nichts anderes als Nonsens ist. Ein Spaß, um Neuankömmlinge aufzuziehen.« Mick erwiderte ihr Lächeln, doch er wirkte nach wie vor seltsam beunruhigt. »Na, dann kommen Sie mal, Sie müssen ja am Verdursten sein.«

Die Luft im Pub schlug ihr schwer und stickig entgegen wie ein Schwall aus einem U-Bahn-Schacht. Trotzdem roch es heimelig nach Holzfeuer und Winteressen, Eintöpfen, heißem Gebäck und Glühwein. Außerdem brach eine Kakofonie von Geräuschen über sie herein, die sie mit ihrer Wucht schier überwältigte. Da war der schnelle, wilde Jig, den die Band spielte, dazu der laute, raue Gesang aus unzähligen Kehlen, das

Fußstampfen und das Klirren der Bierkrüge, wenn die Gäste sich zuprosteten. Unwillkürlich legte Zoe eine Hand an die Schläfe. Der Lärm der vielen Menschen, die sich in dem kleinen Gastraum drängten, dröhnte in ihrem Kopf wider, die Ausdünstungen der bierseligen Leute und die Folgen des Jetlag taten ein Übriges.

Erschöpft schloss sie die Augen.

Als sie sie wieder aufschlug, hatte sie das Gefühl, angestarrt zu werden. Fragend und neugierig, indes ohne jede Spur von Feindseligkeit, vor der sie sich als Fremde gefürchtet hatte. Sie rang sich ein kleines Lächeln ab. Mick, der inzwischen seinen Platz hinter dem Tresen eingenommen hatte, winkte sie zu sich herüber und schob ihr einen schweren Kristalltumbler mit einem großzügig eingeschenkten, honigfarbenen Scotch hin.

»Trinken Sie das«, forderte er sie jovial auf. »Damit Sie ein bisschen Farbe in die Wangen bekommen.«

Gehorsam führte sie das Glas an ihre Lippen, atmete Torf und Rauch ein, uralte Gerüche, die zu diesem Land gehörten. Weich glitt der Drink ihre Kehle hinunter und erfüllte ihren Körper mit Wärme, selbst ihre Kopfschmerzen begannen nachzulassen. Und so protestierte sie nicht, als Mick ihr mit einem Augenzwinkern nachschenkte.

»Das da drüben ist meine Kaye.«

Er wies mit einem Nicken auf die behelfsmäßige Bühne, wo die Musik sich gerade zu einem ohrenbetäubenden Crescendo steigerte. Zoe wandte sich um und musterte die Mitglieder der Band.

Die Sängerin war eine vollbusige Frau, vielleicht übertrieben jugendlich herausgeputzt mit einem wallenden schwarzen Rock und schwarzem Spitzentop, dazu lange, provokant rosa gefärbte Haare. Sie sang mit geschlossenen Augen, eine Hand ums Mikrofon gelegt, während ein Fuß in geblümten Doc Martens zum Rhythmus der Bodhrán den Takt klopfte. Ihre Stimme war bluesmäßig, hart, klang nach Rauch und Whisky. Obwohl Zoe die Worte nicht verstand, vermutete sie nach der Wildheit des Gesangs zu urteilen, dass es eine Art nationalistischer Rebellensong war und dass die Wut, die seinen Text durchdrang, von etlichen der Stammgäste leidenschaftlich nachempfunden wurde.

Der Rest der Band bestand aus Männern, alle – bis auf den jungen Fiedler – in mittlerem Alter mit grauen Bärten und grauen Haaren und mit Lederwesten und Cowboystiefeln bekleidet. Die Instrumente bestanden aus Akkordeon, Blechflöte, Gitarre und Geige sowie der Bodhrán, einer kleinen Rahmentrommel. Die Musik klang vage vertraut, erinnerte sie an die Berieselung, die in den irischen Bars von Boston und New York gang und gäbe war, bloß dass sie hier nicht für Touristen gespielt wurde, sondern aus der Seele zu kommen schien.

Kaum waren Jubel und Applaus über die antienglische Ballade verklungen, stimmte die Frau eine herzzerreißende Wehklage an, begleitet allein vom melancholischen Klang der Geige und dem dumpfen Schlag der Trommel. Ehrfürchtige Stille senkte sich über den Raum, während die Tremolotöne der vollen Altstimme sich durch die Decke in den Himmel zu schrauben schienen.

Zoe bekam eine Gänsehaut.

Obwohl sie die schottische Sprache nicht verstand, erkannte sie den jahrhundertealten Schmerz, den das Lied zum Ausdruck brachte. Und sie sah ältere Männer, denen die Tränen übers Gesicht liefen, während ihre Lippen lautlos den Text nachsprachen. Die Stimme der Frau verhallte, und der junge Fiedler trat für ein Solo vor, führte den Bogen behände über die Saiten, wobei ihm bei jeder Bewegung des Kopfes die Haare in die Stirn fielen.

Zoe, die an ihrem zweiten Whisky nippte, verspürte den plötzlichen Drang, eine Hand auszustrecken und ihm die Haare aus den Augen zu streichen, wie sie es immer mit Caleb tat, wenn er über sein iPad gebeugt dasaß, vertieft in irgendeine Animation, und alles um sich herum vergaß. Ihr wurde bewusst, dass Mick sich hinter ihr über den Tresen lehnte, ein Geschirrtuch zwischen seine gefalteten Hände gepresst, und ganz offensichtlich einen Kommentar von ihr erwartete.

»Sie hat eine unglaubliche Stimme«, sagte sie zu ihm.

»Sie ist etwas ganz Besonderes, nicht wahr?«, erwiderte er, ohne den Blick von seiner Frau zu wenden.

Dieser Anflug von zärtlichem Stolz ließ Zoe für einen Moment zusammenzucken. Den gleichen Gesichtsausdruck hatte sie vor langer Zeit bei Dan bemerkt, auf der ersten Ausstellung, zu der sie ihn eingeladen hatte. Bewunderung für ihr Talent lag darin und die Freude, einen Anteil davon für sich beanspruchen zu dürfen. Sie konnte sich nicht erinnern, wann er sie zuletzt so angesehen hatte.

Kurz darauf machte die Band eine Pause, und die Frau mit den rosa Haaren sprang von der Bühne und bahnte sich einen Weg durch die Menge, lächelte nach links und rechts. Schließlich blieb sie atemlos stehen und nahm ihre Hand.

»Wir freuen uns ja so, dass Sie hier sind. Ich bin Kaye Drummond. Ich hoffe, er hat Ihnen einen Drink spendiert? Schenk ihr nach, Michael, ja? Sie sind heute Abend unser Gast. Haben Sie Hunger?«

Zoe schüttelte den Kopf. Falls sie Hunger gehabt hatte, war er vom Whisky betäubt worden.

Kaye musterte sie besorgt, wie eine gute Gastgeberin das zu tun pflegt. Im Gegensatz zu der eher üppigen Figur wirkte ihr Gesicht zart, fast elfenhaft, die großen blauen Augen wurden durch schwarzen Kajal betont, ihr Rosenmund durch einen Lippenstift, der zur Farbe ihrer Haare passte. Sie trug an jedem Finger große Silberringe und wirkte ein bisschen wie eine in die Jahre gekommene Rockerbraut. Zoe schätzte sie auf Ende dreißig.

»Das eben war ein wunderschönes Lied«, sagte sie.

»Oh, danke.« Kaye strahlte, und ihre Augen glänzten. »Es ist eine alte Ballade, die bereits unsere Vorfahren gesungen haben.«

»Wovon handelt der Text?«

»Ach, er ist schrecklich deprimierend. Es geht um eine Frau, die ihre große Liebe ans Meer verliert und sich dann wegen ihres gebrochenen Herzens ertränkt. So sind die meisten Lieder, außer sie haben die Vertreibung der Highlander durch die englischen Gutsherren zum Thema. Die Leute hier haben ein langes Gedächtnis. Und Sie? Sind Sie hergekommen, um zu malen?«, wechselte sie das Thema. »Ich habe zu Mick gesagt, wir könnten hier im Pub eine kleine Ausstellung veranstalten, wenn Sie wollen. Bestimmt würden viele kommen und einige vielleicht sogar was kaufen – es sei denn, sie sind vom Preis her …«

Sie ließ den Satz in der Luft hängen und rieb Daumen und Zeigefinger aneinander.

»Oh, das ist sehr freundlich von Ihnen …« Zoe spürte, wie sie nervös wurde. »Allerdings hatte ich gar nicht vor, welche zu verkaufen. Ich bin ein bisschen aus der Übung, wissen Sie, und wollte vor allem hier wieder zu mir selbst und damit zum Malen finden.«

»Na ja, lassen Sie es uns wissen«, erwiderte Kaye unbeirrt. »Es ist ja nicht so, dass wir Experten sind. Selbst wenn die Bilder totaler Scheiß wären, würden wir es nicht merken.« Sie brach in schallendes Gelächter aus und versetzte Zoe mit dem Handrücken einen Klaps auf den Arm. »Ich ziehe Sie nur auf, keine Sorge. Bestimmt sind Ihre Gemälde kein Scheiß. Ed, du würdest sicher eines kaufen, oder?«

Sie knuffte den Fiedler, der ebenfalls an den Tresen gekommen war, in die Rippen, woraufhin der junge Mann sich umdrehte und Zoe hinter dem Vorhang seiner langen Haare ein schüchternes Lächeln schenkte. Er trug eine große Schildpattbrille, hinter der im diffusen Licht seine Augen nicht deutlich zu erkennen waren.

»Was soll ich kaufen?«

»Eines von Zoes Gemälden.«

»Oh. Na ja, äh, was stellen sie denn dar?«

»Bisher habe ich noch keine gemalt«, gestand Zoe mit einem verlegenen Lächeln. »Ich meine, von dieser Gegend, andere schon. Meistens Landschaften. Im Stil der Impressionisten. Nicht sehr originell.«

Er zuckte die Schultern. »Jeder mag Landschaften, oder? Ich meine, da weiß man wenigstens, was es ist. Niemand steht in Galerien herum und streitet darüber, was eine Landschaft zu bedeuten hat, ist es nicht so?«

Um ein Haar hätte Zoe widersprochen und dem jungen Mann erklärt, dass man sehr wohl über Landschaften streiten konnte, bremste sich aber im letzten Moment. Um nicht überheblich oder herablassend zu wirken. Das würde nicht gut ankommen. Als der Fiedler seine Brille abnahm und sie mit dem Saum seines Hemdes putzte, sah sein Gesicht ganz weich und irgendwie hilfsbedürftig aus.

Soeben stellte die Bedienung ein Pint dunkles Bier vor ihm auf den Tresen. Es handelte sich um ein stämmiges Mädchen von vielleicht achtzehn Jahren in einem Top, das zu eng war, um schmeichelhaft zu sein. Wenig vorteilhaft waren ebenfalls ihr zu dick aufgetragenes Make-up, die dilettantisch schwarz gefärbten und zu einem zerzausten Knoten hochgesteckten Haare und die extrem gezupften Augenbrauen, die ihr flächiges Gesicht ganz verzerrt aussehen ließen. Sie beäugte Zoe mit unverhohlener Verachtung.

»Prost, Annag.«

Ed, der Fiedler, setzte seine Brille wieder auf, schlürfte von der Schaumkrone seines Bieres und fischte mit der anderen Hand in seiner Hosentasche nach Münzen. Dem Mädchen hinter der Bar schenkte er keinen Blick. Stattdessen neigte er den Kopf in Zoes Richtung.

»Kann ich Ihnen einen Drink spendieren?«

Sie nahm ihr Glas in Augenschein, das wie von Zauberhand erneut mit zwei Fingerbreit Scotch aufgefüllt worden war. Sie würde einen Gang zurückschalten müssen. Mittlerweile begann sie die Wirkung zu spüren, wenngleich durchaus angenehm. Ein warmes, tröstliches Gefühl breitete sich in ihrem Körper aus, so als würde sie ein bisschen vor sich hin träumen.

»Ich habe noch, danke.« Sie zögerte, von dem Barmädchen mit Argusaugen beobachtet. »Hingegen würde ich gerne eine von denen da nehmen.«

Sie deutete auf seine Brusttasche, aus der ein Päckchen

Marlboro Light hervorlugte. Kaum waren ihr die Worte über die Lippen gekommen, fragte sie sich, was das jetzt sollte. Seit über einem Jahrzehnt hatte sie nicht mehr geraucht – nicht mehr, seit sie mit Caleb schwanger gewesen war. Und eigentlich hatte es ihr nicht gefehlt.

Bis heute nicht.

Unvermittelt kehrte die Erinnerung an ihren ersten Tag auf dem College zurück, als sie sich eine Zigarette angesteckt hatte, kaum dass ihre Eltern weggefahren waren. Zum Zeichen, dass niemand da war, der ihr Vorschriften machte. Dass sie frei war, um sich neu zu erfinden. Weniger schüchtern und weniger eingeengt durch die Erwartungen anderer. Vielleicht war das hier ja, fünfundzwanzig Jahre später, eine ähnliche Reaktion. Dan wäre entsetzt. Sie nahm an, genau das war der Grund, weshalb sie es getan hatte.

»Na klar.« Ed klopfte auf die Zigaretten in seiner Tasche und griff nach seinem Bier. »Dafür müssen wir allerdings nach draußen gehen.«

Als sie sich umdrehte, um ebenfalls ihren Drink vom Tresen zu nehmen, bemerkte sie unverhüllte Feindseligkeit in dem flachen Gesicht des Barmädchens und begriff, dass sie unbeabsichtigt jemandem auf die Zehen getreten war.

»Eigentlich rauche ich gar nicht«, sagte sie fast entschuldigend, als sie dem Fiedler durch eine Seitentür auf einen gepflasterten Hof folgte, an dessen Ende auf einem Rasenstück ein paar Picknicktische standen. Von dort aus bot sich ein freier Blick auf die schwarze Weite des Meeres. Sie nahmen Platz, und er hielt ihr das Zigarettenpäckchen hin.

»Ich rauche lediglich da, wo mich die Kinder nicht beobachten können.«

Erstaunt musterte sie ihn. Er konnte nicht älter als Anfang zwanzig sein. Dass die Leute auf dem Land früher anfingen, wusste man, doch so früh?

»Wie viele Kinder haben Sie denn?«

»Elf.« Er legte eine bedeutungsvolle Pause ein, dann grinste er. »Das jüngste ist vier, das älteste fast zwölf. Ich bin der Dorflehrer.«

»Oh.« Zoe lachte, weil sie auf den Witz hereingefallen war, und betrachtete ihn mit neuem Interesse.

»Der einzige?«

»Ja, ich ganz alleine. Es gibt nur eine Klasse. Die älteren Kinder fahren mit der Fähre aufs Festland und sind unter der Woche im Internat.«

»Wow. Wie lange sind Sie schon hier?«

»Seit Weihnachten. Die bisherige Lehrerin musste aus gesundheitlichen Gründen in den Ruhestand gehen, und sie brauchten schnell jemanden. Ich hatte Glück. Es ist mein erster Job.«

Er lächelte schüchtern, während er ein Streichholz anzündete, schützend eine Hand um die Flamme legte und sich zu ihr vorbeugte. Ihre Gesichter kamen sich dabei so nahe, dass sie die feinen Sommersprossen auf seinem Nasenrücken erkennen konnte. Desgleichen bemerkte sie, dass er ganz lange Wimpern hatte, die fast die Gläser seiner Brille berührten und dunkler waren als seine Haare. Ein Windstoß löschte das Streichholz, bevor es ihre Zigarette erreichte.

»Warum haben Sie sich für einen so abgelegenen Ort entschieden?«, fragte sie leise.

»Dasselbe könnte ich Sie fragen«, entgegnete er lachend, doch für einen Moment meinte sie Misstrauen in seinen Augen aufblitzen zu sehen.

Auch das zweite Streichholz erlosch flackernd im Wind, und er ließ es mit einem leisen Fluch fallen.

»Weggelaufen«, ertönte eine Stimme hinter ihnen.

Zoe erschrak, als hätte man sie bei etwas Verbotenem ertappt. Als sie herumschnellte, sah sie einen Mann auf einer Bank neben der Tür sitzen, nahezu unsichtbar, so tief war er in die Schatten gehüllt. Zwischen seinen Lippen steckte eine Pfeife, zu seinen Füßen lag ein schwarzer Labrador, das Hinterteil unter der Bank verborgen.

»Jeder, der hierherkommt, versucht vor irgendetwas zu fliehen«, erklärte er seinen Einwurf in einem belustigten Ton. »Und die, die hier geboren wurden, träumen davon wegzulaufen.« Er rieb sich seinen gepflegten weißen Bart und lächelte, als hätte er einen Witz gemacht. »Hier, Edward«, er hielt dem Lehrer ein silbernes Zippo hin, »sonst stehen Sie bei dem Wind noch den ganzen Abend hier draußen.«

Der junge Mann trat vor, um das Feuerzeug entgegenzunehmen.

»Und wovor laufen Sie weg, Professor?«

Der Ältere dachte über die Frage nach.

»Vor der Geschichte«, antwortete er nach einer Pause, dann wanderte sein Blick zu Zoe. »Und Sie müssen die Künstlerin aus Amerika sein. Wir haben uns bereits auf Ihr Kommen gefreut.«

Er sprach nicht mit dem Akzent der Insulaner, sondern mit der tiefen, sonoren Stimme eines englischen Bühnenschauspielers. Eine besänftigende Stimme, fand Zoe.

Sie neigte den Kopf. »Zoe Adams.«

»Charles Joseph.«

Er streckte eine Hand aus, erhob sich aber nicht, sodass sie gezwungen war, zu ihm hinüberzugehen. Selbst im Halbdunkel ließ sich erkennen, dass sein Gesicht sonnengebräunt und wettergegerbt war und er eisblaue Augen hatte. Sein Alter hingegen war schwer zu bestimmen, zwischen fünfzig und achtzig schien alles möglich.

»Und das hier ist Horace«, fügte der Professor hinzu. »Nach dem berühmten römischen Dichter Horaz, denn er hat eindeutig eine satirische Ader.«

Der Hund zog die Augenbrauen zusammen und schlug zur Bestätigung einmal mit dem Schwanz.

»Dann sind Sie Professor für Geschichte?«, erkundigte Zoe sich.

Der alte Herr lachte. »Ich fürchte, dieser junge Mann hier schmeichelt mir. Oder er macht sich über mich lustig. Ich bin mir nie sicher, was von beidem. Früher war ich Hochschullehrer, das stimmt, hatte allerdings nie einen Lehrstuhl inne. Bin nie lange genug irgendwo geblieben.«

»Trotzdem nennen alle ihn den Professor«, warf Edward ein, ließ das Zippo aufschnappen und gab Zoe Feuer, die prompt husten musste. »Er ist unser Heimatforscher. Wenn Sie irgendetwas über die Insel wissen wollen, ist er Ihr Mann.«

»Na ja, im Allgemeinen kann ich durchaus ein Buch nennen, das weiterhilft.« Charles Joseph zog an seiner Pfeife und verschränkte die Arme vor der Brust. »Mir gehört das Antiquariat in der High Street. Schauen Sie mal vorbei. Ich mache hervorragenden Kaffee, und außerhalb der Saison ist nicht viel los. Ich freue mich immer über Besuch.«

Grinsend verzog er sein Gesicht, und Zoe bemerkte, dass ein Meer von Lachfältchen seine Augen umgab.

»Er stellt sein Licht immer unter den Scheffel«, erklärte

Edward und blies kunstvolle Rauchkringel aus. »Die meisten dieser Bücher hat er nämlich selbst geschrieben. Lassen Sie sich von ihm die Geschichten der Insel erzählen. Bloß passen Sie auf, dass er Sie nicht komplett zutextet.«

Er grinste Charles an, und Zoe spürte die tiefe Verbundenheit zwischen den beiden vom Alter her so unterschiedlichen Männern. Vielleicht war es ja eine Frage der Bildung. In einem kleinen Ort wie diesem rückten die Belesenen und geistig Interessierten meist zusammen, sie kannte das aus eigener Erfahrung.

»Als Aufwandsentschädigung für derartige Dienste pflege ich ein Zimtbrötchen von Maggie's zu verlangen«, ergriff Charles erneut das Wort und nahm die Pfeife aus dem Mund. »Das ist die Bäckerei drei Türen neben meinem Laden. Bringen Sie mir eines davon, und ich erzähle Ihnen so viele Geschichten, wie Sie wollen.«

Zoe dachte an Micks Warnung vor den Einheimischen und ihren Schauergeschichten, mit denen sie Neuankömmlingen Angst einjagten, und nahm einen weiteren Zug von ihrer Zigarette, der sie nicht mehr ganz so stark runterzog wie der erste.

»Woher wissen Sie so viel über diesen Ort?«, fragte sie.

»Ich habe früher eine Zeit lang hier gelebt, vor vielen Jahren.« Charles hielt einen Moment inne, um seine Pfeife wieder anzuzünden. »Und nach meinem Eintritt in den Ruhestand bin ich hierher zurückgekehrt. Tief in mir habe ich immer gewusst, dass ich das tun würde.«

Seine Worte klangen irgendwie fatalistisch, ähnlich wie die von Mick.

»Haben Sie die Insel vermisst?«

»Sie hat mich eher zurückgerufen. Ganz einfach. Ich habe

mich umgesehen und bin auf die Idee gekommen, dass die Leute einen Buchladen gut gebrauchen könnten.« Er paffte mit einem wehmütigen Lächeln seine Pfeife. »Leider teilen nicht viele meine Meinung, wenn ich von meinem Kontostand ausgehe.«

»Unsinn«, warf Edward ein. »Die Leute lieben den Laden. Ihre Gewinnspanne wäre weitaus höher, wenn Sie nicht ständig Bücher verschenken würden.«

»Na ja, genau das ist ja das Problem, wissen Sie.« Charles beugte sich vor, zeigte mit der Pfeife in der Hand auf Zoe. »Jedes Mal, wenn jemand hereinkommt, glaube ich genau zu wissen, was er oder sie lesen sollte. Aber die Leute haben sehr eingefahrene Vorstellungen – ist Ihnen das mal aufgefallen? Manchmal muss ich sie regelrecht zwingen, dass sie ein bestimmtes Buch nehmen, und dann kann ich ihnen kaum etwas dafür berechnen. Mit meinem Rat wiederum liege ich so gut wie nie falsch – Edward wird es Ihnen bestätigen. Außerdem«, er unterbrach sich und stieß eine wohlriechende Rauchwolke aus, »hasse ich es zu sehen, wie Bücher ungeliebt in einem Regal herumstehen. Mir ist es weitaus lieber, wenn sie ein Zuhause finden.«

»Nicht die klügste Art, ein Geschäft zu führen«, warf Edward liebevoll ein.

Charles neigte den Kopf. »Stimmt. Nur ein Idiot würde ein Antiquariat eröffnen, um reich zu werden.«

»Haben Sie als Kind hier gelebt?«, erkundigte Zoe sich.

Charles betrachtete sie, die weißen Augenbrauen gefurcht, als ob die Frage eine sorgfältige Abwägung erforderte.

»Hier stecken Sie also!« Die Tür knallte gegen die Wand, und Kaye stand auf der Schwelle, ein Glas mit Wasser in einer

Hand, und richtete mit gespieltem Tadel einen Finger auf Zoe. »Ich dachte bereits, wir hätten Sie verloren.« Als ihr Blick auf Charles fiel, veränderte sich ihre Miene. »Hat er Ihnen Unsinn in den Kopf gesetzt?«, fragte sie mit einem Nicken zu ihm hin.

Zwar bemühte sie sich um einen leichten Ton, doch die unterschwellige Schärfe in ihren Worten war nicht zu überhören und die Besorgnis in ihren Augen nicht zu übersehen.

»Nein, dort befindet sich allein der Unsinn, der früher schon da war«, erwiderte sie lächelnd.

»Er ist ein großartiger Geschichtenerzähler, unser Professor«, fuhr Kaye im Plauderton fort, der nicht ganz ehrlich klang. »Unterhält uns alle am Feuer, wenn die Abende länger werden. Ed, kommst du? Bernie will in fünf Minuten anfangen. Und lass mich schnell mal ziehen.« Sie nahm Edward seine halb gerauchte Zigarette aus der Hand, nicht ohne einen schuldbewussten Blick zu den oberen Fenstern des Gebäudes zu werfen. »Wenn meine Mädchen jetzt rausschauen, kriege ich Ärger.«

Ein letzter tiefer Lungenzug, dann drückte sie die Zigarette in einem Eimer mit Sand neben der Tür aus. Edward vergrub die Hände in seinen Jeanstaschen und neigte den Kopf in Zoes Richtung.

»Hat mich gefreut, Sie kennenzulernen. Hoffe, wir sehen Sie hier bald wieder«, sagte er und sah linkisch zur Seite.

Flirtete er etwa mit ihr, fragte sie sich konsterniert und musste sich bemühen, einen neutralen Ton anzuschlagen. Die Vorstellung war schließlich völlig absurd.

»Na klar«, gab sie gleichmütig zurück.

Er nickte, winkte Charles kurz zu und verschwand im Pub, während Kaye demonstrativ darauf wartete, dass Zoe sie ebenfalls nach drinnen begleitete. Inzwischen vollends erschöpft und müde, tat sie ihr den Gefallen. Die Zigarette schmeckte ihr ohnehin nicht mehr. An der Tür wandte sie sich noch einmal zu Charles um.

»Ich werde nach Ihrem Laden Ausschau halten, Mr Joseph«, verabschiedete sie sich – ihn Professor zu nennen, schien ihr zu vertraulich.

»Bitte tun Sie das.« Er streckte eine Hand nach unten aus, um den Hund zwischen den Ohren zu kraulen. »Horace und ich sind jeden Tag dort und plaudern mit jedem, der vorbeischaut, über Gott und die Welt. Wir würden uns sehr freuen, Sie wiederzusehen. Ich verspreche Ihnen, eine interessante Lektüre für Sie herauszusuchen.«

»Benehmen Sie sich anständig«, mahnte Kaye, über deren Gesicht erneut ein Schatten huschte. »Miss Adams ist unser Gast.«

Wieder dieser scherzhafte Ton mit dieser unterschwelligen Warnung. Seltsam, dachte Zoe. Obwohl Kaye den Professor mochte, schien sie bestrebt, ihn von ihr fernzuhalten. Warum? Befürchtete sie etwa, er könnte ihr irgendein Gruselmärchen erzählen, vor dem sie sich so sehr erschreckte, dass sie auf der Stelle Reißaus nahm und via TripAdvisor zudem von einer Reise auf die Insel abriet?

Der Gedanke, man könnte sie für so einfältig halten, entlockte ihr ein Lächeln. Die Leute hatten ja keine Ahnung! Nichts konnte schlimmer sein als die Geschichte, die sie mit sich herumtrug. Außerdem hatte sie die halbe Miete für das Haus im Voraus bezahlt, da würde sie den Teufel tun und kneifen.

Nach der kühlen Nachtluft im Hof machten ihr die Hitze

des Kaminfeuers und das Gedränge in dem engen Schankraum zu schaffen. Der Whisky auf leeren Magen rumorte in ihrem Bauch, vom Nikotin war ihr schwindlig, was wiederum ihr Sehvermögen trübte. Sie lehnte sich an eine Wand, schloss für einen Moment die Augen und holte tief Luft, um die aufsteigende Übelkeit zu vertreiben. Wenngleich sie kein Interesse hatte, hier Freundschaften zu schließen, wollte sie nicht als die Frau in die Dorfhistorie eingehen, die sich binnen einer Stunde nach ihrer Ankunft im Pub übergeben hatte.

»Geht es Ihnen gut?« Kaye legte ihre üppig beringten Finger auf Zoes Schulter und tätschelte sie, als hätte sie ein Kind vor sich.

Zoe nickte. »Die Toilette?«

»An der Bar vorbei, auf der rechten Seite.«

In dem winzigen Kabuff war es noch stickiger, was am Dauerbetrieb der Händetrockner lag, denn bei so vielen Gästen gab man sich hier die Klinke in die Hand. Zoe zog ihre Fliegerjacke aus und klemmte sie sich zwischen die Knie, spritzte sich kaltes Wasser ins Gesicht und trocknete es mit dem Ärmel ihres Jeanshemds ab. Als sie sich aufrichtete, starrte ihr aus dem Spiegel schemenhaft ihr bleiches, erschöpftes Gesicht entgegen. Die Ringe unter ihren Augen waren so dunkel, dass sie blutunterlaufen aussahen. Sie hatte sich vor dem Flug abgeschminkt und sich vor der Landung nicht die Mühe gemacht, ein neues Make-up aufzutragen. Jetzt bedauerte sie das.

Es war eine lange, umständliche Reise gewesen. Erst der Transatlantikflug von Hartford/Connecticut ins irische Dublin und von dort über die Irische See ins schottische Glasgow, dann fünf Stunden Zugfahrt nach Norden zur Fähre und eine zweistündige Überfahrt. Bei der Planung zu Hause war es ihr als Superidee erschienen, die ganze Anreise in einem Rutsch hinter sich zu bringen, ohne Zwischenstopps, ohne Unterbrechungen zum Sightseeing. Schließlich war sie nicht wegen der Touristenattraktionen auf die Britischen Inseln gekommen. Ihr Ziel war einzig und allein dieses weitläufige alte Haus an dieser abgeschiedenen Küste, das sie mit seiner Einsamkeit geradezu magisch angezogen hatte.

Das hatte sie nun davon, sich eine solch hirnrissige Mammuttour zuzumuten. Sie kam sich vor wie in einem zeitlosen Vakuum, vermochte sich kaum zu erinnern, wann sie das letzte Mal geduscht oder etwas gegessen hatte.

Entschlossen erwiderte sie den vorwurfsvollen Blick ihres Spiegelbilds. Sie schienen beide enttäuscht voneinander zu sein. Fast dreiundvierzig, und man sah ihr jeden einzelnen Tag davon an. Hatte sie wirklich eine Sekunde geglaubt, dieser ernste, gut aussehende junge Lehrer hätte mit ihr geflirtet? Selbst wenn der Jetlag vorbei war und sie sich einigermaßen erholt hatte, würde sie ihr Alter nicht verleugnen können. All die Turbulenzen des vergangenen Jahres hatten sich unauslöschlich in ihre Haut gegraben.

Sie musste froh sein, wenn sie in der Einsamkeit dieser Insel wieder zu sich fand.

Dennoch wollte sie wenigstens die größten optischen Schäden zu reparieren versuchen. Sie kramte in ihrer Jackentasche und förderte einen Chanel-Lippenstift und eine Tube Make-up zutage – die hatte sie in letzter Minute eingesteckt für alle Fälle. Was für Fälle, was für Anlässe? Wer würde sich auf einer kleinen Insel vor der Westküste Schottlands schon aufbrezeln? Dazu im Winter, wenn die Einheimischen quasi unter sich waren? Vielleicht war es eine letzte Referenz an ihre Weiblichkeit, ansonsten hatte sie fast ausschließlich zweckmäßige Klamotten im Army-look wie ihre Fliegerjacke oder unförmige Pullover eingepackt.

Zoe trug gerade ein bisschen Farbe auf, als die Tür aufging und ein anderes Gesicht neben ihr im Spiegel auftauchte, das sie unfreundlich musterte. Annag, die junge Bedienung.

»Sie sind die, die das McBride-Haus gemietet hat. Oder?«, erkundigte sie sich. Ihr Akzent war breit und ungeschliffen, verriet eine geringe Schulbildung. »Mutig«, fügte sie in einem schadenfrohen Ton hinzu.

»Ich dachte, das Haus gehört Mick und Kaye«, erwiderte Zoe. »Den Drummonds.«

Warum das Anmieten des Hauses mutig sein sollte, fragte sie nicht. Sie wollte diesem Mädchen, das sichtlich darauf brannte, es ihr zu erzählen, keinen Vorschub leisten.

»Hier in der Gegend wird es immer das McBride-Haus sein«, erklärte Annag mit einem bedeutungsvollen Blick.

»Hat es nicht einen anderen Namen?« Zoes Neugier siegte über ihre Abneigung dem Mädchen gegenüber. »Irgendein komisches Wort, vermutlich gälisch, das ich nicht aussprechen kann.«

Annag gab fremdartige, kehlige Laute von sich.

»So spricht man es aus. Der Name bedeutet Ruhestätte«, erklärte sie.

»Oh. Das ist ja nett.«

»Finden Sie?«, meinte das Mädchen mit einem gehässigen Grinsen.

Ein Schauer durchlief sie, als es ihr dämmerte. Hatten die Leute, die diesen Namen ausgesucht hatten, nicht an die makabre Doppelbedeutung gedacht? Oder, schlimmer noch, hatten sie es bewusst und mit voller Absicht getan?

»Leihen Sie mir mal Ihren Lippenstift?«

Eine pummelige Hand streckte sich ihr entgegen, die abgekauten Fingernägel waren mit einem abblätternden Grün bemalt. Zoe zögerte. Es widerstrebte ihr, einer wenig appetitlichen Fremden ihren Lippenstift zu überlassen, doch ihr fiel kein guter Grund ein, die Bitte abzuschlagen, der nicht kränkend gewesen wäre.

Widerstrebend reichte sie Annag das Gewünschte und beobachtete angeekelt, wie das Mädchen den Mund kreisförmig öffnete und reichlich Farbe auftrug, um sich anschließend sichtlich zufrieden zu betrachten.

»Warum ist das denn mutig von mir?«, kam Zoe auf das Haus zurück. »Ich nehme mal an, dort spukt es oder so, richtig?«

Obwohl sie versuchte, die Sache ins Lächerliche zu ziehen, war ihr ein bisschen mulmig zumute.

Dem Mädchen offenbar ebenfalls, denn es ruderte mit einem Mal zurück.

»Ich hab bloß gemeint, so ganz allein dort draußen zu wohnen. Mitten im Nirgendwo. Das ist mutig für eine Frau.« Sie griff mit einer Hand in ihr Top und rückte einen verrutschten BH-Träger zurecht. »Ich wollte nicht sagen …« Sie wandte sich zu Zoe um, die sie bislang lediglich im Spiegel betrachtet hatte. »Egal, was die Leute sagen, von mir haben Sie's nicht gehört, okay? Gott, Mick würde mich umbringen.«

Dann hatte der Wirt sie also gewarnt, irgendwelche Geschichten zu erzählen, die über dieses Haus in Umlauf waren. Waren alle anderen im Ort desgleichen zum Schweigen vergattert worden? Sogar Charles Joseph, der eigentlich nicht so aussah, als würde er sich den Mund verbieten lassen? Was konnte so schrecklich sein, dass Kaye und Mick allen Ernstes befürchteten, es könnte sie vertreiben? Bestimmt war es in Wahrheit nicht mehr als eine Gruselgeschichte, wie sie sie aus Highschoolzeiten von Übernachtungspartys kannte. Zoe erinnerte sich besonders an eine, wo ein Mädchen ein Scheppern auf dem Autodach hörte und dann feststellen musste, dass es sich um den Kopf ihres Freundes handelte. So etwas bekam man eben auch am Arsch der Welt vorgesetzt, sagte sie sich. Schließlich hatten die Leute hier ansonsten nicht viel Unterhaltung.

Trotzdem blieb ein leichtes Unbehagen.

»Ich habe bisher nichts Verdächtiges über das Haus gehört«, begann sie, um das Mädchen aus der Reserve zu locken.

»Na, dann werden Sie hoffentlich tief und fest in Ihrem Bett schlafen.«

Mit diesen Worten, die ganz und gar nicht beruhigend, sondern eher hinterhältig wirkten, verließ Annag den winzigen Toilettenvorraum. Den Lippenstift nahm sie mit.

Zoe beschloss, ihr nicht nachzulaufen und ihn zurückzufordern, wohl aber in Zukunft einen möglichst weiten Bogen um das Mädchen zu machen.

Am besten um jeden hier. Sie warf einen letzten Blick auf ihr erschöpftes Spiegelbild und verzichtete auf weitere Restaurierungsmaßnahmen. Den bereits aufgetragenen Lippenstift wischte sie mit einem Taschentuch ab.

Selbst im Dunkeln sah das Haus imposant aus. Die an der Vorderseite installierten Bewegungsmelder ließen die Außenlampen grell aufleuchten wie Suchscheinwerfer in einem Gefängnishof, als der Landrover in die Einfahrt bog. Mick hob eine Hand, um seine Augen abzuschirmen. Das Licht erhellte ein weitläufiges, dreistöckiges Haus mit hohen gotischen Fenstern im ersten Stock, Rautenglas, verschnörkelten Dachgiebeln, mehreren hohen Schornsteinen und einem sechseckigen Türmchen als Krönung. Warmes Licht schimmerte aus einem der Fenster im Parterre. Als Zoe sich von ihrem Sitz auf den Kies schwang, konnte sie das Donnern der anbrandenden Wellen auf der anderen Seite des Hauses hören.

»Kaye hat Ihnen ein paar Kleinigkeiten dagelassen – Brot und Milch und so«, erläuterte Mick, während er ihr Gepäck aus dem Kofferraum nahm. »Dürfte fürs Frühstück reichen. Außerdem hat sie einen Ordner angelegt, in dem steht, wo Sie was finden, außerdem unsere Nummern und noch ein paar andere, die Sie vielleicht brauchen könnten. Ich dachte, ich schaue morgen vor dem Mittagessen vorbei und zeige Ihnen, wie der Generator funktioniert, wo wir das Holz lagern, so'n Zeug eben. Und dann fahre ich Sie, wenn Sie wollen, zum Supermarkt.«

Zoe murmelte einen Dank, hörte nur mit halbem Ohr zu und starrte stattdessen zum Nachthimmel hoch. Ein frischer Wind jagte Wolkenfetzen vor den Mond, dahinter glitzerte ein riesiges Sternenmeer über den tintenblauen Weiten. Klagende Schreie vereinzelter Seevögel, die offenbar auch nachts jagten, drangen an ihr Ohr.

»Warum nennen die Leute es das McBride-Haus?«

Mick hielt inne mit Ausladen, zögerte eine Weile, bevor er ungewohnt zurückhaltend antwortete.

»McBride war der Bursche, der es gebaut hat, 1860.«

»War er ein Verwandter?«

»Er hat meine Ururgroßtante geheiratet. Dann fiel es an ihren Bruder, meinen Ururgroßvater. Seitdem befindet es sich im Besitz meiner Familie. Trotzdem ist der Name hängen geblieben. Und jetzt«, wechselte er in einem krampfhaft fröhlichen Ton das Thema, »schaffen wir das ganze Zeug hinein, und dann können Sie sich einrichten.«

Er trug ihr Gepäck in eine geräumige Diele, stellte es am Fuß der Treppe ab und schaltete alle Lichter ein. Es roch nach frischer Farbe, Möbelpolitur und dem schweren Duft eines Lilienstraußes, der auf einer Kommode gegenüber der Eingangstür stand.

»Schöne Blumen«, sagte Zoe, um das Schweigen zu durchbrechen.

»O ja, hat Kaye besorgt«, erwiderte Mick stolz, doch seine Augen huschten herum, als würde er erwarten, dass irgendwer aus einer der Türen zum Vorschein kam.

»Ganz lieb von ihr – richten Sie ihr bitte meinen Dank aus?«

Inzwischen war es nach elf, wie die Standuhr anzeigte. Zoe wollte nichts anderes, als endlich zu schlafen, und betete, Mick möge endlich gehen.

»Na dann. Hier sind Ihre Schlüssel. Das sind die für die Haustür. Die für die Hintertür hängen an einem Haken in der Küche.«

Mick drückte ihr einen schweren Schlüsselring in die Hand, vergrub seine Hände in den Taschen seiner Lederjacke und schaute unschlüssig zur Haustür. Offenbar hatte er etwas auf dem Herzen, schien aber nicht zu wissen, wie er seinen Besuch noch länger ausdehnen könnte. Einen verlegenen Moment lang fragte sich Zoe, ob er auf ein Trinkgeld aus war, was sie allerdings für mehr als unwahrscheinlich hielt.

»Soll ich Ihnen die hochtragen?«, fragte er schließlich mit einem Blick auf die Koffer.

»O nein, das schaffe ich schon«, protestierte sie vergeblich, denn er war bereits auf halbem Weg die Treppe hoch und versicherte, das mache gar keine Umstände.

»Na dann«, meinte er, als er wieder herunterkam. »Ich nehme an, ich sollte Sie jetzt besser allein lassen. Das Wasser aus dem Hahn können Sie übrigens unbesorgt trinken. Leider, das wissen Sie ja, gibt es hier kein Internet.«

Sie zwang sich zu einem Lächeln. »Das ist okay. Es wird mir guttun, eine Weile offline zu sein.«

»Auf dieser Seite der Insel haben sie noch keine Kabel verlegt«, entschuldigte Mick sich, als läge der Fehler bei ihm. »Nächstes Jahr soll es so weit sein. Sie können gern zum Pub kommen und bei uns E-Mails und so verschicken.« Er zögerte erneut, fuhr sich mit einer Hand durch sein schütteres Haar. »Wie gesagt, unsere Nummer finden Sie in dem Ordner dort. Rufen Sie uns an, wenn Sie irgendwas brauchen, jederzeit. Sind bloß fünf Meilen, ich kann im Handumdrehen hier sein, wenn es irgendein Problem gibt.«

»Ich werde versuchen, Sie nicht zu stören, soweit ich es vermeiden kann. Außerdem bin ich ziemlich eigenständig.«

Sie war sich nicht sicher, ob das wirklich stimmte. Immerhin war es lange her, seit sie die Probe aufs Exempel gemacht hatte. Egal. Hauptsache, Mick glaubte es.

»Aha, das ist gut. Wie auch immer, wir sind da, falls Sie uns brauchen. Im Ernst, jederzeit. Tag oder Nacht.« Sein Ton war eindringlich, und sein Blick huschte unsicher zum oberen Ende der Treppe. »Dann bis morgen Mittag. Ich hoffe, Sie haben eine angenehme Nachtruhe.«

»Die werde ich bestimmt haben«, erklärte sie mit fester Stimme und ging voraus zur Tür, sodass ihm nichts anderes übrig blieb, als zu gehen.

Er hob grüßend die Hand, während er den Landrover zurücksetzte, doch im weißen Lichtkegel der Außenleuchten sah sie seine besorgte Miene, genau wie zuvor in der Diele.

Als das Geräusch des Motors verklungen war, schloss Zoe die Tür, ließ sich auf den Boden sinken und lehnte sich gegen das Türblatt.

Er war als Vermieter unerfahren, sagte sie sich, und entsprechend nervös, übertrieb dabei ein bisschen mit seiner Sorge um ihr Wohlbefinden. Was sich vermutlich legen würde, sobald sich alles eingespielt hatte. Hoffte sie zumindest, denn sie wollte als ganz normale Mieterin behandelt werden und nicht etwa als Gast, was Mick und Kaye immer betonten. Das klang irgendwie nach Familienanschluss, viele Leute begriffen einfach nicht, dass jemand sich nach Einsamkeit sehnte.

Auf einem Konsolentisch in der Diele stand ein Telefon. Sie überlegte kurz, zu Hause anzurufen, verwarf den Gedanken aber sogleich wieder. Sie war zu müde, zu benebelt vom Whisky. Außerdem hatte sie Dan vom Flughafen aus eine SMS geschickt, dass sie gut angekommen sei, das musste fürs Erste reichen. Sie rappelte sich hoch, schaltete die Lampen aus und stieg die Treppe hinauf in den ersten Stock. Dort standen ihre Koffer vor der Tür zu einem Zimmer, in dem Licht brannte, einem großen Schlafzimmer in den Farben Weiß, Schiefergrau und Enteneiblau mit einem kleinen En-suite-Bad wie in einem Hotel. Sie warf ihre Jacke über einen Stuhl, zog ihre Stiefel aus und trank ein paar Schluck kaltes Wasser. Dann löschte sie die Lampen, ließ sich aufs Bett fallen und schlief vollständig angezogen ein. Das McBride-Haus versank in tiefer Dunkelheit.

2

In jener Nacht träumte Zoe. Sie lag nackt auf einer niedrigen Couch in der Galerie mit den hohen Fenstern, die auf der ganzen Westseite des Hauses mit Blick aufs Meer verlief. Beide Arme waren über ihren Kopf nach hinten gestreckt und gefesselt, sodass sie sich nicht bewegen konnte. Um sie herum tiefe Schatten, nur ein fahler Streifen Mondlicht fiel herein und tauchte den polierten Dielenboden in einen silbrigen Schimmer.

Obwohl sie niemanden sehen konnte, spürte sie, dass jemand in der Nähe war und sich auf sie zubewegte.

Dann begannen zwei Hände, die sich aus dem Dunkeln nach ihr ausstreckten, Muster auf ihre Haut zu zeichnen. Heißer Atem strich über Hals und Schultern. Ihre Muskeln spannten sich an, ihre Brustwarzen richteten sich auf, und ihre Hüften hoben sich – am ganzen Körper spürte sie, wie ihre Erregung anstieg und sie sich öffnete. Trotz dieser ausgelieferten Position hatte sie keine Angst, verspürte sogar ungewohnte Freude und Stolz über ihren Körper – ein Gefühl, das sie veranlasste, sich ihm entgegenzustrecken, sich ihm darzubieten.

Irgendwie schien er sie zu kennen, dieser unbekannte Liebhaber. Er wusste genau, wie sie berührt werden wollte, was sie brauchte, und sie vertraute ihm, seinen geübten Händen, seinem Mund und seiner intuitiven Art, auf ihr Verlangen und ihre Bedürfnisse einzugehen. Sie lieferte sich ihm aus, wartete, was er tat, und akzeptierte es. Alles. Seine Lippen hauchzart auf ihren Brüsten, die Hände besitzergreifend um ihre Taille gelegt. Seine Zunge, die ihre Brustwarze umkreiste und eine Schockwelle in ihr auslöste, die ihren ganzen Körper erfasste, durch ihre Lenden schoss und sie erzittern ließ, als hätte ein Stromstoß sie getroffen. Sie wollte schreien vor Lust, doch wie immer in Träumen brachte sie keinen Laut heraus. Nicht einmal, als sein Mund sich über ihrer Brust schloss und an ihr saugte, erst sanft, dann immer fester und unterstützt durch kleine Bisse. Ungeduldig reckte sie ihm jetzt die Hüften entgegen, öffnete die Beine, damit er eine Hand dazwischenschieben konnte, während sein Mund über die Weichheit ihres Bauches glitt.

Gut, flüsterte er in ihrem Kopf.

Zwar konnte sie abgesehen von ihren gefesselten Händen die Bewegungen ihres Körpers steuern, vermochte hingegen keinen Einfluss auf den schattenhaften Liebhaber zu nehmen. Sie war machtlos, wenn er ihr vorenthielt, was sie begehrte, wenn er absichtsvoll die Folter in die Länge zog. Etwa indem er mit seinem heißen Atem langsam über das Zentrum ihrer Lust strich, sie erregte, um dann weiterzuwandern zur Innenseite ihrer Schenkel oder das Becken hinauf, wo er sich damit aufhielt, zärtlich an ihrer Taille zu knabbern.

Stumm versuchte sie ihn anzuflehen, ihn zu beschwören, wand sich in ihren Fesseln, bis seine Zunge endlich ihre empfindlichste Stelle fand und er mit zwei Fingern in sie hineinglitt. Endlich erhielt sie die Belohnung, ihr ganzer Körper schien mit einem Mal in leuchtenden Farben zu erstrahlen.

Eine Hand hielt ihre Hüften fest, der Rhythmus seiner Zunge beschleunigte sich, und seine Finger drangen tiefer in sie ein, sodass sie sich aufbäumte und sich an ihm rieb.

Und plötzlich hörte sie sich selbst schreien.

Es war ein wilder, animalischer Aufschrei, als sie das erste Mal kam und glaubte, über den Rand eines Wasserfalls geschleudert zu werden. Noch immer wurde sie von Wellen ekstatischer Lust überflutet, als er sich bereits von ihr entfernte und wieder mit den Schatten verschmolz, ohne dass sie in der Lage gewesen wäre, ihn zu rufen und festzuhalten. Stattdessen erwachte sie von ihrem eigenen leisen Wimmern. Aufgewühlt und orientierungslos blinzelte sie ins Dunkel und stellte fest, dass sie tatsächlich auf einer Couch in der Galerie lag, die Arme über den Kopf gestreckt und die Handgelenke gekreuzt. Ein kühler Luftzug ließ ihren nackten Körper erzittern und überzog ihn mit einer Gänsehaut.

Zoe brauchte ein paar Augenblicke, um zu begreifen, dass sie nicht länger träumte.

Wie war sie hierhergekommen? Behutsam nahm sie die Arme herunter, als müsste sie sich vergewissern, dass da wirklich keine Fesseln waren. Ihre Schultern schmerzten, und ihre Finger waren wie betäubt. Jede Erinnerung, wie sie ihr Bett verlassen und sich ausgezogen hatte, fehlte. Verwirrt sah sie an sich hinunter, als wäre ihr eigener Körper ihr fremd. Und als sie merkte, dass ihr Verlangen nicht mit ihrem Traum geendet hatte, glitten ihre Finger zögernd zwischen ihre Beine und begannen sich kreisend zu bewegen, steigerten ihr Tempo, bis sich ihre Erregung in einem keuchenden Höhepunkt entlud, der allerdings die überirdische Magie der Liebkosungen ihres Traumliebhabers vermissen ließ. Und dennoch war ihr, als hätte irgendetwas von ihr Besitz ergriffen, als wäre ihr Verlangen ein schlummerndes Tier, das zu lange so tief in ihr vergraben gewesen war, dass sie es beinahe vergessen hatte. Dabei war es niemand, den sie aus ihrem realen Leben kannte, sondern ein Produkt ihrer Fantasie – der Idealtyp eines Liebhabers vielleicht, den sie sich unbewusst ersehnt hatte.

Wie in ihrem Traum ergoss jetzt der Mond sein perlweißes Licht in die Galerie. Von draußen drang das Tosen des Meeres an ihr Ohr, das so aufgewühlt zu sein schien wie sie selbst.

Gerade war sie im Begriff, die Galerie zu verlassen, als sich draußen ein Schatten am Rand ihres Blickfelds regte, eine fast unmerkliche Andeutung einer Bewegung. Sie trat an eines der Fenster und spähte hinaus, um sogleich zurückzuzucken. Da war jemand am Strand, unter einem Felsvorsprung, und sah zum Haus hoch. Oder zumindest glaubte sie eine Gestalt auszumachen. Erschrocken wich sie zurück, schnappte sich eine Wolldecke von der Sofalehne und schlang sie um sich, bevor sie sich dem Fenster erneut näherte.

Inzwischen hatte sich eine Wolke vor den Mond geschoben, sodass der sichelförmige Strand in Dunkelheit getaucht war. Und als die helle Scheibe wieder zum Vorschein kam, waren da lediglich die Felsen, der weiße Sand und die gischtgekrönten Wellen. Zoe atmete aus, das Herz schlug ihr bis zum Hals, und sie musste sich regelrecht zur Ordnung rufen, um nicht panisch zu werden. Mit einem letzten Blick vergewisserte sie sich, dass dort wirklich niemand war, und wollte bereits beruhigt in ihr Bett zurückkehren, als sie hinter sich ein Geräusch vernahm. Kaum hörbar, ein leises Kratzen wie von Fingernägeln auf Holz. Ihr Nacken begann zu kribbeln, und eisige Kälte durchflutete sie.

Irgendwer versuchte ins Haus zu gelangen.

Obwohl das Geräusch bald wieder aufhörte, war die Stille, die danach folgte, trügerisch. Die unsichtbare Person hielt bloß den Atem an. Sie konnte es spüren: Ohne jeden Zweifel lauerte jemand auf der anderen Seite der Tür. Sie wagte es nicht, sich umzudrehen, stand wie angewurzelt da, den Kopf gesenkt, als würde sie einen Schlag erwarten, die nackten Schultern zitternd vor Kälte und Angst.

Nach einer Weile setzte das Kratzen wieder ein und hörte auf, als sie zu wimmern begann. Wer immer dort draußen war, wusste, dass sie sich im Haus befand. Sie spannte den Kiefer an, ballte die Fäuste so fest, dass ihre Fingernägel sich in die Handflächen bohrten, ging zur Tür und riss sie mit einer raschen Bewegung auf, bevor die Angst sie hindern konnte.

Nichts. Der Flur war leer. Sie sackte zusammen, keuchend entwich ihr angehaltener Atem, und sie schwankte zwischen Lachen und Weinen. Sie würde Mick Drummond morgen sagen müssen, dass er, all seinen umfangreichen Renovierungsarbeiten zum Trotz, nach wie vor Mäuse in den Wänden hatte.

Zoe schloss die Tür und schaute sich in ihrem Zimmer um, stutzte. Wieso lag ihre Kleidung ordentlich zusammengefaltet auf dem Sessel unter dem Fenster? Und wann hatte sie sich überhaupt ausgezogen? Immerhin wusste sie noch, dass sie sich, von den Stiefeln abgesehen, in voller Montur ins Bett gelegt hatte. Hatte sie sich wie ein Schlafwandler nachts ausgezogen und war nackt in die Galerie spaziert? Seltsam, aber eine bleierne Müdigkeit hinderte sie daran, der Sache auf den Grund zu gehen. Gerne hätte sie einen Pyjama angezogen, nur war der Koffer mit einem Vorhängeschloss gesichert, und sie konnte sich nicht aufraffen, nach dem Schlüssel zu wühlen.

Also kroch sie samt Wolldecke um den Schultern ins Bett, ausgelaugt und erschöpft, und war fast wieder eingeschlafen, als der Gesang einsetzte.

Es war die alte gälische Weise, die Kaye im Pub gesungen hatte, jene Wehklage einer Frau, die um ihren Geliebten trauerte, den sie ans Meer verloren hatte. Auch Zoe hatte das Lied merkwürdig berührt, obwohl sie den Text nicht verstand. Und jetzt erklang irgendwo im Haus diese Melodie, wenngleich nicht so überwältigend und leidenschaftlich vorgetragen wie von Kaye. Nein, diese Frauenstimme war dünn und kränklich und trostlos. Hier hatte das Verlustgefühl über die Erinnerung an eine große Liebe gesiegt.

Zoe lag wie erstarrt unter ihrer Decke, wusste die Sache nicht einzuordnen. Gebannt hörte sie hin, und zugleich sagte sie sich, dass das alles nicht real war, sondern dass ihr erschöpfter Verstand sie narrte und ihre überreizte Fantasie ihr Trugbilder vorgaukelte. Akustisch wie optisch. Trotzdem ertrug sie es nicht, erhob sich, die Wolldecke um sich geschlungen, und öffnete erneut die Tür. Die Melodie schwebte vom zweiten Stockwerk zu ihr herunter.

Im Dunkeln, da sie den Lichtschalter nicht fand, tastete sie sich die Treppe hoch, hielt auf jeder Stufe inne, um zu lauschen. Wieder spürte sie diese unheimliche Kälte im Nacken, diesen Krampf in ihren Eingeweiden. Vielleicht hatte sie sich ja nicht getäuscht, vielleicht hatte tatsächlich jemand einen Weg ins Haus gefunden. In so einem alten Kasten gab es bestimmt Zugänge, von denen sie nichts ahnte. Doch warum sollte ein Eindringling sie auf seine Anwesenheit aufmerksam machen, indem er ein trauriges Lied anstimmte?

Das ergab alles keinen Sinn.

Insofern beruhigten sie derlei Selbstbeschwichtigungen nicht. Im Gegenteil. Zoe bedauerte zutiefst, dass sie nicht daran gedacht hatte, irgendeine behelfsmäßige Waffe mitzunehmen – einen Schürhaken oder wenigstens einen Regenschirm. Sie spähte über das Treppengeländer in das diffuse Dunkel unter ihr, dachte an das Telefon auf dem Tischchen in der Diele und überlegte kurz, Mick und Kaye anzurufen.

Wie lange würde es dauern, bis sie hier wären? Fünfzehn Minuten vielleicht, höchstens zwanzig.

Nein, das wäre zu peinlich. Schließlich gab es keinen handfesten Hinweis, dass jemand im Haus war. Irgendwie hatte sie sich ausgezogen und war splitterfasernackt schlafwandelnd in die Galerie gegangen. Und alles andere war eine Reaktion ihres Körpers auf die Strapazen der Reise, den Jetlag und den Whisky. Wer vermochte schon zu sagen, ob sie sich nicht nach wie vor im Halbschlaf oder in einer Art Trance befand. Sie konnte Mick und Kaye nicht mitten in der Nacht aufscheuchen, weil sie irgendwelche Dinge zu hören glaubte, die sich dann als ganz normal herausstellten oder sich ihren überstrapazierten Nerven verdankten.

Ein letztes Durchatmen, dann ging Zoe zielstrebig in die Richtung, aus der der weinerliche Gesang kam. Vor einer Tür am Ende des Flures blieb sie stehen, zögerte und griff schließlich nach dem Messingknauf. Abgeschlossen, da konnte sie rütteln, soviel sie wollte.

Trotzdem verstummte der Gesang nicht, wurde unbeirrt im selben trostlosen Ton fortgesetzt.

Wenngleich ihr die Sache mehr als unheimlich war, zog diese unendliche Trauer der Frau sie in ihren Bann, drang in jede Faser ihres Körpers ein, bis sie befürchtete, ihr Herz würde angesichts eines solch abgrundtiefen Schmerzes zerspringen. Sie riss sich zusammen, klopfte energisch und laut an der Tür.

»Wer ist da?«, rief sie. »Wer sind Sie? Kommen Sie heraus.«

Niemand antwortete, die Stimme indes schien ein wenig schwächer zu werden. Sie klopfte noch einmal, rüttelte an dem Türknauf, und beim nächsten Rufen verhallte das Lied allmählich. Es erinnerte sie an das langsame Verklingen einer Schallplatte auf einem alten Grammofon.

Zoe war so schlau wie zuvor.

Frustriert, erschöpft und wütend machte sie kehrt, um ihre Suche nach der Quelle des Gesangs abzubrechen, als sie einen Luftzug im Nacken spürte und ein leises Geräusch vernahm, das ebenso ein unterdrücktes Lachen wie ein unterdrücktes Schluchzen hätte sein können.

Es war bereits nach elf, als sie aufwachte. Sonnenlicht strömte durch einen Spalt zwischen den Vorhängen ins Zimmer. Sie lag nackt im Bett, die Wolldecke verheddert neben sich unter dem Bettzeug. Wenigstens das hatte sie nicht geträumt. Zoe setzte sich auf, zog die Knie an und blinzelte ins Licht. Nach dem strapaziösen Tag und der unruhigen Nacht hatte sie mit allerlei Beeinträchtigungen gerechnet, aber als sie sich dehnte und streckte, fühlte sie sich sogar ungewohnt leicht und erfrischt und schwang voller Elan die Beine aus dem Bett.

Ihr Anblick – lang, schlank, blass – ließ eine Flut von Bildern in ihr aufsteigen. Dieser Traum. Sie errötete bei der Erinnerung und presste die Schenkel zusammen. Früher, als sie jünger war, hatte sie oft äußerst lebhafte sexuelle Träume gehabt, doch im Laufe der Zeit waren sie in den Hintergrund getreten, genau wie ihr restliches Liebesleben. Damals allerdings waren die Liebhaber, die in ihren Träumen auftraten, Varianten von Männern gewesen, die sie kannte – oft Männer, für die sie im wirklichen Leben nie solche Gefühle gehegt hatte.

Der Traumliebhaber der vergangenen Nacht hingegen war anders gewesen: unwirklich, perfekt, aus ihren eigenen unausgesprochenen Sehnsüchten geformt. Zoe bedauerte, dass sie sich nicht wieder aufs Bett fallen lassen und die Vision noch einmal heraufbeschwören konnte. Sie war flüchtig, köstlich und vergänglich gewesen. Und genauso rückte sie alles, was danach passiert war – das Kratzen, der Gesang –, in einen Bereich zwischen Traum und Wirklichkeit und war froh, dass sie in diesem wirren Gefühlsgemenge nicht Mick und Kaye angerufen hatte. Heute würde sie deswegen in den Boden versinken.

Nachdem sie ein paar Sachen aus ihrem Koffer herausgenommen hatte, beschloss sie, erst mal die Küche zu suchen. Sie fand sie im rückwärtigen Teil des Hauses. Es war eine gemütliche, alte Bauernküche, die vorsichtig renoviert worden war, ohne ihren Charme zu zerstören, und die große Veranda davor eröffnete eine spektakuläre Sicht auf die Küste. Zoe öffnete ein paar Holzschränke. Alle Haushaltsgeräte und Kochutensilien waren Markenprodukte – eine Investition in Hinblick auf die gut betuchten Feriengäste, die man offensichtlich anzulocken hoffte.

Wie versprochen, waren die wichtigsten Lebensmittel vorhanden, und während die Kaffeemaschine lief, dachte Zoe zum wiederholten Mal darüber nach, wie seltsam es war, dass Mick und Kaye so viel Mühe und Kosten für die Renovierung aufgewandt hatten, um das Haus dann Fremden zu überlassen. Waren ihnen wirklich fünf Meilen Fahrt zu viel? Brauchten sie vielleicht zusätzliche Einkünfte, weil ihre Kneipe außerhalb der Saison nicht viel abwarf? Oder bestand die Gefahr, im Winter vom Ort abgeschnitten zu werden? Ein Gedanke, den sie ganz schnell verdrängte.

Die Tür zur Veranda war abgeschlossen und von innen verriegelt, die Schlüssel hingen an einem Haken, wie Mick gesagt hatte. Alle Fenster waren mit Schlössern gesichert. Völlig unmöglich, dass irgendjemand letzte Nacht hier hätte eindringen können. Sie öffnete die Tür, goss Kaffee in einen großen Keramikbecher und ging damit hinaus in den warmen, goldenen, spätherbstlichen Sonnenschein, um ihr neues Zuhause zum ersten Mal bewusst in sich aufzunehmen.

Das Meer hatte sich zurückgezogen, es herrschte Ebbe – da, wo sonst die Wellen anbrandeten, erstreckte sich jetzt eine von Rillen durchzogene, nasse, gelbbraune Fläche, durchsetzt von Kieselsteinen und Seetang, den das Wasser nicht ins Meer zurückgespült hatte. Der Wind der vergangenen Nacht war abgeflaut, das Meer lag ruhig da, sah träge aus wie geschmolzenes Blei, was sich mit der nächsten auflaufenden Flut sogleich wieder ändern würde. Seevögel kreisten an einem blauen Himmel, über den ein paar weiße Schäfchenwolken zogen, schwebten auf unsichtbaren Strömungen dahin auf ihrer Suche nach Nahrung.

Zoe schlenderte bis ans Ende der Veranda, wo sie an die Nordseite des Hauses stieß. Das Gesicht der Sonne zugewandt, atmete sie den Geruch von Salz, feuchter Erde und frischem Kaffee ein und ließ die Farben der Bucht – Violett und Gold, Azurblau, Smaragdgrün und Indigo – auf sich wirken. Und stellte sich vor, wie sie diese Farben auf ihrer Palette mischen, sie übereinanderlegen würde, um die Strukturen von Meer, Felsen und Wolken nachzugestalten.

Der Gedanke belebte sie. Die Aussicht, etwas aus nichts zu

erschaffen, leere Tage und leere Leinwände zu füllen, sich einzig und allein auf das Gemälde zu konzentrieren, mit dem sie sich ausdrücken wollte, gab ihr Auftrieb, erfüllte sie mit erwartungsvoller Freude.

War das Freiheit? Die Freiheit, nach der sie suchte – nach der sie sich in den vergangenen zehn Jahren insgeheim gesehnt hatte? Eine Freiheit ohne Ehemann, ohne Kind, nur sie allein mit einer Leinwand und der Aussicht auf das wilde Meer?

Sie ließ den Blick über den verlassenen Strand schweifen. Die Antwort lautete natürlich Nein. Das hier war keine wahre Freiheit, nicht die unbelastete Freiheit ihrer Jugend. Schließlich hatte sie inzwischen Verpflichtungen und Bande, die sie hätten verankern sollen. Für sie konnte es keine Freiheit mehr geben, die nicht mit Schuld befleckt war.

»Ich hoffe, du findest, was du suchst.«

Das waren die letzten Worte gewesen, die Dan, die Stimme voll unterdrückter Wut, an sie gerichtet hatte, bevor sie ging. Er wollte ihr zu verstehen geben, dass nichts, was sie zu gewinnen hoffte, den Preis je wert sein würde. Im Flur an die Wand gelehnt, die Arme vor der Brust verschränkt, sah er ungerührt zu, wie sie mit ihren Koffern kämpfte, um sie die Treppe hinunterzuwuchten, und rührte keinen Finger. Nicht dass sie am Ende auf die Idee kam, er würde ihr in letzter Minute noch seinen Segen für ihren verrückten Plan geben.

»Wie bitte?«, war sein erster Kommentar gewesen, als sie eines Abends beim Essen ohne Vorwarnung verkündete, dass sie für eine Weile weggehen werde. »Das heißt, du hast das alles einfach geplant, ohne mich nach meiner Meinung zu fragen?«, hatte er verständnislos hinzugefügt.

»So ist es. Ich mache es jetzt genau wie du, als du im Alleingang entschieden hast, deinen Job aufzugeben«, entgegnete sie gleichmütig.

»Was? Das kann man wohl nicht vergleichen …« Er legte sein Besteck hin, fuhr sich mit beiden Händen durchs Haar. »Da gab es nichts zu diskutieren – es war ein gutes Angebot. Besser, als ich erwartet hatte. Architekten sind immer die Ersten, die es bei einem Konjunkturabschwung trifft, das weißt du selbst. Die ganze Baubranche bekommt es zu spüren. Überall werden Leute entlassen. Ich musste auf diesen Deal eingehen, bevor mir keine Wahl mehr geblieben wäre. Es war das verdammte Gegenteil von Weglaufen, was du jetzt tust.«

Zoe schwieg, zog es vor, Dan in dem Glauben zu lassen, dass er recht hatte. Wie könnte sie es ihm überhaupt erklären? Die letzten zehn Jahre hatten ihn, im Gegensatz zu ihr, nicht in seiner Persönlichkeitsentwicklung beeinträchtigt. Er hatte nicht seinen Platz in der Welt aufgeben müssen, seit ein Kind da war, konnte jeden Tag zur Arbeit fahren, Probleme lösen, seinen Intellekt und seine Fähigkeiten einsetzen. Konnte, mit anderen Worten, aus dem Vollen schöpfen und sich beweisen. Mehrmals die Woche ging er abends mit Kunden und Kollegen essen, nahm sie manchmal mit, sofern sie einen Babysitter fanden, reiste nach wie vor zu Vertragsverhandlungen und Konferenzen vor allem nach Seattle, um mit der dort ansässigen Niederlassung der Firma Projekte zu besprechen.

Irgendwann fiel ihr auf, dass die Meetings ungewöhnlich oft auf einen Montagmorgen angesetzt wurden, sodass er bereits am Wochenende anreiste. Und nicht weniger verwunderte sie, dass seine erste Ansprechpartnerin in Seattle, eine Kollegin namens Lauren Carrera, offenbar keine Vorstellung von Zeitzonen hatte und ihn oft noch nach Mitternacht auf seinem Handy anrief. Dann zog er sich jedes Mal nach unten in sein Arbeitszimmer zurück, um den Anruf entgegenzunehmen. Seine sanfte Stimme, sein unbeschwertes Gelächter versetzten ihr regelmäßig einen Stich – so redete er schon lange nicht mehr mit ihr.

Lauren Carrera war Anfang dreißig, und ihre Facebook-Fotos zeigten sie entweder beim Skifahren oder Surfen, bei einem Benefizmarathon oder beim Tequilatrinken mit einer großen, bunt gemischten Clique von Freunden. Zoe hatte Dan nie offen gefragt, ob er mit dieser Lauren geschlafen hatte. Er war kein guter Lügner, und sie wollte nicht mit ansehen müssen, wie er versuchte, ihr etwas vorzumachen.

Wie auch immer. Jedenfalls hielt Dan die verschiedenen Bereiche seines Lebens getrennt, konnte es, durfte es wie die meisten Männer. Ehe und Vaterschaft schränkten ihn kaum ein.

Von vornherein galt es hingegen als ausgemacht, dass sie nach Calebs Geburt zu Hause bleiben würde. Und ehrlich gesagt, was hätte sie dagegenhalten können? Schließlich verdiente sie mit ihren Gemälden bei Weitem nicht genug, um eine Familie zu ernähren. Trotzdem nagte es fortgesetzt an ihr, dass sie nicht einmal die Chance bekommen hatte, es zu versuchen. Immerhin hatte sie einige vielversprechende Anfangserfolge vorzuweisen.

»Du kannst malen, wenn das Baby schläft«, hatte Dan unbekümmert erklärt, als er sich nach fünf kurzen Tagen Vaterschaftsurlaub anschickte, wieder seinen Geschäften nachzugehen.

Mit diesen wenigen Worten brachte er zum Ausdruck, was er von ihrer Arbeit hielt, und in diesem Moment setzte sich ein kleiner Eissplitter in ihrem Herzen fest, der das Bild, das sie von ihrer Ehe hatte, veränderte. Bis es nach fast zehn Jahren ziemlich verkümmert und ihr Leben zusammengeschrumpft war auf einen Kreislauf aus Kuchenverkäufen und Schwimmteamtrainings.

Mit der Folge, dass sie sich panisch immer öfter die Frage stellte: *Ist das alles?* In ihren düstersten Momenten allerdings grübelte sie darüber nach, ob es nicht ebenfalls an ihr lag, an ihrer Unfähigkeit, zufrieden zu sein.

»Was soll das denn bringen?«, hatte Dan an dem Abend, als sie ihm von der Insel erzählte, geringschätzig geäußert. »Wie du weißt, habe ich ständig vorgeschlagen, wieder mit der Therapie anzufangen. Aber nein, du willst davonlaufen wie ein unreifer Teenager«

»Was hat die Therapie denn gebracht? Nichts.«

»Das ist keine verdammte *Magie.*« Er raufte sich die Haare. »Da muss man dranbleiben. Mein Gott, Zoe …« Die Wut wich verzweifelter Resignation. »So können wir nicht weitermachen. Das weißt du selbst.«

»Ich brauche Zeit für mich.«

»So läuft das nicht in einer Ehe. Man kann sich nicht einfach eine Auszeit nehmen, wenn es schwierig wird – man steht es gemeinsam durch. Das habe ich jedenfalls immer geglaubt. Und was sagt eigentlich Dr Schlesinger zu deinem großartigen Plan?«

Sie verriet ihm nicht, dass sie bereits vor Wochen aufgehört hatte, Dr Schlesinger zu konsultieren. Außerdem ging ihr die indirekte Andeutung, sie hätte ihren Plan von berufener Stelle absegnen lassen sollen, gegen den Strich.

»Mein Gott, es ist für gerade mal einen Monat«, gab sie zurück, wenngleich sie das keineswegs für sicher hielt, und ebenso locker kam ihr die nächste Lüge über die Lippen. »Ich werde vor Thanksgiving zurück sein.«

Jetzt änderte Dan seine Taktik, brachte statt des Zeitfaktors den Geldfaktor ins Spiel.

»Und wovon willst du das bezahlen?«

»Ich habe gespart.«

»Oh, du hast *gespart?«*

Er zog eine Augenbraue hoch. Alles, was er darüber dachte, schwang in dieser einen Frage mit, die gar keine Frage, sondern ein Vorwurf war. Was mein ist, ist dein, und was dein ist, ist mein, oder? Allerdings war das, was sie durch ihren Kunstunterricht, zwei Tage die Woche an einer katholischen Mädchenschule, verdiente, von vornherein für sie allein gedacht gewesen, darauf hatten sie sich verständigt. Für persönliche Dinge wie ein schickes Teil zum Anziehen, ein teures Parfum, gelegentliche Ausgehabende mit ihren Freundinnen. Und genau darauf hatte sie seit fast einem Jahr verzichtet und das Geld gespart, ohne dass es aufgefallen wäre.

»Und was ist mit *uns?«*, flüsterte er daraufhin leise. »Und mit ihm?«

Er deutete zur Decke, hoch zu Calebs Zimmer, hob sich den schmerzhaftesten Schlag bis zuletzt auf.

An dem Punkt hatte sie ihm Einhalt geboten, war vom Tisch aufgestanden und hatte das Haus verlassen.

Jetzt, angesichts des silbrigen Meeres, das Gesicht von der Sonne bestrahlt, zwang sie sich, ihre Schuldgefühle abzuschütteln.

Es war Dans alleinige Entscheidung gewesen, freiwillig seinen Job für eine gute Abfindung aufzugeben. Okay, damals hatte sie es als gewissen Vorteil betrachtet, dass er mehr zu Hause sein, mehr Zeit für Caleb haben würde. Sie trank den letzten Schluck ihres Kaffees, stellte den Becher auf der Veranda ab und stieg die hölzernen Stufen, acht an der Zahl, hinunter zum Strand. Die Kälte des Sands zwischen ihren Zehen ließ sie nach Luft schnappen, dennoch balancierte sie vorsichtig über Steinchen, Muscheln und Tang, bis sie die filigranen Schaummuster der zurückweichenden Wellen erreichte. Am Saum des Wassers entlang schlenderte sie bis zu dem Felsvorsprung am südlichen Ende der Bucht und schaute zurück zum Haus. Sie blinzelte in die Sonne, schirmte die Augen mit einer Hand ab.

Im morgendlichen Licht sah es idyllisch aus mit seinen verschnörkelten Giebeln und Simsen, den kirchenartigen Fenstern und dem kleinen Turm, der das Dach krönte. Wo sie jetzt stand, genau an dieser Stelle, hatte sie in der Nacht eine Gestalt zu sehen geglaubt. Aber menschliche Spuren waren keine zu entdecken. Der Sand war glatt und unberührt in dieser geschützten Ecke, wo das Meer ihn nicht erreichte. Lediglich die Möwen hatten hier und da einen Abdruck ihrer Krallen hinterlassen.

Ein weiterer Beleg, dass sie sich alles eingebildet hatte.

Später indes, als sie unter der heißen Dusche stand und zufällig an sich hinunterblickte, bemerkte sie einen kleinen, rötlich-violetten Bluterguss an der Außenseite ihrer linken Brust. Vermutlich vom Riemen ihrer schweren Tasche, die sie gestern den ganzen Tag umgehängt hatte, sagte sie sich. Doch als sie den Bluterguss im Spiegel betrachtete, schien es fast, als ob es sich um einen leichten Biss handeln würde.

3

Zoe hatte es sich auf der Veranda gemütlich gemacht, saß auf der Bank, die Beine ausgestreckt, die nackten Füße an der hölzernen Balustrade abgestützt und ein Skizzenbuch im Schoß, als Mick um die Mittagszeit auftauchte. Sie hörte das Brummen des Landrovers und das Knirschen von Kies in der Auffahrt. Kurz darauf kam er ums Haus geschlendert, rief ihr einen Gruß zu, bevor er die Veranda betrat. Erleichterung machte sich auf seinen Zügen breit, als er sie sichtlich entspannt da sitzen sah.

»Ich sehe, Sie haben sich schon in die Arbeit gestürzt«, sagte er und schirmte die Augen mit einer Hand gegen die Sonne ab.

»Konnte mir dieses Licht nicht entgehen lassen.«

Sie winkte grinsend mit ihrem Skizzenbuch, war verblüfft von ihrer eigenen Fröhlichkeit. Der sinnliche Traum der vergangenen Nacht hatte ihre Stimmung sichtlich aufgehellt und das Bewusstsein für ihren eigenen Körper und ihre physischen Bedürfnisse geschärft. Sie fühlte sich so lebendig wie lange nicht mehr.

»Und haben Sie gut geschlafen?«

Mick schien überrascht von ihrer guten Laune, als wäre es nicht das, was er erwartet hatte.

»Wie ein Stein, danke«, schwindelte sie und merkte, dass sie rot wurde.

Er sah sie an, zupfte verlegen am Ohrläppchen, und es kam ihr vor, als wollte er noch eine andere Frage stellen, aber nach einem Augenblick des Zögerns lächelte er und atmete einmal aus.

»Na, das ist ja wunderbar. Wenigstens ist es schön still hier, abgesehen von dem Wind.«

»Und dem Meer«, erwiderte sie lachend. »Und den Möwen und den Seehunden.« Sie brach unvermittelt ab. Fast hätte sie hinzugefügt: »Und dem Gesang.«

»Das stimmt. Daran werden Sie sich mit der Zeit gewöhnen, hoffe ich. Kann ich Sie kurz stören, um das langweilige Zeug mit Ihnen durchzugehen?«

Er zeigte ihr, wie sie die Zeitschaltuhr für die Heizung und das Warmwasser ändern konnte, führte sie in einen Anbau, wo gehacktes Holz für den Küchenherd lagerte, erklärte ihr den Sicherungskasten unter der Treppe und den Generator im Keller, der sie, theoretisch, bei einem Stromausfall mit Elektrizität versorgen würde.

Zoe hörte nur mit halbem Ohr zu. Der Keller roch feucht und modrig, war kein Ort, an dem man sich gerne aufhielt. Zudem schreckte sie die Vorstellung, ohne Strom hier draußen festzusitzen.

»Sie werden schon zurechtkommen, keine Sorge.« Mick spürte ihre Besorgnis. »Es ist bloß so, dass alles ganz neu ist – es gab keine Hauptstromleitung und kein fließendes Wasser, als wir mit der Renovierung anfingen. Deshalb wissen wir nicht, wie anfällig die Installationen bei extremen Wetterbedingungen sind. Die Rohre machen leider generell ein bisschen Krach, wie Sie vermutlich bereits bemerkt haben – sie scheppern und so. Das muss sich alles erst einpendeln.«

»Das heißt, ich könnte, wenn's dumm kommt, ohne Licht hier sitzen?«

Ihre Stimme klang alarmiert, die Aussicht, in diesem Haus einsam bei Kerzenlicht auszuharren, war nicht unbedingt verlockend. Eine Erinnerung an den leisen Gesang durchzuckte sie und ließ sie trotz der Sonne frösteln. In diesem alten Gemäuer gab es anscheinend so manches Gewöhnungsbedürftige.

»Nein, nein, dafür haben wir ja den Generator eingebaut. Keine Sorge, wir lassen Sie nicht im Dunkeln hocken.« Er lachte eine Spur zu laut. »Na dann. Wenn Sie so weit sind, kann ich Sie in der Stadt bei den Geschäften absetzen und Sie wieder zurückbringen, bevor ich zum Pub muss.«

»Oh, was ist eigentlich mit dieser Tür ganz oben, die abgeschlossen ist?«, erkundigte sich Zoe, während sie zurück in die Küche gingen.

Mick runzelte die Stirn. »Was für eine Tür?«

»Im zweiten Stock, am Ende des Flures.«

»Das Turmzimmer, meinen Sie? Wunderschöne Aussicht über die ganze Landspitze. An einem klaren Tag können Sie bis hinüber nach …«

»Ich habe gar keinen Schlüssel dafür«, unterbrach sie ihn.

»Es gibt keinen Schlüssel.« Die Falten auf seiner Stirn vertieften sich. »Keines der Zimmer ist abgeschlossen.« Er sah sie an, als versuchte er zu ergründen, ob sie ihn auf den Arm nahm. »Vielleicht klemmt der Türknauf. Soll ich's mir kurz ansehen?«

»Bemühen Sie sich nicht …«, begann sie, doch er war schon in der Diele und stürmte auf die Treppe zu, versicherte ihr über die Schulter zurück, das mache keine Umstände. »Die hier?«

Zoe, mit einem flauen Gefühl im Magen, nickte.

Als Mick an dem Knauf drehte, öffnete sich wie durch Zauberhand die Tür und gab den Blick auf eine hölzerne Wendeltreppe frei. Mick strahlte sie an.

»Vermutlich habe ich ihn falsch herum gedreht«, murmelte sie verlegen, wenngleich ihr die Sache nach wie vor nicht geheuer war.

»Na ja, jetzt wissen Sie's fürs nächste Mal. Steigen Sie ruhig hoch, wenn Sie wollen.«

Er hielt die Tür auf und wies mit einem Nicken auf die Treppe. Licht flutete von oben hinunter. Es roch nach Holzpolitur und frischer Farbe. Nach oben hin wurde es eindeutig kälter, aber das Turmzimmer war spektakulär. Der sechseckige Raum hatte rundum riesige Fenster, was einen überwältigenden Rundumblick erlaubte. Vorne sah man über die Landspitze und über das schimmernde Meer hinaus bis zu den drei Felssäulen, die vor der Küste Wache hielten. Nach hinten ging der Blick über eine ausgedehnte Moorlandschaft bis zu den niedrigen violetten Bergen, die sich in der Mitte der Insel erhoben.

In diesem Zimmer ging es allein um das Bild, das sich hier bot. Nichts lenkte davon ab, und so war das einzige Möbelstück ein hoher Lehnstuhl. Zoe hatte den Eindruck, der Turm könnte ursprünglich als eine Art Observatorium gedacht gewesen sein, denn ein Sims verlief ringsum unter sämtlichen Fenstern, der durchaus für allerlei Geräte gedacht gewesen sein könnte. Oder als Beobachtungsposten, damit niemand sich unangekündigt auf dem Seeweg näherte.

»Nicht schlecht, was? Ich hätte hier oben gern ein Teleskop aufgestellt«, hörte sie Mick sagen.

In seiner Stimme schwang Stolz mit, der ihr verriet, dass die Arbeit an dem Haus für ihn eine Herzensangelegenheit gewesen war. Und manchmal war da ein schmerzlicher Unterton, der sie vermuten ließ, dass Mick gerne selbst in dem Haus wohnen würde. Offenbar war Kaye so unbedingt dagegen.

»Die Aussicht ist umwerfend.«

Sie schaute sich in dem leeren Raum um und dachte an den wehklagenden Gesang, den sie so deutlich vernommen hatte. Trotzdem musste sie sich wohl der Einsicht beugen, dass ihre Nerven ihr einen üblen Streich gespielt hatten. Oder nicht? Plötzlich erstarrte sie, spürte für die Dauer eines Herzschlags, dass etwas hinter ihr war und ein kalter Atem über ihren Nacken blies. Sie schnellte herum, spähte zur Treppe, doch Mick stand nach wie vor unten und hüstelte leise zum Zeichen, dass er loswollte.

Bevor sie den zweiten Stock verließen, demonstrierte er ihr noch einmal, wie leicht sich der Knauf drehen ließ.

»Eindeutig mein Fehler«, räumte sie ein, wobei ihr zugleich ein absurder Gedanke durch den Kopf schoss: Und was, wenn irgendwer den Knauf von der anderen Seite festgehalten hatte?

Zwar tat sie die Überlegung sofort ab, Zweifel indes blieben.

Mick setzte sie in der Hauptstraße des Ortes bei den Läden ab, die sie am Abend zuvor gesehen hatte.

»Reicht Ihnen eine halbe Stunde? Dort drüben, auf der anderen Straßenseite, haben Sie den kleinen Supermarkt und weiter unten eine Drogerie, und dann ist da noch … Na ja, Sie werden schon sehen. Ich warte hier auf Sie.«

Zoe bedankte sich und wollte gerade die Straße überqueren, als er sie zurückrief.

»Äh, Mrs Adams?«

»Zoe«, korrigierte sie ihn.

»Ich hab mich gefragt, ob Sie sich irgendwelche Gedanken darüber gemacht haben, wie Sie sich hier fortbewegen wollen?«

Er blickte verlegen drein, als wäre es völlig unpassend, sie danach zu fragen.

»Fortbewegen?«, wiederholte sie sichtlich verwundert.

»Nun, Sie sind dort draußen weitab von der Zivilisation. Ich meine, ich fahre Sie gern ab und zu zum Einkaufen – trotzdem könnte es Situationen geben, in denen es besser wäre, Sie kämen ohne fremde Hilfe von dort fort.« Er merkte selbst, wie ungeschickt und verdächtig er sich ausgedrückt hatte, und wiegelte sogleich ab. »Ich meine, vielleicht haben Sie ja mal Lust auf einen kleinen Ausflug in den Ort oder so. Und wie gesagt, Kaye und ich tun, was wir können, doch wenn wir mal keine Zeit haben …«

»O Gott, nein – ich habe nicht erwartet, dass Sie mich die ganze Zeit herumkutschieren.«

Zoe war die Sache total unangenehm, weil sie in der Tat nicht darüber nachgedacht hatte. Über ihrer Begeisterung für die traumhafte Lage des Hauses und das magische Licht hatte sie sich keinerlei Gedanken gemacht, wie sie in ihrer selbst gewählten Abgeschiedenheit Essen und andere Dinge des täglichen Bedarfs heranschaffen sollte. Vermutlich war sie davon ausgegangen war, dass es Taxis gab. Wie naiv! »Ich dachte, ich könnte mir ein Fahrrad mieten?«, schlug sie lahm vor.

»Wäre eine Möglichkeit«, erwiderte Mick in einem Ton, der verriet, wie dämlich er den Vorschlag fand. »Es gibt einen Fahrradladen gleich am Ende der High Street, vor dem Schulgelände.«

Als Mick die Schule erwähnte, kam ihr unwillkürlich der junge Lehrer mit den langen Haaren, dem schüchternen Lächeln und der Andy-Warhol-Brille in den Sinn, und zugleich dachte sie an ihren Traum und ihr neu entdecktes Körperbewusstsein. Sie wandte den Kopf zur Seite, um ihre Verlegenheit zu verbergen.

»Also das mit dem Fahrrad«, spann Mick seine Überlegungen weiter. »Wenn das Wetter umschlägt, sollten Sie auf diesen Straßen lieber nicht mit dem Fahrrad unterwegs sein.« Er räusperte sich. »Ich erwähne das, weil mein Kumpel Dougie Reid oben beim Golfplatz einen Wagen hat, den er Ihnen vermieten könnte, solange Sie hier sind. Sehr solide, nichts Schickes …«

»Das ist sehr freundlich, ich werde darüber nachdenken.«

In der Tat war ihr soeben, als sie über die karge Weite des rostfarbenen Moores gefahren waren, klar geworden, dass sie ohne eigenen Wagen hier aufgeschmissen war. Das Problem war nur, dass sie nicht gerne Auto fuhr. Bei jedem Versuch stieg Panik in ihr auf. Vor sechs Monaten hatte sie zuletzt hinter einem Lenkrad gesessen. Zitternd an allen Gliedern, mit fliegendem Atem und wild klopfendem Herzen. Sie konnte bloß hoffen, dass sie unter veränderten Bedingungen imstande sein würde, sich dem zu stellen.

Zumal Micks ungeschickte Ausführungen in ihr den

Verdacht genährt hatten, dass es nicht allein darum ging, ihre Einkäufe ohne fremde Hilfe zu erledigen. Nein, sie spürte instinktiv, dass es um etwas viel Wichtigeres ging. Er wollte sicherstellen, dass sie notfalls flüchten konnte.

Hatte der pragmatische Mick, der über Altweibergeschwätz spottete, tief drinnen Angst, dass es in dem Haus etwas gab, vor dem sie womöglich fliehen musste?

»Überlegen Sie es sich mit dem Wagen, wäre ein guter Entschluss«, schloss Mick das Thema ab und fuhr hupend davon.

Zoe sah auf ihre Uhr. Eine halbe Stunde war ausgemacht. Länger würde sie kaum brauchen.

Als Erstes steuerte sie den Lebensmittelladen an. Ein ausgefallenes Angebot durfte sie hier nicht erwarten. Egal, sie interessierte sich sowieso kaum noch fürs Kochen. Es hatte einmal eine Zeit gegeben, da hatte sie gern alles Mögliche ausprobiert und mit exotischen Zutaten experimentiert. Dan, ein leidenschaftlicher Koch, hatte sie dazu animiert, aber ihre Kochbegeisterung war wie ihre Liebe vergangen und die Zubereitung von Mahlzeiten zu einer lästigen Pflicht verkommen.

Hier, für sich allein, würde sie erst recht keinen Aufwand betreiben und sich überwiegend auf kalte Dinge beschränken. Brot und Butter, Aufschnitt, Käse, Salat und Frühstücksmüsli. Kaffee, vielleicht sogar wieder Zigaretten. Sie würde so leben wie damals, als sie auf die Kunstschule ging und sie für etwas so Banales wie Essen ihre Arbeit nicht unterbrechen mochte.

Und genau zu dieser Art Versunkenheit wollte sie zurückfinden – wollte sehen, ob sie sich nach wie vor in der Arbeit verlieren konnte. Insofern war es ihr ganz recht, dass es in dem Haus keinen Handyempfang und kein WLAN gab.

Kein Twitter, kein Facebook, kein Instagram. Keine Ablenkungen.

Ohnehin hatte sie in den letzten Monaten kein Bedürfnis verspürt, sich anderen mitzuteilen. Genauso schlecht ertrug sie es, Neuigkeiten von Freunden und Bekannten zur Kenntnis nehmen zu müssen, denn damit verbunden war immer das bittere Gefühl von Neid und Ausgeschlossensein. Da stellte sich zu ihrem Entsetzen gelegentlich sogar der Wunsch ein, die anderen sollten ruhig auch mal erfahren, wie es ist, wenn alles schiefgeht und alle Träume geplatzt sind.

Solche Gedanken schlugen allerdings rasch in Selbsthass um. Wie konnte man Freunden etwas Schlechtes wünschen? Nette Menschen zumindest taten so etwas nicht. Sie verachtete sich dafür, überlegte eine Zeit lang sogar, sich völlig zurückzuziehen, und bevor sie wegging, löschte sie ihre Facebook- und Instagram-Accounts und meinte, damit einen Bruch mit ihrem bisherigen Leben zu vollziehen. Um sich nicht aus der Ferne an die Reste ihrer Vergangenheit zu klammern oder sich den Kopf darüber zu zerbrechen, wie sie ihr Verhalten für die Zurückgebliebenen in ein möglichst gutes Licht rücken sollte.

Inzwischen war sie nicht sicher, ob es eine gute Entscheidung gewesen war.

Ein warmer Luftzug schlug ihr entgegen, als sie an einer offenen Ladentür vorbeikam, und der Geruch von frischem Brot und Gebäck machte ihr bewusst, dass sie noch nichts gefrühstückt hatte. In dem Schaufenster lagen rustikale Brotlaibe in Körben, und Gebäckstücke glänzten verlockend auf mehrstöckigen silbernen Kuchenständern. Ein gemaltes Schild baumelte über der Tür, auf dem in schnörkeligen Buchstaben *Maggie's Kornkammer* stand.

Ein Zimtbrötchen von Maggie's hatte Charles Joseph sich gewünscht als Gegenleistung für seine Geschichten. Sie zögerte. Wenn irgendjemand auf dieser Insel ihr die Wahrheit über das Haus erzählen würde, dann vermutlich der Professor.

4

Über der Tür des Antiquariats *C. Joseph, Seltene und gebrauchte Bücher,* bimmelte melodisch ein Glöckchen, als Zoe eintrat.

Was sie vor sich sah, war nicht mehr und nicht weniger als ein gleichermaßen exklusives wie exzentrisches Chaos. Eine Mischung aus einer hochherrschaftlichen Bibliothek des neunzehnten Jahrhunderts und dem Ambiente eines noblen Gentlemen's Club. Ringsum mahagonigetäfelte Wände, abgewetzte Ohrensessel aus weinrotem Leder, Bücher, die sich an jeder Wand vom Boden bis zur Decke stapelten, dazu der Geruch nach Tabak und altem Papier.

»Geben Sie mir eine Minute«, rief eine Stimme irgendwo im hinteren Teil des Ladens.

Als Zoe um ein Bücherregal spähte, sah sie den alten Labrador auf sie zutrotten, der mit der Nase die Papiertüte in ihrer Hand anstupste und beschnupperte.

»Hallo Horace.«

Sie streckte eine Hand aus, um ihn hinter den Ohren zu kraulen. Als sie aufsah, stand Charles Joseph vor ihr.

»Sie hat an die Zimtbrötchen gedacht, Horace«, erklärte er sichtlich erfreut dem Hund. »Wie ich es dir gesagt habe. Sie kommen genau richtig, Miss Adams – ich habe eben eine frische Kanne Kaffee aufgesetzt. Kommen Sie mit nach hinten.«

Er führte sie an einem altmodischen Kassentisch vorbei durch einen Türbogen in einen kleineren Raum, in dem die Wände ebenfalls mit Bücherregalen vollgestellt waren. In der Mitte standen ein großer antiker Schreibtisch und ein paar abgewetzte Sessel. In einer Ecke lagen ein paar bunte Sitzsäcke und Kissen auf dem Boden.

»Das hier bezeichne ich als meinen Lesesaal«, sagte er mit einer ausladenden Geste. »Ein bisschen hochtrabend, ich weiß. Aber manchmal haben die Leute gern einen ruhigen Ort, um sich mit einem Buch hinzusetzen. In der Mittagspause etwa oder wenn sie zum Einkaufen herkommen. Schüler schauen oft nach der Schule vorbei, die älteren tauchen gelegentlich an den Wochenenden auf, um nach Herzenslust in den Büchern zu stöbern. Ich freue mich immer über Gesellschaft.«

»Bestimmt ist das hier besser als eine öffentliche Bibliothek«, erwiderte Zoe lächelnd.

Die Miene des alten Mannes wurde ernst. »Das stimmt leider, gewissermaßen. Die hiesige Bibliothek wurde nämlich vor ein paar Jahren geschlossen. Auf Anordnung vom Festland. Man fand, dass es finanziell nicht tragbar sei. Jetzt ist mein Laden alles, was die Inselbewohner noch haben.« Er hob resigniert die Hände. »Und das ist mit ein Grund, weshalb ich so viele Bücher verschenke, was unseren jungen Freund Edward an meinem Geschäftssinn zweifeln lässt.«

»Und Sie machen sich keine …«, sie suchte nach den richtigen Worten, »Sorgen ums Geld?«

Charles lächelte nachsichtig. »Mein liebes Mädchen, ich mache mir ständig Sorgen darum. Doch ich hatte Glück. In jüngeren Jahren habe ich eine Reihe Bücher geschrieben, die sich eines gewissen Erfolgs erfreuten und entsprechend Geld abwarfen. Und da ich das wiederum klug investiert habe, beschert es mir bis heute ein Zusatzeinkommen zu meiner Pension. Außerdem handele ich nebenbei mit seltenen Büchern und stoße hin und wieder auf ein Exemplar von überdurchschnittlichem Wert. Insofern kann ich es mir mehr oder weniger leisten, meine karitativen Instinkte über meine kommerziellen zu stellen.«

»Was für Bücher haben Sie denn geschrieben?«

»Oh, Abhandlungen über Mythen. Das war mein Fachgebiet. Irgendwo hier muss ich noch eines haben.«

Er suchte auf einem Regal in der Nähe, glitt mit einem Finger über staubige Buchrücken und zog schließlich einen dicken Band heraus und reichte ihn Zoe.

Die Mythen, die uns prägen, von Dr Charles M. Joseph, las sie. Der Schutzumschlag zeigte eine Reproduktion von Rubens' *Saturn verschlingt seinen Sohn.*

»Ist das eine historische Untersuchung?«, fragte sie, drehte das Buch um und betrachtete die Rückseite.

Er wiegte den Kopf hin und her. »Zum Teil. Es deckt mehrere Wissensgebiete und Forschungsrichtungen ab: Geschichte, Anthropologie, Psychologie, Literatur, Kunst, Reisen – in der Mythografie, wie man diese Wissenschaft nennt, steckt ein bisschen was von allem. Dieses Buch hier hat im Laufe der Jahre den Weg in verschiedene Hochschullehrpläne gefunden – und das ist der Grund, weshalb es nach wie vor lieferbar ist.«

Die Umschlaginnenseite zeigte eine Schwarz-Weiß-Aufnahme des Autors in einer Tweedjacke, ähnlich der, die er jetzt trug. Auch er selbst sah nicht viel jünger aus, dachte Zoe, obwohl diese Untersuchung eindeutig mehrere Jahrzehnte alt war – von 1975, wie ihr ein Blick ins Impressum verriet. Charles bemerkte ihren erstaunten Blick.

»Es war eins meiner ersten Bücher, ich stand gerade am Anfang meiner wissenschaftlichen Karriere«, kam er einer Frage zuvor. »Aber nun nehmen Sie Platz, und ich hole derweil den Kaffee. Milch und Zucker?«

»Keines von beidem, danke.«

Sie ließ sich in einen der Sessel sinken und begann in dem Buch zu blättern, während er in einer kleinen Küche verschwand und dort mit Geschirr klapperte.

»Nehmen Sie es mit nach Hause, wenn Sie wollen«, bot Charles an, als er zurückkam, und stellte zwei Becher Kaffee auf einen kleinen Tisch, auf dem bereits die Tüte mit den Zimtbrötchen lag.

Dann setzte er sich in einen Sessel ihr gegenüber, stützte die Ellenbogen auf die Knie und faltete die Hände.

»Und was wollten Sie mich fragen?«, erkundigte er sich mit wissendem Blick.

»Oh.« Sie war verblüfft, dass er sie durchschaut hatte. »Ich würde gerne ein bisschen mehr über die Geschichte dieses Ortes erfahren. Immerhin werde ich eine Weile hier leben.«

Er musterte sie unverwandt, und Zoe schien es, als würde er in ihre Seele sehen.

»Natürlich«, meinte er nach einer Weile. »Trotzdem glaube ich, dass Sie mich etwas ganz Bestimmtes fragen wollen?«

»Was hat es mit diesem Haus auf sich?«, platzte sie heraus. »Mein Gefühl sagt mir, dass es da etwas gibt, das Mick und Kaye vor mir geheim halten wollen.«

»Aha.« Er griff nach einem Brötchen und biss genießerisch

hinein, ließ die Frage im Raum schweben. Zoe fragte sich schon, ob er sie auf die Folter spannen würde, bis er das süße Gebäck vertilgt hatte, doch so lange ließ er sie zum Glück nicht warten.

»Mick hat viel Zeit und Geld investiert, um dieses alte Haus auf Vordermann zu bringen«, begann er bedächtig. »Und außerdem viel Liebe und Herzblut in gewisser Weise. Es war ihm wichtig, das Haus vor dem endgültigen Verfall zu retten. Denn es war sozusagen fünf Minuten vor zwölf, als er das Anwesen von seinem Vater erbte. Lassen sie sich bei Gelegenheit mal Fotos zeigen, wie heruntergekommen und baufällig alles war. Was Mick da geleistet hat, ist wirklich außergewöhnlich.«

»Ich denke, das ist nicht alles, was es über das Haus zu sagen gibt, oder?«

Charles zögerte eine Weile. »Um alte Häuser ranken sich oftmals Geschichten, die dann zusätzlich ausgeschmückt und übertrieben werden. Sie sind seine erste Mieterin, wissen Sie. Er hatte die Website gerade erst eingerichtet und befürchtete im Grunde, über den Winter überhaupt niemanden zu finden. Daher waren Sie in gewisser Weise ein Gottesgeschenk – und deshalb will er unbedingt verhindern, dass die Einheimischen Sie mit Schauergeschichten vergraulen. Ist ja wirklich nicht ganz einfach, eine Frau allein in dem Riesenkasten, dazu so weit vom Schuss.«

»Also bitte«, protestierte Zoe. »Ich glaube, ich bin alt genug, um Fakten von Fiktion zu unterscheiden.«

»Na ja. Ich frage mich, ob irgendjemand von uns wirklich behaupten kann, das zu können«, erwiderte er mit einem rätselhaften Lächeln.

Befangen schwieg sie eine Weile und versuchte abzuschätzen, ob er es ernst meinte oder nicht.

»Das heißt: Es soll dort spuken, richtig?«

Zwar stellte sie die Frage absichtlich in einem süffisant-spöttischen Ton, aber gleichzeitig erinnerte sie sich wieder an ihr Erschrecken, als sie den klagenden Gesang vernommen hatte. Dennoch beschloss sie, ihm nichts davon zu erzählen – nicht solange sie daran festhielt, dass Whisky, Jetlag und eine fast komatöse Müdigkeit ihr das vorgegaukelt hatten. Charles nahm ihr die Entscheidung, ob sie nachhaken sollte oder nicht, ab. Seinen Kaffeebecher in der Hand, beugte er sich vor.

»Sind Sie sicher, dass Sie diese Geschichte wirklich hören wollen? Wenn man Dinge erst einmal weiß, kann man nicht mehr hinter dieses Wissen zurück. Verstehen Sie, was ich damit sagen will? Es macht einen gewaltigen Unterschied, ob man sie hier gemütlich bei Kaffee und Zimtbrötchen hört oder ob sie einem später im Dunkeln, allein in diesem großen Haus, wieder in den Sinn kommen.«

»Dramatisieren Sie jetzt nicht ein bisschen, Dr Joseph? So wie die Insulaner, die gerne Schauergeschichten verbreiten?«

»Ich bitte um Verzeihung, Sie haben recht«, räumte er lächelnd ein, wobei in seinem Ton eine Spur von Resignation anklang.

Eindeutig hielt er es für keine gute Idee, ihr die Geschichte zu erzählen. Zwar wollte sie sie unbedingt wissen, doch ob er ihr damit einen Gefallen tat, stand auf einem anderen Blatt.

»Also dann«, gab er nach, lehnte sich in seinem Sessel zurück und legte die Finger aneinander. »Mitte des neunzehnten Jahrhunderts befand sich diese Insel im Privatbesitz einer Industriellenfamilie aus Glasgow, die allerdings nie hier gelebt hatte, bis 1861 Tamhas McBride Ailsa Drummond heiratete. Sie war das älteste Kind und die einzige Tochter von Reverend

Teàrlach Drummond, dem damaligen Inselpfarrer und Urur*ur*großvater unseres Mick. Der Reverend war verwitwet, und da Ailsa sich weigerte, den Vater nach ihrer Eheschließung im Stich zu lassen, errichtete ihr frischgebackener Ehemann an der Nordküste das prächtige und für hiesige Verhältnisse protzige Haus mit Blick über die Bucht. Die McBrides waren alles andere als beliebt bei den Einheimischen. Tamhas' Vater hatte die Insel um 1830 gekauft, nachdem der bisherige Besitzer Bankrott gemacht hatte. Seine erste Handlung als Grundherr bestand darin, sechzig der Einwohner nach Übersee, in die britische Kolonie Nova Scotia, zu verschiffen.«

»Mein Gott. Als Bestrafung?«

»Er behauptete, die Insel sei überbevölkert. *Unterstützte freiwillige Emigration,* so nannte man das seinerzeit. Von freiwillig konnte natürlich keine Rede sein – es war eine Vertreibung, und der Rest der Leute sollte dankbar sein, dass sie bleiben durften. So etwas fand in ganz Schottland statt. Die kleinen Bauern wurden vertrieben, weil man Schafzucht im großen Stil betreiben wollte. Manche Inseln wurden vollständig entvölkert.« Er schüttelte den Kopf. »Auf diesem Hintergrund ist es kein Wunder, dass man die McBrides nicht besonders mochte. Wenngleich Tamhas sich als Grundherr weniger stark einmischte als sein Vater. Er ging bereits auf die fünfzig zu, als er die Pfarrerstochter heiratete – seine erste Frau war im Kindbett gestorben, zusammen mit dem Baby. Und Ailsa war mit dreißig ebenfalls nicht mehr in einem Alter, in dem sie sich noch große Chancen auf einen Ehemann ausrechnen konnte. Insofern galt Tamhas' Antrag als Glücksfall. Und die Inselbewohner hofften, in Ailsa künftig eine Fürsprecherin zu haben.« Er hielt inne und biss erneut ein Stück Zimtbrötchen ab. »Tamhas McBride war oft geschäftlich auf Reisen, aber seine Frau schien auch allein zufrieden in dem großen, einsamen Haus zu sein. Das legen zumindest die Briefe nahe, die sie an ihren jüngeren Bruder schrieb.

»Das wäre dann Micks Urur …«

»Ur*ur*großvater, genau. William Drummond war zehn Jahre jünger als seine Schwester und studierte in Edinburgh Theologie – er war für die Kirche vorgesehen wie sein Vater. Die Geschwister korrespondierten regelmäßig, und alle rechneten offenbar fest damit, dass es bald einen McBride-Erben geben würde. Doch sie waren noch nicht einmal ein Jahr verheiratet, als Tamhas ertrank. Er war an Bord eines Schiffes gewesen, das während eines Sturms im Atlantik mit der ganzen Besatzung unterging. Auf seiner Rückreise aus den Kolonien«, schloss er.

»Und er spukt in diesem Haus?«, fragte sie mit mühsam unterdrückter Nervosität.

»Nein.« Charles bedachte sie mit einem nachsichtigen Blick. »Ich habe noch nie gehört, dass Tamhas irgendjemandem aus dem Grab heraus Kummer bereitet hat.«

»Sondern?« Zoe umklammerte ihren Becher fester.

Charles rückte sich umständlich in seinem Sessel zurecht und schlug die Beine übereinander.

»Tamhas McBrides Tod war erst der Anfang der Geschichte. Nachdem sie verwitwet war, zog sich Ailsa völlig zurück, entließ alle Angestellten bis auf ein Dienstmädchen und eine Frau aus dem Dorf, die einmal täglich zum Kochen kam. Dabei hatte sie Geld genug, um sich ein Heer von Bediensteten zu leisten.«

»Sie blieb in dem Haus wohnen?«

»Ja, es heißt, sie spazierte jeden Tag an den Klippen entlang, oder sie saß am Strand und malte – immer und immer wieder dieselben Szenen, den Himmel und das Meer.«

Zoe durchlief ein Frösteln. »Woher wissen Sie das alles?«

»Mick Drummond hat einen bemerkenswerten Schatz an Briefen und Fotografien geerbt – offenbar wurde in der Familie alles aufgehoben«, antwortete Charles und stippte die letzten Zuckerkrümel aus der Tüte. »Über die Generationen weitergereicht, obwohl es eine unausgesprochene Übereinkunft gab, die Geschichte nicht ans Licht zu zerren. Kein Fremder bekam die Papiere zu Gesicht. Ich selbst habe jahrelang nichts unversucht gelassen, um den alten Mr Drummond zu überreden, mir Einsicht zu gewähren. Erst Mick hat sie mir schließlich überlassen, da er von meinem Interesse wusste – unter der Bedingung, dass ich nichts ohne seine Zustimmung veröffentliche.«

»Ist die Insel nach wie vor im Besitz von Micks Familie?«

»Nein, die Drummonds haben viel von ihrem früheren Ansehen eingebüßt. Im Laufe der Jahrzehnte wurde das Land nach und nach verkauft, zum großen Teil Gott sei Dank an den National Trust for Scotland, der sich dem Erhalt von Kultur- und Nationaldenkmälern verschrieben hat. Den Drummonds ist lediglich die Bucht geblieben, das McBride-Land, wie man es nennt. Das wollte er offenbar nicht veräußern. Aus welchem Grund auch immer.«

»Und haben Sie in den Briefen irgendetwas Interessantes gefunden?«

»Oh, durchaus. Jede Menge über den McBride-Fall, der sich im Laufe der Jahre zu einem regelrechten Melodrama entwickelte. Ich habe vor, eines Tages ein Buch auf der Grundlage dieser Briefe zu schreiben, doch bislang hält Mick die Hand drauf. Ich hoffe, dass er seine Meinung irgendwann ändern wird. Leider fürchtet er jetzt, wo er das Haus auf Vordermann gebracht hat und es vermieten will, alles, was potenzielle Mieter abschrecken könnte.« Er trank einen Schluck von seinem Kaffee. »Oder, noch schlimmer, dass es die falschen Leute anlockt. Spinner, die einen regelrechten Spukhaustourismus betreiben. Sie wissen, was ich meine.«

»Dann spukt es dort wirklich?«

»Darauf komme ich noch. Das meiste, was ich Ihnen erzählen werde, habe ich William Drummonds Briefen entnommen.«

»Ailsas Bruder.«

»Genau. Der junge William war, wie es scheint, ein eifriger Briefeschreiber – erst an seinen Vater und seine Schwester und später, nachdem der Reverend gestorben war, an den Anwalt, der den McBride-Besitz verwaltete. Eines der Hauptthemen seiner Briefe ist das Wohlergehen seiner Schwester.«

»Was ist denn aus Ailsa geworden?«

»Nun ja, anfangs blieb sie für sich. Hielt sich vom Dorf fern, schlug alle Einladungen aus. Und davon gab es genug. Natürlich war sie eine interessante Partie – eine wohlhabende Witwe mit einem großen Haus, relativ jung, mit Sicherheit jung genug, um noch einmal zu heiraten. Sobald eine angemessene Zeit verstrichen war, standen die Freier sozusagen Schlange. Sie wies alle Avancen zurück und verbrannte schriftliche Anträge, ohne sie überhaupt zu lesen.«

»Sieht aus, als hätte sie sehr um ihren Ehemann getrauert«, murmelte Zoe.

»Vielleicht, vielleicht nicht«, meinte Charles gleichmütig. »Ihren Vater hat sie hin und wieder gesehen, wenngleich weitaus seltener als früher. Und als er zu krank wurde, sie zu besuchen, gar nicht mehr. Sie selbst ist nicht zu ihm gefahren. Erst zu seiner Beerdigung, acht Monate nach Tamhas' Tod, ließ sich Ailsa McBride wieder in der Öffentlichkeit blicken – und das Schockierende war, dass sie sich in einem fortgeschrittenen Stadium der Schwangerschaft befand.«

»Wow.« Zoe starrte ihn mit weit aufgerissenen Augen an. »War das Kind von ihrem Ehemann?«

»Das wollten alle wissen, ohne dass jemand sie offen zu fragen wagte. Sie selbst äußerte sich nie dazu. In einem Brief an ihren Bruder sprach sie nebulös von ihrem armen, vaterlosen Kind und fügte hinzu: *Sein Vater wird immer auf es aufpassen,* was wie eine sentimentale Bezugnahme auf ihren toten Ehemann klingt. Aber jetzt kommt der Paukenschlag.« Er legte eine theatralische Pause ein und zog eine Augenbraue hoch. »Ailsa McBride brachte ihren Sohn erst elf Monate nach dem Tod ihres Mannes zur Welt.«

»Pfui Teufel.« Zoe lehnte sich zurück. »Lasterhafte Ailsa. Eine Verwechslung des Datums ist ausgeschlossen?«

»Die Daten sind in den Kirchenbüchern verzeichnet. Zehneinhalb Monate nach dem Untergang des Schiffes. Und vorher war Tamhas fast zwei Monate von zu Hause fort gewesen. Sie können sich vorstellen, dass das in einem Dorf wie diesem die Gerüchteküche anheizte. Seitdem galt sie nicht mehr als ehrbare Frau und wurde von allen geschnitten.«

»Vermutlich hat sie nicht allzu viel darauf gegeben, oder?«, warf Zoe ein.

»Offenbar nicht. Sie isolierte sich noch mehr, entließ sogar das Dienstmädchen, weil sie sich, wie sie sagte, selbst um das Kind kümmern wollte. Für eine wohlhabende Frau zu der damaligen Zeit gleichermaßen ungewöhnlich wie unerhört. Das Dienstmädchen war alles andere als entzückt über den Verlust des Arbeitsplatzes, und meiner Ansicht nach ist sie auch die Quelle für allerlei gehässige Gerüchte, die damals in Umlauf kamen.«

»Welche zum Beispiel?«

»Oh, dass mit dem Kind etwas nicht stimmte. Ailsa hatte nicht nach einer Hebamme schicken lassen, und so war nur das Dienstmädchen bei der Geburt anwesend – und sie schwor, dass der Junge tot zur Welt kam. Und die Tatsache, dass er nie getauft wurde, wurde quasi als Bestätigung gesehen. Allerdings wurde seine Geburt registriert. Sie können sich vorstellen, was für ein Skandal das zu der damaligen Zeit war. Zudem berichtete die Köchin, die nach wie vor jeden Tag ins Haus kam, sie habe das Kind nicht ein einziges Mal schreien hören und es nie zu Gesicht bekommen, obwohl Ailsa ständig Kleidung nähte. So ging es ein paar Jahre. Nach Auskunft der Köchin wurde Ailsa McBride immer seltsamer, als würde sie in einer anderen Welt leben.«

»Sie meinen, sie hat den Verstand verloren?«

»Das war es jedenfalls, was der neue Reverend in einem Brief an William Drummond andeutete. Wobei man immer bedenken muss, wie schnell die Leute zu der damaligen Zeit Wahnsinn bei Frauen diagnostizierten. In erster Linie übrigens unter Angehörigen der gebildeten Schicht. Schlichte Gemüter zogen zuerst andere voreilige Schlüsse.« Er hob einen Finger, als würde er einen Vortrag halten. »Denken Sie mal darüber nach. Eine alleinstehende Frau, die die Kirche meidet und sich weigert, dem Pfarrer die Tür zu öffnen, mit einem ungetauften Kind, das niemand je zu Gesicht bekommt?«

»Die Leute haben gesagt, sie sei eine Hexe, nehme ich an?«, meinte Zoe, der es beim Hören der Geschichte kalt den Rücken hinuntergelaufen war. »Gab es denn nie irgendwelche Spekulationen, wer der Vater gewesen sein könnte?«

»O doch.« Er schenkte ihr ein freudloses Lächeln. »Der Teufel selbst stand als Erzeuger hoch im Kurs. Ein anderes Gerücht besagte, das Kind sei nach der Geburt als Blutopfer ermordet worden.« Charles schüttelte sich angewidert. »Wirklich bemerkenswert ist indes, und das ist ein echtes Geheimnis, dass nie mit dem Finger auf irgendeinen der Inselmänner gezeigt wurde. Nicht einmal das verbitterte Dienstmädchen wusste von irgendwelchen Besuchern.«

»Scheint so, als hätte Ailsa wirklich gewusst, wie man ein Geheimnis für sich behält.« Zoe empfand zunehmende Bewunderung für Ailsa McBride und ihre Missachtung der Konventionen.

»In der Tat. Allerdings ist mir etwas Merkwürdiges aufgefallen. Nach der Geburt des Kindes übergab Ailsa die Verwaltung ihrer finanziellen Angelegenheiten dem einzigen Anwalt auf der Insel, einem Mr Richard Bonar. Und der suchte sie einmal im Monat auf, um anliegende Fragen mit ihr zu erörtern. Seine Briefe an William Drummond sind höchst aufschlussreich.« Charles beugte sich mit glänzenden Augen vor. »Darin heißt es, dem ganzen Gerede zum Trotz habe er Ailsa nie anders als bei völlig klarem Verstand angetroffen. Sie sei stets tadellos gekleidet, halte das Haus sauber und diskutiere mit einem für eine Frau ungewöhnlichen Sachverstand über die Verwaltung ihres Vermögens.«

»Wie großmütig von ihm«, spottete Zoe.

Er lachte. »Ja. Dennoch frage ich mich, ob der Anwalt

William nicht einfach beschwichtigen wollte, dem möglicherweise ja von anderer Seite irgendwelche dummen Gerüchte zugetragen wurden. Ein paar Jahre später schrieb Bonar zudem, er habe das Kind gesehen.«

»Das heißt, der Sohn war am Leben?«

»Ja, das scheint sicher. Ein schwächlicher Junge, sehr blass, aber gut versorgt, schrieb er an William, äußerte jedoch zugleich den Verdacht, das Kind könnte stumm sein. Jedenfalls sah William keine Notwendigkeit, selbst nach dem Rechten zu sehen. Er war inzwischen verlobt mit einem Mädchen aus einer angesehenen Pfarrersfamilie in Edinburgh, befand sich in der Kirchenhierarchie auf dem Weg nach oben und verspürte keinerlei Neigung, sich mit seiner verwitweten Schwester und einem kränklichen Neffen auf einer abgelegenen Insel herumzuschlagen. Er schlug Ailsa lediglich vor, das Land zu verkaufen und nach Edinburgh zu ziehen, damit sie sich öfter sehen könnten. Groß gedrängt hat er sie offenbar nicht.« Charles hielt inne und wiegte nachdenklich den Kopf. »Wenn er sich mehr um sie gekümmert hätte, vielleicht würde die Geschichte dann einen anderen Verlauf genommen haben. Wollen Sie vielleicht ein Bild sehen?«

Ohne ihre Antwort abzuwarten, erhob er sich und ging zu einem riesigen Schrank aus Walnussholz, holte aus der obersten Schublade eine lederne Mappe hervor und zog nach kurzem Durchblättern eine vergilbte Fotografie heraus. Zoe verspürte ein seltsames Engegefühl in der Kehle, als sie eine Hand danach ausstreckte.

»Ich setze noch einen Kaffee auf«, erklärte Charles und ließ sie mit dem Foto allein.

Es war eine steife Porträtaufnahme. Die Frau saß mit durchgedrücktem Rücken auf einem Stuhl, sie trug ein schwarzes, hochgeschlossenes Kleid mit Spitzenkragen und weiten Röcken, das Haar war gescheitelt und zu einem Knoten nach hinten gebunden. Das Gesicht war streng, nicht schön, jedoch mit ausdrucksvollen Zügen, die dunklen Augen schauten herausfordernd in die Kamera. Kein Wunder, dass die Einheimischen sie in Ruhe gelassen hatten, dachte Zoe. Unter diesem Blick würde jeder einen Schritt zurücktreten und sich entschuldigen. Um den Hals trug Ailsa ein silbernes Keltenkreuz mit einem kunstvollen, filigranen Muster.

»Eine eindrucksvolle Frau, nicht wahr?« Charles' Stimme ließ sie zusammenzucken. »Soll ich Ihnen nachschenken?« Er beugte sich vor, um ihren leeren Becher zu füllen. »Mit ihr hat man sich nicht gerne angelegt, schätze ich mal. Man sieht, warum sie die Dorfbewohner nervös gemacht hat.«

»Und was ist nun aus ihr geworden?«, rief Zoe ihm nach, als er die Kanne zurück in die Küche brachte.

»Das werde ich Ihnen gleich erzählen«, versprach er.

In diesem Augenblick bimmelte die Glocke über der Ladentür, und gleich darauf stand Mick im Türrahmen. Als er die Fotografie in Zoes Händen entdeckte, zuckte er zusammen und sah vorwurfsvoll zu Charles hinüber.

»Tut mir leid«, entschuldigte sie sich hastig und erhob sich. »Mir war gar nicht bewusst, wie schnell die Zeit vergangen ist.«

»Das ist allein meine Schuld«, beschwichtigte Charles sie mit seinem charmanten Lächeln und wandte sich dann an Mick. »Ich habe sie überredet, auf einen Kaffee zu bleiben.«

Mick nickte zu dem Foto hinüber. »Und auf eine kleine Erzählstunde, wie ich sehe.«

»Ich habe ihn gebeten, mir davon zu erzählen«, beeilte Zoe

sich zu sagen. »Weil ich dachte, es könnte eine Inspiration für meine Malerei sein.«‹

Sie verdrehte die Sache absichtlich ein wenig, da sie nicht die Ursache einer Verstimmung zwischen den beiden Männern sein wollte, wenngleich sie Micks Geheimniskrämerei ziemlich albern fand. Schämte er sich etwa für seine Vorfahrin und ihren unorthodoxen Lebenswandel? Vielleicht, denn Micks Miene verdüsterte sich.

»Ich glaube nicht …«, setzte er an und hielt sogleich wieder inne. »Ich muss bald zurück zum Pub. Falls Sie noch was zu erledigen haben, müssten sie das gleich tun …«

Zoe erhob sich. »Hören Sie, ich will Ihnen keine Umstände machen. Könnte ich mir nicht später ein Taxi nehmen?«

»Ein Taxi, Sie scherzen wohl!« Er lachte spöttisch und verschränkte die Arme vor der Brust. »So was gibt's hier nicht. Sie haben ja meine Handynummer – wenn Sie keine Mitfahrgelegenheit finden, nach vier bin ich wieder frei, dann können Sie es bei mir versuchen.« Sein Blick glitt zu der Fotografie. »Und glauben Sie nichts, was *er* Ihnen erzählt.«

Damit wandte er sich ab und marschierte mit raschen Schritten aus dem Laden und schloss geräuschvoll die Tür hinter sich.

Charles schnitt eine Grimasse. »Jetzt sind wir in Ungnade gefallen«, meinte er und nahm ihr das Foto aus der Hand.

»Ich hätte ihn nicht warten lassen sollen, wo er sich solche Mühe macht, mir zu helfen.«

»Ich bin es, auf den er wütend ist«, stellte Charles gleichmütig klar, nahm die Dokumentenmappe vom Tisch und klopfte mit einem Zeigefinger darauf. »Ich habe ihm lediglich versprochen, ohne seine Einwilligung nichts über die Geschichte zu veröffentlichen. Mit Sicherheit habe ich mich nie verpflichtet, nicht darüber zu sprechen. Und als Gastwirt sollte er die menschliche Natur eigentlich besser verstehen. Je mehr er zu verhindern versucht, dass Sie die Geschichte erfahren, desto neugieriger werden Sie zwangsläufig sein.« Er warf einen langen Blick auf Ailsa McBride, bevor er das Foto zurück zu den anderen Papieren steckte. »Wie war eigentlich Ihre erste Nacht in dem Haus?«

Zoe zögerte. Einen Moment lang überlegte sie, ob sie ihm von dem Gesang und der verschlossenen Tür sowie von der schattenhaften Gestalt am Strand erzählen sollte. Es würde befreiend sein, diese seltsamen Dinge laut auszusprechen, aber im selben Augenblick erinnerte sie sich an den Traum, der dem vorausgegangen war und irgendwie ebenfalls mit der Geschichte zusammenhing – und darüber konnte sie nun weiß Gott nicht sprechen.

»Gut. Ich habe den Schlaf gebraucht.«

Verwundert hob er die Augenbrauen. »Sie fanden die Stille nicht beunruhigend? Viele Leute tun das.«

»Ich mag es ruhig«, entgegnete sie mit einem gezwungenen Lächeln.

»Freut mich. Nicht viele Leute können wirklich damit umgehen, habe ich festgestellt.«

»Werden Sie mir den Rest der Geschichte noch erzählen?«

Das Bimmeln der Glocke enthob Charles einer Antwort.

»Irgendjemand da?«, rief kurz darauf jemand.

Horace kam unter seinem Sessel hervorgekrochen, um den Neuankömmling zu begrüßen. Es war eine ältere Frau in einer durchsichtigen Plastikregenjacke, die sich zielstrebig einen Weg zwischen den Bücherstapeln hindurch bahnte, die Nase in die Luft gereckt wie ein witterndes Tier.

»Hier sind Sie«, sagte sie und fügte hinzu, als sie Zoe bemerkte. »Oh, ich will Sie nicht stören, wenn Sie beschäftigt sind, Professor.«

»Sie stören überhaupt nicht, Betsy. Ich freue mich immer, Sie zu sehen.« Charles schob seinen Sessel zurück, wandte sich um und zwinkerte Zoe zu. »Nehmen Sie sich noch Kaffee, Miss Adams, und ein Buch, wenn Sie möchten.«

Doch die Plauderstunde war vorbei, Zoe spürte es. Was mit Micks Erscheinen begonnen hatte, wurde durch das Auftauchen dieser Frau vollendet. Sie griff nach ihrer Jacke und steckte das von Charles Joseph verfasste Buch über Mythen hinein.

»Danke, ich sollte langsam zusehen, dass ich meine Einkäufe erledige. Ich habe Sie lange genug aufgehalten.«

»Überhaupt nicht«, erklärte er grinsend. »Ich habe absichtlich an einer spannenden Stelle aufgehört, damit Sie wiederkommen.«

Der alte Hund folgte ihr zur Tür und versperrte ihr den Ausgang, als wollte er sie zum Bleiben auffordern. Sie kraulte ihn zwischen den Ohren und stieg über ihn hinweg. Draußen drehte sie sich noch einmal um und bemerkte, dass die Frau im Plastikmantel ihr durch die Scheibe nachblickte.

5

Sie entdeckte den jungen Lehrer, als er über den leeren Schulplatz sprintete, die Kapuze seiner Regenjacke tief ins Gesicht gezogen, denn urplötzlich hatte ein heftiger Wolkenbruch eingesetzt. Zoe selbst duckte sich Schutz suchend in einen Torbogen und äugte missmutig zum Himmel hoch, dem sie seinen Verrat übel nahm. Ausgerechnet jetzt, wo sie ein Fahrrad gemietet hatte, musste es wie aus Kübeln gießen.

»O hallo.« Edwards Miene hellte sich auf, als er sie sah. »Sie haben sich leider den falschen Tag für eine Radtour ausgesucht.«

»Ja, nicht wahr?« Zoe strich sich eine nasse Haarsträhne aus dem Gesicht. »Was ist das bloß für ein Wetter, das von einer Stunde zur anderen umschlägt?« Sie klopfte auf den Fahrradsattel. »Der Typ, bei dem ich soeben diesen Drahtesel für einen Monat gemietet habe, hat mir wohlweislich verschwiegen, dass jetzt Monsunzeit ist. Meinen Sie, ich könnte mein Geld zurückverlangen?«

»Wenn er für jeden Tag, an dem es hier regnet, Geld zurückerstatten würde, wäre er längst pleite. Aber mal im Ernst. Bei dem Wetter können Sie nicht die ganze Strecke mit dem

Fahrrad fahren. Sie sollten abwarten, bis der Regen vorbei ist – hier wechselt es schnell.«

»Das sehe ich.« Zoe schlang sich ihren Schal fester um den Hals. »Ich muss meine Einkäufe nach Hause bringen. Mit Taxis hat man es hier in der Gegend offenbar nicht so.«

Er lachte. »Äh, nein, eher nicht.«

»Ich nehme an, das heißt für mich, zurück zum Buchladen, bis es aufklart.« Sie sah die Straße hoch. »Ihr Professor wird glauben, dass ich es auf ihn abgesehen habe. Dabei bin ich mir nicht sicher, ob ich es mir auf Dauer leisten kann, ihn mit Brötchen zu bezahlen.«

»Sie können bei mir warten, wenn Sie mögen.« Er sagte es eine Spur zu schnell und zu bemüht, um beiläufig zu klingen. »Ich wohne auf der anderen Seite des Dorfangers im Lehrerhaus.«

Sein Finger wies vage in die Richtung, doch bei dem dichten Regen war nicht viel zu erkennen.

Zoe runzelte die Stirn. »Wollten Sie nicht irgendetwas erledigen?«

»Nichts Dringendes. Ich habe Kekse und Kaffee«, fügte er hinzu, als müsste er sie überreden.

Unwillkürlich drängte sich ihr der Gedanke auf, er könnte sie vom Fenster aus beobachtet haben und eigens ihretwegen herausgekommen sein. Die Vorstellung löste ein leichtes, wohliges Kribbeln bei ihr aus.

»Na ja, das ist wirklich sehr freundlich von Ihnen. Sind Sie sicher, dass ich nicht störe?«

»Natürlich. Charles wird sowieso seinen Laden bald schließen, insofern können Sie auch gleich mit zu mir kommen.«

Er streckte die Hand nach dem Fahrrad aus und schob es, nachdem sie die Einkaufstüte vom Lenker genommen hatte.

Dann liefen sie gemeinsam über den Dorfanger, die Köpfe eingezogen, während der Regen rings um sie herum mit unveränderter Härte niederprasselte und die Rinnsteine sich in reißende kleine Flüsschen verwandelten.

Sie warf einen verstohlenen Blick auf sein Gesicht, als er umständlich die Eingangstür des Lehrerhauses aufschloss. Harmonische Züge, schöne Zähne, eine glatte Haut, abgesehen von einer leichten Falte zwischen den Brauen, die auf eine nachdenkliche, vielleicht grüblerische Neigung hindeutete. Sie schrak zusammen. Irgendetwas tief drinnen sagte ihr, dass sie die Schwelle zu seiner Welt nicht übertreten sollte, dass sie, falls sie es tat, einen Fluch heraufbeschwören würde. Aber sogleich schüttelte sie diesen Gedanken mit dem Regen ab und folgte ihm in seine Wohnung.

Das Lehrerhaus war im neunzehnten Jahrhundert aus dem gleichen grauen Stein errichtet worden wie die Schule. Die Möblierung war spärlich, geblümte Vorhänge und verblichene, abgewetzte Polstermöbel, ein Teppich, der so abgelaufen war, dass man das Muster kaum mehr erkannte. Zumindest bislang hatte der junge Lehrer seiner Bleibe keinen persönlichen Stempel aufgedrückt. Es sei denn, man betrachtete den kabellosen verchromten Lautsprecher auf der Walnusskommode als ein solches Attribut. Oder den Notenständer unter dem schmalen Fenster und den Geigenkasten. Nein, irgendwie wirkte alles, als wäre er hier noch nicht richtig angekommen.

Eine Ausnahme bildeten vielleicht die sorgfältig geordneten Bücherregale. Da gab es zeitgenössische Romane und Gedichte ebenso wie die bedeutendsten Werke der Klassiker. Und dazu jede Menge Sachbücher, die sie auszugsweise im *New Yorker* gelesen hatte. Als sie die Buchrücken betrachtete, fühlte sie sich ein wenig eingeschüchtert von der Belesenheit dieses jungen Mannes.

»Tee? Kaffee?«

Er nahm seine vom Regen beschlagene Brille ab und putzte sie umständlich. In diesem Moment wirkte er so jung, so linkisch. Zu Collegezeiten hätten sie und ihre Freundinnen keinen Blick an einen Typen wie ihn verschwendet. Jetzt war sie diejenige, die befürchtete, nicht wahrgenommen zu werden.

»Tee, danke. Ohne Milch. Wenn ich noch mehr Kaffee trinke, werde ich durch die Decke schießen.«

»Aha, Sie waren also schon bei Charles?«, rief er durch die offene Küchentür. »Hat er Sie mit Schauergeschichten versorgt?«

»Ich habe ihn nach dem Haus gefragt.«

»Trotz Micks Gesetz zum Schutz von Staatsgeheimnissen?«

»Ja, was ist das denn?«

Sie nahm eine gebundene Rilke-Ausgabe aus einem Regal, das sich unter einer nach oben führenden Treppe befand, und blätterte darin. Ein paar Seiten waren an den Ecken umgeknickt, und hier und da entdeckte sie am Rand Bleistiftnotizen. Vermutlich hatte er den Band auf dem College benutzt, nahm sie an, und ein seltsamer Anflug von Zärtlichkeit überkam sie bei dem Gedanken, dass das bei ihm gar nicht lange her sein konnte.

»Hat Mick jedem hier die Anweisung gegeben, mir nichts von den Geheimnissen des Hauses zu stecken?«

»Mehr oder weniger.« Edward trat in den Türrahmen, einen Wasserkocher in der Hand. »Er hat Angst, Sie könnten sich dadurch verscheuchen lassen. Er mag es generell nicht, wenn über seine Familiengeschichte geredet wird und erst recht nicht vor zahlenden Gästen.«

»Ist das nicht ein bisschen paranoid? Jedes alte Haus hat schließlich seine Geschichten. Und was wäre ein Schloss ohne sein Gespenst? Wenn ich so leicht zu erschrecken wäre, hätte ich nie im Leben ein derart einsames und für mich allein eigentlich viel zu großes Haus ausgesucht.«

»Trotzdem«, entgegnete er in einem um Vermittlung bemühten Ton. »Manche Leute hätten ein großes Problem damit, in so einem Haus zu leben, in dem eine Frau ihr Kind getötet hat. Und dann, nach der Geschichte vom letzten Jahr … Ich kann ihn schon verstehen.«

Wie von der Tarantel gestochen, fuhr Zoes Kopf herum.

»Sie hat ihr Kind getötet? Und was bitte ist letztes Jahr passiert?«

Ein schuldbewusster Ausdruck huschte über seine Miene.

»Scheiße. Ich dachte, Charles hätte es Ihnen erzählt?«

»Bis zu dem Teil ist er offenbar nicht gekommen«, erwiderte sie und fuhr flehentlich fort: »O bitte, Sie können mir das nicht einfach so hinwerfen und es dann nicht erklären. Wer hat sein Kind getötet? Ailsa McBride?«

Edward seufzte. »Jetzt habe ich mich verplappert. Warten Sie wenigstens, bis der Tee fertig ist, okay?«

Ungeduldig tigerte sie durchs Zimmer, während er in der Küche hantierte und dabei eine Melodie summte, die ihr bekannt vorkam. Dann setzte sie sich hin und schlug erneut den Rilke-Band auf, fand eine Widmung, die vom letzten Sommer datierte.

Mein Darling Ed – wir werden immer Prag haben! Auf die vielen Sommer, die noch kommen werden! All meine Liebe, L.

xxxx, stand da in einer rundlichen, mädchenhaften Handschrift.

Sie warf einen verstohlenen Blick zur Küche, wo Edward gerade sprudelndes Wasser in eine Teekanne goss. Wer war L.? Nichts an diesem bescheidenen Cottage wies auf die Existenz einer Freundin hin. Wo war L. jetzt, fragte sie sich. Was war aus all den Sommern, die noch kommen sollten, geworden?

Er kam ins Zimmer, trug die Becher vor sich her wie Votivgaben. Zoe legte das Buch rasch zurück auf den Stapel – falls es ihm aufgefallen war, sagte er nichts. Gelassen stellte er ihren Becher auf einem Bücherstapel neben dem Sofa ab und ließ sich selbst in die andere Ecke fallen, zog ein Bein an und beobachtete sie, die Hände um seinen Becher gelegt, über den Rand seiner Brille hinweg.

»Hören Sie, eigentlich ist Charles derjenige, den Sie danach fragen sollten«, begann er halb entschuldigend, halb abwehrend. »Ich kenne allein das, was er mir erzählt hat, und das allgemeine Geschwätz.«

»Dann erzählen Sie mir eben das Geschwätz«, ermunterte sie ihn. »Ailsa McBride hat ihr Kind getötet, ist es das?«

Er sah mit einem Seufzer hinunter auf seinen Tee, als würde er in den Teeblättern nach einer Antwort suchen.

»Angeblich ist sie verrückt geworden, oder sie war besessen oder irgendetwas in der Richtung. Es heißt, dass sie ihren Sohn und dann sich selbst tötete. Den Jungen hat man allerdings nie gefunden.«

»Woher weiß man dann, dass sie ihn getötet hat?«

»Sie haben ein paar seiner Kleidungsstücke gefunden, sie wurden bei den Felsen angespült.« Er biss sich auf die Lippen. »Ich sollte Ihnen das nicht erzählen.«

»Zum Teufel mit Mick«, entgegnete Zoe.

»Es ist nicht wegen Mick. Ich habe an Sie gedacht, weil Sie wieder allein dorthin zurückmüssen.«

»Könnte es nicht sein, dass beide ermordet wurden?«

Edward legte den Kopf schräg und dachte darüber nach.

»Das wurde meines Wissens nie in Erwägung gezogen, ich weiß auch nicht, warum.«

»Weil die ganze Insel sich offenbar auf Ailsa eingeschossen hatte. Eine finanziell unabhängige Frau, die ihr Kind ohne Mann großzieht, musste ja verrückt sein. Und als beide tot waren, konnte es bloß die verrückte Hexe gewesen sein. Fall abgeschlossen.«

»Klingt ein bisschen wie *Wicker Man,* oder?«

Edward fing ihren Blick auf, und in diesem Moment spürte Zoe, wie es Klick machte und zwischen ihnen eine Verbindung hergestellt wurde. Von nun an, erkannte sie mit einem Anflug von Erleichterung, würde sie nicht länger allein hier sein, sondern einen Verbündeten haben.

»Und was ist aus Ailsa geworden?«, fragte sie.

»Ihr Leichnam wurde weiter oben an der Küste angespült, vollständig bekleidet und ohne irgendwelche Verletzungen. Daher kam man zu dem Schluss, dass sie ins Wasser gegangen war, nachdem sie ihren Sohn getötet hatte.«

»Wenn der Junge nie gefunden wurde, wie konnte man sich da wirklich sicher sein, dass er überhaupt getötet wurde? Vielleicht ist er ja einfach weggelaufen.«

Edward zuckte die Schultern. »Wie gesagt, da waren Kleidungsstücke, die angespült wurden. Außerdem wäre er ansonsten irgendwie aufgetaucht, die Insel ist schließlich nicht groß. Die Leute scheinen jedenfalls die Ailsa-Version als

Tatsache akzeptiert zu haben. Andere Gerüchte besagen, auf dem McBride-Land liege ein Fluch.«

»Inwiefern?«

»Offenbar hatte Tamhas McBride die Reste einer verfallenen Kapelle abreißen lassen, um genau an der Stelle sein Haus zu bauen – unter Verwendung der alten Fundamente und Steine. Aber das war nicht alles. Die Kapelle war über einem heidnischen Heiligtum errichtet worden, um dieses als christliche Stätte umzuweihen, und der Abriss entweihte sie wieder. Daher der Fluch.«

Er grinste, schien das Ganze fast witzig zu finden und streckte die Beine bequem von sich.

»Na toll. Dann wohne ich also in einem Haus mit einem uralten Fluch, das von einer Hexe heimgesucht wird, die ihr Kind getötet hat.«

Edward lachte. »Genauso ist es – und in diesem Sinne einen schönen Urlaub.«

Zoe lehnte den Kopf gegen ein Sofakissen und lachte mit. Nach wie vor trommelte der Regen gegen die Fensterscheiben, der Wind heulte durch den Schornstein und rüttelte an Türen und Fensterläden. Die Dämmerung hatte eingesetzt, und im Zimmer war es dunkler geworden. Schatten schlichen sich aus den Ecken und legten sich über die Möbel und über ihre Gesichter. Edward drückte auf den Schalter einer Stehlampe, die den Bereich, wo das Sofa stand, in einen weichen, bernsteinfarbenen Schimmer tauchte. Sie schwiegen beide, doch es war ein einvernehmliches, angenehmes Schweigen. Zoe verspürte keine Lust zu gehen, fühlte sich so wohl, dass sie sich hier glatt verlieren könnte.

»Ich verstehe einfach nicht, warum Mick das alles vertuschen will«, griff sie schließlich das Thema erneut auf. »Viele

Leute würden ein Vermögen hinblättern, um in einem Haus mit einer solchen Geschichte zu wohnen.«

»Genau, Leute mit absonderlichen Vorlieben. Mit einem Spleen für ungelöste Mordfälle. Schräge Vögel, die glauben, dass man paranormale Aktivität wie Funkwellen messen kann.« Er zupfte an einem losen Faden des Polsters. »Er hat sich viel Ärger im Dorf eingehandelt, als er das Haus instand zu setzen begann. Es gab nämlich eine stillschweigende Übereinkunft zwischen den Drummonds und den Inselbewohnern, dass man das Haus dem Verfall überlassen wollte, damit die Geschichte in Vergessenheit geriet.« Er streckte den Rücken durch und verschränkte die Hände hinter dem Kopf. »Die Sache wird nach wie vor als Makel betrachtet, als rufschädigend für die ganze Insel. Die Leute nehmen solches Gruselzeug sehr ernst, und sie wollen es vor allem nicht an die große Glocke hängen. Mick hat lange gebraucht, um die Einheimischen davon zu überzeugen, dass er die Familiengeschichte nicht als Publicitygag benutzen wird und Kapital daraus schlagen will.«

»Das heißt, alle sind zur Verschwiegenheit verpflichtet.« Sie richtete sich auf und legte die Hände um ihren Becher. »Hat Mick Ihnen das alles erzählt?«

Edward schüttelte den Kopf. »Er redet nicht gern darüber. Das meiste weiß ich von Charles und von Annag Logan, dem Barmädchen.«

Zoe dachte mit einem Anflug von Groll an ihren Lippenstift und machte eine vage Handbewegung, die eine Verbindung andeutete.

»Sind Sie beide …?«

Erst musterte er sie verwirrt, dann empört.

»Gott, nein. Dachten Sie allen Ernstes …?« Er richtete sich auf, fuhr sich mit einer Hand durchs Haar. »Nicht unbedingt mein Typ. Und überhaupt, sie ist erst sechzehn.«

»Wirklich?« Zoe war verblüfft. »Ich hätte sie älter geschätzt. Außerdem wollte ich Sie nicht beleidigen«, fügte sie rasch hinzu. »Es ist nur … Es dürfte hier draußen nicht allzu viele junge Frauen geben.«

»Ich bin eigentlich nicht hergekommen, um Frauen kennenzulernen.« Seine Mundwinkel zuckten, und seine Stimme nahm einen etwas dunkleren Ton an, der ihre Neugier weckte. »Ganz im Gegenteil, um genau zu sein.«

»Heißt das, Sie sind hergekommen, um Männer kennenzulernen?«

Er brauchte einen Moment, um das Funkeln in ihren Augen zu bemerken, dann warf er mit einem Kissen nach ihr und lachte.

»Ja, genau. Stämmige Fischer und Bohrinselarbeiter. Gott, ich liebe dieses Ölzeug.«

»Und wie läuft das für Sie?«

»Ehrlich gesagt, bin ich den Heringsgeruch leid.« Er schnitt eine Grimasse. »Und die Typen sind so oft fort. Ich bin eine Heringswitwe.«

Als Zoe das Kissen in seine Richtung zurückwarf, brachte er seinen Becher nicht rechtzeitig aus der Schusslinie, und der Kaffee schwappte auf eines der Polster.

»Hey, Vorsicht mit dem Sofa! Das ist ein unbezahlbares Erbstück.«

»Es ist eindeutig historisch«, spottete sie und rieb mit einem Finger über den abgewetzten braunen Stoff.

Dann schwiegen sie wieder, lauschten dem Fauchen des

Windes in den Schornsteinen und dem Klappern der Fensterläden, die der Sturm abzureißen drohte. In der Ferne erklang dumpfes Donnergrollen.

»Soll ich Feuer machen?« Edward sah sie fragend an, und als sie mit den Schultern zuckte, sprang er sogleich auf. »Normalerweise kehre ich den Kamin morgens aus und mache alles für den Abend bereit, jetzt wo die Nächte kälter werden«, erklärte er und nahm ein paar Scheite aus einem Korb neben dem Kamin.

Es war etwas, das ihre Großmutter hätte sagen können. Zoe beobachtete seine umsichtigen, methodischen Bewegungen, und auf einmal fand sie die Vorstellung total rührend – wie er morgens die kalte Asche vom Abend gewissenhaft auskehrte und sein kleines Feuer für den langen, dunklen Abend mit Musik und Gedichten vorbereitete. Sie fragte sich, wie er das aushielt, diese Einsamkeit. Das Zimmer schien im Halbdunkel geschrumpft zu sein, zusammengedrückt von Wänden und Decke. Das McBride-Haus war ebenfalls einsam, aber seine Abgeschiedenheit besaß wenigstens eine gewisse Erhabenheit, und seine stolze, dem offenen Meer zugewandte Erscheinung verlieh der Einsamkeit etwas Entrücktes. Dieses Cottage hingegen war nichts als düster und trist.

Sie beobachtete Edward, während er sich vorbeugte und alte Zeitungen um das Anmachholz verteilte. Bei jeder Bewegung rutschte sein Hemd hoch und entblößte eine Handbreit nackter Haut über dem Bund seiner Unterhose, straffe Muskeln zu beiden Seiten seines Rückgrats. Zoe verspürte ein Kribbeln zwischen ihren Beinen, eine vage Erinnerung an jenen schwülen, unzüchtigen Traum, der jetzt ein heißes, heftiges Verlangen in ihr auslöste. Für den Bruchteil einer Sekunde glaubte sie das Gesicht ihres Traumliebhabers zu erkennen, doch als sie versuchte, es vor ihrem inneren Auge erstehen zu lassen, verschwand es wieder in den Schatten. Sie presste die Schenkel zusammen und umklammerte ihren Becher fester.

»Warum bist du wirklich hergekommen?«, hakte sie nach und merkte gar nicht, dass sie wie selbstverständlich zum vertraulichen Du übergegangen war.

Er kommentierte es nicht, wippte auf den Fersen und wandte ihr sein offenes und unglaublich junges Gesicht zu.

»Ich habe mich von jemandem getrennt. Eigentlich wollte ich ein paar Jahre in Oxford bleiben, bis sie ihren Doktor gemacht hat … Na ja. Sie hat jemand anderen kennengelernt.« Er drehte die Streichholzschachtel zwischen den Fingern. »Daher wollte ich einfach möglichst weit weg. Und als ich die Anzeige für diese Stelle gesehen habe und mich bewarb, dachte ich nicht, dass sie mich nehmen würden. Ich hatte ja eben erst meinen Abschluss gemacht. Wider Erwarten nahmen sie mich. Vermutlich haben die Bewerber ihnen nicht gerade die Türen eingerannt. Ein Ort wie dieser ist nichts für jedermann, nehme ich an.«

»Und für dich?«

»Im Augenblick ist es okay. Allerdings würde ich hier keine Wurzeln schlagen wollen.«

Er starrte in den Kamin und stieß einen langen Seufzer aus. Erneut senkte sich Stille über das Zimmer. Nichts als das Knacken und Knistern des Feuers, das er zum Brennen gebracht hatte, war zu hören. Wärme und der Geruch nach verbranntem Holz erfüllte das Zimmer. Zufrieden lehnte er sich im Schneidersitz zurück und richtete den Blick auf sie.

»Und was ist mit dir?«

»Was soll mit mir sein?«

Ihre Worte klangen schroffer als beabsichtigt, als würde sie sich so eine Frage verbitten.

»Warum bist du auf diese einsame Insel gekommen?«

Sie überlegte. Wie viel sollte sie von sich preisgeben? Konnte sie ihm alles sagen, was im vergangenen Jahr passiert war? Konnte sie den dünnen Faden der Ereignisse, die sie an diesen Ort geführt hatten, abspulen? Wie viel davon würde dieser dunkeläugige, ernste Junge verstehen? Der Drang, ihr Herz auszuschütten, wurde übermächtig, und sie war schon drauf und dran, sich alles von der Seele zu reden, als sie eine Kehrtwende vollzog und sich im letzten Moment aus der Gefahrenzone brachte.

»Ich wollte etwas Ruhe«, erklärte sie lahm. »Einen Ort zum Malen.«

»Dafür bist du ganz schön weit gereist.« Edward schlang die Arme um seine Knie. In seinen Worten lag keine Kritik, kein Urteil, eher eine halbe Frage. Als Zoe keine weiteren Erklärungen abgab, fügte er hinzu: »Und hast du einen Partner?«

Der Feuerschein spiegelte sich in seiner Brille, sodass sie seine Augen nicht klar erkennen konnte. Sie zögerte mit der Antwort – nicht weil sie ihre Privatsphäre schützen wollte, sondern weil sie nicht mehr sicher war, was sie sagen sollte.

»Ich hatte einen«, murmelte sie nach einer Weile, den Blick auf das flackernde Feuer gerichtet.

Edward nickte, als würde er es verstehen.

»Dann hatte der Professor also recht«, meinte er. »Wir laufen letztlich alle weg.«

Zoe sah kurz zu ihm hoch mit einem angedeuteten Lächeln, schlang die Arme um ihren Oberkörper und zog die Knie an. Edward nahm ihren Becher vom Boden.

»Willst du noch einen Tee? Oder …« Fast schüchtern sah er sie an. »Ich habe irgendwo eine Flasche Wein, wenn dir das lieber ist?«

Was nun, überlegte sie. Irgendwie fühlte sie sich unbehaglich, weil sie seine Motive nicht durchschaute. Wenn ein Mann ihres Alters denselben Vorschlag gemacht hätte, wäre das vermutlich okay für sie gewesen – was Edward hingegen in ihr sah und von ihr wollte, war ihr schleierhaft. War er einfach freundlich zu einer Fremden? Brauchte er jemanden zum Reden und wäre entsetzt von der Vorstellung, dass sie es anders auffassen könnte?

Eine Frau, die altersmäßig seiner Mutter näher stand als ihm.

Sie wandte den Blick zum Fenster: Der Himmel hatte die Farbe von nassem Schiefer angenommen, und der Regen trommelte weiter unablässig gegen die Scheiben. Ausgeschlossen, dass sie jetzt mit dem Fahrrad zurückfuhr. Ein Teil von ihr wollte nichts lieber als bleiben, einen Wein trinken mit diesem hübschen Jungen, die Wirkung des Alkohols spüren: die träge Schwere in ihren Gliedern und die sorglose Leichtigkeit in ihrem Kopf. Wie gern würde sie einen Abend lang so tun, als wäre sie wieder so jung wie er – trinken und rauchen, Musik hören und bis in die frühen Morgenstunden auf dem Boden sitzen. Sich dann an ihn kuscheln, nur zur Gesellschaft, um die Wärme eines anderen Körpers zu spüren und zu wissen, dass sie noch immer begehrenswert war.

Zoe schloss die Augen, kniff sich in den Nasenrücken. Genau das war die Situation, die sie unbedingt hatte vermeiden wollen. Wenn sie jetzt nicht aufpasste, würde sie irgendwann anfangen zu reden und alles aus sich herauslassen – alles, was sie so mühsam unterdrückt hatte. Ein geduldiger Zuhörer wie er könnte die Schleusen öffnen. Er hatte so eine stille Art, die Vertrauen schuf, seine Schüler himmelten ihn bestimmt an, Caleb jedenfalls würde es tun.

Sie verscheuchte die Gedanken, bevor sie sich verfestigen konnten. Außerdem verspürte sie allmählich einen seltsamen Drang, zum Haus zurückzukehren – es war, als würde es sie rufen.

»Fürs Erste kannst du sowieso nicht mit dem Fahrrad fahren«, redete er ihr zu. »Später fahre ich dich zurück, nach einem oder zwei Glas ist das kein Problem.«

»Nein!«

Das Wort entfuhr ihr unvermittelt, hart und schnell wie ein Schuss und hallte von den Wänden wider. Edward starrte sie entgeistert an. Sie atmete tief durch, war erschrocken über sich selbst und sah ihn betreten an.

»Sorry, ich meinte bloß, du solltest gar nichts trinken, wenn du fährst«, sagte sie und merkte, dass ihr bei dieser Lüge die Röte ins Gesicht stieg. »Man kann nie wissen bei diesem Wetter …«

Sie brach ab, weil sie mit ihm redete wie mit ihrem Sohn. Edward schien es nicht zu stören.

»Nein, du hast recht. Woanders würde ich das nie tun, aber es ist verführerisch, wenn man weiß, dass man hier nicht angehalten wird. Wie wär's denn mit noch mehr Tee?«

Als sie schwieg, wechselte er das Thema, versuchte sie auf diese Weise zum Bleiben zu bewegen. So schien es ihr zumindest.

»Ich habe dir noch gar nicht erzählt, was letztes Jahr passiert ist.«

Ihre Kopfhaut begann zu kribbeln. Inzwischen war sie sich nicht mehr sicher, ob sie mehr von diesen Geschichten hören wollte. Charles hatte recht: Alles würde eine andere Gestalt annehmen, wenn sie allein im Haus war, und sich nicht mehr aus ihrem Gedächtnis löschen lassen. Etwas nicht zu wissen, konnte auch ein Segen sein. Dennoch nickte sie und folgte ihm mit seinen Blicken, als er auf Socken in die Küche schlurfte, um Teewasser aufzusetzen.

»Ein Kind ist im McBride-Haus verschwunden«, begann er, als er zurückkam.

Dann schwieg er erst mal, reichte ihr einen Becher und machte es sich auf dem Boden in der Nähe des Kamins bequem, den Rücken gegen das Sofa gelehnt. Sein Kopf war so nah, dass Zoe ihm übers Haar hätte streichen können. Einen Moment lang geriet sie in Versuchung, doch dann steckte sie ihre freie Hand fest unter ihren Schenkel.

»Verschwunden?« Ihre Stimme klang seltsam schrill. »Wie denn das?«

»Das weiß man nicht so genau.« Er trank ein paar Schlucke von dem heißen Tee. »Es ist etwas über ein Jahr her, passierte Ende August. Mick hatte ein paar Monate zuvor mit der Renovierung begonnen, und das Haus war eine einzige Baustelle. Gerade dadurch war das Haus wieder ins Gerede gekommen, und zwei Dorfjungen, die die alten Geschichten aufgeschnappt hatten, beschlossen, eine Nacht dort draußen zu verbringen und auf Geisterjagd zu gehen. Als Mutprobe sozusagen. Einer von ihnen ist nicht zurückgekehrt.«

Zoe war so entsetzt, dass die feinen Härchen auf ihren Armen sich aufstellten.

»Mein Gott. Was ist passiert?«

»Robbie Logan zufolge – das ist der Junge, der überlebt hat, Annags Bruder übrigens –, haben sie sich anfangs gemeinsam am Strand versteckt. Aber dann verließ Robbie der Mut, und er weigerte sich, das Haus zu betreten. Er blieb also unten bei den Felsen, während Iain Finlay, der andere Junge, allein losmarschierte.« Edward legte eine wirkungsvolle Pause ein, bevor er weitersprach. »Robbie sagte, er habe Iain schreien gehört und ihn weglaufen sehen, hoch zu den Klippen. Allerdings ist fraglich, ob er das in der Dunkelheit deutlich erkennen konnte, zumal er sich selbst unten in den Felsen zusammengekauert hatte.«

»Und der andere Junge ist von den Klippen gestürzt?«

»Das vermutet man. Wenn er zur Landspitze hochgelaufen ist, weg von dem Haus, könnte er im Dunkeln leicht den Halt verloren haben. Dort geht es zwanzig Meter tief hinunter, und bei Flut reicht das Wasser bis an die Felsen. Die Polizei jedenfalls war der Meinung, dass der Körper von den Wellen ins Meer gespült wurde.«

»Und Robbie: Hat er wirklich keine Ahnung, was in dem Haus geschehen ist?«

Edward schüttelte den Kopf. »Anscheinend nicht. Obwohl …«, er zögerte, rieb sich mit dem Daumen übers Kinn, »darüber gab es viel Gerede. Wie viel Robbie wusste.«

»O Gott. Das kann ich mir denken.«

»Die Polizei hatte große Schwierigkeiten, überhaupt etwas aus ihm herauszukriegen. Die Familie bekam eine Sozialarbeiterin zur psychologischen Betreuung zugewiesen – sie hat mir das alles erzählt, als ich an der Schule anfing. Robbie tauchte erst am nächsten Morgen zu Hause auf – er war die ganze Nacht umhergestreift, draußen im Moorland, sagte er. Er sprach kaum, und wenn, erzählte er lediglich die immer gleiche Version. Die Sozialarbeiterin schien der Ansicht zu sein, dass er traumatisiert war …« Er hob zum Zeichen des Zweifels seine Hände.

»Nicht alle haben ihm geglaubt, stimmt's?«

»Er war zwar erst zehn, doch ein kräftiger Bursche und dafür bekannt, dass er andere gerne schikanierte. Die jüngeren Kinder hatten regelrecht Angst vor ihm. Deshalb haben ihm die Leute nicht wirklich abgenommen, dass ausgerechnet er sich unten am Strand versteckt hat. Außerdem heißt es, dass Iain, körperlich wie mental der Schwächere, immer getan habe, was Robbie ihm anschaffte.«

»Warum haben die Eltern eigentlich nicht Alarm geschlagen?«, wollte Zoe wissen. »Wie konnte es ihnen verborgen bleiben, dass ihre Kinder die ganze Nacht weg waren?«

»Offenbar haben sich die Jungs aus dem Haus geschlichen, nachdem alle anderen zu Bett gegangen waren. Bei Robbie ist es sowieso kein Wunder – seine Mutter ist tot, sein Vater ist als Lastwagenfahrer ständig unterwegs, hatte damals gerade eine Fuhre aufs Festland. Und seine Schwester hat erst am Morgen bemerkt, dass er nicht da war.«

»Das heißt, die Leute glauben insgeheim, dass er seinen Freund über die Klippe gestoßen hat?«

»Gar nicht nur insgeheim. Offenbar ging selbst die Polizei eine Zeit lang von einem Streit zwischen den Jungen aus, fand indes keinerlei Beweise. Trotzdem wirkt die Sache nach: Iains Familie ist bald danach weggezogen, und ein paar andere haben ihre Kinder aus der Dorfschule genommen. Ehrlich gesagt, glaube ich sogar, dass diese Geschichte der alten Lehrerin den Rest gegeben hat – dass sie die Vorstellung nicht verkraftet hat, einer ihrer Schüler könnte ein Mörder sein.« Er beugte sich vor und schürte das Feuer so heftig, dass die Funken stoben. »Andererseits glauben mindestens genauso viele Leute im Dorf, dass der Fluch des McBride-Hauses an Iains Verschwinden schuld ist. Ein verschwundener Junge am Schauplatz eines berühmten Kindermords, das war ein gefundenes Fressen für die schottischen Boulevardzeitungen – und damit war die alte Geschichte zum Ärger der Inselbewohner wieder in aller Munde.«

»Gott. Jetzt begreife ich, warum Mick so empfindlich ist«, meinte sie gedehnt und verfiel in ein gedankenverlorenes Schweigen.

»Er war so froh, dass du nichts davon gehört hattest, und ich hätte dir diese schreckliche Geschichte auch gar nicht erzählen sollen. Selbst wenn du an das alles nicht glaubst, ist es dennoch …« Verunsichert brach er ab.

»Was meinst du mit *das alles?*«

»Na ja. Geister. Flüche.«

Sie lachte zum Zeichen, dass sie darüberstand, aber es klang zu laut und gewollt. »Ich habe nichts gegen eine Geistergeschichte. Es sind die Lebenden, vor denen man sich fürchten muss.« Sie brach ab, als sie seine Miene sah, hoffte, dass sie nicht paranoid klang. »Ich meine, wenn man die Nachrichten sieht und erfährt, was alles so passiert in der Welt …«

Er nickte. »Stimmt. Es gibt in der Tat genug Böses auf der Welt, ohne dass man sich zusätzlich etwas ausdenken muss. Wie auch immer, ich hoffe jedenfalls, es wird dich nicht vertreiben«, fügte er hinzu und sah sie fragend an.

Erneut hatte sie das Gefühl, eine merkwürdige Schwingung wahrzunehmen – ein Signal, das sie angesichts ihres

Altersunterschieds als unpassend empfand. Eine reife Amerikanerin, die sich mit einem jungen Mann vergnügte. Das fehlte gerade noch in einem Kaff, in dem die Gerüchteküche Hochkonjunktur hatte.

»Es bräuchte schon etwas wirklich Grauenhaftes, um mich in die Flucht zu schlagen«, entgegnete sie bewusst cool, um die Sache sodann noch ins Lächerliche zu ziehen. »Zum Beispiel einen verstopften Abfluss.«

Jetzt war sein Lachen irgendwie gezwungen. Als wäre er nicht sicher, ob sie ihm gerade eine Abfuhr erteilt hatte. Das Gespräch schien versiegt zu sein, ein anderes, persönliches Thema anzusprechen, schien ihr nicht ratsam. Zu neugierig, zu verfänglich. Und so saßen sie schweigend da, jeder in seine eigenen Gedanken versunken. Bis ihr Blick auf den Geigenkasten fiel.

»Dieses Lied, das du gestern Abend gespielt hast, das so beschwörend war …, wie hieß das?«

»Sie sind alle beschwörend.« Er wandte sich mit einem Lächeln zu ihr um, offenbar froh, dass das Schweigen gebrochen war. »Das ist die Spezialität der Gegend. Irgendwelche anderen Anhaltspunkte?«

»Es war genau vor der Pause, bevor wir auf eine Zigarette in den Hof gegangen sind.«

»Ach, du meinst *Ailein Duinn?«* Er summte ein paar Takte, und sie nickte zustimmend. »Ja, das geht den Leuten jedes Mal nahe. Vor allem die Art, wie Kaye es singt. Es ist eine Wehklage um einen Schiffskapitän, der ertrank, und wurde angeblich von seiner Verlobten komponiert. Sie verlor schließlich vor lauter Trauer den Verstand und ertränkte sich ein paar Monate später. So berichtet es jedenfalls die Legende. Der Text ist echt ein bisschen schaurig.«

Er zögerte, als wollte er sie vor weiteren unangenehmen Geschichten bewahren.

»Erzähl ihn mir.«

»Sie wendet sich an ihren Verlobten, den braunhaarigen Alan, und singt davon, dass sie gerne mit ihm ins Meer gehen und sogar das Blut seines Herzens trinken würde, wenngleich alle das verabscheuen.«

Zoe versuchte sich zu erinnern, wie es sich anfühlte, eine solch verzweifelte Leidenschaft für jemanden zu empfinden, dass man ihm bereitwillig in den Tod folgt. In der ersten Zeit war sie hemmungslos verliebt in Dan gewesen – oder glaubte es zu sein, was vielleicht auf dasselbe hinauslief, doch wenn sie sich an das Gefühl zu erinnern versuchte, war es, als würde sie an einen Film denken, den sie vor langer Zeit gesehen hatte. Irgendwann hatte es nur noch Caleb gegeben.

Ich könnte dich auffressen vor Liebe, hatte sie ihm als kleinem Jungen zugeflüstert, wenn sie ihn nach dem Baden sauber und nach Puder riechend in die Arme genommen und spielerisch an seiner weichen Haut geknabbert hatte, bis er vor Vergnügen kreischte. Manchmal spürte sie nach wie vor dieses Verlangen, ihn an sich zu drücken, aber inzwischen schob er sie weg.

»Die älteren Leute können dieses Lied nicht oft genug hören«, fuhr Edward fort. »Wir müssen es jedes Mal spielen. Ich nehme an, weil die Menschen auf der Insel noch wissen, wie es ist, jemanden ans Meer zu verlieren.«

Es klang wie die Geschichte von Ailsa McBride, dachte Zoe. Hatte sie ebenfalls vor Trauer um ihren ertrunkenen Ehemann den Verstand verloren und war ihm ins Meer gefolgt? Nachdem sie ihren Sohn getötet hatte, den sie aus irgendeinem irrigen mütterlichen Instinkt heraus nicht allein lassen wollte? Allerdings setzte das voraus, dass Ailsa tatsächlich verrückt und ihr Wahnsinn mehr gewesen war als ein gehässiges Geschwätz. Zu gerne wüsste sie, was tatsächlich vor so vielen Jahren mit Ailsa und ihrem Sohn passiert war.

»Würdest du es für mich spielen?«

»Jetzt?«

Sie deutete zum Himmel. »Bevor ich gehe.«

Offensichtlich behagte ihm ihre Bitte nicht. »Ich kann es nicht singen, weißt du«, wand er sich. »Es ist irgendwie nicht dasselbe ohne Kaye.«

»Dann eben bloß die Musik.«

Sie lächelte ihn aufmunternd an, und nach einem Moment des Zögerns sprang er mit einer einzigen federnden Bewegung vom Boden auf. Griff nach der Geige, stimmte sie und zupfte jede Saite, den Kopf seitlich geneigt, als würde er auf Echos lauschen, die allein er zu hören vermochte.

Während sie ihn beobachtete, fragte Zoe sich, was der Grund für ihre Bitte war. Was bezweckte sie damit, ein so trauriges Lied, das an eine noch traurigere Begebenheit erinnerte, erneut hören zu wollen? Am Ende würde es ihr zusammen mit den Schauergeschichten, die sich um das Haus rankten, nur den Schlaf rauben. Oder bildete sie sich etwa ein, sich von all ihren unheimlichen Assoziationen und Ahnungen dadurch befreien zu können, indem sie sich bewies, dass es einfach ein Lied wie andere war und es keinerlei Verbindungen zwischen den verschiedenen Geschichten gab.

Doch sobald er die ersten Takte anstimmte, wurde ihr bewusst, dass sie einen Fehler begangen hatte.

Dämmerung senkte sich unversehens über das Zimmer, die

letzten Streifen Licht verschwanden am Himmel, wurden verdeckt von schnell dahinziehenden Wolken. Die schwermütigen Klänge der Geige schwebten in der Luft. Zu ihrem Erstaunen fielen ihr sogar Bruchstücke des gälischen Textes ein, obwohl sie diese uralte Sprache weder kannte noch verstand.

Ein merkwürdiger Druck begann sich in ihr aufzubauen. Das Lied füllte sie so vollständig aus, dass es keinen Raum ließ für andere Worte, für andere Gedanken. Ihre Kehle war wie zugeschnürt, und eine gewaltige Welle der Trauer schwappte über sie hinweg, nahm an zerstörerischer Kraft zu wie eine schwarze Wasserwand, die alles unter sich zu begraben drohte und alles Leben erstickte.

Sie musste hier weg, musste der Musik entkommen, bevor sie gänzlich in sie hineingezogen wurde und sich verlor.

Mit einer einzigen gewaltigen Willensanstrengung sprang Zoe vom Sofa auf und stürzte aus dem Zimmer, schnappte sich auf dem Weg nach draußen ihre Jacke und kämpfte im Flur mit ihrem Fahrrad, versuchte es rückwärts durch die Tür zu ziehen. Mit bestürztem Gesicht, den Bogen noch in der Hand, folgte Edward ihr.

»Was hast du denn? Was ist los?«

Verwirrt und ratlos schüttelte sie den Kopf, in dem nach wie vor die Musik widerhallte, sehnsuchtsvoll und wehmütig. Sie wollte nichts als weg von hier, als könnte sie dadurch die Stimmen und Töne in ihrem Kopf zum Schweigen bringen.

Vergeblich versuchte er sie zurückzuhalten, sie missachtete seine Proteste, seine Warnungen wegen des Wetters und der Dunkelheit, stolperte mit ihrem Fahrrad nach draußen, schwang sich in den Sattel und fuhr den Dorfanger hinunter. Die Plastiktüte mit ihren Einkäufen schlug hart gegen ihr

Schienbein, der Wind peitschte ihr die Haare in die Augen und zerrte an ihrer offenen Jacke.

Etwa eine Meile hinter dem Dorf wurde sie langsamer, denn es ging jetzt bergauf. Erschwerend kam hinzu, dass das Tageslicht inzwischen fast völlig verschwunden war – dabei war es nicht später als vier. Straßenlaternen gab es außerhalb des Ortes keine. Erschöpft stieg sie ab, um wieder zu Atem zu kommen und das Pochen in ihren Schläfen zu beruhigen.

Fluchend, weil sie in der Eile ihren Schal vergessen hatte, schloss sie die Jacke bis zum Hals und sah sich um. Noch hoben sich die Rücken der Hügel dunkler vor dem Himmel ab, bald würden sie mit ihm verschmelzen. Die Straße hingegen war bereits jetzt kaum noch zu erkennen, sodass sie sich auf die schwache Fahrradbeleuchtung verlassen musste. In dieser Situation bedauerte sie entgegen ihren bisherigen Beteuerungen, dass es hier keinen Handyempfang gab. Wie gerne hätte sie Mick angerufen und ihn gebeten, mit dem Landrover zu kommen und sie abzuholen.

Aber es half nichts. Sie hatte diese Abgeschiedenheit gewollt und musste jetzt damit klarkommen.

Das Haus war keine fünf Meilen entfernt, und zumindest ein schwacher heller Schimmer zeigte sich noch am Horizont. Und soweit sie sich erinnerte, verlief die Straße geradewegs bis zur Bucht. Was sollte da problematisch sein? Entschlossen stieg Zoe wieder auf ihr Rad und trat in die Pedale.

Als sie die Kuppe des Hügels erklommen hatte, überkam sie ein unbeschreibliches Triumphgefühl, das jedoch sogleich wieder verschwand, als die die Straßengabelung sah. Die musste ihr gestern völlig entgangen sein, und keine der Abzweigungen war beschildert. Was nun? Unentschlossen schaute Zoe sich um. Die Straße, die nach links abbog, war schmaler, weniger befahren, während die Abzweigung nach halbrechts eher wie eine Fortsetzung der Hauptstraße wirkte. Sie musste sich entscheiden – darauf zu hoffen, dass jemand vorbeikam, den sie hätte fragen können, war illusorisch.

Zoe wandte sich nach rechts.

Inzwischen fiel wieder leichter Regen, schlug ihr feucht ins Gesicht und lief in den Kragen ihrer Jacke. Ihre Finger, die die glitschigen Gummigriffe der Lenkstange umklammerten, wurden allmählich taub. Fünfzehn Minuten lang ging es durch eine eintönige Hügellandschaft, Heide und Moor, dazwischen das blasse Band der Straße, gesäumt von gelegentlichen Felsbrocken. Die Meilen schienen sich endlos zu dehnen, und schon war sie versucht, gegen besseres Wissen auszuprobieren, ob sich nicht eine Handyverbindung herstellen ließ, als sie ein Stück vor sich eine Gestalt erspähte, die mit festen Schritten am linken Straßenrand in die gleiche Richtung wie sie marschierte.

Im ersten Moment verkrampfte sich ihr Herz vor Angst, dann sah sie genauer hin und glaubte zu erkennen, dass es sich um eine in einen langen Mantel oder Umhang gehüllte Frau handelte. Vermutlich eine dieser hartgesottenen Kleinbäuerinnen, die trotz des Regens unterwegs war, um Torf zu sammeln oder was immer die Leute hier oben taten.

»Hallo!«, rief sie, ohne dass eine Reaktion erfolgte. Entweder war sie zu weit entfernt, oder der Wind war zu laut. Also verdoppelte Zoe ihre Anstrengungen und trat mit aller Kraft in die Pedale. Hoffte dabei, dass die Weinflasche in der Einkaufstüte, die ihr bei jeder Bewegung gegen die Beine schlug, nicht zu Bruch ging.

Nach einer Weile rief sie erneut. Wieder vergeblich. Die Gestalt wandte sich nicht einmal um und verschwand hinter der Kuppe.

Zoe nahm es gelassen. Auf der abschüssigen Strecke würde sie sie locker einholen, wenngleich diese sonderbare Frau ungewöhnlich schnell zu laufen schien. Aber als sie die Steigung bewältigt hatte und nach unten blickte, war die Straße leer. Sosehr sie ihre Augen auch anstrengte, entdeckte sie nichts als Moor und Heide und im Hintergrund den Kamm der höheren Hügel.

Sie rief ein drittes Mal, ohne dass sie eine Antwort erhielt. So langsam wurde ihr die Sache unheimlich. Sie konnte sich das schließlich nicht eingebildet haben, völlig unmöglich. Die Frau war vielleicht fünfzig, sechzig Meter entfernt gewesen. Irrtum ausgeschlossen. Und in Luft löste sich ebenfalls niemand auf. Die einzig plausible Erklärung wäre, dass die Frau einen Weg abseits der Straße eingeschlagen hatte. Wobei sie ihr Rufen eigentlich trotzdem hätte hören müssen.

Es ergab alles keinen Sinn.

Der Regen nahm zu, drang in ihre Kleidung, durchnässte sie. Ein modriger Geruch stieg von der schweren, sumpfigen Erde auf. Zoe versuchte zu überlegen – das Schlimmste, was sie tun konnte, war, hier Zeit zu verschwenden und über Probleme nachzugrübeln, die sie im Augenblick nicht ändern konnte. Wenn Dan sie jetzt sähe, würde er sich vollkommen bestätigt fühlen in seiner düsteren Prophezeiung, dass sie alleine gar nicht zurechtkommen werde. Allerdings begriff sie mittlerweile, dass es ein Teil seiner Strategie war, ihr den Schneid abzukaufen und sie in einer für ihn bequemen Unselbstständigkeit zu halten. Ohne Caleb hätte sie sich bestimmt viel früher von ihm gelöst. Doch stimmte das wirklich, oder war es eine bloße Schutzbehauptung? Inzwischen war sie sich da nicht mehr sicher.

Heiße Tränen des Selbstmitleids brannten in ihren Augen, die sie mit dem Handrücken wegwischte. Sie war nass, ihr war kalt, und sie spürte ihre Hände und Füße nicht mehr. Und noch immer lag eine gute Strecke vor ihr. Ihr blieb keine andere Wahl, als weiterzufahren.

Nachdem sie die Frau aus den Augen verloren hatte, klammerte sie sich an die schwache Hoffnung, irgendwo auf eine menschliche Behausung zu stoßen. Irgendwohin musste die einsame Wanderin ja unterwegs gewesen sein. Gerade wollte sie verzagt wieder losradeln, als sie in der Ferne die Motorgeräusche eines Autos hörte und zwei verschwommene Lichtkreise sah, die durch den Wolkenbruch näher kamen.

Dann hielt der Landrover neben ihr, und Mick beugte sich zum Fenster hinaus.

»Da sind Sie ja. Großer Gott.« Er sprang heraus bei laufendem Motor und riss die Hecktür auf. »Geben Sie mir das Fahrrad und steigen Sie ein«, forderte er sie schroff auf.

Sie nahm die Einkaufstüte, während er das Fahrrad auf die Ladefläche hob, und sackte erschöpft auf dem Beifahrersitz zusammen, fast kamen ihr die Tränen vor Erleichterung und Scham.

»Was zum Teufel haben Sie sich dabei gedacht?«, fuhr Mick sie an und knallte die Tür zu. »Sie kennen die Straße nicht und riskieren es, sich den Hals zu brechen. Oder sich eine Lungenentzündung zu holen, eines von beidem. Warum haben Sie mich nicht angerufen?«

»Ich wollte Ihnen keine Umstände machen.«

»Es macht keine Umstände, hab ich Ihnen das nicht deutlich gesagt? Weniger jedenfalls, als wenn Sie die ganze Nacht schwer verletzt im Straßengraben liegen.« Er atmete schwer, war sichtlich aufgebracht. »Sie hatten verdammtes Glück, dass Ed mich angerufen hat. Er sagte, Sie seien ganz allein losgestürmt und«, er hielt kurz inne, »ein bisschen durcheinander gewesen.«

»Mit mir ist alles in Ordnung. Ich hatte es eben eilig, nach Hause zu kommen bei dem Wetter«, wehrte Zoe sich leicht ungehalten.

Schließlich hatte sie nicht den Atlantik überquert, um sich hier ebenfalls von irgendwelchen Kerlen bevormunden zu lassen. Mick musste kapieren, dass sie erwachsen genug war, sich um sich selbst zu kümmern. Er war für das Haus verantwortlich, für mehr nicht. Und für Edward galt das Gleiche. Wie kam er überhaupt dazu, ihr Mick hinterherzuschicken? Und wenn er schon besorgt war, warum war er dann nicht selbst gekommen?

Sie merkte, dass sie ungerecht war, denn im Grunde ihres Herzens war sie gottsfroh über Micks Auftauchen.

»Ich dachte nicht, dass es so schnell dunkel werden würde«, fügte sie entschuldigend hinzu.

»Ja, na klar.« Mick umklammerte das Lenkrad mit beiden Händen. »Die meisten Stadtleute sind das nicht gewohnt. Sie glauben zu wissen, wie die Nacht aussieht, und denken nicht daran, dass hier alles völlig anders ist. Unwetter ohne jede Vorwarnung. Manchmal binnen Minuten.«

»Das sehe ich. Ich dachte, ich würde genug Zeit haben, bevor es ganz schlimm wird.«

Er lachte trocken auf und wies mit einer Handbewegung

durch die Windschutzscheibe auf das undurchsichtige Dunkel dahinter.

»Ich sag's Ihnen ja ungern, aber Sie waren zu allem Überfluss auf der falschen Straße unterwegs. An der Abzweigung links wäre richtig gewesen – so hätten Sie auf der Küstenstraße in einer Schleife zurückfahren müssen, und das wäre in der Dunkelheit nicht empfehlenswert gewesen.«

»Scheiße. Ich bin ein Idiot.« Sie presste eine Hand an die Stirn. »Es tut mir so leid, Mick, wirklich. Wie lange hätte ich überhaupt gebraucht, wenn ich hier weitergefahren wäre?«

»Sie wären gar nicht angekommen, diese Strecke ist viel zu lang, und es gibt kein einziges Haus. Sie wären vermutlich erfroren«, sagte er widerwillig besänftigt.

»Komisch, ich habe eine Frau ein Stück vor mir gesehen. Deshalb dachte ich, es gebe ein Cottage.«

Sein Kopf fuhr herum. »Eine Frau? Hier draußen?«

»Ich habe sie aus den Augen verloren – vermutlich ist sie von der Straße abgebogen. Ich habe ihr etwas zugerufen, doch sie hat mich nicht gehört.«

Mick starrte sie sichtlich verwirrt an. »Ich kann mir nicht vorstellen, wer das sein sollte. Oben in den Hügeln gibt es ein paar alte Schutzhütten – vielleicht haben Sie einen der Schäfer gesehen.«

»Möglich«, räumte sie ein. »Die Person trug einen langen Mantel mit einer Kapuze.«

Im Nachhinein vermochte sie nicht zu sagen, warum sie so sicher gewesen war, dass es sich um eine Frau handelte, zumal sie ihr nie wirklich nahe gekommen war.

»Am besten bringe ich Sie jetzt nach Hause«, beendete Mick das Thema, löste die Handbremse und fuhr los.

Erneut lehnte sie sein Angebot, für sie Feuer zu machen, den Herd in Gang zu bringen und ihr eine Tasse Tee aufzugießen, freundlich und dennoch entschieden ab.

»Na ja, wenn Sie sicher sind, dass Sie zurechtkommen«, meinte er, knetete die Hände und zögerte es immer wieder hinaus zu gehen.

Er ließ sich erst hinauskomplimentieren, nachdem sie ihm versprochen hatte, morgen seinen Freund wegen des Mietwagens aufzusuchen.

Ohne das Licht in der Diele einzuschalten und ohne die nassen Klamotten auszuziehen, nahm sie das Telefon von seinem Konsolentisch und rief zu Hause an. Ihre Finger waren nach wie vor so taub, dass sie sich zweimal verwählte, bis Tausende Meilen entfernt das Freizeichen ertönte. Sie stellte sich vor, wie jetzt das Telefon zu Hause in ihrer Küche klingelte, und heiße Tränen rannen ihr über die Wangen. Dann Dans Stimme, so nah und vertraut in ihrem Ohr, doch es war lediglich der Anrufbeantworter: *Wir sind im Moment nicht zu Hause, bitte hinterlassen Sie eine Nachricht, danke!*

Nach dem Signalton legte sie schweigend auf. Sie könnte versuchen, ihn auf seinem Handy zu erreichen, überlegte sie, bezweifelte aber, dass er dort abnahm. Außerdem wusste sie nicht, was für eine Nachricht sie hinterlassen sollte. Es gab zu viel zu sagen oder gar nichts.

Unschlüssig blieb sie in der dunklen Diele stehen, die Hand noch auf dem Hörer, und hatte keine Ahnung, was sie jetzt tun sollte. Plötzlich spürte sie voller Entsetzen, dass sie nicht allein war. Da war wieder dieses Wesen, das sie in der Nacht zuvor wahrgenommen hatte, ohne zu wissen, um wen oder was es sich handelte. Jedenfalls wurde sie beobachtet, und zwar nicht wohlwollend. Eine Gänsehaut lief ihr über den Körper. Sie spannte sich an, fürchtete sich davor, erneut dieses Kratzen zu hören, doch diesmal war nichts zu vernehmen bis auf ihren eigenen Atem, das Ticken der Uhr und das gleichmäßige Tropfen des Wassers von ihrer Jacke.

Trotzdem, irgendjemand war da.

Sie meinte sogar den Hauch eines fremden Atems zu spüren, der sich ihrem Rhythmus anzupassen schien. Ihre Gliedmaßen fühlten sich mit einem Mal bleischwer an, sie wagte es nicht, den Kopf zu drehen, und wusste zugleich, dass sie es tun musste. Aber ein Anfall puren Entsetzens lähmte sie bei dem Gedanken, dass das Grauen unmittelbar bevorstand. Und bloß unter Aufbietung all ihrer Willenskraft schaffte sie es, einen Fuß vor den anderen zu setzen und sich auf den Lichtschalter zuzubewegen, obwohl sie jetzt dicht an ihrem Nacken wieder das gleiche Geräusch vernahm wie am Abend zuvor, halb Schluchzen, halb Gelächter.

Und bevor das Licht aufflammte und die Diele erhellte, nahm sie für den Bruchteil einer Sekunde ein blasses Gesicht im Fenster wahr.

Panisch schrie Zoe auf, bis sich ihr Gehirn einschaltete und ihr sagte, dass es sich um ihr eigenes Spiegelbild handelte. Das Haus war so leer, wie sie es zurückgelassen hatte.

6

Später am Abend saß Zoe zusammengekauert am Küchentisch, den Rücken dem Holzherd zugewandt, warm eingemummelt in Jogginghose, Kapuzenpulli und Fleecejacke, ein Handtuch wie einen Turban um die nassen Haare geschlungen, und wärmte sich die Hände an einem Becher Tee.

Ihre durchnässte Kleidung hatte sie inzwischen ausgezogen und in dem Wirtschaftsraum, der von der Küche abging, auf den Boden geworfen, um sich zunächst ein Thunfischsandwich zu machen und im ersten Stock heißes Wasser in die Badewanne einlaufen zu lassen. Dann setzte sie sich in die warme Küche, machte sich einen süßen Tee, und nachdem sie auch noch die Küchenjalousien heruntergelassen hatte, fühlte sich das Haus fast gemütlich an. Selbst das Tosen des Meeres und das Trommeln des Regens hatte seine Schrecken verloren.

Sie hatte ihren Laptop mit in die Küche genommen, um ein bisschen Musik zu hören, die sie irgendwann heruntergeladen hatte. Am besten irgendeinen fröhlichen Pop, der ihr helfen würde, die Angst endgültig abzuschütteln, die ihr den ganzen Weg bis hierher gefolgt war. Sie klickte einen Lieblingstitel an und lehnte sich zurück, während Westküstensound und Gitarrengeklimper den Raum erfüllten.

Plötzlich fiel ihr das Badewasser ein, und schnell eilte sie nach oben, bevor es zu einer Überschwemmung kam.

Sie gab nach Zitrone duftenden Badezusatz ins Wasser, hockte sich auf den Rand der Wanne und plätscherte mit den Fingern in dem sich bildenden Schaum. Eine wohlige Wärme breitete sich auf ihrer Haut aus, und entspannt saß sie da, von unten drangen Fetzen der Musik an ihr Ohr. Zunächst die vertraute Melodie des von ihr gewählten Songs, dann mit einem Mal völlig andere Klänge. Zoe hielt den Atem an und verspürte wieder dieses seltsame, kalte Kribbeln im Nacken. Das, was sie jetzt hörte, war die herzergreifende Ballade vom im Meer ertrunkenen braunhaarigen Alan, die Kaye gestern im Pub vorgetragen und von der Edward ihr heute erzählt hatte. Und wieder war es dieselbe dünne, klagende Stimme, die sie in der vergangenen Nacht aus dem Turmzimmer zu hören geglaubt hatte.

Was ging hier vor?

Zoe atmete mehrmals tief ein und aus, um sich zu vernünftigem Denken zu zwingen und nicht wie die Leute im Dorf allerlei übersinnlichen Kram zu bemühen. Überreizt, würde Dr Schlesinger sagen. Es waren gestern nicht alleine der Jetlag und der Whisky gewesen – offenbar war sie insgesamt mit den Nerven am Ende. Kein Wunder angesichts der Ereignisse zu Hause.

Trotzdem kostete es sie große Überwindung, sich zu erheben, um nachzuschauen. Im Flur und auf der Treppe brannten alle Lichter. Und noch immer war die Stimme der Frau zu vernehmen, die sich in dieser fremdartigen kehligen Sprache ihren Schmerz von der Seele sang. Allerdings kamen die Laute diesmal nicht von oben aus dem Turmzimmer, sondern von unten aus der Küche, wo ihr Laptop stand.

Zaghaft ging sie die Treppe hinunter, zählte jede Stufe und zitterte am ganzen Körper. Sobald sie die Küche betrat, brach der Gesang unvermittelt ab, wurde ersetzt durch eine bedeutungsschwangere Stille, als würde der Raum den Atem anhalten. Auch der Laptop schwieg, der Bildschirm starrte ihr schwarz entgegen. Erst als sie die Tastatur berührte, leuchtete er auf und zeigte ihr an, dass das ausgewählte Musikstück beendet sei. Also nichts mit Geisterhand! Sie hatte sich diesen Schlamassel selbst zuzuschreiben. Warum musste sie Edward bitten, dieses Lied zu spielen? Warum beschäftigte sie sich überhaupt mit diesen unheimlichen Geschichten, die ihrem strapazierten Nervenkostüm bestimmt nicht guttaten? Das hatte sie jetzt davon: Das Lied ging ihr nicht mehr aus dem Kopf, beschäftigte sie so sehr, dass sie es überall zu hören glaubte.

Sie kippte den Tee in den Ausguss und öffnete stattdessen die Flasche Rotwein, die sie im Ort gekauft hatte. Sie hoffte, er werde sich als echter Seelentröster erweisen, sie innerlich wärmen und entspannen und ihr einen geruhsamen Schlaf bescheren. Morgen sah die Welt hoffentlich ganz anders aus.

Morgen, entschied sie, würde sie an den Klippen entlangwandern und mit der Arbeit anfangen, ein paar Skizzen zur Auswahl anfertigen, bevor sie sich für ein Sujet entschied. Für den Anfang schwebte ihr ein kleines Gemälde auf Leinwand vor, nichts allzu Ehrgeiziges, nichts, was sie unter Druck setzte. Zunächst einmal musste sie zur Ruhe kommen, die wilden Träume und irrationalen Fantasien vergessen. Musste lernen, wieder allein zu leben, sich völlig auf sich zu konzentrieren. Nicht leicht nach zehn Jahren turbulentem Familienleben.

Sie rief sich in Erinnerung, dass sie aus freien Stücken genau deshalb diese Einsamkeit gewählt hatte. Da durfte sie nicht vorschnell alles hinschmeißen, weil ihre Nerven ihr einen üblen Streich spielten. Alles würde gut sein, sobald sie wieder tief und fest schlafen konnte.

In jener Nacht kam er erneut zu ihr. In ihrem Traum schlug sie die Augen auf und sah ihn neben ihrem Bett stehen, eine Hand einladend ausgestreckt. Sie ergriff sie und ließ sich von ihm wegführen, folgte ihm über den Flur zur Galerie, aus der ein schwaches, flackerndes Licht wie von einem Feuer oder einer Reihe Kerzen drang. Wie schon beim letzten Mal hatte sie das Gefühl, innerhalb des Traumes wach zu sein – sie wusste, was mit ihr passieren würde, ohne irgendeine Kontrolle über das Geschehen zu haben. Sein Gesicht konnte sie zwar noch immer nicht sehen, aber es gab für sie keinen Zweifel, dass er unerträglich schön war und ihr Herz stillstünde, falls er sich umdrehen würde. Ihre Haut kribbelte erwartungsvoll, jeder Nerv war zum Zerreißen gespannt, als er die Tür aufdrückte.

Das Licht züngelte an den Wänden hoch, ohne dass sie eine Quelle sah. Es erhellte die Gestalt einer Frau in der Mitte des Raumes, deren über den Kopf gestreckte Arme mit schmalen Handschellen an einer Kette befestigt waren, die von der Decke hing. Sie war nackt, Licht und Schatten warfen Muster auf ihre schneeweiße Haut, und eine über den Kopf gestülpte schwarze Kapuze verbarg ihr Gesicht. Zoes Atem beschleunigte sich, als der schattenhafte Liebhaber sanft ihre Hand öffnete, einen dünnen Birkenstock hineinlegte und ihre Finger schloss.

Sie verstand, was sie tun sollte, hob den Stock und ließ ihn mit einer schnellen Bewegung niedersausen. Der Peitschenhieb verursachte einen scharlachroten Striemen auf dem Gesäß des Mädchens, das lautlos zusammenzuckte. Erregende Wut durchflutete Zoe, sie hob den Arm ein zweites Mal und schlug erneut hart zu, diesmal auf die Rückseite ihrer Schenkel. Gleichzeitig merkte sie, wie Hitze und Nässe sich zwischen ihren Beinen ausbreiteten. Sie erschrak, hatte nicht damit gerechnet, dass es ihr Lust bereiten würde, jemandem Schmerz zuzufügen.

Gib dich deinem Verlangen hin, hörte sie ihn in ihren Gedanken sagen.

Härter als zuvor hieb sie mit dem Stock auf die Haut des Mädchens ein und dann noch einmal, bis sie eine dünne Blutspur sah. Jedes Mal wand sich das Mädchen stumm unter ihren Schlägen. Ihre Nippel waren hart und aufgerichtet.

Als Zoe erneut mit dem Stock ausholte, spürte sie seine Hand, die nach ihrer griff und den Schlag so lenkte, dass der Stock sich der Länge nach zwischen die Beine des Mädchens grub. Ein wimmernder Laut ertönte jetzt, wobei sich unmöglich sagen ließ, ob er Lust oder Schmerz ausdrückte.

Zoes eigene Erregung jedenfalls steigerte sich, je mehr sie den Druck verstärkte, je härter sie zuschlug – und schon näherte sie sich ihrem Höhepunkt, als seine Hand sich um ihre schloss, sie zurückhielt und der gefesselten Gestalt die Kapuze abnahm. Der Kopf hing schlaff nach vorne, das Kinn war auf die Brust gesackt, und lange Strähnen rötlich braunen Haares verdeckten ihr Gesicht. Er gab Zoe ein Zeichen, zu ihm zu kommen. Zwar verspürte sie eine undeutliche ängstliche Regung, doch ihr Traum-Ich war außerstande, Widerstand zu leisten. Gehorsam trat sie näher und beobachtete mit entsetzter Faszination, wie er den Kopf des Mädchens an den Haaren hochhob – und in diesem Moment erkannte sie ihr eigenes Gesicht, verhärmt, die Augen halb geöffnet, glasig und ausdruckslos.

Eine unangenehme Kälte breitete sich in ihr aus.

Wie von einem Zwang getrieben, wandte sie sich ab und erschrak noch mehr, denn aus dem schwarzen Fenster starrte ihr nicht ihr eigenes Spiegelbild entgegen, sondern das versteinerte Gesicht von Ailsa McBride, die aussah wie auf dem alten Foto. Hochgeschlossenes schwarzes Kleid, silberner Kreuzanhänger um den Hals, dunkle Augen voller Hass. Und dann öffneten beide gleichzeitig den Mund zu einem Schrei, der Zoe aus ihrem Albtraum weckte.

In der letzten Minute vor dem Erwachen jedoch hatte Zoe für einen flüchtigen Augenblick außer Ailsa eine zweite Spiegelung in der großen Scheibe gesehen: ihn, ihren Traumliebhaber. Er stand hinter ihr neben dem von der Decke hängenden Körper des Mädchens und war tatsächlich so schrecklich schön, wie sie vermutet hatte, nur dass an seinem Lächeln nichts Gutes war.

Panisch schrie sie auf, und ihr Entsetzen legte sich nicht einmal, als sie langsam zu sich kam. Denn wie in der vergangenen Nacht befand sie sich nackt in der langen Galerie, diesmal nicht auf einem Sofa liegend, sondern vor den hohen Fenstern stehend, zitternd und die Hände so fest zu Fäusten geballt, dass sich die Fingernägel in ihr Fleisch bohrten. Und hinter sich spürte sie diesen flachen Atem, der sich ihrem Rhythmus anpasste und hinter der geschlossenen Tür hervorzukommen schien.

Als sie sich langsam umwandte, glaubte sie zudem, auf der anderen Seite ein leises Gemurmel zu hören, undeutlich und monoton. Mit angehaltenem Atem lauschte sie angestrengt, ohne wirklich etwas zu verstehen. Immerhin erkannte sie, dass in jener alten, kehligen Sprache geredet wurde und der Tonfall voll unterdrückter Wut war. Sie holte einmal tief Luft, öffnete den Mund, um nachzufragen, wer sich da hinter der Tür herumtrieb, aber die Worte blieben ihr im Hals stecken. Überdies wurde ihr bewusst, dass sie es gar nicht wissen wollte.

»Nein!«, war alles, was sie zu krächzen vermochte.

Daraufhin brach das Gemurmel ab, und sie hörte nichts als die üblichen Geräusche, die Wind und Wetter und Meer verursachten. Dennoch meinte sie zu spüren, dass da nach wie vor jemand war.

Während sie frierend und zitternd reglos am selben Fleck stand, fiel ihr Blick zufällig auf ein paar dunkle Flecken am Boden. Sie presste sich einen Handballen aufs Auge. War das wirklich das, was sie vermutete, oder spielte die Fantasie ihr mal wieder einen Streich? Sie bückte sich, berührte mit der Fingerspitze einen der Flecken. Er war purpurrot und klebrig.

Mit einem Aufschrei wich sie zurück.

Das Blut war frisch, und eine Spur kleiner Flecken führte zur Tür. Zoe begann zu schluchzen. Wie sollte sie für so etwas noch eine logische Erklärung finden? Sie fühlte sich, als wäre sie in einem Traum gefangen, aus dem sie nicht erwachen konnte – bis sie an ihrem Körper hinuntersah und Blut an der Innenseite ihrer Schenkel entdeckte.

Schwindlig vor Erleichterung, glitt sie an der Wand herunter zu Boden. Damit, dass sie ihre Periode kriegen könnte, hatte sie nicht gerechnet, ihre letzte war sechs Monate her. Stress und Gewichtsverlust könnten so etwas auslösen, hatte die Ärztin erklärt. Zoe war zu ihr gegangen, um sicher zu sein, dass sie nicht schwanger war – was sowieso so gut wie unmöglich war. Schließlich war seit dem Unfall zwischen ihr und Dan nichts mehr gelaufen.

Mit einem Mal glaubte sie, die Erklärung für alles gefunden zu haben. Für ihre seltsamen, fiebrigen Stimmungen, für das hemmungslose sexuelle Verlangen, für die schwülen Träume, die Halluzinationen … All das führte sie jetzt darauf zurück, dass ihre Hormone verrücktspielten.

Sie hätte es wissen müssen.

In den schlimmsten Tagen ihrer Depression nach Calebs Geburt hatte sie bisweilen gedacht, den Verstand zu verlieren. Damals hörte sie Stimmen, war überzeugt, jemand sei im Haus und wolle sie töten, und schloss sich zeitweise sogar im Wandschrank ein. Es waren regelrechte Wahnvorstellungen gewesen. Nachdem sie einmal einen ganzen Tag mit Caleb im Bad verbracht hatte, war Dan mit ihr zu Dr Schlesinger gegangen. Selbst ihrem Mann hatte sie nie von den Wachträumen erzählt, die sie in jenen Tagen hatte: wie real sie ihr zu sein schienen, wie oft sie von einem gewaltsamen Tod träumte. Kommt häufiger vor, als Sie vielleicht glauben, hatte Dr Schlesinger ihr erklärt. Manche Frauen würden extrem empfindlich auf hormonelle Schwankungen reagieren.

Das war inzwischen zehn Jahre her. Fing das jetzt etwa wieder an? War es das, worauf sie sich in Hinblick auf die Wechseljahre langsam einstellen musste? Zoe wollte lieber nicht darüber nachdenken. Obwohl: Lieber Hormone als Geister, sagte sie sich und zwang sich zu einem Lachen, das viel zu laut in dem leeren Raum widerhallte. Den Kopf gegen die Wand gelehnt, schloss sie die Augen.

Um sie herum hielt das Haus den Atem an. Eine Hand schob sich zwischen ihre Beine, und sie wusste nicht, ob es ihre eigene war. Alles, was sie tun konnte, war, die Augen fester zusammenzupressen und sich mit dem Druck zu wiegen, die warme Nässe zu spüren und einem schnellen, harten Höhepunkt entgegenzutreiben, der sie ernüchtert zurückließ. Ihre Knie gaben unter ihr nach, als sie sich zu erheben versuchte, und erneut sank sie auf den Boden zurück. Mit fliegendem Atem, zittrigen Beinen und blutverschmierten Schenkeln.

Während sie noch erschöpft an der Wand lehnte, durchbrach ein bekanntes Geräusch die Stille. Ein Kratzen an der Tür, Fingernägel auf Holz. Es war, als begehrte jemand Einlass. Zoe nahm allen Mut und alle Kraft zusammen, stemmte sich hoch und stürzte mit einem Satz zur Tür, griff mit blutverschmierten Fingern nach dem Knauf. Von der anderen Seite hörte sie ein abgehacktes Lachen, gefolgt von trippelnden Schritten, die sich in Richtung Treppe bewegten, in den zweiten Stock stiegen und den Flur entlang zum Turmzimmer huschten.

Es waren leichte Schritte, fast wie die eines Kindes.

Das alles vollzog sich im Bruchteil von Sekunden, noch bevor Zoe den Knauf gedreht und die Tür geöffnet hatte. Als sie schließlich hinausschaute, war alles leer, still und stumm. Das Haus war wieder in tiefes Schweigen verfallen, das ebenso unergründlich war wie die Stimmen und Geräusche, die von Zeit zu Zeit zum Leben erwachten.

Zurück in ihrem Zimmer, wusch Zoe sich und schlüpfte in eine Jogginghose und einen Pullover. Da sie nicht mit ihrer

Periode gerechnet hatte, musste sie improvisieren mit Watte und Papiertüchern.

Sie warf einen Blick auf die Uhr. Zehn nach drei. Obwohl noch zu viel von der Nacht übrig war, graute ihr vor dem Schlaf. Deshalb schaltete sie alle Lichter an, ging hinunter in die Küche und setzte Wasser auf. Ihr Laptop stand nach wie vor auf dem Tisch. Nach einem Moment des Zögerns setzte sie sich, zog ihn zu sich heran und fuhr ihn hoch, um zu überprüfen, ob alle Programme ordnungsgemäß geschlossen waren. Gerade wollte sie den Deckel zuklappen, als sie bemerkte, dass das WLAN-Icon vollen Empfang anzeigte.

Wie das? Hatte Mick sie etwa bezüglich des Internets belogen? Aus Kostengründen vielleicht? Nein, das war weder logisch, noch passte es zu Mick. Das plötzliche Funktionieren des Internets blieb schleierhaft

Sie klickte das Icon ein. Ein einziges Netzwerk wurde angezeigt: »McBride«. Zoe runzelte die Stirn. Das war ja wohl ein Witz. Wieso gab Mick mit seiner krankhaften Abneigung gegen die Geschichte des Hauses seinem Internetzugang ausgerechnet diesen Namen, den er am liebsten vergessen wollte? Rätsel über Rätsel, doch immerhin hatte sie unvermutet Internet. Es war ein privates Netzwerk, klar angezeigt durch das Vorhängeschlosssymbol, und nichtsdestotrotz schien es sie verbunden zu haben, ohne nach einem Passwort zu fragen. Sie versuchte ihre E-Mails anzuklicken, vergeblich. Dasselbe bei anderen Seiten, keine ließ sich hochladen.

Entnervt schob sie den Laptop beiseite, inzwischen etwas nachsichtiger gegenüber Mick. Vielleicht hatte er das mit dem Internet nicht erwähnt, weil er wusste, dass die Verbindung schlecht war und vermutlich nicht funktionieren würde.

Wenngleich sie bislang immer davon ausgegangen war, hier draußen von zeitgemäßen Kommunikationswegen abgeschnitten zu sein, und das bewusst gebilligt hatte, fühlte sie sich jetzt, nach der kurzen Aussicht auf eine Verbindung, irgendwie beraubt.

Dann die neue Überraschung.

Sie war eben dabei, Wasser in einen der Keramikbecher zu gießen, als sie den Signalton eines Skype-Anrufs hörte. Verblüfft eilte sie hinüber zu ihrem Laptop und sah Calebs Gesicht, blass und mit weit aufgerissenen Augen. Das Bild war von schlechter Qualität, flackerte und ruckelte ständig, aber es war eindeutig ihr Sohn. Wo er sich allerdings gerade aufhielt, vermochte sie nicht zu erkennen. Da es in Connecticut nach zehn Uhr abends war, nahm sie an, dass er sich irgendwo mit seinem iPad versteckt hatte, damit sein Vater ihn nicht hören konnte. Sie klickte hektisch, um den Anruf entgegenzunehmen, doch in dem Augenblick, als sie seine Stimme »Mommy?« flüstern hörte, stotterte die Verbindung und erstarrte. Für eine Sekunde hing sein Gesicht verzerrt da, bevor der Bildschirm schwarz wurde. Der verdammte Akku musste leer sein, dachte sie, rannte die Treppe hoch und wühlte in ihrem Gepäck nach dem Ladekabel, bis sie indes den Laptop eingestöpselt und wieder hochgefahren hatte, war das WLAN-Signal verschwunden. Vergeblich wiederholte sie die Suche immer und immer wieder, die McBride-Verbindung war einfach nicht mehr da.

Übermannt von einem plötzlichen Verlangen, mit ihrem Sohn zu sprechen, rief sie vom Festnetztelefon in der Diele aus in Amerika an, selbst wenn sie dadurch Caleb wegen seines vermutlich heimlichen Skype-Anrufs in Schwierigkeiten brachte. Als sich der Anrufbeantworter einschaltete, nahm sie ihren Mut zusammen, holte einmal tief Luft und bemühte sich, normal zu klingen.

»Hi, ich bin's. Sag Caleb …, sag Caleb, dass ich ihn liebe.«

Nicht gerade viel, dachte sie. Na ja, wenigstens hatte sie ihn damit nicht verraten.

Inzwischen zu aufgekratzt, um noch zu schlafen, kehrte sie zu ihrem Becher Tee an den Küchentisch zurück und trank ihn in kleinen Schlucken. Die Uhr tickte gleichmäßig vor sich hin. Zoe wusste nicht, womit sie die Zeit totschlagen sollte. Aber irgendwas musste sie tun.

Sie griff nach Skizzenbuch und Bleistift, die sie auf dem Tisch hatte liegen lassen, schlug eine leere Seite auf und notierte das Datum. Sie beschloss, alles festzuhalten, was in diesen letzten beiden Nächten passiert war und in künftigen vielleicht passieren würde. Zu welchem Zweck, das wusste sie nicht zu sagen. Unter das Datum schrieb sie:

Er ist heute Nacht wieder zu mir gekommen.

7

In das grelle Licht der Sonne blinzelnd, umklammerte Zoe das Lenkrad mit beiden Händen. Ihre Handflächen waren klebrig von Schweiß, und ihr Herz hämmerte gegen ihre Rippen. Sie war seit sechs Monaten nicht mehr Auto gefahren, hatte gedacht, sie würde sich vielleicht nie wieder hinters Steuer setzen können. Außerdem war es mindestens fünfzehn Jahre her, seit sie zuletzt einen Wagen ohne Automatikgetriebe benutzt hatte. Und ein Auto vom Beifahrersitz aus zu bedienen und zu steuern und auf der falschen Straßenseite zu fahren, sodass man beim Rechts- und nicht beim Linksabbiegen höllisch aufpassen musste, das war nun wirklich das Allerletzte.

Vielleicht wäre ja alles halb so schlimm gewesen, wenn Mick und dieser Mann nicht zugesehen hätten, wie sie die Gänge quälte und den Motor abwürgte, und dabei diese gleichermaßen resignierte wie zufriedene Miene aufsetzten, die zum Ausdruck brachte, was Männer von autofahrenden Frauen hielten. Nämlich nichts.

»Für die Kupplung gibt's einen kleinen Kniff«, belehrte Doug Reid sie und beugte sich lässig durchs Fenster herein, wobei Asche auf ihre Jeans rieselte.

Ganz typisch, dachte Zoe erbost, die Micks Freund auf Anhieb nicht hatte leiden können. Auf sie wirkte der drahtige Mann mit dem scharfen Gesicht und den nikotingelben Fingern eines überzeugten Kettenrauchers, dem ständig eine dünne Selbstgedrehte an der Unterlippe klebte, irgendwie unangenehm arrogant. Ohne dass es dafür einen Grund gegeben hätte. Überdies hatte sie ihn im Verdacht, dass er Frauen wie Autos taxierte, um ihren Wert oder ihren Preis zu bestimmen. Sie jedenfalls fühlte sich unter seinen Blicken denkbar unwohl.

»Lassen Sie die Kupplung halb kommen, bevor Sie versuchen, den ersten Gang einzulegen. Das Getriebe muss ein bisschen warm werden, um in Schwung zu kommen –ist ja bei euch Ladys nicht anders.«

Zoe ignorierte sein anzügliches Grinsen und befolgte seine Anweisungen. Ohne Erfolg, denn erneut würgte sie den Motor ab. Allmählich hatte sie den Verdacht, dass der Fehler mindestens ebenso sehr bei dem Wagen lag wie bei ihr. Der Golf war mindestens zehn Jahre alt und wies jede Menge Verschleißspuren auf. Auf den Kotflügeln blühten Rostflecken, und die abgefahrenen Reifen sahen aus, als würden sie bei nasser Fahrbahn von der Straße schlittern. Aber er war ihre einzige Option auf der Insel. Und einen Wagen auf dem Festland anzumieten, wäre viel zu aufwendig. Folglich blieben ihr nur Dougie und dieser Schrotthaufen, für den sie ihm immerhin stolze dreihundert Pfund in bar hingeblättert hatte, die sie an diesem Morgen mit wehem Herzen aus dem einzigen Geldautomaten des Ortes gezogen hatte.

»Bin ich damit eigentlich versichert?«, erkundigte sie sich und drückte sich fest in ihren Sitz, weil Dougie sich hereinbeugte und die Zündung betätigte, wobei sein Handrücken unnötigerweise ihre Brust streifte.

Ihr brach bei dieser Berührung endgültig der Schweiß aus, nachdem es ihr bereits die ganze Zeit zu warm gewesen war. Nach dem gestrigen Regen war nämlich die Sonne mit sommerlichen Temperaturen zurückgekehrt und verwandelte die Restnässe in eine feuchte Schwüle.

»Keine Sorge wegen der Versicherung«, entgegnete Doug Reid großspurig, was immer das bedeuten sollte.

Inzwischen fragte Zoe sich bang, ob der Wagen überhaupt zugelassen war.

»Ich meine …« Sie zögerte, die Worte auszusprechen, als hätte sie Angst, das Schicksal herauszufordern, »falls ich einen Unfall habe?«

»Ach, Sie schaffen das schon«, erwiderte er leichthin und blieb genauso unpräzise wie vorher.

Zoe warf einen hilflosen Blick zu Mick hinüber, der daraufhin nickte, was wohl so viel wie *alles im grünen Bereich* besagte.

So nett und freundlich Mick sein mochte – er blieb ihr ein Rätsel. Erst am Morgen, als er sie abgeholt hatte, war ihr wieder seine übertriebene Sorge aufgefallen. Wie ihr das Haus gefalle, wie sie geschlafen habe – all diese Fragen nährten bei ihr den Verdacht, dass er etwas Entscheidendes vor ihr verbarg.

Und sie schenkte ihm ebenfalls keinen reinen Wein ein, behielt die sonderbaren nächtlichen Erlebnisse für sich. Schließlich konnte sie einem Mann nicht mit hormonell bedingten Wahrnehmungsstörungen kommen. Falls es wirklich so etwas war … Jedenfalls war sie irgendwann wieder ins Bett gegangen und erst aufgewacht, als die Sonne durch die Jalousie ins Zimmer fiel. Geduscht und angezogen, einen Becher Kaffee in der Hand, hatte sie lange Zeit in der Galerie im ersten Stock gestanden und jeden Winkel, jeden Deckenbalken und jedes Möbelstück in Augenschein genommen. Bis sie zu der Überzeugung gelangte, dass es hier nichts Unheilvolles gab, ebenso wenig wie im Rest des Hauses.

Dann hatte sie die Blutflecken von den Dielen gewischt, etwas Toast gegessen und sich besser gefühlt. Als sie Mick später nach der unerwarteten WLAN-Verbindung fragte, hatte sie im Stillen auch hier auf eine logische Erklärung gehofft, doch er war völlig verwirrt gewesen. Nein, er wisse nichts von einem privaten Netzwerk in der Gegend. Vielleicht habe sie etwas von einem vorbeifahrenden Auto empfangen, im Haus gebe es eindeutig nichts.

Daraufhin hatte sie mit den Schultern gezuckt und geschwiegen. Dass das Netzwerk »McBride« hieß, verschwieg sie aus Angst vor zusätzlichen Komplikationen.

Nach ein paar weiteren Fehlstarts gelang es ihr endlich, den Golf mit einer Reihe beängstigender Kängurusprünge über den Parkplatz hüpfen zu lassen und dann dasselbe noch einmal im Rückwärtsgang zu tun. Mick und Dougie jubelten ihr zu wie einem Kind, das seinen ersten erfolgreichen Versuch auf dem Fahrrad hinter sich hatte.

Sobald die Transaktion abgewickelt war – Bargeld auf die Hand, kein Papierkram, was sie in ihren Befürchtungen hinsichtlich Versicherung und Verkehrstüchtigkeit bestärkte –, standen sie mit verschränkten Armen da und sahen ihr zu, wie sie von dem Parkplatz fuhr. Zoe hatte es so eilig gehabt, ihren kritischen Blicken zu entkommen, dass sie sich nicht einmal alle Schalter und Hebel hatte erklären lassen, etwa wie man die Scheinwerfer oder die Scheibenwischer einschaltete. Das würde sie nun selbst herausfinden müssen.

Verkrampft hinter dem Steuer sitzend, zuckelte sie auf der einspurigen Landstraße mit zwanzig Meilen in der Stunde den Hügel hinunter in Richtung Ort. Sie war so damit beschäftigt, nur ja alles richtig zu machen, dass sie sogar zeitweise ihre letzte Fahrt vergaß: die Hupe, die an der Kreuzung lärmte, den verzögerten Schock des Aufpralls, den Airbag, der ihr Mund und Nase zudrückte.

Daran jetzt zu denken, wäre total kontraproduktiv, ermahnte sie sich und konzentrierte sich erneut auf die Straße, das unvertraute Auto und die Tücken des Linksverkehrs. Sie war froh, als sie heil den dreieckigen Dorfanger erreichte, und parkte gleich auf dem Grünstreifen. Besser so, als unter den Augen neugieriger Passanten mühsam einparken zu müssen.

Erst als sie den Motor abstellte, wurde ihr bewusst, wie stark sie zitterte. Deshalb beschloss sie, noch eine Weile im Wagen sitzen zu bleiben und sich zu beruhigen. Das Sonnenlicht fiel silbern auf die Fenster des Lehrerhauses – ob jemand zu Hause war, ließ sich nicht erkennen. Sollte sie anklopfen? Immerhin hatte sie den vergessenen Schal als Ausrede, aber ihr abrupter Abgang gestern war ihr nach wie vor mehr als peinlich, und sie verspürte zudem keinerlei Lust, darüber zu reden.

Im Buchladen herrschte reger Betrieb, mindestens fünf Kunden sahen sich im Verkaufsraum um. Rasch ging Zoe, die seit ihrer Ankunft ohne Zeitgefühl lebte, die Wochentage durch, und fluchte leise, als sie begriff, dass es Samstag sein musste. Wochenende, da waren immer mehr Leute unterwegs, und sie konnte kaum damit rechnen, dass Mr Joseph viel Zeit für sie haben würde. Sie steckte den Kopf durch den Türbogen zum Hinterzimmer und fand ihn hinter seinem Schreibtisch, wo er, die Brille auf der Nasenspitze, die Seiten eines riesigen, uralt aussehenden Buches durchblätterte. Er sah auf und begrüßte sie mit einem warmen Lächeln, als hätte er sie erwartet.

»Sehen Sie sich diese Schönheit an. Ein Atlas mit Seekarten des neunzehnten Jahrhunderts. Umfangreicher Wasserschaden, leider, sonst wäre es ein kostbares Sammlerstück. Was für ein Jammer.«

»Sollte man nicht damit rechnen, dass Seekarten nass werden?«

In seinen Augenwinkeln bildeten sich Lachfältchen.

»Ein sehr vernünftiges Argument. Ist das in Ihrer Hand das, was ich vermute?«

Nickend warf sie die Tüte mit Gebäckstücken auf den Schreibtisch.

»Sie schulden mir die nächste Episode. Zumindest bis zu dem Mord.«

»Aha, ich sehe, Sie haben einen Hinweis erhalten, der die Spannung verdirbt«, erwiderte er belustigt.

Eine plötzliche Bewegung in der Ecke ließ sie herumschnellen; ein dickes Kind mit Bürstenschnitt und einem flachen, mürrischen Gesicht saß mit untergeschlagenen Beinen auf einem der Sitzsäcke. Zuerst hatte sie ihn gar nicht bemerkt, erst als er sich bei ihrem Gespräch mit einem Ruck aufrichtete und sie aus eng zusammenstehenden Augen anstarrte, erregte er ihr Interesse.

»Robbie, möchtest du dieses Buch vielleicht mit nach Hause nehmen?«, fragte Charles ihn freundlich.

»Nein, schon gut.«

Der Junge klappte es prompt zu. Dem Umschlag nach zu urteilen, handelte sich um ein Buch über Space-Shuttle-Flüge.

»Es ist eine Leihgabe wie in einer Bibliothek«, fügte Charles hinzu. »Du kannst es mir zurückbringen, wenn du es ausgelesen hast.«

Der Junge stemmte sich widerstrebend hoch, schüttelte den Kopf.

»Kein Platz dafür zu Hause«, murmelte er.

»Na dann – wie wär's, wenn du in die kleine Küche gehst und dort in Ruhe weiterliest, während ich mit Miss Adams plaudere. Vielleicht findest du im Schrank ja eine Packung Kekse.«

»Hören Sie, ich kann ein andermal wiederkommen«, bot Zoe höflich an.

Charles machte eine Handbewegung, die sie zum Bleiben aufforderte.

»Was für ein Mord?«, warf jetzt der Junge ein, der offenbar jedes Wort, das zwischen ihnen gefallen war, mitbekommen hatte.

»Es geht um ein Buch, über das wir gesprochen haben«, lenkte Charles geschickt ab. »Um einen Kriminalroman.«

Ein erleichterter Ausdruck huschte über das Gesicht des Jungen, der sie bislang eher misstrauisch und ein wenig tückisch angesehen hatte, und dann trollte er sich in Richtung Küche.

»Armer Junge«, sagte der Professor, während er ihm nachsah. »Ich habe das Gefühl, irgendjemand will nicht, dass er Bücher mit nach Hause bringt. Stellen Sie sich das vor! Zu viel zu wissen, ist nicht gut – so denken hier noch viele. Eine

Menge Leute halten Lesen sogar für eine gefährliche Beschäftigung. Da fühlt man sich manchmal ganz schön machtlos.«

Zoe fand sein Mitgefühl zwar rührend, doch das Bürschchen war kein Kind nach ihrem Herzen. Er gehörte zu der Sorte, die man nicht in die Nähe einer Kasse oder einer Handtasche lassen sollte. Vielleicht tat sie ihm ja unrecht, aber das glaubte sie nicht.

»Nun, ich nehme an, unser junger Freund Edward Sinclair hat meiner Erzählung den Wind aus den Segeln genommen?« Charles schob seinen Sessel zurück. »Er will wohl eine Dame mit Schauergeschichten beeindrucken, während ich versucht habe, Spannung aufzubauen. Warten Sie kurz.« Er verschwand in der Küche, um zwei Becher Kaffee zu holen. »Den habe ich aufgebrüht, bevor Sie gekommen sind. Also. Wo waren wir stehen geblieben?«

Ihr fiel auf, dass er seine Stimme gedämpft und die Küchentür hinter sich geschlossen hatte, sodass sie einigermaßen unbeobachtet waren.

»Ailsa lebte mit ihrem stummen Kind allein in dem Haus, und alle hielten sie für eine Hexe«, antwortete Zoe leise.

»Ach ja. Eine Ironie des Schicksals übrigens, da schließlich ihr Ehemann der Okkultist war.«

Ihre Augen weiteten sich. »Im Ernst? Sie meinen Teufelsanbetung, solches Zeug?«

»Nicht ganz.« Charles lächelte und lehnte sich in seinem Sessel zurück, die Hände im Schoß gefaltet. »Eher im Sinne esoterischer Philosophie. Spiritualismus, Mesmerismus, uralte Magie, Kabbala, solche Dinge.«

»Wie Madonna?«

Er blickte verblüfft. »Entschuldigung?«

»Egal. Fahren Sie fort.«

»Nun ja. Tamhas McBride war in vieler Hinsicht ein bemerkenswerter Mann. Einer dieser viktorianischen Gentlemen, die sich auf allerlei Wissens- und Forschungsgebieten umsahen und dafür eine Menge Geld ausgaben. Er wollte zu gern einen Beitrag zur Summe des menschlichen Wissens leisten. Er war ein extrem weit gereister Mann, gebildet, sprach mehrere Sprachen ...«

»Ein Wissenschaftler, der an Magie glaubte?«

Sie zog skeptisch eine Augenbraue hoch, und er richtete mit gespielter Strenge einen Finger auf sie.

»Wenn ich Sie erinnern darf, dafür gibt es eine ehrwürdige Tradition, die bis zu Newton und weiter zurückreicht. Die moderne Wissenschaft hat ihren Ursprung in dem, was früher als natürliche Magie bezeichnet wurde. Tamhas war ein Utopist. Er glaubte an die Perfektionierbarkeit der menschlichen Natur.«

»Viel Glück dabei«, murmelte Zoe.

Charles lachte. »Wie so viele im neunzehnten Jahrhundert glaubte er, dass der wissenschaftliche Fortschritt Hand in Hand mit spiritueller Erleuchtung gehen könnte. Er war stark beeinflusst von den europäischen Okkultisten, die für eine Wiederbelebung des Magus-Wissenschaftlers der Renaissance eintraten.«

Sie schüttelte den Kopf. »Das müssen Sie mir erklären.«

»Der Magus ... lassen Sie mich überlegen.« Er beugte sich vor, die Hände gefaltet, als würde er beten. »Die Vorstellung des Magus im Mittelalter und in der Renaissance war die eines Mannes, der so tief ins Geheimwissen eingeweiht war, dass es ihn befähigte, Macht über die Kräfte der natürlichen

Welt auszuüben. Denken Sie an Prospero in Shakespeares *Sturm.*«

Zoe konnte sich lediglich undeutlich an eine grauenhafte Highschoolaufführung erinnern.

»Sie meinen, er war ein Magier?«

»Das hängt von Ihrer Sichtweise ab. Er und seinesgleichen haben sich auf jeden Fall so gesehen. Tamhas praktizierte rituelle Magie, das wissen wir. Ob da irgendetwas dran war, ist nicht überliefert, leider.«

»Es wundert mich, dass die Inselbewohner ihn nicht auf dem Scheiterhaufen verbrannt haben.«

»Sie können davon ausgehen, dass er diesen Teil seines Lebens sorgfältig unter Verschluss gehalten hat.«

»Und woher wissen Sie dann davon?«

Zoe beugte sich vor, war trotz ihrer Vorbehalte so fasziniert, dass sie ihren Kaffee hatte kalt werden lassen.

»Wühlarbeit.« Er schenkte ihr ein verschwörerisches Lächeln und wies mit einer Handbewegung auf den Schrank im hinteren Teil des Raumes, wo er ebenfalls die Mappe mit der Fotografie von Ailsa McBride aufbewahrte. »Vor einer Weile habe ich einen riesigen Glückstreffer gelandet. Tamhas gehörte einer Reihe spiritistischer Gesellschaften an, was unter Angehörigen der gebildeten Schicht damals äußerst beliebt war – denken Sie etwa an Conan Doyle. 1854, mit vierzig, reiste Tamhas nach London, um den Vortrag eines französischen Okkultisten namens Eliphas Lévi zu hören – vermutlich der bedeutendste esoterische Schriftsteller des neunzehnten Jahrhunderts. Hatte starken Einfluss auf Aleister Crowley, wissen Sie.«

Wenngleich sie nicht wirklich Bescheid wusste, nickte sie, damit er weiterredete, ohne sich zu verzetteln.

»Tamhas und Lévi korrespondierten danach fast fünfzehn Jahre lang, bis Tamhas zu seiner letzten Seereise aufbrach. Bedauerlicherweise sind nur wenige von Lévis Briefen in der Familie Drummond erhalten geblieben – ich nehme an, der große Rest wurde irgendwann vernichtet, weil man Kompromittierendes witterte. Ein Jammer.« Er hielt einen Augenblick inne, um über den Verlust nachzusinnen. »Aber vor ein paar Jahren habe ich eine bis dahin unbekannte Sammlung von Papieren Lévis im Archiv einer fast ausgestorbenen Rosenkreuzergesellschaft in Paris ausfindig gemacht. Zwei alte Hüter der Flamme waren noch da, beide in den Achtzigern. Hartnäckige Feilscher, die beiden, doch es war den Preis wert. Fast alle von Tamhas McBrides Briefen an Lévi habe ich dort gefunden. Aus fast einem Jahrzehnt. Ein außergewöhnlicher Fund, zumindest für diejenigen von uns, die sich für die Geschichte des okkulten Gedankenguts interessieren.«

»Weiß Mick davon?«

»Nun, das ist ein etwas heikler Punkt.« Er presste die Lippen zusammen, sodass sie hinter seinem Schnurrbart verschwanden. »Er weiß, dass ich sie gekauft habe, nicht indes, was drinsteht. Will es nicht wissen, behauptet er. Wenn ich beschließen sollte, ein Buch darüber zu schreiben, würde ich es natürlich lieber mit seinem Segen tun …« Er zuckte die Schultern und trank einen Schluck von seinem Kaffee. »Die Geschichte reicht, was ihre Bedeutsamkeit betrifft, weit über das Familiengeheimnis hinaus, das ist der Punkt.«

»Haben diese Briefe denn irgendetwas mit den Morden zu tun?«

Charles stellte seinen Becher ab und fixierte sie mit einem festen Blick.

»Kommt alles drauf an.«

»Worauf?«

»Ob man glaubt, dass es in der Welt mehr gibt als das, was für das Auge sichtbar ist.«

Ein Schauer lief ihr den Rücken hinunter.

»Geister, meinen Sie? Magie?«

Sie hatte sarkastisch klingen wollen, stattdessen hörte sie sich ängstlich an.

Er breitete die Hände aus, die Handflächen geöffnet.

»Wenn Sie es so nennen wollen. Oder um es weniger negativ auszudrücken: Es geht um Dinge, die nicht wegdiskutiert oder mit rationalen Mitteln erklärt werden können.«

»Glauben Sie selbst daran?«

Er schwieg einen Moment, wägte seine Worte ab.

»Es gibt mehr Dinge zwischen Himmel und Erde, wie Hamlet sagt. Solange eine Theorie nicht schlüssig widerlegt ist, bin ich durchaus bereit, derartige Möglichkeiten einzuräumen.«

»Das heißt, Sie glauben an Geister?«

Sie ließ es wie einen Vorwurf klingen, dabei musste sie die ganze Zeit an die singende Frau denken, an das Kratzen an der Tür, das flüchtige Gelächter, die trippelnden Schritte. Sie merkte, dass ihre Hände eiskalt geworden waren.

»Geister.« Er lächelte. »Sagen wir lieber, ich glaube, dass die Zeit nicht zwangsläufig linear verläuft. An manchen Orten, denke ich, kann sie in Schichten existieren, sind Vergangenheit und Gegenwart übereinandergelagert, und es gibt vielleicht Momente, in denen wir Echos oder Splitter aus einer anderen Zeit wahrnehmen, die uns vertraut erscheinen, selbst wenn wir sie nicht in gleicher Weise mit unseren Sinnen begreifen können wie unsere Gegenwart. Das Wort Geister wird

heutzutage deshalb verwendet, weil wir nichts Passenderes haben, um unsere Erfahrung solcher Momente in Worte zu fassen. Das Phänomen selbst taucht in den unterschiedlichsten Kulturen und Zeitaltern immer wieder auf. Klingt das logisch?«

»Nein, das klingt schwachsinnig«, entgegnete Zoe lachend und erschrak sogleich über ihre geringschätzige Antwort.

Charles jedenfalls lachte nicht. Und ein Blick in sein Gesicht zeigte ihr, wie ernst ihm die Sache war – so ernst, dass sie ihm fast zu glauben bereit war.

»Sie haben so etwas noch nie erlebt?«, erkundigte er sich in einem scheinbar neutralen Ton.

Ahnte er etwas, fragte sie sich und schüttelte entschieden den Kopf, um gleich darauf von sich abzulenken.

»Erzählen Sie mir von Ailsa und den Morden.«

Er lehnte sich zurück. »Warum sprechen Sie von Morden im Plural?«

»Edward sagte, dass sie angeblich ihren Sohn und dann sich selbst getötet hat …« Sie unterbrach sich und schürzte die Lippen.

»Sie hingegen denken, sie könnte genauso gut ein Opfer gewesen sein?« Er sprach mit leiser Stimme. »Warum? Weil sie eine Mutter war?«

»Na ja, irgendwie schon.« Zoe richtete sich auf. »Ich meine, was ist denn wahrscheinlicher? Diese reiche Frau, die allein lebte, meilenweit entfernt von allem, gehasst von den Dorfbewohnern, als Hexe oder Wahnsinnige geschmäht, aber anscheinend bei klarem Verstand und intelligent – diese Frau soll auf einmal durchdrehen und ihr Kind und sich selbst töten? Ist es nicht logischer, dass jemand die beiden ermordet hat und eine Geschichte vortäuschte, auf die sich die ganze Insel mit Begeisterung stürzen würde, weil eine allein lebende Frau mit einem ungetauften Kind natürlich eine Hexe sein musste.« Als er nicht gleich antwortete, zog sie ihren Sessel näher heran und schlug mit der flachen Hand auf den Tisch. »Wenn Sie vorhaben, über das hier zu schreiben, müssen Sie doch darüber nachgedacht haben. Irgendjemand ist in jener Nacht mit einem Mord davongekommen, weil die Dorfgemeinschaft der Ansicht war, eine Frau, die sich nicht an die Regeln hält, müsse bestraft werden.«

»Sie halten es für ausgeschlossen, dass eine Mutter ihrem Kind etwas antun könnte?«

Ein langes Schweigen trat ein, und Zoe schluckte schwer.

»Ich weiß, dass so etwas vorkommt«, erwiderte sie schließlich. »Trotzdem glaube ich nicht, dass es in diesem Fall die naheliegendste Erklärung ist.«

»Es gibt jede Menge dokumentierter Fälle, in denen Mütter ihre Kinder aus einem fehlgeleiteten Wunsch, sie zu beschützen, getötet haben«, gab Charles zu bedenken. »Wenn das Kind etwa schwer krank oder schwerstbehindert ist. Um ihm ein Leben voller Leiden zu ersparen.«

Zoe senkte den Blick, zupfte an ihrem Ärmel; seine stille Art und sein forschender Blick machten sie nervös.

»Okay, aber es könnte genauso passieren, wenn die Frau geistig verwirrt ist, oder? Was Sie im Fall von Ailsa offenbar nicht glauben.« Er legte eine kurze Pause ein. »Allerdings werden wir leider, außer Ailsas Tagebuch kommt je ans Licht, über ihren Geisteszustand wohl nie etwas Genaues erfahren.«

»Woher wissen Sie, dass sie Tagebuch geführt hat?«

»William Drummond erwähnt es in einem Schreiben

an Richard Bonar, den Anwalt – als er nach Ailsas Tod die Nachlassverwaltung übernahm. William kam nicht zur Beerdigung – er ertrug die Inselbewohner und ihre Anschuldigungen gegen seine Familie nicht. Doch er beschwor Bonar, dieses Tagebuch, falls er es irgendwo im Haus finden sollte, zu verbrennen, ohne es zu lesen oder es irgendjemandem zu zeigen. *Auf dass das Gift in ihrem Geiste nicht die Seelen anderer zerfressen möge,* schrieb er.«

Der alte Gelehrte deutete mit den Fingern Anführungszeichen an, um Williams Worte zu illustrieren.

»Das heißt, selbst ihr eigener Bruder hielt sie für verrückt.«

»Möglich«, räumte Charles ein.

»Oder für was anderes? *Besessen* vielleicht, meinen Sie?«, fragte sie ketzerisch.

»Vergessen Sie nicht, dass William ein Kirchenmann war und im Grunde seines Herzens ein Inselbewohner. Er erklärte sich die Welt nach den Prinzipien, die er kannte. Außerdem schrieb man das Jahr 1869 – lange bevor Freud irgendetwas vom Einfluss der Psyche veröffentlichte. Die Leute redeten damals nicht von Neurosen. Jedenfalls nicht Leute wie William. Sie redeten von Wahnsinn und Besessenheit.«

Eine Sequenz aus dem Traum der vergangenen Nacht schoss ihr durch den Kopf: der Schock, Ailsa McBrides Spiegelbild anstelle ihres eigenen im Fenster zu sehen, der hasserfüllte Blick ihrer dunklen Augen, der auf sie gerichtet schien. Ein einfacher Kleinbauer im Jahr 1869, der die Insel noch nie verlassen hatte und ein sehr schlichtes Weltbild besaß, konnte sich bestimmt ohne Weiteres vorstellen, dass diese Frau mit den Mächten des Bösen im Bunde war.

»Was haben Sie damit gemeint, dass Tamhas' Briefe mit den

Morden zusammenhängen könnten, je nachdem, was man von Magie hält?«, fragte sie mit gedämpfter Stimme, die fast einem Flüstern glich.

»Sind Sie sicher, dass Sie das wirklich hören wollen?«

»Wagen Sie es bloß nicht, Dr Joseph.« Sie richtete einen Finger auf ihn, seine schulmeisterliche Geste von vorhin imitierend. »Ominöse Anspielungen zu machen, um mir dann zu erklären, dass es zu beängstigend für mich sei, finde ich unfair. Ich bin ein großes Mädchen und will die ganze Geschichte hören.«

Seine Mundwinkel zuckten belustigt, und gerade schien er mit seiner Erzählung weitermachen zu wollen, als eine Frau mit einer Frisur wie ein grauer Teewärmer ins Hinterzimmer platzte und mit einem Buch wedelte.

»Dr Joseph, ich will Sie ja nicht stören, aber könnte ich das hier schnell bezahlen?«

»Natürlich, Mrs McDaid. Ich bin gleich bei Ihnen. Haben Sie Zoe Adams bereits kennengelernt? Sie ist die neue Mieterin draußen in Micks und Kayes Haus.«

»Ach ja, das haben wir gehört. Die Amerikanerin. Wie gefällt Ihnen das Haus?«, erkundigte sie sich mit missbilligendem Unterton und schürzte die Lippen.

»Oh, es ist wunderschön und so friedlich.« Zoe strahlte die Frau an. Sie würde einen Teufel tun und irgendeine dieser Klatschbasen glauben lassen, dass sie in ihrem fluchbeladenen Haus Seelenqualen litt. »Und ich liebe die Insel. Alle sind so freundlich.«

Mrs McDaid sah aus, als hätte sie in eine Zitrone gebissen.

»So ist es hier eben. Jeder kennt jeden. Wir passen aufeinander auf.«

So, wie sie es sagte, klang es indes alles andere als wohlwollend.

»Holen Sie sich derweil noch einen Kaffee«, schlug Charles vor. »Vielleicht könnten Sie bei dieser Gelegenheit nach unserem jungen Freund sehen.«

Zoe fand den Jungen zusammengesackt auf einem Stuhl am Fenster. Das Raketenbuch lag aufgeschlagen auf seinem Schoß. Der Tresen war mit Krümeln übersät, die Kekspackung war leer. Er hob den Kopf, als sie die Tür öffnete, seine Miene spiegelte gleichermaßen Schuldbewusstsein wie Misstrauen.

»Hi«, sagte sie fröhlich und nahm die Kaffeekanne von der Wärmeplatte. »Spannendes Buch?«

Fast hätte sie ergänzt, dass ihr Sohn gleichfalls Weltraumfahrten liebe, bremste sich jedoch rechtzeitig. Keine Erwähnung ihrer Familie gegenüber Unbekannten, diese Regel hatte sie sich, warum auch immer, selbst auferlegt.

»Ist ganz okay.« Der Junge senkte den Blick, bevor er plötzlich mit einer Frage herausplatzte, die sie nie im Leben erwartet hätte. »Sie wohnen in dem McBride-Haus?«

Zoe ließ vor Verwunderung um ein Haar die Kanne fallen, Kaffee schwappte über und verbrannte ihr die Finger. Sie fluchte leise und trat an die Spüle, um kaltes Wasser darüberlaufen zu lassen.

»Das stimmt. Kennst du das Haus?«

Der Junge wurde einen Ton blasser, sein Mund bewegte sich wie der eines Fisches auf dem Trockenen. Zu spät fiel Zoe ein, dass Charles ihn Robbie genannt hatte und dass Edward ebenfalls einen Robbie erwähnt hatte, dessen Freund im letzten Sommer in der Nähe des Hauses verschwunden war. War das hier dasselbe Kind – der Junge, der vielleicht unter Mordverdacht stand? So gequält, wie er bei der Erwähnung des Hauses geblickt hatte, nahm sie das an.

»Entschuldige«, murmelte sie und schlug die Augen nieder. »Geht mich nichts an.«

»Und …« Er brach ab, als wüsste er nicht, wie er fortfahren sollte. »Und gefällt es Ihnen dort draußen?«, fuhr er fort, als Zoe ihn aufmunternd anblickte.

»Na klar«, antwortete sie, während sie seinen Blick auffing, und fügte mit fester Stimme hinzu: »Es gefällt mir *wirklich.*«

Er starrte sie noch immer an, seine ausdruckslosen Züge verkrampften sich, als würden sich dahinter mühsam Worte formen.

»Sie haben nicht …«, begann er.

»Ich habe was nicht?«, forderte sie ihn sanft zum Weitersprechen auf.

»Sie haben nicht gehört …«

Als er erneut abbrach, sah sie, dass sein Blick zur Seite glitt. Sie wandte sich um und entdeckte Charles, der im Türrahmen lehnte.

»Alles in Ordnung, Robbie?«

»Ja. Ich muss los.« Der Junge rutschte von seinem Stuhl und drückte Charles das Buch in die Hände, bevor er aus dem Zimmer stürzte, als würde er von einem Tatort fliehen.

»Habe ich irgendwas Falsches gesagt?«, erkundigte sich Zoe, verwirrt von seinem überhasteten Aufbruch.

»Hat nichts mit Ihnen zu tun. Ist bloß scheu gegenüber Erwachsenen, der Junge. Mag es nicht, wenn man ihm Fragen stellt.«

»Er war es, der mir Fragen gestellt hat. Über das Haus.«

»Aha.« Charles nickte, als würde das alles erklären.

»Das ist der Junge, dessen Freund dort oben verschwunden ist, richtig?«

Er sah sie lange an, und eine steile Falte bildete sich zwischen seinen Brauen.

»Wie ich sehe, sind Sie dabei, sich mit den ganzen einheimischen Geschichten vertraut zu machen. Edwards Werk, nehme ich an. Ja, da haben Sie einen Jungen kennengelernt, der es nicht leicht hat. Und ich weiß nicht, wie ich ihm helfen soll, außer indem ich versuche, sein Vertrauen zu gewinnen, nach und nach. Edward ist schrecklich besorgt um ihn. Ich nehme an, er hat es Ihnen erzählt.«

»Er hat gesagt, dass manche Leute glauben, dieser Robbie habe den anderen Jungen getötet.«

Charles wandte den Blick zum Fenster, und ihr entging nicht, wie sein Mund leicht missbilligend zuckte.

»Dieses Kind ist wie gelähmt vor Angst«, sagte er leise. »Das sollte für jeden offensichtlich sein. Was genau ihn eingeschüchtert hat, das wird vermutlich ein Geheimnis bleiben – es sei denn, er kann überzeugt werden, sich irgendjemandem anzuvertrauen. Im Moment ist seine Furcht vor den Konsequenzen noch eindeutig größer als sein Wunsch nach Hilfe. Niemand wird die Wahrheit aus ihm herausquetschen können.«

Seine Worte klangen so endgültig, dass Zoe sie unwillkürlich als Tadel empfand, weil sie etwas auf das Dorfgeschwätz gegeben hatte. Dennoch verstand sie, dass sich sein Ärger nicht gegen sie richtete, sondern gegen die ganze Gemeinde und ihren Mangel an Mitgefühl. Aber wie konnte er so sicher sein, dass der Junge seinen Freund nicht in den Tod geschubst hatte?

Eine Frage, die sie lieber nicht stellte. Stattdessen wechselte sie das Thema.

»Sie hatten von Tamhas McBrides Briefen gesprochen. Von dem Zusammenhang mit den Morden.«

»Hm? Oh, die Briefe.« Charles wirkte plötzlich abgelenkt, schien mit den Gedanken ganz woanders zu sein. »Na ja, sie legen nahe, dass Ailsa an den Experimenten ihres Ehemanns beteiligt war. Ob das als Zusammenhang bezeichnet werden kann, hängt wie gesagt sehr davon ab, ob man glaubt, dass an ihnen etwas dran war.«

»Experimente?« Sie dämpfte ihre Stimme zu einem bestürzten Flüstern.

»Wie viele Leute damals beschäftigten sich Tamhas und Lévi mit dem Versuch, Geister heraufzubeschwören.«

»Wie bei einer Séance, meinen Sie?«

»So ähnlich, wenngleich es ihnen nicht darum ging, Kontakt zu verstorbenen Angehörigen aufzunehmen – sie verfolgten ehrgeizigere Ziele. Auf die traditionellen Spiritisten sahen sie regelrecht herab, sie kratzten ihrer Meinung nach bloß an der Oberfläche.«

»Was wollten sie denn dann?«

Zoe spürte, dass sie trotz der Sonnenstrahlen, die durchs Fenster hereinfielen, fröstelte.

»Sie interessierten sich für die alten Religionen. Ägypter, Perser, Sumerer, Chaldäer, Manichäer.« Er brach ab, als er ihre verständnislose Miene sah. »Die philosophischen Magier der Renaissance glaubten, dass die Eingeweihten dieser alten Kulte mit unsterblichen Wesen kommunizierten und daher gewisse Kräfte kanalisieren konnten. Lévi sah sich selbst als Hüter dieser Tradition. Den Briefen zufolge scheint es, dass er und Tamhas McBride versuchten, diese Geister heraufzubeschwören, und sich gegenseitig von ihren Fortschritten berichteten.

Kurz vor seiner letzten Seereise schrieb Tamhas an Lévi von einem *Erfolg bei unserem großen Werk* und flehte ihn an, ihn auf der Insel zu besuchen, sobald er aus Amerika zurück sei. Dazu kam es nicht, wie wir wissen, und außerdem blieb keine von Tamhas' Schriften zu seinen Experimenten erhalten. Daher können wir nur anhand der Briefe vermuten, was er erreicht zu haben glaubte.«

Charles schüttelte bekümmert den Kopf und ging durch den Raum zu seinem Schreibtisch, wo er den Seeatlas aufschlug, als wäre die Geschichte damit zu Ende. Zoe baute sich vor ihm auf.

»Und was ist mit Ailsa? Hat sie mit ihm zusammen Geister heraufbeschworen?«

»Nun, davon weiß ich nichts.« Er legte eine Hand flach auf den Atlas und sah sie an. »Aber in jenem letzten Brief, in dem er von seinem Erfolg berichtete, sagte er etwas sehr Rätselhaftes.« Charles räusperte sich, bevor er die Worte wiedergab: *»Der Effekt auf meine Ehefrau war transformativ – zu einem solchen Ausmaß, dass es mir fast widerstrebt, sie allein im Haus zu lassen. Es liegt mir sehr daran, dass Sie die Ergebnisse selbst in Augenschein nehmen. Und doch mag dadurch vieles zutage treten, um unser Vermächtnis zu sichern – Sie wissen, wovon ich spreche. Vorausgesetzt, sie bleibt gehorsam und hält sich fern von den Anfeindungen der engstirnigen und puritanischen, will heißen, der gesamten Gesellschaft. Auch wenn das, so meine Befürchtung, an diesem Ort kein leichtes Unterfangen ist.«*

»Mein Gott.« Zoe starrte ihn an. »Das klingt ja, als ob er sie für seine Experimente benutzt hat.«

»Das ist eine mögliche Lesart. Ich nehme an, es hängt davon ab, wie beeinflussbar Ailsa war und wie hörig ihrem Ehemann gegenüber. Ihre Briefe vermitteln den Eindruck einer praktisch veranlagten, vernünftigen Frau, doch Tamhas war eindeutig eine starke Persönlichkeit. Er könnte ihr eingeredet haben, sie sei empfänglich für gewisse Einflüsse.«

»Er hat sie hypnotisiert, meinen Sie?«

»So drastisch muss es nicht gewesen sein. Wenn man eine Person gesellschaftlich isoliert und ihr immer wieder bestimmte Dinge über ihr Verhalten oder ihre Situation erzählt, dann ist es durchaus wahrscheinlich, dass sie diese Version der Wirklichkeit irgendwann akzeptiert. Kommt ständig vor, selbst heute – am häufigsten, wie ich zu meinem Bedauern sagen muss, zwischen Ehemännern und Ehefrauen. Es ist eine Form der Kontrolle.«

»Hätte Ailsa sich so etwas überhaupt gefallen lassen?«, wandte Zoe ein.

Kaum hatte sie die Worte ausgesprochen, wurde Zoe bewusst, dass sie sich auf nichts anderes als auf das Bild stützte, das sie sich von Ailsa aufgrund einer alten Fotografie zurechtgelegt hatte. Und doch war sie überzeugt, dass sie sich nicht irrte. Ailsa McBride musste eine willensstarke, selbstbewusste Frau gewesen sein, nicht allein entschlossen, sondern vermutlich sogar unerbittlich, rücksichtslos und egoistisch. Zoe fand das gleichermaßen bewundernswert wie furchterregend.

Charles betrachtete sie voller Neugier. »Na ja. Ich nehme an, das werden wir wohl nie erfahren. Ailsa hat sich nirgendwo dazu geäußert.«

Erneut wurde ihr Gespräch unterbrochen. Ein Paar mittleren Alters in Wanderkluft tauchte im Türbogen auf und fragte nach Kartenmaterial für die Gegend. Zoe hatte ohnehin das Gefühl, dass ihre Diskussion sich zu verzetteln begann, und erhob sich.

Zu ihrer Überraschung rief Charles ihr eine Essenseinladung für den darauffolgenden Abend zu und versprach, sich noch zu melden. Erfreut nickte sie, offenbar wollte er ihr mehr über die geheimnisvollen McBrides und ihre noch geheimnisvolleren Interessen erzählen. Zoe vergaß ihre nächtlichen Ängste und Irritationen. So am helllichten Tag und bei strahlendem Sonnenschein hatten Geschichten von Geisterbeschwörung und Besessenheit fast sogar einen gewissen Unterhaltungswert. Und was sollte schon an einem Haus schlecht sein, das sie mit einem eigenen Strand lockte.

8

Die Straße durchs Moor lag im Sonnenschein vor ihr wie ein silbernes Band, dem man nur folgen musste, um sicher ans Ziel zu gelangen. Absurd, hier die Orientierung zu verlieren, dachte Zoe und schüttelte den Kopf über ihr panisches Verhalten vom Tag zuvor. Für den Moment jedenfalls war sie guter Dinge, hatte sich selbst mit dem stotternden Golf und seinen Macken versöhnt. Das gelegentliche Ruckeln beim Schalten, die Bremse, die nicht immer auf Anhieb packte – geschenkt. Hauptsache, sie war mobil und konnte sich frei bewegen.

Während sie so dahintuckerte, nahm sie die Gegend genauer in Augenschein. Schließlich war es das erste Mal, dass es hell war und nicht regnete. Am Horizont erhob sich eine sanft gewellte Hügelkette in einem violetten Dunst, darüber der klarblaue Himmel. Zum ersten Mal, seit sie auf der Insel angekommen war, war sie in guter Stimmung und hatte das Gefühl, dass es ihr hier gefallen könnte.

Sie parkte in der Auffahrt, stellte ihre Einkaufstüten in der Küche ab und stürmte zur Hintertür hinaus Richtung Strand. Kurz hielt sie inne, um Stiefel und Socken auszuziehen. Bestimmt waren es mindestens zwanzig Grad, Sommerwetter also, und der inzwischen wieder trockene Sand rieselte warm zwischen ihren Zehen hindurch. Da gerade Ebbe war, erstreckte sich vor ihr ein breiter nasser Streifen, der mit Seegras und Blasentang übersät war. Erst weit hinten sah sie das Wasser. Lange Schatten fielen in die Bucht, hinter der die Klippen wie Wächter aufragten, die sie vor neugierigen Blicken schützten.

Von einem plötzlichen Impuls getrieben, streifte sie Pullover, Jeans und Unterwäsche ab und stürzte mit einem wilden Freudengeschrei über den nassen Grund bis dorthin, wo eiskaltes Wasser ihre Füße umspülte. Als sie sah, dass die Flut wieder aufzulaufen begann, rannte sie ihr entgegen, bis sie in den Wellen eintauchen konnte. Ließ sich ein Stück von ihnen treiben, dümpelte auf ihnen dahin und schwamm schließlich mit kräftigen Zügen auf die Klippen am südlichen Ende der Bucht zu. Die Flut trieb sie vorwärts, ihre Muskeln erwärmten sich, und mit jedem Schwimmzug fühlte sie sich kräftiger und lebendiger. Einen Moment hielt sie inne, paddelte auf der Stelle, um einen Blick zurück zu der Stelle am Ufer zu werfen, wo ihre Kleidung lag, und stellte zu ihrer Verwunderung fest, dass sie weiter vom Strand entfernt war als erwartet.

Und noch etwas sah sie: eine Bewegung in der Ferne am Rande ihres Blickfelds.

Angestrengt blinzelte sie in das sich auf dem Wasser spiegelnde Licht, und ihr Herz setzte für einen Takt aus. Irgendjemand stand beim Haus und beobachtete sie. Sie kniff die Augen fest zusammen, wischte sich die salzigen Tropfen von den Wimpern und sah noch einmal genauer hin. Die Gestalt war nach wie vor da, verharrte reglos vor dem Hintergrund der Klippen. Zoe fühlte sich an ihre erste Nacht auf der Insel erinnert, an die Silhouette, die sie – das hätte sie schwören können – durch das Fenster der Galerie auf dem Strand gesehen hatte und die so schnell wieder verschwand, wie sie gekommen war. Ihr Puls beschleunigte sich, sie rührte sich nicht vom Fleck, wusste nicht, wohin sie sich wenden sollte.

Inzwischen waren die Wellen kabbeliger geworden, machtvoller, das Wasser stieg rasch an, wurde tiefer und kälter, und sie spürte den starken Sog einer Strömung, wie er eigentlich bei auflaufender Flut ungewöhnlich ist. Auch wenn sie das nicht verstand, musste sie zurück ans Ufer, Und zwar bald, bevor sie noch weiter hinausgezogen wurde. Sie streckte eine Zehe nach unten aus, tastete mit dem Fuß verzweifelt nach festem Boden, den es nicht gab.

Verzweifelt begann sie um sich zu schlagen, mit den Füßen Wasser zu treten und verschwendete kostbare Energie. Zudem brannte das salzige Wasser ebenso erbarmungslos in ihren Augen wie das gleißende Sonnenlicht. Mit jeder neuen Welle, die über sie hinwegschwappte, stieg ihre Panik. Sie kam einfach nicht gegen diese Strömung an. Es war ein sinnloser Kampf, der sie nicht ans rettende Ufer bringen würde.

Mehr und mehr spürte sie, wie ihre Kräfte schwanden, ihre Gliedmaßen wurden schlaff und schwer, und ihr Herz drohte vor Anstrengung und Angst zu zerspringen. Noch immer war der Strand endlos weit weg, dafür schien die verschwommene Gestalt näher zu kommen. Zoe hob einen Arm aus dem Wasser, wobei sie nicht wusste, ob es ein Hilferuf oder ein Zeichen der Abwehr war.

Unter Aufbietung all ihrer Kräfte versuchte sie, wenigstens das Gesicht oben zu halten, spürte jedoch im selben Moment, wie sich etwas sich um ihre Knöchel schlang und sie trotz verzweifelter Gegenwehr nach unten zog. Als sie sich mühsam zurück an die Oberfläche gearbeitet hatte, nahm sie lediglich ein verschwommenes grünliches Licht wahr. Sprudelnd entwich das eingeatmete Wasser aus Mund und Nase, und ihre Lungen brannten höllisch. Und was immer sich um ihren Fuß geschlungen hatte, schien umso fester zu ziehen, je mehr sie sich zu befreien versuchte.

Hatte sie bislang geglaubt, es handele sich um Tang oder irgendwelche Schlingpflanzen, die im Meer trieben, so bildete sie sich jetzt ein, dass es eine Hand sei, Finger, die sich in ihr Fleisch bohrten. Verzweifelt reckte sie das Gesicht zum Licht hoch, und in dem Moment spürte sie, wie eine andere Hand sie am Oberarm packte und sie losriss von dem, was sie festgehalten hatte. Erneut hustete sie Salzwasser, während die kräftigen Hände, die sie aus dem Meer gerettet hatten, sie vorwärtszogen, bis ihre Zehen den Boden berührten und sie kurz darauf im warmen Sand auf die Füße gestellt wurde.

»Geht es dir gut?«, fragte ihr Retter ängstlich.

Zoe kauerte sich erst mal hin, um ihre Nacktheit notdürftig zu kaschieren, und schlang die Arme um die Knie. Erst dann schaute sie auf. Musste es von allen Leuten ausgerechnet Edward sein, der sie aus dem Meer gefischt hatte? Sie konnte ihm nicht einmal in die Augen sehen, so peinlich war ihr das Ganze.

»Eigentlich bin ich gekommen, um dir deinen Schal zurückzubringen. Und dann sehe ich, dass du gewissermaßen in Seenot geraten bist«, scherzte er, um seine Verlegenheit zu überspielen.

Wenn er nicht aufgetaucht wäre – was wäre dann passiert, überlegte sie und mochte den Gedanken gar nicht zu Ende denken.

»In der Bucht gibt es Brandungsströmungen, die einem

ganz schön gefährlich werden können. Die Flut läuft nicht einfach auf, sondern wird durch vorgelagerte Sandbänke immer wieder mal zurückgezogen. Dann muss man quer zu ihr schwimmen, bis man ruhigeres Wasser erreicht. Am sichersten allerdings ist es, erst ins Meer zu gehen, wenn die Flut sich ihrem Höhepunkt nähert. Was du heute gemacht hast, war ganz schön riskant.« Verlegen senkte er den Blick. »Erst mal sollte wir vielleicht zusehen, dass wir was Trockenes auf den Leib bekommen. Du zumindest, ich habe ja nichts anderes dabei«, fügte er hinzu und sah an sich hinunter.

Sein nasses T-Shirt und seine Unterwäsche klebten an seinem Körper, die Jeans hatte er offenbar ausgezogen, bevor er ins Wasser gegangen war.

»Könntest du vielleicht schon mal zum Haus vorgehen, während ich meine Sachen hole?«

»O Gott, Entschuldigung, ja.«

Ohne sich umzudrehen, hastete er davon, während sie zu ihren achtlos auf den Strand geworfenen Kleidungsstücken ging und sie anzog. Trotzdem fröstelte sie, denn ein Wolkenschleier hatte soeben die Sonne verdeckt und hüllte den Strand in Schatten – die heitere Sommerstimmung war verflogen.

»Ich werde den Herd anmachen«, rief sie Edward zu, als sie das Haus erreichte.

Nach wie vor brachte sie es nicht fertig, ihn anzusehen. Sie wusste ja nicht einmal, wie das da draußen genau abgelaufen war. Ihr fehlten ein paar Minuten. Er hatte sie vor dem Ertrinken gerettet, so viel war klar, und sie irgendwie an den Strand geschleppt. War er mit ihr geschwommen? Hatte er sie ein Stück getragen? Wie auch immer, sie war nackt gewesen. Himmel, was musste er von ihr denken, nachdem sie sich bereits gestern wie eine Verrückte benommen hatte? Immerhin war er zu ihr herausgefahren, um ihr ihren Schal zurückzubringen. Oder hatte er sie einfach sehen wollen?

Nun denn, zumindest hatte er mehr gesehen, als er erwarten konnte.

In der Küche war es kalt ohne wärmende Sonnenstrahlen, besonders für jemanden, der zu lange im kalten Meer verbracht hatte. Beide fröstelten sichtbar. Zoe wollte sich sogleich ans Anheizen des Herdes machen, aber Edward legte eine Hand auf ihren Arm.

»Lass mich das machen«, schlug er vor und deutete auf die kleine Pfütze, die sich zu seinen Füßen gebildet hatte. »Vielleicht könntest du mir ja unterdessen ein Handtuch holen, damit ich nicht alles volltropfe.«

Nickend verließ sie die Küche und stieg die Treppe hoch. Als sie zurückkam, war er bereits dabei, das Feuer im Herd zu schüren. Sie warf ihm ein paar Handtücher zu und schlang sich selbst eines um ihre Haare. Mit einem gemurmelten Dank verschwand er in dem kleinen Wirtschaftsraum, und kurz darauf hörte sie, wie seine durchnässten Sachen klatschend auf den Steinfußboden fielen. Einen Moment stellte sie sich vor, wie er völlig nackt dort stand, doch das verbot sie sich sogleich wieder. Ihre lüsternen Träume reichten schließlich.

Als er in die Küche zurückkam, war er mit seiner Jeans bekleidet, die tief auf seinen schmalen Hüften saß und einen Blick auf die behaarte Linie freigab, die von seinem Bauchnabel nach unten führte. Seine Brust war glatt und straff, nicht allzu muskulös und fast unbehaart wie die eines Jungen. Über seine Schultern hatte er sich ein Handtuch geworfen.

»Ich habe gerade die Kaffeemaschine angestellt«, erklärte sie, ohne sich umsehen, hielt stattdessen ihre kalten Hände über den Herd.

»Ich hätte nichts gegen einen Schuss Brandy in den Kaffee, wenn du welchen dahast«, meinte Edward und kuschelte sich in das Handtuch. »Und, äh, du hast wohl nicht zufällig einen Pullover, den du mir borgen könntest?«

Er war schlank und feingliedrig, dabei deutlich größer als sie. Ihre Sachen konnte sie vergessen, doch was war mit Dans altem Pullover, den sie für kalte Tage eingepackt hatte?

»Warte kurz, vielleicht habe ich etwas für dich.«

Sie lief die Treppe hoch in ihr Zimmer und wühlte in den Schubladen des Kleiderschranks, bis sie fand, was sie suchte: den blauen Kaschmirpullover, so weich wie eine Babydecke, der ursprünglich Dan gehört hatte. Ihr erstes Weihnachtsgeschenk für ihn. Den ersten Winter hatte er ihn ständig getragen, dann waren die Motten über ihn hergefallen, und er zog ihn nicht mehr an. Ausrangiert, nicht mehr gut genug. Er könne ihn ja für zu Hause aufheben, hatte er gemeint.

Zoe war auf eine unbestimmte Weise verletzt gewesen, weil er so lieblos mit ihrem Geschenk umging, und hatte sich insgeheim gefragt, ob es ihr eines Tages genauso ergehen könnte und sie ausgemustert würde als nicht länger vorzeigbar für seine große Welt, bestens tauglich für zu Hause. Der Pullover hatte all die Jahre mehr oder weniger im Schrank gelegen, wirklich in den Sinn gekommen war er ihr erst wieder, als sie für diese Reise gepackt hatte. Ob sie ihn aus zweckmäßigen oder sentimentalen Überlegungen mitgenommen hatte – sie wusste es nicht zu sagen.

Jetzt allerdings konnte sie sich ein Grinsen nicht verkneifen, wenn sie daran dachte, was Dan wohl dazu sagen würde, dass sein lieblos entsorgter Pullover auf der anderen Seite des Atlantiks von einem hübschen Jungen getragen wurde.

Er passte ihm, und er stand ihm, wie sie feststellte.

»Gehört der deinem Mann?«, erkundigte Edward sich und schenkte ihr ein zögerndes Lächeln.

»Den habe ich seit Jahren«, wich sie aus und beschäftigte sich angelegentlich mit dem Kaffee. »Brandy habe ich leider keinen, aber dafür Whisky«, fuhr sie fort und holte eine Flasche aus dem Schrank, goss je einen großzügigen Schuss in zwei Becher.

»Super«, erwiderte er und kippte den Whisky hinunter, ohne auf den Kaffee zu warten. »Ich hatte den Eindruck, dass ich dich mit diesen Geschichten gestern aus der Fassung gebracht habe.« Er sprach schnell, als würde er eine vorbereitete Rede herunterrasseln. »Deshalb dachte ich, wenn ich dir deinen Schal zurückbringe, kann ich gleich mal nachsehen, ob alles in Ordnung ist. Ein Glück, dass ich das getan habe.«

»Gott, es tut mir so leid.« Zoe nahm einen Schluck Whisky. »Du musst mich für geistesgestört halten. Ich weiß gar nicht, was ich mir dabei gedacht habe …« Sie wies mit einer Handbewegung zum Fenster. »Es war so ein schöner Tag, ich war mutterseelenallein am Strand, da bin ich einfach losgelaufen, bis ich am Wasser war. Und dann kam die Flut schneller als gedacht, und ich war mittendrin, weit weg vom Ufer.« Sie hielt inne, zögerte. »Eigentlich ist das nicht mein Ding, mir die Kleider vom Leib zu reißen, um schwimmen zu gehen … Wobei ich nie zuvor irgendwo gelebt habe, wo ich das hätte wagen können.«

Jedenfalls wusste sie jetzt, wie es ist, wenn man glaubt,

ertrinken zu müssen – wenn man das Gefühl hat, irgendetwas würde einen in die Tiefe ziehen. Sie dachte an die Frau in dem Lied, die sich danach sehnte, sich mit ihrem ertrunkenen Geliebten zu vereinen, und ein Bild von Ailsa McBride tauchte vor ihrem geistigen Auge auf: an die Küste gespült, die Haut porzellanweiß, die schwarzen, wasserdurchtränkten Röcke um sie herum ausgebreitet wie ein Ölteppich.

»Ich stehe in deiner Schuld«, sagte sie nach einer Weile. »Das Ganze war wohl ziemlich leichtsinnig von mir.«

»Na ja …« Er errötete und wandte den Blick ab. »Hauptsache, du denkst in Zukunft daran, dass die Bucht nicht ganz ungefährlich ist. Rund um die Insel gibt es unberechenbare Strömungen. Obwohl sie sich nicht dauernd bemerkbar machen, sollte man immer darauf gefasst sein. Mick hätte dich warnen sollen.«

»Ich nehme an, er hat nicht damit gerechnet, dass jemand so naiv ist, im Oktober nackt im Meer zu schwimmen.« Sie unterbrach sich, um den Kaffee zu holen. »Und noch etwas«, sagte sie vom Herd aus. »Ich entschuldige mich außerdem für gestern. Mein komisches Verhalten hatte nichts mit den Geschichten zu tun. Ich weiß nicht, was mit mir los war – ich habe mich nicht besonders gefühlt. Trotzdem war es albern, einfach so davonzustürzen.«

»Schon gut«, erwiderte er sanft. »Du musst nicht darüber reden, wenn du nicht willst.«

Sie schnellte zu ihm herum und erklärte unerwartet scharf: »Es gibt nichts zu reden.«

Edward entging nicht, dass er einen wunden Punkt berührt hatte, ohne zu wissen, welchen.

»Ich wollte lediglich sagen, dass ich es verstehe.« Als sie

keine Antwort gab, sprach er weiter: »Charles hatte vermutlich recht, als er neulich abends im Pub sagte, dass jeder, der hierherkommt, weggelaufen ist. Oder zumindest irgendetwas zurücklässt. Weißt du, nachdem Lucy, meine Verlobte, mich abserviert hatte, konnte ich wochenlang mit niemandem darüber reden. Ich war ein Häufchen Elend, ertrug nicht einmal die Gesellschaft anderer Leute. Manchmal bin ich bei einem Essen aufgestanden und gegangen, musste einfach verschwinden. Oder ich glaubte, vor Schmerz keine Luft mehr zu bekommen, und einmal bildete ich mir allen Ernstes ein, kurz vor einem Herzinfarkt zu stehen. Das soll nicht heißen, dass es bei dir … Ich dachte nur, vielleicht bist du ebenfalls hergekommen, um einen Neuanfang zu machen. Warum auch immer.« Er hielt einen Moment inne, bevor er zum Schluss kam. »Ich will Gott weiß nicht in dich dringen und neugierig sein. Aber falls es irgendetwas gibt …«

»Nimmst du Milch?«, unterbrach sie ihn, und als er nickte, stellte sie ihm das Gewünschte hin.

Sie blockte ihn ab, das merkte sie selbst. Und sie wusste genau, dass es nicht nett war. Trotzdem: Sie musste erst mal mit sich selbst ins Reine kommen.

Am liebsten würde sie ihn bitten zu gehen. Das alles hier war emotional zu aufgeladen – seine Versuche, sie aus der Reserve zu locken, Vertraulichkeit zwischen ihnen herzustellen, was albern war angesichts ihres Unterschieds an Alter und Erfahrung. Einzig und allein diese Insel hatte sie zusammengeführt, beide waren sie hier Außenseiter. In einem anderen Leben, an einem anderen Ort und unter anderen Bedingungen hätten sie sich weder kennengelernt noch kennenlernen wollen. Sie gestattete sich die Frage, ob er hoffte, dass sie mit ihm schlief. Nichts an seiner altmodischen Höflichkeit wies darauf hin, und dennoch machte es sie stutzig, wie oft er scheinbar zufällig ihren Weg kreuzte. Sie sollte ihn wirklich unter einem Vorwand nach Hause schicken, bevor es vollends peinlich wurde.

»Ist das dein Skizzenbuch?«, hörte sie ihn in diesem Augenblick fragen.

Aus ihren Überlegungen gerissen, schrak sie zusammen und ließ die Milchpackung, die sie gerade in den Kühlschrank zurückstellen wollte, auf den Boden fallen. Sie zögerte, ob sie erst den Milchsee beseitigen oder Edward das Heft abnehmen sollte. Sie entschied sich für Ersteres, ohne ihn indes aus den Augen zu lassen.

Sie hatte das Skizzenbuch in den frühen Morgenstunden versehentlich auf dem Küchentisch vergessen – jetzt betete sie stumm, dass er nicht reinschaute. Zu spät.

»Das hier ist ja unheimlich – wer ist das denn?« Er deutete auf die Tuschezeichnung eines Mannes, der neben hohen Bogenfenstern stand, das Gesicht von Schatten verdunkelt, einen dünnen Birkenstock in der Hand.

»Niemand Konkretes, eine imaginäre Szene.« Sie warf das Geschirrtuch in die Spüle und riss ihm das Skizzenbuch aus der Hand, klappte es zu, bevor er ihr fieberhaftes Gekritzel der vergangenen Nacht fand. »Entschuldige. Ich behalte das lieber für mich.«

»Nein, ich muss mich entschuldigen. Ich benehme mich wie ein Trampel. Mich interessierte bloß, was du von der Insel gemalt hast.«

»Noch gar nichts«, erwiderte sie zunächst barsch, um ihre Worte im gleichen Atemzug zurückzunehmen. »Halt, eines müsste ich haben.«

Sie blätterte die Seiten durch, bis sie zu dem Aquarell der Bucht kam, das sie an ihrem ersten Morgen gemalt hatte, und hielt es ihm hin, ohne es loszulassen. Edward pfiff anerkennend.

»Das ist wunderschön. Wirklich umwerfend. Wer ist die Person am Strand?«

Natürlich handelte es sich um die Person, die sie vom Fenster der Galerie aus zu sehen geglaubt hatte, aber das konnte sie ihm ja nicht sagen.

»Auch eine Fantasiegestalt. Ich fand, es macht sich gut auf dem Bild«, antwortete sie und klappte das Heft zu.

Draußen veränderte das Wetter sich zunehmend zum Schlechteren. Dunkle Wolken zogen am Horizont auf, und das Meer wirkte matt und grau wie Blei. Wellen begannen sich in der Ferne aufzutürmen. Hinter ihr knisterte das Holzfeuer im Herd und erzeugte eine angenehme Wärme. Edward schenkte sich noch einen Kaffee ein. Sie überlegte erneut, ob sie ihn zum Gehen auffordern sollte.

Einerseits wünschte sie sich allein zu sein, andererseits beschlich sie bei dem Gedanken ein mulmiges, beklemmendes Gefühl. Warum, fragte sie sich, tat sie sich dermaßen schwer, mit ihren Gedanken allein zu sein, wenn es doch das war, was sie gewollt hatte?

Sie warf einen Blick auf die Plastiktüten vom Supermarkt, die sie in einer Ecke abgestellt hatte, bevor sie wie wild zum Meer hinuntergestürmt war. Ihre Einkäufe reichten leicht für ein Abendessen zu zweit.

»Soll ich gehen?«, erkundigte er sich in das Schweigen hinein.

Zoe wandte sich um. Die Frage war sehr direkt, was eigentlich nicht seine Art war, und verlangte eine direkte Antwort.

Er überließ ihr die Entscheidung. Sie hatte die Wahl, das hier im Keim zu ersticken, bevor es richtig begonnen hatte, oder es eben zuzulassen. Tu es nicht, sagte ihr Verstand, aber sie beschloss, ihn zu ignorieren. Stattdessen nahm sie eine Flasche Rotwein aus der Tüte und hielt sie ihm hin.

»Es sei denn, du willst zum Essen bleiben.«

Als er sie anlächelte, erkannte sie, dass er sich diese Reaktion erhofft hatte – vielleicht war er ja deswegen überhaupt hergefahren mit ihrem Schal als Alibi.

»In der Schublade unter dem Toaster ist ein Korkenzieher. Mach die Flasche schon mal auf, ich gehe kurz duschen.«

»Alles klar. Ich kann ja unterdessen das Gemüse hacken, wenn du willst?«, schlug Edward vor.

Zoe hatte keine Ahnung, was er konkret von ihr erwartete. Ein freundschaftliches Beisammensein mit Essen oder ein Essen mit Sex. Wie tickten junge Männer seiner Generation? Ihr fehlte die Erfahrung: Dan war über das Alter hinaus und Caleb noch weit davon entfernt. Vielleicht fand er es ja einfach schön, mal einen Abend nicht allein in seiner tristen Junggesellenbude mit Tiefkühlkost verbringen zu müssen. Sie sah sich in der Küche um. Wenn das Licht brannte und der Tisch gedeckt war, würde es hier ausgesprochen gemütlich und stimmungsvoll sein. Solange sie sicherstellte, dass die Unterhaltung nicht zu persönlich wurde, war alles okay.

Sie wollte gerade den Raum verlassen, das Skizzenbuch unter den Arm geklemmt, als oben eine Tür zuknallte, obwohl es keinen Durchzug gab.

Sie war gerade dabei, sich vor dem Badezimmerspiegel zu schminken, als sie einen ohrenbetäubenden Krach von unten hörte. Rasch streifte sie einen Kapuzenpulli über ihren BH, schlüpfte in eine Jeans und rannte barfuß ins Erdgeschoss, um nachzusehen. Am Fuß der Treppe stieß sie mit Edward zusammen, der im selben Moment aus der Küche gelaufen kam, einen Kartoffelschäler in der Hand, die Augen erschrocken aufgerissen.

»Warst du das?«, flüsterte sie.

Er schüttelte den Kopf, während sein Blick zu dem Gang wanderte, der von der Diele abging.

Zusammen warteten sie mit angehaltenem Atem, bis das Geräusch ein zweites Mal ertönte, ein plötzliches Rumpeln und Rascheln, das hier nichts zu suchen hatte. Edward wies auf eine Tür, die zu dem Salon führte, der sich auf eine Veranda mit Meerblick öffnete. Zoe hatte lediglich einen Blick bei der Hausbesichtigung mit Mick hineingeworfen, fand den großen Raum irgendwie kalt und ungemütlich.

Als das Geräusch ein drittes Mal ertönte, überlief es sie eiskalt, und sie umklammerte Edwards Arm. Irgendjemand war dort drinnen, daran konnte kein Zweifel bestehen.

Der junge Lehrer trat einen Schritt vor. Sie wollte ihn zurückrufen, ihn mahnen, wenigstens ein Messer oder einen Schürhaken mitzunehmen, doch seine Hand lag bereits auf dem Türknauf, ein Arm war nach hinten gestreckt, um sie zurückzuhalten. Trotz ihrer Angst versuchte sie ihm über die Schulter zu spähen, hoffte einfach, endlich eine Erklärung für die nächtlichen Geräusche und dieses stetig wiederkehrende Gefühl einer fremden Gegenwart im Haus zu erhalten.

Das Zimmer war leer und dunkel, wirkte unbenutzt bis auf ein paar verbrannte Holzstückchen im Kamin. Edward bedeutete ihr mit einer Handbewegung zu bleiben, wo sie war, während er sich vorsichtig der Feuerstelle näherte. Auf einmal war da wieder eine Bewegung, ein kratzendes Geräusch, und in einer Lawine aus Staub und Ruß purzelte plötzlich ein verschmutzter Vogel kreischend aus dem Kamin und flatterte auf dem Teppich umher.

Zoe lachte vor Erleichterung laut auf, obwohl ihr Herz noch immer raste.

»Gott. Ein Glück für ihn, dass ich dort noch kein Feuer gemacht hatte.«

»Nicht allzu viel Glück.« Edward ging in die Hocke und begutachtete den Vogel, der jetzt jämmerlich schrie. »Es ist eine junge Möwe. Sieht aus, als hätte sie sich den Flügel gebrochen.« Er streckte eine Hand aus, aber als das Tier nach ihm zu hacken versuchte, zog er sie zurück.

»Gibt es hier irgendwo eine Tierauffangstation, zu der wir sie bringen könnten?«, erkundigte sich Zoe, die den Vogel misstrauisch beäugte.

Jung oder nicht, dieser Schnabel sah gefährlich aus. Sie selbst würde ihn nicht gerne pflegen.

Edward sah auf seine Armbanduhr. »Auf der anderen Seite der Insel gibt es ein Vogelschutzgebiet, das von Ehrenamtlichen betreut wird, allerdings dürfte da niemand mehr sein.« Er sah hinunter auf die Möwe. »Am barmherzigsten wäre es, sie von ihrem Leiden zu erlösen.«

»Wie denn?«, stieß Zoe entsetzt hervor. »Wüsstest du, wie man das macht.«

Sie sah, wie sich die Muskeln seines Kiefers anspannten. »Nicht wirklich. Ich meine, theoretisch ja – getan habe ich es noch nie.«

»Wir können sie doch nicht hier liegen lassen.«

Er sah sie unter seinen Wimpern hervor an, schien die

Möglichkeiten abzuwägen. Die Spiegelung des Lichts auf seinen Brillengläsern verbarg seine Augen.

»Okay. Hast du einen alten Lappen oder so?«

»Nimm das hier.«

Sie griff nach dem Handtuch, das sie nach dem Duschen um ihre Haare gewickelt hatte, und reichte es ihm. Widerstrebend warf er es über den protestierenden Vogel und versuchte, ihn darin einzuwickeln, nicht ohne dass ihm der scharfe Schnabel einen Schnitt am Unterarm verpasste.

»Mach die Tür auf«, forderte Edward sie auf, und sobald Zoe die Flügel aufgestoßen hatte, schlüpfte er mit seinem Bündel nach draußen.

Die Laute des Vogels gingen Zoe zu Herzen. Bring es schnell zu Ende, dachte sie mit einem Anflug von Schuldgefühlen. Ihre Blicke folgten Edward, bis er seitlich ums Haus ging, dann kehrte sie zurück ins Zimmer und schloss die Türen. Was würde er tun, fragte sie sich – ihm den Hals brechen, ihm mit einem Stein den Kopf einschlagen?

Was auch immer, es war eine schreckliche Vorstellung. Schrecklich nicht zuletzt für Edward.

Um sich zu beschäftigen, kniete sie sich neben den Kamin, nahm einen Besen, der unter der Feuerstelle lag, und begann Federn, Ruß und Staub zusammenzufegen. Jetzt erst fiel ihr auf, dass zwei Backsteine irgendwo herausgefallen waren. Neugierig und besorgt zugleich, spähte sie in den Abzug des Kamins, schob ihre Hand hinein und tastete die Mauer ab. Wo zwei Steine herausgebrochen waren, konnten leicht weitere folgen, überlegte sie. Zum Beispiel beim ersten Wintersturm.

Sie musste nicht lange tasten, bis sie tatsächlich die Lücke fand. Doch als sie hineinfasste, erstarrte sie. Das, was ihre Finger da berührten, fühlte sich an wie Haut. Sie schrie auf und zuckte erschrocken zurück. Dann holte sie tief Luft, befahl sich, nicht albern zu sein, griff erneut in die Lücke und schloss ihre Hand um einen Gegenstand, der sich weich und körnig anfühlte. Langsam, ganz langsam zog sie ihn heraus und atmete erst auf, als sie sah, dass es sich nicht um etwas Ekliges handelte.

Es war ein rechteckiges Päckchen, in Leder gewickelt, und erweckte den Anschein, dass es sehr alt war. Offenbar war es hinter den beiden Steinen versteckt worden. Ihre Kehle war wie zugeschnürt, Zoe dachte an Ailsa und Tamhas und die vielen Geheimnisse dieses Hauses. Dieses Päckchen barg vielleicht ein weiteres.

Mit ungeschickten Fingern nestelte sie an den verknoteten Lederriemen, und als sie die Verpackung schließlich geöffnet hatte, kam ein altes Buch zum Vorschein, fleckig von Feuchtigkeit, die Ecken bräunlich gesprenkelt und die Seiten an den Rändern gewellt. Sie zitterte so stark, dass sie es nur mit Mühe aufschlagen konnte. Plötzlich war jemand hinter ihr, schien ihr über die Schulter zu schauen. Sie spürte den Atem in ihrem Nacken, und ihre Haut begann leicht zu kribbeln.

»Edward?«, sagte sie und wandte sich halb um, aber da war lediglich ein plötzlicher Windstoß von der Diele, der eine Art Gelächter mit sich führte.

In diesem Moment kam Edward herein, das Gesicht kreidebleich, die linke Hand mit Blut besprenkelt.

»Das war eines der schlimmsten Dinge, die ich je getan habe«, sagte er, ohne sie anzusehen, und es schien, als würde ihm die Tragweite erst jetzt bewusst. »Vielleicht kann ich mich damit trösten, dass ich heute ein Leben genommen und eines gerettet habe.«

»Und dabei bist du eigentlich vorbeigekommen, um mir meinen Schal zu bringen.«

»Ich weiß. Und den habe ich im Wagen liegen gelassen.« Sein Blick fiel auf das Buch in ihrer Hand. »Was ist das denn?«

»Ich weiß nicht. Es war im Schornstein versteckt, hinter zwei Backsteinen, die herausgefallen sind. Vielleicht durch das Geflatter der Möwe. Ich hab's mir noch nicht angesehen. Jedenfalls ist es sehr alt.«

Er trat einen Schritt auf sie zu, seine ganze Aufmerksamkeit auf das Buch gerichtet.

»Mein Gott. Das könnte wertvoll sein – wir sollten es Charles zeigen. Schlag es nicht auf, bevor du dir die Hände gewaschen hast.«

»Das hatte ich nicht vor.«

Sprich nicht mit mir, als ob ich eines deiner Schulkinder bin, hätte sie am liebsten hinzugefügt, denn irgendwie störte sie der vernünftige Ton bei einem so jungen Mann. Da mochte er hundertmal ein Lehrer sein. Außerdem hatte sie das Buch gefunden und wollte es sich erst mal alleine ansehen und es nicht mit ihm oder Charles oder irgendjemand anderem teilen. Denn sie glaubte zu wissen, was es sein könnte – hoffte es zumindest. Sie allein war vom Schicksal dazu ausersehen, diesen Schatz zu heben, davon war sie felsenfest überzeugt. Er hatte die ganze Zeit auf sie gewartet. Sie wickelte das Buch wieder in seine Schutzhülle und legte es auf einen Stuhl neben der Tür.

»Lass uns zuerst mit dem Essen weitermachen«, schlug sie vor.

In der Küche angekommen, stellte sie fest, dass er Kartoffeln und Karotten schon geschält hatte.

»Ich wusste nicht, was du mit dem Hühnchen vorhattest«, sagte er, während sie sich den Ruß von den Händen seifte und anschließend nach der Flasche Wein griff.

»Eins nach dem anderen.«

Sie waren bereits bei der zweiten Flasche, als sie mit dem Essen fertig waren und sich zum Rauchen auf die Veranda begaben. Vor ihnen erstreckten sich der dunkle Strand und das dunkle Meer, auf dem höchstens einmal ein paar weiße Schaumkronen im schwachen Schein des Mondes aufblitzten, wenn er sich hinter den Wolken hervorwagte.

»Und du hast wirklich nichts gehört?«, fragte Edward.

Nachdenklich lehnte er sich über das Holzgeländer und stieß weißliche Rauchfahnen aus. Er hatte sich gegen die Abendkühle eine Wolldecke um die Schultern gewickelt. Auf ihrer Bank, im Schutz der Wand, kuschelte sich Zoe in den Schaffellkragen ihrer Jacke.

»Jemand anders hat mir heute dieselbe Frage gestellt. Dieser Junge, den du erwähnt hast, Robbie. Er war im Buchladen. Er wusste, dass ich hier wohne, und wollte wissen, ob ich etwas gehört hätte. Was soll ich eigentlich gehört haben? Zielen diese Fragen auf Geräusche oder Gerüchte ab?«

»Robbie Logan. Ja, er hat allen Grund, sich für diesen Ort zu interessieren. Andererseits sind alle Kinder im Ort besessen davon, und zwar nicht erst seit Iain verschwand. Gibt offenbar nichts Aufregenderes als ein verfallenes Spukhaus. Und die Alten nicken wissend, wenn sie davon erzählen. Die jungen Männer haben früher angeblich sogar versucht, ihre Freundinnen für ein Rendezvous an diesen Ort zu locken. Und weißt du warum? Die Mädchen waren damals noch sehr prüde, und dann brachte irgendwer das Gerücht auf, das McBride-Haus würde zimperliche Mädchen in Stimmung bringen. Daraufhin wurde das Haus zu einem Hotspot.« Er lachte verlegen. »Das allerdings hat die beiden Jungs nicht interessiert … Bei ihnen war es eher das Abenteuer.«

»Und dann verschwindet einer der beiden. Ausgeschlossen, dass dieser Robbie nicht weiß, was passiert ist.«

Edward zuckte die Schultern. »Wenn er es weiß, dann hat er es inzwischen seit über einem Jahr fest in sich verschlossen. Wäre eine erstaunliche Selbstbeherrschung für einen Elfjährigen.«

»Charles denkt, dass er Angst hat.«

»Das steht völlig außer Frage. Ich sehe Robbie jeden Tag im Klassenzimmer, und es ist nicht zu übersehen, dass er niemanden an sich heranlässt. Bloß Angst wovor?« Er hob hilflos die Hände.

»Dass man ihm auf die Schliche kommt?«

»Vielleicht«, gab er wenig überzeugt zurück und drückte seine Zigarette im Aschenbecher aus.

»Na ja, was denn sonst? Du glaubst doch wohl nicht wirklich, dass auf diesem Haus ein Fluch liegt, oder?«

Sie war stolz, wie energisch und resolut sie sich gegen alles nicht mit dem gesunden Menschenverstand Erklärbare verwahrte, wenngleich sie dabei nicht ganz so beherzt in die Runde spähte.

Er wandte sich zu ihr um. »Natürlich nicht. Eines allerdings war seltsam. Das Handy des verschwundenen Jungen wurde nie gefunden. Die Polizei hat lange versucht, es zu orten – ohne jeden Erfolg.«

»Würde das nicht zu der Theorie passen, dass er damit über die Klippe gestürzt ist?«

»Offenbar ist zumindest das Handy nicht im Meer verschwunden. Die Spezialisten vom Festland, die von Zeit zu Zeit herüberkommen, fangen immer mal wieder ein Signal auf, das dann erneut für ein paar Wochen verschwindet. Es kommt von der Insel, aber immer von einem anderen Ort.«

»Wow. Das heißt, sie glauben, irgendjemand hier hat es?«

»Das ist im Grunde die einzige Erklärung. Und wer immer es ist, er schaltet es ab und zu ein. Warum?«

»Vielleicht sind irgendwelche Nachrichten oder Fotos drauf, irgendeine Art Beweis.«

»Das ist es, was die Polizei hofft, nehme ich an. Seltsam ist es schon, oder? Wenn Robbie es gefunden hätte und auf dem Handy irgendetwas gewesen wäre, das ihn belasten würde, sollte man eigentlich denken, dass er es sofort vernichtet hätte. Außerdem haben sie ihn mehrfach befragt und das Haus der Familie durchsucht, ohne das Geringste zu finden.«

»Er könnte schlauer sein, als sie ihm zutrauen«, gab sie zu bedenken und dachte an den unsteten Blick des flachgesichtigen Jungen.

»Hm.« Edward wirkte nicht überzeugt. »Er ist immer bei derselben Geschichte geblieben: Er hat am Strand gewartet, und als er Iain schreien hörte, glaubte er, dass der Freund im Haus irgendetwas gesehen oder gehört habe – etwas, das ihn so erschreckte, dass er den Klippenpfad hochrannte. Von dem, was anschließend passierte, will er nichts bemerkt haben. Ich denke manchmal, er könnte das Handy an sich genommen haben, weil er hoffte, dass Iain im Haus etwas fotografiert oder gefilmt hat, das seine Panik erklären würde.«

»Hätte Robbie es in diesem Fall nicht der Polizei übergeben, um seine Unschuld zu beweisen?«

Edward zuckte die Schultern. »Kommt drauf an, zehnjährige Kinder denken nicht immer logisch.«

In diesem Augenblick hätte sie gerne ihren reichen Erfahrungsschatz bezüglich der Denk- und Verhaltensweisen zehnjähriger Jungen ins Feld geführt, die geradezu unerbittlich logisch sein konnten, aber das würde bedeuten, mehr von sich preiszugeben, als ihr lieb war.

»Sag um Himmels willen nichts von alledem zu Mick.« Edward lehnte sich mit dem Rücken gegen das Geländer der Veranda und blickte an der Fassade des Hauses hoch. »Die alten Geschichten über seine Familie sind *eine* Sache – er tut sie gerne mit einem Lachen als Aberglauben ab –, was mit Iain geschah, steht auf einem anderen Blatt. Er und Kaye kannten die Familie, Iain ist mit ihren Töchtern zur Schule gegangen, und irgendwie fühlten sich die beiden schuldig, weil es auf ihrem Grund und Boden passiert ist.«

»Finde ich verrückt«, widersprach Zoe. »Was können denn die beiden dafür, wenn sich fremde Kinder unbefugt dort herumtreiben. Das zu verhindern, ist Sache der Eltern.«

»Ich weiß, doch die Leute haben herumgeredet, das Unheil wäre nie geschehen, wenn Mick nicht angefangen hätte, das Haus zu renovieren. Dadurch habe er den alten Fluch wiederbelebt. Nicht wenige haben sogar nach Iains Verschwinden verlangt, dass er die Arbeiten am Haus komplett einstellt und es dem Verfall preisgibt. Sie wollten, dass es nie wieder bewohnt wird«, schloss er und sah sie lange und bedeutungsvoll an.

Endlich kapierte sie. »Du meinst, dass ich hier nicht willkommen bin, weil ich das Haus gemietet habe?«

Er zuckte die Schultern, was er dachte, ließ sich an seiner verschlossenen Miene nicht ablesen.

»Glaubst du, sie könnten versuchen, mich zu vertreiben? Indem sie mir Streiche spielen?«

Noch eine Möglichkeit, die sie bislang nicht in Betracht gezogen hatte.

»Ich weiß nicht, ehrlich. Einigen von ihnen würde ich es durchaus zutrauen, die Leute hier sind nicht sehr offen für Veränderungen. Hingegen ist mir völlig unklar, was sie bei Mick zu erreichen hoffen – unterstellt, sie denken sich diesen ganzen Mist aus. Er hat das Haus instand gesetzt und wird Himmel und Hölle in Bewegung setzen, dass es vermietet wird. Höchstens können sie ihn damit ärgern, denn er wird sich kaum freuen, wenn seine Mieter verängstigt angerannt kommen. Nehmen wir mal an, du würdest andeuten, dass es irgendwelche seltsamen Vorkommnisse in dem Haus gibt, dann hätten sie zum einen die Genugtuung, Mick eins auszuwischen, und zum anderen würden sie sich wie Schneekönige freuen, dass sie dich in ihre Spielchen verstricken konnten. So würden sie das sehen.«

Er nahm sein Glas in die Hand und hielt es schräg, als versuchte er zu ergründen, wieso es schon wieder leer sein konnte.

»Du meinst, sie würden mich mögen, weil ich ihnen unwissentlich geholfen hätte? Darauf kann ich verzichten. Schließlich bin ich hergekommen, weil ich die Nase voll hatte von Leuten, die mich vereinnahmen wollen.«

Vorsicht, mahnte sie eine innere Stimme. Sie lehnte sich ziemlich weit aus dem Fenster und war drauf und dran, ihre Deckung aufzugeben. Aber verdammt, sie hatte Spaß daran, Wein zu trinken und einfach drauflloszureden, ohne jedes

Wort auf die Waage zu legen, und das Zusammensein mit einem süßen Jungen zu genießen, dessen Anhänglichkeit ihrem beschädigten Ego schmeichelte. Und er war witzig – witziger, als sie bei seiner vordergründigen Ernsthaftigkeit erwartet hätte.

So hatte er sie beim Essen mit Geschichten über die Inseleltern, die Frauen in den Geschäften, über seine Band und die Wahnvorstellungen seiner Musikerkollegen hinsichtlich lokaler Berühmtheit zum Lachen gebracht. Gemeinsam zu lachen, hatte etwas Komplizenhaftes, ein geteilter Snobismus war weniger anstößig, wenngleich man darauf nicht stolz sein sollte. Trotzdem tat es gut, endlich zu jemandem sagen zu können: *Was sind das denn für Leute?* Sie fühlte sich so unbeschwert wie seit Monaten nicht mehr, und kein vernünftiger Mensch würde behaupten, dass sie kein Recht dazu hatte. Außer ihr selbst, weil sie sich ständig Regeln auferlegte.

»Jedenfalls habe ich nichts von seltsamen Vorkommnissen bemerkt«, ergänzte sie entschieden. »Das heißt, es gibt nichts zu berichten.«

Da müsste sie schwer betrunken sein, um das zuzugeben. Denn das wäre, nachdem sie sich zwei Tage hintereinander in seiner Gegenwart total neurotisch benommen hatte, mehr als peinlich. Obwohl er ihr das nicht übel zu nehmen schien, also auf ihrer Seite stand, hatte er Mick angerufen und ihm von ihrem überstürzten Aufbruch bei Wind und Wetter berichtet – und sie hatte keine Ahnung, wie er das kommentiert haben mochte. Insofern gab es keine Garantie, dass er nicht mit Mick über sie redete und Spekulationen über ihr merkwürdiges Verhalten anstellte. Oder mit Charles, mit dem er offensichtlich einen regen Gedankenaustausch pflegte, nicht zuletzt über das Spukhaus und seine Besitzer. Da Gerüchte für die Leute hier eine Art Währung waren, mit der gehandelt wurde, war Vorsicht geboten. Und so nett sie Edward fand, wusste sie nicht, wie weit sie ihm trauen konnte.

Seine Stimme holte sie unvermittelt in die Realität zurück.

»Weißt du, was wir jetzt tun sollten?«, sagte er grinsend und hielt ihr die Weinflasche hin.

»Lieber nicht.« Sie schüttelte den Kopf. »Und was sollten wir tun?«, erkundigte sie sich vorsichtig.

Es gab keinen Wein mehr, das Essen war vorbei, und sie näherten sich unweigerlich dem Augenblick, wo sie entscheiden mussten, wie oder ob er nach Hause kam. Auf keinen Fall konnte er sich noch hinters Steuer setzen, nicht einmal auf einer winzigen Insel ohne Verkehrspolizei. Dazu hatte er zu viel getrunken. Absichtlich, fragte die misstrauische Stimme in ihrem Kopf, die überall Berechnung und Arglist witterte.

»Wir sollten uns dieses Buch ansehen.«

Zoe stutzte. Das war nicht der Vorschlag, den sie erwartet hatte. Auf dem falschen Fuß erwischt, rang sie nach einer Antwort. Nach wie vor verspürte sie dieses besitzergreifende Gefühl – sie wollte das Buch nicht teilen, auch wenn sie wusste, dass sie es letztendlich nicht vermeiden konnte. Edward würde Charles bei der erstbesten Gelegenheit, also vermutlich gleich morgen, davon erzählen, und zudem hatte sie als Finderin keinerlei Anspruch, das Buch für sich zu reklamieren. Das stand allein Mick zu.

»Jetzt?«

»Bist du denn gar nicht neugierig? Es muss mit den Mc-

Brides zusammenhängen und wurde vermutlich von ihnen dort versteckt. Oder von einem der beiden. Bei der Renovierung wurden die Kamine meines Wissens nämlich nicht erneuert. Ich kann mich erinnern, dass Mick einmal sagte, das Mauerwerk einschließlich der Schornsteine sei das Einzige, was nicht baufällig gewesen sei.«

Nachdem sie ein paarmal geschluckt hatte, rang Zoe sich eine Zustimmung zu Edwards Vorschlag ab.

»Na klar, warum nicht.«

Ailsa Mhairi McBride. Februar 1862, stand in einer verschnörkelten viktorianischen Handschrift auf dem Deckblatt. Zoe musste schwer gegen den Drang ankämpfen, das Buch nicht einfach zuzuschlagen, um es vor Edwards neugierigen Blicken zu schützen. Sie saßen auf dem Sofa im Salon, und zwar so nah nebeneinander, dass sie die Hitze seines Atems an ihrem Hals spüren konnte und sein Arm und sein Schenkel warm und fest ihren Körper berührten.

Ohne das Buch hätte ihr das vielleicht durchaus gefallen, schoss es ihr durch den Kopf, doch ihre Verstimmung über Edwards Vorpreschen verdarb ihr den Spaß. Sie hatte das Gefühl, als stünde sie im Begriff, einen Verrat zu begehen. Ailsa hatte ihr Tagebuch, denn darum handelte es sich, eindeutig deshalb so gut versteckt, damit es niemand zu Gesicht bekam. Und wenn überhaupt, fand sie, sollte es von einer Frau gelesen werden, die ihre intimsten Gedanken besser verstehen und mehr achten würde.

Zoe kam sich vor wie Ailsas Sachwalterin und zugleich wie die Hüterin eines kostbaren Schatzes. Inzwischen hatte sie sich so identifiziert mit dieser Frau, deren Geist überall in diesem Haus gegenwärtig zu sein schien, dass sie es als ihre Pflicht betrachtete, sie vor weiteren Verleumdungen oder Missverständnissen zu schützen.

»Nur zu.«

Er stieß sie ungeduldig an, beugte sich vor, um die Seite für sie umzublättern, aber sie streckte seine Hand aus, um ihn aufzuhalten.

»Vielleicht sollten wir das lieber nicht tun.«

Ungläubig starrte er sie an. »Machst du Witze? Das ist Ailsa McBrides Tagebuch – es könnte die Antwort auf das größte ungelöste Geheimnis der Insel enthalten. Charles wird ausflippen, wenn er es sieht.«

Als wäre damit alles geklärt, als gäbe es keine Diskussion darüber, dass es in Charles' Hände gehörte und sonst nirgendwohin, dachte Zoe verbittert.

»Er wird am besten wissen, wie damit verfahren werden sollte«, drängte Edward, als er ihr Widerstreben spürte. »Das hier ist ein Stück Geschichte und gehört deshalb in die Hände eines Fachmanns, der es in seiner historischen Bedeutung einzuordnen weiß. Von Rechts wegen müssten wir es natürlich Mick geben, doch bei seiner Empfindlichkeit hinsichtlich dieser McBride-Geschichte traue ich ihm durchaus zu, dass er es vernichtet. Aus lauter Angst, es könnten Dinge drinstehen, die noch mehr Staub aufwirbeln.«

Er war schlau, dachte Zoe, er ahnte, dass sie das Buch am liebsten vor den Augen der Öffentlichkeit verbergen würde. Wäre sie bloß allein gewesen, als sie es fand!

»Für mich fühlt sich das irgendwie taktlos an, wie eine Leichenfledderei, um es krass auszudrücken«, wandte sie ein. »Schließlich ist ein Tagebuch etwas sehr Privates.«

Edward sah sie stirnrunzelnd an, versuchte zu ergründen, ob sie einen Witz machte.

»Sie ist *tot«,* erklärte er in einem Ton, den er, so ihre Vermutung, normalerweise gegenüber seinen Viertklässlern anschlug.

Zoe gab nach, blätterte die erste Seite um und vermochte nicht zu fassen, was sie da las:

Er ist heute Nacht wieder zu mir gekommen.

9

19. Februar 1862

ER ist heute Nacht wieder zu mir gekommen. Tamhas hat mich angewiesen, eine solche Heimsuchung immer zu vermerken, wenn er verreist ist. Er überträgt sie dann später in seine Tabellen und Diagramme, sodass jeder Akt quantifiziert und gemessen und der Fortschritt seines Erfolgs festgehalten werden kann.

Mein Ehemann scheint nicht auf den Gedanken zu kommen, dass sich gewisse Dinge seiner Überprüfung entziehen könnten. Tamhas hat kein Verständnis für Leidenschaft, er spricht ausschließlich von Pflichten und Obliegenheiten, in erster Linie meinen. Aber wie könnte ich ihn dafür verurteilen, wenn ich selbst – bis ER erschienen ist – nicht mehr Kenntnis über die Leidenschaft besaß als über diesen Tisch, an dem ich schreibe? Ich war leblos, schlafwandelnd, tot für meine eigenen Wünsche und Sehnsüchte, bis ER mich erweckt hat. Und dass ich die Möglichkeit bekam, das zu erleben, dafür muss ich meinem Ehemann dankbar sein – auch wenn er nur sieht, was er zu sehen wünscht.

Tamhas hat mich als Instrument vorgesehen, und ich habe mich ihm gefügt, denn was sonst soll eine folgsame Ehefrau tun? Doch mein Ehemann hat keine Vorstellung, was er in unserem Leben entfesselt hat. In unserem kalten Ehebett – soll ich sagen, weniger einladend für mich als ein Seziertisch – ist eine glühende Flamme puren animalischen Verlangens entbrannt, so heftig, dass sie mich, davon bin ich zutiefst überzeugt, ohne jeden Zweifel letztendlich verzehren wird. Bereits jetzt spüre ich, wie völlig verändert ich bin – alle Sinne empfindsam, ungeschützt, der Salzluft und den Rhythmen der Gezeiten ausgesetzt, mein Körper entblößt und geöffnet wie bei der zutiefst schamlosen Jezebel – ich, die ich bis zum Alter von dreißig Jahren kaum die Berührung meiner eigenen Hand kannte, geschweige denn die einer anderen! Und wenngleich ich keinen Zweifel hege, dass ER rein ist, bin ich mir sicher, dass ER nicht uns zuliebe hier ist, sondern zu SEINEN eigenen Zwecken, die nicht gut sein können. Mein Ehemann glaubt, hier der Herr zu sein, was allerdings schon immer sein Irrglaube war. Er mischt sich zu sehr in Dinge ein, die er lediglich teilweise versteht. Irgendein Unheil wird aus alledem entstehen, das weiß ich tief in meinem Herzen. Ob von einem größeren oder geringeren Ausmaß, das wird allein die Zeit zeigen – dennoch könnte ich jetzt nicht mehr zurück, nein, nicht für eine Kinderstube voller Babys und die Geborgenheit meiner kalten Laken.

Für meinen Ehemann werde ich einzig das Datum, die Zeit und den Ort festhalten, auf dass er seine Tabellen für Monsieur Lévi vervollständigen mag, und damit ist meine Pflicht erfüllt. Hier in diesem Buch werde ich die Einzelheiten für mich selbst festhalten: wie ER zu mir gekommen ist, wie ER mich berührt hat, zu welch unbekannten

Höhen ER mich drängt. Und wenn Unheil daraus entstehen wird, so soll es geschehen.

»Das ist ja unglaublich.« Edward wandte sich mit leuchtenden Augen zu ihr um. »Sie hat die Geschichte ihrer Affäre aufgeschrieben. Vielleicht wird sie hier sogar den Vater ihres Kindes benennen, diesen geheimnisvollen *Er.* Gott, Charles wird außer sich sein.« Er schüttelte ungläubig den Kopf. »Es klingt, als ob es mit der Zustimmung ihres Ehemanns geschehen ist, das ist wirklich absolut außergewöhnlich. Was, wenn all unsere Annahmen über die viktorianischen Moralvorstellungen völlig falsch sind? Aber *warum* hat er seine Ehefrau an einen anderen Mann verliehen? Wollte er etwa, dass sie schwanger wurde, weil er selbst zeugungsunfähig war? *Ein Instrument* – das ergäbe Sinn, meinst du nicht? Oder vielleicht brauchte er so etwas als sexuellen Kick. Egal, sie zu bitten, detailliert festzuhalten, wann sie während seiner Abwesenheit Sex mit ihrem Liebhaber hatte, finde ich ziemlich krass.« Als er atemlos innehielt, bemerkte er Zoes entsetzte Miene. »Geht es dir nicht gut?«

Sie hatte eine Hand flach auf die erste Seite gelegt, um zu verhindern, dass er weiterlas.

»Alles okay«, stieß sie mühsam hervor – das Gefühl, irgendjemand würde ihr erneut über die Schulter sehen, drückte ihr die Kehle zu.

»Nehmen wir einmal an, der Liebhaber hat sie und das Kind getötet, wie du meintest«, fuhr Edward fort und war sichtlich elektrisiert von seinen eigenen Theorien. »Sie hatte eindeutig Bedenken, was ihn betrifft. Es ist, als ob sie wusste, dass es ein schlimmes Ende nehmen würde – und das sieben Jahre bevor sie starb, sieh dir das Datum an. Wenn sie ihn benennt, dann könnte das der Schlüssel zu dem ganzen Geheimnis sein.«

»Und warum hätte er sieben Jahre warten sollen, um sie zu töten?«, klang ihre eigene Stimme wie aus weiter Ferne an ihr Ohr.

»Vielleicht wird sie es uns ja verraten, sofern wir weiterlesen.« Er sah sie um Erlaubnis bittend an. »Möglicherweise hatte sie angefangen, Ansprüche an ihn zu stellen, als ihr Sohn älter wurde. Wenn der Liebhaber nie die Absicht hatte, das Kind anzuerkennen, und stattdessen verlangte, es als das ihres Ehemanns auszugeben, dann hatte er vielleicht Angst, dass die Sache aufflog, und brachte sie zum Schweigen. Vor allem wenn er bereits eine eigene Familie hatte.«

»Das heißt, jetzt glaubst du ebenfalls, dass sie beide ermordet wurden?«

»Ich denke einfach laut. Bestimmt erfahren wir es durch dieses Tagebuch.« Er strich mit den Fingern leicht über ihren Handrücken. »Lass uns weiterlesen.«

Zoe ließ sich überreden, blätterte um, und sie überflogen gemeinsam die Einträge: Ailsas offenherzige Schilderungen der Besuche ihres Liebhabers, ihr Staunen über ihre erwachende Sinnlichkeit. Während sie lasen, die Köpfe über die eng beschriebenen Seiten gebeugt, die vom Lichtkegel der Lampe erhellt wurden, wurden die Schatten tiefer, und das Haus versank mehr und mehr in Dunkelheit. Ein spannungsgeladenes Schweigen erfüllte den Raum, durchbrochen nur vom Rascheln der Seiten und ihren aufgeregten Atemzügen.

Gleichzeitig war sich Zoe Edwards Körper sehr deutlich bewusst, sie spürte den Druck seiner festen Schenkel und als Reaktion das Pulsieren zwischen ihren Beinen und das Pochen des Blutes an ihren Schläfen. Dabei vermochte sie nicht zu unterscheiden, ob Ailsas Worte diese Assoziationen auslösten oder die Erinnerung an ihre Träume.

Was ihr allerdings Angst machte, waren die Bilder. Ailsa schien Talent fürs Malen gehabt zu haben, denn fast jede zweite Seite enthielt eine gut gemachte Tuschzeichnung. Zoe erkannte darauf die Bucht vor dem Haus und die Aussicht vom Turm aus. Doch als Edward umblätterte und ihr Blick auf die nächste Zeichnung fiel, war ihr, als würde eine kalte Hand nach ihrem Herzen greifen.

Ailsa hatte den Strand von der Galerie aus gemalt, durch die hohen Fenster gesehen, und am westlichen Ende stand eine schattenhafte Gestalt, die zum Haus hochsah. Genau wie sie es beobachtet hatte. Rasch schlug sie die nächste Seite auf, aber erst als Edward scharf die Luft einzog, schaute sie hin und geriet völlig aus dem Gleichgewicht. Die Hälfte der Seite war von der Zeichnung einer nackten Frau bedeckt, die ausgestreckt auf einer Chaiselongue lag, die Arme über den Kopf erhoben und die Handgelenke gekreuzt, das Gesicht abgewandt. Ein Bein lag angewinkelt auf der Chaiselongue, das andere stand auf dem Boden, und ein Mann kniete zwischen ihren Schenkeln, den Kopf in ihrer Scham vergraben. Eine eher hastig hingeworfene Skizze und so drastisch-realistisch, dass man zu spüren meinte, wie das Fleisch der Frau bebte, die Muskeln sich anspannten, der Rücken sich bog.

»Sieht aus, als ob Ailsa eindeutig ihren Spaß hatte«, bemerkte Zoe, um ihre Betroffenheit zu kaschieren. »Mutiges Mädchen.«

Es klang allzu salopp. In Wirklichkeit machte es sie verlegen, diese obszöne Zeichnung mit Edward an ihrer Seite zu betrachten. Ihr Gesicht glühte, und was Edward betraf, so löste der Anblick eine unmittelbare Wirkung aus. Verstohlen verlagerte er sein Gewicht, setzte sich anders hin, um seine Erektion zu verbergen. Es war definitiv an der Zeit, ihn nach Hause zu schicken, sonst kamen sie noch durch Ailsas zügelloses Liebesleben in Teufels Küche. Es knisterte viel zu sehr zwischen ihnen, die Luft war zu aufgeladen – alles um sie herum schien nach Sex zu schreien.

Es blieb beim guten Vorsatz. Nach einem Blick in die Dunkelheit draußen ließ sie sich wieder in die Kissen zurücksinken.

Inzwischen hatte Edward weitergeblättert. Unwillkürlich schrie Zoe auf, als sie eine Szene aus ihrem letzten Traum sah. Da stand die junge Frau, nackt, die Hände über ihrem Kopf gefesselt, die Schnur an einem Haken in der Decke befestigt, das Gesicht hinter langen Haarsträhnen verborgen. Dahinter waren die Fenster der Galerie angedeutet, und zu ihrer Rechten hielt ein schattenhafter Mann einen dünnen Stock in der Hand. Haargenau wie in ihrem schlafwandlerischen Traum.

Es war unheimlich und zutiefst verstörend.

Aber wie konnte das sein?

Ailsa McBride hatte diese Zeichnungen vor über einhundertfünfzig Jahren angefertigt, und sie hatte das Tagebuch bis zu diesem Augenblick nie gesehen. Es gab keine Erklärung – jedenfalls keine, die zu akzeptieren Zoe bereit wäre. Besonders plagte sie der Gedanke, dass auf einem anderen Bild das Gesicht der Frau zu sehen sein würde und unter den Haarsträhnen ihre eigenen verhärmten Züge zum Vorschein kämen.

Auf keinen Fall durfte Edward das sehen, der ohnehin schon Parallelen zu entdecken begann.

»Dieser Schatten hier sieht wie der Mann auf deiner Zeichnung aus«, sagte er.

»Hör auf.« Ihre Stimme klang schrill in der Stille. Sie entriss ihm das Buch, drückte es an die Brust und erhob sich. »Wir müssen aufhören, sofort.«

»Was ist denn los?« Er stand ebenfalls auf, trat ganz nah, zu nah, vor sie hin. »Hat es damit zu tun, was mit ihr passiert ist?«, flüsterte er, und als Zoe nichts erwiderte, nickte er, als würde er seine Frage selbst beantworten. »Du hast recht – es fühlt sich falsch an, das hier zu lesen. Zumal wenn dieser Typ, von dem sie völlig besessen war, sie getötet haben sollte …«

Seine Stimme war heiser geworden, er brach ab und senkte den Kopf, sodass ihm die Haare in die Augen fielen. Als er wieder aufschaute, erschrak sie – sein mühsam beherrschter, glasiger Blick drückte pure Begierde aus. Für einen Sekundenbruchteil verspürte sie Unbehagen, Angst fast. Ailsa hatte von *entfesselt* gesprochen, es gab kein treffenderes Wort dafür. In diesem Haus war eine Kraft freigesetzt, *entfesselt,* worden, die sie am Ende verzehrte, so wie sie es vorausgesagt hatte. Und offenbar war sie noch immer wirksam.

Kein Wunder, dass sich allerlei Geschichten und Gerüchte um diesen Ort rankten.

Sie öffnete den Mund, um zu sprechen, fand jedoch keine Worte. Ihre Augen waren auf Edward gerichtet, ihrer beider Atemzüge fanden zum selben Rhythmus, rasch und flach. Die Stille, die sie umgab, schien allumfassend, nicht einmal das Rauschen des Meeres vernahm sie, nichts als das Trommeln ihres eigenen Herzschlags. Dann kam er mit einer einzigen fließenden Bewegung auf sie zu, neigte langsam den Kopf, bis seine Lippen ihre streiften und sie das Meersalz schmecken konnte, das noch auf seinem Gesicht lag. Während ihr Mund mit seinem verschmolz, heiß und offen und forschend, plagten sie die üblichen grüblerischen Gedanken: Sie war zwanzig Jahre älter als er, hatte einen Ehemann und ein Kind. Das konnte eigentlich nichts sein für einen süßen Jungen wie ihn, der so unschuldig wirkte.

Trotzdem hielt sie seine schmalen Hüften an der Gürtelschlaufe seiner Jeans fest und zog ihn mit einer Hand zu sich heran, während sie mit der anderen nach wie vor Ailsas Tagebuch umklammerte.

Als sie zu fürchten begann, sie könnte unter dem Ansturm der widerstreitenden Gefühle in Ohnmacht fallen, wich sie zurück und schnappte keuchend nach Luft. Aus dem Gleichgewicht geworfen vor Verlangen, kreisten all ihre Sinne ausschließlich um eines. Und ihm ging es nicht anders. Er sah sie mit derselben unverhüllten Verwunderung an, auch er schien nicht so recht zu begreifen, was sie da taten.

Dennoch war er es, der die Initiative ergriff, indem er den Reißverschluss ihres Kapuzenpullis aufzog und den Mund zu der harten Knospe ihrer Brust neigte. Sie bog sich ihm entgegen, vergrub die Finger in seinen Haaren, legte den Kopf in den Nacken und stieß plötzlich einen Schrei aus, ließ das Tagebuch fallen.

»Was ist denn?« Edward zuckte zurück, als hätte man ihn geschlagen.

»Da.« Sie deutete auf eines der Fenster, hinter dem schwarz die Dunkelheit stand. »Ich habe ein Gesicht gesehen. Da draußen.«

Sie bemerkte den Zweifel in seiner Miene, als er sich zu den Verandatüren umwandte. Die einzigen Gesichter, die ihnen aus den Scheiben entgegenblickten, waren ihre eigenen, blasse Schemen vor dem nächtlichen Himmel.

»Bist du sicher, dass es keine Spiegelung war?«

»Dort draußen ist jemand. Ich habe gesehen, wie er hereingeschaut hat. Schnell, sieh nach, was da los ist. Ich schaue mich vor dem Haus um.«

Widerstrebend entriegelte Edward die Glastüren und trat auf die Veranda hinaus. Zoe holte einmal tief Luft, nahm all ihren Mut zusammen und schlich sich durch den dunklen Flur zur Diele, zog ihre Stiefel an und öffnete die Haustür. Kaum hatte sie den ersten Fuß nach draußen gesetzt, schalteten die Bewegungsmelder das Licht an und tauchten die Auffahrt unversehens in ein grelles Weiß. Von einer verdächtigen Gestalt keine Spur. Vorsichtig tastete sie sich zur Rückseite des Hauses, wo ein mit Dünengras bewachsener Hang zum Strand hin abfiel.

Hier, wo die Lichtkegel sie nicht mehr erfassten, verschluckte sie wieder die Dunkelheit.

Schritt für Schritt schob sie sich durch das stachelige Gras, vorbei an den Stufen, die zur Veranda hochführten, und weiter abwärts, bis sie den weichen Sand unter ihren Füßen spürte. Wolkenfetzen zogen über einen fahlen Mond. Sie stand reglos da, die Arme schützend gegen die kalte Luft um den Oberkörper geschlungen. Am Ufer brachen sich die Wellen, und das weite, leere Schwarz des Wassers verschmolz irgendwo am Horizont konturlos mit dem Himmel. Die Erinnerungen an ihren leichtsinnigen Schwimmausflug kehrten zurück. Ohne Edwards beherztes Eingreifen, dachte sie, wäre sie wahrscheinlich von der Strömung in diese kalten Tiefen gezogen worden. Auf immer und ewig, denn das Meer gab seine Opfer nur selten frei.

Ein Zittern überlief sie.

Wie lange hätte es wohl gedauert, bis Dan und Caleb von ihrem Tod erfahren hätten? Niemand hier kannte die Nummer in Amerika, niemand hier wusste überhaupt von der Existenz einer Familie. Schließlich hatte sie sich als Miss Adams ausgegeben. Der einzige Hinweis wären ihre am Strand verstreuten Kleidungsstücke gewesen. Vielleicht hätte man sogar Selbstmord angenommen – und Dan würde sich im Nachhinein gefragt haben, ob das nicht von Anfang an der Zweck ihrer Reise gewesen war.

Als sie noch ein paar zögernde Schritte machte, stieß sie mit der Stiefelspitze gegen einen weichen Klumpen, und als sie sich bückte, erkannte sie, dass es die tote Möwe war. Der Wind spielte mit ihrem Gefieder, der Kopf war in einem unnatürlichen Winkel verrenkt. Sie erschrak, da sie zudem in diesem Moment eine Bewegung wahrnahm, gefolgt von einem Knirschen rascher Schritte und einem schwachen Lichtschein – zu ihrer Erleichterung war es Edward, der mit seinem Handy den Weg ausleuchtete.

»Alles okay? Hast du jemanden gesehen?«

Sie schüttelte den Kopf. »Nein, keine besonderen Vorkommnisse, außer dass ich fast auf den toten Vogel getreten wäre.«

»Ehrlich gesagt, glaube ich nicht, dass hier irgendjemand ist«, beruhigte er sie. »Ich bin einmal ganz ums Haus gegangen. Vermutlich hast du eine Spiegelung gesehen. Das Licht kann einem bisweilen seltsame Streiche spielen.«

Zoe biss sich auf die Lippe. Er wollte sie beschwichtigen, was ja nett gemeint war – trotzdem kränkte sie die Anspielung, dass ihr Urteilsvermögen nicht zuverlässig funktionierte. Auf so was reagierte sie allergisch, es war eine beliebte Masche von Dan gewesen.

»Wir sollten zurück ins Haus gehen«, schlug Edward nach einer Weile vor.

Sie nickte und wählte den Weg zur Vordertür, ohne ihn anzusehen. Er stapfte neben ihr her, ließ die Leuchte seines Handys über die Fassade des Hauses gleiten. Allein diese Fürsorglichkeit nervte Zoe, was, wie sie wusste, unfair war.

Im Haus angekommen, deutete er auf das blinkende rote Lämpchen am Telefon in der Diele.

»Du hast eine Nachricht auf dem AB.«

Zoe warf einen kurzen Blick darauf, mochte aber die Nachricht nicht abhören, solange er dabeistand.

»Hör zu, Edward …«, begann sie. Er wartete auf die Erlaubnis, dort fortfahren zu dürfen, wo sie aufgehört hatten. »Ich bin wirklich nach allem, was heute passiert ist, fix und fertig. Es tut mir leid, wenn … Das vorhin, ich wollte nicht, dass das passiert. Es war alles zu viel: der Wein, das Buch, die Sache im Meer. Insgesamt ein verrückter Tag.«

»Du hättest ertrinken können.«

Er sagte es ganz schlicht, fast emotionslos, doch Zoe glaubte herauszuhören, dass sie ihm deshalb verpflichtet sei.

»Ich weiß. Und ich bin dir wirklich sehr dankbar. Wie auch immer, wir sollten …«

Sie fuhr sich mit den Händen übers Gesicht, suchte nach Worten, die möglichst wenig Unheil anrichten würden – allein sein Blick verriet, wie verletzlich er war. Er hatte eine merkwürdige, aufrichtig ernste Art, schien nicht der Typ zu sein, der nach einer unverbindlichen Liebelei suchte. Bloß was würde es ihm nützen, Gefühle für sie zu entwickeln?

Gar nichts bei ihrem Altersunterschied – und hinzu kam, dass sie nicht lange auf der Insel bleiben würde. Am Ende würde er sich ausgenutzt vorkommen, vielleicht sogar mit Recht. Nein, sie musste einen klaren Kopf behalten, bevor ein ernster Schaden entstand. Immerhin litt er nach wie vor unter der Zurückweisung seiner ersten großen Liebe, da durfte sie ihm nicht gleich den nächsten Schlag versetzen.

»Sei vernünftig. Du weißt ja, der Altersunterschied«, appellierte sie, da er beharrlich schwieg, an seine Einsicht.

»Das ist mir egal«, entgegnete er impulsiv. »Ich finde dich schön.«

Seine Worte entlockten ihr ein Lachen. Dachte er wirklich, das sei ihr Problem – die Angst, dem Schönheitsideal eines so jungen Mannes nicht zu entsprechen?

»Danke, lieb von dir. Hör zu, Edward, es hat nichts mit dir zu tun. Ich schätze deine Gesellschaft sehr. Aber du selbst hast völlig zu Recht neulich festgestellt, dass wir beide auf die Insel gekommen sind, um vor uns selbst zu flüchten – vor Problemen, Enttäuschungen, Komplikationen. Und das würden wir zusätzlich schlimmer machen, denke ich. Es wäre ein Rückschritt.«

Er sah angelegentlich auf seine Hände und nickte unglücklich.

»Dann sollte ich jetzt wohl besser gehen.«

»Soll ich jemanden anrufen, der dich abholt?«

»Du hast noch nicht wirklich kapiert, dass hier alles anders läuft, oder?« Er stieß ein spöttisches und zugleich bitteres Lachen aus. »Erstens gibt es keine Taxis, die irgendwo an einer Ecke stehen und auf Kunden warten, und zweitens packe ich das locker, ist ja nicht weit.«

»Das ist nicht dein Ernst?« Sie starrte ihn an, bis er gezwungen war, ihren Blick zu erwidern. »Du kannst nicht mehr fahren – bist du übergeschnappt?«

Protestierend hob er die Hände. »Okay, entschuldige, du hast recht. Wenn du mir noch einen Kaffee machst, bin ich in einer Stunde oder so wieder fit.«

»Nein, nicht einmal in drei Stunden kannst du dich ans Steuer setzen, selbst wenn du literweise Kaffee in dich hineinschüttest.« Sie seufzte, fuhr sich mit einer Hand durchs Haar. »Hör zu, am besten bleibst du bis morgen früh hier, schläfst deinen Rausch aus. Gästezimmer gibt es genug.«

Kaum waren ihr die Worte über die Lippen gekommen, bereute sie ihr Angebot bereits. Was, wenn sie erneut eines ihrer nächtlichen Abenteuer erlebte und im Tran nackt durchs Haus wanderte?

»Mach dir keine Umstände, ich komme mit dem Sofa bestens zurecht, wirklich«, erwiderte er verlegen. »Und morgen früh bin ich gleich weg. Du musst mir nicht mal ein Frühstück anbieten.« Er lächelte sie zaghaft an. »Tut mir leid, dass ich so ein Idiot war. Normalerweise bin ich nicht so forsch …« Er sah sie verlegen an. »Du ertrinkst fast, dann die Möwe und das Buch, diese verstörenden Zeichnungen. Es ist, als ob dieser Ort eine seltsame Wirkung auf mich ausübt. Wer weiß, ob an diesen alten Gerüchten nicht doch etwas dran ist. Jedenfalls weiß ich, dass ich mich hier benehme, als wäre ich ein völlig anderer – entschuldige, es klingt nach einer dummen Ausrede.«

»Bleiben wir lieber dabei, dass es der Wein war, der diese Wirkung auf dich ausgeübt hat.«

Zoe bemühte sich um einen lockeren Ton, aber seine Worte hatten beklemmende Erinnerungen in ihr geweckt. Sie dachte an Charles und seine Theorie der zeitlichen Überschneidungen. War es möglich, dass das Haus selbst für ihre schlaflosen Nächte, für ihre untypischen Launen verantwortlich war? Sie verwarf den Gedanken, sobald er Gestalt annahm, gleich wieder. Letztlich bedeutete es, daran zu glauben, dass es in dem Haus tatsächlich spukte, wogegen sie sich mit allen Kräften sträubte. Die Zweifel indes blieben.

»Ich hole dir ein paar Decken«, erklärte sie und schickte sich an, nach oben zu gehen, zögerte jedoch am Fuß der Treppe kurz. »Hör zu, es ist besser, wenn du niemandem gegenüber erwähnst, dass du hier übernachtet hast. Es wäre mir unangenehm, zum Mittelpunkt des Dorfgeschwätzes zu werden. Und dir würde es ebenfalls nicht guttun, nehme ich an – bestimmt gibt es hier noch feste Überzeugungen, was ein Lehrer tun darf und was nicht.«

»Gott bewahre, kein Wort kommt über meine Lippen«, versprach er. »Da kannst du völlig sicher sein. Ich habe immer mein Privatleben weitestgehend für mich behalten. Nicht dass es irgendetwas zu tratschen gab, bevor …«

»Und jetzt gibt es genauso wenig zu tratschen«, schnitt Zoe ihm das Wort ab. »Bis dann, ich gehe erst mal und suche dir Decken und ein Kopfkissen heraus.«

Sie ging oben rasch ins Bad, machte sich frisch und säuberte ihr Gesicht von den letzten Rußspuren, holte Bettzeug aus einem der unbenutzten Schlafzimmer und kehrte ins Erdgeschoss zurück.

Edward lag lang ausgestreckt auf dem Sofa im Salon, den Kopf nach hinten gekippt und die Augen geschlossen. Er atmete in einem leisen, gleichmäßigen Rhythmus durch geöffnete Lippen, Ailsas Tagebuch mit einer Hand an seine

Brust gedrückt. Sie betrachtete ihn ein paar Minuten, war jetzt, wo er schlief, etwas milder gestimmt. Er sah so jung aus mit seinen dunklen, gebogenen Wimpern.

Was hatte sie sich nur gedacht?

Sie wand ihm das Tagebuch behutsam aus der Hand, breitete die Decken über ihn und ging hinüber zum Fenster, um die schweren Vorhänge zuzuziehen. Dabei vermied sie es, ihr eigenes Spiegelbild anzusehen, die Schocks des heutigen Tages reichten ihr, sie brauchte keinen weiteren. Und womöglich Ailsas Gesicht statt ihres eigenen zu sehen, darauf war sie erst recht nicht scharf. Bevor sie die Lampe ausschaltete, schlich sie auf Zehenspitzen noch einmal zurück zu Edward, betrachtete ihn nachdenklich. Und mit einem Mal überkam sie bei seinem Anblick ein Verlustgefühl.

Unsinn, schalt sie sich. Er würde am Morgen gehen und sollte lieber nie wieder herkommen, so war es am besten für alle Beteiligten. Sosehr sie den Abend genossen hatte, sosehr seine Gesellschaft ihr Herz erwärmen mochte, es führte zu nichts außer zu unnötigem Kummer und Frust. Vor allem durfte sie ihm nicht das Gefühl geben, dass sie ihn ermunterte. Behutsam nahm sie ihm die Brille von der Nase und legte sie auf einen kleinen Beistelltisch. Am liebsten hätte sie ihm einen Kuss auf die Stirn gedrückt, wie sie es immer mit Caleb tat, aber das kam ihr dann zu albern vor. Mit Ailsas Tagebuch unter dem Arm verließ sie leise das Zimmer.

Bevor sie selbst schlafen ging, inspizierte sie im Erdgeschoss alle Türen und Fenster, überprüfte die Schlösser und zog alle Vorhänge zu, um dort keine Gesichter sehen zu können. Wenn das hier ein Horrorfilm wäre, überlegte sie in einem Anflug von schwarzem Humor, dann wäre Edward ein Serienmörder und sie sein nächstes Opfer, das wie die Spinne im Netz festsaß. Doch das Lachen, das ihr dieses Szenario entlockte, war mehr als halbherzig. Natürlich stellte Edward keine Gefahr dar, was hingegen den geheimnisvollen Schatten betraf, war sie sich weniger sicher.

Als sie bei ihrem Rundgang durch die Diele kam, sah sie das blinkende rote Lämpchen auf dem Anrufbeantworter und hörte die Nachricht ab. Es war nicht wie erwartet Dan, sondern Charles Joseph, der ihr für ihre Essensverabredung am nächsten Abend den Weg zu seinem Haus beschrieb. Zoe war erleichtert und enttäuscht zugleich. Fast automatisch griff sie zum Hörer, empfand zum einen vage Schuldgefühle wegen dem, was beinahe zwischen ihr und Edward passiert wäre, und zudem hatte der schlafende junge Mann, dem sie zu gerne einen Gutenachtkuss auf die Stirn gedrückt hätte, Erinnerungen an ihren Sohn und eine schmerzhafte Sehnsucht nach ihm wach werden lassen.

Das Timing wäre perfekt, in Connecticut war es früher Abend. Dann fiel ihr ein, dass vermutlich niemand zu Hause sein würde, weil Caleb das Wochenende bestimmt bei Dans Schwester verbrachte. Das war früher schon so: Wenn Zoe mal über Nacht weggeblieben war, hatte Dan seinen Sohn prompt anderweitig geparkt, meist bei seiner Schwester. Und da Caleb gerne mit seinen Cousinen und Cousins zusammen war, hatte sie nichts dagegen gehabt.

Und bei Leah würde sie nicht anrufen, ausgeschlossen. Sie wusste bereits, was Dans Schwester zu ihrer Auszeit sagen würde, und eine solche Auseinandersetzung war im Augenblick das Letzte, was sie brauchte. Resigniert beschloss sie, den Anruf auf morgen zu verschieben.

Sie war kaum aus wirren Träumen zu sich gekommen, als sie neben sich eine Vertiefung in der Matratze spürte sowie eine Hand auf ihrer Schulter, die sanft über ihren Rücken bis zu Taille und Hüfte glitt und dann weiter über die Wölbung ihres Gesäßes. Wie sich ihr Körper heute Nachmittag durch grünes, trübes Wasser an die Oberfläche gekämpft hatte, so kämpfte sich jetzt ihr Bewusstsein mühsam ans Licht. Obwohl noch total benommen, wusste sie eines ganz sicher: dass sie ihn wegschieben musste. Zugleich tat es so gut, den Trost eines anderen Körpers zu spüren, der sich an ihren schmiegte und ihn mit einem wohligen Kribbeln erfüllte. Vielleicht war es ja sogar das, was sie sich unterschwellig und nicht eingestanden erhofft hatte, als sie ihn bat zu bleiben.

Eine Weile von warmen Armen gehalten zu werden, war ja kein Drama. Wenn das alles war, was passierte, konnte sie sich immer noch weismachen, dass es ein Traum war. Warum nicht, dachte sie und schmiegte sich mit dem Rücken an ihn, spürte sodann, wie die Hand sich unter ihr T-Shirt schob, um ihre Brust zu umfassen, ihre Nippel zu reizen. Schläfrig murmelte sie einen halbherzigen Protest, doch seine Hand setzte ihre Erkundungen fort, schob sich zwischen ihre Beine, in ihre Unterwäsche. Ihre Reaktion kam prompt, sie schwoll an und öffnete sich. Sie wollte das hier, sie brauchte es, und dennoch versuchte sie es zu beenden, bevor es zu spät war.

»O Gott, Edward, nein«, stöhnte sie, wollte ihn wegschieben, während seine Hand sich fester bewegte.

Zu spät wurde ihr bewusst, dass ihre Haut eiskalt war, ebenso das Zimmer. Selbst unter der Bettdecke, wo geteilte Wärme hätte sein sollen, spürte sie Eiseskälte. Unvermittelt hörte jetzt die Hand auf, sich zu bewegen – dafür bewegte sich die

Matratze. Zoe tastete nach dem Schalter der Nachttischlampe. Gegen das Licht blinzelnd, erkannte sie, dass das Bett leer war.

Sie schrie noch immer, als sie das Poltern von Schritten auf der Treppe hörte, das Klopfen an der Tür – erst zögernd, dann drängend.

»Zoe? Was um Himmels willen ist los?«

Ihr entsetztes Schreien brach ab, verebbte zu einem Keuchen. Der Türknauf wurde gedreht, die Tür einen Spalt geöffnet. Sie zog sich die Decke bis zum Hals hoch, richtete den Blick auf den Ausschnitt, in dem jetzt Edwards blasses Gesicht auftauchte, schlaftrunken, auf der Wange einen Abdruck vom Muster der Sofapolsterung. Ihre Angst verwandelte sich in unbändige Wut.

»Was zum Teufel glaubst du eigentlich, was du da tust?«

»Wie bitte?« Verwirrung zeichnete sich auf seiner Miene ab, und verwundert rieb er sich die Augen. »Ich bin aufgewacht und habe dich schreien hören. Ich dachte …«

Er ließ den Satz unvollendet, als wäre es besser, nicht laut auszusprechen, was er gedacht hatte.

»Was für ein verdammter, widerlicher Trick war das denn?« Sie atmete tief aus, versuchte sich am Riemen zu reißen, um nicht ganz auszurasten. »Wie kannst du es wagen? Das nennt man einen tätlichen Angriff. Und dann läufst du weg – fandest du das etwa witzig?«

Edwards Verblüffung wich allmählich Bestürzung.

»Ich weiß nicht, was du meinst. Es war ein Kuss, mehr nicht. Ich dachte, du … Himmel, ich wollte nicht …«, stammelte er.

»Nicht gestern Abend. Jetzt. In mein Bett zu steigen und

wieder zu verschwinden. Mich zu berühren. Du kannst das nicht einfach machen, wenn ich schlafe.«

»Was? Das habe ich nicht getan.« Er fuhr sich mit beiden Händen durchs Haar, blinzelte kurzsichtig, in seinem Gesicht stand Panik. »Das würde ich niemals tun. Ich war unten und habe geschlafen, ich schwöre es. Dein Schreien hat mich geweckt.«

Zoe, noch voller Empörung, wollte erneut zu einer Schimpfkanonade ansetzen, als ihr plötzlich bewusst wurde, dass er die Wahrheit sagte. Ängstlich und völlig verstört kauerte sie unter ihrer Decke.

»Irgendjemand war in diesem Zimmer«, flüsterte sie.

»Meinst du nicht, du könntest geträumt haben?«, erkundigte sich Edward besorgt.

Sie zuckte die Schultern. »Das muss ich wohl. Gott. Entschuldige.«

»Egal, irgendetwas ist mit diesem Haus, das einen verändert«, sagte er und schien sich seiner Sache ganz sicher zu sein. »Hast du in Ailsas Tagebuch gelesen?« Er zeigte auf das Kissen neben ihr. »Da drin steht jede Menge Zeug, von dem man unheimliche Träume kriegen kann.«

Zoe warf einen zweifelnden Blick auf das Buch, während sie die Decke fester um sich zog. Sie überlegte, ob sie protestieren sollte, aber nach all den seltsamen Vorkommnissen vermochte sie nicht mehr mit Bestimmtheit zu sagen, was Traum und was Wirklichkeit gewesen war. In diesem Moment wusste sie nur, dass sie hier nicht allein bleiben wollte.

Edward stand im Türrahmen. »Soll ich dir eine Tasse Tee machen?«

Sie schüttelte den Kopf. Die Dunkelheit jenseits der offenen Tür beunruhigte sie.

»Soll ich gehen?«

»Nein.«

Sie wusste nicht, wie sie in Worte fassen sollte, was sie wollte. Er zögerte, dann schloss er die Tür und hockte sich zögernd ans Fußende des Bettes, als rechnete er damit, jeden Moment hinausgeworfen zu werden. Zoe beobachtete ihn, in ihrer eigenen Verwirrung gefangen. Sie brauchte ihn wie einen Talisman, dachte sie. Wer oder was immer hier gewesen war, würde nicht wiederkommen, solange er bei ihr war. Gleichzeitig fürchtete sie sich davor, ihn dadurch in Gefahr zu bringen.

»Soll ich dann bleiben?«

Sie sah, dass er fröstelte. »Du frierst ja. Komm zu mir ins Bett. Zum Schlafen, verstehst du?«

»Vollkommen.«

Dankbar schlüpfte er unter die Decke, und Zoe ihrerseits war froh, seine ganz reale menschliche Wärme neben sich zu haben. Unwillkürlich fragte sie sich, ob das, was vorhin in ihr Bett gestiegen war, irgendeine andere Spezies gewesen war, die nichts Menschliches an sich hatte – die zumindest weniger menschlich und zudem vielleicht schlimmer als menschlich gewesen war.

Edward streckte eine Hand aus und legte sie ihr leicht auf die Schulter, und diese Geste war, nach dem soeben erlebten Grauen, so besänftigend, dass ihr die Tränen kamen.

Sie legte eine Hand auf seine und schloss die Augen. Ein kalter Luftzug wehte durch den Flur und unter der Tür hindurch, doch das Haus blieb still.

10

»Ich erwarte gar nichts von dir«, sagte Edward am nächsten Morgen, als sie zusammen den Klippenpfad entlanggingen, auf seine typisch offene Art.

Er hielt den Blick auf die Linie gerichtet, wo das Wasser mit dem Himmel verschmolz. Zoe wandte sich zu ihm um. Eine kräftige, nach Salz und Meer riechende Brise wehte ihnen entgegen, er blinzelte in die Sonne, sodass seine sommersprossige Nase und die Umgebung der Augen sich kräuselten.

»Ich könnte dir sowieso nichts bieten«, erwiderte sie schlicht.

Der Himmel wölbte sich über ihnen wie ein hohes blaues Zelt, das weiße Wolken sprenkelten. Möwen glitten auf den Luftströmungen dahin wie Papierflieger, die Flügel völlig reglos. Wieder ein für die Jahreszeit ungewöhnlich schöner Tag mit ungetrübtem Sonnenschein.

»Ich weiß, du bist lediglich auf der Durchreise«, fuhr er fort, während er Grasbüschel wegkickte. »Und das bin ich vermutlich ebenfalls. Aber solange wir beide hier sind …« Er schlug seinen Kragen gegen den Wind hoch. »Ich rede einfach gern mit dir«, sagte er, als würde er einen neuen Gedankengang beginnen. »Du störst dich an dem Altersunterschied, ich hingegen denke darüber gar nicht nach. Weißt du, ich war viel allein, seit ich hier gestrandet bin. Zu viel. Eine Zeit lang war es praktisch, um wieder einen klaren Kopf zu kriegen, doch jetzt bin ich es leid. Okay, ich weiß, dass du eben erst den Absprung gewagt hast und noch keine Gelegenheit hattest, es leid zu sein. Du musst mich bremsen, wenn ich zu viel quatsche.«

»Ich bin aus meiner Ehe geflohen«, gestand Zoe unvermittelt.

Ihre plötzliche Offenheit verblüffte sie selbst, es war ein spontaner Entschluss. Jetzt indes, wo sie es ausgesprochen hatte, wurde ihr die Wahrheit ihrer Worte bewusst. Sie war tatsächlich aus ihrer Ehe geflohen. Ihr ganzes Gerede von Entscheidungen überdenken, sich einen Freiraum gönnen, Zeit zum Nachdenken brauchen, alles Unsinn. Man konnte ein Leben nicht einfach in eine Warteschleife legen, man konnte jemanden, der einen liebte, nicht bitten, Geduld zu haben, während man selbst überlegte, ob man ihn noch wollte oder nicht. Wenngleich sie auch bei Dan nicht mehr an die große Liebe glaubte – er war geblieben, sie war gegangen. Sie war es, die ihn ausgeschlossen hatte aus ihrem Leben. Gab es überhaupt noch eine Wahl, oder hatte sie mit ihrem Weggang schon Tatsachen geschaffen und die Türen hinter sich zugeschlagen? Ein Gedanke, der ihr einen schweren Schock versetzte und sie zwang, stehen zu bleiben und Luft zu holen.

»Ich dachte mir, dass es etwas in der Richtung sein könnte«, meinte Edward und fügte hinzu, als er ihre Blässe bemerkte: »Fühlst du dich nicht gut?«

Sie winkte ab. »Halb so schlimm, mir war gerade ein bisschen komisch. Ich bin verkatert, nehme ich an.«

»Da bist du nicht allein«, räumte er mit einem verlegenen

Lachen ein, dabei sah er aus wie der junge Frühling, fand Zoe, sein Gesicht frisch und seine Augen strahlend, nichts von blass und trübe wie bei ihr. Das Vorrecht der Jugend eben. Mit dreiundzwanzig konnte man es sich leisten, mal einen über den Durst zu trinken, ohne dass es Spuren der Verwüstung hinterließ, dachte sie mit einem Anflug von Bitterkeit.

Inzwischen war sie froh, dass er nicht gleich am Morgen gegangen war, wie er beabsichtigt hatte. Selbst beim zweiten Aufwachen hatte der Schrecken der vergangenen Nacht ihr nach wie vor in den Knochen gesteckt, und irritiert hatte sie sich gefragt, ob sie ein weiteres Mal genarrt wurde. Doch dann hatte sie Edward unten in der Küche getroffen, wo es nach frischem Kaffee roch, und hätte vor lauter Erleichterung weinen können. Ihn nach diesem Albtraum total normal am Frühstückstisch sitzen zu sehen, tat unendlich gut.

Allerdings missfiel ihr, dass er in Ailsas Tagebuch las. Das gönnte sie ihm noch immer nicht wirklich, und sie musste sich sehr zusammenreißen, es ihn nicht spüren zu lassen. *Ihr* Buch! Er hatte es, ohne zu fragen, aus *ihrem* Zimmer mitgenommen. Aber dann hatte sie tief durchgeatmet, ihre Vorwürfe hinuntergeschluckt und sich einen Kaffee eingeschenkt.

»Das ist wirklich außergewöhnlich«, sagte er und blickte auf. »Monatelang schreibt sie gar nichts, und dann kommen diese langen, ausführlichen Schilderungen ihrer nächtlichen Begegnungen mit ihrem Liebhaber. Was überdies höchst seltsam ist: Oft stellt sie alles so hin, als ob es lediglich in ihrem Kopf passierte.«

Eine Spekulation, die Zoe zusammenzucken ließ. »Du meinst, sie hat sich diesen Typen eingebildet?«

»Na ja, das kann eigentlich nicht sein, oder? Ich meine, wir müssen davon ausgehen, dass er tatsächlich existiert hat, allein wegen des Kindes. Dennoch lässt sich manchmal schwer sagen, ob sie Fantasien oder die Wirklichkeit schildert. Ich bin mir nicht sicher, ob sie es selbst weiß. Erst am Ende des Buches scheint durch, als ob sie tatsächlich Angst vor ihm hatte. Und sich Sorgen um das Kind machte. Ein paar Monate bevor sie starben, schreibt sie, dass sie den Jungen Tag und Nacht ihr silbernes Kreuz um den Hals tragen lasse, damit Gott ihn beschützen möge.«

»Bist du etwa so gut wie durch damit? Dann musst du ja seit Stunden hier sitzen.«

Erneut hatte sie sich zwingen müssen, nicht gekränkt und vorwurfsvoll zu klingen.

»Na ja, ein paar vielleicht. Ich konnte nicht schlafen. Vieles habe ich bloß überflogen. Ihre Handschrift ist so schwer zu entziffern, dass ich eine Ewigkeit brauchen würde, um jedes Detail zu lesen.«

»Wovor sollte der Junge denn beschützt werden?«

»Vor IHM. Sie sagt, *ER* will das Kind.«

»Will ihn wie? Um ihn ihr wegzunehmen?«

»Vermutlich. Sie schreibt, dass sie IHN wütend gemacht hat, dass ER sagt, das Kind werde mit sieben Jahren IHM gehören, und sie habe das die ganze Zeit gewusst. Darum drehen sich die letzten Einträge des Jahres 1869 in erster Linie. Das war kurz vor den Morden. Sie hatte ganz offensichtlich schreckliche Angst – sie klingt fast verrückt vor Angst, die arme Frau.«

»Vielleicht ist das ja die Erklärung«, überlegte Zoe. »Der Vater drohte damit, ihr das Kind wegzunehmen, sie hielt ihn für gefährlich und weigerte sich. Daraufhin wurde der Vater wütend und hat sie beide getötet – er scheint ja kein netter Mensch gewesen zu sein.«

»Oder sie hat erst den Jungen und dann sich selbst getötet, um ihn nicht ausliefern zu müssen«, gab Edward zu bedenken. »Besser tot als in den Fängen des Vaters, mag sie gedacht haben.«

Der Professor hatte am Tag zuvor fast dieselbe Vermutung angestellt. Der Gedanke entsetzte sie nach wie vor. Für sie war nicht nachvollziehbar, dass eine Mutter den Tod ihres Kindes freiwillig einer anderen Option vorzog. Jetzt betrachtete sie Edward, der nachdenklich über die silbrige Weite des Wassers hinwegblickte. Das Licht spiegelte sich in seinen Augen und ließ dort goldene Pünktchen flackern. Er wirkte nicht entspannt, bereits den ganzen Morgen nicht. Zoe befürchtete, dass es ihre Schuld war.

»Ist das der Pullover deines Mannes, den ich hier trage?«, wiederholte er unvermittelt seine gestrige Frage, den Blick unverwandt auf die Landspitze in der Ferne geheftet.

»Nicht mehr.«

Er lachte unsicher auf, als hätte sie einen Witz gemacht, dann schlenderten sie eine Weile schweigend weiter. Der Pfad war hier so schmal, dass sie nicht nebeneinandergehen konnten, und fiel zudem zur Rechten so steil ab, dass Zoe sich dicht an die Böschung zu ihrer Linken hielt. Auf der anderen Seite ging es rund zwanzig Meter in die Tiefe zu schwarzen Felsen und wild anbrandendem Wasser. Es gab keinen Schutzzaun, keine Warnschilder, das hier war eine ungezähmte Landschaft, in der jeder selbst für sich verantwortlich war. Nie zuvor war ihr so deutlich bewusst gewesen, wie leicht man in Sekundenschnelle den Halt verlieren konnte, selbst bei Tageslicht.

Mit einem flauen Gefühl im Magen dachte sie an Iain, der im Jahr zuvor angeblich im Dunkeln von den Klippen gestürzt war. Robbies Freund. Genau auf diesem Weg musste es passiert sein.

Der Weg führte jetzt steil nach unten, vertiefte sich zu einer Rinne, und Edward streckte eine Hand aus, um ihr den Abhang hinunterzuhelfen.

»Letzte Nacht …«, begann er, während sie durch lockeres Geröll und Schlamm abwärtsstiegen, aber sie unterbrach ihn.

»Es tut mir leid«, beeilte sie sich zu sagen und packte sein Handgelenk fester, weil sie umzuknicken drohte. »Ich hatte nicht vor, dich zu verführen. Es war einfach ein emotionaler Tag.«

»Nein, ich meinte, als du in der Nacht aufgewacht bist und geträumt hast, es sei jemand im Haus.«

»Ach das.« Sie zwang sich zu einem Lachen über ihre eigene Dummheit. »Sagen wir, es lag am Wein und am Stress. Jetlag vielleicht. Ich glaube, diese Ausrede kann ich noch ein paar Tage länger benutzen.«

Sie sah, wie er die Stirn runzelte. »So einfach ist das nicht, denn ich habe dasselbe geträumt«, erklärte er sichtlich verunsichert. »Obwohl ich mir in dem Moment nicht ganz sicher war, ob es sich wirklich um einen Traum handelte. Als ich in deinem Zimmer war, bin ich irgendwann aufgewacht. Oder ich habe es eben geträumt …« Er stieß ein unfrohes Lachen aus. »Na ja, und da stand jemand neben dem Bett und hat auf mich hinuntergesehen.«

»Hat er dich angefasst?«

»Nein.« Edward sprang über ein Rinnsal, das den Pfad kreuzte, und half dann ihr hinüber. »Diese Gestalt stand einfach da und hat mich angestarrt. Ich war mir nicht einmal sicher, ob es ein Mann oder eine Frau war. Sicher bin ich hingegen, dass sie mich hasste, das habe ich deutlich gespürt.« Er schlug sich mit der geballten Faust an die Brust. »Es war eine geradezu mörderische Wut. Weil ich bei dir war. Als hätte ich kein Recht, dort zu sein. Es war ein absolut grauenhafter Traum, der in dem Moment so lebhaft war, dass ich gar nicht anders konnte, als zu glauben, ich sei wach. Ich wollte aufstehen und gehen, weil ich hoffte, dann würde der Spuk aufhören, doch die Person stand genau zwischen mir und der Tür.«

Er schüttelte den Kopf, rieb sich mit dem Handballen die Stirn.

»Träume können durchaus beunruhigend sein«, gab Zoe zu und dachte an ihre nächtlichen erotischen Erlebnisse, bei denen sie auch nicht zwischen Wahn und Wirklichkeit unterscheiden konnte.

Irrsinnig war es allemal.

»Du glaubst also nicht …«

Edward wandte sich ab, die Frage kam ihm nicht über die Lippen. Zudem erforderte der Weg mal wieder seine ganze Aufmerksamkeit, da es auf matschigem Boden steil bergauf ging.

»Wir haben gestern Abend viel getrunken«, gab Zoe zu bedenken, als sie oben ankamen. »Die Erinnerungen geraten da bisweilen durcheinander. Außerdem sind wir inzwischen fast programmiert darauf zu denken, dass mit dem Haus etwas nicht stimmt, oder? Diese ganzen Geschichten, die auf der Insel kursieren und genüsslich breitgetreten werden … Egal wie rational und unempfänglich man für solchen Unsinn zu sein glaubt, irgendwas bleibt hängen. Insofern ist es kein Wunder, wenn unsere Fantasie mit uns durchgeht und wir uns exakt das einbilden, was von uns erwartet wird.«

»Beide in derselben Nacht?«

Edward blieb bei seiner Skepsis, und Zoe wandte den Blick ab.

Auf der Höhe angekommen, wurde der Weg breiter. Zur Linken erstreckte sich bis zu den im blauen Dunst liegenden Bergen die Heide, die allerdings ihre violette Blütenpracht inzwischen weitgehend eingebüßt hatte. Zur Rechten schimmerte das Meer im Sonnenlicht, und Seevögel kreischten über ihnen am Himmel.

»Ich könnte das Tagebuch heute Abend Charles bringen, wenn du willst«, schlug Edward nach einer Weile vor. »Ich bin mit ihm zum Essen verabredet.«

»Na so was, ich ebenfalls.«

Er schüttelte grinsend den Kopf. »So ein listiger alter Fuchs. Er scheint zu glauben, wir beide sollten uns unbedingt näher kennenlernen.«

»Eigentlich halte ich das nicht für seinen Stil. Ich hatte das Gefühl, dass er die Privatsphäre anderer Leute respektiert.«

»Ich meinte nicht, dass er uns verkuppeln will«, beeilte Edward sich zu sagen. »Er bringt einfach gern Leute zusammen, er weiß schließlich, wie verloren man sich an einem Ort wie diesem fühlen kann. Außerdem gibt es im Ort nicht viele Leute, deren Interessen über den eigenen Gartenzaun hinausreichen.« Eine kleine Falte bildete sich zwischen seinen Brauen. »Ich gehe fast jeden Sonntag zum Essen zu ihm. Wir reden, hören Musik. Manchmal lesen wir Lyrik.«

»Gott. Werde ich etwa Gedichte aufsagen müssen?«

»Nicht wenn du nicht willst. Charles ist im Grunde der

einzige Mensch auf dieser Insel, den ich als Freund bezeichnen würde. Ich glaube nicht, dass ich es hier so lange ausgehalten hätte, wenn er nicht wäre. Und er macht einen fantastischen Braten.«

»Wie, besser als meiner?«

Sie schnippte scherzhaft mit einem Finger gegen seinen Arm, woraufhin er sie treuherzig ansah, eine Hand flach auf sein Herz gelegt.

»Ich kann nicht lügen – ihn muss ich nicht zuerst nackt aus dem Meer fischen.«

Wieder dieser Seitenblick unter dem Vorhang seiner Wimpern, als würde er um Erlaubnis bitten, sie aufziehen zu dürfen. Sie lachte fröhlich auf, ohne jeden Zwang. Das Grauen der Nacht schien in der Sonne verdunstet zu sein wie Nebel.

»Du wirst Charles nicht erzählen, dass du gestern hier übernachtet hast, oder?«

»Nein, natürlich nicht, wenn dir das lieber ist. Ich dachte nur, du wolltest ihn wegen dieser … Träume fragen.«

»Bloß nicht. Er denkt schon jetzt, dass es hier spukt – wie alle Insulaner. Allerdings mit dem Unterschied, dass er die Sache unter wissenschaftlichen und parapsychologischen Aspekten betrachtet.«

Obwohl er enttäuscht wirkte, nickte Edward.

»Hey, du kannst über mich reden, so viel du willst, wenn ich wieder weg bin«, fügte sie hinzu in der Hoffnung, er werde es als Witz auffassen, aber sein Lächeln war melancholisch.

Inzwischen war die Sonne mehr und mehr hinter einer Wolkendecke verschwunden, die die Insel erreicht und sich mit düsterer Endgültigkeit über die Landschaft gelegt hatte. Zeit, sich auf den Rückweg zu machen, bevor sie womöglich noch vom Regen überrascht wurden.

Plötzlich spürte Zoe, wie er sich anspannte, als ihnen in gemächlichem Tempo eine Gestalt entgegenkam. Edward murmelte einen leisen Fluch und verlangsamte seine Schritte, dann verzog er unwillig den Mund und verdrehte genervt die Augen. Offensichtlich war er wenig begeistert über die bevorstehende Begegnung.

Jetzt erkannte sie ihn ebenfalls.

Es war Doug Reid, der mit seinem seltsam schwankenden Gang auf sie zusteuerte, einen langbeinigen Hund, vielleicht einen Whippetmischling, an seiner Seite. Mit einem vordergründig freundlichen Nicken grüßte er und tippte sich mit einem Finger an die Schläfe, doch das verschlagene Grinsen und die demonstrativ hochgezogene Augenbraue waren nicht zu übersehen und sprachen Bände.

»Morgen, Leute. Schöner Tag für einen Spaziergang.«

»Du bist ungewöhnlich weit weg von zu Hause, Dougie«, spottete Edward.

»Könnte dasselbe von dir sagen, Kumpel. Dachte mir bereits, dass ich dort unten deinen Wagen erkannt habe.«

Zoe fand es absolut nicht komisch, dass er beim Haus vorbeigeschaut hatte. Was sollte das? Was hatte er da zu suchen? Wollte er sie etwa kontrollieren? Der Gedanke, dass einer so mir nichts, dir nichts auftauchte wie ein Hilfssheriff, weil er meinte, nach dem Rechten schauen zu müssen, beunruhigte sie zutiefst.

Oder hatte er ganz anderes im Sinn, was ihr mindestens genauso viel Unbehagen bereitete? Allzu gut erinnerte sie sich an die Art, wie er sie von Kopf bis Fuß gemustert und so ganz nebenbei ihre Brust gestreift hatte. Wenn ein Typ wie er sie gestern nackt beim Schwimmen erwischt hätte, nicht auszudenken. Sie beschloss, für alle Fälle das Nacktbaden in Zukunft lieber zu lassen.

»Wollte mal nachfragen, wie die junge Dame mit dem Wagen zurechtkommt«, meinte er. »Alles okay? Ölstände in Ordnung?«

»Seit gestern? Das will ich schwer hoffen«, gab sie spitz zurück, aber der Anflug von Sarkasmus schien Dougie zu entgehen.

»Na, dann ist ja alles wunderbar«, erwiderte er völlig unangekränkelt von ihrer Zurechtweisung. »Behalten Sie trotzdem das Öl im Auge. Die alte Lady muss immer schön geschmiert werden, wie das mal so ist«, fügte er mit einem anzüglichen Grinsen hinzu – dass sie ihn am liebsten mit ihren Blicken erdolcht hätte, nahm er ebenfalls nicht wahr. »Gehen Sie oft hier oben spazieren?«, fragte er stattdessen mit hinterlistiger Miene.

O Gott, hatte er etwa vor, ihr hier oben aufzulauern, überlegte Zoe und schüttelte heftig den Kopf.

»Nein? Ist doch ein hübsches Stück Küste«, fuhr er unbeirrt fort. »Ich mag die Aussicht. Allerdings gefährlich.« Er steckte die Hände in die Taschen seiner schmutzigen Jeans und wies mit einem knappen Nicken aufs Meer. »Und du kommst regelmäßig her, Edward?«

Wieder dieser zweideutige Ton.

»Warum nicht? Es gibt hier schließlich ein paar schöne Spazierwege, oder nicht?«, antwortete Edward mühsam beherrscht, was zur Abwechslung sogar Dougie bemerkte.

»Ich sollte zusehen, dass ich nach Hause komme«, versuchte

Zoe einen Befreiungsschlag, der zu ihrem Ärger das Gegenteil bewirkte.

»Soll ich mitkommen und mir das Öl ansehen?«, nutzte Dougie die unverhoffte Gelegenheit gleich aus. »Macht mir nichts aus.«

»Nein, danke. Ich bin sicher, es ist alles in Ordnung. Insofern besteht keinerlei Notwendigkeit für Ihre Begleitung«, wies sie ihn schroff zurück.

Endlich schien er zu begreifen – zumindest halbwegs – und hob die Hände, als wollte er einen Angriff abwehren.

»Na schön, Püppchen – ich wollte bloß helfen. Gehört alles zum Service. Na ja, dann lasse ich euch zwei lieber mal allein.«

Ohne die Selbstgedrehte aus dem Mund zu nehmen, steckte er zwei Finger zwischen die Lippen und stieß einen durchdringenden Pfiff aus, woraufhin der Hund sofort an seine Seite sprang. Ein letztes Salutieren, ein letztes schmieriges Grinsen, und Dougie schlenderte in die andere Richtung davon.

Was blieb, war eine stinkende Rauchfahne und das unbehagliche Gefühl, sich gerade einen Feind gemacht zu haben.

»Großartig, das wird sich bis heute Abend im ganzen Ort herumgesprochen haben«, meinte Edward mit düsterer Miene.

»Ich habe diesen Typen von Anfang nicht gemocht«, machte Zoe ihrem Ärger Luft. »Er ist mir so was von zuwider.«

»Du bist nicht die erste Frau, die das sagt. Ich habe ihn an ein paar Abenden im Pub erlebt. Wenn er trinkt, kann er regelrecht zudringlich werden. Und übergriffig.«

»Ehrlich, so richtig schlimm?«

»Wenn er genug intus hat, ja. Wobei er plumpe und kränkende verbale Entgleisungen vorzuziehen scheint, die sind seine Spezialität, damit kommt er sich wie Superman vor. Komischerweise sehen die meisten ihm das nach, obwohl er ja weiß Gott kein Charmebolzen ist. Sie denken, er meint es nicht so. Irrtum, er meint genau, was er sagt.« Nachdenklich sah er sie an. »Unter der Oberfläche schwelt bei ihm immer eine gewisse Aggression, wenn du weißt, was ich meine. Er ist einer dieser Typen, die immer versuchen, dich zu einer Reaktion aufzustacheln, deshalb gehe ich ihm nach Möglichkeit aus dem Weg. Ich nehme an, es bräuchte nicht viel, um ihn zum Ausrasten zu bringen. Kaye kann ihn nicht ausstehen – sie würde ihm am liebsten Hausverbot erteilen, Mick hingegen lässt ihn nicht fallen. Sie sind zusammen aufgewachsen, und er hat geholfen, das Haus zu renovieren. Das verbindet, selbst bei einem Ekelpaket.«

»Ich hoffe, er hat nicht vor, jeden Tag nach diesem verdammten Wagen zu sehen«, seufzte Zoe und spähte über ihre Schulter zurück, als könnte Dougie jeden Augenblick erneut hinter ihr auftauchen.

»Vielleicht hält er sich ja künftig fern, weil er zu denken scheint, dass ich bei dir ein regelmäßiger Gast bin«, scherzte Edward mit einem hoffnungsvollen Lächeln.

Ganz eindeutig war es ein ernst gemeintes, wenngleich nicht ganz uneigennütziges Angebot, auf das Zoe lieber nicht einging. Sie wich seinem Blick aus, sah stattdessen auf das dunkler werdende Meer hinaus.

»Ich sollte wirklich langsam zusehen, dass ich nach Hause komme«, sagte sie lahm.

Der Gedanke an das Tagebuch, das auf dem Küchentisch lag, trieb sie voran, gepaart mit einer Sehnsucht nach Einsamkeit, die sie mit Ailsa teilen wollte, mit niemandem sonst. Sich in der eigenartigen Stille des verwunschenen Hauses in diese unglaubliche Geschichte zu vertiefen, wog mehr als jeder Wunsch nach Geselligkeit.

Und Edward?

Nun ja, wenn es ihn nach ihr und ihrer Gesellschaft verlangte, würde er lernen müssen, sie mit dem Haus zu teilen.

11

15. Oktober 1869

Was ist aus mir geworden?
Ich war eine angesehene Frau, bevor ER gekommen ist. Angesehen! Was bedeutet ein solches Wort? Es bedeutet einerseits, dass ein Mann sich für mich verbürgt und mir meinen Platz in der Welt garantiert. Andererseits bedeutet es für eine Frau das Leugnen von Appetit, Neugier und Verlangen sowie das Verleugnen des eigenen Körpers. Insgesamt gesehen, bedeutet es zu lernen, weniger zu sein, als man ist, als man zu sein wünscht, um den eigenen Vater, den Ehemann, den Bruder nicht zu beschämen – all jene Männer, deren Ruf so empfindlich ist, dass er durch ein unvorsichtiges Wort oder einen unvorsichtigen Blick der Frau beschmutzt werden könnte.
Wie oft wurde ich ermahnt, mich weniger sichtbar zu machen, von frühester Kindheit an?
»Schling dein Essen nicht hinunter, Ailsa. Öffne nicht die Bücher deines Vaters, Ailsa. Stell nicht so viele Fragen. Sprich englisch, Mädchen, nicht gälisch, es sei denn, du willst einen Fischer heiraten. Lauf nicht an der Küste umher, Ailsa, achte auf deine Röcke! Vergisst du etwa, dass du eine Tochter der Kirche bist?«

Ich durfte nie etwas vergessen.
Es war meine Pflicht, angesehen zu sein. Zunächst als die Tochter eines Geistlichen und später als die Ehefrau eines reichen Mannes. Und jetzt bin ich keines von beidem mehr. Beide sind tot, der brüchige Lack meines Ansehens ist abgeblättert, und ich lebe losgelöst von der Gesellschaft, stehe außerhalb von ihr. Man hat an mir ein Exempel statuiert. Ich bin eine Geächtete, und das nur, weil ER mich aus meinem Schlummer erweckt hat. Und wem ist die Schuld daran zu geben außer meinem ehrenwerten Ehemann, der mich lediglich als Objekt betrachtet hat, mit dem er experimentierte und an dem er seine abartigen Ideen ausprobieren konnte? Was ich dachte und wollte, spielte keine Rolle.
Für den Gewinn von Wissen und Erkenntnis ist eben ein Preis zu bezahlen, das wurde uns als Kindern bereits anhand der Geschichte Evas eingetrichtert, die vom Teufel zum Ungehorsam verführt wurde. Ich hatte immer Mitleid mit ihr, weil sie schwach war – jetzt verstehe ich sie. Denn ich habe ebenfalls einen Pakt geschlossen, der mein Untergang sein wird.
ER hat mich erweckt, und ER wird mich verzehren.
Es hat bereits begonnen, ich spüre, wie ich von innen zerfressen werde. Und wenn meine Kraft nachlässt und ich am Ende bin, was bleibt dann für ein Kind wie meines in einer Welt, die es aufgrund seiner Geburt verurteilt und abgelehnt hat? Wie kann ich meinen allerliebsten Jungen, mein Herzblut, Fleisch von meinem Fleisch, der Grausamkeit und Geringschätzung von Männern oder – unendlich schrecklicher – IHM ausliefern? Und ER wird

sich letztendlich nicht abweisen lassen, wird sich nehmen, was ER will. Das habe ich am eigenen Leib erleben müssen, und nun will er meinen Sohn. Es wird zu Ende gebracht werden, auf die eine oder andere Weise.

20. Oktober 1869

Advokat Bonar ist heute Morgen gekommen, um meinen Letzten Willen mit mir zu erörtern. Er besteht darauf, dass seine Ehefrau ihn begleitet, damit er nicht ins Gerede kommt und ihm schließlich der Geruch von Unschicklichkeit anhaftet. Sie bringt immer ihre Näharbeit mit und sitzt mit abweisender Miene in einer Ecke, die Lippen geschürzt und den Blick abgewandt, als würde ein fauliger Gestank sie belästigen oder als könnte sie sich hier eine peinliche Krankheit zuziehen. Es amüsiert mich, sie aufzuziehen, indem ich zu jedem Gesetzespunkt, den ihr Ehemann mir erläutert, ihre Meinung einhole.

»Oh, was halten Sie davon, Mrs Bonar?«, frage ich, während ich mich mit einem breiten Lächeln zu ihr umwende.

»Ich bin sicher, dass ich keine Meinung habe, Mrs McBride«, entgegnet sie. »Das Gesetz ist das Geschäft meines Ehemanns. Ich beschränke mich auf meinen eigenen Bereich.«

Sie weiß, dass ich meinen Spaß mit ihr treibe, doch sie muss mir gegenüber den Anschein der Höflichkeit wahren, weil ich reich und die beste Mandantin ihres Ehemanns bin. Verrückte, Luder, Hexe, Hure: All das mögen sie mich nennen, und ich bin sicher, auch sie tut es mit Genuss, aber ich bin es, der der Boden unter ihren Füßen gehört, und das zählt letztlich in dieser Welt.

Bonar hat mich erneut zu überreden versucht, alles zu

verkaufen und in ein milderes Klima überzusiedeln, meiner Gesundheit zuliebe. Er hat bemerkt, dass ich mit jedem Mal, wenn er mich sieht, blasser und abgespannter wirke. Ich fände keinen Schlaf, habe ich mich rausgeredet, und er schien es dabei zu belassen, doch dann drängte er mich, an meinen Sohn zu denken und zu überlegen, wer für ihn sorgen werde, falls mir etwas zustoßen sollte, Gott behüte. Das waren seine Worte: Gott behüte. Erneut lehnte ich ab. Wir können diesen Ort nicht verlassen – es gibt kein Entkommen vor IHM. Mein Bruder William ist als Vormund meines Kindes benannt. Zum Schein, denn diese Situation wird nicht eintreten. Alle materiellen Güter, die mein Ehemann mir hinterlassen hat, vermache ich William und seinen Erben. Vielleicht zählt das als eine Art Wiedergutmachung.
T. hat sich während ihres Besuchs im Turm versteckt. Mrs Bonar hat sich nach ihm erkundigt und wollte ihn unbedingt sehen. Daraufhin habe ich ihr erklärt, dass er nicht so ist wie andere Kinder und keine andere Gesellschaft als meine erträgt. Soll sie darüber denken, was sie will.

30. Oktober 1869

Ich habe solche Angst. Die Stürme sind wiedergekehrt, und wir finden keinen Frieden, weder Tag noch Nacht. Allerheiligen naht, und es ist, als ob ich auf meine eigene Hinrichtung warte und das Ticken der Uhr mir das Ablaufen meiner Lebenszeit anzeigt. Ich kann nicht beten – zwar versuche ich es, aber die Worte bleiben mir in der Kehle stecken. Törichter Gedanke! Diesen Trost habe ich eingebüßt, als ich mich zum ersten Mal

so bereitwillig SEINER Umarmung hingab. Ich habe mein silbernes Kreuz dem Jungen um den Hals gehängt, wenngleich er immer wieder daran zieht und es, wie ich befürchte, abnimmt, sobald er meinen Blicken entzogen ist. Irgendwie muss ich das zu unterbinden suchen. Er hat mit seinen sieben Jahren keinen Sinn für die Gefahr, die ihm droht. Und von welchem Nutzen bin ich, wenn ich meinen Sohn nicht beschützen kann? Ich würde mir mit Freuden selbst die Kehle durchschneiden, wenn ich ihn dadurch retten könnte. Nur weiß ich, dass selbst dieses Opfer nicht ausreichen würde. Wie auch immer. Jedenfalls werde ich nicht zulassen, dass er mir genommen wird – ich werde es nicht zulassen! Er ist alles, was ich habe, und ich bin seine ganze Welt. Beide können und werden wir eine Trennung nicht hinnehmen. Ich werde ihn fester halten als jeden Liebhaber – immerhin ist er die große Leidenschaft meines Lebens, meine einzige beständige Liebe, und ich werde ihn vor allem Bösen beschützen, jetzt und in alle Ewigkeit. Egal, um welchen Preis. Das ganz allein ist meine Pflicht.
Der Tag naht, und ich denke oft an meinen Vater und an die heiligen Schriften, die er mich auswendig lernen ließ.
»Ihr seid von dem Vater, dem Teufel, und nach eures Vaters Lust wollt ihr tun. Derselbige ist ein Mörder von Anfang und ist nicht bestanden in der Wahrheit; denn die Wahrheit ist nicht in ihm.«
Oder sein Lieblingsspruch, den meine Mutter auf ein Stück Stoff stickte, das stets über unserem Herd hing: »Denn der Sünde Lohn ist der Tod.«
Amen. Es ist Zeit zu gehen. Lass, o Herr, deine Gnade über uns walten.

Zoe, die in der Galerie saß, klappte das Tagebuch zu, als ein Geräusch aus dem Erdgeschoss sie erschreckte. Sie war so vertieft in Ailsas Bekenntnisse gewesen, dass sie jedes Zeitgefühl verloren hatte. Inzwischen schwand draußen bereits das Licht, und die Dämmerung überzog das Meer mit einem blässlichen Schimmer, der an Nebelschwaden erinnerte. Sie stand auf und streckte sich, bald war es an der Zeit, sich für das Abendessen bei Charles fertig zu machen. Wieder glaubte sie von unten ein schwaches Geräusch zu hören. Eine Bodendiele, die knarrte? Ja, das musste es sein, jemand ging im Erdgeschoss auf und ab.

Sei nicht albern, rief sie sich zur Ordnung und schlich zur Treppe, um über das Geländer zu spähen. Als sie nichts mehr hörte, schaltete sie das Licht an und stieg langsam nach unten, hielt auf jeder Stufe inne und lauschte angestrengt.

Vielleicht waren es ja die Rohre, die manchmal beängstigende Geräusche von sich gaben, beruhigte sie sich, und dennoch schlug ihr das Herz bis zum Hals. Auf Zehenspitzen schlich sie zur Küche, die sie zu ihrer Erleichterung leer vorfand. Prüfend ließ sie den Blick durch den Raum schweifen. Nichts schien in Unordnung zu sein. Keine Fußabdrücke auf den Bodenfliesen oder zumindest keine fremden.

Trotzdem wurde Zoe das Gefühl nicht los, dass kurz zuvor jemand in diesem Raum gewesen war – sie glaubte fast spüren zu können, wie sich die Luft noch immer bewegte.

Bestimmt lag es an diesen letzten Tagebucheinträgen, sagte sie sich. Vielleicht war Ailsas Angst ja ansteckend, und der Zwiespalt, in dem sie wegen ihres Sohnes steckte, musste ein Albtraum für jede Mutter sein. Das Grauen schlechthin!

Zoe stützte sich schwer auf eine Stuhllehne und atmete lange und zitternd aus. Ailsas Worte hatten sie bis ins Mark getroffen, hatten ihren schützenden Panzer durchbohrt und ihr Herz mit genau den Schuldgefühlen bombardiert, die sie zu vergessen versucht hatte. Ailsa hatte recht: von welchem Nutzen war eine Mutter, die ihr Kind nicht beschützen konnte? Und was war mit einer Mutter, die ihr Kind zurückgelassen hatte? Sie sollte bei Caleb sein und nicht Tausende Meilen entfernt. Vielleicht war es ja das, was Ailsas Tagebuch ihr aufzeigen sollte. Den Weg nach Hause.

Beklommen steckte sie es in ihre Tasche, um sogleich in Gedanken wieder zu der unglücklichen Frau zurückzukehren, die keinen Ausweg mehr gewusst zu haben schien. Was hatte Ailsa an Allerheiligen getan, nachdem sie ihr Tagebuch zum letzten Mal geschlossen hatte? Würde je die Wahrheit herauskommen?

Ein fernes Geräusch ließ Zoe zusammenzucken. Eine Tür, die vom Wind zugeschlagen wurde. Bestimmt bildete sie sich das bloß ein. Wie Ailsa, bei der sich ebenfalls die Wahrnehmung verschoben hatte. Arme Frau.

Zeit zu gehen, dachte sie nach einem Blick auf die Uhr.

12

Charles öffnete ihr die Tür, eine gestreifte Schürze vorgebunden, die Ärmel hochgekrempelt, die Hände mit Mehl bestäubt. Dadurch wirkte er weniger professoral, sondern eher großväterlich. Ein kräftiger Bratengeruch umgab ihn. Horace folgte ihm auf den Fersen, nahm sie mit milder Neugier zur Kenntnis, stieß ein halbherziges Bellen zur Begrüßung aus und trottete in Richtung Küche davon.

»Sie haben uns gefunden! Treten Sie ein!« Charles' Augen funkelten, als er sie in einen kleinen Flur bat. »Edward sagt, Sie haben eine Überraschung für mich?«

Zoe fühlte sich überrumpelt, jetzt blieb ihr definitiv nichts anderes übrig, als Charles und keinem anderen das Tagebuch auszuhändigen. Okay, sie hätte es auch von sich aus getan, aber irgendwie war sie verstimmt.

»Er hat es Ihnen also erzählt?«

»Lediglich andeutungsweise. Dass Sie etwas sehr Aufregendes mitbringen, mehr nicht. Im Grunde hat er ein großes Geheimnis darum gemacht. Ich war kurz davor, ausgefeilte Verhörtechniken anzuwenden. Könnte er diese Flasche Wein gemeint haben, frage ich mich?«

Zoe lächelte und überreichte ihm ihr Mitbringsel, während er sie in eine großzügige Küche führte, in der der Braten in einer riesigen Kasserolle vor sich hin schmorte. Edward lehnte am Küchentresen mit einem Glas Rotwein in der Hand und warf ihr ein verschwörerisches Lächeln zu. Ungeachtet der kleinen Missstimmung wegen des Tagebuchs freute sie sich, ihn zu sehen.

»Du hast mir die Schau gestohlen«, sagte sie gespielt vorwurfsvoll.

Wie zur Verteidigung hob er die Hände. »Er hat nichts Konkretes von mir erfahren, das wollte ich dir überlassen.«

»Wird einer von euch beiden mich von meinem Elend erlösen? Rot oder weiß?« Charles wandte sich an Zoe, eine Flasche in jeder Hand.

»Für mich Wasser, danke. Ich bin mit dem Wagen da«, erklärte sie.

Charles richtete seine klarblauen Augen auf sie, denen nichts zu entgehen schien.

»Sehr vernünftig«, lobte er und stellte die Flaschen auf den Tisch. »Besser auf Nummer sicher gehen.«

»Wann wirst du es ihm zeigen?«, drängte Edward.

»Sie werden sich zuerst die Hände waschen müssen«, wandte sie sich daraufhin grinsend an Charles, der sie verständnislos ansah.

»Na dann«, meinte er und folgte ihrer Aufforderung, um sodann erwartungsvoll an den Tisch zurückkehren, wo Zoe soeben das in Leder eingewickelte Päckchen aus ihrer Tasche fischte und es in seine offenen Hände legte.

Mit Bedauern nach wie vor, denn zu gern hätte sie mehr Zeit allein mit Ailsas Aufzeichnungen gehabt – und nicht zuletzt mit den verstörenden Zeichnungen, die ihr ein einziges Rätsel waren.

Charles' Augen weiteten sich ungläubig, als er erkannte, was er da in seinen Händen hielt. Was immer der Professor erwartet hatte, das hier gewiss nicht. Er beugte sich über das Buch, als würde er ein Neugeborenes vor sich haben, das er vorsichtig aus seiner Kleidung schälen musste, und schob die Verpackung Stück für Stück zurück. Als er die erste Seite aufschlug, war bis auf das Blubbern der Kasserolle und das rhythmische Schlagen von Horace' Schwanz kein Laut in der Küche zu hören. Für einen Moment schien Charles zu schwanken, fing sich jedoch sogleich wieder, und als er Zoe anschaute, standen Tränen in seinen Augen.

»Unfassbar – danach suche ich schon so viele Jahre. Ich dachte, es sei vernichtet worden. Wie ist es so plötzlich zu Ihnen gekommen?«, fragte er mit bebender Stimme.

In dem Moment fiel ihr auf, wie seltsam diese Formulierung sich anhörte. Als besäße das Buch ein Eigenleben und hätte aus freiem Willen den Weg zu ihr gefunden.

»Es war im Kaminabzug versteckt«, warf Edward ein. »Wir haben es gestern Abend entdeckt.«

Zoe warf ihm einen warnenden Blick zu. Zu spät, denn Charles hob bereits den Kopf vom Buch und sah sie wissend und mit spöttisch hochgezogenen Augenbrauen an. Er wusste, wie sie den Abend verbracht hatten, aber es würde ihm nicht im Traum einfallen, danach zu fragen.

»Es war purer Zufall«, erklärte sie. »Eine Möwe hatte sich im Schornstein verfangen, und durch ihr Herumflattern haben sich zwei Backsteine gelöst. Genau dahinter befand sich ein Hohlraum mit dem Buch.«

»Außergewöhnlich.« Charles strich mit einer Hand über den Umschlag, schüttelte den Kopf und starrte mit beinahe väterlicher Zärtlichkeit auf den Band. »Wie oft habe ich Mick gebeten, das Gemäuer auf Verstecke zu untersuchen, als er mit der Instandsetzung begann. Mich wollte er nicht ranlassen. Sie wissen ja, was er von meinen Nachforschungen hält … Sie haben ihm hoffentlich nichts von dem Fund erzählt, oder?«, fügte er fast ängstlich hinzu.

Edward kam ihr mit der Antwort zuvor: »Ich habe Zoe geraten, dass sie es zuerst Ihnen geben sollte.«

Er bemühte sich, Charles zu gefallen, dachte Zoe und fühlte sich irgendwie an ihre Schulzeit erinnert.

»Danke«, wandte der Professor sich an sie, den Kopf ehrfürchtig geneigt. »Sie können sich nicht vorstellen, wie viel mir das bedeutet. Und jetzt lasst uns essen.«

Er reichte Zoe das Tagebuch, während er die Kasserolle nahm und seine Gäste ins Esszimmer führte, wo ein schwerer Eichentisch mit Silberbesteck und Kerzenständern hübsch altmodisch für drei Personen gedeckt war. Das geräumige, aus dem regionalen braunen Stein errichtete Haus wirkte von außen ziemlich symmetrisch, wartete hingegen innen mit allerlei Nischen und Erkern auf, mit Schrägen, die von alten Holzbalken gestützt wurden, was dem Ganzen eine sehr individuelle und gemütliche Atmosphäre verlieh.

Bis vor zwei Jahrzehnten sei es das Pfarrhaus gewesen, erklärte Charles, der die Kasserolle auf einem Untersetzer abstellte und zwei dicke Bienenwachskerzen anzündete. Die Kirche habe es aus Ersparnisgründen verkauft und den Pfarrer in einem kleinen, modernen Reihenhaus untergebracht.

»Dann hat hier bereits Ailsas Vater gelebt?«, erkundigte Zoe sich und ließ den Blick über die grob verputzten Wände, den pockennarbigen steinernen Sturz über dem Kamin und die Fensterlaibungen schweifen, die zeigten, wie dick die Wände waren. »War er nicht Reverend?«, hakte sie nach, als sie nicht sofort eine Antwort erhielt.

»So ist es. Eine inspirierende Duplizität, dass sie in diesen Zimmern aufgewachsen ist, in denen ich jetzt wandele.«

Unwillkürlich blickte Zoe zur Tür, als könnte sie das Kind Ailsa dort stehen sehen. Es war schwer, sich diese ernste Frau mit dem strengen Haarknoten und den obsidianfarbenen Augen als kleines Mädchen vorzustellen.

»Wissen Sie, ob sie eine glückliche Kindheit hatte?«

»Ich fürchte nein.« Charles verzog das Gesicht. »Sie war erst zehn, als ihre Mutter bei Williams Geburt starb, und ihr Vater achtete auf strenge Disziplin, wie es sich eben für einen viktorianischen Pfarrer gehörte. Seinen erhalten gebliebenen Papieren zufolge nehme ich an, dass die Vorstellung von Sünde – und der besonderen Anfälligkeit einer Frau dafür – bei ihrer Erziehung eine große Rolle spielte.«

»Das arme Kind«, murmelte Zoe und erhob sich, um das Tagebuch wegzulegen – dabei fiel ihr ein silberner Gegenstand auf, der in einer mit Samt ausgekleideten Schatulle in der Vitrine lag.

»Was ich mich immer gefragt habe«, ergriff Edward das Wort, »ob Sie dieses Haus wegen Ailsa gekauft haben oder ob Sie sich wegen des Hauses für sie zu interessieren begannen?«

Charles lächelte. »Auf dieser Insel kann man nicht leben, ohne sich für Ailsa zu interessieren, egal wie sehr die Drummonds sich bemühen, die Erinnerung an sie auszulöschen.

Ich beschäftige mich seit sehr, sehr langer Zeit mit ihrer Geschichte.«

»Das da ist ja Ailsas Kreuz.« Zoe tippte die Scheibe der Vitrine an. »Dasjenige, das sie auf der Fotografie trägt.«

»Das da?« Charles schüttelte den Kopf. »Nein, das hat meiner Großmutter gehört. Es ist ein traditionelles Design, das von einem hier ansässigen Silberschmied hergestellt wurde. War damals sehr beliebt, in dem Souvenirshop am Fährhafen kann man nach wie vor billige Nachbildungen kaufen.«

Zoe betrachtete angelegentlich das Kreuz. Obwohl sie die Fotografie nur ein einziges Mal gesehen hatte, war sie sich ganz sicher, dass es sich um Ailsas Anhänger handelte und nicht bloß um ein ähnliches Design. In jener Nacht, in der Ailsas Gesicht im Fenster aufgetaucht war, hatte sie jeden winzigen eingravierten Schnörkel, jede angelaufene Stelle in ihrem Gedächtnis gespeichert. Bei allen Bedenken, ob Traum oder nicht, was das Kreuz anging, irrte sie nicht.

Charles hatte inzwischen den Deckel der Kasserolle angehoben und rührte die sämige braune Masse um.

»Sie sind keine Vegetarierin, hoffe ich«, wandte er sich an Zoe. »Ich hätte vorher fragen sollen.«

»Und selbst wenn ich es wäre, würde ich hierfür schwach werden«, erwiderte sie verbindlich und nahm am Tisch Platz. »Es riecht köstlich.«

»Wildragout«, erklärte Charles stolz und häufte eine große Portion auf ihren Teller. »Ein Freund hat Grundbesitz in Ayrshire, er versorgt mich zu Beginn der Jagdsaison regelmäßig. Das hier ist ein traditionelles einheimisches Gericht, abgewandelt mit meiner eigenen Geheimzutat.«

»Zauberpilze«, flüsterte Edward hinter vorgehaltener Hand.

»Na toll – werde ich jetzt etwa anfangen zu halluzinieren?«, spielte sie lachend mit.

»Im McBride-Haus würdest du den Unterschied kaum erkennen«, entgegnete Edward süffisant. »Genau wie die arme alte Ailsa. Vielleicht war es das, was sie genommen hat.«

In diesem Moment fuhr Charles wie elektrisiert herum.

»Ich habe das Gefühl, ihr beide seid mir gegenüber im Vorteil, weil ihr bereits so einiges gelesen habt. Wie kommt ihr darauf, dass Ailsa an Halluzinationen gelitten hat?«

»Schwer zu sagen. Es gibt Stellen, die …« Edward zögerte, und Röte stieg ihm in die Wangen, »also, die sehr freizügig sind. Und wenn sie die Begegnungen mit ihrem Liebhaber schildert, ist nicht immer klar, ob es echt ist oder lediglich in ihrem Kopf stattfindet. Oft klingt es, als würde sie es selbst nicht wissen.«

»Interessant.« Charles füllte den letzten Teller und setzte den Deckel wieder auf die Kasserolle. »Extreme Isolation kann tiefgreifende Auswirkungen auf die Psyche haben, wisst ihr. Das ist hinreichend dokumentiert. Wenn man sich Berichte einsamer Segler, Bergsteiger, Gefangener in Isolationshaft oder mittelalterlicher Einsiedler ansieht – sie alle weisen dasselbe Phänomen auf. Akustische und visuelle Halluzinationen und ein allumfassendes Gefühl von Unwirklichkeit – eine Art Verschwinden, wo die Grenzen zwischen dem Selbst und der materiellen Welt zu verschwimmen beginnen. Ich habe es selbst erlebt. Nehmt euch Gemüse.«

»Wirklich? Wo denn?« Neugierig beugte Zoe sich vor, die Gabel auf halbem Weg zum Mund.

»Vor vielen Jahren bin ich einmal einen Pilgerweg durch Bhutan gegangen«, begann er und machte eine Handbewegung, die zu signalisieren schien, das alles liege zu weit zurück, um sich zu erinnern. »Ich war drei Monate allein, hatte niemanden zum Reden, da selbst in den Klöstern fast völlige Stille herrschte. Der Verstand schlägt unter solchen Umständen außergewöhnliche Purzelbäume. Ich habe einen ganzen Tag lang auf meiner Wanderung ein tiefgehendes und faszinierendes Gespräch mit einem Mann geführt, und erst später wurde mir bewusst, dass es ihn, nach allen objektiven Maßstäben, gar nicht gegeben hatte.«

»Und Sie dachten nicht, dass Sie im Begriff seien, den Verstand zu verlieren?«

»Natürlich fragt man sich das.« Er lächelte. »Aber unsere Kultur hat sich für eine sehr eingeschränkte Definition der Wirklichkeit, und daher auch von Träumen und Wahnsinn, entschieden. Ich habe mich seit jeher für Erfahrungen interessiert, die diese Grenzen transzendierten. Haben Sie je Ayahuasca genommen, diesen psychedelischen Pflanzensud?«

Zoe schüttelte den Kopf, schwankte inzwischen, ob sie Charles für einen abgewrackten Althippie oder für einen Weisen halten sollte. Zumindest fand sie seine Theorien im Licht ihrer jüngsten Erfahrungen hochinteressant.

»Zugegeben, das ist nicht jedermanns Sache«, fuhr er munter fort. »Jedenfalls habe ich alles detailliert festgehalten, worüber ich an jenem Tag mit meinem imaginären Reisegefährten redete. Wir diskutierten über die Seele, alles bei völlig klarem Verstand, und als ich den Mönchen bei meinem nächsten Klosteraufenthalt davon erzählte, nickten sie, ohne mit der Wimper zu zucken. Das Verständnis der Realität unterliegt großen kulturellen Schwankungen, wisst ihr. Allerdings sind solche Erlebnisse verstörend, insofern würde ich sie nicht durch stimulierende Substanzen heraufbeschwören, das kann ich euch versichern. Abgesehen von dem hier.«

Er hob die Flasche, zwinkerte Edward zu und schenkte ihm ein großes Glas Rotwein ein.

»Akustische Halluzinationen«, wiederholte Zoe, während sie darüber nachdachte. »Stimmen hören, meinen Sie?«

»Genau. Dafür gibt es eine solide wissenschaftliche Theorie. Das menschliche Gehirn ist so verdrahtet, dass es Geräusche in Sprache überträgt. Wenn ihm eine Zeit lang keine echte Sprache zugeführt wurde, fängt es an, andere Geräusche als Sprache zu interpretieren. Daher findet man häufig Berichte von Polarforschern oder Seglern, die Gesänge oder Rufe im Wind hören. Vielleicht haben sogar die Sagen von Meerjungfrauen und Sirenen hier ihren Ursprung. Charles Lindbergh, der berühmte Flieger, hat berichtet, dass er auf seinem einsamen Flug über den Atlantik deutlich eine Stimme hörte – dabei war ihm bewusst, dass es nichts anderes war als das Brummen und Tuckern des Motors.«

»Man hört Gesänge, und es ist bloß der Wind?«, vergewisserte sich Zoe, die zum ersten Mal seit Tagen das Gefühl hatte, vernünftige Erklärungen für seltsame Phänomene zu bekommen.

»Meinen Sie, die Isolation hat Ailsa in den Wahnsinn getrieben?«, wollte Edward wissen.

»Es handelt sich hier nicht um Wahnsinn, genau das ist der Punkt.« Charles stellte sein Glas ab und wandte sich mit ernster Miene zu seinem jungen Freund um. »Es gibt zahlreiche psychiatrische Untersuchungen, die an Gefangenen in Isolationshaft durchgeführt wurden. Die Symptome, die sie aufwiesen, waren nicht typisch für eine Geisteskrankheit, als die wir Wahnsinn im Allgemeinen definieren. Stille und Einsamkeit haben ganz bestimmte Auswirkungen auf das Gehirn. Es ähnelt eher der Erfahrung eines religiösen Mystizismus. Oder umgekehrt dem, was wir vielleicht als Heimsuchung bezeichnen würden.«

Zoe war sichtlich beeindruckt. »Sie meinen, die Leute könnten Ailsa für verrückt gehalten haben, während sie selbst vielleicht an eine Art Heimsuchung glaubte – und in Wirklichkeit war es keins von beidem, sondern sie hat lediglich an wissenschaftlich nachweisbaren Auswirkungen der Isolation gelitten? Ist ja irre!«

»Es ist ein Erklärungsmuster, mehr nicht. Eines unter vielen«, erwiderte Charles gelassen.

Für eine Weile aßen sie schweigend, jeder in seine Gedanken versunken. Zoe so sehr, dass sie für eine Schrecksekunde die weiche Hundeschnauze von Horace für eine Begegnung der anderen Art hielt. Charles lockte ihn zu sich.

»Ignorieren Sie ihn einfach«, riet Charles ihr. »Er ist eine furchtbare Dramaqueen, macht jeden glauben, er bekommt nie genug zu fressen.«

»Und was ist mit dem Kind? Das kann sie sich kaum eingebildet haben, oder?« Edward suchte nach wie vor nach logischen Erklärungen und blickte in die Runde, als würde er sich an ein Debattierforum wenden. »Das heißt, irgendwann muss es einen echten Liebhaber gegeben haben. Vielleicht hat er sie verlassen, und sie war so unglücklich darüber, dass sie anfing, von Sex mit ihm zu halluzinieren.«

Charles stieg auf seine Überlegungen nicht ein, ihn beschäftigten ganz andere Dinge.

»Die Einträge sind sehr freizügig, fandet ihr? Ungewöhnlich

für eine Frau, die mit einer extrem strengen Vorstellung von Sünde und Scham erzogen wurde. Das verstehe ich nicht ganz.«

»Vielleicht hat erst diese Unterdrückung ihre Fantasie so richtig angeheizt«, warf Zoe ein. »Verbotene Früchte, ihr wisst ja.«

»Was hat es eigentlich mit diesem Gerücht auf sich, dass das Haus irgendwie mit sexueller Ausschweifung in Verbindung steht?«, erkundigte sich Edward, wobei er Zoes Blick mied. »Wann genau kam das auf? Bevor oder nachdem Ailsa in Verruf geriet?«

Charles schob sich eine Gabel Ragout in den Mund und kaute ausgiebig, bevor er antwortete.

»In seiner heutigen Form handelt es sich vermutlich um eine spätere Ausschmückung. Allerdings war dieses Stück Land seit jeher mit seltsamen Assoziationen verbunden. In vorrömischer Zeit war es eine heilige Stätte für alle möglichen Kulte.«

Zoe beugte sich vor. »Für welche zum Beispiel?«

»Menschenopfer«, spekulierte Edward, doch der Professor schüttelte missbilligend den Kopf.

»Ein gebildeter Mann, mein lieber Edward, sollte wissen, dass es keinen schlüssigen Beweis gibt, der auf die Praxis des Menschenopfers bei den Kelten hinweist.«

»Haben Sie nicht selbst gesagt, man habe im Fundament des Hauses Knochenreste gefunden – zu der Zeit, als McBride die alte Kapelle abreißen ließ?«, protestierte Edward. »Sie sind in dem Museum auf dem Festland zu besichtigen.«

»Ja, schon. Aber ich habe desgleichen gesagt, dass es keinen Anhaltspunkt für einen Ritualmord gibt.« Charles zuckte resigniert die Schultern. »Legenden bleiben im Gedächtnis der

Leute, historische Erkenntnisse nicht. So ist das nun mal. Im zwölften Jahrhundert lebte ein Einsiedler in der Kapelle, ein Mystiker, der angeblich täglich den Versuchungen eines Dämons widerstand, der ihn in Gestalt einer schönen Jungfrau zu verführen suchte – das verarbeitete er in durchaus pikanten Gedichten. Im Fall von Ailsa halte ich es persönlich für weitaus wahrscheinlicher, dass ihre Erweckung auf den Einfluss ihres Ehemanns zurückgeht. Er könnte sie entsprechend konditioniert haben, um bestimmte Ergebnisse zu erzielen.«

»Mit seinen Experimenten«, ergänzte Zoe düster.

»Darüber schreibt sie ebenfalls in ihrem Tagebuch«, meldete Edward sich zu Wort. »Wie konnten sie um Himmels willen eine derartige Wirkung auf Ailsa haben? Was hat er genau getan – sie hypnotisiert?«

Charles nahm einen großen Schluck Wein. »Ich möchte darüber nicht spekulieren, ohne ihre Aufzeichnungen gründlich studiert zu haben. Von Rechts wegen sollte ich euch beide jetzt mit eingepackten Essensresten nach Hause schicken, damit ich mich an die Arbeit machen kann.«

Wenngleich er es scheinbar spöttisch meinte, entdeckte Zoe die Gier in seinen Augen und wusste, dass er genau das liebend gerne tun würde: sie vor die Tür setzen. Ailsas Tagebuch übte auf alle, die damit in Berührung kamen, eine übermächtige Anziehungskraft aus.

»Ich glaube, Charles weiß mehr, als er uns sagt«, entfuhr es ihr.

Seine Miene blieb unergründlich. »Und ich glaube, wir sollten mit dem Ragout fertig werden und uns dem Apfelcrumble zuwenden«, verkündete er in einem Ton, der das Thema Ailsa McBride für den Augenblick beendete.

Es war fast halb elf, als Edward sich gähnend auf seinem Platz am Kamin rekelte und streckte und murmelte, er sollte bald nach Hause gehen. Nach dem Crumble hatten sie Kaffee getrunken und eine Runde Scrabble gespielt, zu der Zoe mühsam überredet werden musste. Wie befürchtet, wurde es ein intellektuelles Gefecht zwischen den beiden Männern, die sich an Erfindungsreichtum nichts schenkten. Dennoch schlug sie sich besser als erwartet.

Außerdem waren ihre verworrenen Gedanken noch ganz bei Ailsa und ihrem Tagebuch und Tamhas McBrides Experimenten, über die Charles offenbar höchst ungern sprach. Irgendwie kam es ihr vor, als würde er, ähnlich wie sie, gerne einen Exklusivanspruch auf das Tagebuch und auf die Deutungshoheit erheben. Sie beschloss, ihm demnächst, wenn sie alleine waren, einen Tausch anzubieten: ihre Informationen gegen seine.

»Ich kann dich zu deinem Wagen bringen, wenn du willst?«, bot Edward ihr an, als er seine Jacke anzog.

Einerseits gerührt, andererseits unsicher, welche Erwartungen er damit verbinden mochte, lehnte sie ab.

»Danke, lieb von dir, ich bleibe noch und helfe beim Abwasch.«

»Na, das wäre wirklich sehr freundlich«, erklärte Charles prompt, der offenbar ihre Beweggründe durchschaut hatte.

So schnell indes gab Edward sich nicht geschlagen. »Soll ich …?«

»Sie haben mit Ihrer Zeit Wichtigeres anzufangen, mein Freund«, fuhr Charles dazwischen. »Von so banalen Aufgaben wie dem Abwasch sind Sie entbunden.«

Obwohl er erneut zum Protest ansetzte und etwas von

»Landkarten ausmalen« murmelte, expedierte ihn Charles unerbittlich zur Tür hinaus. Edward schaffte es gerade noch, Zoe durch ein Handzeichen zu signalisieren, dass er sie anrufen werde. Dann schloss sich die Haustür hinter ihm.

»Also.« Charles ließ heißes Wasser in die altmodische Porzellanspüle laufen und krempelte die Ärmel hoch. »Ich spüle, Sie trocknen ab. In der zweiten Schublade hinter Ihnen sind saubere Geschirrtücher. Und dann können Sie mich alles fragen, was Sie beschäftigt«, fügte er hinzu.

»Okay.« Mit dem Geschirrtuch in der Hand nahm sie neben ihm Aufstellung. »Zunächst einmal. Ich glaube nicht an Geister.«

»Natürlich nicht.«

»Oder Magie.«

»Sehr vernünftig.«

»Das Haus hingegen, da gibt es Dinge, die ich mir nicht erklären kann.«

»Aha.« Er reichte ihr einen seifigen Essteller und nickte.

»Was Sie vorhin sagten, dass Leute Stimmen im Wind hören, weil sie zu lange allein waren – das erschien mir logisch. Weil es eine rationale Erklärung ist, oder?«

»Durchaus.«

»Trotzdem ist alles so komisch. Ich bin erst seit drei Nächten hier und war gestern Nacht nicht einmal allein im Haus, und es ist wieder passiert.«

»Ich wollte nicht neugierig sein«, erwiderte er und reichte ihr ein Weinglas. »Passen Sie mit denen auf, die sind sehr alt«, fuhr er völlig zusammenhanglos fort.

»Nicht dass Sie es falsch verstehen, Edward ist zum Essen bei mir vorbeigekommen.«

Charles gab keinen Kommentar ab, wenngleich sie den Anflug eines nachsichtigen Lächelns bemerkte.

»Und außerdem habe ich mich gefragt, ob mir diese Dinge – die Träume, meine ich, und die Stimmen – allein deshalb passieren, weil man mir diese Geschichten über das Haus erzählt hat und mein Gehirn jetzt darauf programmiert ist, sie aus dem Nichts heraufzubeschwören.«

»Na ja, der menschliche Verstand kann einem außergewöhnliche Streiche hinsichtlich der Wahrnehmung spielen«, entgegnete er vage.

»Da ist noch mehr …«, gestand sie zögernd. »Als ich einen Blick in Ailsas Tagebuch geworfen habe …« Sie brach den Satz ab, legte das Geschirrtuch hin und wandte sich zu ihm um. »Ich habe diese Träume, seit ich hierhergekommen bin. Es ist anders als alles, was ich je zuvor geträumt habe. Und sie sind genau wie die Träume, die Ailsa schildert. Obwohl sie angefangen haben, bevor ich das Tagebuch fand. Das heißt, ich kann unmöglich davon beeinflusst worden sein. Wie erklären Sie sich das? Lässt sich so etwas überhaupt erklären? Ich werde noch verrückt!«

Sie hörte selbst, wie ihre Stimme lauter wurde und sich fast überschlug.

»Kein Grund zur Panik«, beruhigte Charles sie. »Möglicherweise sind Sie einfach ungewöhnlich einfühlsam für … *Atmosphäre,* für Schwingungen«, überlegte er. »Das kann passieren, wenn man sich in einem besonders verletzlichen emotionalen Zustand befindet.«

»Ich bin in keinem Zustand«, wehrte sie empört ab. »Mit mir ist alles in Ordnung.«

»Nicht so heftig, junge Dame!« Er zuckte mit den Schultern.

»Ich meinte damit, dass sie weit weg von zu Hause, von Ihrer Familie getrennt sind.«

»Sie wissen ja gar nichts über meine Familie.«

»Verzeihen Sie. Ich wollte Sie nicht kränken. Alle Leute, die in einer so kleinen Gemeinde leben, haben die schlechte Angewohnheit, darüber zu spekulieren, was einen Fremden hierhergeführt haben könnte. Es ist eine ereignislose Gegend, wissen Sie.«

Einigermaßen besänftigt, nickte sie und griff nach einem neuen Teller, um ihn abzutrocknen.

»An jenem ersten Abend, als ich ankam, da sagten Sie, dass jeder, der hierherkommt, vor irgendetwas davonläuft.«

»So ist es«, bestätigte er mit einem Nicken.

»Ist mehr Freiraum haben zu wollen denn dasselbe wie Weglaufen?«, wandte sie ein. »So, wie Sie es sagen, klingt es nach Feigheit, dabei ist es manchmal genau das Gegenteil. Jeder hat seine eigenen Gründe, und niemandem steht es zu, das zu beurteilen.«

»Natürlich nicht. Noch einmal, ich bitte um Verzeihung. Das war ungeschickt ausgedrückt. Es stimmt, dass Abstand manchmal Klarheit bringt.« Nach einer Pause fügte er hinzu: »Aber es stimmt auch, dass die Dinge, von denen wir Abstand zu nehmen versuchen, uns letztendlich verfolgen. Es ist nicht leicht, ihnen zu entkommen.«

Zoe gab keine Antwort. Charles wusste nicht nur mehr über Ailsa, als er zugab, sondern ebenfalls über sie – und das fand sie sehr beunruhigend. Sie arbeiteten ein paar Minuten schweigend weiter, unterbrochen lediglich vom leisen Plätschern des Wassers und dem Klappern des Geschirrs.

»Das Haus«, kam Zoe schließlich auf ihr eigentliches

Problem zurück, »es fühlt sich an, als ob es dort …« Sie brach ab, unsicher, wie sie es ausdrücken sollte. »Man würde es eigentlich nicht für möglich halten, dass einem Haus etwas anhaftet, das … Ich weiß nicht, wie man es nennen würde. Schlechte Schwingungen trifft es nicht ganz, doch Sie wissen, was ich meine?«

»Fragen Sie mich, ob ich glaube, dass ein Ort Erinnerungen an Ereignisse bewahren kann?«

»Ja, so etwas in der Art.«

»Absolut.« Charles legte seinen Schwamm hin und lehnte sich gegen die Spüle. »Sie haben sicher mal vom *genius loci* gehört – dem römischen Glauben an den Geist eines bestimmten Ortes. Dass es heutzutage bloß als Metapher verwendet wird, macht es nicht weniger wahr.«

»Besteht denn kein Unterschied zwischen einer schlechten Atmosphäre und Geistern der Art, die Tamhas McBride heraufzubeschwören versuchte? Das können Sie wohl nicht ernstlich glauben?«

Er seufzte. »Zoe, wenn Sie dereinst so lange auf der Erde gelebt haben und so weit herumgekommen sind wie ich, dann begreifen Sie, dass das meiste von dem, was wir wichtigtuerisch für selbstverständlich halten, auf Sand gebaut ist.«

»Und wonach hat Tamhas gesucht?«

Charles hielt einen Moment inne, spähte zu dem dunklen Fenster, als könnte die Antwort dort zu finden sein.

»Es ist eine reine Mutmaßung, basierend auf meiner Lektüre seiner Briefe, die bislang durch nichts erhärtet wird. Natürlich hoffe ich sehr, durch Ailsas Tagebuch in irgendeiner Weise bestätigt zu werden.«

Zoe nickte ungeduldig.

»Wissen Sie, was ich mit einem Inkubus meine?«

»Ist das nicht eine Rockband?«

»Das würde mich nicht wundern.« Er lächelte. »Nein, der Inkubus ist angeblich ein nächtlicher Dämon, der Frauen im Schlaf verführt und sie schwängern kann. Die Gestalt taucht in einer Reihe mythologischer Traditionen auf – die erste Erwähnung stammt aus Mesopotamien, später diskutierten ihn Kirchenvater Augustinus und die mittelalterlichen Dämonologen ausführlich. Und sogar König James. Inkuben spielten in vielen Hexenprozessen noch bis ins siebzehnte Jahrhundert eine Rolle.«

»Klingt für mich, als ob sich die Mesopotamier eine schlaue Ausrede einfallen ließen, um schlafende Frauen zu vergewaltigen«, scherzte Zoe.

»Da liegen Sie vielleicht gar nicht so falsch. Eine Theorie lautet, dass der Mythos sich insbesondere in Gesellschaften entwickelte, in denen Familien in ein und demselben Raum schliefen – das galt als Erklärung für ungewollte Schwangerschaften. Und später in der christlichen Tradition war sexuelles Verlangen bei Frauen so sehr mit der Vorstellung von Sünde verbunden, dass es oft Hand in Hand ging mit Anschuldigungen von Ketzerei und Teufelsbünden.«

»Was das Mittelalter angeht, geschenkt … Doch Tamhas war angeblich ein gebildeter Mann – er kann eigentlich nicht an diesen Schwachsinn geglaubt haben.«

»Viele der führenden Spiritualisten waren hochgebildete Männer … und Frauen«, ergänzte er, als er ihre Miene sah. »Tamhas verstand sich selbst und seine Mitstreiter als Pioniere. Er interessierte sich dafür, die Grenzen des menschlichen Wissens auszuloten, das liegt im Bestreben eines jeden

Wissenschaftlers. Außerdem dürfen wir nicht vergessen, dass er darüber hinaus persönliche Gründe hatte. Er wünschte sich dringend einen Erben. In seinen Briefen an Lévi beklagte er sich immer wieder, dass seine Frau nach fast einem Jahr Ehe noch immer nicht schwanger sei.«

Entsetzt starrte sie ihn an. »Sie meinen, er hat versucht, einen dieser Dämonen heraufzubeschwören, um seine Frau zu *schwängern?*«

»Sagen wir es mal so: Ich glaube, dass das Tamhas' Absicht gewesen sein könnte. Leider sind bei ihm sämtliche Andeutungen zweideutig, sodass sie offen sind für Interpretationen aller Art.«

Sie schüttelte den Kopf. »Das ist das Verrückteste, was ich je gehört habe. Arme Ailsa. Kein Wunder, dass die Leute sich erzählten, sie habe ein Teufelskind. Die Bediensteten müssten eigentlich mitgekriegt haben, dass da etwas Seltsames vor sich ging.« Sie griff nach dem Geschirrtuch. »Allerdings finde ich auch bei ihr vieles sonderbar. Einerseits ist sie geradezu skandalös offenherzig, andererseits erwähnt sie ihren Sohn oder ihren Liebhaber nie namentlich. Wenn es sich genau umgekehrt verhielte mit ihrer Verschwiegenheit, das würde ich verstehen. Ein einziges Mal bezeichnet sie den Jungen als *T.*«

»In den Kirchenbüchern wurde kein Name für das Kind verzeichnet«, warf Charles ein.

»Das heißt, es muss ihr sehr wichtig gewesen sein, dass nichts über die Identität des Kindsvaters an die Öffentlichkeit drang. Stellen Sie sich das vor: Lieber ließ sie sich als Hexe und Hure beschimpfen … Nehmen wir mal einen normalen Vater an, wer könnte von so überragender Bedeutung gewesen sein? Bonar? Immerhin hat er sie regelmäßig getroffen.«

»Das ist ein Gedanke«, gab Charles zu, wenngleich sein Ton vermuten ließ, dass er diese Möglichkeit bereits ad acta gelegt hatte.

»Wie kann es sein, dass das bislang nie jemand in Betracht gezogen hat?«, spann sie ihren Gedanken weiter. »Natürlich könnte er diese ganzen Gerüchte in die Welt gesetzt haben, um sie in Verruf zu bringen und so seinen eigenen Ruf zu retten. Finde ich ziemlich einleuchtend.« Triumphierend reckte sie eine abgetrocknete Gabel als Siegeszeichen in die Luft. »Er war verheiratet und kannte sich mit juristischen Kniffen aus – vielleicht war er es sogar, der ihr den Jungen wegnehmen wollte. Davon spricht sie am Ende ihres Tagebuchs, und davor hatte sie schreckliche Angst. Er als Anwalt konnte leicht die Geschichte verbreiten, dass sie im Begriff war, den Verstand zu verlieren. Dann hätte er ihr das Sorgerecht für den Jungen entziehen können …« Atemlos brach sie ab. »Warum lächeln Sie? Was ist daran so witzig?«

»Nichts, entschuldigen Sie. Lustig ist höchstens, dass Sie geblieben sind, um mich nach Dingen zu fragen, die Sie sich nicht erklären konnten – und jetzt liefern Sie selbst eine rationale Erklärung nach der anderen.«

Unwillkürlich musste Zoe lachen. Er machte sich nicht wirklich über sie lustig, höchstens ein kleines bisschen und das liebevoll – so viel musste sie verkraften, wenn sie wilde Theorien aufstellte.

»Das ist allein Ihre Schuld. Ich war fast bereit zuzugestehen, dass das Haus ein Gedächtnis hat, aber der Dämon, der eine Frau im Schlaf schwängert, das ging mir dann einen Schritt zu weit.«

»Ich nehme an, da haben Sie recht.« Er nahm ihr die Gabel

aus der Hand. »Und jetzt sollten Sie sich auf den Heimweg machen. Mir gefällt der Gedanke nicht, dass Sie allzu spät allein durch diese gottverlassene Gegend gondeln.«

»Sie meinen, Sie wollen sich endlich dem Tagebuch widmen«, zog sie ihn auf. »Danke fürs Essen. Nächstes Mal lade ich Sie ein.«

Ein Schatten huschte über sein Gesicht. »Machen Sie sich bitte keine Umstände. Ich freue mich immer, Gäste zu haben. Sie sind jederzeit willkommen, wissen Sie. Das meine ich ernst.« Er warf sich das Geschirrtuch über eine Schulter und brachte sie zur Tür. »Ich hoffe, Sie kommen wieder, sobald ich die Gelegenheit hatte, mich mit Ailsas Tagebuch zu befassen – dann können wir uns ein bisschen intensiver darüber unterhalten.«

»Was wollen Sie damit tun? Werden Sie es Mick geben?«

»Das muss ich letztendlich – es gehört seiner Familie.« Er zögerte. »Ich hoffe, wir können den Fund noch ein Weilchen unter der Decke halten – es wäre schön, wenn Sie sich dazu bereitfinden würden. Es ist ein bedeutendes Dokument, nicht zuletzt in historischer Hinsicht, das sorgfältig analysiert werden muss. Sie verstehen das, davon bin ich überzeugt. Zudem bin ich sicher, dass Sie selbst es gern ausgiebiger in Augenschein nehmen würden«, sagte er und hob komplizenhaft eine Augenbraue.

»Sehr gern. Doch im Ernst, ich würde mich freuen, gelegentlich für Sie zu kochen. Kommen Sie mich in dem Haus besuchen. Sie müssen es eigentlich sehen wollen, wenn Sie über das alles schreiben.«

»Oh, ich habe im Laufe der Jahre genug Zeit im McBride-Haus verbracht«, erwiderte er kryptisch, und sein Blick schweifte ab in eine ferne Vergangenheit. »Dennoch sehr freundlich von Ihnen, danke für das Angebot.«

Er hielt ihr die Jacke hin und half ihr hinein. Draußen blies ihr ein unerwartet kalter Wind entgegen, der sie bewog, ihren Kragen hochzuschlagen.

»Passen Sie gut auf sich auf, Zoe«, sagte er für ihr Gefühl eine Spur zu eindringlich und legte ihr kurz eine Hand auf den Arm. »Und was Edward angeht«, fügte er hinzu, als sie sich zum Gehen wandte. »Er ist sensibler, als er scheint – wie es einsame Leute oft sind. Passen Sie ebenfalls ein bisschen auf ihn auf.«

Sie nickte kurz zum Abschied und dachte darüber nach, was genau er mit seiner dringlichen Mahnung gemeint hatte, sie solle auf sich aufpassen. Und mit seiner Bitte, sich um Edward zu kümmern. Oder war das eine verdeckte Missbilligung an der Art ihrer Beziehung? Sie wusste es nicht.

Als sie einen Blick zurück zum Haus warf, sah sie Charles' Silhouette vor dem warmen Licht der Diele, eine Hand zum Abschied erhoben, während der Hund an seiner Seite müde mit dem Schwanz wedelte. Auch nach diesem Abend drängten sich ihr viele Fragen auf – Charles war und blieb einfach rätselhaft. Im Grunde wusste sie nichts über ihn, außer dass er einsam und zurückgezogen lebte, praktisch nichts von sich preisgab und gleichzeitig offen und umgänglich wirkte.

War er verheiratet gewesen? Hatte er Kinder oder Enkelkinder? Gab es frühere Partner, Verwandte oder Freunde? Selbst in seinem Haus hatte sie nichts entdeckt, was darüber Aufschluss geben konnte. Nichts wies auf irgendetwas hin. Schon gar nicht darauf, dass er eventuell schwul war, wie sie mal am Rande spekuliert hatte. Vielmehr vermittelte er den Eindruck, zu jedem, ob männlich oder weiblich, ungeachtet seiner verbindlichen Art letztlich Abstand zu wahren.

Was nichts daran änderte, dass sie ihm bedingungslos vertraute.

Vermutlich war es die Lebensklugheit, ja Weisheit, die er ausstrahlte. Sie hoffte sehr, dass er sie nicht enttäuschte, und fragte sich einmal mehr, was diesen Mann, der über einen außergewöhnlichen Wissenshorizont verfügte und sich überall auf der Welt hätte niederlassen können, in diese Einöde verschlagen hatte. Wovor lief *er* weg? Sie hob die Hand, um seinen Gruß zu erwidern.

Auf dem Heimweg nahm Zoe die Straße, die am Dorfanger und am Schulgelände vorbeiführte. Die Vorhänge im Lehrerhaus waren zugezogen, dahinter brannte Licht. Sie ging vom Gas und überlegte, ob sie kurz bei Edward vorbeischauen sollte. Bestimmt würde er sich freuen, sie zu sehen, und gespannt sein, was sie ihm Neues zu berichten wusste. Gemeinsam würden sie über Charles' absonderliche Theorien lachen, und sie könnte ihm ihre neueste Hypothese unterbreiten, dass der Anwalt Liebhaber und Schuft in einem war. Und sie würde ihn bitten, im Internet zu recherchieren, ob sich etwas über diesen Richard Bonar fand. Ebenso über Tamhas und seine Experimente sowie über sektiererische Gruppen, die sich mit solchem Teufelskram wie den Inkubi beschäftigten.

Und wenn Edward wieder versuchen würde, sie zu küssen?

Na und, dachte sie, irgendwie war das ja durchaus nett gewesen, aber dann meldete sich wieder ihre Vernunft, diese prüde Stimme, die ihr jeden Spaß zu verderben suchte, und Zoe gab Gas, bis die Lichter des Ortes im Rückspiegel verschwanden.

Was gestern Abend zwischen ihr und Edward passiert war, in der Abgeschiedenheit des McBride-Hauses, hatte auf einem ganz anderen Blatt gestanden, war wildromantisch gewesen unter dem inspirierenden Einfluss von Ailsas Tagebuch – hier jedoch ließ sich das kaum wiederholen. In dem tristen kleinen Cottage hatten erotische Fantasien keinen Platz. Und überdies, flüsterte ihr die Vernunft ein, sei es keine tolle Idee, ihren Wagen wie auf dem Präsentierteller vor Edwards Wohnung zu parken und sich am nächsten Morgen heimlich im Schutz der Dunkelheit davonschleichen zu müssen. Wie immer war Zoe geneigt, der Vernunft zu folgen und nur ja nichts zu tun, was anstößig wirken könnte.

Hinzu kam, dass Charles' Abschiedsworte an ihr nagten und ihren ohnehin latent vorhandenen Schuldgefühlen neue Nahrung gegeben hatten. Schließlich war ihr selbst dunkel bewusst gewesen, dass sie Edward auf keinen Fall benutzen durfte, um sich von ihren Problemen abzulenken. Insofern war sie fast stolz, dass sie der Versuchung widerstanden hatte und an seinem Haus vorbeigefahren war. Statt einen gemütlichen Kuschelabend zu genießen, würde sie mit bangem Herzen und Schuldgefühlen anderer Art endlich in Amerika anrufen. Hoffentlich war Caleb zu sprechen, dachte sie voller Inbrunst, und ihre Brust wurde ihr vor lauter Sehnsucht ganz eng.

Der Gedanke an ihren Sohn beflügelte sie so sehr, dass sie ihren Schrottwagen zu Höchstleistungen antrieb.

Und das, obwohl ein kräftiger Wind über die offene Landschaft fegte und das alte Auto ganz schön durchschüttelte. Zoe umklammerte fest das Lenkrad, um nicht von der Straße gedrückt zu werden, und spähte angestrengt in die tintenschwarze Dunkelheit, in der die Konturen der Berge mit dem Himmel zu einer undurchdringlichen Masse verschmolzen waren. Lediglich der Mond bot gelegentlich etwas Orientierung, sofern er nicht hinter der Wolkenwand verschwand.

Obwohl sie sich eigentlich sicher war, dass sie inzwischen den Weg ausreichend kannte, war ihr mulmig zumute. Das weite Land, in dem es nichts gab als Moor und Heide, die tiefe Nacht, die nichts Tröstliches hatte, der Wind, der sein schauriges Lied sang – all das flößte ihr Angst ein. Und der unberechenbare Golf potenzierte das noch. Wieso streikte einer der Scheinwerfer ständig in Intervallen? Warum erzeugte die Heizung statt Wärme nichts als einen Geruch nach verbranntem Gummi? Woher kam dieses verdächtige Klopfgeräusch? Zoe betete stumm, dass sie es bis nach Hause schaffte, bevor dieses Vehikel womöglich den Geist ganz aufgab.

Inzwischen war sie so verkrampft, das alles sie erschreckte. Selbst Dinge, mit denen man hier rechnen musste. Wie etwa ein Tier, das plötzlich vor ihr auftauchte und sie zum Bremsen zwang. Sie hingegen starrte das Wesen, dessen Augen im Licht der Scheinwerfer wie zwei Edelsteine leuchteten, an, als wäre es der Höllenhund persönlich. Erst als es verschwunden war, schaltete sie ihren Verstand ein und sagte sich, dass es vermutlich ein Fuchs war. Mit wild klopfendem Herzen fuhr sie weiter, jetzt allerdings mit gedrosseltem Tempo – wegen der herumspazierenden Tiere und wegen des Risikos, vor lauter Schreck im Graben zu landen.

Irgendwie war sie völlig durch den Wind, und so wunderte es sie nicht, dass sie um ein Haar an der Abbiegung zu ihrem Haus vorbeigefahren wäre. In letzter Minute kratzte sie die Kurve, warf dabei einen Blick in den Rückspiegel … und entdeckte eine Gestalt auf der Rückbank, die ihr die Sicht nach hinten versperrte. Sie unterdrückte zwar einen Aufschrei, reagierte aber ansonsten völlig konfus. Drehte sich nicht nach links, sondern nach rechts um, wie sie es gewohnt war, wenn sie im Auto nach hinten schauen wollte, verfluchte mal wieder die dämliche Angewohnheit des Linksverkehrs und riss den Kopf so heftig herum, dass sie das Steuer verzog und die Räder auf der Beifahrerseite vom Asphalt abkamen und in einen flachen Graben rutschten.

Ende der Fahrt. Und das einzig und allein, weil sie sich mal wieder von einem Spuk hatte narren lassen. Denn als sie einen vorsichtigen Blick nach hinten warf, war die Rückbank leer. Natürlich war sie das – was hatte sie denn gedacht?

Mist. Sie schlug mit dem Handballen aufs Lenkrad, um sich abzureagieren, bemühte sich gleichzeitig, sich durch kontrolliertes Atmen zu beruhigen. Zwei Sekunden ein und vier Sekunden aus, genau wie Dr Schlesinger es ihr beigebracht hatte. Doch die Frage, wie sie den Golf auf die Straße zurückbekam, löste das nicht. Sie legte den ersten Gang ein und gab Gas, aber die in den Graben gerutschten Reifen drehten auf dem schlammigen Untergrund durch. Die Hände schweißnass, versuchte sie es erneut. *Es ist gut,* sagte sie sich, *es wird alles gut.*

Bloß wurde nichts gut.

Plötzlich nämlich war die Gestalt wieder da, lief in einem langen Mantel ein Stück weiter hinten auf der Straße herum. Sie schien identisch mit der Silhouette, die sie schon mal gesehen hatte und von der Mick gemeint hatte, es sei wahrscheinlich ein Schäfer. Ohne Eile näherte sich das seltsame Wesen dem Wagen, die Schöße des Mantels im Wind flatternd, der an Heftigkeit zugenommen hatte. Mit starrem Blick beobachtete Zoe die Gestalt im Rückspiegel, und mit einem Mal wurde sie von namenlosem Entsetzen gepackt.

Das, was sie für einen Regenreitmantel gehalten hatte, war ein altmodischer Umhang mit Kapuze, die das Gesicht verbarg. Vom Körper war nichts zu sehen, kein Fetzen Haut, nicht einmal die Hände, denn die steckten in den flatternden Stofffalten. Genauso stellte man sich eine Geistererscheinung vor, dachte Zoe schaudernd.

Unerklärlicherweise wusste sie ohne einen Hauch von Zweifel, dass sie dieses Wesen nicht ansprechen durfte, und vor allem wollte sie nicht sehen, was unter der Kapuze zum Vorschein käme. Also legte sie den ersten Gang ein und trat aufs Gaspedal – die Räder drehten durch, ohne sich von der Stelle zu rühren. Panisch warf sie einen Blick zurück, die Person, oder was immer das war, näherte sich unaufhörlich mit einem merkwürdig schwankenden Gang. Noch zwanzig Meter, dann würde sie da sein.

Hektisch drehte sie den Zündschlüssel, vergaß dabei, auf die Kupplung zu treten, und würgte den Motor ab. Noch zehn Meter. Ihre Panik wuchs, viel zu lange kämpfte sie mit dem Anlasser, aber es war ohnehin egal, die Räder kamen nach wie vor nicht frei. Jetzt war die Gestalt so dicht heran, dass sie im Rückspiegel Einzelheiten erkennen konnte. Sie hatte den Eindruck, dass sich unter dem flatternden Umhang lange Röcke bauschten, in denen sich spindeldürre Beine verhedderten.

Kalte Angst breitete sich in ihren Gliedmaßen aus, ihre Hände und Füße waren bereits so taub, dass sie kribbelten. *Es ist ein Schäfer,* sagte sie sich, *nur ein Schäfer,* dennoch war sie so geistesgegenwärtig, die Tür von innen zu versperren. Da die alte Karre keine Zentralverriegelung besaß, warf sie sich schnell auf die Beifahrerseite, um auch dort die Tür zu verriegeln. Sie war gerade dabei, das Gleiche mit den hinteren Türen zu machen, als ein Schatten über das Heckfenster fiel. Die Kehle wie zugeschnürt, senkte sie gottergeben den Kopf und harrte der Dinge, die da kommen würden.

Es kam anders als erwartet.

Statt eines Klopfens an der Scheibe, eines Rüttelns am Griff wurde der Wagen auf einmal in Licht getaucht. Verblüfft schaute Zoe auf und sah Scheinwerfer, die sich rasch näherten. Dann bremste ein dunkelblauer Pick-up neben ihr, und sie erkannte Doug Reid und das Barmädchen aus dem Pub.

Während Annag sie mit mürrischer Verachtung ansah, sprang Dougie grinsend aus dem Wagen, wie üblich eine Selbstgedrehte zwischen den Lippen, die er zur Abwechslung mal rausnahm.

»Na, da haben Sie sich ja einen schönen Schlamassel eingebrockt, was?«, brüllte er ihr durchs geschlossene Fenster zu.

Sichtlich entzückt, die hochnäsige Fremde in einer Notlage zu erwischen, rüttelte er am Griff der Fahrertür, bis Zoe von innen die Verriegelung löste. Die gespenstische Gestalt hatte sie völlig vergessen, und als sie sich nach ihr umdrehen wollte, war sie spurlos verschwunden. Absurd, völlig unerklärlich wie alles hier.

»Ich glaube, ich habe die Abzweigung zu schnell genommen«, sagte sie, als Dougie die Tür öffnete. »Das Hinterrad steckt fest.«

»Ja, das ist eine hässliche Kurve, wenn man sich nicht auskennt.« Er klang unerwartet großmütig. »Da brauchen Sie einen kleinen Schubser. Lassen Sie erst mal den Wagen an.«

»Er säuft mir immer ab«, erwiderte sie kläglich.

Zu ihrem Verdruss bemerkte sie, dass sie mal wieder in diesen entschuldigenden Ton verfallen war, den sie Dan gegenüber so oft angeschlagen hatte. Warum erlaubte sie sich immer solche Schwächen? Verdammt noch mal, Dougie hatte ihr diese Klapperkiste angedreht – da sollte sie ihm die Hölle heißmachen und nicht als Bittsteller auftreten. Das hatte sie hinreichend bei Dan getan und wollte das eigentlich hinter sich lassen.

Dougie musterte sie mit herablassender Nachsicht. »Na ja, dafür gibt es einen Dreh. Steigen Sie aus.«

Es war ihr recht. Sollte er getrost die Karre im wahrsten Sinne des Wortes aus dem Dreck ziehen. Zoe stieg aus, spazierte ein bisschen herum und hielt verstohlen Ausschau nach einem flatternden Umhang. Nichts. Konnte sie sich zweimal dieselbe Gestalt eingebildet haben? Schwer zu glauben.

Ein stotterndes, spuckendes Geräusch verriet ihr, dass Dougie den Wagen zum Leben erweckt hatte. Jetzt gab er ihr ein Zeichen, rasch seinen Platz einzunehmen, bevor der Motor erneut absoff.

»Ich schiebe von hinten an, und Sie geben Gas, bitte mit Gefühl, sonst wird das nichts«, sagte er anzüglich und zwinkerte ihr zu.

Zoe rang sich ein gequältes Lächeln ab. Sie hätte ihm zu gern an den Kopf geworfen, er solle sich verpissen, doch war sie leider nicht in der Lage, sich das leisten zu können. Ohne ihn würde sie hier unweigerlich Wurzeln schlagen, mit einem nicht existenten Wesen, das hier herumgeisterte, als einziger Gesellschaft. Nein danke. Da machte sie lieber gute Miene zum bösen Spiel.

Dougie versuchte gerade Annag aus dem Pick-up zu scheuchen und klopfte an die Scheibe des Trucks.

»Hey, du da! Mach dich nützlich und hilf mir schieben.«

Das Mädchen, das schwer beschäftigt schien, die Lippen nachzuziehen – vermutlich mit Zoes Chanel-Stift –, bedachte ihn mit einem indignierten Blick, bevor sie ihre stämmigen Beine unter dem viel zu kurzen und viel zu engen Schlauchrock nach draußen schwang.

»Wieso muss ich mich hier einsauen, weil die da nicht richtig fahren kann«, maulte sie Kaugummi kauend.

»Mein Gott.« Doug verdrehte die Augen. »Dann steig du in den Golf, und Miss Adams hilft mir schieben. Ist das der Dame recht?«

Annag warf ihm einen säuerlichen Blick zu und zwängte sich auf den Fahrersitz des Havaristen.

»Alles okay?«, fragte Dougie, als Zoe sich neben ihn stellte. »Sie haben's nicht am Rücken oder so?«

»Nein, alles in Ordnung.«

Durch einen Schlag auf die Heckscheibe gab er Annag das Signal, dass sie anfahren sollte, und sobald der Motor aufheulte, stemmten er und Zoe sich mit ihrem ganzen Körpergewicht gegen den Wagen. Schlamm spritzte auf, flog ihnen bis ins Gesicht, keuchend und mit hochroten Köpfen drückten sie weiter gegen das Heck, bis ihnen beinahe die Luft wegblieb. Sie wollten bereits aufgeben, als der Golf auf einmal einen Satz machte und mit allen vier Rädern wieder auf der Straße stand. Dougie und Zoe hingegen gerieten ins Taumeln und landeten in der Böschung.

»Danke.« Sie rappelte sich hoch und wischte den gröbsten Schmutz weg. »Tut mir leid, dass ich Ihnen Umstände gemacht habe.«

»Nicht der Rede wert, Püppchen.« Dougie tätschelte ihr

die Schulter. »Ein Glück für Sie, dass wir vorbeigekommen sind.«

Zoe enthielt sich jeden Kommentars, überlegte indes, was Dougie, der mindestens Mitte vierzig war, so spät in der Nacht mit einer Sechzehnjährigen hier im Nirgendwo suchte. Allerdings mochte sie eigentlich gar nicht näher darüber nachdenken, die Vorstellung war zu abstoßend.

Stopp, ermahnte sie sich. Sie reagierte bereits wie die Tratschmäuler, die überall Unrat und Unzucht witterten. Vielleicht war alles ganz harmlos. Vielleicht wollte Annag auf die andere Seite der Insel zu Freunden, und Dougie brachte sie hin. Vielleicht waren sie verwandt wie die Hälfte der Inselbewohner. Das Mädchen jedenfalls wirkte kein bisschen angekränkelt und machte nicht den Eindruck, als wäre ihr irgendetwas peinlich.

Kurz kam ihr noch ein Gedanke, den sie sogleich verwarf: Dougie habe unangemeldet bei ihr hereinschneien wollen unter dem Vorwand, nach dem Auto sehen zu müssen. So ein Unsinn, dann hätte er unter Garantie nicht das Mädchen mitgenommen.

»Haben Sie vorhin jemanden auf der Straße gesehen?«, erkundigte sie sich bewusst beiläufig.

Er sah interessiert auf. »Hier draußen? Nein. Sie etwa?«

»Möglich, da war ein Schatten. Ich dachte, es könnte ein Schäfer gewesen sein.«

»Das bezweifle ich, Püppchen«, meinte Dougie, der Annag wieder in den Pick-up verfrachtet und sich eine Zigarette angesteckt hatte. »Um diese Zeit sind keine Schäfer mehr unterwegs. Hier schon gar nicht, denn die Schutzhütten in der Gegend werden nicht mehr benutzt.«

»Dann habe ich mich wohl getäuscht, und es war … was weiß ich, ein Fuchs.«

Als sie unverbindlich lächelnd auf ihren Wagen zuging, hielt er sie zurück.

»Vielleicht haben Sie ja angefangen, sich Dinge einzubilden«, meinte er mit ungewohnt ernster Miene. »Man sagt, dass das McBride-Haus mit manchen Leuten so etwas macht.«

»Keine Ahnung, vielleicht sollte ich nachts lieber die Brille aufsetzen. Danke für Ihre Hilfe.«

Im Wagen empfing sie ein Hauch von billigem Parfum und minzartigem Kaugummi, den Annag hinterlassen hatte. Sie wollte gerade die Tür schließen, als Dougie sich dazwischendrängte, einen Arm aufs Dach gelegt.

»Soso, Sie wissen nicht, ob es ein Schäfer oder ein Fuchs war. Ist wirklich leicht zu verwechseln.« Sein Ton war jetzt halb amüsiert, halb spöttisch. »Ich komme wohl besser mal vorbei und sehe nach dem Rechten.«

»Oh, ich bin sicher, es ist alles in Ordnung.«

»Wie ich bereits sagte, es macht keine Umstände. Wir sehen uns.«

Er neigte den Kopf, um ihr ein anzügliches Abschiedslächeln zuzuwerfen. Bevor sie weiter protestieren konnte, schlug er zweimal mit der flachen Hand aufs Dach, als wollte er ihr das Signal zum Aufbruch geben, und stakste hinüber zu seinem Truck. Zoe knallte die Fahrertür mit zitternden Händen zu und fuhr so rasant los, dass die Reifen quietschten.

13

Sie nahm die letzte Biegung der Zufahrt und erwartete, dass die Außenbeleuchtung aufleuchtete, aber das Haus blieb dunkel, die Bewegungsmelder an der Vorderfront funktionierten nicht. Sogleich spürte sie, wie sie sich ängstlich verkrampfte. Auch die Lampe in der Diele brannte nicht. Sie hatte sie angeschaltet, damit sie bei ihrer Rückkehr nicht ein dunkles Haus betreten musste. Stromausfall, dachte sie, das hatte ihr noch zu ihrem Glück gefehlt.

Sie saß da bei laufendem Motor, wollte die Scheinwerfer nicht ausschalten, die im Moment ihre einzige Lichtquelle waren. Der Wind rüttelte heftig an dem kleinen Wagen, schüttelte ihn wie ein Hund sein Spielzeug – was sie auf die Idee brachte, dass der Wind an diesem Schlamassel schuld sein musste. Vermutlich war irgendwo ein Baum auf die Leitungen gefallen. Leider brachte die Erkenntnis allein sie nicht weiter.

Zoe erwog ihre Optionen.

Das Naheliegendste wäre, Mick anzurufen. Eigentlich müsste der Festnetzanschluss funktionieren, überlegte sie, denn das Telefon in der Diele war keines der schnurlosen Geräte, die vom Strom abhingen und in einer Situation wie dieser komplett ausfielen. Mick könnte dann den Generator anwerfen, der für solch traurige Fälle irgendwo im Keller stand.

Sie verwarf den Gedanken sogleich wieder – es war ihr zu peinlich, Mick schon wieder zu behelligen. Immerhin hatte er ihr den Generator erklärt, aber sie hatte nicht zugehört, war durch den Traum der vorangegangenen Nacht zu abgelenkt gewesen. Das hatte sie jetzt davon. Sollte sie sich auf eigene Faust an den Generator wagen? Nein, entschied sie, sich allein ins Dunkel des Kellers hinunterzuwagen, kam für sie nicht ernstlich in Betracht. Genauso wenig wie eine Fahrt zurück in den Ort – für heute hatte sie genug vom Autofahren.

Dann lieber improvisieren.

Die Sturmlaterne stand griffbereit in der Küche, die würde genug Licht spenden, zumal sie ohnehin vorgehabt hatte, gleich ins Bett zu gehen. Und falls sie sich noch einen heißen Tee machen wollte, konnte sie den Holzherd anzünden. Wenn es dann am Morgen noch immer keinen Strom gab, würde sie Mick anrufen oder in den Ort fahren.

Sie blickte an der Fassade hoch. Was bei Tag liebenswert verschroben aussah, wirkte in der Nacht bizarr bedrohlich. Aus dem Puppenhaus wurde ein Hexenhaus. Eine einsame Möwe hielt auf dem Giebel über dem Eingang Wache wie eine trauernde Witwe und stieß leise Klagelaute aus. Waren die Vögel tagsüber ein Sinnbild für das Leben am Meer, so wirkten sie in der Nacht gespenstisch, fast wie ein düsteres Omen. Unwillkürlich fühlte Zoe sich an die schemenhafte Gestalt im flatternden Umhang und an die traurige Ballade vom braunhaarigen Alan erinnert.

Es war lächerlich.

Noch einmal holte sie tief Luft, wühlte in ihrer Tasche nach den Schlüsseln und stieg aus, um die Haustür aufzusperren. Die Scheinwerfer ließ sie vorerst an. Drinnen herrschte eine fast feierliche Stille, die sie an Kirchen erinnerte – eine Assoziation, die durch den schweren Geruch der verblühenden Lilien verstärkt wurde. Sie drückte ein paarmal auf den Lichtschalter, um sich zu vergewissern, dass es wirklich nirgendwo Strom gab, dann kramte sie ihr Handy heraus und nutzte es als Lampe, während sie über den knirschenden Kies zum Auto zurückging, um die Scheinwerfer auszuschalten.

Anfangs glaubte sie, die Dunkelheit würde sie verschlucken, doch sobald sie sich daran gewöhnt hatte, wunderte sie sich, wie hell der Mond schien, wenn er nicht mit künstlichem Licht konkurrieren musste. Sorgfältig sperrte sie die Haustür hinter sich ab und schob die Eisenriegel vor, verdrängte die alberne Vorstellung, dass jemand im Haus sein könnte.

Aufatmen konnte sie dennoch nicht, denn plötzlich stieg ihr ein übler Gestank in die Nase. Es roch nach Fäulnis und Moder, nach Tod und Verwesung. Zoe schüttelte sich. Ekelerregend. Musste ein Problem mit den Abflüssen sein, sagte sie sich, also noch etwas, um das sich Mick am Morgen kümmern musste.

Am Telefon leuchtete das rote Lämpchen. Als sie auf die Wiedergabetaste des Anrufbeantworters drückte, erfüllte Dans Stimme die Diele, hallte seltsam wider.

Hey, Zo, ich bin's. Also, ich habe eben deine Nachricht abgehört, war übers Wochenende bei Leah. Du hättest es auf meinem Handy versuchen können. Eine Pause, ein Rascheln, während er den Hörer in die andere Hand nahm, ein leiser Seufzer, als würde er überlegen, wie er fortfahren sollte. *Ich hoffe, es geht dir gut. Ich mache mir natürlich Sorgen um dich.* Noch eine

Pause, dann, als hätte er eine Rede einstudiert: *Hör zu, ich habe deine Pillen gefunden. Und ich weiß, dass du sie nicht versehentlich liegen gelassen hast – du hattest sie in deinem Bett neben die Matratze gestopft. Dem Bett im Gästezimmer, meine ich. Daher habe ich Dr Schlesinger angerufen.* Zoe spürte, wie sich ihre Kopfhaut anspannte. *Und sie hat gesagt, sie hätte dich seit ein paar Monaten nicht mehr gesehen. Sie war verwundert, dass ich es nicht wusste.* Er machte eine Pause, um die Worte wirken zu lassen. *Das heißt, du verstehst hoffentlich, warum ich besorgt bin. Du sollst die Tabletten nicht einfach so absetzen – Dr Schlesinger meint, die Nebenwirkungen könnten ziemlich stark sein. Ich wusste nicht, was ich tun sollte – ich weiß, du wirst wütend sein, aber ich habe deine Mutter angerufen. Sie war total aufgelöst, weil du nicht auf ihre E-Mails geantwortet hast und sie nicht weiß, wie sie dich erreichen kann. Daher dachte ich, dass ich ihr diese Nummer gebe, und wenn du nicht mit mir reden willst, könnte sie vielleicht …*

Zoe presste den Finger auf die Taste, schnitt ihm das Wort ab. Scheiß auf ihn. Kein Wort über Caleb, lediglich Vorhaltungen in diesem lehrerhaften Ton, den er ihr gegenüber in der letzten Zeit ständig angeschlagen hatte und der andeutete, dass er alles besser zu wissen beanspruchte. Er hatte ja keine Ahnung – wie sollte er auch, wenn er nie zuhörte –, was die Medikamente mit ihrem Kopf angestellt hatten, wie verworren und beunruhigend ihre Gedanken durch sie geworden waren, wie sie ihren Schlaf beeinträchtigt hatten. Und erst recht vermochte er sich nicht vorzustellen, wie befreiend es sich angefühlt hatte, sie abzusetzen und endlich aus der Hülle dieser abgestumpften, betäubten Person zu schlüpfen und sich wieder lebendig zu fühlen.

Hier, auf der anderen Seite des Ozeans, hatte sie beschlossen, dass es kein Zurück gab, dass sie sich der Welt künftig ohne Zwangsjacke stellen würde, damit ihre Gefühle nicht länger erstickt wurden und sie ihren eigenen Reaktionen wieder zu trauen lernte. Natürlich hatte sie gewusst, dass sie sich in den ersten paar Tagen ein bisschen seltsam fühlen würde, aber es war ein kleiner Preis, den sie bezahlte. Schließlich kam sie zurecht, oder? Lediglich die unruhigen Nächte machten ihr zu schaffen.

Und ihrer Mutter die Nummer hier zu geben, ihr Zugang zu ihrem Zufluchtsort zu gewähren – das war ein unverzeihlicher Verrat. Dabei wusste Dan genau, wie sie sich damit fühlen würde, und um das zu bemänteln, kleidete er es in die Sprache der Besorgnis. Sie presste die Fäuste an die Schläfen. Warum war es so schwer zu verstehen, dass sie eine Auszeit brauchte – allein, ohne dass Erwartungen und Ansprüche an sie gestellt wurden? Warum wurde ihr Wunsch nach Einsamkeit als Bedrohung verstanden?

Immer besser verstand sie, wie sich Ailsa hier draußen gefühlt haben musste, eineinhalb Jahrhunderte zuvor. Wie sie sich gegen die Einmischungen ihres Bruders, des Anwalts, der Dorfbewohner zur Wehr setzte – all der Männer, die ihr einredeten, nicht bei klarem Verstand zu sein, die ihre Selbstständigkeit einschränken, sie unter ihre Kontrolle bringen wollten.

Genauso erging es ihr – sie sollte ebenfalls entmündigt und bevormundet werden, wenngleich im übertragenen Sinn. Jetzt in Connecticut anzurufen, war sinnlos. An Caleb kam sie nur auf dem Umweg über Dan heran, und mit dem wollte sie momentan bestimmt nicht sprechen. Vielleicht sollte sie es noch mal mit dem launischen McBride-Netzwerk versuchen, vielleicht ließ sich ja für ein paar Minuten eine Skype-Verbindung herstellen.

Entschlossen machte sie sich auf in Richtung Küche, das Handy als Taschenlampe nach vorn gerichtet. Sie hatte nicht mehr als zwei Schritte getan, als sie mit dem Stiefel gegen einen weichen, fleischigen Gegenstand stieß. Erschrocken schwenkte sie den Lichtstrahl nach unten und stieß einen Schrei aus, taumelte nach hinten. Es war der Körper einer Möwe, die Flügel wie zum Flug ausgebreitet, bloß dass der Kopf fehlte und das Fleisch um den Hals sehnig und schwarz war.

Ungläubig starrte Zoe auf den toten Vogel, fest davon überzeugt, dass es der war, den Edward getötet hatte. Sie suchte mit einer Hand an der Wand Halt, weil sie ohnmächtig zu werden glaubte. Nach dem ersten Entsetzen dämmerte es ihr: Jemand hatte die Möwe absichtlich dort abgelegt. Und diese Erkenntnis war viel beängstigender als alles andere, denn es hieß, dass jemand während ihrer Abwesenheit im Haus gewesen oder noch immer hier war. Reglos stand sie da und hielt den Atem an, lauschte auf ein Geräusch, doch da war nichts außer dem Heulen des Windes, dem Tosen der Wellen und den Schreien der Silbermöwen, die niemals verstummten.

Als auch noch der Akku ihres Handys und damit die Taschenlampenfunktion den Geist aufgab, war es mit ihrer Beherrschung am Ende. Zunächst einmal stolperte sie zurück in die Diele, die wenigstens etwas erhellt wurde, weil der Mond durch die schmalen Fenster zu beiden Seiten der Haustür hereinschien. Am liebsten wäre sie zur Haustür gestürzt, in den Wagen gesprungen und zurück zum Dorf gefahren, hätte Mick oder Charles oder Edward geweckt und einen von ihnen gebeten, die Polizei zu verständigen und mit ihr zurückzufahren, aber ihre Angst vor der neuerlichen Fahrt durchs Moor war zu groß. Nein, besser war es, Mick trotz der späten Stunde anzurufen – die Sache mit der Möwe belegte ja wohl hinreichend, dass jemand im Haus gewesen war.

Da sie die Nummer nicht bei sich hatte, musste sie zurück in die Küche, wo sich der Ordner mit allen Informationen, Adressen und Telefonnummern befand, die für das Haus relevant waren. Vorsichtig schob sie sich im Dunkeln an der Wand des langen Flures entlang und zwang sich, bevor sie einen Riesenwirbel veranstaltete, noch einmal zu nüchternen Überlegungen. Sie wollte sich schließlich nicht vorwerfen lassen, kopflos gehandelt zu haben.

O Gott, kopflos. Sie dachte an die Möwe und hoffte, nicht zufällig auf den fehlenden Kopf zu treten.

Es hätte eine Katze sein können, sagte sie sich. Möglich, doch wie hätte sie hereinkommen sollen und wieder hinaus? Zoe war sich sicher, alle Türen und Fenster sorgfältig verriegelt zu haben. Nein, diese Möglichkeit schied aus. Oder nicht? Inzwischen fiel es ihr immer schwerer, ihre Erinnerungen logisch und in der richtigen zeitlichen Abfolge zu ordnen. Die Bilder schoben sich ineinander, war es gestern oder heute gewesen? Zu welchem Tag gehörte welche Erinnerung?

Jeder Versuch, ihre Ängste zu beschwichtigen, führte stets zu derselben grauenhaften Wahrscheinlichkeit: dass jemand im Haus gewesen war, dass jemand sie zu erschrecken versuchte, dass jemand ihr womöglich Böses wollte. In ihrer überreizten Fantasie ging sie sogar so weit zu unterstellen, dass es gar keinen Stromausfall gegeben hatte, sondern dass die Stromzufuhr mut- und böswillig unterbrochen worden war – von einer

Person, die vielleicht nach wie vor im Haus war und nichts Gutes im Schilde führte.

Bei diesem Gedanken verließen sie die Kräfte. Mit zitternden Knien lehnte sie sich gegen die Wand und schnappte nach Luft, während sie sich immer wieder sagte, dass sie zu viele Horrorfilme gesehen hatte. Vieles, was seit ihrer Ankunft in diesem Haus passiert war, ließ sich als Täuschung eines überlasteten Verstands erklären: Schlaflosigkeit, Stress, ihre Periode und sogar – wenngleich sie es ungern zugab – Entzug der Medikamente, die sie leichtfertig in Eigenregie abgesetzt hatte. Die geköpfte Möwe hingegen war unbestreitbar real, und die konkrete Bedrohung, die sie beinhaltete, verscheuchte alle Geschichten von Geistern und nächtlichen Dämonen.

Zögernd drückte sie die Küchentür ein Stück auf.

Das Ächzen und Knarren des alten Holzes war ihr vertraut, ließ keine Alarmglocken bei ihr schrillen, und so wagte sie sich zögernd einen kleinen Schritt vor. Als nichts passierte, stieß sie so heftig gegen die Tür, dass sie mit einem lauten Knall gegen die Wand schlug. Wieder nichts. Im milchigen Licht, das durch die Rautenfenster fiel, sah sie, dass niemand in dem großen Raum war. Zu ihrer Erleichterung fand sie eine kleine, wiewohl starke Taschenlampe in einer Schublade der Anrichte. Sie stellte sie auf, bevor sie sich daranmachte, die Sturmlaterne zu entfachen, wobei ihre Hände so heftig zitterten, dass sie etwas Paraffinöl verschüttete. Erst das flackernde Licht, für sie ein Inbegriff für Behaglichkeit, ließ sie etwas ruhiger werden.

Nachdem sie vorsorglich die Hintertür zur Veranda sowie die Verriegelung der Fenster überprüft hatte, nahm sie den Ordner zur Hand und schlug das Blatt mit den Notfallnummern auf. Gerade wollte sie nach der Sturmlaterne greifen und zum Telefon gehen, als ihr Blick zufällig auf ihr Skizzenbuch fiel, das offen auf dem Tisch lag. Zoe stutzte. Das konnte nicht sein. Sie hatte es an dem Abend, als Edward es durchzublättern begann, sorgfältig versteckt, da war sie sich sicher.

Und noch etwas erschreckte sie: Die Zeichnung auf der aufgeschlagenen Seite war nicht von ihr.

Völlig verwirrt, zog sie den Block ins Licht und betrachtete die grobe Bleistiftskizze, die Figuren nicht mehr als Strichmännchen, wie von einem Kind gezeichnet – aber was sie darstellte, war unverkennbar. Ganz oben deuteten horizontale Wellenlinien das Meer an. Darunter war die Gestalt einer Frau, nackt, Brüste und Schamhaar grob skizziert, die Arme nach der Wasseroberfläche ausgestreckt. Ihre Augen waren zwei runde Kreise, ihr Mund zu einem dunklen Schrei weit geöffnet. Unter ihr, in der rechten unteren Ecke der Seite, gab es eine weitere Gestalt, die die Hand aus den Tiefen ausstreckte und ihren Knöchel umklammerte. Das Gesicht war nicht zu erkennen, doch es ließ die Umrisse eines gehässig grinsenden Totenkopfs erahnen.

Fast wäre Zoe die Laterne aus der Hand gefallen – sie fühlte sich, als würde ihre Brust unbarmherzig zusammengepresst, um sie am Atmen zu hindern. Das hier sollte sie sein, daran konnte es keinen Zweifel geben. Wer immer das gezeichnet hatte, war Zeuge der Ereignisse am Strand gewesen. Irgendjemand hatte sie an diesem Tag beobachtet und versuchte sie jetzt einzuschüchtern, ganz so wie Edward gesagt hatte. Und dieser Jemand war heute Abend ins Haus eingebrochen, um diese Zeichnung und die tote Möwe als Abschreckung oder als Warnung zu deponieren. Sie sollte verschwinden, das war die Botschaft.

Aber wer konnte das getan haben?

Unwillkürlich kamen ihr Dougie und Annag in den Sinn. Was hatten sie in dieser gottverlassenen Gegend gesucht? Was sonst gab es an dieser Straße bis auf das Haus? Beide waren keine liebenswerten Zeitgenossen, und Zoe traute ihnen durchaus Gemeinheiten zu, dennoch schieden sie aus. Wie hätten diese beiden von der Hand wissen können, die sie in die Tiefe ziehen wollte? Wie hätte überhaupt irgendjemand sehen können, was sie unter Wasser gefühlt hatte? Gesehen haben konnte es niemand. Wer immer dieses allegorische Bild gezeichnet hatte, musste aus erster Hand von ihrem traumatischen Erlebnis wissen.

Zoe schnappte sich Laterne und Ordner und stürzte zurück in die Diele, wo sie mit flatternden Fingern die Nummer der Drummonds wählte. Es klingelte lange, bevor sie Kayes verschlafene Stimme hörte: »Hallo, wer ist da bitte?«

Eben wollte sie zu sprechen beginnen, als ein Geräusch aus der Küche sie unterbrach und zusammenzucken ließ. Erst als sie das vertraute futuristische Dingdong eines eingehenden Skype-Anrufs erkannte, atmete sie erleichtert auf. Caleb. Ohne jede Erklärung ließ sie den Hörer fallen, hastete so schnell, wie das im Dunkeln möglich war, in die Küche, wo ihr Laptop offen auf dem Tisch stand, obwohl er geschlossen sein sollte. Beim Anblick ihres entzückenden Sohnes dann geriet alles andere in Vergessenheit.

»Mommy?« Seine Stimme klang gedämpft, sein Gesicht sah ängstlich und blass aus. »Wann kommst du?«

»Bald, Schatz. Ich werde zurück sein, bevor du dich versiehst.« Und weil sie das Gefühl hatte, ihn nicht mit vagen Auskünften abspeisen zu dürfen, fügte sie hinzu: »Du weißt ja, dass Mommy sich einen kleinen Urlaub nimmt. Um gesund zu werden, erinnerst du dich?« Er gab keine Antwort, blinzelte sie lediglich mit seinen ernsten dunklen Augen an. »Mommy und Daddy müssen außerdem über ein paar Dinge nachdenken, Schatz, und manchmal ist das leichter, wenn einer irgendwo anders hinfährt – damit man sich wenigstens nicht streitet.« Sie überforderte ihn, merkte sie, und zwang sich zu einem Lächeln. »Es wird alles gut, versprochen. Wo bist du? Versteckst du dich etwa unter der Decke?« Sie konnte den Hintergrund in Anbetracht der schlechten Bildqualität nicht erkennen. »Lass dich nur nicht von Daddy erwischen, sonst wird er sauer«, flüsterte sie in einem verschwörerischen Ton, der ihn zum Lachen bringen sollte.

Vergeblich, Caleb sah an ihr vorbei mit weit aufgerissenen Augen und starrer Miene.

»Was ist los, Schatz?«, fragte sie sanft. »Caleb?«

»Mommy?« Seine Stimme kam leise und ängstlich durch den Lautsprecher.

»Was denn, mein Liebling?« Sie beugte sich näher zum Bildschirm vor.

Er zögerte, als würde es ihm widerstreben weiterzusprechen.

»Ich mag diese Person hinter dir nicht.«

Als sie herumfuhr, war die Küche leer, in die flackernden Schatten getaucht, die die Sturmlaterne warf.

»Caleb? Wen hast du gesehen?«, rief sie hysterisch. »Hier ist niemand.«

In diesem Moment brach die Verbindung ab, sein Gesicht begann zu flimmern und löste sich schließlich auf. Lediglich ihr eigenes, hohläugiges Spiegelbild blickte ihr aus dem schwarzen Bildschirm entgegen. Hektisch klickte sie auf das

WLAN-Icon, ohne dass ein verfügbares Netzwerk angezeigt wurde. Enttäuscht knallte sie den Deckel zu und legte die Hände darauf, als wollte sie seine letzten Worte gefangen halten.

Sie wusste nicht, wie lange sie an diesem Tisch gesessen, sich wie im Tran gewiegt, blicklos auf ihre Hände gestarrt und nicht gewagt hatte, den Kopf zu heben. Zu beherrschend war die Angst vor dem, was sie in den Schatten des Zimmers oder gespiegelt in den dunklen Fenstern entdecken könnte.

Und all ihre Gedanken drehten sich um eine einzige Frage: Wen hatte Caleb hinter ihr im Zimmer gesehen?

Die Regung eines Schattens, den das flackernde Laternenlicht warf, oder eine echte Gestalt? Immerhin hatte er von einer Person gesprochen. Das Haus hüllte sich in Schweigen, gab ihr nicht den geringsten Hinweis. Sie wünschte, Edward wäre hier oder besser natürlich Caleb, der ihr, wenn er sich in ihre Arme schmiegte, etwas von der verloren gegangenen Bodenhaftung zurückgeben könnte, der sie wieder in der Realität verankern würde. Sie sehnte sich so verzweifelt nach ihm, dass sie es kaum aushielt. Trotzdem wollten die erlösenden Tränen nicht kommen.

Der kurze Kontakt mit ihrem Sohn hatte sie aus der Balance geworfen und Erinnerungen wachgerüttelt, die ihr ganzes Vorhaben infrage stellten. Alles erschien ihr mit einem Mal töricht und egoistisch. Was hatte sie auf dieser Insel zu suchen? Charles hatte recht: Es gab Dinge, vor denen konnte man nicht davonlaufen. Sie sollte zurückfahren. Morgen würde sie Dan anrufen, zugeben, dass sie einen Fehler begangen hatte, und ihren Flug umbuchen.

Ein Geräusch aus der Diele ließ sie aufhorchen. In ihrem

benommenen Zustand brauchte sie einen Moment, um zu begreifen, dass das Telefon klingelte. Mit einem Schürhaken in der einen und der Laterne in der anderen Hand eilte sie den Flur entlang, dabei die tote Möwe weiträumig umschiffend. Sie hoffte, dass es vielleicht Kaye war, die sich wegen des unterbrochenen Anrufs von vorhin meldete, und fürchtete gleichzeitig, es könnte ihre Mutter sein, der Dan blöderweise ihre Nummer gegeben hatte.

Keine von beiden war es.

»Hallo?«, meldete Zoe sich und meinte die Stimme einer Frau zu hören, die sie namentlich grüßte, aber die Worte gingen in einem plötzlichen Rauschen unter, als würde die Anruferin im Sturm von einem Handy aus telefonieren. Kurz darauf schwächte sich das Rauschen zu einem leichten Knistern ab, das sich nach einer alten Grammofonplatte anhörte, auf der die Musik gerade zu Ende war.

»Hallo?«, sagte Zoe noch einmal und wollte gerade auflegen, als der Gesang einsetzte.

Es war dieselbe Stimme wie in der ersten Nacht, dünn und schwermütig sang sie in der alten, kehligen Sprache von Schmerz und Sehnsucht, brechend bei den hohen Tönen, fast flüsternd bei den tiefen. Sie lauschte ungläubig, überlegte kurz, ob noch jemand in der Leitung sein könnte, doch dann verklang das Lied allmählich, und eine Frau sagte leise und deutlich: *Du wirst mir nicht nehmen, was mir gehört.*

Eine unverhohlene Drohung, die allerdings nicht aus einem vergangenen Jahrhundert herüberwehte, sondern dem Hier und Jetzt entstammte. Die Frau hatte exakt den Dialekt, wie er auf der Insel gesprochen wurde. Es musste sich also um eine Frau von Fleisch und Blut handeln und nicht um ein Geistwesen, das sich telefonisch aus dem Jenseits gemeldet hatte.

Eindeutig ein übler Scherz, den sich bösartige Dorfbewohner ausgedacht hatten, um sie in die Flucht zu schlagen. Diejenigen, die selbst zutiefst abergläubisch waren, spielten jetzt Geist. Vieles ließ sich sicher als Streich abhaken, doch leider nicht alles.

»Lass mich in Ruhe«, fuhr Zoe die Frau rüde an, bevor sie sich die Laterne schnappte und die Treppe hochrannte, den Schürhaken vor sich ausgestreckt. Wer wusste unter diesen Bedingungen schon, was sie oben erwartete. Ihr einziger Gedanke war, sich in ihrem Schlafzimmer einzuschließen und sich dort zu verstecken. Wovor, das vermochte sie nicht zu sagen. Sie wusste ja nicht einmal, wovor sie Angst hatte – und was ihr lieber wäre: es mit unfassbar Übersinnlichem zu tun zu haben oder mit handfest Menschlichem. Sooft sie sich auch einhämmerte: *Es ist nicht das, wonach es aussieht,* schwebte sie ständig in der Gefahr, den Verstand zu verlieren oder zumindest zu glauben, dass sie dabei war, verrückt zu werden.

Der nächste Vorfall war da wie Wasser auf ihre Mühlen.

Plötzlich war da der Schrei einer Frau, gefolgt vom leisen Gemurmel einer anderen Stimme. Zoe blieb mitten im Flur stehen, gebannt lauschend, begriff auf einmal, was sie da hörte. Unverkennbar waren es die ekstatischen Laute einer Frau kurz vor ihrem Höhepunkt – Laute extremer Lust am Rande des Schmerzes, wie Zoe sie in diesen wilden Träumen ebenfalls von sich gegeben hatte.

Die Geräusche kamen von weiter oben, aus der Richtung des Turmzimmers. Die Härchen auf ihren Armen stellten sich auf, sie fühlte sich gefangen in einer unangenehmen Mischung aus Schuldgefühlen und Erregung. Als die Frau sich ihrem fieberhaften Höhepunkt zu nähern schien, begann es Zoe voller Entsetzen zu dämmern, dass die Schreie nicht länger Ausdruck von Lust waren, sondern von Schmerz oder Angst. Das konnte sie sich nicht einbilden – dort oben war eine Frau, die gequält wurde. Ohne lange nachzudenken, stürmte sie die Treppe zum Obergeschoss hoch, zwei Stufen auf einmal nehmend, den Schürhaken in der Hand. Dann rüttelte sie an der Tür des Turmzimmers, sie schien verschlossen zu sein wie in jener Nacht, als sie das Lied zum ersten Mal gehört hatte, und sie hätte vielleicht aufgegeben, wenn sie neben den verzweifelten Schreien der Frau nicht noch etwas anderes gehört hätte, die weinerliche Stimme eines Kindes: *Mama, Mama, hör auf!*

Von wilder Entschlossenheit gepackt, warf sie sich mit der Schulter gegen die Tür, riss an dem Knauf, bis er auf einmal nachgab und sie nach vorne geschleudert wurde. Im Dunkeln tastete sie sich vor zur Wendeltreppe, setzte zögernd einen Fuß auf die unterste Stufe, ihre Nerven zum Zerreißen gespannt. Die Schreie gingen weiter, wenngleich sie jetzt, wo sie näher dran war, seltsamerweise leiser und weiter entfernt schienen. Mondlicht fiel von oben herunter. Ein gewaltiger Adrenalinschub trieb sie weiter, bis sie das Turmzimmer erreichte. Leer. Sie drehte sich einmal im Kreis, die Laterne ausgestreckt, spähte unter das umlaufende Bord. Nichts. Andere Verstecke gab es hier nicht.

Zoe trat ans Fenster und sah hinunter zum Strand, wo der stürmische Wind das Dünengras flach auf den Sand drückte wie ein kauerndes Tier, während die hohen Wellen sich mit weißen Gischtwolken donnernd an den Felsen brachen. Auf einem Dachgiebel genau unter ihr hockte eine Heringsmöwe und stieß laute, klagende Schreie aus.

Nachdem sie die Lampe abgestellt hatte, lehnte sie sich gegen den Fenstersims. Das Kreischen der Möwe war unheimlich; manchmal klang es wie ein menschlicher Schrei, fast orgiastisch. War es das, was sie gehört hatte? Hatte ihr Verstand genau das getan, wovon Charles gesprochen hatte – die Geräusche um sie herum so interpretiert, dass sie zu einer bestimmten Vorstellung passten? Möglich, aber was war mit der Stimme dieses Kindes? Zumindest das konnte keine Möwe gewesen sein.

Erneut öffnete der Vogel seinen gekrümmten gelben Schnabel und seinen Schrei in die Dunkelheit übers Meer. Ein Gedanke schoss ihr durch den Kopf. War es womöglich die Mutter des toten Jungtiers, die um ihr Kind trauerte? Sie hatte keine Ahnung, ob Möwen das taten, doch es würde passen. Sie zog einen Hocker unter dem Bord hervor und setzte sich so hin, dass sie nicht allein den Strand, sondern desgleichen die Treppe im Auge behalten konnte. Wie die gefangene Prinzessin in ihrem Turmverlies, dachte sie und schloss ihre Finger fester um den Schürhaken. Eine unheimliche Stille lag jetzt über dem Haus. Selbst die Möwe hatte ihre Nachtwache aufgegeben und war davongeflogen, ein blasser Schemen im Mondlicht.

Nach einer Weile begann sich Zoe sicherer zu fühlen. Sie hätte nicht sagen können, wie lange sie so dasaß und aufs Meer hinausschaute und die Wolken beobachtete, die der Wind vor sich her jagte. Jedes Mal, wenn ihre Lider schwer wurden und ihr der Kopf auf die Brust sank, gab sie sich einen Ruck. Sie musste wach bleiben für den Fall, dass die Person, die sich ins Haus geschlichen hatte, in ihre Zuflucht vorzudringen versuchte.

Irgendwann, sie war wohl ein wenig eingenickt, vernahm sie Schritte auf der Treppe. Alarmiert richtete sie sich auf, rutschte von ihrem Hocker und kauerte sich hin, umklammerte ihre behelfsmäßige Waffe mit beiden Händen, die Arme zitternd vor Anspannung. Viel würde sie damit kaum ausrichten können. Angstvoll starrte sie zur Treppe, wo jetzt ein Schatten zu sehen war, grotesk in die Länge gezogen von einem flackernden Licht.

»Ich bringe dich um, wenn du noch einen Schritt näher kommst«, stieß sie mit zugeschnürter Kehle mühsam hervor.

Dann tauchte ein Mann aus dem Dunkel auf.

»Zoe? Mein Gott!« Mick Drummond leuchtete ihr mit seiner Taschenlampe ins Gesicht, woraufhin sie schützend einen Arm vor die Augen hob, den Schürhaken mit der Spitze auf den Ankömmling gerichtet. »Was ist los? Ich wollte Sie nicht erschrecken – hab eine Ewigkeit an der Haustür geklingelt, und als keine Antwort kam, dachte ich, ich schließe besser auf und sehe nach, ob Ihnen nichts passiert ist. Kaye hat gesagt, Sie hätten sie angerufen und dann aufgelegt – Sie könnten in Schwierigkeiten stecken, meinte sie. Deshalb bin ich hergekommen … Um mich zu vergewissern, dass mit Ihnen alles in Ordnung ist.«

»Jemand war im Haus.« Sie konnte sich vorstellen, wie sie auf ihn wirken musste, mit wildem Blick, geistesgestört, einen Schürhaken in der Hand. »Er hat mir den Strom abgestellt.«

Mick musterte sie verwundert. »Nein, es sind lediglich alle Sicherungen rausgeflogen, offenbar hat es einen Kurzschluss gegeben. Vielleicht ist eine Lampe, die Sie angelassen haben, durchgebrannt. Haben Sie nicht im Sicherungskasten nachgeschaut? Unter der Treppe – dort, wo ich es Ihnen gezeigt habe.«

Seine Stimme klang leicht vorwurfsvoll, aber sie achtete

weder auf seinen Tonfall noch auf seine Erklärungen zu dem angeblichen Stromausfall.

»Trotzdem war jemand im Haus«, rief sie hysterisch. »Er hat eine tote Möwe im Flur hingelegt, ohne Kopf.«

»*Was?* Wer soll das getan haben?«

»Weiß ich nicht, irgendwer. Ich zeige Ihnen den Vogel.«

»Na, dann kommen Sie. Den Schürhaken brauchen Sie nicht mehr, okay?« Er sprach so nachsichtig mit ihr wie mit einem verwirrten Kind und ging, von ihr gefolgt, zurück ins Erdgeschoss, wo er den Sicherungskasten inspizierte.

»Ja, da haben wir's – die Sicherung fürs Bad im ersten Stock ist durchgebrannt und hat alles lahmgelegt. Wenn das noch mal passiert, drücken Sie einfach diesen kleinen Schalter wieder hoch, sehen Sie?«

Zoe, die sich flach gegen die Wand gedrückt hatte, nickte und schloss die Augen, als auf einmal überall das Licht anging.

»Da«, sagte sie mit zitternder Stimme, und jetzt sah auch Mick den kleinen Leichnam, der im Schein der Lampen geradezu erbärmlich aussah.

»O verdammt. Das erklärt jedenfalls den Geruch.« Mick kauerte sich hin, um den Kadaver genauer zu untersuchen. »Ich würde sagen, das war eine Katze«, meinte er vorsichtig. »Egal, ist schon scheußlich, so etwas zu finden. Kein Wunder, dass Sie dermaßen aufgewühlt sind.«

Irgendwie glaubte sie ihm nicht.

»Wo kommt denn hier draußen eine Katze her? Und wie hätte sie ins Haus gelangen sollen?«, widersprach sie heftig.

Er richtete sich auf, hob eine Schulter. »Eine Wildkatze vielleicht. Haben Sie irgendwelche Türen oder Fenster offen gelassen?«

Empört funkelte sie ihn an. »Wollen Sie mir etwa weismachen, dass eine verdammte *Wildkatze* ins Haus käme?«

»Na ja, keine echte Wildkatze«, räumte er unbehaglich ein, »die haben wir auf den Inseln nicht. Ich meinte eher eine weggelaufene Hauskatze, die verwildert ist. Sie würden sich wundern, durch was für kleine Öffnungen diese cleveren Kerlchen sich zwängen können. Selbst durch ein Fenster, das gerade mal einen Spalt breit offen ist …«

Sie schüttelte den Kopf. »Nein, es war jemand im Haus. Mein Sohn hat ihn gesehen«, ergänzte sie, ohne zu bedenken, was sie damit auslöste.

Jetzt würde Mick sie endgültig für vollends verrückt halten, und sie kam kaum umhin, eine plausible Erklärung abzugeben.

Erwartungsgemäß fiel Mick die Kinnlade runter. »Ihr *Sohn?«*

»Ja, auf Skype. Er hat jemanden in der Küche gesehen.«

Sie tat so, als wäre das das Normalste von der Welt.

»Aber …« Sein Stirnrunzeln vertiefte sich, er war gleichermaßen beunruhigt wie irritiert über diese weibliche Unlogik. »Wie können Sie denn geskypt haben? Hier gibt es schließlich keine Verbindung, wie ich Ihnen mehrmals gesagt habe …«

»Doch, es gibt ein Netzwerk, das kommt und geht. Ich habe es ein paarmal gefunden. Es heißt McBride.«

Verdammt, sie biss sich auf die Zunge. Jetzt hatte sie Mick endgültig den Beweis geliefert, dass bei ihr im Oberstübchen was nicht stimmte, dass sie unter Halluzinationen litt. Niemand würde ihr glauben – das mit dem Internet nicht und erst recht nicht das mit dem Namen.

»Das würde ja gar nicht …«, begann er, um sich sogleich zu bremsen. Als er neu ansetzte, war seine Stimme sanft, nachsichtig – so wie man eben mit einer Verrückten sprach. »Hören Sie, Sie stehen eindeutig unter Schock, ist ja verständlich. Das scheußliche Wetter, kein Strom, der tote Vogel … Sie könnten jetzt eine Tasse Tee und einen kleinen Whisky gebrauchen, würde ich sagen.« Er hielt inne und stieß die verunstaltete Möwe mit dem Fuß an. »Kaye hat so was geahnt, dass Sie mit den Nerven am Ende sind … Sie meinte, dass ich Sie sofort mit zu uns nehmen soll, wir haben ein paar Gästezimmer. Es war eine strikte Anweisung«, ergänzte er lächelnd, als er ihr Zögern bemerkte.

Aha, dachte sie. Obwohl niemand es aussprach, wusste jeder, dass etwas mit dem Haus nicht in Ordnung war. Dennoch blieben alle hartnäckig bei der Version, dass es kein objektives, sondern ein rein subjektives Problem sei, nämlich ihres. Auch so konnte man jemanden in den Wahnsinn treiben, dachte sie mit einem Anflug von Zynismus, aber ihr fehlte die Energie, sich zu streiten. Also nickte sie zustimmend.

Mick schien sichtlich erleichtert. »Okay, schön. Suchen wir uns vorher noch einen Müllbeutel und schaffen diesen armen Burschen hier weg«, sagte er mit einem aufgesetzten Lächeln.

»Und dann ab ins Dorf.«

Bevor sie das Haus verließen, überprüfte Mick alle Türen und Fenster, und sie folgte ihm wie ein ängstliches Kind.

»Alles fest verschlossen«, bestätigte er und schüttelte den Kopf. »Jetzt verstehe ich wirklich nicht mehr, wie eine Katze hätte hereinkommen sollen.«

»Da ist noch etwas«, warf Zoe ein. »Jemand hat etwas in mein Skizzenbuch gezeichnet, und ich bin mir ziemlich sicher, dass das keine Katze war.«

»Tatsächlich?« Zum ersten Mal schien Mick ernstlich bestürzt. »Ein Bild wovon?«

»Ich glaube, es soll darstellen, wie ich ertrinke.«

»Um Gottes willen. Sind Sie sicher, Zoe? Das ist ja schrecklich. Allerdings kann ich keine Anzeichen finden, dass Türen oder Fenster gewaltsam geöffnet worden wären.«

Sie zuckte mit den Schultern und fragte sich, ob er überhaupt ahnte, dass es unter seinen Nachbarn einige gab, die gegen ihn arbeiteten und ihn daran zu hindern suchten, das Haus zu vermieten. Und wenn er das nicht wahrhaben wollte, war es das Bequemste, alle sonderbaren Vorkommnisse auf ihre überreizte Fantasie oder ihre schwachen Nerven zu schieben.

»Ob ich mir sicher bin, dass in meinem Skizzenbuch ein Bild ist, das ich nicht gezeichnet habe?« Sie funkelte ihn entrüstet an, bis er den Blick senkte. »Gibt es vielleicht irgendeinen verborgenen Zugang zum Haus?«

Er kratzte mit den Fingernägeln über die Stoppeln an seinem Kinn. »Nein. Es sei denn …«

»Was?« Ein Kribbeln lief ihr über den Nacken.

»Draußen ist eine Luke, die früher in den Kohlekeller führte. Seit der Renovierung ist sie überflüssig und mit einem Vorhängeschloss gesichert. Sehen wir lieber kurz nach, würde ich sagen.«

Der Wind blies ihnen so stürmisch entgegen, dass Zoe sich kaum dagegenzustemmen vermochte. Sie hielt sich dicht hinter Mick, der mit einer großen Stablampe voranstapfte. Nachdem sie die Südseite des Hauses umrundet hatten, blieb er stehen und deutete auf einen Holzkasten mit schräg abfallendem Dach und einer Flügeltür. Das stählerne Vorhängeschloss war völlig intakt, soweit sie das beurteilen konnte, und zudem ziemlich neu. Mick kniete sich hin, um es im Licht der Taschenlampe eingehend zu begutachten.

»Sieht mir recht solide aus«, meinte Zoe, die über seine Schulter spähte.

»In der Tat.« Er hob den Kopf, und als er sie ansah, glaubte sie einen Anflug von Angst in seinen Augen aufflackern zu sehen. »Keinerlei Spuren, dass sich jemand an dem Ding zu schaffen gemacht hat.«

»Und wie ist dann die Möwe in die Diele gekommen?«

Mick erhob sich und klopfte den Sand von der Hose. Zoe fand, dass er ziemlich beunruhigt wirkte.

»Ich hab keine Idee, Zoe. Im Grunde gibt es nur eine einzige plausible Erklärung, dass nämlich irgendwo ein Fenster offen gewesen ist.«

»Sie haben doch nachgesehen.«

»Ja, aber vielleicht …« Er trat von einem Fuß auf den anderen und sah zum Strand hinüber, wich ihrem Blick aus. »Vielleicht können Sie sich nicht erinnern, es geschlossen zu haben, als Sie nach Hause kamen. Falls Sie ein bisschen … durcheinander oder so waren.«

Er meinte betrunken, dachte sie gekränkt. Oder verrückt. Sie wollte ihm bereits in die Parade fahren und versichern, dass dem ganz gewiss nicht so sei, daran würde sie sich schließlich erinnern … Bevor sie es aussprach, wurde ihr dann bewusst, dass sie das eigentlich nicht mit gutem Gewissen behaupten konnte. Nicht wenn man die Schreie einer Möwe für die einer Frau hielt, wenn man Stimmen aus leeren Räumen hörte und ansonsten so einiges durcheinanderbrachte. Lediglich der tote Vogel und die Zeichnung waren ganz real, das hatte sie sich nicht eingebildet. Und deshalb musste ein Fremder im Haus gewesen sein.

»Irgendjemand ist irgendwie eingebrochen«, beharrte sie stur. »Dafür gibt es Beweise.«

Mick seufzte. »Okay. Ich komme morgen vorbei und sehe mir alle Schlösser bei Tageslicht erneut ganz gründlich an. Bloß wüsste ich wirklich nicht, wie …«

Plötzlich durchzuckte sie ein Gedanke.

»Hat außer Ihnen jemand einen Schlüssel?«, unterbrach sie ihn aufgeregt. »Einer von Ihren Freunden vielleicht?«

»Natürlich nicht. Wir haben die Ersatzschlüssel für Notfälle, das reicht.« Er klopfte auf seine Tasche. »Kommen Sie, ich nehme Sie mit zum Pub. Sie trinken eine Tasse Tee und gehen dann schlafen. Ein paar Leute müssen morgen arbeiten.« Er sah demonstrativ auf seine Armbanduhr. »Oder heute, genauer gesagt.«

»Wie alt ist Ihr Sohn denn?«, erkundigte sich Mick, als sie im Auto Richtung Dorf fuhren.

Obwohl er sich bemühte, nicht übertrieben neugierig zu klingen, merkte sie ihm an, wie versessen er darauf war, ihr endlich ein paar persönliche Details zu entlocken. Zoe unterdrückte ihren Ärger, schließlich hatte sie sich das selbst eingebrockt.

»Er ist zehn.«

»Ein schönes Alter, wenn man davon absieht, dass die Kids langsam launisch werden. Weiß ich von unserer Megan, die ist nämlich zehn. Unsere kleine Josie mit ihren sieben Jahren ist da einfacher. Wo haben Sie Ihren Jungen denn gelassen?«

»Er ist zu Hause.«

»Ach ja? Bei seinem Daddy, nehme ich an?«

»So ist es.«

»Und Ihre bessere Hälfte hat nichts dagegen, dass Sie sich einfach so davonmachen?«

»Nein.«

Ihre Antwort überraschte Mick sichtlich, kein Wunder bei dem hier vorherrschenden Frauenbild. Entsprechend fiel sein Kommentar aus.

»Na ja, was geht's mich an. Trotzdem: Setzen Sie Kaye keine Flausen in den Kopf, okay? Ich möchte wetten, sie würde sich zu gern einen kleinen Urlaub von den Mädchen gönnen. Wär mir nicht recht – Ihr Kerl muss ein großzügigerer Mann sein als ich, alle Achtung.«

Zoe lachte matt. In Wirklichkeit hielt er Dan für einen Trottel und sie für ein egoistisches Weibsstück. Sollte er getrost, das taten alle anderen ohnehin.

»Ich habe übrigens Ihren Freund Dougie vorhin mit seinem Pick-up hier vorbeifahren sehen«, wechselte sie das Thema.

»Dougie? In dieser Gegend, sagen Sie?«

»Ja, und er hatte Ihre Bedienung dabei.«

Er sah aus, als würden sich in seinem Kopf lauter kleine Rädchen drehen.

»Ach ja. Annag kellnert an ihren freien Abenden ein bisschen drüben im Golfhotel. Für die jungen Leute gibt es hier nicht allzu viele Jobs. Sie würde die Insel am liebsten verlassen, das arme Ding, doch sie steckt hier fest wegen ihres kleinen Bruders. Dougie hat sie nach Hause gefahren, nehme ich an.«

»Ich dachte, der Golfplatz liegt auf der anderen Seite des Ortes?«

Mick zögerte. »Vielleicht sind im Sturm ein paar Bäume auf

die andere Straße gestürzt, dann muss man den Umweg an der Küste entlang machen.«

Zoes Kenntnisse der Inselgeografie reichten nicht aus, um den Wahrheitsgehalt von Micks Auskunft überprüfen zu können – immerhin hegte sie den Verdacht, dass Mick nach Ausflüchten gesucht hatte, weil er sich gegen das Naheliegende sträubte.

»Ich dachte, an dieser Straße liegt nichts außer dem Mc …, außer Ihrem Haus?«

Seine Miene verdüsterte sich, wurde mit einem Mal misstrauisch.

»Worauf wollen Sie eigentlich hinaus?«

Verlegen blickte sie auf ihre Hände, die sie im Schoß gefaltet hatte. Erinnerte sich daran, dass Edward ihr gesagt hatte, Dougie habe Mick bei den Renovierungsarbeiten geholfen. Da war es ein Leichtes, sich einen Nachschlüssel zu beschaffen. Dennoch konnte sie das Mick nicht ohne einen begründeten Verdacht sagen.

»Ich will auf nichts Besonders hinaus – wenngleich ich es ungewöhnlich fand, jemanden aus Richtung des Hauses kommen zu sehen.«

»Moment mal! Sie wollen hoffentlich nicht unterstellen, dass es Dougie war, der dort eingebrochen ist?«

»Nein, natürlich nicht. Ich dachte einfach …«

»Ausgeschlossen, dass es Dougie war. Er kommt allein deshalb nicht infrage, weil er ums Verrecken nicht zeichnen kann.«

Er lachte schallend auf, und sie stimmte in sein Gelächter ein, um die Anspannung des Augenblicks zu überspielen. Danach fuhren sie eine Weile schweigend weiter, bis Mick auf eine Sache zu sprechen kam, die ihn sichtlich beschäftigte.

»Haben Sie wirklich ein WLAN-Netzwerk gefunden?«, erkundigte er sich argwöhnisch. »Sie denken sich das bestimmt nicht aus?«

»Ich schwöre es. Bin allerdings nur sporadisch reingekommen. Und es geht schnell wieder weg.«

»Ehrlich gesagt, verstehe ich nicht, wie das funktionieren kann.«

»Ich habe von Technik ebenfalls keine Ahnung – aber könnte das nicht was mit Satelliten zu tun haben, die irgendwo im All herumschwirren?«

»Und wieso McBride? Das muss ein kranker Witz sein. Schwören Sie, dass Sie mich nicht auf den Arm nehmen?«

»Warum sollte ich das tun?«

»Ohne Grund. Es sei denn …« Er sah sie von der Seite mit einem zutiefst vorwurfsvollen Blick an. »Es sei denn, Sie haben viel Zeit mit Charles Joseph verbracht und sich seine tollen Geschichten angehört. Ich hatte schon den Verdacht, Sie beide wollen vielleicht den Eindruck erwecken, dass oben beim Haus seltsame Dinge vor sich gehen, um sich auf meine Kosten ein bisschen zu amüsieren. Er weiß, dass ich es hasse, wenn die alten Geschichten aufgerührt werden.«

»Das würde ich niemals tun, Mick.« Sie legte ihm eine Hand auf den Arm. »Im Ernst, ich schwöre es. Und ich kann mir auch nicht vorstellen, dass Mr Joseph das täte.«

»Oh, da kennen Sie Charles schlecht. Lassen Sie sich von seinem jovialen, augenzwinkernden Gehabe, dieser Professorennummer nichts vormachen. Er ist ein listiger Fuchs. Er will ein Buch über meine Familie schreiben, wie Sie wahrscheinlich wissen. Er hofft, damit viel Geld zu verdienen.«

»Und Sie wollen nicht, dass er das tut?«

Er stieß ein geringschätziges Räuspern aus.

»Okay, meine Leute haben sich damals nicht unbedingt mit Ruhm bekleckert. Trotzdem möchte ich nicht unbedingt in einem Buch lesen, dass ich eine Hexe und Kindsmörderin zur Ururgroßtante habe. Schlimm genug, dass die Inselbewohner die Sache nicht ruhen lassen. Aber dass hernach ein paar Schwachköpfe aus Amerika oder sonst woher kommen und Fotos vom Haus schießen, das will ich nicht. Ich muss an meine Mädchen denken. Nichts für ungut.«

»Ich glaube nicht, dass das die Art Buch ist, die Charles schreiben würde«, wagte sie sich vor. »Es könnte den Namen Ihrer unglücklichen Vorfahrin sogar reinwaschen, denke ich.«

»Sie haben ja keine Ahnung! Es würde für niemanden hier einen Pfifferling ändern, die Leute lieben die Geschichte – weil sie so schön gruselig ist. Niemand interessiert sich für die Wahrheit, wie immer die aussehen mag.«

»Mr Joseph wäre der Richtige, um sie herauszufinden.«

»Ach ja?« Mick sah sie prüfend an, während er auf den Parkplatz des Pubs einbog. »Wie ich sehe, hat er Sie bereits kräftig eingewickelt.« Er stellte den Motor ab und wandte ihr sein Gesicht zu. »Sehen Sie, genau deshalb hat es mir Sorgen bereitet, dass Sie mit ihm reden. Ich hatte Angst, er könnte Ihnen irgendwelche Flausen in den Kopf setzen. Sie dazu bringen, sich Dinge einzubilden. Wir wollten nicht, dass Sie sich grundlos in dem Haus ängstigen.«

»Die Geschichten beunruhigen mich nicht.«

»Wirklich nicht?«

Er sah sie an, eine Augenbraue fragend hochgezogen. Vermutlich dachte er gerade daran, in welch desolater Situation er sie im Turm vorgefunden hatte.

»Hören Sie – ich weiß, ich habe vorhin ziemlich hysterisch gewirkt.« Sie wunderte sich, wie ruhig sie klang. »Doch ich *weiß*, dass jemand ins Haus eingebrochen ist. Die neuen Geister beunruhigen mich, die alten nicht.«

»Geister.« Mick schenkte ihr ein dünnes Lächeln. »Nein, Sie sind zu schlau, um an das alles zu glauben. Ich werde die Schlösser morgen überprüfen und vielleicht eine Alarmanlage installieren. Wir haben uns die ganze Mühe schließlich nicht umsonst gemacht.« Er sah am Haus hoch, wo in einem der oberen Fenster Licht brannte. »Kommen Sie, Kaye wartet auf uns. Sprechen Sie bitte leise, damit die Mädchen nicht aufwachen.«

»Soll ich Sie mit Salbei einreiben, bevor Sie sich schlafen legen?«

»Entschuldigung, wie bitte?«

Zoe legte die Hände um ihren dampfenden Becher und sah Kaye an, deren Gesicht seltsam jung aussah ohne das starke Augen-Make-up – die rosa Haare waren zu einem Pferdeschwanz gebunden.

»Das ist ein Reinigungsritual. Man verbrennt weißen Salbei, weil er die Dunkelheit absorbiert und die Aura nach traumatischen Erfahrungen zu reinigen hilft.«

Sie meinte das völlig ernst.

»O nein, schon gut, wirklich. Es war eigentlich gar nicht traumatisch, ich habe lediglich …« Zoe lächelte, suchte die richtigen Worte, um das Gespräch zu beenden, ohne Kaye zu kränken. »Vermutlich habe ich einfach überreagiert. Es tut mir leid, dass ich Sie geweckt habe – ich komme mir wie ein Idiot vor. Das sind lediglich die Hormone«, ergänzte sie vertraulich in der Annahme, dass Kaye für so etwas Verständnis hatte.

Kaye rutschte auf dem schmalen Bett näher an sie heran, zog sich ihren flauschigen rosa Morgenmantel fester über die Brust und fixierte Zoe eindringlich.

»Haben Sie wirklich jemanden gesehen, oder war es eher eine Art *Erscheinung?*«

Zoe lehnte den Kopf gegen die Wand und betrachtete die Einrichtung: den billigen Kiefernschrank, die geblümten Vorhänge, den schlichten weißen Nachttisch mit dem altmodischen Radiowecker zwischen den beiden Betten. Undeutlich erinnerte sie sich an einen alten Horrorfilm, in dem ein Typ in einem Hotelzimmer mit zwei Einzelbetten abstieg und in der Nacht aufwachte und feststellte, dass in dem anderen Bett jemand geschlafen hatte. Sie schloss die Augen und versuchte so auszusehen, als wäre alles in bester Ordnung. Ansonsten bestand durchaus die Gefahr, dass Kaye anbieten würde, bei ihr im Zimmer zu bleiben. Sie hatte es nicht so mit diesen merkwürdigen Aufgüssen und ihren angeblich wundersamen Wirkungen. Ihr war das große Glas Whisky, das Mick ihr eingeschenkt hatte, weitaus lieber gewesen.

»Wissen Sie, ich hab Sie am Telefon gehört.« Kaye dämpfte ihre Stimme. »Bevor Sie aufgelegt haben, da haben Sie *Lass mich in Ruhe* gebrüllt. Dass Sie mich nicht meinten, war mir klar. Es hat angefangen, hab ich zu Mick gesagt. Ich wusste, dass Sie Schwierigkeiten hatten.«

»Ehrlich gesagt, dachte ich, meine Mutter sei am Telefon gewesen«, erklärte sie mit einem unfrohen Lachen.

Kaye ließ sich nicht täuschen, legte Zoe eine Hand auf den Arm.

»Verstehen Sie mich nicht falsch, aber ich hab Mick abgeraten, an Sie zu vermieten. Eine Frau allein sollte nicht dort sein, hab ich gesagt. Bloß waren Sie die Erste, und er wollte nicht warten, war nervös wegen des Geldes. Es war eine falsche Entscheidung.«

Sie presste die Lippen zusammen und schüttelte den Kopf.

»Warum wolltet ihr eigentlich nicht dort leben, Kaye? In diesem wunderschönen Haus, auf das Mick so stolz ist.«

Kaye zögerte, befand sich sichtlich in einem Loyalitätskonflikt.

»Es ist nicht …« Sie brach ab und setzte neu an: »Zoe, es gibt da etwas, was Sie über mich wissen müssen – ich hab für manche Dinge eine sehr hohe Sensibilität. Ich ahne Dinge voraus. Meine Großmutter hatte diese Gabe, und sie hat sie an mich weitergegeben.« Sie beugte sich näher vor, forschte in Zoes Gesicht nach einem Zeichen des Erkennens. »Natürlich glaubt Mick an nichts von alledem. Oder er will es nicht. Für jemanden wie mich wäre es eine Folter, an einem Ort zu leben, wo es übersinnliche Strömungen gibt. Und ich muss zudem an meine Mädchen denken – ich weiß nicht, ob eine von ihnen vielleicht ebenfalls die Gabe hat. Es würde mich nicht wundern, denn Kinder reagieren hochempfindlich auf Energiefelder.«

Zoe blinzelte. »Das heißt im Klartext, Sie glauben, dass es in dem Haus wirklich spukt?«

Kaye wandte den Kopf hin und her, als wollte sie eine eindeutige Bestätigung vermeiden.

»Hören Sie, Zoe. Sie kennen die alte Geschichte inzwischen ja. Mir kann niemand erzählen, dass ein Ort mit einer solchen Vergangenheit sie nicht in seinem übersinnlichen Gedächtnis bewahrt. Manche Leute werden von solchen Dingen überhaupt nicht berührt, sie könnten dort leben und bekämen nichts davon mit. Andere hingegen …« Sie hob die Hände. »Und ich glaube, Sie gehören zur zweiten Kategorie und können solche Dinge spüren. Genau wie ich.«

»Und wie Charles«, murmelte Zoe, obwohl sie es gar nicht hatte aussprechen wollen.

Bevor sie auf die Insel kam, hätte sie eine Frau wie Kaye als Spinnerin abgetan mit ihren Kristallamuletten und ihren Auren und ihrem abscheulichen Kräutertee. Jedenfalls als absoluten Antityp. Jetzt war sie sich da nicht mehr so sicher. Vielleicht besaß sie wirklich die Fähigkeit, Dinge wahrzunehmen, die sich dem normalen Begreifen entzogen.

»Ja, Charles hat viele verborgene Seiten«, flüsterte Kaye mit einem Lächeln. »Er kleidet das alles in seine intellektuelle Sprache, aber er hat die Gabe und noch ein paar mehr. Ich kann es den Leuten, die sie haben, ansehen. Deswegen hab ich es sofort gewusst.«

»Sie meinen, er hat übersinnliche Fähigkeiten?«

Sie dachte an Charles' professorale Art und musste fast lachen, bis sie sich an seine wissenden Augen erinnerte und an seine nebenbei hingeworfenen Anspielungen, dass er mehr über sie wisse, als sie freiwillig preisgeben wolle.

»Übersinnliche Fähigkeiten? Machen Sie Witze? Er ist ein verdammter *Zauberer,* wenn Sie mich fragen. Sagen Sie ihm nicht, dass ich das gesagt habe.« Kaye grinste. »Hören Sie zu, es ist zwei Uhr morgens. Sie wollen sicher schlafen.« Sie stemmte sich hoch und zog den Gürtel ihres Morgenmantels fester zu. »Ich hole Ihnen ein frisches Handtuch. Wenn Sie wollen, schlafe ich heute Nacht bei Ihnen. Das macht mir nichts aus.«

»Nicht nötig. Ich werde in null Komma nichts einschlafen. Tut mir echt leid, dass ich Ihre Nachtruhe gestört habe.«

»Seien Sie nicht albern. Sie können uns jederzeit anrufen, ich verstehe Sie sehr gut«, fügte sie verschwörerisch hinzu und wandte sich zum Gehen.

Zoe wartete, bis sich die Tür geschlossen hatte, dann griff sie nach der kleinen Tasche, die sie mitgebracht hatte. Obwohl sie sich völlig zerschlagen fühlte und ihre Augen kaum offen halten konnte, würde sie kein Auge zutun, das wusste sie. Nicht allein wegen der überstandenen Aufregungen, nein da war noch etwas anderes, das sie nicht zur Ruhe kommen ließ: Heimweh, Sehnsucht nach zu Hause.

Um sich abzulenken, packte sie die wenigen Gegenstände aus, die sie sich bei ihrem hastigen Aufbruch geschnappt hatte: eine Zahnbürste, ein frisches T-Shirt, ihr Handy und das Ladegerät und die Ausgabe von Charles' Buch über die Mythen der Welt. Sie blätterte das Register durch, bis sie fand, was sie suchte, und schlug das Kapitel mit der Überschrift *Inkubus* auf.

14

»Ich habe gestern Nacht wieder diesen Schäfer gesehen«, erzählte sie Mick, als er sie am nächsten Morgen zurückfuhr.

Der Wind hatte sich gelegt, und hohe weiße Wolken schwebten an einem blassen Himmel; der kleine Ort mit seinen pastellfarben gestrichenen Häusern sah bei gutem Wetter fast idyllisch aus. Überhaupt stellte sich bei Tageslicht so manches anders dar, dachte Zoe. Selbst albtraumhafte Erlebnisse verloren ihren Schrecken. Jetzt im hellen Sonnenschein kamen ihr ihre Reaktionen der vergangenen Nacht sogar furchtbar albern vor.

»Was denn für ein Schäfer?«, fragte er.

»Draußen im Moor. Der, den ich an dem Abend, als ich mit dem Fahrrad herumgeirrt bin, zum ersten Mal gesehen habe. Der, von dem Sie meinten, es sei ein Schäfer gewesen.«

Mick blickte sie verständnislos an. »Ich wüsste nicht, wer das hätte sein sollen. Auf dieser Seite der Hügel gibt es kaum noch Schafe.«

»Sie haben mir doch selbst gesagt, dass es niemand anders als ein Schäfer gewesen sein kann. Irgendein Ziel muss diese Person schließlich gehabt haben. Er schien von der Straße ins

Nirgendwo abzubiegen. Oder sie«, korrigierte sie sich, als sie an die langen Röcke dachte, die sie unter dem Umhang gesehen zu haben glaubte.

»Na ja, vielleicht war es einer der bei der Landsäuberung übrig gebliebenen Kleinbauern, die kennen die Wege übers Moor besser als irgendjemand sonst. Ein paar wenige gibt's noch. Hören Sie, Zoe ...« Er wandte sich mit besorgter Miene zu ihr um. »Wir haben geredet, ich und Kaye. Sie müssen nicht in das Haus zurückkehren, wenn Sie sich dort nicht wohlfühlen. Zumindest werde ich einen Bekannten auf dem Festland anrufen und sehen, ob er eine Alarmanlage installieren kann, dauert allerdings eine Woche oder so. Bis jetzt hab ich nie darüber nachgedacht – eigentlich ist das hier eine Gegend, wo man die Türen unverschlossen lässt. Aber Sie sollen sich ja sicher fühlen ... Bis das Ding eingebaut ist, können Sie gern bei uns im Pub wohnen. Wenn Sie es sich insgesamt anders überlegt haben, kriegen Sie natürlich Ihr Geld zurück«, erklärte er mit resigniertem Unterton.

»Nein, nein, ich bleibe«, versicherte sie, bevor ihre Aufmerksamkeit auf etwas anderes gelenkt wurde. »Der Buchladen ist ja geschlossen«, rief sie verwundert. »Ist das normal an einem Montag?«

»Fragen Sie mich nicht, was bei diesem Mann normal ist«, knurrte Mick. »Also, Sie sagten, Sie würden gern bleiben?«, hakte er ein wenig ungläubig nach.

Zoe reagierte nicht, war voll und ganz mit ihren Gedanken bei dem geschlossenen Laden. Am liebsten hätte sie Mick gebeten, anzuhalten und sie aussteigen zu lassen, doch sie befürchtete, seine Geduld bereits über Gebühr strapaziert zu haben.

»Ich hoffe, es ist alles in Ordnung mit ihm.«

»Warum sollte es das nicht?« Mick trat das Gaspedal durch, als sie das Dorf hinter sich ließen und in die ausgedehnte Weite des Moorlands fuhren. »Sie haben ihn ja gestern Abend erst gesehen, oder? Sie und der junge Ed Sinclair.«

Warum betonte er Edwards Jugend so sehr, fragte sie sich unwillkürlich und nahm es als Hinweis, dass im Dorf inzwischen fleißig über sie getratscht wurde.

»Charles hatte uns zum Abendessen eingeladen«, erklärte sie lahm.

»Ja. Um sich über die alte Geschichte auszutauschen.« Sein Gesicht verhärtete sich. »Hören Sie, ich weiß, dass ich Sie nicht davon abhalten kann, in diesen Dingen herumzuwühlen. Dass Charles aber seine Besessenheit auf Ihre Kosten auslebt – das ist Ihnen und mir gegenüber nicht fair.« Er schüttelte den Kopf. »Dann ist es kein Wunder, wenn Sie im Dunkeln anfangen, sich Dinge einzubilden, mit denen wir uns …« Er brach ab, presste die Lippen zusammen.

»Herumschlagen müssen, wollten sie sagen.«

»Nein, so hab ich das nicht gemeint. Sie können uns gern jederzeit anrufen, wenn Sie ein Problem haben – dazu stehe ich. Nur glaube ich, dass Ihnen Charles' Geschichten nicht guttun. Und bestimmt tragen sie nicht dazu bei, sich in dem Haus wohlzufühlen.«

Obwohl Zoe die ganze Nacht selbst versucht hatte, rationale Erklärungen zu finden, empfand sie Micks Andeutungen als beleidigend. Zu einem Mann hätte er das nicht gesagt, dachte sie. Wenn ein Mann behauptete, es sei eingebrochen worden, dann war das eine Tatsache – bei einer Frau dagegen wurde Hysterie oder Schlimmeres unterstellt. Wenngleich sie wusste, dass sie daran nicht ganz unschuldig war, empörte sie diese sexistische Ungerechtigkeit.

»Was ist eigentlich mit Ihnen?«, erkundigte sie sich. »Ich habe den Verdacht, Sie glauben insgeheim an diese alten Geschichten, sonst würden Sie lockerer damit umgehen. Ist Ihnen irgendwann mal etwas Ungewöhnliches aufgefallen? Etwa wenn Sie als Kind bei dem Haus spielten oder während der Renovierungsarbeiten?«

»Natürlich nicht.«

Seine Antwort kam wie aus der Pistole geschossen, doch Zoe erkannte die Lüge sogleich.

»Ach, kommen Sie … Kaye jedenfalls glaubt daran und scheint ihre Gründe zu haben«, erwiderte sie. »Sie hat mir einen ganzen Strauß weißen Salbei mitgegeben, um das Böse abzuwenden. Komisch, nicht wahr?«

»Na ja.« Sein Mund verzog. »Das ist ein ständiger Streitpunkt zwischen uns.«

»Ich habe von diesem Jungen gehört, der letzten Sommer dort oben verschwunden ist. Das muss ja furchtbar gewesen sein.«

Seine Hände krallten sich so fest um das Lenkrad, dass sich seine Knöchel weiß verfärbten, gleichzeitig wich jede Farbe aus seinem Gesicht. Es dauerte eine Weile, bis er sich wieder gefasst hatte.

»Ja. Das war ein schreckliches Unglück. Ganz furchtbar. Das alles wäre gar nicht passiert, wenn die Leute nicht immer wieder die alten Gruselgeschichten aufgewärmt hätten. Selbst den Kindern wurden sie erzählt. Und so konnte es zu dem Unglück kommen. Versuchen Sie mal unter diesem Aspekt zu verstehen, warum mich die ganze Spukhausgeschichte so auf die Palme bringt.« Er hielt inne, um seine Erregung unter Kontrolle zu bringen. »Natürlich hab ich mir selbst genauso Vorwürfe gemacht, wie könnte ich das nicht?«

»Warum das denn?«

»Nun, ich hätte jemanden bezahlen sollen, der nachts ein Auge auf das Haus hat – in der Art wie die Wachdienste, die es auf dem Festland gibt. Damals schien es mir Geldverschwendung zu sein, wobei ich eher Angst vor Vandalismus hatte, dass jemand alles, was noch verwertbar ist, rausschleppt – mit einem Dummejungenstreich hab ich nie gerechnet. Es vergeht kein Tag, an dem ich nicht an diesen kleinen Jungen denke.«

Seine Stimme versagte, und Zoe sah, dass er schwer mit seinen Emotionen zu kämpfen hatte.

»Es ist nicht Ihre Schuld«, sagte sie sanft. »Niemand sollte das denken. Die Jungen hätten gar nicht dort sein sollen.«

»Natürlich nicht, verdammt. Leider machen Zehnjährige so einen Blödsinn.« Er ließ die Schultern hängen. »Als ich in dem Alter war, bin ich mit meinen Freunden immer mit dem Fahrrad dort hochgefahren, genau wie diese beiden, und wir haben uns gegenseitig herausgefordert, den Geist der Hexe heraufzubeschwören. Ich hätte mich an diese Anziehungskraft des Hauses erinnern sollen.«

Zoe wollte ihn nach dem Handy des Jungen fragen und was er von der Theorie hielt, dass Robbie Logan am Tod seines Freundes schuld sei, ließ es aber, weil sie sah, wie sehr ihn das Thema belastete.

»Und der Junge wurde nie gefunden?«, fragte sie nach einer Weile.

»Nein. Man vermutet, dass er über die Klippe gestürzt sein muss. Absolut nichts Übernatürliches.« Mick schluckte schwer. »Es war eine entsetzliche Geschichte für die ganze Gemeinde, wie Sie sich vorstellen können. Die Familie ist letztendlich von der Insel weggezogen, sie haben es hier nicht mehr ausgehalten. Und mir war seit dem Unglück klar, dass ich Kaye niemals bewegen könnte, dort einzuziehen. Also kam ich auf die Idee mit der Vermietung. So, jetzt wissen Sie Bescheid.« Eine Weile blickte er trübsinnig vor sich hin, dann setzte er erneut zu sprechen an. »Die Geschichte war besonders schwer für mich, weil eine Menge Leute mir die Schuld gaben, wissen Sie. Sie sagten, ich hätte durch die Renovierung neues Unheil heraufbeschworen. Besser wäre es gewesen, das Haus abzureißen. Dabei sind sie selbst alle zu ihrer Zeit dort draußen gewesen, um Geister zu jagen oder sich flachlegen zu lassen, das eine oder andere Mal. Und plötzlich fingen sie an, das Haus madig zu machen – dort draußen werde es niemand lange aushalten, erzählten sie herum.« Er seufzte. »Steht zu befürchten, dass sie letztendlich recht behalten.«

Die Verbitterung in seiner Stimme war nicht zu überhören.

»Nicht bei mir«, versicherte Zoe, um ihn zu beruhigen. »Da können Sie unbesorgt sein. Erklären Sie mir bitte noch, was es mit dem Flachlegen für eine Bewandtnis hat«, bat sie ihn, obwohl sie die Geschichte schon kannte.

Die Röte stieg ihm in die Wangen. »Ach, das ist so eine dieser Altweibergeschichten. Die jungen Burschen haben sich früher erzählt, wenn man ein Mädchen bewegen könne, mit zum McBride-Haus zu gehen, dann würde sie ganz wild und ganz willfährig werden. Soll irgendwas mit dem Geist von Ailsa McBride zu tun haben, die offenbar ein ziemliches Luder war. Jedenfalls haben die Dorfburschen ständig versucht, Mädchen dorthin abzuschleppen.«

»Sie und Dougie auch?«

Er lachte verlegen auf. »War alles halb so schlimm. Die Mädchen waren zu schlau und wussten, wie der Hase läuft.«

Als sie die Klippenstraße hinunterfuhren und um die letzte Kurve in die Zufahrt einbogen, sahen sie den dunkelblauen Pick-up vor dem Haus stehen. Dougie hatte die Motorhaube des Golfs geöffnet und stocherte irgendwo herum. Sobald er Micks Landrover hörte, richtete er sich auf und zeigte grinsend seine nikotinverfärbten Zähne.

»Morgen, Michael.« Er wischte sich die Hände an seiner Arbeitshose ab. »Solltest du nicht bei der Arbeit sein, anstatt schöne Frauen durch die Gegend zu kutschieren? Weiß Kaye davon?«

Mick ging nicht auf seinen Scherz ein. »Und was bitte tust du hier?«, fragte er stattdessen mürrisch.

»Miss Adams hatte gestern Probleme mit dem Anlasser, hat sie dir das nicht erzählt? Daher hab ich mein Werkzeug mitgebracht, um zu sehen, ob ich ihr ein bisschen auf die Sprünge helfen kann. Ganz der barmherzige Samariter.«

Er winkte mit einem Schraubenschlüssel und zwinkerte Zoe vertraulich zu, die ihn daraufhin mit einem sarkastischen Lächeln bedachte.

Dougie wandte sich wieder an seinen Freund. »Und was hast du mit deinem Werkzeugkasten vor?«

»Ich sehe nach den Schlössern«, antwortete Mick mit seltsamer Betonung, die fast ein bisschen warnend klang.

»Du liebe Güte – ich hoffe, Sie haben hier keine Spanner oder solche Typen?«, sagte Dougie beinahe belustigt und zog einen Tabakbeutel aus seiner Gesäßtasche, um sich eine Zigarette zu drehen. »Wenn das so ist, verstehe ich natürlich Ihre

Nervosität«, fügte er hinzu. »Ich meine, Sie sind hier draußen weitab von der Zivilisation. Ich könnte verstehen, wenn Sie nervös wären.«

»Herrgott, Dougie. Hör auf mit dem Gelaber und mach lieber den Wagen flott. Hast du eigentlich nichts anderes zu tun, als irgendwo herumzuhängen, wo du nichts zu suchen hast«, kanzelte Mick seinen Freund ausgesprochen unfreundlich ab.

Wow, dachte Zoe, nicht schlecht. Mick ging tatsächlich auf mehr Distanz zu diesem Schmierlappen. Oder war er einfach genervt und übermüdet und von zu vielen Sorgen geplagt?

»Kann schließlich eine Dame nicht mit einem launischen Motor ganz allein hier draußen lassen«, verteidigte Dougie sich, nahm die Zigarette aus dem Mund und spuckte einen braunen Schleimklumpen auf den Kies. »Milch und zwei Stück Zucker, wenn Sie Wasser aufsetzen, Püppchen«, rief er ihr nach, während sie mit Mick zur Haustür ging.

Drinnen schlug ihnen ein bestialischer Gestank entgegen.

»Gott, das ist ja noch schlimmer als gestern Nacht. Wie kann das sein, obwohl ich die Möwe rausgebracht habe.«

Zur Abwechslung reagierte Zoe mal nicht panisch.

»Vielleicht liegt irgendwo eine zweite, die ich bislang nicht gefunden habe«, meinte sie trocken. »Wollen Sie Kaffee?«

»Gerne, wenn Sie ohnehin welchen machen.«

»Na klar. Ist ja nicht so, als ob ich was anderes zu tun hätte.«

Sie nahm die Vase mit den verwelkenden Lilien vom Dielentisch und ging in Richtung Küche, wobei sie eine Spur von Blütenblättern zurückließ. Dort räumte sie ihren Laptop sowie das Skizzenbuch vom Tisch weg. Kurz überlegte sie, ob sie versuchen sollte, eine Verbindung mit dem ominösen McBride-WLAN herzustellen, verwarf die Idee jedoch. Wahrscheinlich würde es ohnehin nicht klappen, und dann glaubte Mick einmal mehr, dass sie nicht ganz dicht sei. Also warf sie die welken Blumen in den Abfall und kippte das faulige Wasser in den Ausguss. Als sie dabei durchs Fenster zum Strand hinuntersah, entdeckte sie einen Seehund, der sich auf einem Felsen aalte – ein Anblick, bei dem sich ihre Stimmung für einen Moment hob. Dann machte sie die Kaffeemaschine fertig: füllte Wasser und Kaffee ein und stellte sie an. Als sie indes den Kühlschrank öffnete, um die Milch herauszunehmen, stieß sie einen Schrei aus.

Binnen Minuten waren Mick und Dougie bei ihr und nahmen in Augenschein, was sie so sehr entsetzt hatte. Aus dem Kühlschrank starrte ihnen der abgetrennte Möwenkopf entgegen.

»Ist das Ihr Spezialgericht?«, witzelte Dougie.

»Mein Gott.« Tadelnd sah Mick ihn an und griff nach dem Kopf. »War der gestern Abend schon hier?«

»Ich weiß nicht – ich habe mir nichts mehr aus dem Kühlschrank geholt, nachdem ich den toten Vogel gefunden hatte.«

»Der muss eine ganze Weile dort gelegen haben, so hart, wie er sich anfühlt.«

Er wog den gefrorenen Klumpen in seiner Hand.

»Endstation Möwe«, bemühte sich Dougie, dem jegliches Taktgefühl abging, um einen weiteren Scherz.

»Verdammt, scher dich einfach nach draußen, Dougie. Im Ernst. Verpiss dich.«

»Entschuldige, Kumpel. Gib her, ich nehm den mit.« Dougie nahm eine leere Plastiktüte und stopfte den Kopf hinein. »Mein Hund wird glauben, es ist Weihnachten«, rief er lachend, bevor er den Flur hinunter zur Haustür ging.

Zoe ließ sich schwer auf einen Stuhl sinken, unfähig, irgendetwas Sinnvolles zu tun.

»Sagen Sie mir nicht, dass Ihre Wildkatzen gelernt haben, Kühlschränke zu öffnen«, flüsterte sie tonlos, ohne ihn anzusehen.

Mick zog sich einen Stuhl heran. »Ich weiß nicht, was ich sagen soll, Zoe. An keinem der Schlösser habe ich einen Hinweis gefunden, dass sie mit einem Dietrich oder so geöffnet worden wären. Weder an den Fenstern noch an den Türen. Ich kann es mir nicht erklären.«

»Na ja, mir scheint das inzwischen ziemlich offensichtlich. Es war jemand mit einem Schlüssel da. Oder jemand, der weiß, wie man ein Schloss unauffällig knackt. Vielleicht ist es sogar einfach ausgebaut worden. Profis können das, ohne Spuren zu hinterlassen. Irgendein Handwerker vielleicht? Jedenfalls scheint dieser Typ das alles für einen großen Witz zu halten.«

Mick wusste, wen sie meinte.

»Nein, nein, da täuschen Sie sich. Ich kenne Dougie. So etwas würde er niemals tun, obwohl er ätzend sein kann.«

»Er taucht immer wieder ungebeten hier auf«, widersprach sie, die Stimme zu einem Zischeln gedämpft. »Das ist jetzt das zweite Mal, und zudem habe ich ihn gestern Abend von hier zurückkommen sehen. Und immer diese blöde Ausrede mit dem Wagen – ich wünschte, ich hätte ihn nie gemietet.«

»So sind die Leute hier eben, Zoe«, versuchte er sie zu beschwichtigen. »Wir passen aufeinander auf. Auf seine unbeholfene Art will er helfen und dazu beitragen, dass es Ihnen an nichts fehlt.«

»Nein«, schrie sie. »Er ist aufdringlich, und ich traue ihm keinen Zentimeter über den Weg. Ich habe sogar Angst vor ihm. Hier ist ohnehin alles schwieriger als gedacht, und da kann ich nicht zusätzlich einen unheimlichen Typen gebrauchen, der ständig um mich herumscharwenzelt. Außerdem habe ich niemanden gebeten, auf mich aufzupassen.«

»Ich weiß, Dougie kann ein bisschen …«, Mick suchte nach dem richtigen Wort, »*krass* sein. Aber er ist harmlos.«

Edward war da ganz anderer Ansicht, erinnerte sie sich, und Kaye, seinen Worten zufolge, offenbar ebenfalls. Sie fragte sich, ob Mick sich nicht von seiner langen, bedingungslosen Loyalität blenden ließ.

»Hören Sie, ich will niemandem zu nahe treten, doch Sie müssen ihm sagen, dass er sich von hier fernhalten soll.« Sie funkelte Mick unnachgiebig an, bis er sich geschlagen gab und nickte. »Werden Sie diesen Einbruch der Polizei melden?«, löcherte sie ihn weiter und deutete auf den Kühlschrank.

Die Entdeckung des Möwenkopfs unter Zeugen hatte sie in gewisser Weise rehabilitiert, und das nutzte sie aus, um Mick ordentlich Druck zu machen.

Er fuhr sich seufzend mit den Händen durchs Haar. »Die zuständige Truppe müsste vom Festland rüberkommen. Soll ich denen wirklich so viel Umstände bereiten, wenn im Grunde kein Schaden entstanden ist? Ich meine, Ihnen wurde ja nichts gestohlen, oder?«

Nein, das nicht, musste sie einräumen. Trotzdem störte sie, dass Mick nicht begreifen wollte, um was es hier ging – und damit mochte sie sich nicht zufriedengeben.

»Augenblick mal«, entfuhr es ihr. »Soll das heißen, es gibt auf der Insel überhaupt keine Polizei?«

»Na ja, es gibt Bill. Er ist ein Special Constable, der inzwischen auf die sechzig zugeht, Sie wissen, was ich meine.«

Als er ihren fassungslosen Blick sah, hob er zum Zeichen der Kapitulation die Hände. »Wir haben hier ganze hundertdreißig Einwohner. Und jeder kennt jeden. Deswegen hat es bislang immer gereicht, wenn wir aufeinander aufpassten – die Verbrechensrate ist gleich null.«

»Nur dass jemand hier eingebrochen ist und einen toten Vogel in meinen verdammten Kühlschrank gelegt hat, um mich zu vertreiben vermutlich«, entgegnete sie stur. »Zählt das nicht als Straftat? Gilt das in dieser Gegend als Bagatelle, die man unter der Rubrik Streiche abheften kann?«

»Sie müssen eines verstehen«, startete Mick einen weiteren Besänftigungsversuch. »Das alles ist nicht gegen Sie persönlich gerichtet. Vielleicht ein schwacher Trost, aber niemand hier würde Ihnen wirklich etwas *antun,* das kann ich Ihnen garantieren. Natürlich ist das Ganze nicht nett Ihnen gegenüber, das eigentliche Ziel jedoch bin ich. Mich wollen ein paar Leute dafür bestrafen, dass ich mich ihren Wünschen widersetzt und das Haus renoviert habe.«

»Schön und gut! Und wer ist es, der terrorisiert wird? Ich. Klar, geht es am Ende um Sie, dennoch leide im Moment vor allem ich darunter.«

»*Terrorisiert* ist ein etwas heftiges Wort …«

Bevor er weiterreden konnte, schnitt sie ihm das Wort ab.

»Wie würden Sie sich denn fühlen, wenn jemand das ins Zimmer Ihrer Kinder gelegt hätte? Na also.«

»Okay.« Er schob seinen Stuhl zurück. »Sie haben recht. Ich werde mich darum kümmern, dass diese Alarmanlage installiert wird. Ich werde mir außerdem ansehen, ob man die Kohleluke nicht stärker sichern kann. Und ich werde ein Wort mit Dougie reden.«

»Ach ja, wirst du das?« Dougie stürmte in die Küche und wusch sich die Hände an der Spüle, goss sich dann Kaffee ein. »Dachte glatt, ich müsste ihn mir selbst machen, während ihr hier plaudert wie zwei alte Weiber.« Er nahm neben Zoe Platz. »Dieser Anlasser läuft jetzt problemlos, Püppchen. Gehen Sie schön sanft damit um.« Er wandte sich grinsend an Mick. »Wie in alten Zeiten, was, Kumpel – wir zwei hier draußen? Bloß dass wir früher nie so ein hübsches Mädchen zur Gesellschaft hatten.«

Irgendwas stimmte nicht zwischen den beiden, schoss es Zoe durch den Kopf. Mick fühlte sich unbehaglich, hatte womöglich sogar Angst, Dougie hingegen strahlte überhebliche und selbstsichere Großspurigkeit aus. Und obwohl sie die Anspielung auf früher nicht zu entschlüsseln vermochte, spürte sie das Kräfteungleichgewicht zwischen den beiden Männern. Dougie hatte Mick mit irgendetwas in der Hand, vielleicht bereits seit ihrer Jugend. Kein schöner Gedanke.

Angst kroch erneut durch ihren Körper. Wenn Dougie die Quelle allen Ärgers war, dann würde Mick ihn kaum stoppen. Deshalb waren auch seine Beschwichtigungen leere Worte und damit wertlos. Und Dougie wusste das, sie sah es an dem anzüglichen Funkeln in seinen Augen, an der lüsternen Art, wie er den Blick über ihren Körper schweifen ließ. Zoe war überzeugt, dass er ebenfalls von der sexuellen Aura des Hauses wusste – und durchaus imstande wäre, sie auszunutzen.

»Natürlich«, setzte er seine schmierigen Anspielungen fort, »sind wir beide ein bisschen zu reif, um Miss Adams zu interessieren.« Er lehnte sich zurück und schlürfte genüsslich seinen Kaffee. »Ihr Geschmack ist eher der jüngere Gentleman, habe ich gehört.«

»Okay, los jetzt.« Mick ignorierte ihn und stand auf. »Wir sollten zusehen, dass wir zurückfahren. Zoe hätte nach den Aufregungen der letzten Nacht bestimmt gern ein bisschen Ruhe.«

»Ruhe. Ja, die hätte sie bestimmt gern.« Dougie kippte den Rest seines Kaffees herunter und fixierte sie mit seinem hinterhältigen Lächeln. »Ich hoffe, Sie werden keine scheußlichen Überraschungen mehr erleben.«

Micks Blick huschte resigniert hinüber zu Zoe. »Ich gebe Ihnen Bescheid wegen der Alarmanlage. Und die andere Angelegenheit kläre ich ebenfalls«, ergänzte er mit einem bedeutungsvollen Nicken zu Dougie hin und schob den Freund energisch hinaus.

Sie hörte, wie die Haustür zuschlug und die beiden lautstark stritten – verstehen konnte sie nichts. Ein paar Minuten später fuhren beide Wagen mit quietschenden Reifen davon.

Nachdem sie weg waren, fühlte sich das Haus seltsam leer an. Sie begab sich auf die Küchenveranda, um dem Geruch zu entkommen, der nach wie vor im Haus hing, zog ihre Stiefel aus und ging barfuß hinunter zum Strand. Es herrschte wieder mal Ebbe, und der Strand war mit Treibholz und Tangbüscheln übersät. Sie hob ein glattes, gebogenes Stück Holz von etwa einem halben Meter Länge auf und strich mit den Fingern über die Maserung, betrachtete seine Struktur. Es war eine Weile her, seit sie sich zuletzt an ein Stillleben gewagt hatte, und sie beschloss, mit diesem Fund einen neuen Versuch zu starten.

Bevor sie ins Haus zurückkehrte, spazierte sie noch ein Stück über den feuchten Schlick, wollte die Verbindung mit den Elementen spüren: dem Meer und der Erde. Sie gestattete sich, auszuatmen und die Gedanken an die unruhige Nacht zu verbannen. Über ihr, auf einem Klippenvorsprung, stieß eine Möwe einen Schrei aus, der irgendwie menschlich klang und sie an die seltsamen nächtlichen Schreie erinnerten, die sie einer Frau zugeschrieben hatte, die zwischen Lust und Schmerz schwankte.

Unvermittelt überfiel sie wieder das Gefühl, beobachtet zu werden. Als sie zurück zum Haus spähte, glaubte sie einen Schatten neben der Veranda zu sehen, das Flackern einer Bewegung, in einem Moment aufgetaucht, im nächsten verschwunden. Voller Schreck fiel ihr ein, dass sie die Küchentür nicht abgeschlossen hatte. Wenn jemand sich in der Nähe versteckt hatte, dann war er vielleicht inzwischen hineingegangen und wartete im Haus auf sie.

Mit rasendem Puls rannte sie den Strand hoch, das Treibholz wie einen Schlagstock fest in der Hand. Dort, wo sie eine Bewegung gesehen zu haben glaubte, war nichts zu entdecken. Sie hielt inne, sah sich ratlos um und schlich zu der Seite des Hauses, wo sich die Kohleluke befand. Auf dem trockenen Boden meinte sie Spuren zu erkennen, Schuhabdrücke im Sand, niedergetretene Grasbüschel, wobei sie sich nicht wirklich sicher war, dass sie nicht von ihr selbst und Mick stammten.

Dann allerdings fand sie etwas, das alle Zweifel beseitigte.

Plötzlich stieß ihr nackter Fuß gegen etwas Kaltes, das halb vergraben im Sand lag. Sie kniete sich hin und förderte ein Vorhängeschloss zutage, das teilweise vom Rost zerfressen war. Der Bügel war fein säuberlich durchtrennt worden, mit einem Bolzenschneider vermutlich. In diesem Augenblick dämmerte es ihr. Jemand hatte das ursprüngliche Schloss aufgebrochen und es durch ein neues ersetzt – für das er folglich einen Schlüssel besaß, sodass er nach Herzenslust ins Haus spazieren konnte, wann immer er wollte. Und Mick war das gestern nicht entgangen. Er hatte zwei und zwei zusammengezählt und wusste Bescheid, wie sich das verhielt mit ungebetenen Gästen.

Kalte Wut stieg in ihr hoch – so heftig, dass sie sogar ihre Angst vergaß. Mick hatte durchschaut, was hier ablief, und dennoch kein Sterbenswörtchen gesagt. Sein einziges Zugeständnis an sie war das Angebot gewesen, das vorhandene Schloss, obwohl brandneu, auszutauschen und eine Alarmanlage zu installieren. Natürlich hatte er auf Anhieb gesehen, dass jemand das uralte Schloss entfernt hatte, und mit Sicherheit wusste er, wer über entsprechendes Werkzeug verfügte.

Wieder lief alles auf die Frage hinaus, wen Mick schützte und warum er das tat.

Ihre Gedanken überschlugen sich, sie spielte verschiedene Möglichkeiten durch, aber im Grunde gab es für sie keinen Zweifel mehr, dass Dougie hinter allem steckte: Er hatte die tote Möwe in den Flur gelegt und den abgetrennten Kopf in den Kühlschrank, er hatte das Bild in ihr Skizzenbuch gezeichnet. Eine Welle der Übelkeit erfasste sie bei der Vorstellung, wie er ihr Skizzenbuch durchsah, ihre verworrenen, atemlosen Aufzeichnungen las, die ihm Anhaltspunkte über ihr Denken und Fühlen und ihre Ängste gaben. Hatte er sich möglicherweise sogar im Haus versteckt gehalten, *während* sie dort war?

Die unerklärlichen Geräusche, die erloschenen Lichter, ihr unbestimmter Eindruck, beobachtet zu werden, die schattenhafte Gestalt neben ihrem Bett, der merkwürdige Gesang – könnte das alles sein Werk gewesen sein, also kein Produkt ihrer überreizten Fantasie? Wenn dem so war, dann versuchte er eindeutig, sie so weit zu treiben, dass sie das Feld räumte. Oder könnte er gar Schlimmeres im Sinn haben? Schaudernd dachte sie an den Ausdruck seiner Augen, als er scheinbar jovial sagte, sie werde hoffentlich keine scheußlichen Überraschungen mehr erleben.

Sie musste Mick ihre Befürchtungen mitteilen. Ihm klipp und klar, ohne Rücksicht auf seine Freundschaft mit Dougie, sagen, dass er endlich etwas unternehmen musste. Sie ärgerte sich, dass sie das kaputte Vorhängeschloss angefasst und damit Fingerabdrücke verwischt hatte, um sogleich zu grinsen. Das hier war nicht *CSI New York,* sie befanden sich auf einer spärlich besiedelten, winzigen Insel vor der schottischen Küste, auf der es gerade mal einen Constable kurz vor dem Rentenalter gab.

Trotzdem war Zoe fest entschlossen, Mick diesmal nicht auskommen zu lassen, sondern ihn mit allen ihr zu Gebote stehenden Mitteln unter Druck zu setzen, damit er die Sache bei der Polizei auf dem Festland meldete. Dann würde man weitersehen.

15

Eine Stunde später, geduscht und in frischen Kleidern, fuhr sie durch die Moorlandschaft wieder in den Ort, in ihrer Handtasche das inzwischen in ein sauberes Tuch gewickelte Vorhängeschloss. Wie so häufig war das Wetter mal wieder binnen kurzer Zeit umgeschlagen, und der inzwischen düstere Himmel kündigte Regen an.

Eigentlich hatte sie vorgehabt, auf direktem Weg zum Pub zu fahren, um sich Mick vorzuknöpfen, aber als sie an der Buchhandlung vorbeikam und sah, dass die Läden noch immer heruntergelassen waren, bekam sie es mit der Angst zu tun. Es schien ihr höchst unwahrscheinlich, dass Charles grundlos einen Tag freimachte, und sie fragte sich, ob das irgendetwas mit Ailsas Tagebuch zu tun hatte. Kurz entschlossen stellte sie das Auto am Dorfanger ab und beschloss, ihn zu Hause aufzusuchen. Allerdings nicht, ohne vorher in der Bäckerei zwei Schokoladencroissants zu kaufen. Dann sah es mehr nach einem freundschaftlichen Besuch aus, und sie stand nicht ganz so blöd da, wenn bei ihm alles in bester Ordnung war.

Sie nahm die Abkürzung über den Friedhof.

Das eiserne Tor war verrostet, das Pflaster auf dem Weg zwischen den Grabreihen hatte sich im Laufe der Jahre verworfen, und zwischen den Steinen wucherte Moos. Der Wind fegte ungehindert durch die wenigen einsamen Bäume. Zwei Eiben am Eingang, vier Fichten entlang des Weges, das war alles. Bröckelnde Grabsteine und schiefe Keltenkreuze wiesen darauf hin, dass es sich um eine sehr alte Begräbnisstätte handelte. Die Grenzmauer war von Efeu überwuchert, unter dem sich Gedenktafeln verbargen, deren Inschriften kaum mehr zu entziffern waren. Die Kirche selbst, ein unscheinbarer Bau aus dunklem Stein mit einem steilen Giebeldach, duckte sich in der äußersten Ecke, die dahinter aufragenden Hügel ließen sie noch kleiner erscheinen. Der Friedhof war eine einzige Sinfonie in Grün und Grau: Hügel, Gras, Gräber, Bäume, Himmel. Andere Farben kamen nicht vor.

Dachte sie, doch plötzlich blitzte etwas Rotes am Rande ihres Gesichtsfelds auf. Es war ein Junge, der im Schneidersitz auf einem der Grabsteine im Windschatten der Mauer hockte und auf einem Handy herumdrückte, die Kapuze seines roten Sweatshirts weit ins Gesicht gezogen. Als sie nahe genug heran war, erkannte sie Robbie Logan. Einem Impuls folgend, ging sie durch das stachelige Gras, das zwischen den Gräbern wuchs, auf ihn zu. Gehetzt blickte der Junge nach links und rechts, als würde er seine Fluchtmöglichkeiten abschätzen. Trotz der Kapuze bemerkte sie einen Striemen auf seiner Wange und eine Prellung, die aufgeplatzt war.

»Hallo.« Sie blieb ein paar Schritte von ihm entfernt stehen.

»Hey.« Er hob den Kopf nicht, sah sie nicht an.

»Was tust du denn hier draußen?«

Kaum waren die Worte ausgesprochen, entdeckte sie den

Grund. *Brigid Logan, innig geliebte Ehefrau und Mutter*, stand auf dem Grabstein. Laut der ebenfalls angegebenen Lebensdaten war sie vor drei Jahren gestorben. In einem Marmeladenglas steckte ein kleiner, struppiger Strauß Wildblumen. »Entschuldige, war eine dumme Frage. Es ist das Grab deiner Mum, nicht wahr?«

Der Junge nickte, sein Atem verfestigte sich in der kalten Luft zu kleinen weißen Wolken.

»Ach Gott, sie war ja noch so jung. Erst sechsunddreißig. War sie krank?«

»Krebs. Ist nicht rechtzeitig zum Arzt gegangen«, gab er tonlos Auskunft.

»Das tut mir leid. Kommst du hierher, um mit ihr zu reden?«

Robbie sah sichtlich verblüfft zu ihr hoch. »Und wenn?«

»Daran ist nichts falsch.«

Er senkte den Blick. »Meine Schwester sagt, es ist verrückt.«

»Mit jemandem zu reden, den du liebst und vermisst? Nein, das ist das Normalste auf der Welt. Es wäre verrückt, wenn du es nicht tun würdest.«

Er biss sich auf die Lippe, dachte darüber nach, war sich wohl nicht sicher, ob er dieser Fremden trauen konnte.

»Meinen Sie, sie können uns hören? Die Toten?«

Zoe ließ den Blick über die Reihen der Gräber schweifen. Sie konnte seinem Ton nicht entnehmen, ob er sie auf den Arm nahm oder irgendwie auf das Haus anspielte oder ob die Frage tatsächlich so gemeint war, wie es sich anhörte.

»Ich weiß es nicht«, antwortete sie. »Glaub mir, ich würde es selbst gern wissen.« Sie hielt inne und sah ihn an. »Was ist denn mit deiner Wange passiert?«

Er hob die Hand und berührte die Prellung vorsichtig mit einer Fingerspitze.

»Hab mich am Klettergerüst angestoßen«, murmelte er mit verschlossener Miene.

»Du solltest etwas Eis darauflegen, damit es nicht so wehtut.«

Er zuckte die Schultern, als wollte er sagen, dass es keine große Sache sei, aber die Art, wie er ihrem Blick auswich, verriet ihr, dass er log. Zoe begriff, dass er geschlagen worden war und gelernt hatte, nicht darüber zu sprechen. Sie fragte sich, ob Edward davon wusste. Sie sollte es ihm sagen, immerhin trug er eine gewisse Verantwortung für seine Schüler. Robbie war vielleicht kein besonders einnehmendes Kind, doch er war erst elf, und vieles wies darauf hin, dass das Leben ihm bereits ziemlich übel mitgespielt hatte. Sie hielt ihm die Tüte mit den Croissants hin.

»Willst du eines?«

Obwohl er zunächst zögerte, war seine Lust auf Süßes stärker als seine Angst, in eine Falle gelockt zu werden, und er griff nach einem Gebäckstück.

»Du wolltest mir neulich eine Frage stellen, bevor wir unterbrochen wurden.« Zoe hockte sich neben ihm auf die Kante des Grabsteins und nahm sich das andere Croissant. »Nach dem Haus.«

Prompt wirkte Robbie schuldbewusst. »Nur ob Sie dort draußen irgendwas Seltsames gehört haben.«

»Wie, Geister oder so? Dafür ist es berühmt«, sagte sie in einem scherzhaften Ton.

Der Junge zuckte die Schultern und schwieg, richtete den Blick auf einen Raben, der sie von der Mauer aus beobachtete und es vielleicht auf ein Stück Croissant abgesehen hatte.

»Ich glaube nicht an Geister«, ergriff Zoe erneut das Wort.

Jetzt sah er sie fast empört an.

»Eben haben Sie behauptet, dass es normal ist, mit den Toten zu reden«, gab er zurück, als hätte er sie bei einer Lüge ertappt. »Dann müssen Sie ja irgendwie glauben, dass sie noch immer da sind. Als Geister, anders geht es schließlich nicht.«

Da hatte sie sich ganz schön in die Bredouille geritten, dachte Zoe und überlegte, wie sie das wieder zurechtrücken könnte. Natürlich wollte und durfte sie ihm den bescheidenen Trost, dass seine Mutter ihn hören konnte, nicht rauben.

»Das ist nicht so einfach zu erklären. Was ich meinte, ist Folgendes: Wir versuchen die Erinnerung an einen Menschen, der uns viel bedeutet hat, dadurch wachzuhalten, indem wir mit ihm reden.« Sie hielt einen Moment inne und stellte fest, dass er sie nach wie vor vorwurfsvoll ansah. »Und dadurch ist dieser Mensch für uns noch da. Beziehungsweise sein Geist. Natürlich anders als die Geister aus den Gruselgeschichten. Als ich hierherkam, war mir so etwas völlig fremd. Die Leute hier denken offenbar anders, sie wollen mich überzeugen, dass ich Angst vor dem McBride-Haus haben muss.«

»Es ist ein schlimmer Ort«, meinte er und kniff seine kleinen Augen zusammen. »Das Haus ist verflucht. Sie hätten nicht herkommen sollen.«

»Sagst du das wegen deines Freundes?«

Hastig rutschte er vom Grabstein, wischte sich den Mund mit dem Handrücken ab und klopfte die Krümel von seinem Shirt.

»Ich muss los«, erklärte er unvermittelt, ohne ihre Frage zu beantworten.

»Warte, Robbie.« Sie hielt ihn am Ärmel fest. »Falls du etwas über das Haus weißt, wäre es nett, wenn du es mir verraten würdest. Ich habe nämlich den Eindruck, dass du mehr darüber weißt als Mick, richtig?«

Er riss seinen Arm weg. »Ich hab's Ihnen doch gesagt. Dort passieren schlimme Dinge. Sie sollten nach Hause fahren, solange Sie es noch können.«

Der Junge hatte erbärmliche Angst, erkannte sie, war kurz davor, panisch zu werden. Er musste Schreckliches erlebt haben. Was hatte er gesehen und gehört – oder vielleicht sogar getan?

»Was meinst du mit schlimmen Dingen? Bin ich in Gefahr?«

Er entfernte sich bereits, aber sie eilte ihm nach und versperrte ihm den Weg, sodass er gezwungen war, stehen zu bleiben.

»Was ist mit Iain passiert? War es irgendetwas, das er gesehen hat? Ich weiß, dass du es weißt.«

Sie hörte die Aggression in ihrer Stimme, sah, wie seine Lippen bebten.

»Lassen Sie mich gehen. Ich muss nach Hause.«

Zoe trat einen Schritt zurück. »Solltest du jetzt nicht in der Schule sein?«

Sie hatte genau das Falsche gesagt, denn seine Miene verfinsterte sich.

»Was werden Sie tun? Es Ihrem Freund sagen, dass ich geschwänzt habe?« Triumphierend schaute er sie an, weil er einen wunden Punkt berührt hatte. »Er wird sich einen Scheiß drum scheren – er hat nämlich Angst vor meinem Dad.«

»Was redest du da für einen Unsinn? Mr Sinclair ist ein guter Freund – nicht so ein Freund, wie du zu glauben scheinst.«

Sie merkte, dass sie den Draht zu ihm verloren hatte. Robbie war wieder der aggressive, großmäulige Junge, den niemand mochte, einschließlich ihrer Person. Mit tückischer Miene schaute er sie an und holte zum nächsten Schlag aus.

»Da erzählen die Leute hier was ganz anderes. Und meine Schwester weiß, dass er draußen bei Ihnen schläft.«

Zoe verschlug es die Sprache, und zudem ärgerte sie sich über sich selbst, dass sie sich von einem solchen Rotzlöffel dermaßen aushebeln ließ. Leider hatte Robbie noch mehr in petto.

»Außerdem sagt sie, dass Sie keine Zeit verlieren. Nicht mal ne Woche sind Sie hier und haben sich den Lehrer gekrallt. Sie müssen eine verzweifelte alte Schlampe sein, sagt sie.«

Hass und Häme standen ihm ins Gesicht geschrieben, und in diesem Moment hatten seine Züge eine unheimliche Ähnlichkeit mit Annag. Und die Worte hatte sie ihm vermutlich ebenfalls eingeflüstert. Sie resultierten aus dem Neid der Zukurzgekommenen. Trotzdem war Zoe schockiert, eine solche Hasstirade von einem Kind zu hören.

»Es ist abscheulich, so etwas zu sagen, Robbie«, rief sie ihm nach, als er schon auf dem Absatz kehrtgemacht hatte.

Während sie sich ebenfalls anschickte, den Friedhof zu verlassen, wo ihr ein unerzogener Junge eine schwere moralische Niederlage bereitet hatte, dachte sie voll kleinlicher, rachsüchtiger Reue daran, dass sie diesem Flegel auch noch ein Croissant geschenkt hatte.

Auf ihr wiederholtes Klopfen an der Tür des alten Pfarrhauses erfolgte keine Reaktion, und das Esszimmer, in das sie daraufhin spähte, war leer. Sie überlegte gerade, was sie jetzt tun sollte, als ihr Micks Spruch einfiel, dass es nicht üblich sei auf der Insel, die Türen abzusperren.

Wenngleich es ihr als Verletzung der Privatsphäre vorkam, beschloss sie, es zu versuchen. Es funktionierte, und die Tür schwang einladend auf. Zögernd rief sie von der Diele aus Charles' Namen. Keine Antwort, nur ein trauriges Winseln war zu hören. Langsam stieg sie die ausgetretenen Stufen nach oben und fand Horace auf dem Treppenabsatz, die graue Schnauze auf die Vorderpfoten gelegt, den Blick auf eine geschlossene Tür gerichtet. Er hob den Kopf ein klein wenig, als sie sich näherte, schlug einmal kurz mit dem Schwanz auf den Teppich und stieß ein klagendes Jaulen aus, bevor er den Blick wieder zur Tür wandte – eindeutig wollte er ihre Aufmerksamkeit dorthin lenken. Sie bückte sich und kraulte dem Hund das Fell.

»Braver Junge. Ist er dort drin?« Sie zwang sich zu einem munteren Ton, um ihrer Angst entgegenzuwirken, die zunehmend stärker wurde. Warum antwortete Charles nicht? So langsam wurde zur Gewissheit, was bislang lediglich eine vage Ahnung gewesen war: Etwas war passiert, und es stand zu befürchten, dass es mit Ailsas Tagebuch zusammenhing. Sie nahm allen Mut zusammen, wappnete sich für das Schlimmste, klopfte pro forma an und öffnete gleichzeitig die Tür zu Charles' Arbeitszimmer, wie sie erkannte. Er selbst war am Schreibtisch zusammengebrochen.

Sein Kopf ruhte auf seinen Armen, die angewinkelt auf der Mahagoniplatte lagen. Er sah aus, als würde er schlafen, wirkte jedoch unnatürlich still und reglos. Horace war ihr ins Zimmer gefolgt und stieß hin und wieder ein trauriges Winseln aus. Zoe durchquerte das lang gestreckte Zimmer, in dem sich rundum deckenhohe Bücherregale aneinanderreihten, und legte zwei Finger an Charles' Hals, um nach dem Puls zu tasten. Sie war nicht sicher, ob da etwas war, seine Haut jedenfalls fühlte sich eiskalt an.

Auf jeden Fall musste sie Hilfe holen, einen Arzt rufen, falls es auf der Insel überhaupt einen gab. Hektisch kramte sie in ihrer Tasche nach ihrem Handy, um am Ende festzustellen, dass sie es nicht dabeihatte. In einer Gegend mit so schlechtem Empfang schleppte man es nicht dauernd mit sich herum. Wie gelähmt stand sie da, wusste nicht, was sie tun sollte. Losrennen, um ein Telefon zu suchen, oder lieber bei Charles bleiben?

Allerdings vermochte sie im Moment gar nichts zu tun, denn eine Schockstarre hinderte sie daran. Ausgelöst von dem jähen Gefühl, beobachtet zu werden. Am helllichten Tag, fernab von dem Spukhaus.

Ihr Blick irrte im Raum herum, suchte nach dem Grund für diesen Kontrollverlust, der sie handlungsunfähig machte. Und dann entdeckte sie es. Vom Schreibtisch starrten ihr dunkle, unergründliche Augen entgegen, die sie einzusaugen schienen. Sie gehörten Ailsa McBride und gingen von einer alten sepiafarbenen Fotografie aus, die unter Charles' rechter Hand lag. Mit der linken hielt er das Tagebuch fest.

Vorsichtig zog Zoe das Bild hervor und betrachtete es. Dieses Porträt war eindeutig ein paar Jahre später aufgenommen worden als jenes, das sie kannte. Ailsa saß hier zurückgelehnt auf einem Sofa, die Hände über dem Mieder ihres schwarzen Kleides verschränkt, um den Hals das silberne Keltenkreuz. Ihr Gesicht war gewohnt streng, die Haare trug sie straff zurückgebunden. Ihre Augen hingegen blickten anders und veränderten ihre Erscheinung auf eine verwirrende Art, ohne dass sie sich erklären konnte, inwiefern.

Sie war noch dabei, das Foto eingehend zu betrachten, als Charles unvermittelt den Kopf hob.

»Ist sie noch da?«, stieß er heftig hervor und sah sich mit wildem Blick um.

»Mein Gott, wie geht es Ihnen?«

Zoe fand ihre Fassung wieder und legte ihm eine Hand auf den Arm. So wie sie ihn gerade erlebte, wirkte er Jahrzehnte älter und viel gebrechlicher als am gestrigen Abend.

»Zoe?« Er blinzelte, streckte eine Hand nach ihrer aus und legte sie darüber. Seine Haut war eiskalt und dünn wie Pergament. »Wie spät ist es?«

Sie sah auf ihre Armbanduhr. »Kurz nach halb drei.«

»Nachmittags?«

Sie nickte, beobachtete ihn aufmerksam, während er zitternd ausatmete, sich die Haare glatt strich und seine Brille aufsetzte, das alles mit verwirrter Miene.

»Sie haben mir eben einen Mordsschrecken eingejagt. Ich dachte …« Sie entschied, es lieber nicht auszusprechen. »Für wen haben Sie mich eigentlich gehalten? Wen haben Sie gemeint, als Sie fragten: *Ist sie noch da?*«

»Oh.« Er machte eine wegwerfende Handbewegung und sah sich sichtlich erleichtert im Zimmer um, schien allmählich wieder er selbst zu werden. »Die Frau, die für mich putzt. Sie kommt immer dienstags. Ich dachte, Sie wären es.«

»Heute ist Montag.« Zoe war klar, dass er nicht die Wahrheit sagte, bedrängte ihn aber nicht. »Ich habe heute Morgen gesehen, dass der Rollladen heruntergelassen war. Deshalb bin ich vorbeigekommen, um zu hören, wie es mit dem Tagebuch vorangeht.« Sie wies mit einer Handbewegung auf den Schreibtisch. »Ich wollte nicht einfach hereinplatzen …

Doch Sie haben nicht reagiert, und da habe ich mir Sorgen gemacht – die Tür war nicht abgeschlossen.«

»Das ist sie nie. Das tun die Leute hier alle nicht.«

»Mag sein. Bloß hätte Gott weiß wer hereinspazieren können«, hielt sie ihm mit vorwurfsvollem Unterton vor.

Der Professor lachte. »Abgeschlossene Türen sind nicht unbedingt ein Schutz vor ungebetenen Gästen, wie Sie selbst sehr wohl wissen.«

Bevor sie ihn fragen konnte, was er damit meinte, stemmte er sich aus seinem Sessel hoch und lockerte seine steif gewordenen Schultern. Er trug noch dieselbe Kleidung wie beim Abendessen: Tweedjacke, Cordhose und Pullover.

»Höchste Zeit, Wasser aufzusetzen. Offenbar habe ich das Frühstück *und* das Mittagessen verpasst. Wollen wir zur Entschädigung etwas Toast essen? Und der arme Hund muss am Verhungern sein. Er wird mich dafür bestrafen, passen Sie auf.«

Als Zoe Charles nach unten folgte, bemerkte sie etwas, das sie zuvor lediglich am Rande registriert hatte: Horace blieb auf Distanz zu seinem Herrchen, als wäre mit Charles irgendetwas anders als sonst. Ihr fiel ein, dass man Hunden nachsagte, dass sie chemische Veränderungen im Körper eines Menschen wahrnehmen konnten und darauf entsprechend reagierten.

»Ich habe beinahe gedacht, Sie seien tot«, kam ihr unvermittelt und gegen ihren Willen über die Lippen.

»Du liebe Güte.« Er bedachte sie mit einem entschuldigenden Lächeln, bevor er sich daranmachte, den Napf des Hundes zu füllen und Wasser aufzusetzen. »Nein, darum müssen Sie sich keine Sorgen machen. Ich hatte eine schlimme Nacht, das ist alles.«

»Mit dem Tagebuch?«

»Es ist eine verstörende Lektüre, das muss ich Ihnen ja nicht sagen. Allerdings gibt es Dinge …« Er brach ab und wandte sich zu ihr um. »Ich bin froh, dass Sie hier sind. Ich muss Sie etwas fragen. Sagten Sie nicht, Sie hätten dieselben Visionen wie Ailsa erlebt, noch bevor Sie ihre Schilderungen gelesen hatten?«

Sie spürte, wie sie errötete. »Ich würde sie lieber Träume nennen, aber ja, im Grunde schon.«

»Auch physische Erscheinungen?«

»Ich schlafwandle. Und wenn ich aufwache, finde ich mich in einem anderen Zimmer wieder. Und da ist noch etwas …« Sie zögerte, senkte den Blick zu Boden. »Nach der ersten Nacht, als ich blaue Flecken an mir entdeckte, dachte ich, sie würden von der Reise stammen, nur bin ich nicht sicher …«

Charles sah sie nachdenklich an, den Kopf zur Seite geneigt. In seiner Miene entdeckte sie nichts von peinlicher Neugier, nein, er wirkte vielmehr besorgt.

»Hören Sie in diesen Träumen Stimmen?«

»Manchmal höre ich einen Mann, der zu mir spricht. Richtiger, der in meine Gedanken spricht. Ich weiß, das klingt nicht sehr logisch«, fügte sie leise hinzu.

»Was sagt er?«

Röte stieg ihr bei dieser Frage ins Gesicht. »Dieselben Dinge, die Ailsa schildert.«

Er nickte, als hätte er nichts anderes zu hören erwartet, und begann nebenbei, Teeblätter in eine riesige, blau glasierte Kanne zu löffeln. Dann bedeutete er ihr mit einer Handbewegung, am Küchentisch Platz zu nehmen.

»Diese Zeichnungen im Tagebuch …«, fuhr Zoe zögernd

fort. »Ich habe diese Bilder in meinen Träumen gesehen und sie in mein Skizzenbuch gezeichnet, noch bevor ich von den Aufzeichnungen überhaupt wusste. Ein seltsames Déjà-vu, finden Sie nicht? Wenngleich ich es nicht wahrhaben will, es ist da. Immer wieder, ohne dass ich es mir erklären kann.«

»Und Sie haben ebenfalls andere Phänomene im Haus wahrgenommen, sagten Sie?«

»Die Stimme einer Frau, die dieses Lied über ihren ertrunkenen Verlobten singt. Ich bilde mir immer wieder ein, es zu hören – aus verschiedenen Zimmern und einmal aus dem Telefon.« Sie schüttelte den Kopf. »Das klingt schwer geistesgestört, wenn man es laut ausspricht. Ach ja, außerdem ist jemand ins Haus eingebrochen und hat versucht, mir Angst zu machen – das ist eine Tatsache. Ansonsten bin ich mir nicht mehr sicher, was Wahrheit und was Einbildung ist …« Sie brach ab, hielt sich die Hände an die Schläfen. »Ich bin ziemlich erschöpft, wissen Sie, seelisch wie körperlich. Seit Langem. Schlafe schlecht, all diese Sachen. Früher habe ich Tabletten genommen … Egal, inzwischen geht es mir besser, und ich fühle mich klarer im Kopf. Dachte ich jedenfalls. Deshalb verstehe ich nicht, warum ausgerechnet jetzt …«

»Haben Sie etwas Ähnliches bereits früher erlebt?«

»Nein«, erwiderte sie viel zu schnell und korrigierte sich sogleich. »Na ja, eigentlich doch, vor Jahren, nachdem …« Erneut war sie drauf und dran, einen Rückzieher zu machen, bis ihr klar wurde, wie albern das war, nachdem Mick und Kaye von Caleb wussten. »Ich hatte eine schwere Depression, nachdem mein Sohn zur Welt gekommen war. Die Ärzte sprachen von einer postnatalen Psychose. Damals habe ich

Stimmen gehört, die entsetzliche Dinge sagten. Habe mir alles Mögliche eingebildet – eine Zeit lang war ich sogar im Krankenhaus. Das ist inzwischen zehn Jahre her, und ich dachte, es ginge mir gut.«

Der Wasserkessel begann zu pfeifen, und Charles goss den Tee auf.

»Als ich das Tagebuch las«, begann Charles leise, »habe ich mich gefragt, ob Ailsa Ähnliches erlebt hat. Damals wusste man um solche Krankheiten natürlich nicht. Vielleicht dachte sie, dass sie dabei war, den Verstand zu verlieren, oder dass es an den Séancen ihres Ehemanns lag.«

»Aber das kann es nicht allein gewesen sein, denn am Ende des Tagebuchs war ihr Sohn sieben und ihr Ehemann längst tot.« Zoe zupfte an ihren Haarspitzen. »So lange dauert eine postnatale Psychose nicht an. Außerdem erklärt das nicht, wieso wir beide dieselben Träume hatten.«

»Dann müssen wir die andere mögliche Erklärung in Betracht ziehen«, erwiderte Charles behutsam und stellte ihr einen Becher Tee hin.

»Sie meinen damit, dass es in dem Haus tatsächlich spukt«, stellte Zoe fest und legte die Hände um ihren Becher.

»Ich denke, dass Tamhas McBride, wissentlich oder unwissentlich, eine Kraft entfesselt hat, deren übersinnlicher Einfluss bis heute anhält.«

»Ist das nicht eine akademische Art zu sagen, dass er einen Dämon heraufbeschworen hat.«

Statt einer Antwort wiegte er den Kopf hin und her.

»Sie glauben das wirklich?«, hakte sie unglücklich nach.

Letztlich brachte Charles damit zum Ausdruck, dass er nicht an eine logische Erklärung glaubte. Falls er recht hatte, gab es zwei Möglichkeiten: Entweder sie war dabei, den Verstand zu verlieren, oder im Haus trieben sich Geister der Vergangenheit herum.

»Ich habe es mir zur Lebensaufgabe gemacht, die Geschichte okkulter und esoterischer Anschauungen zu studieren«, ergriff Charles wieder das Wort, »und bin zu dem Schluss gekommen, dass gewisse Erfahrungen uns empfänglicher machen können für übernatürliche Einflüsse. Traumata, Verlust, Verzweiflung. Denken Sie darüber nach – bei Ailsa könnten die plötzliche Witwenschaft, die unerwartete Schwangerschaft und die daraus resultierende soziale Isolation die Auslösefaktoren gewesen sein. All das dürfte sie in psychologischer Hinsicht extrem verletzlich gemacht haben.«

»Sagten Sie nicht, dass sie, Tamhas' Briefen zufolge, von seinen Experimenten beeinflusst war, das wäre schon zu seinen Lebzeiten gewesen.«

»Stimmt. Möglicherweise war sie von Natur aus empfänglich für so etwas.«

»Sie meinen instabil«, fragte sie mit erkennbarem Widerwillen. »Ein schwacher Charakter?«

Nein, diese Erklärung gefiel ihr nicht. Zu sehr hatte sie sich auf die Idee versteift, dass Ailsa eine starke Frau gewesen war, unabhängig, unbeugsam und unbequem. Eine Frau, die wegen dieser Charaktereigenschaften von ihren Zeitgenossen ausgegrenzt, gemieden und verleumdet worden war. Zoe wünschte sie vor der ganzen Welt zu rehabilitieren, ihr posthum Gerechtigkeit widerfahren zu lassen.

Sie hatte zu viel Gefallen an der Theorie von der alle Konventionen missachtenden Frau gefunden, die zum Opfer der Gesellschaft wurde, um sie zugunsten eines völlig konträren

Bildes über Bord zu werfen, das Ailsa als psychisch labil und damit anfällig für Wahnvorstellungen darstellte.

Aber was, wenn sich Letzteres bei einer genaueren Auswertung des Tagebuchs bewahrheiten sollte? Wenn Ailsa tatsächlich den Verstand verloren und ihr Kind getötet hatte? Zoe musste einräumen, dass sich das Tagebuch, vor allem zum Ende hin, wie das Produkt eines aus dem Lot geratenen Verstands las. Und wenn Ailsa verrückt gewesen war, dann musste Zoe es als ihr verspätetes Alter Ego, das ihre Träume und Fantasien wiederholte, ebenfalls sein.

Dr Schlesingers verbrämende Worte fielen ihr ein. Sie redete von *Stimmungsschwankungen* und *wenig hilfreichen kognitiven Mustern.* Wie auch immer man es bezeichnete – es waren Versuche, ihr einzureden, dass ihr Verstand nicht sicher verankert war und man ihrem Urteilsvermögen nicht trauen konnte. Charles war zu taktvoll, um es offen auszusprechen, doch er zog unweigerlich eine Parallele zwischen ihrer und Ailsas Erfahrung.

»Ich sehe, Sie haben die Fotografie gefunden.« Er nickte zu dem Porträt hin, das sie auf den Tisch gelegt hatte. »Haben Sie herausgefunden, was so seltsam daran ist?«

»Ihre Augen.« Zoe nahm es in die Hand, war dankbar für den Themawechsel.

»Sehr gut beobachtet. Sie wurden nachträglich aufgemalt – sehen Sie es? Das war bei viktorianischen Totenporträts üblich.«

»Augenblick mal, sie ist auf diesem Bild tot?« Entsetzt zuckte sie zurück. »Das ist ja gruselig. Sitzt in einem Stuhl und ist tot!«

»In viktorianischer Zeit war das fast ein Ritus. Makaber für uns, nicht so für die Menschen damals. Sie betrachteten es als Ehrung, als Ausdruck ihrer Wertschätzung. Im Allgemeinen wurde ein solches Porträt von der Familie in Auftrag gegeben, in diesem Fall hat Bonar sich darum gekümmert und es sogar selbst aufgenommen, er war neben seiner Anwaltstätigkeit ein begeisterter Hobbyfotograf.«

»Immer wieder dieser Bonar, überall taucht er auf.«

»Er hat einen Abzug an William geschickt und es darüber hinaus still und heimlich einem befreundeten Arzt vom Festland zugesteckt, der die Leichenschau vorgenommen hatte. Er gelangte später in wissenschaftlichen Zeitschriften zu einer gewissen Berühmtheit.«

»Warum?«

»Sehen Sie sich das Foto an. Was fällt Ihnen auf?«

Zoe hielt das Bild ins Licht. »Abgesehen von den Augen nichts Besonderes. Warten Sie, es ist sehr scharf.«

»Das liegt an der langen Belichtung. Die meisten Porträts aus dieser Zeit sind leicht verschwommen, weil lebende Objekte sich immer ein klein wenig bewegen. Die Toten hingegen halten zwangsläufig still. Wo lebende Angehörige zusammen mit einem Leichnam posieren, erscheint der Tote auf der Fotografie weitaus deutlicher als die Personen um ihn herum, ein unheimlicher Effekt. Aber das ist es nicht, was hier so bemerkenswert erscheint.«

»Sie sieht irgendwie ganz normal aus.«

»Genau. Erinnern Sie sich, sie wurde drei Tage vermisst, bevor ihre Leiche an der Küste angespült wurde. Angeblich. Haben Sie je einen Ertrunkenen gesehen?«

»Gott, nein.«

»Nun, ich kann Ihnen versichern, sie sehen nicht so entspannt aus wie Ailsa auf dem Bild hier. Und jeder in dieser Gemeinde dürfte vertraut mit dem Zustand einer Leiche gewesen sein, die drei Tage im Meer getrieben ist. Sie können sich vorstellen – dieser außergewöhnliche Erhaltungszustand hat die Gerüchte um einen übernatürlichen Einfluss erst recht angeheizt.«

Zoe starrte stirnrunzelnd auf das Bild.

»Würde das nicht eher die These untermauern, dass sie ermordet wurde und gar nicht ertrunken ist? Jemand muss ihren Leichnam versteckt und so am Strand abgelegt haben, dass alle glaubten, sie sei angespült worden. Und die Gerichtsmedizin war damals noch nicht so weit, irgendetwas anderes beweisen zu können.«

»Es wird Sie nicht wundern zu hören, dass diese Ermittlungsrichtung nicht verfolgt wurde«, sagte Charles, bevor er sich erhob und einen halben Laib Brot aus der Speisekammer holte, zwei dicke Scheiben davon abschnitt und sie zum Toasten in einem Drahtgestell auf den Herd legte. »Und Bonars Arztfreund verwandte viel Energie darauf, jeden anderen Untersuchungsansatz zu verhindern. Er wollte beweisen, dass ein Leichnam unter gewissen Umständen durchaus in Salzwasser konserviert werden könne. Bewusste Täuschung, um groß mit der Geschichte rauszukommen? Möglich. Jedenfalls war er auch derjenige, der den Tod durch Ertrinken festgestellt hatte – der hiesige Doktor war gerade verhindert.«

»Sehr praktisch, bloß welches Interesse hatte Bonar an einer solchen Verdrehung der Tatsachen?« Sie warf das Foto auf den Tisch. »Er bringt seinen Kumpel dazu, eine Todesursache zu bestätigen, die dem Zustand der Leiche nach gar nicht richtig sein konnte. Wieso hat das niemand hinterfragt?«

»Das ist einfach erklärt. Lediglich wenige Leute besaßen damals eine Schulbildung, die diesen Namen verdiente. Deshalb wurde die Autorität von Ärzten und Anwälten nicht angezweifelt, zumindest nicht laut.«

»Sie meinen, man akzeptierte lieber das Unmögliche und deutete es als Hexenwerk, als dass man die Diagnose eines gelehrten Quacksalbers anzweifelte.« Sie biss sich auf die Lippe. »Und welche Rolle spielte Bonar? Bestimmt haben Sie entsprechende Nachforschungen angestellt.«

»Natürlich.« Der Geruch von Toast begann die Luft zu erfüllen. »Leider gab es da nicht viel zu entdecken. Er verließ die Insel mit seiner Frau und seinen vier Kindern kurz nach Ailsas Tod, noch bevor ihr Nachlass abgewickelt wurde. William Drummond teilte er mit, er habe eine Stellung in Kanada angenommen und könne die Familie daher nicht länger vertreten.«

»Das ist aber eine verdammt weite Flucht. Kommt fast einem Geständnis gleich.«

»So könnte man es sehen.« Charles nahm das Drahtgestell von der Herdplatte, warf den Toast auf einen Teller und steckte die nächsten beiden Scheiben hinein. »Natürlich ließe sich ebenfalls folgende Interpretation denken: Er war so bestürzt über den Tod von Ailsa und ihrem Sohn, dass er sich außerstande fühlte, länger hierzubleiben.«

»Das kaufe ich Ihnen nicht ab.«

»Es ist lediglich eine Mutmaßung. Genau wie Ihre Theorie. Der Knackpunkt ist, dass wir nicht den Funken eines Beweises haben, dass Richard Bonar der Vater von Ailsas Kind war. Er galt als absolut rechtschaffener Mann, als Stütze der Gemeinde und als fürsorglicher Ehemann und Vater.«

»So jemand hätte am meisten zu verlieren und das stärkste Motiv gehabt, die Wahrheit zu verschleiern. Oder sehe ich das falsch?«

Charles musterte sie nachsichtig. »Sie haben sich wirklich auf Bonar eingeschossen, stimmt's? Und dabei schaffen Sie es sogar, seine Unbescholtenheit gegen ihn zu verwenden. Im Übrigen ist er nie nach Kanada gekommen. Er verstarb während der Überfahrt an einer Lungenentzündung, kein Jahr nach Ailsas Tod. Sie hat ihm in ihrem Testament übrigens eine gewisse Summe hinterlassen, die dann an seine Frau fiel.«

»Das heißt ...« Zoe zählte die Punkte an den Fingern ab. »Er ist der einzige Mann, der sie je zu Gesicht bekam; er wusste, dass sie ihm Geld hinterlassen würde; er verschwand, kaum dass sie gestorben war; er brachte seinen Freund dazu, Tod durch Ertrinken festzustellen, und zwar allen gegenteiligen Beweisen zum Trotz – halten Sie ihn etwa noch immer für unschuldig?« Sie verzog den Mund. »Okay, sagen wir, er ist es. Dann müssen Sie wenigstens irgendeine andere Idee haben, wer der Liebhaber gewesen sein könnte? Haben Sie im Tagebuch einen brauchbaren Hinweis gefunden?«

»Aha.« Er klatschte ein Stück gelbe Butter auf den Toast und schob ihr den Teller über den Tisch zu. »Wenn man das Unmögliche ausgeschlossen hat, muss das, was übrig bleibt, die Wahrheit sein, *so unwahrscheinlich sie auch klingen mag.* Sherlock Holmes«, ergänzte er.

»Okay. Jetzt sind wir wieder beim Inkubus angelangt, oder? Ich würde sagen, das fällt definitiv ins Reich des Unmöglichen.«

»Ach ja?« Er zog eine Augenbraue hoch. »Trotz allem, was Sie mir erzählt haben?«

Ein kalter Schauer überlief sie.

»Ja. Ich meine, da ist schließlich das Kind, das einen menschlichen Vater gehabt haben muss. Egal was die Gerüchte behaupten. Ich habe gestern Nacht in Ihrem Buch darüber gelesen.«

»Oh? Bei Mick und Kaye?«

Er hatte ihr den Rücken zugewandt, um noch einmal Wasser aufzusetzen.

Unangenehm berührt, runzelte sie die Stirn. »Woher wissen Sie, dass ich dort war?«

»Sie haben es mir erzählt.«

»Ich glaube nicht, dass ich das getan habe.«

So erschöpft sie sein mochte, ganz hinüber war sie nicht. Diese Information hatte er nicht von ihr. Nur von wem dann? Er konnte seine Wohnung nicht verlassen haben, schließlich hatte sie ihn dort mehr tot als lebendig gefunden. Und wie zur Bestätigung, dass irgendwas faul an der Sache war, schob er die nächste unglaubwürdige Erklärung nach.

»Ich habe fast die ganze Nacht an meinem Schreibtisch gesessen. Vielleicht ist mir ja Micks Landrover aufgefallen, als er auf dem Weg zu Ihnen hier vorbeifuhr und später zurückkam. Ja, so muss es gewesen sein.«

Zoe sah ihn lange an. Eine unangenehme Anspannung lag auf einmal in der Luft und beeinträchtigte die eben noch gemütliche Atmosphäre. Sie schob den Teller mit Toast von sich.

»Sie wissen schon, dass Kaye behauptet, Sie hätten übersinnliche Fähigkeiten, oder?«

Er lachte. »Die gute Kaye. Ich fürchte, wie so viele Stadtleute romantisiert sie gerne. Sie denkt, jeder, der hier geboren wurde, muss etwas von einem Druiden haben.«

»Wollen Sie ihr das verdenken?«, hakte Zoe spöttisch nach.

»Schließlich regen die Inseln geradezu dazu an. Diese ganzen Legenden … Wissen Sie, als ich ein Kind war und meine Großmutter mir ihre Geschichten erzählte, da dachte ich immer, es müsse hier irgendeine Art Magie geben. Vermutlich ist das der Grund, weshalb ich …« Sie brach ab, ließ den Gedanken unvollendet.

»Stimmt. Dennoch übertreibt Kay für meinen Geschmack ein bisschen. Sie würde uns am liebsten zur Sonnenwende alle zwischen Hinkelsteinen herumlaufen lassen, wenn sie könnte.« Charles erhob sich und warf mit einer geschickten Bewegung die nächste Runde Toast aus dem Gitter. »Ich bin geschmeichelt, dass Sie mein Buch lesen. Darf ich hoffen, dass es in irgendeiner Weise informativ für Sie ist?«

»Ja durchaus. Es hat mich auf eine Idee gebracht, wie die Gerüchte um Ailsas Sohn entstanden sein könnten. Ich meine die Art, wie der Inkubus angeblich Frauen mit dem – wie nennt man gleich so ein Kind? – schwängert.«

»Sie meinen, mit dem Cambion.« Er nickte, griff nach einem Glas dunkler, selbst gemachter Marmelade. »Ein Kind, das von einem Inkubus mit einer sterblichen Frau gezeugt wird, ist immer männlich, und man sagt ihm bestimmte typische Eigenschaften nach. Der Zauberer Merlin aus der Artussage war angeblich ein Cambion.«

»Und es heißt, dass das Kind zunächst eine Totgeburt zu sein schien und anfangs stumm war. Genau wie Ailsas Sohn.«

»Bis zum Alter von sieben Jahren, ja. Und dann nahm er sein wahres Wesen an und erlangte seine Zauberkräfte.«

»Ailsa schreibt in ihrem Tagebuch, dass sein Vater den Jungen mit sieben Jahren für sich beanspruche. Eindeutig glaubte sie, dass ihr Sohn dadurch in Gefahr sei, und hängte ihm das Kreuz um. Meinen Sie …« Zoe zögerte, und ein Schaudern durchlief sie, »sie hat sich eingeredet, dass ihr Sohn aus der Vereinigung mit einem Dämon stammte und demzufolge in irgendeiner Weise böse war oder es werden würde?«

»Ich denke, den Tagebuchaufzeichnungen zufolge kann es keinen Zweifel geben, dass Ailsa ihren Sohn abgöttisch geliebt hat und jedes Opfer für ihn erbracht hätte. Außerdem scheint sie am Ende an irgendeiner schweren Krankheit gelitten zu haben – deshalb die Angst, was mit dem Jungen passieren könnte, wenn sie nicht mehr da wäre.« Charles biss in seinen Toast, den Blick abwesend zum Fenster gerichtet. »Wie ich neulich bereits sagte, sie wäre nicht die erste Mutter gewesen, die ein Kind tötet, das als abartig gilt, um ihm, wie sie das wohl sah, ein Leben voller Leiden zu ersparen. Mehr als das in diesem Fall.« Er wandte sich mit ernster Miene zu ihr um. »Der Cambion ist angeblich unsterblich. Er altert zwar, kann jedoch keine Kinder zeugen. Sie dürfte die Artussage durch Tamhas gekannt haben, desgleichen diverse Volksmythen, die Merlin zum Gegenstand haben, und natürlich allerlei Sagen und Legenden, die vom schändlichen Treiben der Inkubi handeln. Da bin ich mir sicher.« Er hielt inne, um neuen Tee einzuschenken. »Eine Sache jedenfalls haben wir aus dem Tagebuch erfahren.«

»Und die wäre?«

»Das genaue Geburtsdatum des Jungen. Allerheiligen 1862 – gut sechs Tage vor dem Datum, das offiziell von Bonar eingetragen wurde. Was heißt, dass der letzte Tagebucheintrag mit diesen unheilvollen Versen aus der Heiligen Schrift zwei Tage vor dem siebten Geburtstag des Jungen entstand.«

»Sie meinen, das ist der Beweis dafür, dass sie ihn getötet hat? Um ihn zu retten?«

Charles breitete die Hände aus. »Ich denke, es ist von Bedeutung. Kein schlüssiger Beweis, nein, für keine der Thesen. Hingegen habe ich das Gefühl, dass das Tagebuch ein außergewöhnliches Dokument für die Zerrüttung eines Verstands ist. Zutiefst verstörend zu lesen. Sie müssen es eigentlich genauso empfunden haben.«

Sie nickte, hörte aus seinen Worten das Echo eines tiefen Schmerzes heraus und dachte wieder, wie viel näher er der Geschichte von Ailsa und ihrem Sohn zu stehen schien als Mick, ihr direkter Nachfahre, der sie am liebsten aus der Familiengeschichte streichen würde.

»Werden Sie Mick davon erzählen?«

»Zu gegebener Zeit, selbstverständlich. Aber vorher würde ich mich wie gesagt gerne eingehend damit beschäftigen. Deshalb meine gestrige Bitte, über den Fund Ihrerseits ebenfalls für eine Weile zu schweigen. Ist das für Sie in Ordnung?«

»Natürlich.«

»Zwar dürfte der Inhalt des Tagebuchs ihn kaum interessieren, andere dafür umso mehr. Und genau davor fürchtet er sich. Insbesondere wenn darüber geschrieben wird. Parapsychologische Phänomene lassen sich gut vermarkten, und er sieht schon lauter Geisterjäger hier herumschwirren.«

»Wollen Sie denn ein Buch darüber schreiben?«

»Das könnte ich gar nicht, nicht ohne sein Einverständnis. Das Tagebuch gehört von Rechts wegen ihm. Das ist der Grund, weshalb ich gern etwas Zeit hätte, um es genau zu lesen, bevor er es womöglich vernichtet. Das verstehen Sie sicher.«

»Ja, schließlich erhoffe ich mir Aufschluss, was von der ganzen Sache zu halten ist und warum ich eine so starke Affinität zu Ailsas Geschichte zu haben scheine.« Sie erhob sich und schob ihren Stuhl zurück. »Jetzt allerdings sollte ich mich wieder auf den Weg machen. Danke für den Tee.«

»Zoe, eine Sache noch.« In seinen Augen lag ein Anflug von Besorgnis. »Üben Sie Nachsicht mit einem alten Mann, wenn ich eine Warnung ausspreche. Passen Sie gut auf sich auf, in diesem Haus herrscht ein Einfluss, den ich für gefährlich halte. Er hat Ailsa McBride in den Tod getrieben. Deshalb sollten Sie vielleicht darüber nachdenken, ob es weise ist dortzubleiben. Eine Frau mit Ihrer Ausgangslage …«

»Was soll denn das heißen?«, fuhr sie ihn argwöhnisch an.

Er seufzte. »Allein. Weit entfernt von Ihren Liebsten. Sie könnten empfänglich sein.«

»*Empfänglich.* Sie glauben, ich könnte genauso verrückt sein wie sie.«

Sie starrte ihn an, bis er wegsah.

»Ich halte es einfach unter den gegebenen Umständen möglicherweise für vernünftiger …«

»Unter welchen Umständen?«, unterbrach sie ihn. »Sie wissen ja gar nichts von mir außer dem wenigen, was ich Ihnen erzählt habe. Haben Sie mir etwa nachspioniert? Mich gegoogelt?«, ereiferte sie sich. »Gott, was ist eigentlich los mit diesem Ort? Niemand hier scheint zu wissen, was Privatsphäre bedeutet. Warum lässt man mich nicht in Ruhe?«

»Verzeihung.« Charles unterdrückte ein Lächeln. »Sagt die Dame, die in mein Haus spaziert ist, während ich geschlafen habe.«

»Sie haben Ihre Tür unverschlossen gelassen – und überhaupt, ich habe mir Sorgen um Sie gemacht.«

»Und ich bin besorgt um Sie. Zu meiner eigenen Belustigung

mische ich mich bestimmt nicht ein, das kann ich Ihnen versichern.«

»Sie halten mich für verrückt, neurotisch, was weiß ich …«

»Weit gefehlt.« Seine Miene wurde ernst. »Ich denke, Sie könnten in Gefahr sein.«

»Sie sind nicht der Erste, der mir das sagt. Mick hat mich gewarnt, dass es Leute im Dorf gibt, die mich verscheuchen wollen.«

»Zu denen gehöre ich nicht. Aber Sie haben recht mit Ihrer Vermutung, dass ich mehr über die Geschichte weiß als Mick. Und aufgrund dieses Wissens und der zusätzlichen Informationen, die ich dem Tagebuch entnommen habe, bitte ich Sie, mir zu vertrauen, wenn ich Ihnen nahelege, lieber nicht allein dort draußen wohnen zu bleiben.«

»Dann begleiten Sie mich und essen heute bei mir zu Abend«, schlug sie vor, die Arme kämpferisch vor der Brust verschränkt.

War er bei ihrer Einladung zusammengezuckt? Ganz kurz, kaum wahrnehmbar? Sie war sich nicht sicher.

»Ich denke nicht, dass wir der Gerüchteküche noch mehr Munition liefern sollten, oder?« Er bedachte sie mit einem väterlichen, sanft tadelnden Blick. »Davon abgesehen, habe ich viel Arbeit nachzuholen. Trotzdem danke für das Angebot.«

»Sie machen mir etwas vor, habe ich recht?« Ein wissendes Lächeln überzog ihr Gesicht. »Es geht darum, dass Sie keinen Fuß jemals in dieses Haus setzen werden. Sie haben Angst.«

Leicht verlegen, dass Zoe ihm auf die Schliche gekommen war, wandte er den Blick ab.

»Sagen wir es mal so«, erwiderte er schließlich mit einem

gewissen Widerstreben, »ich betrachte mich selbst in mancher Hinsicht als empfänglich.«

»Das heißt, Sie haben übersinnliche Fähigkeiten.«

Charles seufzte und grinste sie an. »Ich wusste, dass Sie das sagen würden. Ist das übersinnlich?«

Die Missstimmung verflog, Zoe lachte schallend, um sogleich wieder ernst zu werden.

»Machen Sie sich keine Sorgen um mich.« Sie steckte eine Hand in die Jackentasche und schloss die Finger um das kalte Metall des aufgebrochenen Vorhängeschlosses. »Ich meine ziemlich genau zu wissen, wovor ich in diesem Haus Angst haben muss, und ich werde mich dem stellen«, erklärte sie entschlossen.

»Na schön. Da ich mich, wie Sie richtig erkannt haben, davor drücke, Ihnen dort Gesellschaft zu leisten, nehmen Sie an meiner Stelle Horace mit. Für ihn müssen Sie nicht mal kochen.«

»Im Ernst?« Zoe musterte den Hund, der unter dem Tisch lag und bei der Erwähnung seines Namens den Kopf hob, dabei mit dem Schwanz wedelte. »Das würde ich sehr gern tun, fürchte nur, es wird ihm nicht gefallen, von Ihnen getrennt zu werden. Er wird todunglücklich sein – und das möchte ich ihm nicht antun.«

»Er ist hart im Nehmen. Er tut, was man von ihm verlangt. Stimmt's, alter Knabe?«

Er beugte sich nach unten und kraulte den Hund zwischen den Ohren. Zwar bezweifelte Zoe insgeheim, ob der schwerfällige, freundliche Horace auf jemanden wie Dougie Reid sehr abschreckend wirkte oder gar einem Eindringling an die Kehle sprang, aber die Anwesenheit des Hundes wäre für sie eine

Art Mutmacher – sie würde sich weniger verloren und ausgeliefert vorkommen.

»Danke, dann nehme ich Ihr großzügiges Angebot gerne an und hoffe, dass es für den armen Horace keine allzu große Zumutung ist.«

Charles packte ihr noch Hundefutter und die Lieblingsdecke seines Vierbeiners ein, und dann brach Zoe mit ihrem Bewacher auf Zeit auf, der sich brav in sein Schicksal zu fügen schien, wenngleich er seinem Herrchen zum Abschied einen traurigen Blick zuwarf.

»Sie können mich jederzeit anrufen«, schärfte Charles ihr ein. »Falls Sie irgendetwas beunruhigt. Egal was.«

»Ich werde es im Hinterkopf behalten. Wenn ich Ihre Worte richtig deute, halten Sie mich also nicht für verrückt, oder?«

»Nicht im Geringsten. Sie sind geistig genauso gesund wie ich«, erklärte er mit leiser Selbstironie.

Zoe lächelte. »Ich weiß nicht, ob ich das beruhigend finden soll.«

Am Gartentor wandte sie sich noch einmal um und sah an der Fassade hoch. Das hohe Fenster im ersten Stock musste Charles' Arbeitszimmer sein. Zwar ging es auf die Straße hinaus, doch eine Reihe großer, dichter Kiefern, die sich die gesamte Vorderseite des Grundstücks entlangzog, versperrte den Blick. Charles konnte also Micks Landrover gar nicht gesehen, geschweige denn erkannt haben, wer im Wagen saß.

Das alte mulmige Gefühl stellte sich wieder ein, und erneut fragte sie sich, ob sie recht daran tat, dem Professor zu vertrauen. Dann aber versetzte ihr Horace einen Stupser, als wollte er sie für solch treulose Gedanken tadeln, und sie musste lachen.

16

Im letzten Licht des Nachmittags wirkte der Gastraum des Pubs schmuddelig und heruntergekommen. Die angelaufenen Zaumzeugbeschläge, die als Dekoration hinter dem Tresen hingen, der abgewetzte, verfleckte Teppich, die verblichenen Sepiafotografien, die Zeugnis ablegten vom einst florierenden Geschäft mit dem Fischfang und dessen industrieller Verarbeitung – lauter Relikte, die an bessere Zeiten erinnerten und jetzt einfach armselig und trostlos wirkten. An ihrem ersten Abend auf der Insel, als Micks Pub brechend voll gewesen war, hatte sie das nicht bemerkt. Was vermutlich nicht zuletzt an der schummrigen Beleuchtung lag.

Zwei ältere Männer saßen zusammengesackt in einer Fensternische an einem Tisch, der klebrig von verschüttetem Bier war, und umklammerten ihre vollen Pintgläser, die wässerigen Augen auf einen Fernseher an der Wand geheftet, auf dem ein lautlos gestellter Shoppingsender mit Untertiteln lief. Der Geruch nach ausgebranntem Kaminfeuer und kaltem Zigarettenrauch hing in der Luft. Hinter der Bar tippte Annag Logan mit den Daumen wie wild auf ihr Handy ein. Sie hatte kaum den Blick gehoben, als Zoe eingetreten war.

Horace trottete weiter zur Hintertür und wandte sich mit fragendem Blick um, wollte offensichtlich zu Charles' Bank im Hof.

»Hallo«, rief Zoe dem Mädchen zu, das sie eindeutig zu ignorieren versuchte. »Ist Mick da?«

»Nein.«

Sie klickte weiter, und als Zoe sich vorbeugte, sah sie bunte Formen über das Display schwirren.

»Weißt du vielleicht, wo er ist?«

Sie verspürte keine Lust, sich von diesem dümmlichen Teenager, der an einer geradezu grotesken Selbstüberschätzung litt, vorführen zu lassen. Nicht nachdem der kleine Bruder ihr gesteckt hatte, wie seine Schwester über sie dachte – vermutlich würde Annag ihn wegen dieser Dummheit einen Kopf kürzer machen.

»Er ist auf dem Festland«, bequemte sich das Mädchen zu erklären.

Zoe wusste nicht, was sie davon halten sollte, und fragte sich unwillkürlich, ob das irgendwas damit zu tun hatte, dass mit seiner Vermietung so ziemlich alles aus dem Ruder lief. Gleichzeitig verunsicherte sie Micks Abwesenheit. Wenn in dieser Nacht wieder etwas passierte, würde ihr niemand zu Hilfe kommen.

»Nanu, davon hat er keinen Ton gesagt«, gab sie lahm zurück. »Und wann will er zurückkommen?«

Annag zuckte die Schultern. »Morgen vielleicht. Oder Mittwoch. Kann mich nicht erinnern. Wollte zur Brauerei. Normalerweise bleibt er bei solchen Gelegenheiten ein bisschen, fährt zum Großmarkt und so.«

»Okay. Danke. Ist wenigstens Kaye da?«

»Sie ist bei einer Probe. Mit der Band.«

»Und wo bitte?«

So langsam wurde Zoe ungeduldig, weil das Mondgesicht sich alles aus der Nase ziehen ließ und ihr am liebsten gar keine Auskünfte gegeben hätte. Bestimmt würde sie ihr am liebsten sagen, sie solle sich zum Teufel scheren. Nicht nur aus dem Pub, sondern von der ganzen Insel.

»Also bitte, wo ist Kaye? Herrgott, mach endlich den Mund auf«, herrschte sie Annag an.

»In der Schulaula«, erklärte die daraufhin, fügte jedoch voller Häme hinzu: »Wo *die* ist, werden Sie ja wissen.«

Der Klügere gibt nach, sagte sich Zoe und schluckte eine passende Antwort herunter.

»Danke. Komm, Horace.«

Sie schnippte mit den Fingern, woraufhin sich der alte Hundeherr schwerfällig aufrappelte und gemächlichen Schrittes zu ihr herüberkam. Hatte er tatsächlich die Augen verdreht, oder fiel das in die Rubrik Einbildung?

»Muss gruselig sein, ganz allein da draußen«, schickte Annag ihr hinterher, als sie die Tür erreichte.

»Eigentlich nicht«, gab Zoe knapp über die Schulter zurück.

»Und warum haben Sie dann Horace?«

Eindeutig versuchte das Mädchen ihr eine unbedachte Bemerkung zu entlocken.

»Nun.« Zoe lächelte maliziös. »Horace möchte zu gerne mal auf Geisterjagd gehen.« Als das Mädchen daraufhin schwieg, fragte sie aufs Geratewohl: »Kennst du eigentlich das Haus?«

Annag riss ihre kleinen Augen weit auf und starrte Zoe an. »Was?«

»Du hast mich sehr gut verstanden. Ist ja eine einfache Frage. Also, wie gut kennst du das McBride-Haus? Hast du dort viel Zeit verbracht?«

»Nein.« Jetzt verengten sich die kleinen Augen des Mädchens zu Schlitzen. Die Verschlagenheit in ihrer Miene war einer misstrauischen Vorsicht gewichen. »Warum sollte ich dorthin gehen?«

»Es ist sehr hübsch, und es liegt sehr schön. Außerdem gibt es jede Menge Seevögel am Strand und in den Felsen.«

Eine Anspielung, die ohne Reaktion blieb.

»Und?«

»Ich dachte, vielleicht magst du Seevögel.«

»Keine Ahnung, wovon Sie reden«, gab Annag pampig zurück und wandte sich wieder ihrem Spiel zu.

Sie war gut, wie sie auf ahnungslos machte, dachte Zoe. Wenn sie mit Dougie unter einer Decke steckte, wusste sie das geschickt zu verbergen. Bislang zumindest hatte sie keinen Fehler begangen.

»Übrigens solltest du mit deinem kleinen Bruder besser zum Arzt gehen«, sagte Zoe beim Hinausgehen. »Diese Platzwunde in seinem Gesicht sieht nicht gut aus.«

»Er ist ein ungeschickter kleiner Scheißer, fällt ständig irgendwo herunter«, erwiderte das Mädchen herzlos. »Und Sie – Sie sollten sich besser um Ihre eigenen Angelegenheiten kümmern.«

»Okay. Ich habe eine Idee. Warum versuchen wir nicht alle, genau das zu tun?«

Mit diesen Worten zog sie die Tür des Pubs zu, ohne zu warten, ob Annag wenigstens diese Anspielung verstanden hatte und langsam begriff, dass Zoe etwas ahnte.

Es war fast vier, als sie das Schulgebäude erreichte. Die Kinder waren längst nach Hause gegangen. Statt Kinderlärm hallte Kayes Lachen in den Fluren wider. In der Aula roch es nach Bohnerwachs und Turnschuhen. Edward stand unter dem halbrunden Fenster gegenüber dem Eingang und stimmte mit geschlossenen Augen seine Geige, während das Licht des späten Nachmittags seine Haare vergoldete. Sie gestattete sich, ihn einen Moment zu betrachten, wobei sie sich durchaus der Tatsache bewusst war, dass die Blicke der anderen zwischen ihnen hin und her flogen.

»Kaye! Annag hat mir gesagt, dass ich Sie hier finde.« Sie zwang sich zu einem unbekümmerten Ton, um jeden Zweifel an dem Grund für ihr Erscheinen im Keim zu ersticken. Aber das leichte Kribbeln, das sie durchzuckte, als Edward die Augen aufschlug und sie mit aufrichtiger Freude entwaffnend anlächelte, ließ sich nicht unterdrücken.

»Kann ich Sie kurz sprechen?«, bat sie Kaye. »Draußen vielleicht.«

»Na klar. Bin gleich wieder da, Leute.«

Kaye nahm sie beim Ellenbogen und führte sie in einen Flur, der mit Kinderzeichnungen bestückt war. Bei den Strichmännchen, umgeben von spitzen Bäumen und wogenden Wellen, musste Zoe an Caleb denken, und das Herz wurde ihr schwer.

»Schön, dass Sie gekommen sind – ich wollte gleich nach der Probe sowieso anrufen.«

Kaye drückte Zoes Arm, ihre Finger waren wieder mit langen Silberringen gepanzert, und das starke Augen-Make-up und der fuchsienfarbene Lippenstift ließen sie völlig anders aussehen als letzte Nacht. Aus dem sanften Geschöpf im flauschigen Morgenmantel war eine mit Keltenschmuck ausstaffierte Walküre geworden. Bei ihren nächsten Worten senkte sie verlegen den Blick; schützte sich hinter violett schimmernden Lidern und dichten Wimpern.

»Wollen Sie heute vielleicht wieder im Pub übernachten? Und zum Abendessen kommen? Ich denke, das wäre das Beste.«

»Äh, na ja …«

Sie wollte erklären, dass sie einen Pseudowachhund hatte, doch Kaye schnitt ihr das Wort ab.

»Es ist so … Ich war mir nicht sicher, ob ich es Ihnen überhaupt sagen soll, und das Ganze ist mir sehr unangenehm …«, druckste Kaye herum und holte tief Luft. »Ich hab einen Anruf bekommen. Von Ihrem Mann.«

»Was?«

»Er wirkte ziemlich besorgt, weil er Sie unter der Nummer des Hauses nicht erreichen konnte und Sie seine Nachrichten auf dem AB nicht beantwortet haben.«

»Und woher hatte er Ihre Nummer?«

Kalte Wut breitete sich in ihr aus. Dan musste eine Möglichkeit gefunden haben, ihren Computer vor ihrer Abreise zu durchsuchen, obwohl sie ihr Passwort nach dem letzten derartigen Vorfall geändert hatte.

»Ich dachte, Sie hätten sie ihm gegeben, so für alle Fälle.« Kaye wirkte gleichermaßen verwirrt wie bestürzt. »Dann hat er sie vielleicht von der Website, nehme ich mal an, er weiß ja bestimmt, auf welcher Insel Sie sich befinden. Jedenfalls wollte er sich einfach vergewissern, dass es Ihnen gut geht – er erwähnte irgendwas von einer Krankheit, daher hat er gefragt, ob …« Ihre Stimme verlor sich, als sie Zoes Miene sah. »Ich weiß, Männer sind manchmal schlimm, stimmt's? Wenn ich mit den Mädchen im Sommer für ein paar Wochen zu meinen Leuten fahre, ruft Mick alle fünf Minuten an: wegen jedem Scheiß. Manchmal frage ich mich, was er früher, vor meiner Zeit, gemacht hat. Ehrlich gesagt, bin ich mir nicht sicher, ob er je seine Klamotten gewaschen hat.« Sie lachte, um die Stimmung aufzulockern. »Im Ernst. Klingt, als ob Ihrer genauso ist, was?«

»Nein, er will … Was hat er denn gefragt?« Ein Gedanke schoss ihr durch den Kopf. »Sie haben ihm hoffentlich nicht von letzter Nacht erzählt, oder? Dass ich im Pub übernachtet habe?«

Kaye reagierte nicht schnell genug, um es abzustreiten. Schuldbewusst und um Verzeihung bittend, sah sie Zoe an.

»Vielleicht habe ich erwähnt, dass Sie ein bisschen aufgewühlt waren«, gestand sie und fügte sogleich zu ihrer Verteidigung hinzu: »Ich war besorgt, verstehen Sie.«

»Was hat er sonst noch gesagt? Hat er Caleb erwähnt?«

»Ganz ruhig.« Kaye zog ihren Arm zurück, den Zoe umkrallt hatte. »Ist das Ihr kleiner Junge? Nein, ich glaube nicht. Er hat bloß gesagt, Sie seien nicht ganz Sie selbst, weil Sie krank waren, und dass er sich deshalb Sorgen macht, wie Sie allein zurechtkommen sollen …«

»Und Sie mussten ihm unbedingt sagen, was letzte Nacht passiert ist! Das war Wasser auf seine Mühlen. Herrgott noch mal!«

In diesem Moment fiel ihr Blick auf die Kinderzeichnung vor ihr. Das Blatt zeigte ein baufälliges Haus, das schwarz umrandet war, und in einem der Fenster war ein weißes Strichmännchen mit wilden Haaren zu sehen. Der grüne Hintergrund war inzwischen ein wenig verblasst. Unter die Zeichnung hatte der Lehrer geschrieben: *Das Spukhaus, von Iain Finlay, zehn Jahre.*

Wie konnte Edward dieses Bild an der Wand hängen lassen nach dem Unglück und dem Tod des Jungen, schoss es ihr durch den Kopf.

»Hören Sie, Zoe – es tut mir wirklich leid«, bemühte Kaye sich um Schadensbegrenzung. »Ich konnte ja nicht wissen, was ich sagen oder nicht sagen sollte. Schließlich haben Sie uns weder etwas erzählt noch uns gewarnt, dass wir keine Auskunft geben dürfen.« Sie hob eine Hand zum Zeichen, dass sie noch nicht fertig war. »Ihre Ehe ist Ihre Privatsache, genauso wie das, worauf Sie sich hier einlassen oder nicht. Ich bin nicht wie diese Dorfweiber, die nichts Besseres zu tun haben, als zu tratschen. Er hat mir leidgetan, Ihr Mann, das ist alles. Er schien ehrlich beunruhigt, als hätte er mit dem Schlimmsten gerechnet. Mick würde ausflippen, wenn ich allein nach Amerika führe, und würde genauso reagieren.« Sie hielt grinsend inne. »Schön wär's, was.«

»Er muss Ihnen nicht leidtun«, beschied sie Kaye knapp und ein wenig barsch. »Er manipuliert Sie. Wir sind dabei, uns zu trennen, wenn Sie es unbedingt wissen wollen. Dennoch versucht er mich nach wie vor zu kontrollieren. Über dreitausend Meilen hinweg. Wenn er das noch mal tut, sagen Sie ihm bitte, dass Sie nicht meine Babysitterin sind. Und im Übrigen: *Ich lasse mich auf gar nichts ein.«*

Kaye schlug sich mit einer metallverzierten Hand an den Mund. »Entschuldigung, das war einfach so dahingesagt.«

»Ist schon okay. Sie haben ihm aber nichts von diesem Zeug erzählt, dass das Haus verflucht ist oder ich *sensibel* bin?«

»Natürlich nicht«, erwiderte Kaye leicht pikiert.

»Hat Mick ihm möglicherweise irgendwas von gestern Nacht erzählt?«

»Nein, er war bereits auf dem Festland, als Ihr Mann anrief.«

»Gott sei Dank. Wann kommt Mick zurück?«

»Morgen. Deswegen wollte ich ja vorschlagen, dass Sie noch mal bei uns übernachten.« Kaye zögerte. »Zur Sicherheit, falls Sie wieder eine schlimme Nacht haben sollten. Ich könnte nämlich die Kinder nicht allein lassen, um zu Ihnen hochzufahren …«

Irgendetwas an Kayes Miene störte sie, die Art, wie ihr Blick zur Seite glitt. In ihrem Gespräch mit Dan war es um mehr gegangen, als sie zugab, da war sich Zoe sicher.

»Hat er Sie gebeten, mich im Auge zu behalten?«, hakte sie nach.

»Nein! Darum geht es nicht. Ich würde mich einfach besser fühlen, wenn Sie heute bei uns übernachten, das ist alles.«

Zoe sah sie an. Wäre das mit dem Anruf nicht gewesen, dann hätte sie Kayes Angebot sofort angenommen. Immerhin war sie selbst nicht gerade glücklich über Micks Abwesenheit. Doch jetzt nicht, da hatte sie ihren Stolz. Es war schlicht und ergreifend demütigend, wenn man befürchten musste, dass ihre Vermieter sie im Auftrag ihres Mannes beobachteten.

»Danke für das Angebot, trotzdem bleibe ich oben. Keine Sorge, ich werde bestens zurechtkommen.«

»Ich glaube, Mick wäre ebenfalls beruhigter«, versuchte Kaye sie umzustimmen.

»Ihr beide müsst euch nicht meinetwegen schlecht fühlen. Schließlich seid ihr nicht meine Babysitter, wenngleich mein Mann das gerne sähe und Sie vielleicht gedrängt hat, auf mich aufzupassen und ihm Bericht zu erstatten. So funktioniert das nicht, Kaye. Diesmal darf ich nicht einknicken, sonst schaffe ich den Absprung nie. Und das muss mein paranoider Ehemann langsam begreifen. Er hat kein Recht, Sie anzurufen und mich in ein falsches Licht zu rücken und Ihnen das Gefühl zu geben, für mich verantwortlich zu sein. Und nebenbei gesagt, bin ich es, die die Miete für das Haus bezahlt, nicht er. Also lassen Sie sich nicht von ihm einwickeln.«

»Das ist nicht, was …«

»Es ist mir egal, was er gesagt hat. Ich kann's mir denken. Er ist ein Kontrollfreak. Und darin ist er richtig gut, daher mache ich Ihnen auch keinen Vorwurf, dass Sie seinen Worten geglaubt haben.«

»Es tut mir leid, Zoe.« Kaye spielte mit ihren Ringen. »Wie gesagt, ich wusste nichts von alledem und will nicht in Ihre Angelegenheiten hineingezogen werden …«

»Das werden Sie nicht – ich komme alleine zurecht.«

Eine lange Pause trat ein. Zoe wusste, dass sie nicht glaubwürdig war. Wenn sie lediglich daran dachte, in welchem Zustand Mick sie in der vergangenen Nacht angetroffen hatte! Gott sei Dank war das nicht bis zu Dan gedrungen. Nicht auszudenken, sonst würde er in diesem Moment zweifellos schon in einem Flugzeug sitzen.

»Was wollten Sie mich eigentlich fragen?«, erkundigte Kaye sich und warf einen raschen Blick auf ihre Armbanduhr.

»Oh, es hat sich erübrigt – ich wollte Sie bitten, nichts von letzter Nacht herumzuerzählen.«

Mit dem Vorhängeschloss konnte sie jetzt nicht kommen. Kaye würde ausrasten und Himmel und Hölle in Bewegung setzen, um sie zum Bleiben zu bewegen. Und dann, als sie eher zufällig die Hände in die Jackentaschen steckte, traf sie der Schlag: Das Schloss war weg. War es im Wagen herausgefallen, auf dem Parkplatz oder im Pub?

Sie musste es umgehend finden, es war ihr einziger hieb- und stichfester Beweis, dass der Eindringling über die Kellerluke nach Lust und Laune im Haus herumspazieren konnte. Dass es sich um Dougie handelte, war bislang eine Vermutung, wenngleich eine wohlbegründete. Plötzlich wurde ihr mit einem Anflug von Angst bewusst, dass Dougie höchstwahrscheinlich über Micks Reise aufs Festland informiert war und die Gelegenheit für eine neuerliche Attacke auf ihre Nerven oder für Schlimmeres nutzen könnte. Sie war kurz davor, ihre Entscheidung wegen der Übernachtung zu revidieren, aber sie brachte es nicht fertig, über ihren Schatten zu springen.

Irgendwie schien Kaye Zoes Schwanken und die aufkommende Angst zu spüren. Sie legte ihr eine Hand auf den Arm.

»Sind Sie sicher, dass Sie das Richtige tun?«

»Ja, heute geht es mir gut. Wirklich. Gestern Nacht war … untypisch. Und Kaye, es tut mir leid, dass mein Mann Sie in unsere Eheprobleme hineingezogen hat – das war nicht fair von ihm.«

»Nein. Ich bin es, die sich entschuldigen sollte. Nächstes Mal weiß ich Bescheid.«

Trotz dieser Versicherung merkte Zoe an ihrem Ton, dass sie nicht wirklich wusste, wem sie glauben sollte.

»Kaye?« Der bärtige Musiker mit dem grauen Pferdeschwanz steckte den Kopf durch die Tür. »Ich will ja nicht stören, aber wenn du nicht bald kommst, wird Bernie an deiner Stelle singen, und das hat niemand verdient.«

»Ach zum Teufel mit euch allen«, rief eine gutmütige Stimme aus der Aula, die vermutlich Bernie gehörte.

»Halt die Klappe, ich bin gleich da. Hier.« Sie zog mit einer einzigen schnellen Bewegung eine ihrer Silberketten über den Kopf, an der ein gezackter schwarzer Stein hing. »Nehmen Sie das. Der schwarze Turmalin ist ein mächtiger Schutz gegen böse Geister und negative Energien. Na los, tun Sie mir wenigstens diesen Gefallen, dann fühle ich mich besser. Und Sie haben den Salbei – vergessen Sie nicht, den zu verbrennen.«

»Okay, danke.« Zoe beugte den Kopf vor, um sich die Kette umhängen zu lassen. »Sie haben nicht zufällig etwas, um Exmänner fernzuhalten?«

»Ich glaube, so etwas nennt man Anwalt«, warf der Mann mit dem Pferdeschwanz ein, der im Türrahmen lehnte.

Zoe lachte und hob eine Hand zum Abschied, Kaye hingegen blieb ernst und bewegte lautlos die Lippen, als würde sie ein Gebet oder eine Beschwörungsformel sprechen. Vermutlich Letzteres, nahm Zoe an.

Als sie gerade Horace' Leine vom Schultor losband, kam Edward über den Hof auf sie zugesprintet.

»Hey.«

Ein paar Schritte vor ihr blieb er stehen. Sie sahen sich an, nicht sicher, wie sie sich künftig zueinander verhalten sollten.

»Sie werden mich hassen«, meinte sie mit einer Geste in Richtung Aula. »Ich habe Kaye viel zu lange aufgehalten. Und jetzt dich. Du solltest zurückgehen.«

»Sie kommen durchaus eine Minute ohne mich klar.« Er strich sich die Haare aus den Augen, und wieder fiel ihr auf, wie jung er aussah. »Ich sehe, du hast Horace bei dir. Geht es Charles nicht gut?«

»Er ist okay, keine Sorge. Horace übernachtet heute bei mir, damit ich ein bisschen Gesellschaft habe.«

Edward streckte eine Hand nach dem Hund aus, der sie kurz leckte, weil sich das seinem Verständnis nach so gehörte.

»Es fällt mir schwer, ihn mir als Wachhund vorzustellen.«

»Alles Tarnung«, scherzte Zoe. »Unter der harmlos-treuherzigen Oberfläche ist er ein gnadenloser Killer.«

»Eigentlich hatte ich mich gefragt, ob du heute Abend vielleicht gerne eine andere Art Gesellschaft hättest?«

»Na ja, das ist …« Sie zögerte, aber ein Blick in seine aufrichtigen braunen Augen gab den Ausschlag. Scheiß drauf, sagte sie sich und betrachtete es gleichzeitig als Rache an Dan. Wenn der glaubte, er könnte sie nach wie vor wie eine Schachfigur hin und her schieben, hatte er sich getäuscht. Und zwar gewaltig.

»Klar, gerne. Sofern du nichts Ausgefallenes erwartest. Es gibt irgendeine Pasta.«

»Klingt super. Ich komme, sobald wir hier fertig sind, und bringe Wein mit.«

»Wird dankend angenommen. Jetzt solltest du allerdings besser zurück zu deinen Freunden gehen, sonst musst du am Ende nachsitzen.«

Er nickte, kraulte Horace hinter den Ohren und eilte winkend über den Pausenhof davon.

Zoe sah ihm nach, bis er im Schulgebäude verschwunden war, und ging über den Dorfanger zu den Läden, um ein paar Sachen fürs Abendessen einzukaufen. Vor der kleinen Drogerie, in deren Schaufenster Stützstrümpfe mit Abführmitteln um Aufmerksamkeit wetteiferten, blieb sie kurz stehen und spielte mit dem Gedanken, eine Packung Kondome zu erstehen. Nein, verwarf sie die Idee, das wäre ja, als würde sie im Voraus entscheiden, Sex mit Edward zu haben. Dabei machte gerade die Aura des Nichtwissens, des Schwebenden den Charme ihrer Beziehung aus. Und ein Teil von ihr hatte sogar das Gefühl, dass sie lieber ihre Fantasie ausleben und genießen wollte, statt sie womöglich durch enttäuschenden Sex zu ruinieren. Nichtsdestotrotz war sie froh, dass ihre Blutung so schnell wieder aufgehört hatte, wie sie gekommen war. Offenbar war ihr Körper auch in dieser Hinsicht aus der Übung. Insofern blieben alle Optionen einschließlich Sex offen.

Echtem Sex, dachte sie mit einer Portion Selbstironie.

Erst nachdem sie sich bereits gegen den Kauf von Kondomen entschieden hatte, fiel ihr ein, was sie damit angerichtet hätte. Innerhalb einer Stunde würde es der ganze Ort gewusst haben. Da könnte sie es genauso gut plakatieren. Ob Kaye Edward bei dem Telefongespräch mit Dan erwähnt hatte? Eher nicht, es sei denn, er hatte sie mit einer Fangfrage zum Reden gebracht. Mittlerweile war Zoe sich endgültig nicht mehr sicher, wem sie hier wie weit trauen konnte.

Wie mochte Dan sich überhaupt bei Kaye gemeldet haben? *Hi, ich bin Daniel Bergman?* Dann wüssten alle auf der Insel jetzt ihren Ehenamen und könnten Nachforschungen im Internet anstellen, was es mit dieser merkwürdigen Amerikanerin auf sich hatte. Irgendwas fand sich bestimmt, und wenn es der Unfall war.

O Gott, das konnte ja heiter werden, dachte sie, während sie zurück zu ihrem Auto ging.

17

Das Tageslicht begann zu schwinden, als sie durch die weite, einsame Landschaft zurück zum Haus fuhr. Am Horizont deutete sich ein leuchtender Sonnenuntergang an, denn inzwischen war die Wolkendecke aufgerissen. Feurige Rot- und Goldtöne, Einsprengsel in Orange, Rosa und Violett schufen ein spektakuläres Himmelsgemälde, das sich in dem wie poliertes Metall glänzenden Wasser der Bucht spiegelte. Eigentlich müsste sie dieses Naturschauspiel auf einem Foto festhalten, dachte Zoe, und es später auf eine Leinwand übertragen.

Sobald sie den Wagen abgestellt hatte, stürzte sie zu der Galerie im ersten Stock, wo sie ihre Malsachen verstaut hatte, und kramte die Kamera hervor. Eigentlich hatte sie vorgehabt, zum Strand zu gehen und von dort aus den Sonnenuntergang zu fotografieren, aber umrahmt von den dunklen Umrissen der hohen gotischen Fenster würde das Bild ungleich dramatischer aussehen. Sie knipste drauflos, kontrollierte zwischendurch immer wieder die Ergebnisse auf dem Display und stutzte plötzlich.

Eindeutig war da eine im Türrahmen lehnende Gestalt zu erkennen, die sich im Fenster spiegelte. Doch als sie sich umdrehte, war dort niemand. Ganz wie sie es erwartet hatte.

Als sie das Bild heranzoomte, sah sie, dass der Schatten einen Umhang trug wie der vermeintliche Schäfer, den sie zweimal im Moor gesehen hatte. Das Gesicht hingegen blieb verschwommen, sosehr sie das Foto auch vergrößerte.

Sie wunderte sich, wie ruhig sie diesmal blieb und nicht panisch nach einer logischen Erklärung suchte. Seit dem Fund des Vorhängeschlosses glaubte sie zu wissen, was hier ablief. Sie packte die Kamera weg, ging wieder nach unten und schaltete im Vorübergehen alle Lampen an. Horace saß geduldig am Fuß der Treppe und schnupperte, vermutlich witterte er den fauligen Geruch, der nach wie vor in der Luft hing. Sie kraulte ihn zwischen den Ohren.

Oder war es das Paranormale, das er wahrnahm?

Nein, das glaubte sie nicht. Er gehörte eher nicht zu der Sorte Hund, die man in Filmen sah und die sich durch erhöhte Sensibilität unerklärlichen Phänomenen gegenüber hervortat und mit gesträubtem Fell winselte und bellte. Vielleicht schränkte Charles ja seinen Fernsehkonsum zu sehr ein, und Horace wusste es nicht besser, diagnostizierte sie sein Fehlverhalten amüsiert. Immerhin blieb er treu an ihrer Seite, wie sein Herrchen es ihm angeschafft hatte, und folgte ihr, als sie sich in der Küche ein großes Glas Wein einschenkte und es mit auf die Veranda nahm.

Die Sonne war erstaunlich rasch untergegangen, lediglich ein paar wenige orangerote Streifen zogen sich am dunklen Horizont entlang. Gleichzeitig hatte der Wind aufgefrischt und peitschte ihr ins Gesicht. Möwen warfen sich den Böen entgegen, um sich von den wechselnden Strömungen treiben zu lassen. Ohne die Flügel zu bewegen, schossen sie durch den Himmel.

Auch Zoe fühlte sich irgendwie in der Schwebe. Fast fatalistisch saß sie da, wusste nicht, was sie erwartete, und empfand dennoch eine Art Frieden. Einzig die Aussicht, dass Edward bald hier sein würde, beschleunigte ihren Herzschlag und sorgte für einen kleinen Hitzeschwall in der Lendengegend.

Als es ihr kalt wurde, kehrte sie in die Küche zurück, schloss die Tür sorgfältig hinter sich ab und schenkte sich noch ein Glas ein. Sie überlegte, ob sie Dan anrufen und ihn wegen seiner indiskutablen Einmischung in ihre Angelegenheiten zur Rede stellen sollte. Sie entschied sich dagegen, denn irgendwie war es ihr bereits zuwider, nur seine Stimme hören zu müssen.

Um erst gar kein schlechtes Gewissen aufkommen zu lassen, handelte sie mit sich selbst einen Kompromiss aus und drückte auf die Wiedergabetaste des Anrufbeantworters, der eine neue Mitteilung anzeigte. Die konnte sie zur Not abwürgen, wenn sie die Nase vollhatte. Aber die Nachricht war nicht von Dan, sondern von ihrer Mutter. Was ebenfalls nicht besser war. Ein Vorwurf folgte auf den anderen. Zoe nahm lediglich Wortfetzen wahr, weil sie vorbeugend auf Durchzug geschaltet hatte: *einfach egoistisch – so kann eine Ehe nicht funktionieren – meinst du nicht, dass Daniel schon genug damit zu tun hatte, dass …*

Das reichte. Sie drückte auf *Löschen,* bevor sie noch mehr hören musste. Die zweite Nachricht würde sie sofort unterbrechen, falls es sich um eine Fortsetzung der mütterlichen Anklageschrift handelte. Doch statt der zänkischen Stimme ertönte wie am Abend zuvor dieses seltsame Knistern, das an eine alte Schallplatte erinnerte. Sie wollte den AB schon ausschalten, als leise und undeutlich eine weibliche Stimme einsetzte, die immer wieder denselben Satz auf Gälisch wiederholte. Irgendwoher meinte sie die Worte zu kennen, sie zumindest mal gehört und übersetzt bekommen zu haben. Plötzlich wusste sie, was sie bedeuteten. *Zeit zu gehen,* sagte die Frau unablässig. *Zeit zu gehen.*

Zoe durchlief es kalt. Sie streckte eine Hand nach der Löschtaste aus, besann sich indes eines Besseren. Wenn jemand ihr mit Telefonterror Angst einzujagen versuchte, dann war diese Aufzeichnung ein Beweisstück für die Polizei, nicht anders als das Vorhängeschloss, das leider nach wie vor verschollen war. Ein Geräusch in der Küche ließ sie zusammenzucken. Grundlos, es war bloß Horace, der einen Stuhl umgeworfen hatte. Sie kniete sich neben ihn und vergrub das Gesicht in seinem drahtigen Fell, und er ließ es wie alles andere geduldig über sich ergehen. Anschließend griff sie sich die Weinflasche und begab sich nach oben in die Galerie. Edward würde bald hier sein. Es gab nichts, wovor sie Angst haben musste.

Sie musste eingenickt sein, denn als sie die Augen aufschlug, schien das Zimmer seltsam erhellt, und sie brauchte ein paar Sekunden, um zu begreifen, dass draußen die Nacht hereingebrochen war. Mühsam richtete sie sich auf. Sie saß auf einem Tagesbett am Rande der Galerie, so viel konnte sie erkennen, der Rest verschwand in einem diffusen Licht. Ringsum auf Tischen und Bänken flackerten Öllampen, die die Galerie in einen gelblichen Schimmer tauchten. Ein seltsam rauchiges Aroma lag in der Luft, vermischt mit einem bitteren pflanzlichen Geruch, und sie hörte das leise Murmeln einer männlichen Stimme.

Sie rieb sich die Augen und erkannte eine hochgewachsene Gestalt, die ihr den Rücken zugewandt hatte, die Hemdsärmel bis über die Ellenbogen hochgekrempelt, und sich über einen

Arbeitstisch beugte, auf dem gläserne Becher sowie Mörser und Stößel aufgereiht waren. Reflexartig tastete sie mit einer Hand nach der Kette, die Kaye ihr gegeben hatte, doch als sie sie berührte, stellte sie fest, dass nicht mehr der schwarze Turmalin daran hing, sondern ein silbernes Keltenkreuz. Die Entdeckung versetzte ihr einen Schrecken; sie sah an sich hinunter und stellte fest, dass sie barfuß war und ein bodenlanges, mit Schleifen über der Brust zusammengebundenes Baumwollkleid trug. Ein wollenes Tuch lag um ihre Schultern, und ihre Haare fielen offen herunter.

Zoe schüttelte den Kopf, als könnte sie damit ihren Blick klären – sie träumte, so viel war ihr selbst im Traum klar, und dennoch fühlte sie sich zugleich auf eine seltsame Weise bei Bewusstsein. Der Mann am Tisch wandte sich zu ihr um, hielt ihr ein Glas hin.

Sie versuchte sich auf sein Gesicht zu konzentrieren, es blieb unscharf, als würde sie es durch ein verschmiertes Objektiv betrachten. Allerdings nahm sie wahr, dass es sehr behaart war. Buschige Augenbrauen, lange Koteletten und ein dichter Schnurrbart, alles sehr dunkel. Als er zu sprechen begann, klang seine Stimme, als käme sie aus weiter Ferne oder unter einer Wasseroberfläche hervor.

Er drängte sie zu trinken, und zu ihrer Verblüffung gehorchte sie. Das Gebräu schmeckte leicht brackig nach pflanzlicher Materie und abgestandenem Wasser; sie würgte mehr als einmal, während sie trank, und irgendwo in einem hinteren Winkel ihres Verstands fragte sie sich, wie es sein konnte, dass in einem Traum ihre Geschmacksnerven aktiviert wurden.

Dann legte er sie behutsam hin, ihre Sicht verschwamm zunehmend, Schwindel brachte sie aus dem Gleichgewicht, und sie war dankbar, dass die feste Unterlage sie davor bewahrte, ins Bodenlose zu gleiten. *Wehr dich nicht dagegen,* sagte der Mann nicht unfreundlich mit einem breiten schottischen Akzent und löste sodann die Bänder ihres Kleides, wenngleich sie einen schwachen, halbherzigen Versuch unternahm, seine Hand wegzuschlagen.

Braves Mädchen, Ailsa, flüsterte er und entfernte sich ein paar Schritte, um die Lichter bis auf einen mehrarmigen Kandelaber zu löschen. Sie wollte den Kopf heben, aber der fühlte sich erschreckend schwer an. Er stand über ihr und murmelte beschwörende Worte in einer Sprache, die sie nicht verstand, vor der ihr jedoch instinktiv grauste, zumal der Tonfall anschwoll, der Sprachrhythmus sich beschleunigte, drängender wurde, bis die Worte wie eine Einladung klangen, die man nicht ausschlagen konnte. Die Kerzen erloschen alle auf einmal, und sie spürte, wie ihr Körper sich veränderte: Ihre Brüste wurden schwerer, die Haare zwischen ihren Beinen drahtiger, und ein Kälteschauer durchlief sie, als würde eisige Luft durchs Fenster hineinwehen.

Nach einer gefühlten Ewigkeit vernahm sie ein Geräusch, das zunehmend lauter wurde. Es erinnerte sie an einen Sturm, der mit einer kleinen Brise begann und sich zum wütenden Orkan steigerte. Als sie die Augen aufschlug, sah sie eine zweite Gestalt aus den Schatten auftauchen, die neben ihrem Lager niederkniete.

Und sie wusste, dass es der war, auf den sie gewartet hatte. Er, der so atemberaubend schön war, dass sie ihm nicht ins Gesicht sehen durfte.

Jetzt teilte er den Stoff ihres Kleides, und sie spürte, wie sein Atem ihr eine Gänsehaut über den Körper jagte. Seine Finger umkreisten ihre Brüste, dann berührte er sie mit seinem Mund, erst die eine, dann die andere, fing ganz sanft an, wurde grober, bis er schließlich mit seinen scharfen Zähnen an ihnen zog, während sie unter ihm liegend ihren Körper dem seinen entgegenreckte. Zoe spürte, wie ihre Erregung zunahm, und wusste, dass sie im Begriff war, eine Schwelle zu überschreiten, hinter der es kein Zurück mehr geben würde.

Und dieses Wissen machte ihr Angst, da sie sich nicht sicher war, wer ihr das Versprechen einer unvergleichlichen Erfahrung gegeben hatte. War es jemand, dem sie trauen konnte? Hatte Ailsa es gewusst, fragte sie sich, denn irgendwo im Grenzbereich zwischen Schlafen und Wachen war ihr klar, dass das hier nicht primär ihre Gedanken waren, sondern die von Ailsa.

Er glitt mit dem Mund an ihrem Körper hinunter und schob ihr das Kleid bis zur Taille hoch. Sie schloss die Augen und legte ihre Hände um seinen Kopf, als er mit der Zunge in sie eindrang, sich zurückzog, kreisende Bewegungen vollführte, sie gekonnt ihrem Höhepunkt entgegentrieb. Ihr war bewusst, dass sie auf irgendeiner Ebene den Atem anhielt, sich ihm widersetzte, sich weigerte loszulassen, voller Angst vor dem, was danach kommen würde.

So ist's gut, gib dich hin, hörte sie eine Stimme sagen, die dem hemdsärmeligen Mann gehörte, der die ganze Zeit in einer dunklen Ecke gestanden und sie genau beobachtet hatte. Die Erkenntnis dämpfte ihr Verlangen keineswegs, im Gegenteil. Sie stachelte sogar ihren Ehrgeiz an, sich als gelehrige Schülerin zu erweisen und alles besonders gut zu machen.

Als sie sich ihrem Höhepunkt näherte, öffnete sie die Augen, er drang in sie ein und sah ihr für die Dauer eines Herzschlags ins Gesicht. Ihre Finger tasteten nach dem Kreuz um ihren

Hals, und der Schrei, der ihr entfuhr, drückte gleichermaßen überwältigende Lust wie namenloses Entsetzen aus.

Als sie aufwachte, war ihr eiskalt. Sie lag auf der Couch in der Galerie, die eingeschalteten Lampen warfen Schatten an die Wand. Sie sah an sich hinunter und stellte erleichtert fest, dass sie ihre eigenen Sachen anhatte. Allerdings war der Reißverschluss ihrer Jeans geöffnet und ihr T-Shirt über ihre Brüste hochgeschoben. Ihr Kopf fühlte sich benebelt an, ihr Mund war ausgedörrt und klebrig, und als sie sich aufzusetzen versuchte, stieß sie mit dem Fuß gegen eine leere Flasche.

Irgendetwas Schlimmes war passiert, ahnte sie dunkel, ohne dass sie sich sogleich erinnern konnte. Hatte sie etwa allein die ganze Flasche Wein gekippt? Zumindest deutete einiges darauf hin. Und was sollte das mit der unordentlichen Kleidung? Sie fuhr mit der Hand in ihre Unterwäsche, aber da war nichts Verdächtiges festzustellen, außer dass sich ihre Haut am ganzen Körper wie schockgefrostet anfühlte. Ihr Zustand erinnerte sie an früher, wenn sie nach einer ausgiebigen Kneipentour den Eindruck hatte, man könnte ihr K.-o.-Tropfen in einen Drink geschüttet haben. Doch das kam hier ja kaum infrage. Schließlich war sie allein gewesen, oder nicht?

Langsam dämmerte ihr, dass Tamhas und Ailsa Gegenstand ihres Traumes gewesen waren. Mehr noch, sie glaubte Tamhas' Experimente mit Ailsas Augen gesehen zu haben: den Trank, die Beschwörung, die Heimsuchung. Alles unwirklich natürlich. Ihre fieberhafte Fantasie hatte offenbar Schilderungen aus dem Tagebuch mit ihren eigenen Überlegungen und Charles' mythischen Theorien verquickt und sie in Bilder umgesetzt.

Während Zoe noch ihre Gedanken zu ordnen versuchte, nahm sie auf einmal ein Geräusch hinter der Tür wahr, ein beharrliches Kratzen von Nägeln auf Holz, das ihr bekannt vorkam. Und da sie diesbezüglich eher an menschliche Plagegeister glaubte als an Geister, versuchte sie es mit einem rüden »verschwinde«.

Ein Winseln kam als Antwort – den armen Hund hatte sie total vergessen. Noch leicht benommen, erhob sie sich und wankte zur Tür.

»Gott, entschuldige, Horace – du musst ja am Verhungern sein.«

Sie hatte keine Ahnung, wie spät es war oder wie lange er hier bereits wartete. In diesem Augenblick fiel ihr siedend heiß Edward ein, den sie zum Essen eingeladen hatte. Wie peinlich. Bestimmt hatte er vergeblich geklopft und geklingelt – so langsam würde niemand mehr glauben, dass mit ihr alles in Ordnung war. Einschließlich sie selbst.

Um nicht zur Krönung des Abends auch noch die Treppe hinunterzufallen, stieg sie vorsichtig die Stufen hinunter, sich dabei am Treppengeländer festhaltend. Nach wie vor war sie desorientiert vom Trinken und Schlafen.

Die Standuhr in der Diele zeigte zehn vor elf. Im Haus war es beklemmend still, dafür fegte draußen der Wind mit einem unheimlichen Heulen um die Ecken.

Neben dem Telefon hielt sie inne und überlegte Edward anzurufen. Um sich zu entschuldigen und ihm eine Erklärung zu geben. Bloß welche. Das mit dem Wein sowie das mit dem Traum stellte gleichermaßen ihre Zurechnungsfähigkeit infrage. Nicht einmal sie selbst kam ja damit klar. Der Traum hatte sie wie die vorherigen völlig aus dem Lot gebracht. Sie fühlte sich postorgastisch, jedoch ausgelaugt und nicht im Geringsten beglückt oder befriedigt. Außerdem wurde sie wieder mal das Gefühl nicht los, dass sie nicht allein in der Galerie gewesen und ihr irgendwas angetan worden war, dessen Folgen sich als unumkehrbar erweisen würden.

Außerdem erinnerte sie ihr rumorender Magen daran, dass sie seit dem Morgen kaum etwas gegessen hatte. Kein Wunder, wenn ihr schwindlig war und sie sich mit einer Hand an der Wand abstützen musste. Eine neue Nachricht blinkte auf dem Anrufbeantworter auf. Edward, dachte sie und drückte den Knopf. Erst absolute Stille, dann das knisternde Rauschen … Zoe schaltete ab, bevor sie wieder diese ferne, kehlige Stimme hörte.

Es war zu viel für ihre Nerven.

Trotz der späten Stunde und trotz ihres Erklärungsnotstands beschloss sie Edward anzurufen. Aber als sie den Hörer in die Hand nahm, war die Leitung tot. So hektisch sie auch drückte, es kam kein Freizeichen. Vielleicht der Wind, redete sie sich ein, wenngleich sie daran nicht wirklich glaubte. Sie würde mit ihrem Handy zu den Klippen hochgehen müssen, falls sie wirklich noch telefonieren wollte, doch selbst da war es keineswegs sicher, dass sie Empfang hatte.

Zunächst musste sie sich sowieso um den hungrigen Horace kümmern. In der Küche war der Geruch nach Fäulnis stärker geworden, ohne dass es einen erkennbaren Grund dafür gab. Sogar den Hund schien es zu stören, denn winselnd und jaulend schnupperte er an Fußbodenleisten und Heizkörpern. Sie würde Mick bitten müssen, sich darum zu kümmern.

Gerade biss sie von ihrem Erdnussbuttersandwich ab, als ein Geräusch sie aufschreckte. Ein schwerer Gegenstand war auf den Boden gefallen, so hörte es sich zumindest an. Zoes Blick wanderte zu der niedrigen Tür am anderen Ende der Küche, die in den Keller führte. Jemand war dort unten. Also hatte sie richtiggelegen mit ihrer Vermutung, dass Dougie Micks Abwesenheit nutzen würde, um sie weiter an den Rand des Wahnsinns zu treiben. Und bestimmt war er ebenfalls für die tote Telefonleitung verantwortlich.

Zoe starrte auf die Tür wie das Kaninchen auf die Schlange, war unfähig, sich zu rühren, und wartete voller Panik auf das Erscheinen des Einbrechers.

Ein gewaltiger Krach, das Scheppern von Metall, verstärkt durch das Poltern von Gegengeständen, die irgendwo herunterfielen, riss sie aus ihrer Trance. Sie spurtete zur Kellertür, griff sich den altmodischen Eisenschlüssel, der daneben an einem Haken hing und sperrte mit zitternden Fingern ab. Dann nichts wie weg auf die Veranda hinaus und die Stufen hinunter, mit nackten Füßen durch den feuchten, kalten Sand um das Haus herum zur Kellerluke. Sie fand sie geschlossen, aber nicht abgesperrt vor, ganz wie sie vermutet hatte.

Zum ersten Mal, seit sie sich in diesem Haus mit allerlei Absonderlichkeiten konfrontiert sah, fühlte sie sich nicht hilflos. Jetzt saß nicht sie in der Falle, sondern ihr Gegenspieler, wer immer es sein mochte. Inzwischen würde er auf der Hut sein, wohlwissend, dass der Lärm ihr nicht entgangen sein konnte. Und sobald er feststellte, dass er vom Keller nicht in die Küche gelangen konnte, musste er zur Luke zurückkehren.

Dennoch hatte ihr Plan einen Schönheitsfehler. Ihre Absicht war es gewesen, ihn im Keller einzusperren und Hilfe aus dem Ort zu holen, doch dummerweise hatte er das Vorhängeschloss eingesteckt.

Ratlos blickte sie sich um. Sie wollte schon ins Haus zurückgehen, als sie mit dem Fuß gegen das lange, kräftige Stück Treibholz stieß, das sie eigentlich für ein Stillleben verwenden wollte. Jetzt musste es erst mal als Waffe herhalten. Immerhin war es ein durchaus respektabler Prügel. Sie hob es hoch und schwang es durch die Luft. Es würde seinen Zweck erfüllen, dachte sie zufrieden.

Ganz davon abgesehen, war es alles, was sie hatte.

So gut es ging, verbarg sie sich neben dem schrägen Holzverschlag, voll konzentriert und alle Sinne aufs Äußerste angespannt. Noch bevor sie etwas sah, hörte sie, wie jemand die enge Stiege heraufkam und von innen die Tür öffnete. Eine Gestalt mit hochgezogener Kapuze kam herausgeklettert, eine Taschenlampe in der Hand, und ehe sie entdeckt werden konnte, ließ sie das Holz mit aller Kraft von hinten auf den Übeltäter niedersausen. Mit einem schrillen Aufschrei ging er zu Boden.

Zoe warf das Holz hin und kniete sich in den kalten Sand, zog die Kapuze unsanft zurück und wurde selbst so kreidebleich wie die Gestalt am Boden.

»Mein Gott, Robbie. Was zum Teufel tust du denn hier?«

Der Junge gab keine Antwort, schluchzte lediglich heftig. An seinem Hinterkopf klebte Blut. Eine geballte Faust hatte er in den Mund gesteckt.

»Scheiße.« Sie hockte sich auf die Fersen, strich sich die Haare aus dem Gesicht und blickte sich spähend um, als würde sie fürchten, jemand könnte sie beobachten. »Bringen wir dich ins Haus.«

18

»Wie fühlst du dich?«

Sie hatte die Schale mit Eiswürfeln in ein Geschirrtuch geleert und die Ecken zu einem behelfsmäßigen Beutel verknotet, den sich Robbie am Küchentisch an den Kopf drückte, während er mit der anderen Hand geistesabwesend Horace kraulte. Der Hund kauerte zwischen den Knien des Jungen, als würde er verstehen, dass seine warme Gegenwart ihn tröstete. Zoe hatte Robbie bereits eine heiße Milch mit Honig gemacht und ein paar Schmerztabletten hineingebröckelt, sie selbst saß vor ihrem zweiten starken Kaffee. Das Schwindelgefühl von vorhin war verflogen, dafür hämmerte es brutal in ihren Schläfen.

»Es tut hinter meinen Augen weh.«

»Siehst du verschwommen?«

»Irgendwie schon. Weiß nicht so recht.«

»Vielleicht hast du eine leichte Gehirnerschütterung, ich gehe morgen mit dir zum Arzt. Hör zu, es tut mir leid – ich dachte, es sei ein Einbrecher. Warst du ja streng genommen. Was hast du dir eigentlich dabei gedacht?« Als er keine Antwort gab, schüttelte sie den Kopf. »Du kannst von Glück reden. Wo ich herkomme, schießen die Leute auf jeden, der in ihr Haus, ihren Keller oder ihre Garage einbricht. Fragen stellen sie erst später, wenn überhaupt. Ohnehin könnten die meisten sie nicht mehr beantworten.«

Für einen Moment verriet seine Miene Bestürzung, bevor er sich wieder mürrisch seinem Becher zuwandte. Robbie fühlte sich eindeutig ungerecht behandelt.

»Wissen deine …« Sie bremste sich rechtzeitig, bevor sie *Eltern* sagte. »Dein Dad – weiß er, dass du nicht zu Hause bist?«

»Er ist in Belgien.«

»Belgien?«

»Irgendwo da. Oder in Frankreich.«

»Seit wann denn?«

Er zuckte die Schultern. »Letzte Woche.«

»Und wer kümmert sich um dich, wenn er nicht da ist?«

»Meine Schwester.«

Ihr entging nicht die verächtlich geschürzte Lippe, als er diese beiden Worte aussprach, der unverhohlene Groll in seiner Stimme. Von Geschwisterliebe keine Spur.

»Weiß sie, dass du dich nachts davonschleichst?«

»Das wäre ihr egal. Sie ist zu bekifft, um irgendwas mitzukriegen, wenn sie nach Hause kommt.«

Scheinbar gelangweilt, kratzte er an einer unebenen Stelle auf der Tischplatte, tat so, als würde ihn das kaltlassen.

»Wirklich? Woher bekommt deine Schwester denn das Gras? Ich meine, hier draußen gibt's ja bestimmt keine Dealer.«

»Von Dougie«, antwortete er automatisch und schrak sogleich zusammen. »Verraten Sie ihm nicht, dass ich das gesagt habe.«

»Das würde mir nicht im Traum einfallen.« Dougie

verkaufte also Drogen an eine Sechzehnjährige, noch ein Minus auf der Hitliste seiner schlechten Angewohnheiten. »Weiß dein Dad davon?«

Robbie verdrehte die Augen. »Natürlich nicht. Aber er würde es sowieso nicht glauben. Dougie ist sein Kumpel.«

Sie nickte, und ein paar Minuten sahen sie sich schweigend an.

»Wie bist du überhaupt hierhergekommen?«, erkundigte sie sich schließlich. »Vom Dorf sind es fünf Meilen.«

»Ich hab ein Quadbike.«

»Ach ja.« Sie musterte ihn mit gerunzelter Stirn. »Kriegen das denn die Nachbarn nicht mit, wenn du so spät damit wegfährst?«

»Es gehört meinem Dad, er stellt es in einem Schuppen hinter der Bootswerft unter. Da draußen gibt's keine Häuser. Und dann fahre ich quer durchs Moor und lasse es oben auf den Klippen stehen.« Er deutete in die ungefähre Richtung. »Selbst Sie würden es nicht hören. Ich bin sehr vorsichtig.«

»Das heißt, du bist nicht zum ersten Mal hier?« Als er keine Antwort gab, rückte sie näher an ihn heran. »Robbie, hast du das etwa alles gemacht, das Vorhängeschloss durchtrennt und ein neues angehängt?«

Er nickte kläglich, von dem großmäuligen Burschen keine Spur mehr. Wenigstens für den Augenblick nicht.

»Und die tote Möwe?«

Eine Pause, dann noch ein Nicken. »Außerdem die Mäuse.«

»Mäuse?«

»Und die Burger.«

»Wovon redest du eigentlich?«

»Ich hab ein paar Mäuse in meiner Falle gefangen. Und ein

paar Burger aus Ihrem Gefrierfach genommen und alles hinter die Heizkörper gestopft – an dem Abend neulich, als ich das mit der Möwe gemacht hab.«

Ungläubig sah sie ihn an, versuchte es zu begreifen. *»Warum,* Robbie?«

»Ich dachte, die würden riechen wie totes Fleisch – Sie sollten denken, dass eine Leiche unter den Bodendielen liegt, und dann vielleicht nicht hierbleiben wollen.«

Die Worte sprudelten nur so aus ihm heraus, aber er schaute sie nicht an.

»Nein, ich meine, warum hasst du mich so sehr, dass du mir solch gemeine Streiche spielst? Was habe ich dir getan?«

Endlich hob er den Kopf, und sie sah, dass in seinen Augen Tränen standen und seine Lippen bebten.

»Ich hätte Ihnen nichts getan, ehrlich. Hab eher versucht, Sie zu retten.«

»Wovor?«, fragte sie und fürchtete sich vor der Antwort.

»Hab ich Ihnen doch gesagt – hier oben passieren schlimme Dinge.« Er fuhr sich mit dem Handrücken über die Nase. »Wissen Sie, ich dachte, wenn ich Ihnen genug Angst einjage, dann würden Sie gehen, bevor die irgendwas richtig Böses tun können.«

»Wen meinst du damit?«, hakte sie nach. »Wer, denkst du, würde mir etwas antun wollen?«

Sein Blick huschte zur Seite, er presste die Lippen zusammen, bis sie sich weiß verfärbten, und begann wieder an der Tischplatte zu kratzen.

»Hast du auch dieses Bild in mein Skizzenbuch gezeichnet?« Erneut nickte er. »Das heißt, du hast mir an dem Tag nachspioniert?«

»Ich hab nicht *spioniert*«, empörte er sich. »Ich war oben auf der Klippe. Und die gehört Ihnen nicht. Da bin ich immer, lange bevor Sie überhaupt hergekommen sind. Um mit Iain zu reden.«

»So wie du mit deiner Mum redest?«

Er zuckte gleichgültig die Schultern, tat so, als ginge ihn das alles nichts an, aber die Sache mit seinem toten Freund beschäftigte ihn offenbar sehr. Hatte er mehr damit zu tun, als er zugab? Zoe erinnerte sich daran, dass Mörder häufig an den Ort ihres Verbrechens zurückkehrten. Dieses Kind war die einzige Person, die zumindest annähernd wusste, was im letzten Sommer mit Iain in diesem Haus passiert war. Momentan schien er ein bisschen zugänglicher zu sein. Würde es ihr gelingen, ihm die Wahrheit zu entlocken? Eine ungeschickte oder unbedachte Frage konnte dazu führen, dass er erneut dichtmachte.

Hätte sie bloß einen klareren Kopf, dachte sie seufzend.

»Meinst du …« Sie zögerte, wog ihre Worte sorgfältig ab. »Meinst du, du könntest wiedergutmachen, was in jener Nacht mit Iain passiert ist, wenn du jetzt dafür sorgst, dass mir nichts geschieht?«

Er schwieg lange Zeit, kratzte wieder an dem Holz.

»Ich hätte nichts tun können«, erwiderte er schließlich leise. »Wenn ich ihm nachgelaufen wäre, wäre ich genauso dran gewesen. Dann säße ich jetzt nicht hier.«

»Trotzdem fühlst du dich schuldig, weil du nicht versucht hast, ihn zu retten?«

»Mich hätte es erwischen sollen«, stieß er nach einer weiteren Pause heftig hervor. »Es war meine Idee, nachts herzukommen und im Haus zu filmen … Wir wollten beweisen, dass es hier spukt, wissen Sie. Und dann war ich ein solcher

Schisser, dass ich mich nicht getraut hab reinzugehen. Dabei war das war nur, weil …«

»Weil was?«, erkundigte sie sich behutsam, als er erneut in Schweigen verfiel.

»Sie werden mich auslachen.«

»Das werde ich nicht, versprochen.«

Sein Blick suchte für einen Moment ihren. »Ich hab meine Mum gehört«, flüsterte er. »Als ich mit Iain unten am Strand saß. Ihre Stimme war so deutlich, als ob sie direkt neben mir gestanden hätte. Sie sagte: *Geh ja nicht dort hinein, Robert Logan.* Es klang, als ob sie richtig sauer gewesen wäre. Und das hat mir so viel Angst eingejagt, dass ich mich nicht mehr rühren konnte. Ich hab Iain nichts davon gesagt, er hätte mich für einen Spinner gehalten. Deshalb ist er allein losgezogen, und dann …« Er brach ab, das Gesicht kreidebleich.

Sie wusste, dass sie ihn besser nicht nach Details fragen sollte – was Iain als Nächstes getan hatte, war der Teil, den Robbie seit über einem Jahr erfolgreich in sich vergrub.

»Hat Iain gefilmt, als er hineingegangen ist, so wie ihr es geplant hattet? Eventuell könnte das auf seinem Handy sein.« Als er lediglich stumm die Schultern hob, fügte sie hinzu: »Ich frage mich, was mit seinem Handy passiert ist.«

»Sie haben es nie gefunden. Er muss es bei sich gehabt haben«, erwiderte Robbie, doch in dem Moment, als er es aussprach, erkannte sie die Lüge.

»Na ja, ich nehme an, das werden wir wohl nie erfahren«, meinte sie, während er sich mit den Fingerknöcheln die Augen rieb.

»Mich hätte es erwischen sollen«, wiederholte er leise. »Das hätte niemanden gekümmert.«

»Oh, Robbie, wie kannst du so etwas sagen, dein Dad und deine Schwester wären bestimmt schrecklich traurig gewesen.«

Er stieß ein leises, bitteres Lachen aus. »Meine Schwester wäre froh gewesen, dann hätte sie von der Insel verschwinden können.«

Gedankenverloren hob er eine Hand und betastete die Prellung an seiner Wange.

»Hat Annag dich so zugerichtet?«

»Bin vom Fahrrad gefallen.«

»Heute Nachmittag hast du gesagt, du seist vom Klettergerüst gefallen.«

»Weiß nicht, ich stoße ständig irgendwo an oder falle irgendwo runter. Bin wohl zu ungeschickt.«

Annag hatte Ähnliches gesagt, erinnerte sie sich. Ihre Abneigung gegen das Mädchen verstärkte sich noch mehr. Und mit Edward musste sie ebenfalls reden – ihm konnten die Verletzungen des Kindes kaum entgangen sein.

»Und was sagt dein Dad zu all den blauen Flecken?«

»Er sieht mich kaum. Die meiste Zeit schläft er, oder er geht in den Pub. Er hasst es, ohne Mum in der Wohnung zu sein.«

Sie sah, wie viel Anstrengung es ihn kostete, nicht zu weinen. Instinktiv rückte sie mit ihrem Stuhl näher zu ihm heran und legte ihm einen Arm um die Schultern. Erst spannte er sich abwehrend an, dann ließ er los und lehnte den Kopf an ihre Schulter. Seine Anziehsachen rochen nach schalem Zigarettenrauch und brauchten generell dringend eine Wäsche. Egal, seine zärtliche Anwandlung rührte sie zutiefst. Vermutlich war er von niemandem mehr seit dem Tod seiner Mutter in den Arm genommen worden. Die leisen, schniefenden

Geräusche, die er von sich gab, verrieten ihr, dass er weinte. Eine Weile saßen sie schweigend da.

Welch eine Ironie des Schicksals, kam es Zoe mit einem Mal in den Sinn. Mehr oder weniger war sie auf eine heiße Nacht mit einem jungen Liebhaber eingestellt gewesen, stattdessen saß sie hier und bemutterte einen unglücklichen Jungen. Aber was sollte sie jetzt mit ihm anfangen?

»Hör zu, Robbie. Deine Schwester kriegt es vielleicht nicht mit, wenn du dich nachts davonschleichst, doch sie wird es garantiert spannen, wenn du morgens nicht da bist, oder?« Sie lehnte sich zurück, um ihn anzusehen, und merkte, dass er bereits halb schlief, und ihr Herz verkrampfte sich aufs Neue. »Andererseits kannst du unmöglich auf diesem Ding nach Hause fahren, nicht nach diesem Schlag auf den Kopf, und ich … Nun, ich würde dich ja fahren, wenn ich nicht heute Abend ein bisschen viel Wein getrunken hätte … Und anrufen können wir niemanden, weil das Telefon nicht funktioniert.«

Er warf ihr einen schuldbewussten Blick zu. »Ich weiß. Das war ich.«

»Du hast die Leitung gekappt?«

»Ja. Mit dem Bolzenschneider von meinem Dad. Ich dachte, Sie würden Angst haben, wenn Sie niemanden anrufen können, und ins Dorf fahren.«

Sie seufzte. »Ganz schön clever, bloß dass wir jetzt ziemlich aufgeschmissen sind. Es sei denn, du hast ein Handy mit Empfang?«

Er schüttelte den Kopf. »An diesem Teil der Küste gibt es nirgends Empfang.«

»Na toll. Okay, dann können wir im Moment nichts anderes tun als abwarten.« Sie zögerte. »Möglicherweise schaut

Mr Sinclair noch vorbei – er wollte zum Abendessen vorbeikommen. Allerdings ist es inzwischen so spät, dass ich eher nicht mehr damit rechne.«

»Er wird nicht kommen«, erklärte Robbie im Brustton der Überzeugung.

»Woher weißt du das?«

Sie ließ den Arm von seinen Schultern rutschen und betrachtete ihn mit wachsendem Misstrauen. Robbie spürte das und wand sich sichtlich.

»Ich hab ihm einen Reifen zerstochen«, flüsterte er.

»Mein Gott.« Sie fuhr sich mit einer Hand über die Stirn. »Aus welchem Grund?«

»Weil ich Sie beide auf dem Schulhof reden gehört habe. Dass er zum Abendessen kommen wollte. Und da hab ich mir überlegt, dass ich Ihnen nicht so viel Angst einjagen kann, wenn er da ist … Es tut mir leid, ehrlich«, fügte er, in den Kragen seines Kapuzenpullis gemummelt, hinzu. »Kann ich heute Nacht nicht hier schlafen?«

Zoe seufzte. »Sieht aus, als ob wir keine andere Wahl hätten. Solange du hier nicht wieder irgendwelche toten Tiere auslegst, geht es in Ordnung.« Sie drohte ihm spaßeshalber mit dem Zeigefinger, zwinkerte ihm dabei aber zu. »Und ich will auch nichts mehr von diesem Gesang hören.«

Jetzt war es an Robbie, verwirrt dreinzuschauen. »Was?«

»Die ganze Musik und der Gesang übers Telefon, damit muss ebenfalls Schluss sein.«

Als sie seine ehrliche Bestürzung sah, begriff sie schlagartig, dass noch ganz andere Kaliber als der Junge sie zu vertreiben suchten, und zwar mit Psychoterror.

»Ich hab nie irgendwas gesungen«, stammelte er. »Das war

ich nicht, ich schwöre es. Ich hab keine Ahnung, wovon Sie reden.«

Selbst zu aufgewühlt, um darüber zu sprechen, beschloss sie, das Thema für heute zu beenden.

»Egal. Gleich morgen früh fahre ich mit dir zu einem Arzt, und da sagst du bitte ehrlich, was du hier alles angestellt hast und wie es zu der Kopfverletzung gekommen ist, okay? Und jetzt: Willst du vor dem Schlafengehen einen Toast?«

Als Robbie nickte, erhob sie sich und ging hinüber zum Kühlschrank, gefolgt von Horace, der ebenfalls sein Essen einforderte.

»Eines noch«, sagte sie, während sie den Hundenapf füllte. »Woher wusstest du das mit der Hand?«

Der Junge runzelte die Stirn, die Augenlider vor Erschöpfung gesenkt. »Was für eine Hand?«

»Auf diesem Bild von dir in meinem Skizzenbuch hast du eine Hand gezeichnet, die an meinem Knöchel zieht. Das konntest du von der Klippe aus unmöglich erkennen.«

»Musste ich ja gar nicht, ich hab gemalt, was man sich so erzählt. Es ist einfach ein Teil der Geschichte.«

»Wie, der McBride-Geschichte?«

»Ja. Der Sohn von ihr, der kleine Junge. Weil sie ihn nie gefunden haben, sagen die Leute, dass er unter Wasser lebt und nach jedem greift, der in seine Nähe kommt, und ihn in die Tiefe ziehen will, damit er Gesellschaft hat. Alle Kinder kriegen das zu hören, damit sie ja nicht in der Bucht schwimmen gehen. Manche Leute behaupten sogar, dass er sich Iain geholt hat. Und ich hab ihn eben gezeichnet, wie er *Sie* holt.« Eine Weile schwieg er nachdenklich, bis er sie voller Neugier ansah. »War da denn wirklich eine Hand?«

»Nein, natürlich nicht, ich habe mich im Tang verheddert und kam zusätzlich nicht gegen die starke Strömung an, das ist alles.« Sie merkte selbst, wie falsch ihr Lachen klang. »Ich habe mich lediglich gewundert, wie du auf die Idee mit der Hand gekommen bist.«

Sie wandte ihm den Rücken zu, um ein paar Scheiben Brot abzuschneiden, spürte indes seine skeptischen Blicke – eindeutig durchschaute er ihre Lüge genauso wie sie die seinen.

»Irgendwann wird es mir passieren, das weiß ich«, sagte er auf einmal wie zu sich selbst, während sie das Brot in den Toaster steckte.

»Was wird dir passieren?«, fragte sie, und eine schreckliche Ahnung ließ sie erschauern.

»Dasselbe wie Iain. Sie werden mich holen. Eines Tages werde ich verschwinden, und niemand wird wissen, warum.« Er klang nicht besonders ängstlich, eher resigniert.

»Wer denn, Robbie? Wer will dir etwas antun? Sind es dieselben Leute, von denen du glaubst, dass sie mit mir Böses im Sinn haben?«

Sie rüttelte ihn an der Schulter, doch er zuckte vor ihr zurück, verschränkte die Arme auf dem Tisch und vergrub das Gesicht darin. Weinte er, oder schlief er? Seufzend strich sie über sein borstiges, kurz geschnittenes Haar und war erleichtert zu sehen, dass es sich nur um eine oberflächliche Wunde handelte. Wahrscheinlich war er in letzter Minute ausgewichen, sodass der Schlag ihn nicht voll getroffen hatte. Trotzdem würde sie ihn zum Arzt bringen, man konnte nie wissen.

Nachdem er noch ein paar Toastbrote verdrückt hatte, führte sie ihn nach oben in eines der Gästezimmer und half ihm, die feuchten Sachen auszuziehen. Es würde nichts bringen, ihn weiter zu bedrängen. Immerhin war es fast Mitternacht. Die Augen fielen ihm zu, kaum dass er sich hingelegt hatte, und gerührt stellte sie fest, dass er im Schlaf, ohne seine misstrauische Miene, wie ein kleiner Junge aussah.

Er tat ihr so unendlich leid, und es zerriss ihr das Herz, dass dieses Kind seit dem Tod der Mutter offenbar keinerlei Liebe mehr erfuhr. In einer Anwandlung mütterlicher Gefühle beugte sie sich hinunter und drückte ihm einen leichten Kuss auf die Stirn. Gleichzeitig meldeten sich mächtige Schuldgefühle. Was tat sie hier eigentlich? Sie gab diesem fremden Kind den Gutenachtkuss, auf den ihr eigener Sohn vergeblich wartete.

Zoe fasste einen Entschluss: Sie würde nach Hause fahren.

In der Küche fand sie Horace zusammengerollt auf seiner Decke vor dem noch warmen Herd liegen, die Schnauze auf die Vorderpfoten gelegt und im Traum von Zeit zu Zeit zuckend. Sie nahm sich einen erkalteten Toast und biss eine Ecke ab, obwohl die Scheibe inzwischen eine gummiartige Konsistenz angenommen hatte und sie eigentlich keinen Hunger mehr verspürte. An Schlaf hingegen war ebenfalls nicht zu denken, dazu war sie zu aufgedreht. Ein Teil der geheimnisvollen Vorfälle war jetzt geklärt, der Rest leider noch nicht, und der kam ihr weitaus gefährlicher vor als Robbies Streiche.

Plötzlich erinnerte sie sich daran, wie der Junge immer wieder zur Kellertür geblickt hatte, als sie ihn nach Iains Handy gefragt hatte.

Zufall oder nicht, fragte sie sich.

Entschlossen und zugleich beklommen, schloss sie die Tür auf, hinter der eine Treppe in die moderige Dunkelheit des alten Kellers führte. Zoe tastete nach dem Lichtschalter und drückte ihn, aber nichts geschah. Tapfer überwand sie ihren Anfall von Panik und holte sich aus der Küche die Sturmlaterne, um mit ihrer Hilfe sicher die grob behauenen Steinstufen hinabzusteigen, die Laterne in der einen Hand, die andere an die Wand gestützt, um nicht den Halt zu verlieren.

Bei ihrem Rundgang mit Mick hatte sie kaum auf den Keller geachtet, wollte schnell wieder raus aus diesem feuchten, muffigen Dunkel, das ihr wie ein mittelalterliches Verlies vorgekommen war. Jetzt fiel ihr zum ersten Mal auf, dass der Keller älter sein musste als das Gebäude, das Tamhas McBride auf seinen Mauern errichtet hatte. Zwei der Wände waren unmittelbar aus den Klippen gehauen und mit steinernen Säulen verstärkt worden, die inzwischen ziemlich verwittert aussahen. Während das flackernde Licht über die Wände glitt, bemerkte sie ungewöhnliche Zeichen in dem Fels und musste an Charles' Worte denken, dass das Haus auf den Fundamenten einer Kapelle errichtet wurde, die wiederum erbaut worden war, um eine ursprünglich heidnische Stätte umzuweihen und dem Christentum zuzuführen.

Irgendwie war ihr der Keller nicht geheuer, atmete er doch eine Geschichte, die mit vielen Geburtsfehlern behaftet schien.

Immerhin erkannte sie auf Anhieb, was den höllischen Lärm ausgelöst hatte. Ein hohes Metallregal war umgestoßen worden, auf dem Farbeimer, Baumaterialien und Werkzeug lagen. In der Mitte des Raumes stand der Generator, und an einer Wand hatte Mick Kanister mit Brennstoff gelagert. Der einzige Gegenstand von Interesse war eine große viktorianische Kommode mit einem Spiegelaufsatz – ein schönes Stück, und Zoe verstand nicht, warum man sie im Keller versteckte.

Ein aufgeregtes Kribbeln machte sich auf ihrer Haut bemerkbar wie damals, bevor sie Ailsas Tagebuch entdeckte.

Würde sie hier ebenfalls etwas finden?

Zumindest war sie sich ziemlich sicher, dass Robbie nicht grundlos in diesem Keller gewesen war, sondern etwas gesucht hatte.

Sie hielt die Lampe näher an die Kommode und spähte in alle Schubladen, ohne Erwähnenswertes zu entdecken. Selbst eine sorgfältige Untersuchung der Schubladen, die sie einzeln herausnahm, ergab nichts. Blieb noch die Rückseite, denn die Kommode war ein Stück von der Wand abgerückt worden. Zoe hockte sich auf die Fersen und zerrte sie so weit vor, dass sie sich in die Ecke zwängen konnte. Als sie auf den Boden blickte, entdeckte sie undeutliche, von unzähligen Füßen verwischte Inschriften in archaischen Buchstaben, dazu Ziffern und Keltenkreuze. Offenbar handelte es sich um Grabplatten.

Zoe überlief ein Frösteln angesichts der Erkenntnis, dass sich unter dem Haus die Überreste einer heidnischen Begräbnisstätte zu befinden schienen. So langsam begriff sie, warum die Bewohner der Insel das Haus nicht gerade liebten. Ob das den fauligen Geruch erklärte, fragte sie sich unwillkürlich, obwohl sie wusste, wie unsinnig das war.

Da die Kommode offenbar nichts zu bieten hatte, wollte sie bereits den Rückzug in gemütlichere Gefilde antreten, als ihr auffiel, dass die Steinplatte in der Ecke locker war, wenngleich nicht so locker, um sie mit den Händen herauszuheben. Zwischen den heruntergefallenen Werkzeugen fand sie einen dünnen Schaber, das optimale Werkzeug für ihr Vorhaben. Nicht lange und die Platte gab einen Hohlraum frei, in dem der Wollhandschuh eines Kindes lag. Sie nahm ihn heraus und wunderte sich kaum, als sie darin einen harten, länglichen Gegenstand ertastete und ein zerkratztes Handy in einer orangefarbenen Plastikhülle, mit Star-Wars-Stickern beklebt, zum Vorschein kam.

Mehrere Minuten verharrte sie reglos in der Hocke, zitternd an allen Gliedern vor Aufregung. Es gab für sie keinen Zweifel, dass es sich um Iain Finlays Handy handelte, nach dem die Polizei erfolglos gesucht hatte, und das Robbie hier verborgen hatte, weil er den Keller des Spukhauses vermutlich für den letzten Ort hielt, an dem irgendjemand suchen würde. Offenbar hatte er des Öfteren die Verstecke gewechselt, was sich mit der Beobachtung der Polizei decken würde, dass das Handy jedes Mal, wenn es eingeschaltet wurde, an einer anderen Stelle geortet wurde. Sie war gespannt, was sie darauf entdecken würde – Robbie hatte es sicher nicht ohne Grund versteckt.

Bei diesem Gedanken wurde ihr flau im Magen. Sie erinnerte sich, was Robbie über die geheimnisvollen Leute gesagt hatte, von denen er glaubte, sie würden *ihr* etwas Schlimmes antun und *ihn* verschwinden lassen. Wer immer sie waren, die Antwort würde sich auf diesem Handy finden, da war Zoe sich sicher. Ihr Blut rauschte in den Ohren, als sie das Gerät anzuschalten versuchte – natürlich vergeblich, denn der Akku war längst leer.

Nachdenklich drehte sie das Telefon in ihren Händen. Es war ein altes Modell, und ihr eigenes Ladegerät würde nicht passen, also musste sie irgendwo unauffällig eines kaufen oder ausleihen. Und sobald sie gesehen hatte, wovor der Junge solche Angst hatte, würde sie es der Polizei aushändigen. Sie steckte das Telefon in die Tasche ihrer Strickjacke und nahm die Lampe in die Hand.

Im Keller war es unerträglich kalt geworden, fand sie, hinzu kam der unangenehme Geruch, der hier unten noch penetranter zu sein schien als oben. Vielleicht ein Problem mit den Abwasserleitungen. Oder hatte Robbie hier ebenfalls Mäusekadaver versteckt? Während sie noch darüber nachdachte, registrierte sie am Rand ihres Gesichtsfelds eine kleine Bewegung im Spiegel der Kommode, und was sie dann sah, ließ ihr das Blut in den Adern gefrieren: Am Fuß der Treppe, die in die Küche führte, stand eine Kapuzengestalt.

Obwohl sie inzwischen so einiges gewöhnt war, brachte sie keinen Ton heraus. Das war ja wie in einem Horrorfilm! Ihr Herz raste, sie war unfähig, einen Schritt zu machen, tastete panisch nach dem Amulett an der Silberkette – und als sie es herauszog, meinte sie die seltsame Erscheinung leise lachen zu hören. Inzwischen trat sie ihr aus dem Spiegel deutlich entgegen. Es war der Schatten, den sie für einen Schäfer gehalten hatte – jetzt allerdings erkannte sie, dass es sich um eine Frau handelte. Zwar war ihr Gesicht unter der Kapuze nicht zu erkennen, aber was sie trug, war eindeutig ein altmodisches Damencape, wie es im neunzehnten Jahrhundert beliebt war.

Ich war auf deiner Seite, dachte Zoe, den Blick auf den Spiegel geheftet. *Du hast deinen Sohn geliebt, das verstehe ich. Ich wollte dich nur in Schutz nehmen.*

Hatte sie etwa die Worte ausgesprochen, fragte sie sich, als sie ein schwaches Lächeln zu sehen meinte, das jedoch ganz und gar nicht beruhigend wirkte. Und das war es auch nicht, denn kurz darauf sagte die Gestalt leise auf Gälisch *Zeit zu gehen,* und die Worte hallten in ihrem Kopf wider. Zeit zu gehen. Dann schien die Gestalt einen Schritt auf sie zuzukommen, eine Hand ausgestreckt – unwillkürlich wich Zoe zurück in Richtung der Treppe zur Kohleluke, blieb dabei mit einem Fuß in dem umgestürzten Regal hängen, stolperte, und im Fallen erhaschte sie einen flüchtigen Blick auf schimmernde blasse Haut und harte dunkle Augen, die sie fixierten, reglos, als wären sie gemalt.

Im nächsten Augenblick fiel die Sturmlaterne, die auf der Kommode gestanden hatte, krachend zu Boden, und sie hörte das Geräusch von zerspringendem Glas, während alles um sie herum schwarz wurde.

19

Es war noch immer dunkel, als sie aus ihrer Bewusstlosigkeit erwachte. Sie spürte einen heißen Atem an ihrem Gesicht, hörte ein keuchendes Geräusch an ihrem Ohr. Irgendetwas Kaltes und Feuchtes berührte ihr Kinn; sie schrie auf und schlug es weg, aber gleich darauf folgte ein sanftes Kratzen über ihre Wange und ein leises Winseln. Als sie blinzelnd die Augen aufschlug, sah sie zwei helle Lichtpunkte, die aus der Dunkelheit auf sie gerichtet waren, und eine schwarze Schnauze zitterte zwei Zentimeter vor ihrer Nase.

»Gott, Horace.« Sie lachte erleichtert auf. »Du hast mir einen Mordsschrecken eingejagt.«

Ein breiter Lichtstrahl drang durch den Türspalt der Kohleluke zu ihr herunter, und allmählich gewöhnten sich ihre Augen an die Schatten. Mühsam hob sie den Kopf, stützte eine Hand auf dem Boden auf, um sich hochzustemmen, und riss sie mit einem Aufschrei zurück, da sie in Glasscherben gegriffen hatte. Der Schmerz brachte die Erinnerung zurück.

Sie sah sich im Keller um, konnte jedoch außer Horace kein lebendes Wesen sehen und rappelte sich vorsichtig hoch, schob die Glasscherben beiseite, damit der Hund sich nicht noch die

Pfoten aufschnitt. Außer kleinen Blessuren wie einem Schnitt an der Hand und hier und da eine Prellung schien sie selbst nichts davongetragen zu haben. Komisch war höchstens, dass sie eine merkwürdige Empfindlichkeit zwischen den Beinen verspürte, als wäre sie penetriert worden. Sie tat es als Einbildung ab, zumal ihr dröhnender Schädel sie viel stärker störte und ihr Denken behinderte. Weißglühende Schmerzblitze zuckten hinter ihren Augen, wenn sie sich bewegte. Bruchstücke von Erinnerungen stürmten auf sie ein; ihre Hand flog zu ihrer Jackentasche, um nach dem Handy zu tasten. Zum Glück war es noch da und nicht beschädigt worden bei dem Sturz. Sobald es ihr besser ging, würde sie in die Stadt fahren und ein Ladegerät kaufen, um zumindest eines der Geheimnisse der Insel hoffentlich bald zu lösen.

Dann fiel ihr der Junge ein: *Robbie.*

Fluchend bahnte sie sich einen Weg hinüber zum Küchenaufgang und stieg, gefolgt von Horace, vorsichtig im Dunkeln nach oben. Sie hatte keine Ahnung, wie spät es sein könnte – später vermutlich, als sie dachte. Schwaches Licht fiel durch die Küchenfenster herein; schwarze Wolken, aus denen es leicht nieselte, trieben über den bleigrauen Himmel. Auf der Uhr über dem Herd war es zwanzig nach neun.

»Scheiße«, sagte sie laut. Der Junge müsste längst in der Schule sein. Hektisch eilte sie die Treppen zum zweiten Stock hoch, rief seinen Namen, aber als sie die Tür zu seinem Zimmer öffnete, war es leer, das Bett ordentlich gemacht.

»Robbie?«

Ihr erster Gedanke war, dass er ins Bad gegangen sein könnte. Sie eilte von Zimmer zu Zimmer, sah in allen Toiletten und Waschräumen nach. Nichts. Stattdessen blickte ihr aus den

Spiegeln ihr Konterfei entgegen: wilde Augen und zerzauste Haare, ein Blutfleck im Gesicht von einer Platzwunde über der Augenbraue. Ganz großartig, dachte sie sarkastisch mit einem Anflug von Galgenhumor.

Immer wieder rief sie nach Robbie, fand das Versteckspiel nicht mehr lustig, doch keine Reaktion. Der Junge kam nicht einmal, als sie ihn mit einem Frühstück lockte. Bis zum Turmzimmer dehnte sie ihre Suche aus, ohne eine Spur von ihm zu entdecken.

Robbie blieb verschwunden.

Vielleicht war er ja früh aufgewacht und hatte sich auf den Weg ins Dorf gemacht, war brav zum Unterricht gegangen. Alles möglich, überlegte sie … Nein, korrigierte sie sich. Im Grunde konnte er das Haus nicht verlassen haben, denn die Haustür war noch immer von innen verriegelt und die Hintertür der Küche desgleichen. Die einzige Möglichkeit war der Keller. Unbehaglich schaute Zoe hinüber zur Kellertür. War er auf diesem Weg hinausgelangt? Ihr fiel keine andere Erklärung ein, bloß hieß das, er war an ihr vorbeigelaufen, als sie bewusstlos im Keller gelegen hatte.

Ein Gedanke, der sie beunruhigte.

Wenn das nämlich zutraf, hatte er zwangsläufig auch gesehen, dass sein Versteck für Iains Handy entdeckt worden war. Aber hätte er in diesem Fall nicht bei ihr gesucht? Irgendwie passte nichts zusammen. Sie beschloss, weiter nach ihm zu suchen.

»Komm, Horace.«

Zoe sperrte die Hintertür auf und schnappte sich Stiefel und Jacke, hielt noch einmal inne, um das Handy sicher in einer Reißverschlusstasche zu verstauen, wobei der Hund mit einer Miene resignierter Entnervtheit zu ihr hochsah.

Draußen blies der Wind kräftiger, als es vom Haus aus den Anschein gehabt hatte. Hohe graue Wellen rollten mit zunehmendem Tempo heran, um sich am Fuß der Klippen zu brechen, und die Möwen schienen wie Konfetti auf den Luftströmungen hin und her geworfen zu werden. Zoes Ziel war der Klippenpfad, den hochzusteigen bei dem heftigen Gegenwind ziemlich anstrengend werden dürfte. An besonders ausgesetzten Stellen fürchtete sie sogar, von einer Böe in die Tiefe gerissen zu werden. Als sie die letzte Anhöhe erklommen hatte, entdeckte sie ein schlammbespritztes Quadbike, an dessen Sitz ein Helm befestigt war.

Ihr wurde ganz anders. Wenn Robbie nicht das Quad genommen hatte, wie war er dann in den Ort gekommen? Oder war er gar nicht nach Hause zurückgekehrt?

Schlagartig kamen ihr wieder die unheilvollen Worte des Jungen vom Abend zuvor in den Sinn, seine düstere Überzeugung, dass »sie« ihn verschwinden lassen würden, genau wie Iain. Was hatte er ihr damit zu sagen versucht? Sie starrte auf den Rand der Klippe, wo spärliche Grasbüschel aus dem erodierten Boden sprossen.

Wo hatte man noch sicheren Halt, wo rutschte man ab?

Prompt begann sie sich Vorwürfe zu machen. War ihr Schlag härter gewesen, als sie dachte? Hatte er vielleicht entgegen dem Anschein ein Schädel-Hirn-Trauma davongetragen? War er deshalb zu benommen gewesen oder hatte nicht mehr klar gesehen, als er nach seinem Quad suchte, war dann … Nein, den Rest durfte sie nicht einmal denken.

Trotzdem musste sie nachschauen.

Zoe befahl Horace, Sitz zu machen, und näherte sich widerwillig dem Rand der Klippe, sodass sie auf die schäumende weiße Brandung hinunterspähen konnte. Ob vom Blick in die Tiefe, ob vom Kater nach zu viel Wein, jedenfalls wurde ihr schwindlig, und sie hatte zudem das Gefühl, eine Hand in ihrem Rücken würde sie in Richtung des Abgrunds drücken. Sie strauchelte, verlor das Gleichgewicht, Benommenheit trübte ihre Sicht, und für einen Moment glaubte sie unten in den Wellen schemenhaft eine Gestalt zu sehen. Halt suchend, ging sie zu Boden und krallte sich im stacheligen Strandgras fest, blieb dort liegen, bis der Schwindel vorbei war und sie sich stabil genug fühlte, um sich langsam rückwärts zum Weg zurückzuarbeiten. Das Herz schlug ihr bis zum Hals, ihr Magen rebellierte vor lauter Hunger, der Hund sah sie vorwurfsvoll an, weil er ebenfalls noch nichts zu essen bekommen hatte. Sie schlang ihm einen Arm um den Hals.

»Na komm«, murmelte sie und erhob sich. »Frühstück. Und anschließend müssen wir Robbie finden. Andernfalls …«

Sie ließ den Gedanken unvollendet.

Als Erstes fuhr sie zum Pub, aß unter dem Fahren ein Sandwich. Schuldgefühle hatten sie davon abgehalten, in der Küche Zeit mit Essen zu vertrödeln. Inzwischen regnete es in Strömen. Auf dem Parkplatz angekommen, blieb sie ein paar Minuten im Wagen sitzen, doch es wollte und wollte nicht aufhören.

»Du bleibst besser hier im Trockenen«, befahl sie Horace. »Und sobald ich zurück bin, bringe ich dich nach Hause, versprochen.«

Da der Pub noch nicht geöffnet hatte, ging sie ums Haus herum zum Hintereingang. Von drinnen hörte sie das Geräusch eines Staubsaugers. Beim zweiten Klingeln öffnete Kaye die Tür, atemlos, in legerer Trainingskleidung, ihre rosa Haare mit einem Tuch zusammengebunden.

»Sie haben mich beim Pilates erwischt – o mein Gott«, sagte sie, während sie Zoe von Kopf bis Fuß musterte. »Kommen Sie rein. Was ist passiert – hatten Sie einen Unfall?«

Erst in diesem Moment fiel Zoe siedend heiß ein, dass sie nicht einmal ihr Gesicht hergerichtet hatte, das zierten nach wie vor die Platzwunde und die Blutflecken. Und ihre Kleidung war durch den Bodenkontakt auf den Klippen ganz schön verdreckt.

»Es ist schlimmer, als es aussieht«, sagte sie lahm. »Ist Annag da?«

»Annag?« Kaye kniff die Augen zusammen. »Sie kommt erst um elf.« Sie grinste. »Ich weiß, die Leute von den Inseln haben einen gewissen Ruf, aber selbst wir öffnen die Pubs nicht schon zum Frühstück.«

»Wo kann ich sie finden?«

»Vermutlich schläft sie noch, so wie ich sie kenne.« Kayes Miene wurde ernst. »Was wollen Sie denn von Annag?«

»Ich muss sie etwas fragen. Wo wohnt sie?«

Kaye rasselte die Adresse herunter, biss sich dann auf die Lippe. »Soll ich sie für Sie anrufen?«

»Nein, alles okay.« Sie mochte Kaye nicht mit Robbies Verschwinden belasten – zumindest so lange nicht, wie sie keine Gewissheit hatte. Vielleicht war er ja sicher zu Hause oder in der Schule. »Ist es weit zu dem Haus?«

»Stonecutters Row? Überhaupt nicht, das ist die kleine Gasse mit Cottages hinter dem Dorfanger. Nicht die mit den hübschen bunten Häuschen gegenüber der Kirche, sondern die Straße dahinter, wo die Touristen nicht hinkommen. Warten

Sie«, rief sie, als Zoe sich zum Gehen wandte, »sind Sie sicher, dass Sie nicht auf eine Tasse Tee hereinkommen wollen, und ich rufe inzwischen Annag an? Sie sehen aus, als ob Sie eine gebrauchen könnten.«

»Nein danke, wirklich.« Zoe rieb den Schmutz von ihrem Ärmel. »Noch eine Sache: Oben beim Haus gibt es ein Problem mit dem Telefon. Ich glaube, die Leitung ist unterbrochen.«

Kaye runzelte die Stirn. »Unterbrochen? Vom Sturm abgerissen?«

»Keine Ahnung. Jedenfalls funktioniert das Telefon nicht. Können wir jemanden kommen lassen, der es repariert?«

»Bei dem Wetter?« Kaye wies mit einer Handbewegung zur Tür und schüttelte nachsichtig den Kopf. »Diese Stürme werden ein paar Tage anhalten, heißt es, und heute Nacht wird es noch schlimmer werden. Alle Fähren wurden gestrichen – die letzte ist heute Morgen um acht gefahren. Mick hat angerufen, dass er dort drüben feststeckt, bis sie den Betrieb wieder aufnehmen. Wir werden jetzt niemanden vom Festland herkriegen, tut mir leid. An Ihrer Stelle würde ich mich mit Milch und Brot eindecken – könnte sein, dass es für eine Weile keine Lieferungen mehr gibt.«

Zoe nickte, während sie über die Auswirkungen nachdachte. Als Kaye ihre Miene bemerkte, legte sie ihr eine Hand auf den Arm.

»Die Einladung steht noch immer – wenn Sie heute Abend im Pub übernachten wollen, das Zimmer wartet auf Sie. Ich würde mich auf jeden Fall wohler fühlen, wenn Sie hier wären und ich mir keine Sorgen um Sie dort draußen machen müsste. Bei solch einem Wahnsinnssturm, dazu ohne funktionierendes Telefon.«

»Danke, das ist sehr nett.«

Sie verließ Kaye mit einem Winken und einem gezwungenen Lächeln, ohne bei der Sache zu sein. Das Einzige, woran sie denken konnte, war dieses aufgewühlte Wasser am Fuß der Klippe und die Gestalt, die sie darin zu sehen geglaubt hatte.

Als sie in die Stonecutters Row einbog, sah sie, was Kaye damit gemeint hatte, dass es keine Straße für Touristen sei. Anders als die sorgfältig instand gehaltenen Feriencottages gegenüber dem Dorfanger mit ihren pastellfarben gestrichenen Fassaden und ordentlich gepflegten Gärten bogen die Häuser sich hier unter dem Gewicht der Vernachlässigung, und im Regen sahen sie noch trostloser aus als sonst. Dachziegel fehlten ebenso wie ein neuer Putz und ein frischer Anstrich. Türen hingen schief in den Angeln, alte Fahrräder rosteten in den Vorgärten vor sich hin, und in einem stand sogar ein ausrangierter Kühlschrank.

Zoe öffnete das Gartentor zu Nummer zwei, weder das beste noch das schlechteste Haus in der Reihe, und drückte auf die Klingel. Regen ergoss sich sintflutartig aus einer verstopften Dachrinne neben der Haustür. Nach unverhältnismäßig langer Zeit hörte sie schlurfende Schritte von drinnen, begleitet von einfallsreichen Flüchen, und kurz darauf öffnete Annag die Tür, starrte sie mit unverhohlenem Groll an. Sie war in einen schmuddeligen Morgenmantel gewickelt, und die Haare hingen ihr in feuchten Strähnen ums Gesicht, das mit Resten von Make-up verschmiert war. Offenbar hatte sie sich vor dem Zubettgehen nicht einmal die Mühe gemacht, sich abzuschminken. Ein schaler Zigarettengeruch umwehte sie.

»Ist Robbie da?«, fragte Zoe und musste sich sehr am Riemen reißen, um ihre Sorge zu verbergen.

»Was zum Teufel …« Annag verschränkte die Arme vor der Brust. »Er ist in der Schule, oder? Warum sollte er hier sein?«

»Hast du ihn heute Morgen gesehen?«

»Nein.« Die Stimme des Mädchens klang aggressiv. »Ich habe geschlafen, bis Sie mich geweckt haben. Stellen Sie sich vor, ich musste gestern bis nach Mitternacht arbeiten«, ergänzte sie zynisch. »Robbie geht allein zur Schule. Was geht Sie das überhaupt an?«

Zoe verfluchte sich. Warum hatte sie nicht zuerst in der Schule nachgefragt? Wenn Annag geschlafen hatte, bestand immer noch die Möglichkeit, dass er zu Hause gewesen war, bevor er sich auf den Weg zur Schule gemacht hatte. »Ach nichts, tut mir leid. Er ist bestimmt dort«, sagte sie begütigend und schickte sich zum Gehen an, inzwischen nass bis auf die Knochen.

Annag seufzte theatralisch. »Er ist mal wieder nicht in der verdammten Schule, habe ich recht? Hat man Sie geschickt, ihn zu suchen? Erledigen Sie jetzt Botengänge für Ihren neuen Freund, ja?« Sie öffnete die Tür sperrangelweit und vollführte eine übertrieben ausladende Armbewegung. »Hier ist er jedenfalls nicht. Sie können gern nachsehen, wenn Sie wollen. Versuchen Sie's auf dem Friedhof oder im Buchladen. Oder bei Ihrem Haus …« Sie zog wissend eine Augenbraue hoch. »Dorthin haut er nämlich manchmal ab. Er ist wie besessen von diesem alten Gemäuer.«

»Er ist bereits öfter weggelaufen?«

»Ständig. Der kleine Scheißer will Aufmerksamkeit.«

Annag fixierte sie mit einem provozierenden Blick, während sie in der Tasche ihres Morgenmantels wühlte und ein Päckchen Zigaretten hervorkramte.

Ich würde auch weglaufen, wenn ich bei dir leben müsste, dachte Zoe, beherrschte sich aber. Ihr war allzu deutlich bewusst, dass sie für Robbies Verschwinden verantwortlich gemacht werden könnte, immerhin war er zuletzt in ihrem Haus gewesen – da sollte sie kein Öl ins Feuer gießen und sich die Familie zum Feind machen.

»Der taucht wieder auf«, meinte Annag leichthin und steckte sich die nicht angezündete Zigarette in den Mund. »Das tut er immer.« Und leise, wenngleich laut genug, dass Zoe es hörte, fügte sie hinzu, bevor sie die Tür schloss: »Nicht dass es Sie einen Scheiß angeht.«

So schnell, wie ihre schmerzenden Beine es erlaubten, eilte Zoe über den Dorfanger hinüber zur Schule. Inzwischen erinnerte der Regen an die biblische Sintflut, denn er kam nicht nur von oben, sondern spritzte zudem von unten wieder hoch. Froh, ihm wenigstens vorübergehend zu entkommen, betrat sie das kleine Schulgebäude und wollte eigentlich zum Büro der Schulsekretärin, doch die war nicht da. Also ging sie den Flur mit den Kinderzeichnungen hinunter, wo sie am gestrigen Nachmittag mit Kaye gesprochen hatte, und entdeckte am Ende des langen Gangs durch das Fenster einer gelben Tür Edward, der lebhaft gestikulierte. Das Lachen der Kinder verriet ihr, dass er offensichtlich etwas parodiert hatte, das sie raten mussten. Wieder einmal dachte sie wehmütig an Caleb.

Als sie anklopfte und unaufgefordert eintrat, stutzte Edward, bevor er ein paar Schritte auf sie zukam. Ihr Blick glitt über die Schüler, sie sah zwei Mädchen kichernd hinter vorgehaltener Hand tuscheln, und die großen blauen Augen, die neugierig auf sie gerichtet waren, verrieten ihr, dass es sich um Kayes Töchter handelte.

»Das reicht jetzt, Megan«, mahnte Edward die Größere der beiden und strich sich das Haar aus den Augen. »Was ist passiert?«, fragte er mit gedämpfter Stimme. »Du siehst ja …«

Er brach ab, musterte ihre Schnittwunden und Prellungen.

»Beschissen. Ich weiß«, flüsterte sie. »Wo ist Robbie?«

»Er ist bislang nicht da. Warum?« Als er ihre Besorgnis bemerkte, nahm er ihren Arm. »Lass uns draußen reden. Mrs McCrae, könnten Sie die Kinder für ein paar Minuten im Auge behalten?«, bat er eine streng blickende Frau in einem Fair-Isle-Pullover, die in einer Ecke saß und mit einem gelockten Jungen Lesen übte – offenbar die Schulsekretärin, dem Namen nach zu urteilen.

»Robbie schwänzt ständig die Schule«, erklärte Edward, sobald sie draußen waren. »Ich kann nicht viel tun, ohne den Sozialdienst einzuschalten, und das möchte ich zum jetzigen Zeitpunkt höchst ungern – es ist schwer, seinem Dad verständlich zu machen, dass es ein Problem gibt. Warum bist du so besorgt seinetwegen?«

»Er ist gestern Abend zum Haus hochgekommen. Er war es, der dort herumgeschlichen ist und mir diese dummen Streiche gespielt hat. Er hat sich verletzt, und ich wollte nicht, dass er sich bei dem Wetter alleine auf den Heimweg macht. Deshalb hat er bei mir geschlafen, aber heute Morgen war er weg, ohne sein Quad, und das finde ich komisch.« Sie hielt einen Moment inne, um Luft zu holen. »Er schien todunglücklich – ich hatte Angst, er könnte weggelaufen sein und …«.

Edward nickte. »Vermutlich hat er Angst, dass er Ärger kriegt, das ist alles. Geben wir ihm bis zum Ende des Tages

Zeit – wenn er bis vier nicht zu Hause ist, werden wir neu überlegen. Sieht aus, als ob du dich ebenfalls verletzt hast.«

Als er eine Hand hob, um ihr Gesicht zu berühren, wich sie zurück.

»Wie kannst du so ruhig bleiben? Er ist ein elfjähriges Kind und irgendwo dort draußen bei diesem Wetter.«

»Es passiert nicht zum ersten Mal«, erwiderte Edward leicht genervt. »Er wird irgendeinen warmen und trockenen Ort gefunden haben, an dem er sich versteckt. Du solltest es im Buchladen versuchen – Charles ist dafür bekannt, dass er ihm Unterschlupf gewährt, statt ihn nach Hause zu schicken oder wenigstens Bescheid zu sagen.« Er schüttelte den Kopf. »Hör zu, es tut mir leid wegen gestern Abend. Irgendein Scheißkerl hat mir einen Reifen zerstochen. Ich habe versucht, dich anzurufen, aber die Leitung war mausetot. Ich wollte nicht, dass du denkst, ich hätte dich versetzt«, fügte er mit einem nervösen Lächeln hinzu.

»Ich weiß von dem Reifen. Das war Robbie. Er wollte verhindern, dass du zum Haus kommst.«

»Dieser kleine Scheißer.« Edward ballte die Faust. »Hat er sich dir gegenüber schlecht benommen?«

»Nein, er war …«

Sie brach ab, ihre Aufmerksamkeit wurde von einer Bewegung draußen abgelenkt. Direkt hinter dem Dorfanger lag der Friedhof, und dort meinte sie eine Gestalt in einem Kapuzenumhang herumschleichen zu sehen. Ihre Kehle war wie zugeschnürt, und sie musste sich gegen die Wand lehnen.

»Bist du sicher, dass es dir gut geht?« Edward berührte sie sanft am Arm. »Diese Platzwunde an deinem Kopf sieht ziemlich scheußlich aus.«

»Siehst du das dort drüben?« Sie hielt ihn am Ärmel fest, sprach mit heiserer Stimme. »Diese … *Person* auf dem Friedhof?«

Er blinzelte, spähte durch die Scheibe, dann musterte er sie von der Seite. »Natürlich.«

»Wirklich?« Sie hörte, wie ihre Stimme zitterte. »Weißt du, wer das ist?«

Er rieb mit einem Ärmel über die Scheibe und sah noch einmal genauer hin.

»Wenn ich mich nicht irre, ist das Charles. Es sieht nach seinem voluminösen Mantel aus. Allerdings kann ich Horace nirgends entdecken …«

»O verdammt.« Sie ließ seinen Arm los. »Horace ist bei mir im Wagen. Ich habe ihn dort gelassen, im Trockenen.«

»Augenblick, ich komme mit. Wir können Charles fragen, ob er Robbie irgendwo gesichtet hat.« Er warf einen Blick ins Klassenzimmer. »Sie wird ein paar Minuten allein mit ihnen zurechtkommen. Die Kinder haben vor ihr mehr Angst als vor mir. Warte hier.«

Er lief den Flur hinunter und kam ein paar Minuten später mit einer Regenjacke zurück.

Zusammen rannten sie durch den Wolkenbruch über den Schulhof, die Schultern schützend hochgezogen. Die Gestalt auf dem Friedhof hatte sich nicht gerührt, stand nach wie vor da, den Blick auf den Boden geheftet. Ihr Inneres verkrampfte sich, ihr wurde übel, während Erinnerungen an die vergangene Nacht in ihr aufstiegen. Bei ihrem Wagen angekommen, ließ sie Horace von der Rückbank springen und beobachtete ihn, ein Auge auf die Kapuzengestalt geheftet. Der Hund schoss los und stürmte mit einer Energie über die Straße, die sie ihm nie zugetraut hätte.

Bei seinem aufgeregten Bellen wandte sich die Gestalt auf dem Friedhof um – es war tatsächlich Charles. Er trug einen langen, altmodischen Wachsmantel, wie sie ihn bei der geisterhaften Person draußen im Moor zu sehen geglaubt hatte. Der alte Mann zog seine Kapuze zurück und kauerte sich lächelnd hin, um seinen außer Rand und Band geratenen Hund zu begrüßen, der sich auf sein Herrchen stürzte, als wären sie jahrelang getrennt gewesen.

»Was tun Sie denn hier draußen, Professor?«, fragte Edward seinen väterlichen Freund, der neben einem hohen Keltenkreuz kniete und seinen vierbeinigen Gefährten kraulte.

»Bin auf dem Weg, den Laden aufzusperren.« Charles beäugte ihn vorsichtig. »Was führt Sie denn bei diesem Wetter von den Kindern fort? Und Zoe, du liebe Güte! Sie sehen ein bisschen mitgenommen aus, wenn ich das sagen darf. Hat Horace nicht auf Sie aufgepasst?«

Erneut streichelte er den Hund, der wie ein junger Welpe um ihn herumsprang.

Sie sah verlegen zur Seite. »Ich glaube, er ist froh, mich los zu sein. Es war alles sehr aufregend.«

»Robbie Logan ist wieder weggelaufen«, erklärte Edward. »Er war gestern Nacht oben im McBride-Haus, und Zoe weiß nicht, wo er sein könnte. Sie haben ihn nicht zufällig gesehen, oder?«

Charles wischte sich den Regen aus dem Gesicht.

»Leider nein. Ich bin heute ein bisschen spät dran mit Aufsperren, wie ihr seht.« Er sah Zoe fast entschuldigend an. »Ich schlage vor, wir beide sehen zu, dass wir ins Warme und Trockene kommen, und dann können Sie mir erzählen, was passiert ist. Robbie könnte auftauchen, sobald der Laden offen ist. Ich gebe Ihnen Bescheid, Edward, falls er aufkreuzt.«

Edward wandte sich an Zoe. »Und ich werde sehen, ob ich meinen Reifen bis zum Mittag reparieren lassen kann. Wenn nicht, wird Charles mir sicher seine alte Karre leihen – wie auch immer, ich komme zu dir raus, sobald die Schule aus ist. Keine Sorge – ich bin sicher, bis dahin haben wir von Robbie gehört.«

Er lächelte, legte ihr eine Hand auf den Arm, und bevor sie sich zum Gehen anschickten, fiel ihr Blick auf den Granitsockel des Keltenkreuzes, und mit einem leichten Schaudern erkannte sie, dass es ein Denkmal für Tamhas McBride war.

Ein Gedanke schoss ihr durch den Kopf. »Wo ist Ailsa?«

Charles hielt sich eine Hand ans Ohr. »Wie bitte?«

»Ailsa, wo ist ihr Grab? Ist es hier?«

Er schüttelte den Kopf, wies mit einer ausladenden Armbewegung über den Friedhof.

»Eine mutmaßliche Mörderin, Selbstmörderin und Hexe in geweihter Erde? Machen Sie Witze?«

»Wo ist sie dann begraben?«

Er zögerte – einen Takt zu lange, fand Zoe.

»Das weiß niemand. Kommen Sie mit in den Laden und lassen Sie sich trocknen, während ich Ihnen die Geschichte erzähle.«

»Die Dorfbewohner wollten nicht einmal, dass sie auf der Insel begraben wurde.« Charles stellte einen dampfenden Becher mit Kaffee auf den Tisch im Hinterzimmer, auf dem schon eine Auswahl an Gebäckstücken wartete. »Bonar hat William geschrieben, dass sich der hiesige Pfarrer geweigert habe, sie auf dem Gottesacker zu bestatten, und man es für das Beste halte, irgendwo auf dem Festland ein Stück nicht geweihte

Erde für sie zu finden. Bereits damals, verstehen Sie, war man besorgt, ihr Grab könnte ein Anziehungspunkt ungesunder Faszination werden. Bonar bot an, sich um eine unauffällige Beisetzung des Leichnams zu kümmern, sofern William die Kosten übernehmen würde. Er musste Arbeiter vom Festland anheuern, da keiner der Inselbewohner den Sarg anfassen wollte.«

Er setzte sich auf den Stuhl ihr gegenüber und nahm sich ein Zimtbrötchen. Horace ließ sich quer über Charles' Stiefel fallen, als wollte er ihn davon abhalten zu gehen.

»Und gibt es irgendwelche Aufzeichnungen, wohin sie gebracht wurde?«

»Wir wissen, dass der Sarg mit dem Schiff die Insel verließ, in Begleitung von Bonar. Danach nichts Offizielles mehr.« Charles strich sich ein paar Krümel aus seinem Bart. »Auf dem Gelände der Irrenanstalt von Inverness gab es seinerzeit einen Armenfriedhof – das scheint am wahrscheinlichsten, zumindest den Andeutungen zufolge, die Bonar William gegenüber machte. Es dürfte ziemlich einfach gewesen sein, sie dort anonym zu bestatten, wenn genügend Bares den Besitzer wechselte, und William dürfte froh gewesen sein, dass er das Problem auf diese Weise aus der Welt schaffen konnte.«

»Wie traurig. Ein namenloses Grab.« Sie sah zu ihm hoch. »Irgendwie klingen Sie nicht überzeugt.«

»Eines ist seltsam. Es kam eine Geschichte auf, festgehalten von einem örtlichen Richter in seinem Tagebuch, wonach die beiden Männer, die angeheuert wurden, um ihren Sarg aufs Festland zu bringen, überall herumerzählt haben sollen, der Sarg sei ihrer Ansicht nach zu leicht gewesen, um einen Leichnam zu enthalten. Vielleicht hatten sie einfach ihren Spaß daran, im Pub ein bisschen Seemannsgarn zu spinnen, doch das Gerücht machte damals auf jeden Fall die Runde.«

»Und was glauben Sie, was Bonar mit ihr gemacht hat?«

Er zögerte. »Es ist nicht völlig undenkbar, dass er ihren Leichnam seinem Arztfreund spendete, entweder gegen Bezahlung oder als Gegenleistung dafür, dass er den Totenschein ausgestellt hat. Ein Mediziner hätte damals viel für die Gelegenheit gegeben, den Leichnam eines jungen, gesunden Menschen, dazu in einem solch ungewöhnlich guten Zustand, untersuchen zu können. Alles völlig gesetzwidrig natürlich, und darum musste Bonar sich eine Geschichte für William zurechtlegen. Falls es so gelaufen ist …«

»Oder sie hat die Insel nie verlassen.«

Charles sah sie seltsam an. »Wie kommen Sie denn auf die Idee?«

»Ich habe sie gesehen.« Sie hob den Kopf, um seine Reaktion zu beobachten, aber da kam nicht mehr als eine fragend hochgezogene Augenbraue. »Draußen im Moor, in einer Art Kapuzenumhang. Und gestern Nacht war dieselbe Gestalt im Keller – vor lauter Schreck bin ich gestürzt.« Als er nichts erwiderte, fixierte sie ihn mit einem vorwurfsvollen Blick. »Und Sie haben sie genauso gesehen – ich weiß, dass dem so war. Das ist der Grund, weshalb Sie nicht zum Haus kommen wollen, stimmt's? Weil Sie sie gesehen haben?«

»Sie scheinen sehr müde zu sein, Zoe – und sehr aufgewühlt wegen Robbie …«

»Kommen Sie mir nicht so! Sie sind es schließlich, der sich ganz sicher ist, dass es Geister gibt, oder wie immer Sie sie nennen wollen. Gestern, als Sie aufgewacht sind, haben Sie als Erstes gesagt: *Ist sie noch da?* Sie haben nicht Ihre Putzfrau gemeint, sondern Ailsa. Habe ich recht?«

Sie hörte, wie schrill und hysterisch ihre Stimme klang.

»Haben Sie ihr Gesicht gesehen?«, fragte Charles nach einer Weile.

»Nicht wirklich.« Sie senkte den Blick. »Es war eher ein *Gefühl.*«

»Dennoch sind Sie sich sicher, dass es Ailsa war?«

»Ja! Ich *wusste* es einfach.«

»Hatten Sie – verzeihen Sie die Frage –, hatten Sie getrunken?«

Sie errötete. »Gestern ein bisschen. Die ersten beiden Male hingegen keinen Tropfen. Einmal war ich mit dem Fahrrad unterwegs.«

»Hätte es nicht jemand anders in einem langen Kapuzenmantel sein können, einem, wie auch ich ihn besitze?«

Er zeigte zur Küche, wo sein Mantel an der Rückseite der Tür hing. Darunter hatte sich inzwischen eine Pfütze gebildet.

»Das habe ich mir ebenfalls überlegt, bis sich diese Gestalt auf einmal in Luft aufzulösen schien.«

Sie kam sich allmählich albern vor – wie ein Patient, der zum Arzt geht, weil er überzeugt ist, an einer lebensgefährlichen Krankheit zu leiden, und dann lediglich eine schlichte Erkältung diagnostiziert bekommt.

»Hm. Hatten Sie weitere von diesen ungewöhnlichen Visionen, die Sie neulich erwähnten?« Er nahm einen Schluck von seinem Kaffee. »Die denen Ailsas ähnelten?«

Sie spürte, wie ihr heiß wurde, und hoffte, dass sie nicht wie ein Klatschmohn aussah …

»Gestern Nacht habe ich geträumt …« Sie brach ab, hielt

sich eine Hand vor die Augen, wie um sich vor seinem forschenden Blick zu schützen. »Ich habe geträumt, ich sei sie. Und dann habe ich diese ganze Geschichte – die Séance, oder wie immer man das nennt – mit ihren Augen gesehen.«

»Na ja, sie beschreibt es in ihrem Tagebuch durchaus detailliert. Kein Wunder also, wenn sich das in Ihrer Fantasie festgesetzt hat …«

»Tamhas war da und noch jemand anders, der später erschien. Oder irgend*etwas.* Und er …«

Sie schauderte, ließ die Hände auf den Tisch sinken.

Charles beugte sich interessiert vor. »Sie haben in diesem Traum Tamhas gesehen?« Als sie nickte, runzelte er die Stirn und erhob sich. »Warten Sie hier.« Er ging durchs Zimmer zu dem Vitrinenschrank, und als er wiederkam, legte er ein Sepiaporträt vor sie hin und beobachtete angelegentlich ihre Reaktion.

»Das ist er!« Zoe stöhnte auf und starrte mit offen stehendem Mund die Fotografie an, tippte mit einem Finger auf das Gesicht mit den buschigen dunklen Augenbrauen, das gebieterisch in die Kamera funkelte. »Das war der Mann, den ich gesehen habe. Er trug genau dieselbe gemusterte Weste, allerdings nicht die Jacke. Er war in Hemdsärmeln.«

»Interessant. Ich habe Ihnen dieses Foto nie zuvor gezeigt, oder?«

»Ich glaube nicht. Nein, ich bin mir sicher, das haben Sie nicht.«

»Und Sie könnten ihn nirgendwo in einem Buch gesehen haben?«

»Nein, ich habe nie ein Buch über ihn gelesen.«

Charles nickte, und diesmal erinnerte seine Art sie an einen

Arzt, der widerstrebend eine Diagnose stellt, bei der er gehofft hatte, sie würde sich als falsch herausstellen. Erneut hielt sie sich die Hände vor Gesicht, legte die Fingerspitzen über Mund und Nase aneinander.

»In diesen Träumen oder Visionen, wie immer man das nennen will, habe ich das Gefühl, Ailsa zu *werden.* Als ob sie mich einsaugt.« Sie spürte Tränen in sich aufsteigen, die ganze Erschöpfung der vergangenen Nacht brach sich Bahn. »Charles, warum passiert das mit mir?«

Er sah sie lange an, streng und gleichzeitig mitfühlend.

»Diese Frage können Sie sich, glaube ich, selbst beantworten, wenn Sie sich ein bisschen anstrengen.«

Sie griff nach ihrem Kaffee, wich seinem Blick aus. Horace trottete gutmütig zu ihr herüber und legte ihr seine Schnauze auf den Schenkel, hatte ihr die nächtliche Ruhestörung offensichtlich verziehen.

»Hey, alter Junge«, sagte sie matt, während sie ihm die Ohren kraulte. »Ich möchte wetten, du bist froh, wieder zu Hause zu sein, was? Tut mir leid, dass ich eine solch lausige Mom war.«

Als sie merkte, was sie da gesagt hatte, brach sie in Tränen aus.

»Sie sind keine lausige Mutter, Zoe«, beruhigte Charles sie. »Ganz und gar nicht.«

»Sagen Sie das nicht. Sie wissen ja gar nichts über mich«, widersprach sie schluchzend. »Sehen Sie mich an. Ein kleiner Junge war in meiner Obhut, und ich konnte ihn nicht beschützen. Ich habe ihn im Stich gelassen. Verstehen Sie das nicht?«

Seine eisblauen Augen schienen sie zu durchdringen, bis in

die Tiefen ihrer Seele zu blicken, und in diesem Moment hatte sie das Gefühl, dass er alles verstand – und immer verstanden hatte, von Anfang an. Er streckte einen Arm über den Tisch aus und legte seine kühle, trockene Hand auf ihre.

»Es war nicht Ihre Schuld«, sagte er leise.

»Doch, es war allein meine Schuld«, flüsterte sie.

Ein langes Schweigen dehnte sich zwischen ihnen aus, sie saßen ein paar Minuten da und lauschten auf das Prasseln des Regens und das Heulen des Sturmes. Schließlich zog Zoe ihre Hand zurück und wühlte in ihrer Hosentasche nach einem Taschentuch.

»Mit Robbie wird alles gut werden«, erklärte Charles und trug die Kaffeebecher in die Küche.

»Sie haben einmal gesagt, er habe Angst«, murmelte sie. »Sie hatten recht. Er glaubt, dass er in Gefahr ist. Gestern Abend hat er mir gesagt, dass *sie* ihn früher oder später holen werden.«

»Hat er das wirklich? Das ist mehr, als er mir je offenbart hat. Er hat nicht zufällig verraten, wen er meint?«

»Wer immer Iain geholt hat. Oder *was* immer.« Sie merkte, dass jede Faser ihres Körpers vibrierte. »Er weiß, was Iain in jener Nacht in dem Haus gesehen hat, so viel steht fest.«

Sie dachte an das Handy in der Innentasche ihrer Jacke. Sie sollte es Charles aushändigen, das wusste sie, aber ihre Dickköpfigkeit hinderte sie daran. Sie wollte sich als Erste davon überzeugen, dass sie nicht den Verstand verlor. Die Filmsequenz auf dem Handy könnte es beweisen.

»Irgendwann wird er sich uns anvertrauen«, meinte Charles zuversichtlich und stellte frischen Kaffee auf den Tisch.

»Falls er wiederkommt.«

»Oh, das wird er.«

»Sie sagen das, als ob Sie wüssten, wo er steckt.«

»Was ich weiß, ist, dass Robbie Logan über einen starken Überlebensinstinkt verfügt«, entgegnete er ruhig. »Den braucht er in dieser Familie. Sie dürfen sich keine Vorwürfe machen – immerhin hat er Ihnen vertraut.«

»Leider nicht genug, um ihn vom Weglaufen abzuhalten«, erwiderte sie betrübt.

Zoe drehte die Fotografie von Tamhas, der sie vom Tisch aus anstarrte, um – sie hatte in der Nacht zuvor genug von diesen Augen gesehen. Dann erhob sie sich, zog ihre nasse Jacke an und verabschiedete sich.

Auf dem Weg zurück zu ihrem Wagen schaute sie bei dem Haushaltswarenladen herein und suchte das Regal mit Ladegeräten ab, ohne das passende Modell zu finden. Als sie den stämmigen grauhaarigen Mann hinter dem Tresen um Hilfe bat, sah der sie verkniffen an. Hier schien ihr wirklich niemand über den Weg zu trauen.

»Augenblick, ich sehe mal nach, ob wir hinten noch was haben«, bequemte er sich doch noch zu sagen. »Nicht viel Nachfrage, wissen Sie – niemand hat heutzutage mehr diese Telefone.«

Aber es geschahen noch Zeichen und Wunder. Nach ein paar Minuten kam er tatsächlich mit einer Schachtel in der Hand angeschlurft.

»Sie haben Glück.« Er schob ihr das verpackte Gerät über den Tresen hin, während sie in ihrem Portemonnaie nach dem passenden Geld wühlte. »Ich dachte, ihr Amerikaner wärt alle auf dem neuesten Stand der Technik«, spottete er grinsend.

»Ich nicht, befürchte ich.« Sie zwang sich zu einem Lächeln.

»Genau genommen bin ich gar keine richtige Amerikanerin«, ergänzte sie. »Meine Großmutter war Schottin. Nicht von dieser Insel, jedoch aus dieser Gegend.«

»Dann sind Sie ja praktisch eine Einheimische«, erklärte er, und sie vermochte nicht zu sagen, ob es sarkastisch gemeint war. »Muss trostlos sein in dem McBride-Haus bei dem Sturm.«

»Oh, wenn man erst einmal drinnen ist, finde ich es sehr gemütlich«, erwiderte sie aufgesetzt fröhlich, nahm ihr Wechselgeld und verabschiedete sich.

Während des Zahlens war ihr aufgefallen, dass Geld fehlte, dreißig oder vierzig Pfund vielleicht. Robbie musste sie aus ihrer Handtasche entwendet haben, bevor er am Morgen das Haus verlassen hatte. Ob und was das mit seinem Verschwinden zu tun hatte, blieb ein Rätsel.

20

Es war fast Mittag, als sie zum Haus zurückkehrte. Im dämmrigen Tageslicht sahen die Zimmer völlig unverdächtig aus, die tänzelnden Schatten der vergangenen Nacht waren verschwunden. Zoe begab sich sofort in die Küche, packte das Ladegerät aus und hängte das Handy an. Sie war so aufgeregt, dass sie eine Zeit lang danebenstand und ungeduldig darauf hoffte, das Akkulämpchen möge möglichst schnell aufleuchten. Was es natürlich nicht tat bei einem Gerät, das ein Jahr lang in einem feuchten Keller gelegen hatte. Widerstrebend ging sie die Treppe hoch ins Bad, um ihre durchnässten Sachen auszuziehen und eine heiße Dusche zu nehmen. Erst jetzt entdeckte sie, an wie vielen Stellen ihres Körpers sie sich blaue Flecken oder Prellungen zugezogen hatte.

Die Spuren auf ihren Brüsten und Schenkeln aber konnte sie sich nicht erklären.

Das war keine Folge des Sturzes, das sah genauso aus wie die Male, die sie an jenem ersten Morgen an ihrer Hüfte bemerkt hatte, nach dem ersten ihrer Träume. Sie wirkten fast wie kleine Bissspuren, leuchtend rote Flecke, wo Zähne fest an der Haut gezogen hatten. Vielleicht war sie mit der Brust ja auf die scharfe Kante des Metallregals aufgeschlagen, versuchte sie sich wider besseres Wissen zu beruhigen. Und die Schenkel? Auch dafür gab es bestimmt einen Grund.

Außerdem interessierte es sie im Augenblick nicht, viel wichtiger war das Handy.

In trockenen Sachen eilte sie in die Küche zurück, um genervt festzustellen, dass der Ladeprozess noch keine nennenswerten Fortschritte gemacht hatte. Rastlos schlenderte sie von einem Zimmer ins andere, fand keine Ruhe und hatte weder Lust zum Lesen noch zum Zeichnen. Bei dem Gedanken, ihr Skizzenbuch hervorzuholen mit diesen Bildern, die unmittelbar aus Ailsas Tagebuch zu kommen schienen, graute ihr sogar regelrecht. Sie wärmte sich eine Fertigsuppe auf, starrte zum Fenster hinaus, lauschte auf das Trommeln des Regens, der auf das Dach prasselte, und auf das Heulen des Windes, das sich anhörte wie eine weinende Frau.

Auf einem ihrer ziellosen Gänge durchs Haus sah sie, dass das Lämpchen des Anrufbeantworters nach wie vor blinkte, und ihr fiel ein, dass sie die gestrige Nachricht gar nicht abgehört hatte – aus Angst, wieder diese gruselige Stimme zu hören, die *Zeit zu gehen* flüsterte. Jetzt, am Tag, fühlte sie sich mutiger und drückte die Taste.

Es begann mit demselben seltsamen Knistern, das an eine alte Schallplatte erinnerte, und ihre Haut begann bereits zu kribbeln, als die erlösenden Worte kamen.

Mom-my, rief Caleb mit schriller, kläglicher Stimme auf dem AB. *Mommy, wann kommst du? Du hast gesagt, bald!*

Sie lächelte über den vertrauten weinerlichen Ton – Caleb konnte aufreibend stur sein, wenn er seinen Willen nicht bekam. Gleichzeitig versetzte es ihr einen Stich, weil sie seit

Tagen kaum Kontakt zu ihm gehabt hatte. Dabei war es ihre Hoffnung gewesen, aus der Entfernung würde es leichter sein, offen mit ihm zu reden, aber jetzt fühlte es sich an, als ob ihre Reise nur ein weiteres Hindernis zwischen sie geschoben hätte. Natürlich konnte er ihre Abwesenheit nicht verstehen – zu glauben, er könnte es, war egoistisch und dumm gewesen. Sie sollte gleich anrufen, er würde sich noch verrückt machen, wenn sie es nicht tat. Fast sechs Uhr morgens drüben, dachte sie mit einem Blick auf ihre Armbanduhr, in einer halben Stunde würde Dan ihn wecken. Erst als sie den Hörer in die Hand nahm, erinnerte sie sich an die gekappte Telefonleitung. Ausgerechnet. Wenn Dan sie jetzt anzurufen versuchte, würde er denken, sie habe das Telefon abgeschaltet, um ihn zu ärgern. Das traute sie ihm zu. Dann würde er womöglich erneut Kaye belästigen oder sich in ein Flugzeug setzen … Und das wäre endgültig der Gipfel. Vielleicht war es klüger, Kayes Angebot, die Nacht im Pub zu verbringen, anzunehmen, von dort aus zu telefonieren und Dan zumindest ein wenig zu beschwichtigen. Überdies musste sie sich eingestehen, dass nach der gestrigen Nacht die Aussicht auf ein normales Zimmer in einem normalen Haus, umgeben von normalen Leuten, durchaus verlockend war. Sie beschloss, am Nachmittag mit kleinem Gepäck in den Ort zu fahren und Edward den Weg nach draußen zu ersparen. Vielleicht schaute sie stattdessen mal bei ihm vorbei.

Vermutlich war sie eingeschlafen, denn auf einmal hörte sie die Türklingel durchs Haus hallen, gefolgt von einem ungeduldigen Hämmern, und als sie desorientiert die Augen aufschlug, stellte sie fest, dass sie im Salon auf dem Sofa lag. Im

Zimmer war es fast dunkel. Blinzelnd schaute sie auf ihre Uhr: Viertel nach vier. Benommen erhob sie sich und eilte den Flur hinunter. Sie wünschte, sie hätte sich wenigstens etwas zurechtmachen können, bevor Edward kam. Schließlich war es nicht gerade toll, einem jungen, knackigen Typen alt und erschöpft und abgekämpft, mit einem Wort: total abgewrackt, gegenüberzutreten. Doch es war nicht Edward, der auf der Schwelle stand, sondern Dougie Reid in voller Regenmontur, der sie abschätzig musterte. Ein Wagenschlüssel baumelte zwischen Daumen und Zeigefinger. Instinktiv wich sie einen Schritt zurück.

»Hey, Püppchen. Gott, was ist denn mit Ihrem Gesicht passiert?«

»Hab mir den Kopf angeschlagen.«

»Sieht scheußlich aus. Sie sollten ein bisschen besser aufpassen. Hören Sie, Sie müssen mir einen Gefallen tun.« Er grinste über ihre misstrauische Miene. »Nicht die Art Gefallen, schauen Sie nicht so besorgt. Man hat mich geschickt, um das Quadbike des kleinen Robbie zu holen.«

»Wurde er gefunden?«, fragte sie hastig, sichtlich auf eine gute Nachricht hoffend.

»Nein. Und das sieht ihm überhaupt nicht ähnlich – die Leute machen sich allmählich Sorgen. Bill McCrae, unser Polizist, hat in einer halben Stunde eine Versammlung im Pub einberufen, alle sollen kommen. Er will Suchtrupps organisieren. Und Sie will er auch dabeihaben, wo Sie die Letzte waren, die ihn gesehen hat.«

Sie mochte die Art nicht, wie er sie bei diesen Worten ansah, wie er seine Worte so besonders betonte – so, als würde er ihr die Schuld am Verschwinden des Jungen geben.

»Okay, ich komme«, stimmte sie zu. »Und was ist das für ein Gefallen?«

»Sie müssen meinen Truck in die Stadt fahren, während ich das Quad nehme«, erklärte er und hielt ihr die Schlüssel direkt vor die Nase.

»Ausgeschlossen.« Energisch schüttelte sie den Kopf. »Ich kann Ihren Truck nicht fahren. Und wie sollte ich außerdem anschließend nach Hause kommen?«

»Ich kann Sie später zurückfahren«, erwiderte er mit einem lüsternen Funkeln in seinen Augen.

»So viel Umstände möchte ich Ihnen nun wirklich nicht machen«, wehrte sie spontan ab.

»Macht keine Umstände.« Eindringlich klimperte er mit den Schlüsseln. »Entweder das, oder Sie nehmen mich später mit hierher, um ihn abzuholen.«

Das wurde ja immer schlimmer – als würde man den Teufel mit dem Beelzebub auszutreiben versuchen.

»Ich kann nicht gut mit großen Fahrzeugen umgehen, wissen Sie. Und dann hatte ich Anfang dieses Jahres einen Unfall«, ergänzte sie mit fester Stimme, um ihn auf die Gefahren für sein Auto hinzuweisen. »Das steckt mir noch immer ein bisschen in den Knochen. Und bei diesem Wetter … Also, dass ich den Truck fahre, ist keine gute Idee.«

»Ach was!« Dougie ließ sich nicht irritieren. »Heute Abend wird Ihnen auf den Straßen nichts begegnen. Das Auto zu fahren, ist kinderleicht, und Sie kennen ja den Weg.«

»Eigentlich erwarte ich außerdem Besuch.«

»Edward, meinen Sie?« Sein Mund verzog sich zu einem anzüglichen Grinsen. »Er wird natürlich bei der Versammlung im Pub anwesend sein. Ich hab mit ihm gesprochen, wir waren beide der Meinung, dass es an der Zeit sei, Bill einzuschalten.« Als sie zögerte, verengte sich sein Blick. »Ein kleiner Junge wird vermisst, Zoe. Die Leute rücken zusammen, wenn so etwas passiert. Das ist es, was wir hier tun.«

Ein langes Schweigen trat ein, voller unausgesprochener Andeutungen. Sie beschloss, alles für eine Übernachtung bei Kaye einzupacken, damit sie wenigstens nicht mit diesem Schmierlappen nach Hause fahren musste.

»Okay, ich hole meine Sachen.« Durch die geöffnete Tür sah sie hinaus in das Wasserspektakel. »Warten Sie drinnen, ich brauche nur eine Minute.«

»Immer mit der Ruhe.« Er trat ein, zog seine Kapuze zurück und schloss hinter sich die Tür. »Wenn Sie Wasser aufgesetzt haben, trinke ich gern einen Schluck Tee.«

»Ich bin gleich zurück«, betonte sie mit Nachdruck, aber er spazierte bereits in Richtung Küche.

»Kommen Sie, ich hätte sowieso gern ein Tässchen«, entgegnete er mit einem scharfen Unterton – eindeutig erwartete er, seinen Willen zu bekommen. »Gibt keinen Grund zur Eile. Wird eine höllische Fahrt werden auf diesem Quad durchs Moor, da würde ich gern vorher was Heißes tanken.« Sie sah das Grinsen und wartete auf das Unvermeidliche. »Möchte wetten, gegen was Heißes hätten Sie ebenfalls nichts einzuwenden, oder?«

Sie schnellte zu ihm herum. »Was sind Sie, fünfzehn?«

»Ist ja gut, Püppchen, ich mache bloß Spaß. Kein Grund, so verklemmt zu sein.«

»Hat Annag Sie gebeten, das Quad zu holen?«, fragte sie, um das Thema zu wechseln.

Allein mit Dougie im Haus zu sein, ohne funktionierendes

Telefon, löste eine mittlere Panik aus, die sie mit allen Mitteln zu verbergen suchte.

»Ja. Die arme Kleine ist ganz krank vor Sorge.«

Zoe erinnerte sich an Annags Gleichgültigkeit an diesem Morgen, nachdem sie erfahren hatte, dass ihr Bruder vermisst wurde.

»Geben Sie ihr doch einen Joint«, entgegnete sie zynisch. »Das wird sie beruhigen.«

Wut blitzte in seinen kleinen, farblosen Augen auf, gefolgt von diesem unangenehmen Grinsen, das so typisch für ihn war.

»Klingt, als ob noch jemand anders hier einen gebrauchen könnte.« Sein Gesicht verzog sich drohend. »Im Ernst, mir gefällt nicht, was Sie da andeuten. Ich will mir lieber nicht vorstellen, dass Sie das vor irgendjemandem wiederholen.« Er zeigte mit einem ölverschmierten Finger auf sie. »Big Jim Logan ist einer meiner ältesten Kumpel. Ich passe für ihn auf die beiden auf, wenn er arbeitet.«

»Na ja, gestern Abend haben Sie Ihren Job aber nicht sehr gut gemacht, oder?«

Wieder dieses Grinsen, diesmal voller Gehässigkeit. »Vorsicht, Püppchen, war nicht mein Dach, unter dem er verschwunden ist. Und ich bin's nicht, mit dem die Polizei reden will.«

Sie starrten sich an, bis das Schweigen von einem elektronischen Pfeifton durchbrochen wurde: Es kam von dem Handy auf dem Tresen und zeigte offenbar den Abschluss des Ladevorgangs an. Schnell ging sie hinüber, nahm das Gerät vom Kabel und steckte es hastig in die Gesäßtasche ihrer Jeans. Trotzdem machte sie sich keine Illusionen – Dougie hatte es gesehen, da war sie sich sicher.

»Wie nehmen Sie Ihren Tee?«, fragte sie, um ihn abzulenken, und setzte Wasser auf.

»So stark, dass der Löffel drin stehen bleibt«, erwiderte er automatisch, doch sein Blick signalisierte geschärfte Aufmerksamkeit. »Ist das Ihr Handy da drüben?«

»Ja.«

»Sieht aus wie das von einem Kind. Von Ihnen hätte ich eigentlich etwas Schickeres erwartet.«

»Bin im Grunde meines Herzens eben ein großes Kind geblieben«, gab sie schulterzuckend zurück. »Die Teebeutel sind in dem Krug dort drüben, bedienen Sie sich, sobald das Wasser kocht. Ich hole rasch mein Zeug.«

»Lassen Sie sich ruhig Zeit. Wie gesagt, wir haben's nicht eilig.«

Sein Blick wanderte suchend durch den Raum, und es widerstrebte ihr, ihn dort allein zu lassen, allerdings hatte sie keine andere Wahl. Als sie ein paar Minuten später mit ihrer Tasche zurückkam, lehnte er am Herd und schlürfte seinen Tee. Prüfend schaute sie sich um, alles schien am alten Platz zu sein. Keine Veränderung, keine Unordnung. Das Handy des toten Jungen steckte nach wie vor in ihrer Hosentasche, sie hatte bislang nicht gewagt, es einzuschalten. Nicht solange dieser Dougie in der Nähe war.

»Meinen Sie, Robbie ist okay?«, fragte sie, um das Gespräch wieder auf sicheres Terrain zu lenken. »Ich habe gehört, es ist nicht das erste Mal, dass er weggelaufen ist.«

»Sagen Sie das, damit Sie sich besser fühlen?« Er strich sich über sein unrasiertes Gesicht und sah sie höchst seltsam an. »Ja, er ist ein Ausreißer. Hat nicht mehr viel für die Schule übrig, seit sein Kumpel verschwunden ist. Aber das hier, das sieht ihm nicht ähnlich – sich bei einem solchen Mistwetter stundenlang draußen herumzutreiben. Er macht sich's gern zu Hause gemütlich, unser Robbie. Also sind die Leute echt besorgt.« Er trank einen Schluck Tee und fixierte sie über den Rand des Bechers hinweg. »Was hatte er gestern Abend überhaupt hier verloren?«

»Was wohl? Hat mir Streiche gespielt, so getan, als wäre er ein Geist.«

Dougie nickte. »Ja, das passt zu ihm. Seltsam ist bloß, dass er das Quad zurückgelassen hat. Das verstehe ich nicht. Lässt mich vermuten, dass Sie mehr wissen, als Sie sagen.«

Wollte er sie etwa beschuldigen, dem Jungen etwas angetan zu haben? Zoe war gleichermaßen empört wie verunsichert.

»Das ist alles, was ich weiß«, erklärte sie mit Nachdruck. »Ich habe ihm angeboten, hier zu übernachten, damit er nicht im Dunkeln zurückfahren muss, doch als ich ihn wecken wollte, war er verschwunden. Und dass das Quad noch da war – könnte ja sein, dass kein Benzin mehr drin ist.«

Dougie leerte seinen Becher. »Na, das werde ich bald herausfinden. Und Sie sollten ebenfalls langsam los, dann können Sie alles der Polizei erzählen.« Draußen überreichte er ihr die Schlüssel zu seinem Truck. »Versuchen Sie, ihn nicht in den Graben zu fahren«, meinte er anzüglich und spielte damit auf ihr letztes missglücktes Manöver an.

Sie wartete, bis er auf dem Klippenpfad nach oben war, wo das Quad stand, und eilte ums Haus herum zur Kellerluke. Ihre Gedanken rasten. Dougies Andeutung, dass sie die Wahrheit über Robbies Verschwinden verschwieg, hatte ihr einen Schock versetzt, und sie überfiel plötzlich Angst, womöglich wegen Behinderung polizeilicher Ermittlungen zur

Rechenschaft gezogen zu werden. Sollte sie dem Constable gestehen, dass sie Robbie in der irrigen Annahme, er sei ein Einbrecher, mit dem Treibholz eins übergezogen hatte? Und was, wenn man sie daraufhin verdächtigte, sie könnte ihn getötet und die Leiche versteckt oder über die Klippe geworfen haben? Unsinn, sie benahm sich lächerlich, melodramatisch; niemand würde das denken. Trotzdem zögerte sie, mit der vollen Wahrheit rauszurücken. Zu sehr fürchtete sie, dass sich die Inselbewohner dann endgültig gegen sie verschworen.

Hektisch suchte sie im nassen Gras und Sand herum, bis sie das Stück Holz fand, drehte es in ihren Händen. Ob irgendwelche Blutspuren darauf zu sehen waren, ließ sich im Dämmerlicht des trüben Tages nicht erkennen. Egal, mit den heutigen forensischen Methoden würde sich auf jeden Fall irgendetwas nachweisen lassen, also wäre es das Beste, das Holz im Herd zu verbrennen, bevor irgendjemand kam, um das Haus zu durchsuchen. Fürs Erste hingegen warf sie es durch die Kohleluke einfach in den Keller. Eine Gedankenlosigkeit, die sie noch bereuen würde.

Der Schankraum des Pubs war gesteckt voll, genau wie vor einer Woche am Abend ihrer Ankunft, natürlich ohne die entspannte, fröhliche Stimmung, die die Band erzeugt hatte. Heute herrschte eine gedrückte Atmosphäre, die wie eine dunkle Wolke im Raum hing. Die versammelten Dörfler umklammerten ihre Pints oder heißen Getränke und flüsterten eindringlich miteinander. Als Zoe eintrat, verstummten die Gespräche. Argwöhnische, wenn nicht gar feindselige Blicke trafen sie. Man hatte die Reihen geschlossen, sie war außen vor. Alle glaubten, dass sie verantwortlich sei, schoss es ihr durch den Kopf. Falls Robbie ernstlich etwas zugestoßen war, würde man ihr schlichtweg die Schuld geben, ihr und dem Haus.

Sie sah Annag auf einem Hocker an der Bar sitzen, das Gesicht gerötet und verquollen vom Weinen, ein Taschentuch an die Nase gepresst. Na toll, mit einem Mal machte sie auf untröstliche Schwester, spielte genau die Rolle, die man von ihr erwartete, das war sie ihrem Publikum schuldig. Zoe jedenfalls durfte sich von Annag keinerlei Unterstützung erhoffen, nicht das kleinste bisschen. Dem Mädchen passte es schließlich gut in den Kram, die Verantwortung für das Verschwinden ihres Bruders auf jemand anderen abwälzen zu können. Viel schlimmer aber fand sie, wie Kaye sie ansah, mit einer Miene, in der sich Verwirrung und Misstrauen spiegelten, und in diesem Moment begriff sie, wie ernst ihre Situation war.

Edwards Auftauchen erwies sich da als reiner Segen. Ein Riesenstein fiel ihr vom Herzen, als er sich durch die Menge einen Weg zu ihr bahnte. Verstohlen drückte er ihren Ellenbogen trotz der missbilligenden Blicke der Inselbewohner, und sie war dankbar für dieses Zeichen von Solidarität.

Das allgemeine Flüstern und Tuscheln wurde von einem hochgewachsenen grauhaarigen Mann in Polizeiuniform unterbrochen, der einmal in die Hände klatschte und sich vor dem Tresen aufpflanzte. Das musste Bill McCrae sein, der Special Constable, der seinen Auftritt sichtlich genoss. Eine erwartungsvolle Stille senkte sich über den Raum.

»Freunde«, begann er wichtigtuerisch und rang dramatisch die Hände. »Heute sieht sich unsere Gemeinde erneut mit der schwierigen Situation konfrontiert, dass eines unserer Kinder vermisst wird. Der kleine Robbie Logan ist nachts aus dem

McBride-Haus verschwunden.« Er hielt einen Moment inne, um seine Worte gebührend sacken zu lassen. »Ich weiß, wir alle kennen Robbies Streiche …« Wieder eine Pause für ein bisschen nachsichtiges Lächeln und Nicken. »Doch ich fürchte, diesmal müssen wir es ernst nehmen. Er ist gestern Abend mit dem Quadbike seines Vaters hinausgefahren und hat es oben auf der Klippe abgestellt, wo es heute Morgen noch stand. Das heißt, er ist zu Fuß unterwegs. Ich schlage vor, dass wir Suchtrupps bilden. Die einen gehen seine üblichen Schlupfwinkel im Ort ab, die anderen durchkämmen das Moor und die Klippen – dafür brauche ich kräftige Männer mit Ausdauer. Ich hab mir erlaubt, euch vorab in Gruppen einzuteilen. Mit Verstärkung vom Festland können wir bei dem Wetter nicht rechnen, und selbst die Küstenwache wird nicht dicht genug an die Felsen herankommen, um dort nachzuschauen …« Er hielt einen Moment inne und neigte den Kopf, bis alle begriffen hatten, was er damit andeuten wollte. Als ein paar Leute hörbar einatmeten, fügte er beschwichtigend hinzu: »Trotzdem bin ich voller Zuversicht, dass wir ihn wohlbehalten nach Hause bringen, wenn wir alle zusammenstehen.«

»Das hast du damals bei Iain Finlay auch gesagt.«

Alle Köpfe wandten sich zu der alten Dame mit der unheilvollen Miene und der Teewärmerfrisur um, die Zoe einmal im Buchladen gesehen hatte. Annag stieß ein Wimmern aus.

Bills väterlich autoritäres Auftreten geriet ins Wanken.

»Nun, Mrs McDaid, lassen Sie uns nicht vorschnell …«

Ein alter Mann mit weißen Augenbrauen und wettergegerbter Haut von der Farbe einer Walnuss stemmte sich hoch, blickte zornig in die Runde und richtete seinen Zeigefinger vorwurfsvoll auf Kaye.

»Im Grunde ist das alles die Schuld deines Michael«, dröhnte er, und ein chorisches Gemurmel gab ihm recht. »Man hat ihn oft genug gebeten, das Haus dem völligen Verfall preiszugeben. Er kann nicht behaupten, dass er nicht gewarnt wurde. Gier, das war es.« Der Sprecher legte eine wirkungsvolle Pause ein und hob dann seine Stimme. »Sein Vater war noch nicht kalt in seinem Grab, da fing Michael bereits an, vom Geschäft mit Touristen zu reden.« Er hielt inne, um Zoe strafend anzusehen, als wäre sie genauso in die Sache verstrickt. »Und jetzt sind zwei kleine Jungen verschwunden. Wie viele müssen es werden, bis er einsieht, was er angerichtet hat?«

Kaye, die neben Annag saß und die scheinbar untröstliche Schwester zu trösten versuchte, richtete sich empört auf, die Augen funkelnd von gerechter Empörung.

»Wie kannst du es wagen, das zu sagen, Malcolm McEwan – wenn Mick nicht einmal da ist, um sich zu verteidigen? Ausgerechnet du, der sich immer gern von ihm einen ausgeben lässt, fällst ihm in den Rücken.« Der weißhaarige Alte sah mit betretener Miene auf das Glas in seiner Hand, während Kaye resolut die Hände in die Hüften stemmte. »Wieso soll er verantwortlich sein für Robbies Verschwinden? Sag mir das!«

»Er hat die alten Flüche aufgerührt«, gab der Mann starrsinnig zurück und erntete erneut gemurmelte Zustimmung.

An diesem Punkt beendete Bill die wenig zielführende Diskussion und machte wieder seine Autorität geltend.

»Lass gut sein, Malcolm, genug von Flüchen geredet, das wird niemandem helfen. Und mit dem Finger zu zeigen, genauso wenig. Was vorbei ist, ist vorbei. Wir müssen jetzt an Robbie denken, nicht an Iain. Immerhin sind wir praktisch veranlagte Leute, oder? Wir wissen, wie man etwas anpackt.«

Beifallheischend schaute er sich um, erntete allerdings erheblich weniger Zustimmung als McEwan mit seinen Hau-drauf-Parolen. »Schön. Also lasst uns unsere Taschenlampen und Regenjacken holen und uns auf die Suche machen. Wer ist dabei?«

Aus einem Zoe unerklärlichen Grund war die anfängliche Begeisterung für die Suche abgeflaut. Bill, der mit seiner Liste herumging, musste den einen oder anderen richtiggehend überreden, erteilte keinen Widerspruch duldende Anweisungen wie beim Militär, wo er, seiner zackigen Haltung nach zu urteilen, sicher mal gedient hatte.

Wie nicht anders zu erwarten, war Edward einem Trupp zugeteilt worden, der die Klippen absuchen sollte.

»Ich schaue anschließend bei dir vorbei«, flüsterte er, während er den Reißverschluss seiner Regenjacke zuzog.

»Ja, tu das, ich habe nämlich etwas, das ich dir unbedingt zeigen muss«, zischelte sie und schüttelte rasch den Kopf, als er fragend eine Augenbraue hochzog. »Jetzt nicht, später.«

Unschlüssig verharrte sie neben der Bar, als die Männer aufbrachen. Dougie, der das Quad zurückbringen wollte, war bislang nicht aufgetaucht. Sie wusste nicht so recht, was sie tun sollte. Auf ihn warten und sich nach Hause fahren lassen oder Kaye trotz ihrer sichtlich reservierten Miene bitten, bei ihr übernachten zu dürfen. Sie trank gerade eine Tasse Tee, als Bill McCrae auf sie zutrat.

»Miss Adams? Ich hätte gern Ihre Unterstützung, wenn Sie einverstanden sind.«

»Ich wollte eben anbieten, mit dem Trupp zu den Klippen hochzugehen …«

Er schenkte ihr ein knappes, nachsichtiges Lächeln. »Du

liebe Güte, nein. Man braucht Ortskenntnisse, um bei diesem Wetter oben auf den Klippen herumzulaufen. Das ist viel zu gefährlich – schließlich wollen wir nicht, dass noch jemand verloren geht.« Das Lächeln schwand, wich erneut einem pathetischen Ernst, mit dem er wohl sein hohes Verantwortungsbewusstsein demonstrieren wollte. »Nein, ich bitte Sie um Folgendes: Begleiten Sie mich zum Haus zurück, damit ich mich dort umsehen kann, falls Sie nichts dagegen haben. Und außerdem können wir detailliert durchgehen, wie der gestrige Abend verlaufen ist – vielleicht entdecke ich ja irgendwelche Anhaltspunkte.«

»Na klar.« Sie lächelte angespannt, doch das Einzige, woran sie denken konnte, war das Stück Treibholz auf dem Kellerboden.

»Großer Gott, hier riecht es ja nach Verwesung.«

Bill streifte seine Schuhe umständlich auf der Fußmatte ab, bevor er die Diele betrat.

»Ja, das ist Robbies Verdienst.« Zoe schlüpfte aus ihrer Jacke und wandte sich zu ihm um. »Ich meine, das waren seine gar nicht lustigen Streiche. Er hat einen schon reichlich vergammelten Möwenkadaver im Haus deponiert und tote Mäuse und Hackfleisch in Form tiefgefrorener Hamburger irgendwo versteckt, wo es schön warm ist. Einiges wurde inzwischen entfernt, der Rest muss noch gefunden werden.«

»Erzählen Sie mir von diesen Streichen.« Bill folgte ihr den Flur hinunter zur Küche.

Sie berichtete von dem Gesicht am Fenster, der Möwe, dem Vorhängeschloss, den Mäusen und den Burgern – an diesem Punkt gestattete sich sogar Bill den Anflug eines Lächelns –

bis hin zu dem Gepolter, das sie am Abend zuvor auf die Anwesenheit des Jungen im Keller aufmerksam gemacht hatte. Das Treibholz und das Telefon ließ sie unerwähnt. Während sie sprach, nickte Bill, als würde ihr Bericht eine Hypothese bestätigen, die er bereits aufgestellt hatte.

»Möchten Sie einen Tee?«, fragte sie abschließend und hoffte, dass er nicht die Lückenhaftigkeit ihrer Geschichte bemerkt hatte.

»Nein. Tee steht mir bis oben hin, ehrlich gesagt. Ich will los und sehen, dass ich zu den Suchtrupps stoße. Vorher würde ich gern noch einen Blick in den Keller werfen.«

»Na klar«, erwiderte sie und zwang sich zu einem Lächeln. »Da werden Sie eine Taschenlampe brauchen – die Glühbirne ist durchgebrannt, glaube ich.«

»Kein Problem, ich hab eine starke im Wagen. Warten Sie hier.«

Sobald er gegangen war, stürzte sie zur Kellertür und spähte in die undurchdringlichen Schatten hinunter. Automatisch drückte sie auf den Lichtschalter und war mehr als verblüfft, als die Glühbirne nach kurzem Aufflackern anging. Komisch, am Abend zuvor hatte sie nicht funktioniert. Zögernd stieg sie ein paar Stufen ins Halbdunkel, das Licht war trübe und reichte nicht bis in die hintersten Winkel. Das Treibholz musste genau auf der anderen Seite unter den Stufen der Kohleluke liegen. Sie zögerte, an der Kommode vorbeizugehen, unter der sich die Grabplatten befanden. Bills schwere Schritte in der Küche enthoben sie der Entscheidung.

»So, da wären wir.« Am oberen Ende der Treppe blieb er stehen. »Sieht aus, als ob die Glühbirne funktionierte.«

»Ja, ich nehme an, es ist ein Wackelkontakt. Im Übrigen ist sie nicht gerade sehr hell.«

»Na ja, sehen wir uns mal um. Sie haben nichts verändert?« Er beäugte sie misstrauisch, als würde er ihr allein die Sache mit dem Wackelkontakt nicht glauben, und schob sich an ihr vorbei, um mit dem Strahl seiner Taschenlampe die Wände auszuleuchten.

»Sieht aus, als ob es hier unten eine kleine Rangelei gegeben hat«, konstatierte er, als er das umgestürzte Regal und die kaputte Laterne sah.

»Wie gesagt, es gab gestern Abend kein Licht, und Robbie hat im Dunkeln das Regal umgestoßen«, beeilte sie sich zu versichern und bemerkte dennoch, dass sie nicht besonders überzeugend klang.

»Muss ganz schön unheimlich gewesen sein, diese ganzen Streiche gespielt zu kriegen«, sagte er gleichmütig. »Sehr beängstigend. So allein hier draußen, in einem Haus mit diesem Ruf.«

»Anfangs schon, dann war ich eher sauer, wissen Sie. Dass jemand etwas so Erbärmliches tut.«

»Verständlicherweise. Sie müssen sogar sehr wütend gewesen sein, als Sie herausfanden, dass Robbie dahintersteckte. Das wäre jeder in Ihrer Lage.«

Sie merkte, worauf er hinauswollte, und beobachtete angespannt, wie er den Strahl seiner Taschenlampe über den Boden geleiten ließ.

»Ehrlich gesagt, war ich eher erleichtert, dass es nur ein Kind war, das Unfug getrieben hat, meine ich. Ich fürchtete bereits, es könnte …«

Bill wandte sich zu ihr um. »Was?«

»Ich weiß nicht. Ein Erwachsener, ein Mann, der vielleicht …« Sie brach ab aus Angst, sich immer tiefer in die Sache hineinzureiten. »Jedenfalls war ich deshalb nicht wirklich böse auf Robbie – außerdem hat er mir leidgetan.«

Zu ihrem Schrecken sah sie, dass Bill in die Hocke gegangen war, um die Steinplatten zu begutachten. Er glitt mit einem Finger über den Boden und hielt ihn sich an die Nase.

»Das hier sind Blutflecken«, stellte er fest und sah erwartungsvoll zu ihr hoch.

»Das war ich.« Sie deutete auf die Verletzung an ihrer Stirn. »Ich bin über das Regal gestolpert und habe mir den Kopf angeschlagen, sehen Sie? Und dann habe ich mir zusätzlich die Hand an den Glasscherben aufgeschnitten.«

»Während Sie den vermeintlichen Einbrecher gejagt haben?«

»Nein, später, als Robbie längst im Bett war.«

»Was wollten Sie dann hier unten?«

»Na ja, nachschauen, ein bisschen aufräumen, den gröbsten Dreck wegputzen …«

Blöd von ihr, fiel ihr sogleich ein. Das hörte sich an, als hätte sie Spuren zu beseitigen versucht. Inzwischen hatte Bill sich einen Weg hinüber zu den Stufen der Kohleluke gebahnt und richtete die Taschenlampe auf die hölzernen Klappen. Der Wind rüttelte an ihnen, und Regenwasser sickerte zwischen ihnen hindurch. Nachdenklich spähte er eine Weile schweigend nach oben, bevor er ein paar Schritte rückwärts machte … und prompt mit dem Fuß gegen das Treibholz stieß.

Selbst in dem trüben Licht konnte sie sehen, wie die Muskeln in seinem Gesicht sich anspannten. Dann fischte er ein Taschentuch aus seiner Uniformjacke und hob das Corpus

Delicti damit auf. Genauso wie es die Cops in den Fernsehkrimis mit einer Tatwaffe oder einem wichtigen Beweisstück machten.

»Wie ist das denn hierhergekommen? Das ist ja triefend nass.«

Sie erklärte ihm, wo sie das Holz gefunden und zu welchem Zweck sie es eigentlich aufgehoben hatte und bot ihm sodann eine abgespeckte Version der Wahrheit an, wonach sie, verängstigt von den Geräuschen, das Holz genommen, sich solchermaßen bewaffnet in den Keller gewagt und den Eindringling überrumpelt habe, um dann festzustellen zu müssen, dass es sich um ein Kind handelte.

Ganz der pflichtbewusste Polizist, notierte Bill gewissenhaft ihre Antworten, aber es war ihm anzumerken, dass er ihr nicht glaubte. Vermutlich hätte sie das an seiner Stelle auch nicht getan, dachte sie und verfolgte resigniert, wie er unter großem Getue das Holz in einen Plastikbeutel packte. Als Nächstes wollte er das Bett sehen, in dem Robbie geschlafen hatte, und als sie ihn nach oben führte, war sie entsetzt, Blutflecken auf Laken und Kissen zu entdecken.

»Das muss von mir sein«, protestierte sie. »Robbie hat nicht geblutet, sie können es ja untersuchen lassen.«

Bill warf ihr einen Blick zu, der zu sagen schien, dass sie ihm nicht erklären müsse, wie er seinen Job zu machen habe. »Oh, das werden wir, Miss Adams, das werden wir ganz bestimmt.«

Er schoss mit seinem Handy ein paar Fotos von dem Bett und trug das Kissen vorsichtig an einem Zipfel nach unten, um es in einen sauberen Müllbeutel zu stecken.

»Okay. Ich muss los und nachschauen, wie die Suchtrupps auf den Klippen vorankommen – hier ist ja leider kein Handyempfang. Hm.« Nachdenklich musterte er sie. »Vielleicht sollten Sie mich begleiten.«

»Warum das denn?« Sie folgte ihm in die Diele und lehnte sich an die Wand. »Stehe ich unter Arrest?«

»Nein, natürlich nicht. Allerdings werden Sie zugeben, dass es ein paar Dinge gibt, die mir Kopfzerbrechen bereiten und die ich klären muss. Halten Sie sich also zur Verfügung und gehen Sie nirgends hin.«

»Sehe ich aus, als würde ich bei diesem Wetter einen Ausflug machen? Oder zum Festland schwimmen?«, erwiderte sie mit ätzendem Sarkasmus, obwohl sie mittlerweile fix und fertig war, am Rande eines Zusammenbruchs stand und lediglich eines wollte: allein sein. Okay, wenn Edward vorbeikam, das wäre in Ordnung. Der Rest konnte ihr gestohlen bleiben.

»Schön. Hoffen wir mal, dass wir bald gute Neuigkeiten haben und es keinen Grund mehr zur Besorgnis gibt. Ich komme später erneut vorbei und sage Ihnen Bescheid.«

»Mr McCrae, ich habe Robbie nichts angetan. Sie sollten noch eines wissen: dass der Junge schreckliche Angst hat. Er glaubt, jemand will ihn holen.«

Bills Kopf schnellte herum. »Hat er gesagt, wer?«

Mit einem Anflug von Schuldgefühlen dachte sie an das Handy. Irgendwie war sie überzeugt, dass der Junge weggelaufen war, weil sie das Handy gefunden und das Video gesehen hatte. Zoe wusste, dass jetzt der richtige Moment wäre, es Bill auszuhändigen. Dennoch tat sie es nicht, irgendein dunkler Instinkt hielt sie davon ab. Lag es an Bills herablassendem Verhalten, oder hatte es mit ihrem egoistischen Besitzanspruch zu tun, den sie zu einem Akt der Vorsehung stilisierte, genau wie sie das mit Ailsas Tagebuch getan hatte.

Vor sich selbst entschuldigte sie ihr Verhalten, indem sie es rationalisierte. Sie als Opfer all dieser geheimnisvollen Umtriebe hatte ein Recht, als Erste zu erfahren, was Iain Finlay in dem Haus gesehen hatte. Vielleicht würde es sie ja von dem Verdacht befreien, nicht ganz richtig im Kopf zu sein und sich das ganze Grauen bloß eingebildet zu haben. Und das Handy war gewissermaßen ihr Kronzeuge, so sah sie das. Wenn es verloren ging, wäre sie ebenfalls verloren.

»Dieselben Leute, die Iain geholt haben«, sagte sie nach langem Zögern.

Schlagartig verschwand alle Großspurigkeit aus Bills Gesicht, und Angst schien von ihm Besitz zu ergreifen – eine namenlose Angst, dass in der Gemeinde, für deren Sicherheit er verantwortlich war, noch ein Kind verschwand. In den Augen der Inselbewohner hatte er sich offenbar schon in Iains Fall nicht gerade mit Ruhm bekleckert. Zudem kratzte es sichtlich an seiner Eitelkeit, dass Robbie ihr mehr anvertraut hatte als der Polizei in einem ganzen Jahr.

»Okay.« Mehr sagte er zu diesem Thema nicht, obwohl es ihm zweifellos zu schaffen machte. »Und bitte halten Sie sich zur Verfügung«, wiederholte er, während er seinen Regenumhang überstreifte. »Bestimmt werde ich noch Fragen an Sie haben.«

»Davon bin ich überzeugt«, erwiderte sie süffisant, bevor sie die Tür hinter ihm schloss.

Als sie sicher war, dass er nicht in der nächsten Minute wieder auf der Matte stand, weil er irgendetwas vergessen hatte, zog sie das orangefarbene Handy aus ihrer Hosentasche und rannte nach oben in ihr Schlafzimmer, setzte sich auf den Boden und schaltete das Handy an. Knisternd erwachte das Display zum Leben, und aus der schwarzen Leere tauchte das Selfie eines grinsenden Zehnjährigen mit Zahnlücken und Sommersprossen auf, der der Kamera den Mittelfinger zeigte.

Ohne ein Passwort zu brauchen, gelangte sie zu den Videos. Nur ein einziges war gespeichert. Der Atem stockte ihr, als sie auf Abspielen drückte. Die Bilder begannen sich auf dem Display zu entfalten, schlecht beleuchtet und schwankend, der Ton undeutlich und zudem überlagert vom aufgeregten Atmen des Jungen. Sie schlug ihre Hand vor den Mund, und ihre Augen weiteten sich vor Entsetzen, als sie begriff, was Iain in jener Nacht im Haus gesehen und wovor Robbie seitdem Angst hatte.

21

Als die Türklingel durchs Haus hallte, war das Display längst wieder schwarz geworden. Um sie herum nahm das Zimmer allmählich die vertrauten Konturen an. Noch immer saß sie auf dem Boden, Iains Handy in ihrem Schoß.

Jedes Zeitgefühl war ihr abhandengekommen.

Mühsam rappelte sie sich auf, um zur Tür zu gehen. Stolperte mehr, als dass sie ging, der Blick verschwommen, als wäre sie eben aus dem Tiefschlaf aufgewacht. Draußen wurde noch immer geklingelt und zudem wild gegen die Tür gehämmert. Vermutlich Bill, dachte sie, der zurückgekommen war, um ihr neue misstrauische Fragen zu stellen. Zum Glück hatte sie jetzt eine Antwort für ihn.

Aber als sie die Tür aufriss, stand Edward auf der Schwelle. Triefnass und schlammbespritzt, die Brille blind vom Regen. Bei seinem Anblick verspürte sie eine unendliche Erleichterung.

Stirnrunzelnd musterte er sie. »Grundgütiger, wie siehst du denn aus? Als ob du ein Gespenst gesehen hättest. Entschuldige, ist wohl eine schlechte Wortwahl.«

Sie blieb ihm die Antwort schuldig, fragte stattdessen: »Was gibt's Neues?«

Bedauernd schüttelte er den Kopf. »Bislang nichts. Keine Spur, kein Anhaltspunkt. Kann man natürlich auch als gutes Zeichen werten, oder? Ich meine, sie haben keine Leiche gef …« Betroffen brach er ab und seufzte. »Kann ich mich ein bisschen aufwärmen? Ich bin bis auf die Knochen durchgefroren.«

»Gott, entschuldige, komm rein.«

Nachdem er seine Regenjacke und seine nassen Stiefel ausgezogen hatte, führte sie ihn in die Küche und setzte Teewasser auf, während er sich an den wärmenden Herd stellte. Zunächst, denn mit einem Mal war er hinter ihr und schlang die Arme um sie. Dankbar lehnte sie sich an ihn, es tat so gut, nach all den Schrecken jemanden zu haben, der sie hielt.

So verharrten sie lange Zeit, eng beieinander. Dann spürte sie, wie sich der Puls an seinem Hals beschleunigte, wie seine Lippen ihre Schläfen berührten und hinunter zu ihrem Ohr glitten; spürte die Hitze seines Atems, die ihre Haut kitzelte, und ohne zu überlegen, hob sie ihm ihr Gesicht entgegen, öffnete sich seinem Verlangen. Seine Lippen begegneten ihren, und er schmeckte so, wie sie sich das vorgestellt hatte: frisch und jungenhaft.

Und als er plötzlich fordernder wurde, ließ sie es geschehen. Ließ zu, dass er eine Hand unter ihr Shirt schob und ihren BH herunterzog, mit dem Daumen hineinglitt, um ihn kreisend über ihrer Brust zu bewegen, während sie nach seinem Gürtel griff und ihn löste. Seine Erektion fühlte sich seidig, heiß und pulsierend an. Rhythmisch bewegte sie ihre Hand, hörte, wie sich sein Atem beschleunigte, und hielt die Luft an, als er den Reißverschluss ihrer Jeans öffnete und sie zusammen mit ihrem Slip ungeduldig über ihre Hüften zog. Sie wusste kaum, was sie tat, und sie weigerte sich, ihren Verstand einzuschalten oder an Konsequenzen zu denken. Entschlossen drehte er sie zur Spüle um, wo sie sich festklammerte, und spreizte ihre Beine, drang in sie ein und hielt sie dabei, sodass sie sich in demselben, immer schneller werdenden Rhythmus bewegten.

Zoe löste sich von all den belastenden Gedanken, die auf sie eingestürmt waren, und konzentrierte sich ganz auf den Augenblick, auf seine Hände, die sie geschickt erregten, presste sich fest gegen seine Finger, sodass ihr Höhepunkt schnell und schockierend war und sie überrascht aufschrie. Kurz darauf merkte sie an seinem Stöhnen, dass er ebenfalls kam, riss geistesgegenwärtig den Kopf nach hinten und flüsterte: »Nicht in mir.« Keuchend zog er sich in letzter Minute zurück, bevor er sich auf ihren Rücken entlud.

Erschöpft lehnte Zoe sich anschließend gegen den Tresen: mit schweren Gliedmaßen und benommenen Sinnen. Aus dem dunklen Fenster über der Spüle starrte ihr Spiegelbild sie an. Um Himmels willen, schoss es ihr durch den Kopf, sie hatten weder an diesem noch an dem Fenster, das zur Auffahrt hinausging, die Vorhänge zugezogen. Jeder hätte sie sehen können. Unfassbar, wie sorglos sie gewesen war, und für einen Moment musste sie fast lachen über diese Tollkühnheit.

Schon bald allerdings stellte sich bei beiden Katerstimmung ein. Während sie verlegen ihre Kleidung in Ordnung brachte, schaute er sie schuldbewusst an.

»Es tut mir leid«, stammelte er, seine Stimme kaum mehr als ein Flüstern. »Ich hatte nicht erwartet …«

»Lass gut sein.« Sie legte ihm einen Finger an die Lippen. Sein Draufgängertum und sein Selbstbewusstsein schienen mit seiner Erektion geschrumpft zu sein. Jetzt sah er aus wie ein kleiner Junge, der darauf wartete, gescholten oder gar bestraft zu werden.

»Das haben wir beide gebraucht. Es ist okay«, fügte sie hinzu, als er schwieg.

Er wirkte keineswegs beschwichtigt, schien ihr kaum in die Augen sehen zu können und suchte sein Heil in einem Themenwechsel.

»Was wolltest du mir eigentlich zeigen?«, fragte er und setzte seine Brille wieder auf.

»Warte einen Moment.«

Sie rannte die Treppe hoch zu ihrem Zimmer, um Iains Handy zu holen, und nutzte gleichzeitig die Gelegenheit, ihren Rücken zu säubern und ihre Haare zu richten. Sie fand, dass sie schrecklich derangiert aussah und nicht so, als hätte sie tollen Sex gehabt.

»Zoe, ich weiß nicht, was da eben passiert ist, es tut mir leid«, empfing sie Edward bei ihrer Rückkehr in die Küche. »Normalerweise benehme ich mich nicht so – ich will, dass du das weißt. Es war, als ob … mich irgendetwas überkommen hat.«

»Du hast keinen Grund, dich zu entschuldigen. Früher oder später musste das passieren, oder?«

Er lächelte matt. »Na ja, ich hatte es gehofft, aber angesichts dieser ganzen Geschichte mit Robbie scheint es so …«

»Hör zu, es ist, wie es ist – lass es dabei bewenden«, unterbrach sie ihn. »Es gibt Wichtigeres, worüber wir uns Gedanken machen müssen.«

Sie legte das Handy vor ihn hin.

»Was ist das?«

»Das gehört Iain Finlay.«

Ungläubig starrte er sie mit weit aufgerissenen Augen an, ohne einen Ton herauszubringen.

»Ja, wirklich. Robbie hat es unten im Keller versteckt, ganz schön clever, finde ich. Auf die Idee muss man erst mal kommen. Das Video ist ein echt heißes Eisen, und ich bin völlig ratlos, was ich damit tun soll. Sieh es dir an, dann wirst du mich verstehen.«

Verblüfft und etwas zögerlich, drückte er die Starttaste, während Zoe sich im Hintergrund hielt – das musste sie weiß Gott kein zweites Mal über sich ergehen lassen. Entsetzt schlug auch Edward die Hand vor den Mund.

Auf der verwackelten Aufnahme waren drei Personen zu sehen, die in der halb fertigen Galerie des Hauses Sex hatten, zwei Männer und ein junges Mädchen. Das Mädchen war an den Handgelenken gefesselt und hing mit ausgestreckten Armen an einem Haken, der in einem der Deckenbalken befestigt war. Allerdings schien sie freiwillig mitzumachen. Ihre Haut schimmerte milchig weiß in dem mondbeschienenen Zimmer. Leere Flaschen standen auf dem Boden. Obwohl die Qualität der Aufnahme schlecht und das Gesicht halb verdeckt von ihren Haaren war, konnte man das Mädchen leicht als Annag Logan erkennen. Einer der Männer war Dougie Reid, der andere Mick Drummond.

Die Sexszene selbst war unspektakulär und fantasielos wie auf armseligen Amateurpornos, doch dann passierte Unvorhergesehenes. Offenbar hatte Iain aus Versehen einen Schreckenslaut von sich gegeben oder war versehentlich irgendwo angerempelt, denn die Akteure der schmuddeligen kleinen Szene horchten auf und merkten, dass sie nicht allein waren. Dougie entdeckte den Jungen zuerst und deutete in seine

Richtung, brüllte etwas, was man nicht verstehen konnte. Es ging in Iains panischen Atemzügen unter.

An dieser Stelle hörte der Junge offenbar auf, gezielt zu filmen, sondern rannte weg, allerdings mit eingeschalteter Kamera. Man sah lediglich bruchstückhafte Bilder: die Treppe verkehrt herum, ein kurzes Aufblitzen eines weißen Kinderturnschuhs, flüchtige Eindrücke von mondbeschienenem Sand und Seegras, Rufe aus der Ferne. Und ganz zum Schluss ein dumpfes Geräusch, ein Flackern und dann nichts als Schwärze. Das Handy war Iain vermutlich aus der Hand gefallen. Was dann passierte, darüber gab das Video keine Auskunft. Selbst dass die Männer den Jungen verfolgt hatten, ließ sich allein aufgrund seiner panischen Flucht vermuten.

»Mein Gott«, flüsterte Edward kaum hörbar, den Kopf in die Hand gestützt, und schob das Handy von sich, als könnte er sich auf diese Weise von den Bildern distanzieren. »Das war im letzten Sommer. Da war sie fünfzehn.«

Zoe nickte. »Robbie hat mir gestanden, dass er Angst hat. Er sagte, *sie* würden ihn holen, so wie sie Iain geholt haben. Der arme Junge lebt seit über einem Jahr mit dieser Angst. Sie müssen ihn bedroht haben, meinst du nicht?«

»Fraglich. Das hätten sie nur getan, wenn sie sicher wüssten, dass er das Handy hat.«

»Zumindest müssen sie davon ausgehen, dass er ebenfalls etwas gesehen hat. Was sollen wir jetzt unternehmen?«

»Gib es Bill. Was anderes können wir sowieso nicht tun.«

»Kann man ihm trauen?«, hakte sie nach und fügte hinzu, als sie sein Stirnrunzeln sah: »Ich meine, hier halten schließlich alle wie Pech und Schwefel zusammen, wenn es ans Eingemachte geht. Hauptsache, es gibt keinen Skandal. Bill ist nicht einmal wirklich zuständig. Was, wenn er beschließt, dass es für die Seelenruhe der Inselbewohner besser ist, wenn er das Beweisstück einfach verschwinden lässt?«

Edward zögerte. »Du meinst, wir sollten das Handy zurückbehalten, bis die Polizei vom Festland kommt? Das könnte ein paar Tage dauern. Außerdem wäre es Unterschlagung von Beweismaterial.« Er hielt einen Moment inne, den Mund angewidert verzogen. »Du glaubst doch nicht etwa, sie könnten … Ich bitte dich, nicht ihren eigenen Bruder.«

Zoe zuckte die Schultern. »Er hat mir gesagt, sie wünscht, er wäre tot, damit sie die Insel verlassen kann. Und ich bin mir ziemlich sicher, dass sie ihn schlägt.«

»Ja, das denke ich ebenfalls«, gab Edward zu. »Ich habe den Vater darauf angesprochen – Robbie kam immer dann mit blauen Flecken zur Schule, wenn er beruflich unterwegs war. Leider ist es nicht leicht bis unmöglich, mit Jim Logan vernünftig zu reden – er hat gesagt, er werde mich auf einer Tragbahre zurück nach England schicken, wenn ich je wieder solche Andeutungen über seine Familie machen sollte. Ich hätte es melden sollen, ich weiß, aber danach schien es für eine Weile aufzuhören. Annag hasst mich seitdem.« Er schüttelte den Kopf. »Vielleicht hast du recht, und es wäre besser, das Handy fürs Erste Charles anzuvertrauen – um zu hören, was er von dem Ganzen hält.«

»Gute Idee – du und Charles, ihr könntet dann gleich die Polizei auf dem Festland verständigen. Damit wären Bill die Hände gebunden, falls er vorhaben sollte, ein krummes Ding zu drehen.« Sie sah auf das Handy, biss sich auf die Lippe. »Arme Kaye. Gott. Wie soll sie damit fertigwerden? Mick schien immer so ein gutmütiger Typ zu sein.«

»Es ist dieses Haus«, erwiderte Edward bitter. »Es hat eine verhängnisvolle Wirkung auf die Leute. Fast scheint es, als hätte irgendetwas dort die volle Kontrolle, der Geist von irgendwem, bloß klingt das so absurd viktorianisch.«

»In dem Fall sind es in erster Linie zwei Männer mittleren Alters, die ein minderjähriges Mädchen missbrauchen«, empörte sie sich. »Das kannst du nicht mit Spukgeschichten oder parapsychologischen Phänomenen zu verbrämen suchen.«

»Das lag nicht in meiner Absicht«, versetzte er, wurde jedoch von einem lauten Geräusch, das von unten kam, unterbrochen.

Beide erstarrten, sahen sich an. Zoe deutete auf den Boden, hauchte »Keller«.

»Ist dort unten jemand?«, flüsterte er zurück.

Sie zuckte die Schultern, das Geräusch ertönte wieder, ein lauter Knall wie eine zuschlagende Tür. Panisch zog sie ein Tranchiermesser aus einem Block auf dem Tresen und reichte es Edward, bedeutete ihm mit einer Handbewegung voranzugehen.

Vorsichtig und ganz langsam öffnete er die Kellertür, damit sie möglichst wenig ächzte, schaltete das Licht an und spähte nach unten.

»Es ist lediglich die Luke auf der anderen Seite – der Wind hat sie offenbar aufgerissen, und jetzt schlägt sie hin und her.«

»Robbie muss das Vorhängeschloss mitgenommen haben. Ich gehe mal raus und sehe nach, ob ich den Riegel irgendwie verkeilen kann.«

»Ja, es regnet nämlich ganz schön rein«, rief Edward, der inzwischen ganz nach unten gestiegen war. »Soll ich schon mal anfangen, hier sauber zu machen?«

»Nein, lieber nicht. Bill hat mir eingeschärft, dass ich nichts anfassen soll.«

»Warum denn nicht?«

»Er denkt …« Sie brach ab, über dem Video hatte sie ganz vergessen, Edward von Bills Verdacht zu erzählen. »Auf dem Boden war Blut, wo ich mich geschnitten hatte. Er denkt, dass es mit Robbie zusammenhängt.«

»Egal, inzwischen ist überall Wasser …«

»Trotzdem würde es so aussehen, als hätten wir versucht, Spuren zu verwischen.«

»Zoe.« Edward klang ein wenig ungeduldig. »Du hast nichts zu verbergen, wieso machst du dir also Sorgen? Lass uns wenigstens diese Luke schließen und den größten Teil der Überschwemmung beseitigen. Ich kann es ja Bill erklären.«

Zwar teilte sie diesen Optimismus nicht, hatte indes nicht mehr die Energie, sich deswegen zu streiten. Sie zog ihre Jacke an und schlüpfte zur Hintertür hinaus, die sich kaum öffnen ließ, so drückte der Wind dagegen. Draußen empfing sie lautes Donnergrollen, das übers Meer auf sie zurollte. Mühsam kämpfte sie sich zur Kellerluke vor, kämpfte dann nicht weniger mühsam damit, die beiden Flügel zu schließen und den Riegel über den Metallbügel zu schieben. Ob es ohne Vorhängeschloss dem Wind standhielt, blieb abzuwarten. Unwillkürlich fragte sie sich, wo der verängstigte Junge sich bei diesem Unwetter wohl aufhielt. Als sie dann auch noch an die dunkle Gestalt dachte, die sie an diesem Morgen in dem brodelnden Wasser zu sehen geglaubt hatte, wurde ihr ganz anders, und diesmal hoffte sie, dass sie Gespenster gesehen hatte.

Zurück im Keller, entdeckte sie Edward vor einer Wand kauernd. Mopp und Putzeimer standen unberührt neben ihm.

»Komm her und sieh dir das an«, rief er aufgeregt, während seine Finger über das Mauerwerk strichen. »Und bring eine Taschenlampe mit, falls du eine hast.«

Sie stieg die Stufen zur Küche hinauf und kam wenige Minuten später mit der Lampe zurück, die Mick dort für Notfälle bereitgelegt hatte. Edward wies auf eine der Säulen der alten Kapelle, die in die Kellerwand gebaut gewesen war, und sie richtete den Lichtstrahl darauf.

»Siehst du das?«

Seine Augen leuchteten vor kindlicher Begeisterung. Die Taschenlampe erhellte eine Reihe überlappender Kreise, die in den Stein gehauen waren, sodass sie eine geometrische Figur bildeten, die wie der Blätterkranz einer Blüte aussah. Es erinnerte sie an Muster, wie sie sie als Kind gezeichnet hatte – mit einer Plastikschablone, die man mit einem Bleistift spiralförmig bewegte.

»Was ist das?«

»Hexenzeichen«, flüsterte er geheimnisvoll. »Die Leute haben sie in Türpfosten und Fenster geschnitzt, um Hexen und ihren Zauber fernzuhalten. Diese hier müssen aufs sechzehnte Jahrhundert zurückgehen. Vielleicht sind sie sogar noch älteren Datums. Dieser Ort ist wirklich erstaunlich.« Er nahm ihr die Taschenlampe aus der Hand und ließ ihr Licht über den Boden gleiten. »Und sieh mal, was ich noch gefunden habe.« Er führte sie in die Ecke, aus der sie in der Nacht zuvor die alte Kommode gerückt hatte, und scharrte mit der Stiefelspitze über ein zugegipstes Areal auf dem Boden. »Siehst du das hier? Ich glaube, diese Stelle wurde mal geöffnet und wieder verschlossen«, sagte er. »Schau dir mal die Form an – es ist ein perfektes Rechteck, könnte ein Grab sein.«

»Und?« Sie spürte ein Kribbeln auf ihren Armen.

»Unter diesem Boden befinden sich vermutlich überall Gräber – nur wurde keines der anderen zugegipst. Und jetzt frag dich, warum ausgerechnet dieses hier?«

»Keine Ahnung. Im Moment frage ich mich, was wir wegen dieses Handys unternehmen sollen. Bill hat gesagt, er würde später noch mal vorbeischauen.«

»Willst du es denn nicht herausfinden?« Seine Augen glänzten im Schein der Taschenlampe – er sah aus wie ein Junge auf Schatzsuche. »Warum sollte irgendjemand hier unten ein Grab verstecken? Der Gips ist alt und bröckelig, wir könnten ihn in null Komma nichts abmeißeln.«

»Willst du jetzt etwa damit anfangen, den Boden aufzureißen«, protestierte sie matt, doch er war schon dabei, aus dem verstreut herumliegenden Werkzeug das Passende herauszusuchen.

»Komm schon, halt die Taschenlampe«, forderte er sie auf.

Gottergeben kauerte sie sich neben ihn, während er wie ein Besessener an dem Gips herumzuklopfen begann und dicke Staubwolken aufwirbelte, die ihr in den Augen brannten und ihre Kehle reizten.

»Bill wird ausflippen«, meinte sie, ohne dass es ihn in irgendeiner Weise aufzuhalten vermochte.

»Du könntest einen Handfeger holen, wenn du dich nützlich machen willst«, erwiderte er und hämmerte mit noch größerem Eifer weiter. Und als sie mit dem Gewünschten zurückkehrte, empfing er sie mit einem triumphierenden Lächeln. »Sieh dir das an.«

Er richtete den Strahl der Taschenlampe auf das, was er freigelegt hatte. Eine große Steinplatte, in die eine Inschrift eingraviert war.

»Unter all dem Staub kann ich die Schrift nicht entziffern. Beim besten Willen nicht«, erwiderte sie sonderbar abweisend.

Seufzend holte Edward den Mopp, tauchte ihn in eine Regenpfütze und wischte damit über den freigelegten Stein. Und dann sah sie die Worte, die zu finden sie befürchtet hatte:

In Memoriam
Ailsa Mhairi McBride
1831 – 1869
Teàrlach Seosamh McBride
1862 – 1869
Lass, o Herr, deine Gnade über uns walten

Zoe starrte auf die Inschrift, brachte keinen Ton heraus. War Ailsa die ganze Zeit hier gewesen, begraben in den Fundamenten ihres Hauses? Sie spürte, wie ihr das Blut in den Adern gefror.

»Meinst du, sie liegt wirklich dort unten?«, flüsterte sie mit belegter Stimme. »Oder ist es lediglich ein Gedenkstein? Und wer hat die Grabplatte zugegipst und sie unkenntlich gemacht?«

»Die Gravur ist jedenfalls sehr alt.« Edward glitt mit einem Finger über die Buchstaben. »Und was mir besonders interessant scheint, ist der Name des Jungen.«

»Charles hat gesagt, er sei nirgends verzeichnet«, erwiderte sie. »Irgendjemand muss ihn dennoch gewusst haben. Und zwar derjenige, der diesen Stein hier hat gravieren lassen. Wer immer das gewesen sein mag.«

»Sieh dir mal die Namen genau an.«

»Was ist mit ihnen?«

»Sie sind gälisch.« Er las den Namen des Jungen laut vor, stockte bei den Konsonanten.

»Ja, das dachte ich mir. Und was ist daran so besonders?«

»Zoe, verstehst du nicht?« Er sah sie an, als würde sie sich absichtlich begriffsstutzig stellen. »Auf Englisch lautet der Name ihres Sohnes Charles Joseph McBride.«

Über ihnen klapperte auf einmal die Kohleluke, als würde jemand an ihr rütteln, und ein eisiger Wind wehte herein. Beide zuckten zusammen.

»Könnte Zufall sein«, wandte sie ein.

»Ein verdammt großer Zufall.« Edward erhob sich und streckte den Rücken durch. »Meinst du, er ist irgendeine Art Nachfahre? Das muss er sein, oder? Das würde erklären, warum er so besessen von der Geschichte ist.«

»Den Leichnam des Jungen hat man nie gefunden. Wäre also möglich, dass er gar nicht ertrunken ist.« Sie suchte in seinen Augen nach einer Bestätigung. »Ein Boot könnte ihn aus dem Wasser gezogen haben, er wuchs irgendwo heran, bekam selbst Kinder …«

»Ziemlich weit hergeholt, findest du nicht? Und Charles würde sicher kein Geheimnis daraus machen. Denke ich zumindest.« Sein Gesicht nahm einen grüblerischen Ausdruck an. »Außer er findet es so leichter, darüber zu schreiben. Als Außenstehender kann er Distanz vorschützen, für einen in die Geschichte Involvierten ist das nicht mehr möglich. Vielleicht teilt er ja sogar Micks Angst, durch diese Verbindung in Verruf zu geraten.«

»Er hat ihre Halskette«, erinnerte sich Zoe auf einmal. »Ailsas Kreuz, es liegt in seiner Vitrine. Er hat gesagt, es habe seiner Großmutter gehört, doch ich könnte schwören, dass es Ailsas war – dasjenige, das sie auf den Fotografien trägt.«

Noch eine Möglichkeit schoss ihr durch den Kopf, die allerdings so abwegig, so offensichtlich verrückt war, dass sie sie nicht laut auszusprechen wagte. Sie sah Edward an, als versuchte sie seine Gedanken zu lesen. Hatten sie wirklich erst vor einer halben Stunde ein Quickie an der Küchenspüle gehabt? Es kam ihr vor wie etwas, das Jahre zurücklag.

»Ich habe genug von diesem Ort«, erklärte sie unvermittelt. »Lass uns nach oben gehen.«

»Komm mit mir in den Ort«, schlug Edward vor, als er seine Regenjacke nahm. »Dann statten wir Charles gemeinsam einen Besuch ab.«

»Du und Charles, ihr müsst vor allem darüber reden, was mit diesem Video geschehen soll. Dougie sollte festgenommen werden, das ist das Mindeste – ich möchte wetten, er weiß, wo Robbie ist. Wie auch immer, ich will nicht zurück in den Pub. Hast du gesehen, wie sie mich alle gemustert haben? Selbst Bill glaubt, dass ich etwas mit Robbies Verschwinden zu tun habe.«

»Dann bleib bei mir.« Er legte ihr eine Hand auf den Arm. »Mir gefällt der Gedanke nicht, dass du allein in diesem Haus bist. Ich wäre heute Nacht sowieso gern mit dir zusammen, nachdem … Na, du weißt ja.«

»Ich musste Bill versprechen, im Haus zu bleiben und nirgends hinzugehen. Und im Augenblick sollte ich vermutlich tun, was er mir sagt.«

»Dann komm einfach später vorbei, sobald Bill weg ist. Das wäre besser, als einsam und von allem abgeschnitten, dazu ohne Telefon, in der Wildnis zu hocken.«

»Die Leute würden reden«, gab sie zu bedenken.

Er legte den Kopf schräg. »Im Ernst, kümmert dich das noch? Und meinst du, es kümmert mich?«

Sein Eifer, sie zu überzeugen, war rührend, und im Grunde war es ihr ebenfalls lieber, den heutigen Abend nicht mutterseelenallein in diesem Haus herumzusitzen, ständig auf verdächtige Geräusche zu horchen und an Gespenster, Grabplatten und den verschwundenen Robbie zu denken.

»Okay, ich komme, sobald Bill weg ist. Und du bringst dieses Handy zu Charles, okay?«

Er schien beschwichtigt von diesen Worten, nickte und küsste sie zum Abschied zögernd auf die Lippen, auch wenn sie vor ihm zurückwich. In diesem Moment wurde der Himmel für die Dauer eines Herzschlags von dem grünlichen Licht eines Blitzschlags erhellt, und das Donnergrollen, das gleich darauf folgte, klang wie eine Drohung.

22

Zoe schloss die Kellertür und sperrte sie ab, verbannte das Bild dieser beunruhigenden Grabplatte in den hintersten Winkel ihres Gedächtnisses. Sie erinnerte sich an Charles' Geschichte von den Arbeitern, die angeheuert wurden, um Ailsas Sarg aufs Festland zu bringen, und ihre Überzeugung, dass der Sarg leer gewesen war. Angenommen, sie hatte die Insel nie verlassen? Angenommen, sie war hier beerdigt worden, heimlich. Angenommen, sie war all die Jahre hiergeblieben, hier in diesem Haus? Und was hatte es zu bedeuten, dass der Name des Jungen ebenfalls dort eingemeißelt war? *Teàrlach Seosamh McBride.* Sie versuchte die Namen laut zu flüstern.

Charles Joseph. Ailsas Sohn.

Sie setzte frischen Kaffee auf, machte sich ein Käsesandwich und setzte sich damit an den Küchentisch, den Rücken zur Kellertür. Obwohl draußen der Sturm mit ungebrochener Heftigkeit tobte, wirkte das Haus selbst still und friedlich. Kein seltsames Kratzen oder Singen, keine Stimmen, kein Telefon. Es war fast zehn, als es an der Tür klingelte, und sie fragte sich, wo die Zeit geblieben war. Sie schien einfach über sie hinweggeflossen zu sein, während sie dagesessen hatte, taub für Gedanken und Gefühle.

Als es ein zweites Mal klingelte, beharrlicher diesmal, schob sie ihren Stuhl vom Tisch zurück, fand langsam ins Bewusstsein zurück. Die Haustür wurde ihr fast aus der Hand gerissen, als sie sie öffnete, und sie wappnete sich bereits vorsorglich gegen Bills misstrauische Fragen, aber es war nicht der Inselpolizist, sondern Doug Reid, wie sie zu ihrem Schrecken erkannte. Unsanft drängte er sich an ihr vorbei, knallte die Tür hinter sich zu und nahm seine Kapuze ab.

»Sonst noch jemand hier?«, erkundigte er sich barsch und spähte an ihr vorbei in die Diele.

Sein Auftreten war schroff, ohne den anzüglichen Ton, den er ihr gegenüber im Allgemeinen anschlug, und das machte ihr Angst.

»Bill wird jeden Moment hier sein.«

Ein verschlagenes Lächeln huschte über sein Gesicht. »Er wird noch eine Weile brauchen, Püppchen. Er ist mit dem Suchtrupp draußen im Moor. Sie und ich, wir müssen ein bisschen plaudern.«

»Es ist schon spät, Dougie. Ich wollte eben ins Bett gehen.«

Missbilligend zog er eine Augenbraue hoch. »Sie können von Glück reden, dass Sie an Schlaf denken können. Niemand sonst in dieser Gemeinde wird heute Nacht schlafen vor Sorge um diesen kleinen Jungen.«

»Ich bin ebenfalls besorgt und wäre trotzdem jetzt lieber allein, wenn Sie nichts dagegen haben. Wir können morgen reden«, fügte sie als Zugeständnis hinzu und hasste sich dafür, dass sie ihn mit Samthandschuhen anfasste.

»Dauert keine Minute.«

Sie nahm allen Mut zusammen und verschränkte die Arme vor der Brust.

»Nein. Ich fühle mich nicht gut. Ich möchte, dass Sie gehen, bitte.«

Er ignorierte sie einfach, drängte sich an ihr vorbei, als hätte sie gar nichts gesagt, und marschierte in seiner Regenkleidung den Flur hinunter Richtung Küche, überall schlammige Fußspuren hinterlassend. Ihr blieb keine andere Wahl, als ihm zu folgen.

»Haben Sie mich gehört?«

»In der Stadt redet man so alles Mögliche«, erklärte er.

Ihr schwante Böses, als sie sah, wie er den Blick durch die Küche schweifen ließ.

»Über Robbie?«

»Nein, über Sie. Die Leute denken, dass Sie nicht ganz richtig im Kopf sind.«

»Na ja, gut zu wissen, dass sich dieser Ort seit dem neunzehnten Jahrhundert nicht verändert hat. Eine Frau beschließt, allein zu leben, und die Leute entscheiden, dass sie verrückt sein muss. Nette Einstellung.«

»Vorsicht, immerhin ist es Ihr eigener Ehemann, der das sagt, Püppchen, und der ist nicht von hier.«

Dougie warf seine nasse Regenjacke über einen Stuhl. Darunter trug er einen Overall mit einem ledernen Werkzeuggürtel um die Taille.

»Was?« Ihr Puls beschleunigte sich; einen entsetzlichen Moment lang dachte sie, Dan könnte aufgetaucht sein und womöglich bereits im Pub sitzen und sich vor einem begierigen Publikum über ihre Schwächen auslassen.

»Ja. Kaye hat mit ihm gesprochen. Sie sagt, er hat sie gebeten, ein Auge auf Sie zu haben. Sie hätten wohl irgendeine Art Zusammenbruch gehabt und würden Ihre Pillen nicht nehmen. Hätten keinen festen Bezug zur Realität.« Seine Augen sprühten Funken, und sein Lächeln war schneidend wie eine Klinge.

»Mein Mann würde so etwas niemals sagen. Gehen Sie endlich.«

Er dachte nicht daran, denn er hatte ihre Schwäche erkannt und trat einen Schritt auf sie zu.

»Irgendwie ist es beunruhigend, wenn ein verschwundenes Kind sich zuletzt in Gesellschaft einer Bekloppten befand. Kein Wunder, dass die Leute reden. Ich meine, warum sollte irgendjemand ein fremdes Kind über Nacht bei sich behalten? Warum haben Sie ihn nicht sofort nach Hause gebracht?«

»Vielleicht dachte ich, dass er hier sicherer aufgehoben sei als dort.«

»In dem Punkt haben Sie sich ja offensichtlich getäuscht, oder?«, spie er voller Häme aus. »Sieht aus, als ob er bei Ihnen alles andere als sicher aufgehoben war. Wer weiß, was eine durchgeknallte Frau einem Kind antun kann.«

»*Sie* sind verrückt – ich würde einem Kind niemals etwas zuleide tun«, schrie sie ihn an. »Ich bin eine Mutter, Herrgott noch mal.«

»Ja, das haben wir ebenfalls gehört. Und die Leute sagen, was für eine Mutter lässt ihr Kind auf einem anderen Kontinent zurück und verpisst sich, um allein zu leben, hä? Sie müssen zugeben, dafür werden Sie nicht den Preis als Mum des Jahres gewinnen.«

Als er ihr weiter auf die Pelle rückte, sodass sie kaum mehr auskonnte, richtete sie sich zu ihrer vollen Größe auf, damit sie sich wenigstens auf Augenhöhe gegenüberstanden.

»Verschwinden Sie.« Sie ließ ihre Stimme so hart wie möglich klingen. »Verschwinden Sie aus meinem Haus, oder ich rufe …«

Sie brach ab, sah, wie sich sein Lächeln zu einem Grinsen verbreiterte.

»Ach ja? Und wen werden Sie rufen?«

Er wusste von dem ausgefallenen Telefon, begriff sie in diesem Moment – ein Wissen, das ihm diese Dreistigkeit ermöglichte. Sie waren allein hier, es gab nichts, was sie tun konnte. Ihre Zwangslage und ihre Angst verschafften ihm eine ungeheure Befriedigung, das erkannte sie deutlich. Inzwischen war er nur noch ein paar Zentimeter von ihr entfernt. Sie spürte seinen Atem auf ihrem Gesicht, den widerlichen Geruch nach kaltem Zigarettenrauch.

»Wenn Sie mich anfassen, bringe ich Sie um«, fauchte sie mit zusammengebissenen Zähnen.

Er lachte bloß säuerlich. »Glauben Sie ja nicht, dass jeder Sie unwiderstehlich findet, Püppchen. Außerdem bin ich deswegen nicht gekommen. Schließlich weiß ich, dass ich sowieso ein bisschen zu alt für Ihren Geschmack bin, was?«

»Exakt, und umgekehrt gilt das genauso für Sie«, gab sie spitz zurück. »Muss ich mehr sagen?«

Blanke Wut loderte in seinen Augen auf, und sie verfluchte sich für ihre unbedachten Worte. Sie hatte auf etwas angespielt, das sie nicht wissen sollte – und das war in dieser Situation für sie nicht gerade von Vorteil. Seinen kalten Blick auf sie geheftet, streckte er eine Hand aus und legte sie demonstrativ fest auf ihre Brust – eindeutig versuchte er sie zu provozieren.

Sie starrte ein paar Sekunden zurück, dachte fieberhaft nach, was jetzt falsch und was richtig wäre. Sie wusste es nicht, und aus diesem Grund folgte sie einfach ihrem Bauchgefühl. Sie spannte ihren Körper an, fokussierte sich und rammte ihm mit einer einzigen blitzschnellen Bewegung das rechte Knie genau dorthin, wo es für einen Mann am schmerzhaftesten ist, in jeder Hinsicht.

Er jaulte auf und zuckte zurück, doch es war eher ein Schrei der Empörung als des Schmerzes – irgendwie hatte er sich rechtzeitig ein Stück zur Seite gedreht, sodass ihr Knie knapp das eigentliche Ziel verfehlte. Bevor sie reagieren konnte, packte er ihr Handgelenk und drehte ihr den Arm so hart auf den Rücken, dass es knackte.

»Du verdammte Schlampe. Versuch das nie wieder. Wo ist das Telefon?«

»In der Diele.«

»Nicht das. Du weißt, was ich meine. Das andere Telefon.«

»Was für ein anderes Telefon?«

»Verdammte Scheiße. Das Handy, das ich heute in deiner Küche gesehen habe, das orangefarbene. Gib es mir.«

»Warum? Das gehört mir. Warum sollte ich Ihnen das zeigen?«

Er riss ihren Arm härter herum, und sie schrie auf.

»Weil ich dich freundlich darum bitte. Tu, was ich dir sage, dann werden wir das hier ohne Probleme hinter uns bringen.«

»Okay, okay …« Sie atmete keuchend aus. »Wenn ich Ihnen mein Telefon gebe, werden Sie dann gehen?«

Er zögerte. »Ja. Wo ist es?«

»In meiner Tasche. Auf dem Stuhl dort drüben.«

Sie wies mit einem Nicken darauf, aber er ließ sie nicht wie erhofft los, zerrte sie stattdessen durch die Küche, bis sie mit ihrer freien Hand in ihre Handtasche greifen konnte und ihr

Telefon in dem Etui aus schwarzem Leder herausholte. Er riss ihren Arm noch höher.

»Mein Gott, verdammt, lassen Sie mich los. Hier ist das Telefon.«

»Das ist ein iPhone.«

»Ich weiß. Das ist mein einziges Telefon.«

»Verarsch mich nicht, Püppchen. Ich will das alte Ding, das ich heute Nachmittag gesehen habe. In dem orangefarbenen Etui. Das Nokia. Wo ist es?«

»Ich besitze kein Nokia-Handy«, erwiderte sie trotzig.

Er lockerte seinen Griff und packte ihr Kinn mit seiner freien Hand.

»Und warum bist du dann heute Morgen zu Dickey gefahren und hast dir ein Nokia-Ladegerät gekauft? Denk ja nicht, dass du hier irgendwelche Geheimnisse haben kannst. Und jetzt versuchen wir's noch mal – wo ist es?«

»Ich …« Sie schüttelte den Kopf.

»Hast du es irgendjemandem gezeigt? Weiß sonst jemand, dass du es hast?«

»Ich habe keine Ahnung, wovon Sie reden.«

»Na schön, Püppchen, wenn du's dir unbedingt unnötig schwerer machen willst …«

Er schlug ihr mit dem Handrücken ins Gesicht. Sie war so überrumpelt, dass es einen Moment dauerte, bis der Schmerz zu ihr durchdrang. Tränen traten ihr in die Augen, doch sie blinzelte sie zurück, während er sie umdrehte, sie mit der Brust gegen die Wand presste und ihr beide Handgelenke auf den Rücken drückte, sodass sie sich nicht mehr bewegen konnte. Als sie das Geräusch eines Reißverschlusses hörte, fürchtete sie bereits das Schlimmste. Insofern war es fast eine Erleichterung, dass er seinen Werkzeuggürtel geöffnet und Isolierband herausgeholt hatte, das er ihr jetzt um Handgelenke und Unterarme wickelte.

»Also«, sagte er in ihr Ohr, »ab sofort werde ich nicht mehr so freundlich fragen. Wo ist das verdammte Telefon?«

»Ich habe kein anderes Telefon«, wiederholte sie stur und richtete den Blick zur Decke. Wenn sie ihn glauben machen konnte, dass das Telefon irgendwo im Haus war, würde ihn das eine Weile beschäftigen – hoffentlich so lange, dass Edward und Charles die Polizei verständigen konnten, bevor Dougie auf die Idee kam, bei ihnen nach dem Handy zu suchen.

»Okay.« Er schien eine Entscheidung zu treffen, schubste sie in Richtung Kellertür.

»Was haben Sie mit mir vor?«, fragte sie und unternahm einen vergeblichen Versuch, sich zur Wehr zu setzen. »Glauben Sie wirklich, Sie werden damit durchkommen?«

»Ich nehme an, ich kann mit allem durchkommen, wenn ich will«, gab er grinsend zurück und legte erneut eine Hand auf ihre Brust. »Wer würde dir noch irgendetwas glauben, nachdem jeder Bescheid weiß? Du bist psychisch labil, hast nicht mehr alle Tassen im Schrank, schon vergessen?« Er ließ los und knuffte sie hart zwischen die Schulterblätter. »Du kannst von Glück reden, dass ich dich für ein hässliches altes Biest halte. Selbst wenn ich's dir vielleicht trotzdem ordentlich besorgen sollte – und sei es, um dich in die Schranken zu weisen.« Er sperrte die Kellertür auf und tat, als würde er darüber nachdenken. »Nein. Ich hab Besseres zu tun. Und die gebrauchte Schlampe von diesem jungen Schnösel will ich sowieso nicht.«

»Bill McCrae wird jeden Augenblick hier sein«, warf sie ein

und hoffte, es werde ihn ein bisschen beeindrucken. »Wie wollen Sie ihm das hier erklären?«

»Wie wohl? Ich werde ihm sagen, dass ich keine Ahnung habe, wo du steckst.« Er lächelte zynisch, zeigte seine fleckigen Zähne. »Dass du im Sturm hinausgelaufen sein musst. Das ist genau das, was eine durchgeknallte Frau tun würde.«

»Und ich werde das verdammte Haus in Grund und Boden schreien.«

»Wirst du nicht – dafür sorge ich.«

Er schubste sie neben der offenen Kellertür gegen die Wand und hielt sie fest, den Unterarm über ihre Brust gelegt. Sie fürchtete bereits, dass er sie die Treppe hinunterstoßen würde, aber er riss lediglich einen weiteren Streifen Klebeband ab und verschloss ihr damit trotz heftiger Gegenwehr und ihrer panischen Versprechen, nicht zu schreien, den Mund.

»So ist's besser«, erklärte er sichtlich zufrieden. »Und jetzt ab mit dir in den Keller.« Er hielt sie an den Schultern fest und schob sie die Treppe hinunter. »Ich werde dieses Telefon finden. Und wenn ich es nicht tue, werde ich wiederkommen und dich erneut fragen, dann allerdings weniger freundlich. Viel weniger. Du solltest also bis dahin gut darüber nachdenken, ob du nicht doch kooperativer sein willst – wenn nicht, werde ich dir eine Lektion erteilen, die du nicht vergisst.«

Mit diesen Worten stieg er die Treppe hoch und knallte die Tür zu. Zoe hörte, wie der Schlüssel im Schloss gedreht wurde und seine Schritte sich entfernten.

In tiefe Dunkelheit getaucht, bemühte sie sich darum, ihre Angst zu verdrängen und ihre Situation zu analysieren. Was würde Dougie mit ihr anstellen? Er war nicht nur unberechenbar, sondern leider auch scharfsinniger, als sie ihm zugetraut hatte, und das machte ihn gefährlich. Sehr gefährlich. Und er schien fest davon überzeugt zu sein, dass sie Iains Telefon gefunden hatte – zumindest erweckte er diesen Eindruck.

Und daraus ergab sich für sie nichts Gutes: Er musste die Bedrohung, die sie darstellte, ausschalten.

Falls er Iain und möglicherweise Robbie eigenhändig umgebracht hatte, dürfte er damit kein moralisches Problem haben. Zumal die Klippen immer eine plausible Ausrede boten. Und bei einer durchgeknallten Frau, für die alle sie hier hielten, würde sich kaum jemand wundern. Wenn sie Pech hatte, würde er sie vorher noch vergewaltigen – aus sadistischem Vergnügen und reiner Machtdemonstration. Um es dieser arroganten Amerikanerin, die auf ihn herabsah, so richtig zu zeigen.

Niemand würde ihrer Version glauben, falls sie je die Chance bekommen sollte, sie zu erzählen. Und daran wäre nicht zuletzt Dan schuld, der mit seinem dämlichen Anruf bei Kaye die Gerüchte, sie könnte irgendwie verrückt sein, zusätzlich befeuert hatte. Bei diesem Gedanken stieg Wut in ihr hoch.

Zum Glück schienen ihre Augen sich so weit an die Dunkelheit zu gewöhnen, dass sie Konturen erkennen konnte. Das matte Schimmern des Spiegels auf der Kommode, das umgestürzte Regal, die Ecke mit Ailsas Grab. Das Wissen, dass unter dem Boden in weit zurückliegenden Jahrhunderten Menschen bestattet worden waren, machte ihr plötzlich keine Angst mehr. Nicht die Toten musste sie fürchten, sondern die Person, auf deren Schritte sie horchte.

Fieberhaft dachte sie über einen Ausweg nach. Draußen heulte der Sturm und rüttelte an Fenstern und Türen, und genau über ihr war es am schlimmsten. Natürlich: die Luke! Dougie konnte nicht wissen, dass sie nicht mehr mit einem Vorhängeschloss gesichert war. Sofern es ihr gelang, ihre Hände zu befreien, war sie gerettet. Sie erhob sich, tappte vorsichtig durch die herumliegenden Werkzeuge, Farbtöpfe und Glasscherben und tastete mit den Füßen nach dem Tranchiermesser, das Edward als Waffe mit in den Keller genommen hatte, als sie durch das Klappern der Luke aufgeschreckt worden waren.

Schließlich stieß sie gegen einen metallischen Gegenstand. Sie kauerte sich hin und drehte sich so, dass sie das Heft des Messers hinter ihrem Rücken greifen konnte, aber es war schwierig, ihre gefesselten Handgelenke so an die Klinge zu bringen, dass Aussicht bestand, die eng gewickelten Schichten des Klebebands zu durchschneiden. Mehr als einmal rutschte das Messer weg, und sie verletzte sich. Warm rann das Blut über ihre Hände, machte die Finger glitschig, was ihr Vorhaben gewaltig erschwerte. Trotzdem säbelte sie unverdrossen weiter, bis sie schließlich spürte, wie die Fesseln sich lockerten und kurz darauf weit genug waren, dass sie ihre Handgelenke herausziehen konnte.

Weder die Schmerzen störten sie noch das Blut und auch nicht, dass ihre Unterarme vermutlich jetzt aussahen wie bei jungen Mädchen, die sich ritzten – Hauptsache, sie war frei. Erleichtert riss sie sich das Klebeband vom Mund und stolperte zur Treppe, stieg so schnell hinauf, wie es in der Dunkelheit möglich war. Nach wie vor war die Kohleluke geschlossen, so heftig der Wind auch an den Klappen rüttelte. Zoe musste sich sogar mit dem ganzen Gewicht ihres Körpers dagegenstemmen, um sie aufzudrücken. Sie drückte so fest, dass sie am Ende regelrecht ins Freie katapultiert wurde. Noch nie hatte sie sich so gefreut, dass Regen ihr ins Gesicht peitschte.

Ein paar Minuten verharrte sie im Schatten des Hauses, wo sie ein wenig Schutz vor den entfesselten Elementen hatte, und überlegte, was sie tun sollte. Ohne Geld, ohne Wagenschlüssel, ohne Handy. Alles befand sich unerreichbar für sie in der Küche. Und ins Haus zu gehen, das war zu gefährlich, sie wusste ja nicht, wann Dougie zurückkam.

Eines hingegen erkannte sie mit tödlich zu nennender Gewissheit: Sie musste von hier weg. Egal wie und egal was es sie kostete. Allerdings durfte sie auf keinen Fall die Straße durchs Moor nehmen, denn in der offenen Landschaft konnte sie ihm nicht entkommen. Sobald er ihr Verschwinden bemerkte, würde er die Verfolgung aufnehmen – und die Wahrscheinlichkeit, dass sie den Ort vorher erreichte, war denkbar gering.

Mehr und mehr dämmerte Zoe, dass ihre Optionen verdammt bescheiden waren. Eine Erkenntnis, die sie lähmte und daran hinderte, die Sache nüchtern zu durchdenken und einen vernünftigen Entschluss zu fassen. Erst ein Blitz, der den Himmel zu zerreißen schien, beendete ihre Starre. Dougies Truck fiel ihr ein. Vermutlich stand er nach wie vor dort, wo er ihn geparkt hatte, nämlich vor dem Haus. Um zu dem Suchtrupp in den Klippen zu gelangen, hatte er zu Fuß gehen müssen. Vielleicht steckte der Schlüssel ja, das war auf der Insel ebenso üblich, wie die Haustüren offen zu lassen.

Während sie an der Hauswand kauerte und all ihren Mut zusammennahm, meinte sie erneut die Anwesenheit einer fremden Person zu spüren. Doch wie immer sah und hörte sie nichts. Kein Atmen, kein Knirschen von nassem Sand, kein Rascheln von Strandgras. Nichts regte sich bis auf das Tosen des Windes und der Wellen und das harte Trommeln des Regens. Und dennoch blieb das Gefühl, beobachtet zu werden. Ihr Körper spannte sich vom Kopf bis zu den Zehen an, sämtliche Nervenenden vibrierten vor ängstlicher Erwartung. Plötzlich nahm sie eine Bewegung in der Luft wahr, als würde jemand zu einem Schlag ausholen, und im selben Augenblick begann irgendwo über ihr jemand zu schreien.

Da war es wieder, dieses ekstatische Schreien einer Frau, das sich fiebrig steigerte, bis unvermittelt aus den Lustschreien Schmerzenslaute wurden.

Zoe hielt sich die Hände über die Ohren und fragte sich, ob diese Geräusche Dougie ebenfalls erschrecken würden? Diese gequälten Schreie konnten eigentlich niemanden kaltlassen. Aber auf einmal kam ihr der Gedanke, dass jemand anders sie vielleicht gar nicht hören konnte, dass sie lediglich in ihrem Kopf existierten. Eine schier grauenvolle Vorstellung, die unvermittelt noch getoppt wurde durch eine andere Wahrnehmung: die Stimme eines rufenden Kindes. Die Worte waren nicht zu verstehen, doch der Ton verriet blankes Entsetzen.

In diesem Augenblick tauchte ein gigantischer Blitz den Strand in ein gleißendes Licht, und sie sah die unverwechselbaren Umrisse eines Jungen vor dem wogenden Weiß der Brecher. Zoe vergaß Dougie und rannte über den nassen Sand. Als sie näher kam, glaubte sie zu hören, dass ihr Name gerufen wurde.

Das Kind schrie um Hilfe.

»Robbie?« Da ihre Stimme im Sturm unterging, brüllte sie noch einmal. »Robbie, bist du das? Warte, ich komme!« Sie rannte auf ihn zu, hatte ihn beinahe erreicht, als er sich unversehens anschickte, in die Wellen zu waten. »Nein! Robbie, bleib stehen!«, rief sie und stürzte auf ihn zu.

In diesem Moment wandte er sich um, bis zur Brust inzwischen im Wasser, und schaute ihr ins Gesicht. Zoe glaubte, den Boden unter den Füßen zu verlieren, als sie begriff, wer da vor ihr stand. Es war nicht Robbie, sondern Caleb, die Augen flehend ganz weit aufgerissen.

»Mommy! Hilf mir! Ich will nicht mit ihr gehen.« Er sah ängstlich zu den anbrandenden Wellen, als wäre dort jemand, der ihn lockte. Ihr Schock saß so tief, dass sie unfähig war, sich die einzig richtige Frage zu stellen, wie Caleb überhaupt an diesen Strand, auf diese Insel gekommen sein sollte.

»Ich bin hier, Schatz – es ist alles gut, du bist in Sicherheit. Komm zu mir.«

Sie streckte die Hände nach ihm aus, während das Wasser bereits an ihren Fußknöcheln leckte. Bevor sie ihm allerdings weiter entgegengehen konnte, übertönte eine andere Stimme machtvoll den Sturm, und als sie sich umdrehte, sah sie hoch oben auf der Klippe eine von einem zuckenden Blitz angestrahlte Gestalt, deren weiße Haare im Wind wehten und ihn aussehen ließen wie einen Propheten aus dem Alten Testament.

»Zoe! Bleiben Sie, wo Sie sind«, schrie Charles Joseph aus Leibeskräften. »Bewegen Sie sich nicht. Tun Sie, was ich Ihnen sage, dann passiert Ihnen nichts.« Er hob eine Hand, schien sich jetzt an jemand anderen zu wenden – an jemanden, den sie nicht sehen konnte. »Lass sie in Ruhe! Sie ist es nicht, die du willst. Ich bin es.«

»Zoe!« Sie schnellte herum und sah einen Mann, der über den Strand auf sie zugerannt kam. Es war Edward und nicht wie befürchtet Dougie. »Zoe, komm zurück, was tust du da?«

»Mommy!«, vernahm sie von hinten wieder die Stimme ihres Sohnes.

Jetzt hielt sie nichts mehr – ohne nachzudenken, folgte sie ihm in die Wellen. Als er ihr jedoch seinerseits ein Stück entgegenwatete und sie einander fast berühren konnten, schlug eine Riesenwoge über seinem Kopf zusammen und zog ihn unter Wasser. Hilflos musste sie mit ansehen, wie seine kleine Hand wild um sich schlug.

Noch gab sie nicht auf. Edwards Mahnungen missachtend, warf sie sich mit einem Aufschrei der Brandung entgegen, aber die Wellen waren stärker und überwältigten sie, drückten sie unter Wasser und drohten sie hinauszuziehen in die Tiefen des Meeres. Sie bekam keine Luft mehr, salziges Wasser füllte Mund und Nase, dennoch schlug sie die Augen auf und sah gerade noch Caleb untergehen, die Hand unverändert nach ihr ausgestreckt.

Plötzlich tauchte zudem ein bleiches Händepaar aus dem Dunkel auf, das sich an sein Bein klammerte und ihn hinunterzerren wollte. Bei dem Versuch, einen warnenden Laut von sich zu geben, entwich ein Schwall silbriger Blasen ihrem Mund, während Calebs Gesicht in der Finsternis verschwand, erstarrt zu einer Grimasse blanken Entsetzens. Seine ausgestreckten Finger waren das Letzte, was sie sah. Ihre Lunge brannte so unbarmherzig, dass sie glaubte, sie müsste platzen.

Dann war es schlagartig vorbei, und eine seltsame Ruhe überkam sie.

Kurz darauf erhaschte sie einen Blick auf einen sich bauschenden schwarzen Stoff, auf lange dunkle Haare, die im Wasser wogten wie Tang, und auf weiße Finger, die sich um ihre Handgelenke schlossen. Diesmal ergab sie sich ihnen, ließ sich widerstandslos hinunterziehen. Um zu ihm zu gehen, ihm in die Tiefe zu folgen. Es gab keinen Grund mehr, dagegen anzukämpfen.

Es war ein Moment glückseliger Ergebung, der jäh beendet wurde, als ein anderes Händepaar sie unter den Achseln packte, sie nach oben zurückholte in eine grausame Realität. Ein Blitz über den Wellenkämmen, das Knirschen von Kies, das Funkeln in den Augen von Charles, der sie auf den Sand legte, seine Stimme, die wie aus weiter Ferne an ihr Ohr drang, ohne dass sie die Worte verstand. Ihr wurde übel, sie musste sich übergeben, das ganze Wasser, das sie geschluckt hatte, und dann glitt sie erneut ins Dunkel zurück. Als Letztes hörte sie die schwache Stimme einer Frau, die eine Wehklage um ihren Geliebten anstimmte, den sie ans Meer verloren hatte.

23

Ein elektronisches Piepsen zerriss den Schleier der Bewusstlosigkeit. Außerdem nahm sie ein seltsames Geräusch wahr, als würde jemand gleichmäßig in ihr Ohr atmen.

Und dann war da noch die leise Stimme eines Mannes. Zoe versuchte den Kopf zu heben, ließ es aber sogleich wieder, weil ein plötzlicher Schmerz sie durchfuhr wie eine weiß glühende Nadel, und wartete reglos darauf, dass die Stiche nachließen und der Nebel in ihrem Gehirn sich zu lichten begann.

Irgendwann begriff sie, dass die Atemgeräusche ihre eigenen waren, unterstützt und stimuliert von einer Plastikmaske. Das Gemurmel, das sie hörte, erinnerte sie an Dan, aber sie brachte nicht die Kraft auf, die Augen zu öffnen, um ihre Vermutung bestätigt zu sehen.

»Meine Frau ist psychisch labil«, sagte Dan plötzlich fast übertrieben laut. »Daher denke ich, es ist am besten, wenn Sie ihr das Schlimmste verschweigen. Sie wissen ja, dass sie schon einmal versucht hat …«, er stockte kurz, bevor er den Satz vollendete, »sich das Leben zu nehmen, vor ungefähr sechs Monaten. Letzten Mai. Sie ist mit ihrem Wagen an einer Kreuzung über eine rote Ampel gefahren, direkt vor einen

Lastwagen. Wenn der Fahrer nicht …« Noch eine Pause, um zu schlucken. »Es war ein Wunder, dass sie mit einem gebrochenen Schlüsselbein davongekommen ist. Sie hat behauptet, es sei ein Unfall gewesen, aber der Trucker sagte, sie habe ihn genau angesehen und Gas gegeben.«

Dans Stimme klang, als stünde er genau neben ihr. Sie spürte, dass eine Hand die ihre drückte.

»Na ja, was hätte ich tun sollen?«, fuhr Dan fort. »Sie einweisen lassen? Sie hat Medikamente genommen und eine Therapie gemacht. Ich hatte gehofft, das würde ausreichen. Dass sie wegwollte aus Amerika, darüber war ich nicht glücklich, natürlich nicht, doch ich konnte sie ja schlecht aufhalten. Ehrlich gesagt, hoffte ich sogar, eine Auszeit würde ihr guttun. In letzter Zeit schien es ihr besser zu gehen – ich dachte, sie sei außer Gefahr. Sobald ich allerdings entdeckte, dass sie ihre Medikamente nicht mitgenommen hatte …«

Der Satz blieb in der Luft hängen, und eine andere Stimme schaltete sich ein, stellte eine Frage, deren Wortlaut sie nicht verstand.

»Depressionen hauptsächlich«, gab Dan zur Antwort, »zudem irgendeine Art Manie. Anhaltende Wahnvorstellungen. Das heißt, um Ihre Frage zu beantworten, Doktor, ich würde sagen, es besteht kein Zweifel, dass das hier ein erneuter Suizidversuch war. Die Schnittwunden an ihren Handgelenken, der Versuch, sich zu ertränken …«

Sich zu ertränken. Die Worte lösten einen Erdrutsch in ihrer Erinnerung aus, Bruchstücke von Bildern drangen an die Oberfläche wie Treibgut im Meer: der Sturm, die Wellen, die bleichen Hände, Caleb. *Caleb.*

Als sie ihre Augen öffnete, blendete sie ein grelles weißes

Licht. Zoe richtete sich kerzengerade auf, ignorierte die Schmerzen in ihrer Brust, an ihrem Kopf, an Armen und Beinen. Eigentlich tat alles weh. Das gleichmäßige Piepsen des Monitors, der wahrscheinlich ihre Herzfrequenz kontrollierte, wurde unregelmäßiger und schneller, als sich ihr Puls vor Anstrengung und Aufregung beschleunigte. Sie versuchte zu sprechen, doch ihre Worte wurden unter der Maske erstickt. Von beiden Seiten stürzten verschwommene Gestalten auf sie zu, um sie wieder hinzulegen. Eine Frau bellte ein paar Worte, schroff und professionell, ein Mann wies sie zurecht. Sie hörte das Wort *Beatmungsgerät.*

»Schatz, kannst du mich hören? Es wird alles gut.«

Langsam begann sie ihre Umgebung klarer zu sehen, ein Gesicht nahm Konturen an: kantig, fest, resolut. Es war Dan, der sich einen Bart hatte wachsen lassen.

»Sie versucht etwas zu sagen.« Dan blickte zu den anderen Gestalten im Zimmer, die sie nur als Silhouetten wahrnahm. »Können wir ihr das hier für einen Moment abnehmen?«

»Wo ist Caleb? Er ist untergegangen ...«, stieß sie hervor, sobald sie von der Maske befreit war.

Ihre Lunge fühlte sich an, als wäre sie in einen Schraubstock gezwängt. Sie schnappte ein paarmal hektisch nach Luft und geriet in Panik, als sie nicht genug Sauerstoff bekam.

»Zoe.« Dans Stimme klang gepresst. »Caleb ist tot.«

Der Aufschrei, der ihr entfuhr, war elementar, animalisch, ein lang anhaltender Ton, der sich erst abschwächte, als sie keine Luft mehr in sich hatte und ihre Brust sich zu verschließen schien. Rasch wurde ihr die Maske wieder aufs Gesicht gedrückt, sie machte ein paar flache, gierige Atemzüge, bis der Schmerz nachließ. Jemand beugte sich über sie, dann ein Stich und ein Fluss von Wärme und Schwere in ihren Adern.

Als sie Stunden später die Augen wieder öffnete, war Dan nach wie vor an ihrem Bett. Sie deutete auf die Sauerstoffmaske, und er nahm sie ihr ab.

»Sie hat ihn genommen«, flüsterte Zoe mit schwerer Zunge, als wäre sie mit Wasser vollgesogen. »Ich habe versucht, ihn zu retten. Sie hat ihn unter Wasser gezogen. Es war Ailsa. Ich konnte ihn nicht rechtzeitig erreichen.«

»Schatz.« Dan sah sie mit unendlicher Traurigkeit an. »Caleb war nicht im Wasser. Er ist letztes Jahr gestorben, erinnerst du dich? Kurz vor Weihnachten. Er hatte eine Hirnhautentzündung. Das weißt du doch, oder?«

Sie glaubte einen leicht entnervten Ton, eine Spur Ungeduld aus seiner Stimme herauszuhören. Es klang wie etwas, das er ihr schon einmal gesagt hatte – etwas, das er sie glauben machen wollte.

»Ich habe neulich mit ihm gesprochen, er hat mich angerufen.«

»Nein, das hat er nicht. Du hast das ganze Jahr über mit ihm gesprochen, obwohl er nicht da war. Er ist gestorben, Zoe. Ich will dich nicht auch noch verlieren.«

Die Maske wurde ihr erneut aufs Gesicht gedrückt, und sie schloss die Augen, ließ den Kopf zurück aufs Kissen sinken. Wärme umfing sie, sie wurde ruhiger. Das Gerät atmete jetzt für sie: ein und aus, ganz gleichmäßig.

»Das ist es, wovon ich rede, Doktor.« Dan hörte sich jetzt fast an, als würde er sich beschweren. »Das ganze Jahr über, immer dasselbe. Sie redete von Caleb, als ob er am Leben wäre. Ständig erzählte sie mir seelenruhig von Gesprächen, die sie angeblich mit ihm geführt hatte, und ich hatte keine Ahnung, ob es eine bewusste Selbsttäuschung war oder ob sie tatsächlich dabei war, vor Trauer den Verstand zu verlieren. Und vor allem wusste ich nicht, ob ich es unterstützen oder Klartext mit ihr reden sollte. Abgesehen von diesen Phasen wirkte sie völlig vernünftig und normal – niemand wäre auf die Idee gekommen, sie könnte unter Wahnvorstellungen leiden.« Er seufzte, und sie hörte, wie er mit der Hand sein Stoppelkinn kratzte. »Sie gibt sich die Schuld, das ist es unterm Strich. Weil sie dachte, es sei bloß ein simples Fieber, hat sie ihm Ibuprofen gegeben und ihn ins Bett gesteckt, während sie an einem Bild weitermalte. Vier Stunden später lag er im Koma. Ich bin kein Seelenklempner, aber für mich scheint das ziemlich offensichtlich.«

Erneut ergriff der Arzt das Wort, sprach jedoch so leise, dass sie nichts verstand. Offenbar sagte er etwas, das Dan missfiel.

»Nein«, empörte er sich. »Ich gebe ihr natürlich nicht die Schuld. Außerdem will ich nicht behaupten, dass ich die Symptome besser erkannt hätte als sie. Ich war beruflich verreist, an der Westküste – ich habe es durch einen Anruf erfahren. Als er ins Krankenhaus kam, war es bereits zu spät. Dieses verdammte Gemälde hat sie nach seinem Tod zerschnitten. Ach ja, und wer zum Teufel ist überhaupt Ailsa?«

Während Zoe ein weiteres Mal ins Dunkel zurückglitt, konnte sie die Wellen schlagen hören: auf und ab, auf und ab.

Sie wusste nicht, wie lange sie dahingedämmert hatte, jedenfalls war Dan, als sie die Augen aufschlug, verschwunden. Stattdessen stand ein Mann in einem weißen Kittel an ihrem Bett, der mit dunklen, klugen Augen zu ihr hinuntersah. Matt führte sie eine Hand an ihr Gesicht, um an der Maske zu ziehen, woraufhin der Weißbekittelte warnend eine Hand hob, kurz die Werte auf dem Monitor überprüfte und ihr daraufhin die Maske vom Gesicht nahm.

»Wie fühlen Sie sich?«, erkundigte er sich mit einem ausgeprägten schottischen Akzent.

»Ich weiß noch nicht.«

Er schenkte ihr ein knappes, professionelles Lächeln. »Ich bin Dr Chaudhry. Sie machen gute Fortschritte. Ich hoffe, wir können Sie in ein paar Tagen von den ganzen Gerätschaften befreien, wenn Sie so weitermachen.«

»War mein Mann hier? Oder habe ich das nur geträumt?«

»Nein, er war hier. Ich nehme an, die Schwester hat ihn nach Hause geschickt, damit er sich ein bisschen ausruht. Er war die letzten drei Wochen fast die ganze Zeit an Ihrer Seite, wissen Sie.«

»Drei Wochen?«

Sie versuchte sich aufzurichten, doch prompt setzte das Brennen in ihrer Lunge aufs Neue ein. Der Arzt drückte sie sanft in die Kissen zurück.

»Sie waren sehr krank, Mrs Bergman. Die ersten zehn Tage lagen Sie auf der Intensivstation.«

»Warum?«

»Eine Lungenentzündung infolge einer Unterkühlung. Und ein akutes Atemnotsyndrom. Sie wären fast ertrunken, wissen Sie. Viele erholen sich nie mehr davon – umso erfreulicher ist, wie gut es Ihnen schon wieder geht. Besser als erwartet. Sie hatten Glück, dass der Rettungshubschrauber so schnell zu Ihnen gelangt ist.«

»Ich kann mich gar nicht erinnern …« Sie sah ihn an, Bilder

begannen sich vor ihrem Auge zu manifestieren. »Augenblick – Charles war da, er hat mich aus dem Wasser gezogen.«

»Sie hatten großes Glück«, wiederholte er, diesmal entschiedener, als wäre die Diskussion damit beendet.

»Was ist das Schlimmste davon?«

»Das Schlimmste haben Sie hinter sich, Mrs Bergman«, fuhr er fort. »Die Antibiotika haben sehr gut gewirkt. Ich musste bei der Dosierung aufpassen wegen …« Er brach abrupt ab und sah auf seine Unterlagen. »Wie ich bereits sagte, ich denke, Sie werden bald wieder allein atmen können.«

»Nein, ich meine etwas anderes. Mein Mann hat zu Ihnen gesagt, Sie sollten mir das Schlimmste verschweigen. Ich will nicht, dass man mir irgendetwas verschweigt – ich muss wissen, was passiert ist. Charles und Edward, sie waren beide am Strand. Geht es ihnen gut?«

Er ließ sich schrecklich viel Zeit mit seiner Antwort. Umständlich setzte er sich zu ihr auf die Bettkante – eine Position, die offenbar Mitgefühl vermitteln sollte. Noch bevor er weitersprach, wusste sie, was kommen würde.

»Nun, leider hatten die beiden Männer, die Ihnen ins Meer nachgelaufen sind, weniger Glück. Der jüngere wurde zwar aus dem Wasser gezogen und ebenfalls hierhergebracht, allerdings konnten wir nichts mehr für ihn tun. Der ältere Mann wurde vermutlich ins Meer gespült. Man hat die Suche nach zwei Tagen abgebrochen. Es tut mir sehr leid, Mrs Bergman.«

»Und was ist mit Robbie?«, stieß sie hervor.

Der Doktor runzelte verständnislos die Stirn. »Wer ist denn Robbie?«

»Robbie Logan.«

»Ich fürchte, ich weiß nicht …«

»Oh, das ist der Junge, der auf der Insel vermisst wurde«, schaltete sich eine weibliche Stimme vom anderen Ende des Raumes ein.

Als Zoe den Kopf wandte, sah sie eine Frau mit einem rundlichen Gesicht und ordentlichen schwarzen Zöpfen, die einen Rollwagen mit Handtüchern und Plastikschüsseln vor sich herschob.

»Schwester Andreou verfolgt die Lokalnachrichten gründlicher als ich«, warf der Arzt ein und neigte entschuldigend den Kopf.

»Man hat ihn an jenem Abend hier auf dem Festland gefunden«, erklärte die Schwester. »Gesund und munter.« Sie warf ein Handtuch auf Zoes Bett und lächelte sie an. »Er hat es geschafft, sich auf der letzten Fähre, die an dem Morgen ging, als blinder Passagier an Bord zu schmuggeln, können Sie das glauben? Hat sich auf der Ladefläche eines Kleinlasters versteckt, der Fahrer hat es erst bei einem Tankstopp bemerkt. Zu dem Zeitpunkt waren sie schon auf halbem Weg nach Glasgow. Er hat den Jungen umgehend auf der nächsten Polizeidienststelle abgeliefert.«

»Geht es ihm gut?«

»Das Letzte, was ich gelesen habe, war, dass er derzeit bei Verwandten in Inverness wohnt. Und der Fall des anderen Jungen, der dort oben verschwand, wurde in diesem Zusammenhang noch einmal neu aufgerollt, da gab es seltsame Verstrickungen. Zeit, Sie zu waschen, wenn es Ihnen recht ist?«

»Dann lasse ich Sie beide jetzt allein«, meinte Dr Chaudhry. »Versuchen Sie sich auszuruhen, Mrs Bergman. Sie haben überlebt. Jetzt müssen Sie erst einmal gesund werden.«

»Warten Sie, Doktor. Haben Sie Edward gesehen? Haben Sie ihn behandelt?«

»Edward?«

»Den jungen Mann, der ertrunken ist.«

»Nein. Ich habe ihn nicht behandelt. Er ist noch vor Ort gestorben, hat man mir gesagt. Es tut mir leid.«

»Er hat mich zu retten versucht – er und Charles.«

Tränen brannten in ihren Augen, ihre Brust wurde eng, ihr Atem flatterte, als wäre ein Vogel unter ihren Rippen gefangen.

»Das habe ich gehört. Die Polizei will mit Ihnen darüber reden, sobald sie gesund genug sind. Erst mal müssen Sie sich noch ein paar Tage erholen, Ihre Atmung stabilisieren, und auf keinen Fall dürfen Sie sich zu sehr aufregen.«

Er drückte ihr wieder die Maske aufs Gesicht, bevor sie protestieren konnte.

»Ich werde Ihnen die Zeitung heraussuchen, wenn Sie wollen«, flüsterte die Schwester, nachdem er gegangen war. »Dann können Sie die Geschichte nachlesen, wenn Sie mögen.«

Zoe nickte und ließ das Waschen reglos über sich ergehen. Sie fühlte sich wie betäubt. Edward *und* Charles. Und es war ihre Schuld. Sie hatte nie die Absicht gehabt, irgendjemanden mitzunehmen. Ailsa hatte allein sie gewollt, da war sie sich ganz sicher.

24

Weil die unglücklich verlaufene Rettungsaktion ihr zu sehr zusetzte, wurde Zoe noch ein paar Tage lang ruhiggestellt. Dann, eines Abends, wachte sie aus ihrem Dämmerschlaf auf und sah Charles im Halbdunkel neben ihrem Bett sitzen. Er trug eine Tweedjacke und hielt einen altmodischen braunen Trilbyhut in den Händen.

»Sind Sie echt?«, murmelte sie, nachdem sie die Maske heruntergezogen hatte.

»Ganz echt, das kann ich Ihnen versichern.« Er nahm ihre Hand, seine Berührung war warm und trocken und gänzlich normal. »Die Berichte über meinen Tod waren stark übertrieben«, fügte er augenzwinkernd hinzu.

»Ich weiß nicht mehr, was ich glauben soll und was nicht. All diese Medikamente.« Sie versuchte sich auf ihn zu konzentrieren. »Es hieß, Sie seien im Meer verschollen.«

»Nein, nein. Ich habe es lediglich vorgezogen, nicht gefunden zu werden. Was nicht ganz dasselbe ist.«

»In diesem Gewässer könnte doch niemand überleben?«

»Nun, das haben die Leute das letzte Mal auch gesagt, aber man kann sich irren.«

Sie wollte ihn bereits fragen, was er mit dem letzten Mal meinte, als sie begriff. Sein Anblick oben auf der Klippe fiel ihr ein, die Worte, die er in den Sturm gerufen hatte, das Grab im Keller.

»Sie sind es, stimmt's?«, flüsterte sie nach einer Weile. Ihre Worte klangen laut in der geradezu unheimlichen Stille ringsum, alle Geräusche des Krankenhausbetriebs schienen verstummt zu sein. »Sie sind Ailsas Sohn. Deswegen hat man seine Leiche nie gefunden. Er ist gar nicht gestorben.«

Charles kicherte leise. »Wer würde das glauben, Zoe? Ein Mann, der nicht sterben kann wie der legendäre Ewige Jude? Immerhin wäre ich dann beinahe einhundertsechzig Jahre alt. Na ja, es gibt Tage, an denen ich mich so fühle, das kann ich Ihnen versichern.«

»Sagen Sie schon, ob es stimmt! Sie sind ein …, ein Cambion, oder?«

»Was denken *Sie* denn?«

»Wie gesagt«, sie lachte ironisch auf, »im Moment kann ich nicht allzu gut beurteilen, was real ist und was nicht.«

»Oh, ich weiß nicht.« Seine Mundwinkel zuckten spöttisch. »Ein Beinahetod soll angeblich zu großer Einsicht verhelfen. In früheren Zeiten hätte man Sie als Seherin oder Prophetin gepriesen.«

»Oder mich als Hexe verbrannt«, konterte sie und musterte Charles, der ihr auf eine undefinierbare Weise gealtert vorkam. »Ich glaube«, sagte sie langsam, »es ist so, wie Sie sagten. Es gibt mehr Dinge zwischen Himmel und Erde, als man gemeinhin denkt.«

»Dann ist das vielleicht die ganze Antwort, die Sie brauchen.«

»Sie haben mir das Leben gerettet«, meinte sie nach einer Weile.

»Ich habe nicht allein eine Rolle gespielt, Sie müssen sich ebenfalls bei Bill McCrae bedanken.«

»Bei Bill?«

»Ja, wir sind gemeinsam zum Haus gekommen, in letzter Sekunde, um Sie dort unten am Strand zu finden. Ich glaubte zu verstehen, was los war. Edward ist Ihnen als Erster ins Meer nachgerannt, ich bin ihm gefolgt und konnte Sie zum Strand zurückbringen. Dort musste ich Sie liegen lassen, um Edward zu holen.« Er wandte den Blick zum Fenster. »Es war Bill, der Ihnen Erste Hilfe leistete und den Rettungshubschrauber alarmierte. Ohne ihn hätten Sie vermutlich nicht überlebt.« Er fuhr sich mit den Händen übers Gesicht und stieß einen langen Seufzer aus. »Für Edward dagegen kam jede Hilfe zu spät, und das kann ich mir nicht verzeihen. Deshalb erschien es mir besser zu verschwinden. Das ist gar nicht so schwer, wenn man die Küste kennt.«

Als er hilflos die Hände hob, sah sie den Schmerz in seinen Augen, und das Zimmer um sie herum verdunkelte sich.

»Sie haben mir mehrmals zu verstehen gegeben, dass ich mich von Edward fernhalten soll. Hätte ich nur auf Sie gehört – er könnte noch am Leben sein.«

»Nein, ich war derjenige, der die Gefahr erkannte. Deshalb ist es meine Schuld. Wenn ich deutlicher geredet hätte, wäre das alles nicht passiert. Ich war ein Feigling und habe Sie beide im Stich gelassen.«

Was genau meinte er wohl damit, überlegte sie, hakte aber nicht nach, weil ihr vor der Antwort graute.

»Was ist mit Dougie?«, fragte sie stattdessen.

»O ja«, Charles drehte sich ganz zu ihr herum, »als Dougie von dem ganzen Durcheinander hörte, ahnte er wohl, dass er aufgeflogen war, und versuchte zu fliehen. Ohne Fähre war kein Entkommen von der Insel, und Bill hatte sofort, als er von dem Video erfuhr, ein paar Männern aus dem Dorf eingeschärft, Dougie festzuhalten. Inzwischen sitzen beide hinter Schloss und Riegel. Mick hat bereitwillig alles gestanden, er ist in einem fürchterlichen Zustand nach allem, was man hört. Beide behaupten übrigens, dass Iains Tod ein Unfall gewesen sei – dass sie ihn bis zur Klippe hoch verfolgt haben, das geben sie zu, und dort habe er plötzlich den Halt verloren.« Charles zuckte mit den Schultern. »Was immer das für die Anklage bedeutet. Erschwerend kommt für die beiden hinzu, dass sie Informationen unterschlagen haben, und dann ist da natürlich noch die Geschichte mit Annag. Ihr Vater hat Dougie grün und blau geschlagen, als er nach Hause gekommen ist. Ungeschoren kommen sie sicher nicht davon.«

»Gott. Arme Kaye.«

»Ja. Sie hat die Mädchen nach Glasgow gebracht, zu ihren Eltern.«

»Das heißt, Sie waren noch einmal auf der Insel?«, erkundigte sie sich interessiert.

»Natürlich nicht.« Er lächelte. »Ich gelte als vermisst, mutmaßlich tot. Ich habe das alles aus den Lokalzeitungen erfahren.«

»Könnten Sie nicht einfach sagen, dass Sie sich selbst gerettet haben? Das wäre wenigstens eine gute Neuigkeit? Bestimmt wären alle erleichtert, Sie zu sehen.«

Er schüttelte den Kopf. »Sie würden Angst haben, Zoe. Unter ihrer Schale sind die Insulaner abergläubisch. Ich würde ein Objekt der Neugier und der Spekulationen werden. Nein, ich bin ein alter Junggeselle ohne Bindungen – es ist leicht für mich, die Anker zu lichten. Es ist nicht das erste Mal und wird nicht das letzte sein. Sowieso war es an der Zeit für einen Neuanfang.«

»Keine Bindungen, und was ist mit Horace? Er wird Sie schrecklich vermissen.«

»Der gute alte Horace.« Seine Miene spiegelte Wehmut wider. »Ich hoffe, er hat es gut bei Mrs McDaid, meiner Haushälterin – Sie haben sie mal in meinem Laden gesehen. Ich habe ihr das Versprechen abgenommen, sich um ihn zu kümmern, sollte mir je etwas zustoßen. Sie wird ihn nach Strich und Faden verwöhnen auf seine alten Tage. Er fehlt mir sehr, ist allerdings nicht der erste Gefährte, den ich zurücklassen musste.«

»Sie können nicht einfach so verschwinden. Irgendjemand muss Sie schließlich gesehen haben, als Sie heute Abend hier hereinspaziert sind.«

»Oh, ich bin sehr geübt darin, unbemerkt davonzuschlüpfen.«

»Weil Sie ein Gestaltwandler sind?«

»Wenn Sie so wollen.« In seinen blauen Augen funkelte es spöttisch, und die vielen Fältchen vertieften sich.

»Sie haben das mit Caleb die ganze Zeit gewusst, stimmt's?«, fragte sie leise.

Seine Miene wurde ernst. »Ich konnte sehen, dass Sie einen schweren Verlust erlitten hatten. Das war alles am Anfang. Die Art Verlust, die einen Spalt öffnet, der das Dunkle hereinlässt. Ich befürchtete, das Haus werde das ausnutzen.«

»Es war meine Schuld. Ich arbeitete gerade an einem Gemälde und fühlte mich gestört, weil er krank wurde und nicht zur Schule ging. Ich habe ihn einfach ins Bett geschickt, um ihn aus dem Weg zu haben. Ich erinnere mich, wie ich zu ihm sagte: *Ich werde mein Bild fertig malen, während du schläfst.* Das war das Letzte, was er mich je sagen hörte.« Sie schluckte Tränen hinunter. »Nicht einmal *Ich liebe dich.*«

»Das wusste er bestimmt.«

»Haben Sie ihn gesehen?« Sie packte seine Hand. »Als Sie auf der Klippe standen und hinunterblickten und mich sahen – haben Sie dort im Wasser auch Caleb entdeckt?«

»Caleb war nicht dort, Zoe. Das war eine Sinnestäuschung, ein grausamer Streich.«

»Aber irgendwen haben Sie gesehen.« Ihre Augen verengten sich zu Schlitzen. »Sie haben mit dieser Person gesprochen. *Lass sie in Ruhe,* sagten Sie. Sie haben *sie* gesehen, richtig?«

Als er keine Antwort gab, nickte sie, als würde sie ihre Frage selbst beantworten.

»Sie wussten, dass sie dort begraben war. Ailsa, meine ich. Deswegen wollten Sie nicht in das Haus kommen.«

Er seufzte. »Ja. Armer Bonar. Er hat sie geliebt, wissen Sie, auf eine gänzlich keusche Weise. Zudem plagte ihn ein schlechtes Gewissen – er hatte das Gefühl, sie im Stich gelassen zu haben, sie und den Jungen. Das war seine Art, es bei ihr wiedergutzumachen – sich dem Pfarrer zu widersetzen und sie heimlich in der alten Krypta zu bestatten, damit sie letztendlich in geweihter Erde liegen würde. Er dachte, es sei das, was sie gewollt hätte. Tatsächlich war es das Schlimmste, was er je hatte tun können.«

»Weil sie nie weggehen konnte.«

Er neigte den Kopf zur Bestätigung. »Weihe hat an diesem Ort ohnehin nie viel bedeutet. Ältere, dunklere Mächte beanspruchten diesen Ort bereits für sich, lange bevor die Kirche daherkam.«

»Das heißt, das Haus war tatsächlich verflucht?«

Er wiegte nachdenklich den Kopf, als würde er die Frage abwägen.

»Dieses Wort würde ich nicht verwenden. Dinge wurden dort getan, über Jahrhunderte hinweg, die ihre Spuren hinterließen. Als Tamhas mit seinen Experimenten begann, hoffte er, diese besondere Atmosphäre für seine Zwecke nutzen zu können. Bloß verstand er das Wesen dessen, was er entfesselt hatte, nicht. Und Ailsa ebenso wenig.«

Die letzten goldenen und rosafarbenen Streifen der Abenddämmerung waren verblasst, das Stück Himmel im Rechteck des Fensters hatte sich zu einem tiefen Indigoblau verdunkelt. Das Zimmer war in Schatten getaucht.

Zoe stemmte sich in den Kissen hoch: »Was meinen Sie damit?«

»Sie hat aus Liebe gehandelt, wie ich Ihnen schon einmal sagte. Sie fürchtete, dass ihr Sohn mit sieben Jahren das Wesen seines Vaters erben würde. Für sie – eine Pfarrerstochter, geprägt von der viktorianisch-presbyterianischen Theologie – konnte das einzig und allein eines bedeuten: das Böse. Und sie hatte das Gefühl, ihn davor beschützen zu müssen, um jeden Preis. Sie verstand nicht, dass er eine Wahl haben würde, wissen Sie.«

»Das verstehe ich ebenfalls nicht.«

»Ailsa glaubte, dass es ihrem Ehemann gelungen sei, einen Dämon heraufzubeschwören, also etwas Böses. So lehrt es das Neue Testament, während ältere Traditionen wussten, dass die Lilin, die Nachtgeister, zweideutig waren. Im Alten Testament heißen sie schlicht die Wächter. Ailsa vergaß, dass es selbst in der Bibel rebellische Engel gibt und dass die Rebellion ein Akt des freien Willens ist.« Er hielt einen Augenblick inne, zupfte an seinem Bart. »Das war es, was sie nicht verstanden hat: dass ihr Sohn eine Wahl haben würde. Man hat immer die Wahl, sich dem Licht zuzuwenden. Besinnen Sie sich darauf, wenn die Zeit kommt.«

Sein Tonfall ließ sie schaudern, und sie musste den Blick abwenden.

»Warum reden Sie in der dritten Person von dem Sohn, als ob er ein Fremder wäre?«

Charles neigte den Kopf. »Weil es eine Geschichte aus ferner Zeit ist und dieser Junge ein Fremder für mich ist. Und nun muss ich gehen. Ich sollte meinen Besuch nicht über Gebühr ausdehnen.«

Er schob seinen Stuhl zurück und erhob sich, legte eine Hand auf den Rücken, als ob seine alten Knochen schmerzten. Zoe griff nach seiner freien Hand.

»Warten Sie, ich werde Sie hoffentlich wiedersehen, oder?«

»Zweifeln Sie nie daran.« Er lächelte. »Für eine Weile indes eher nicht. Wir müssen beide unsere Reise antreten, Sie und ich. Eines Tages dann werden wir uns wiedersehen.«

»Und wie werden wir in Verbindung bleiben? Wohin gehen Sie?« Panik schwang in ihrer Stimme mit.

»Keine Sorge. Ich werde wissen, wo ich Sie finde, wenn die Zeit gekommen ist.« Er beugte sich hinunter und drückte ihr einen väterlichen Kuss auf den Kopf. »Seien Sie tapfer. Es ist noch nicht vorbei.«

Trotz seiner Worte breitete sich eine unerwartete Wärme in ihr aus und rieselte durch ihren Körper. Sie ließ sich in die

Kissen zurücksinken und sah zu, wie er seinen altmodischen Hut aufsetzte und seine Jacke zuknöpfte.

»Ich möchte, dass Sie das hier nehmen, bis wir uns wiedersehen.«

Er nahm ihre Hand und legte einen kalten Gegenstand hinein. Ailsas silbernen Kreuzanhänger. Ängstlich riss sie die Augen auf.

»Wird er nicht Unglück bringen?«

»Ganz im Gegenteil.« Charles wirkte in diesem Moment auf sie wie tatsächlich aus der Zeit gefallen, schien überall und nirgendwo hinzugehören. »Ich denke, dass er Ihnen Mut geben wird.«

»Werde ich den brauchen?«, fragte sie mit bebender Stimme.

»Man braucht immer Mut.« Er tippte mit einem Finger an die Hutkrempe und wandte sich zur Tür. »Dan ist ein guter Mann, Zoe«, sagte er zum Abschied. »Er ist geblieben. Lassen Sie ihn herein.«

Bevor sie etwas erwidern konnte, war er schon weg. Irgendwo im Flur schaltete eine Schwester die Lichter ein, und all die Schatten des Zimmers wurden von dem grellen Schein vertrieben, der durch das Fenster zum Gang hereinfiel.

25

»Sie werden bald nach Hause fahren, meine Liebe.« Schwester Andreou war eifrig dabei, Dans Blumen in einem Glas auf dem Nachttisch zu arrangieren. »Ich werde Sie vermissen. Und Ihren Mann – er hat uns alle um den Finger gewickelt mit seinem Charme. Sehen Sie sich diese hinreißenden Rosen an.«

»Ich glaube, ich war keine besonders angenehme Patientin«, meinte Zoe, die sich die meiste Zeit schlafend stellte, um nicht reden zu müssen.

»Unsinn. Dr Chaudhry ist sehr zufrieden mit Ihnen. Er will Sie erst einmal mit einem Stimmungsaufheller stabilisieren, was natürlich besondere Umsicht erfordert wegen Ihres Zustands …«

»Meines *Zustands?*« Zoe richtete sich mühsam im Bett auf. »Sie meinen meine Lunge?«

Die Schwester wurde blass unter ihrem sorgfältigen Make-up. »Oh, warten Sie kurz, ich hole den Arzt.«

Dr Chaudhry erschien mit der üblichen gequälten Miene. Er scheuchte die Schwester hinaus, bevor er die Tür hinter sich schloss.

»Soweit ich verstanden habe, war Schwester Andreou soeben

etwas indiskret.« Er stellte sich neben das Bett und spielte mit seinem Kugelschreiber. »Ich wollte eigentlich noch ein bisschen mit diesem Gespräch warten, aber wir können auch gleich darüber reden. Mrs Bergman, Sie sind im frühen Stadium einer Schwangerschaft. Soweit ich das beurteilen kann, hat Ihr kürzlich erlittenes Trauma keinerlei Beeinträchtigungen nach sich gezogen. Sie sind vielleicht etwas untergewichtig …«

Zoe blinzelte ihn an. »Das kann nicht sein.«

»Inwiefern?«

»Ich habe nicht …, na ja, ein einziges Mal. Und da hat er sich rechtzeitig zurückgezogen.«

Er lächelte matt. »Ich denke, Sie sind alt genug, um zu wissen, dass das kaum eine pannensichere Verhütungsmethode ist.«

»Nein, das nicht. Aber ich hatte erst ein paar Tage zuvor meine Periode, die erste seit Monaten und gerade mal für einen Tag – und da dachte ich …«

»Sperma kann bis zu fünf Tage am Leben bleiben, wie Sie sicher wissen. Offenbar hatten Sie einen verfrühten Eisprung, was bei unregelmäßigen Zyklen nicht selten vorkommt.«

»Ich bin fast dreiundvierzig. Das *kann* nicht sein. Sie müssen sich irren.«

»Kein Irrtum, das steht hundertprozentig fest.«

»Weiß Dan Bescheid?«

»Bislang habe ich nichts zu Ihrem Mann gesagt. Allerdings drängt die Zeit. Von der Schwangerschaft hängt ab, welche Medikamente ich Ihnen gegen die Depression verschreiben kann, und das wiederum hat Einfluss auf Ihren Entlassungstermin.«

»Sagen Sie es ihm nicht.«

»Mrs Bergman, mir ist bewusst, dass das eine sensible Angelegenheit ist. Immerhin weiß ich von Ihrem Mann, dass Sie seit einer Weile getrennt leben – und dass die Schwangerschaft nicht vorher eingetreten ist, liegt auf der Hand. Aus diesem Grund habe ich ihm gegenüber nichts erwähnt. Es ist wie gesagt noch ein sehr frühes Stadium, sodass Ihnen ausreichend Zeit bleibt, die entsprechenden Schritte zu unternehmen, falls Sie die Schwangerschaft beenden wollen.«

»Wie lange?«

»Fast vier Wochen. Die Empfängnis muss kurz vor Ihrem Unfall stattgefunden haben – wäre das zutreffend?«

Sie lehnte sich in die Kissen zurück und nickte, schloss die Augen und beschwor Edwards Bild herauf, sein schüchternes Lächeln, die Sommersprossen auf seiner Nase, die Art, wie ihm die Haare in die Augen fielen. Auch dieser hastige, total unromantische Akt in der Küche fiel ihr wieder ein, die Wildheit seines Verlangens, mit der er sie gegen die Spüle gedrückt hatte, seine Scham danach, seine rührenden Entschuldigungen.

Zögernd schob sie eine Hand unter die Decke und legte sie flach auf ihren Bauch. Die ganze Sache schien unmöglich. Sie hatte Edward so gut wie gar nicht gekannt, wusste nichts von seiner Herkunft, nichts von seinen Eltern – und die wiederum wussten nichts von ihr und von ihrer Rolle, die sie beim Tod ihres Sohnes gespielt hatte. Vielleicht sollte sie Kontakt zu ihnen aufnehmen. Würden sie sich freuen, wenn sie wüssten, dass ein Teil von ihm noch da war? Dass sie ein Enkelkind bekommen würden? Wäre es grausamer, es ihnen zu sagen oder es zu verschweigen? Sie fürchtete sich vor ihrem Urteil: eine Frau, doppelt so alt wie er, der würde man bereitwillig die Schuld an seinem Tod geben.

Und damit einher ging jener andere, düstere Gedanke, den sie seit der Mitteilung des Arztes zu verdrängen versuchte. Schließlich gab es da noch etwas anderes als ihr Quickie mit Edward in der Küche. Was, wenn ihr wiederkehrender Traum gar kein Traum gewesen war und der schattenhafte Liebhaber gar kein Schatten? Dieser Mann, der zu schön war, um ihm ins Gesicht zu blicken, und der sie so völlig besessen hatte, wie es ihr zuvor nie als denkbar erschienen wäre. Wenn … Sie durfte sich diesen Gedanken nicht gestatten, sonst würde sie den Verstand verlieren.

Es war unmöglich.

Aber es schien noch unmöglicher, geradezu unrealistisch, dass Charles an jenem Abend dem Meer heil entkommen war. Eine logische oder nur einigermaßen plausible Erklärung gab es nicht. Jedes Mal, wenn sie sich seinen Besuch in Erinnerung rief, war sie in Versuchung, ihn als eine weitere Halluzination abzutun, nur dass dort in ihrer Nachttischschublade Ailsas silbernes Kreuz lag, das er ihr in die Hand gedrückt hatte. *Seien Sie tapfer,* hatte er gesagt. *Es ist noch nicht vorbei.* Und er hatte davon gesprochen, dass Ailsas Sohn die Wahl gehabt hatte, sich dem Licht zuzuwenden. *Besinnen Sie sich darauf, wenn die Zeit kommt.* Hatte er es etwa gewusst? Dass sie eine Saat dieser dunklen Inselgeschichte in sich trug?

Sie presste die Augen fester zusammen, spürte heiße Tränen über ihr Gesicht strömen. Es war so leicht gewesen, im Gespräch mit Charles an eine Welt hinter dem Sichtbaren zu glauben; ohne ihn hingegen brach das alles weg im grellen Neonlicht der Krankenhauslampen. Alles, was auf der Insel plausibel erschienen war, kam ihr jetzt absurd vor und wie ein böser Traum. Was, wenn Charles lediglich ein alter Spinner war, der zu viel Ayahuasca genommen hatte, und sie nicht mehr als eine trauernde Mutter, die unter dem Einfluss von Psychopharmaka stand und aus dem Gleichgewicht geworfen worden war von ihren eigenen unterdrückten Sehnsüchten?

Und sie musste an Dan denken. Charles hatte recht, er war ein guter Mann auf seine Art. Er war bei ihr geblieben, trotz allem. Doch würde er auch mit *dem hier* bei ihr bleiben? Ihre Finger glitten zögernd über ihren Bauch, sie konnte kaum glauben, dass dort irgendein Leben entstanden sein könnte – sie fühlte sich zu ausgelaugt und leer. Vielleicht wäre es das Beste, wenn sie es ihm nie sagen müsste.

Als sie die Augen wieder aufschlug, war der Arzt gegangen. Sie öffnete die Schublade des Nachtkästchens und holte Ailsas Anhänger hervor, drehte ihn zwischen den Fingern. Plötzlich wurde die Tür aufgerissen, und Dan stürzte ins Zimmer, ließ sich in den Sessel fallen und hielt ihr eine Tüte mit Starbucks-Brownies hin, erzählte allerlei Belanglosigkeiten, den Mund voller Kuchen.

Ihn zu sehen, versetzte ihr einen schmerzlichen Stich, denn in diesem Moment begann sie zu begreifen, was für sie auf dem Spiel stand. Egal, welche Entscheidung sie traf, es würde ihr etwas Unersetzliches rauben.

26

»Ich habe einen Job im Büro meiner alten Firma in Seattle angeboten bekommen«, sagte Dan, als das Anschnallzeichen erloschen war und die anderen Passagiere um sie herum sich zu strecken und zu regen begannen und die Hälse nach dem Getränkewagen reckten. »Weniger Geld und weniger Arbeitszeit als früher. Denk darüber nach, okay? Ich dachte, es könnte eine gute Gelegenheit sein.«

»Wofür? Für dich, um noch mehr mit dieser Lauren abzuhängen?«

»Mein Gott, Zoe.« Er zog ihren Kopf an seine Schulter und lachte, aber es war ein resigniertes Lachen. »Lauren Carrera ist verheiratet. Mit einer Frau namens Melissa. Wir haben dieses Gespräch schon mal geführt.«

»Na ja, ich wüsste nicht, wieso dich das abhalten sollte.«

Als sie sich grinsend zu ihm umwandte, verwuschelte er ihr das Haar.

»Ich finde, wir sollten einen Neuanfang wagen. In einer neuen Stadt, in einem neuen Haus. Alles Alte hinter uns lassen. Es ist an der Zeit, meinst du nicht?« Als sie keine Antwort gab, zog er seinen Arm zurück. »Ich habe Calebs Sachen in Kisten verpackt, während du fort warst – es wäre nicht gesund, sein Zimmer so zu lassen, als würde er zurückkommen. Ich dachte, es könnte dir helfen, inzwischen ist mir klar geworden, dass ich genau das Gegenteil erreicht habe.«

»Du hast seine Spielsachen nicht weggeworfen?«, fragte sie leise.

»Natürlich nicht. Ich habe sie auf dem Dachboden verstaut. Wir können eine gute Verwendung für sie finden, das Kinderkrankenhaus vielleicht.«

»Aber nicht Mr Bär«, rief sie, und Tränen traten ihr in die Augen.

Sie hatte Mr Bär gekauft, als sie schwanger war. Weil Dan es für ein schlechtes Omen hielt, Spielsachen für ein noch nicht geborenes Baby zu kaufen, hatte sie ihn verstecken müssen – vielleicht hatte er mit seinem Aberglauben ja recht behalten.

»Nein, keine Sorge. Mr Bär bleibt bei uns.« Dan drückte ihren Schenkel. »Seine Spielsachen wegzugeben, bedeutet nicht, dass wir ihn vergessen, Zoe. Doch wir können nicht so tun, als ob er zurückkäme. Wir müssen …« Er holte einmal tief Luft. »Du weißt schon: in der Gegenwart leben.«

»Du klingst wie Dr Schlesinger.«

»Ehrlich gesagt, hatte ich ein paar Sitzungen bei ihr, während du fort warst. Wo bleibt denn dieser Rollwagen?« Er richtete sich auf seinem Platz auf, versuchte die Kabinencrew zu sich zu winken. »Also, wirst du darüber nachdenken? Seattle?«

»Ich werde darüber nachdenken.« Sie lehnte sich wieder gegen die Kopfstütze. Dan hatte es irgendwie geschafft, ein Upgrade für die Businessclass zu bekommen; sie nahm an, dass er sie mit Geschichten von seiner kränkelnden Ehefrau herumgekriegt hatte. Darin war er gut.

»Ich habe übrigens dein Skizzenbuch gefunden, als ich deine Sachen in diesem Haus zusammengepackt habe«, sagte er nach einer Weile. »Da waren ja ein paar hochinteressante Sachen dabei.«

»Unsinn«, erwiderte sie und sah demonstrativ aus dem Fenster.

»Im Ernst. Es kam mir vor wie eine Art viktorianischer Porno. Ich habe noch nie gesehen, dass du solche Dinge zeichnest. Okay, ich sage nicht, dass es mir nicht gefallen hat – allerdings frage ich mich, woher du die Inspiration hattest.«

»Ich weiß nicht, es war experimentell.« Sie wandte sich zu ihm um. »Hast du es mitgenommen?«

»Ich habe es in deinen Koffer gesteckt …«

»Verbrenn es.«

»Was?«

»Wenn wir nach Hause kommen, will ich, dass du es verbrennst. Ohne dass es mir noch einmal vor die Augen kommt. Du hättest es gar nicht mitnehmen sollen.«

»Okay, Schatz, was immer du sagst.« Er streichelte besänftigend ihre Hand. »Das konnte ich schließlich nicht wissen. Ach ja, was ist das eigentlich für eine Halskette, die du neuerdings immer trägst? Du hast in dem Skizzenbuch eine Frau gezeichnet, die genau die gleiche trägt.«

Ihre Finger glitten zu dem silbernen Kreuz an ihrem Hals. »Es war ein Geschenk.«

»Soso? Von einem deiner schottischen Liebhaber?«

Er stieß sie mit dem Ellenbogen an und grinste, wenngleich

seine Stimme einen leicht nervösen Unterton hatte. Sie brachte ein mattes Lächeln zustande.

»Von einem Freund. Es ist ein antikes Stück und mit der Geschichte der Insel verbunden.«

»Sie gefällt mir nicht«, gab er unerwartet heftig zurück. »Ich bin mir nicht sicher, ob ich es mag, wenn du die Geschichte dieser Insel mit dir herumträgst. Verbrenn sie zusammen mit den Bildern, würde ich sagen. Je früher wir diesen Ort vergessen, desto besser.«

»Das Kreuz soll Mut schenken«, entgegnete sie leise.

»Weiß Gott, davon können wir alle ein bisschen gebrauchen. Im Moment muss ich ihn mir antrinken. Hi!«, wandte er sich an den lächelnden jungen Mann mit der Haartolle, der neben ihren Plätzen aufgetaucht war. »Jack Daniel's mit Eis. Einen doppelten. Irgendwas für dich, Schatz?«

Sie schüttelte den Kopf.

»Ein Wasser für sie. Geht es dir gut?«, fragte er, nachdem die Getränke serviert waren. »Du bist ganz blass.«

»Mir ist ein bisschen schlecht, das ist alles.«

»Oha.« Er schraubte den Deckel von seiner Miniaturflasche. »Vermutlich diese neuen Medikamente. Dr Chaudhry meinte, mit denen werde es dir besser gehen, sobald du dich an sie gewöhnt hast. Ich mochte ihn, du nicht? Schien ein guter Typ zu sein.« Er beugte sich vor und begann auf dem Monitor die Filmauswahl durchzusehen. »Neuanfang, Schatz.« Er schlug ihr mit einer Hand auf den Schenkel, als würde er einem Pferd einen aufmunternden Klaps versetzen, den Blick weiter auf die flackernden Bilder geheftet.

Sie wandte das Gesicht dem Fenster zu und spähte in den dunkler werdenden Himmel hinaus. Unter ihnen war nichts als Wolken; sie würde nicht einmal sehen können, wie die Lichter der Küste unter ihr kleiner wurden. Sie legte schützend einen Arm auf ihren Bauch. Bald würde ihr keine andere Wahl mehr bleiben, als Dan zu sagen, dass es kein Vergessen ihrer Zeit auf der Insel geben konnte. Was immer dort passiert war, hatte sie in seinen Bann gezogen, sie in seine Geschichte verwoben, und bald würde es ihnen in ihr neues Leben folgen. Sie trug die Geschichte in sich. Sie würde ihm das alles erklären – bald, wenn der richtige Zeitpunkt gekommen war.